LA CI
DE
ALEGRIA

LA CIUDAD DE LA ALEGRÍA

Dominique Lapierre

Título original: *La Cité de la Joie*
Traducción de Carlos Pujol
Traducción cedida por Seix Barral, S.A.

Pérez Galdós, 36, bis, 08012 Barcelona

Edición especial para T.I.S.A. LA VANGUARDIA
Diseño de la cubierta: ACV
Ilustración cubierta: Warner Bros
(Cortesía Kobal Collection)

ISBN: 84-473-0702-6
Depósito legal: B-38.773-1994

Impresión: CAYFOSA, Ctra. Caldes, Km 3
Sta. Perpètua de Mogoda (Barcelona)

Impreso en España

A Tatou, Gaston,
François y James,
y a las «luces del mundo»
de la Ciudad de la Alegría.

Todo lo que no es dado,
es perdido. (Proverbio indio.)

ADVERTENCIA AL LECTOR

Aunque este libro es el resultado de una larga investigación, en modo alguno pretende ser un testimonio global sobre la India.

Amo demasiado a este país, conozco demasiado su diversidad, siento demasiada admiración por sus virtudes, por sus logros ejemplares, por su empeño en vencer los obstáculos y por la inteligencia que aporta a la solución de sus problemas, para no poner en guardia al lector contra el peligro de una extrapolación abusiva.

Este testimonio sólo se refiere a un reducido grupo de hombres a los que una Naturaleza implacable y unas circunstancias hostiles arrancaron de sus casas para lanzarlos a una ciudad que ha llevado la voluntad de acoger hasta más allá de lo imaginable.

He decidido respetar su anonimato. Así pues, he cambiado sus nombres y modificado un cierto número de detalles concernientes a los hechos. Éstos se desarrollaron hace varios años. Pero los hombres que los vivieron existen todavía.

DOMINIQUE LAPIERRE

PRIMERA PARTE

LAS LUCES DEL MUNDO

1

Su espesa pelambrera rizada y sus patillas, que se juntaban con las guías caídas de los bigotes, su pecho corto y robusto, sus largos brazos musculosos y sus piernas un poco arqueadas le daban un aire de guerrero mongol. Sin embargo, Hasari Pal, de treinta y dos años, no era más que un campesino, uno de los 548 millones de habitantes de la India que pedían su alimento a la diosa tierra. Había construido su choza de dos habitaciones con adobe cubierto de bálago un poco apartada del pueblo de Bankuli, uno de los 36.543 municipios de la Bengala Occidental, un estado del noreste de la India tres veces más extenso que Bélgica y tan poblado como Francia. Su esposa, Kamla, de corta estatura, piel clara y aire seráfico, con la aleta de la nariz atravesada por un aro de oro y los tobillos adornados con varias ajorcas que tintineaban a cada paso, le había dado tres hijos. La mayor, Amrita, de doce años, había heredado los ojos almendrados de su padre y la bonita piel afrutada de su madre. Manooj, de diez años, y Shambu, de seis, eran dos buenos mozos de cabellos negros y alborotados, más dispuestos a cazar lagartos con sus hondas que a empujar el búfalo en el arrozal familiar. Como a menudo era tradicional en la India, también vivía en casa del campesino su padre, Prodip, un hombre enjuto y arrugado, con la cara cruzada por un delgado bigote gris, y su madre, Nalini, anciana encorvada y con más arrugas que una nuez. Hasari Pal albergaba también a sus dos hermanos menores, a sus mujeres y a sus hijos, es decir, en total dieciséis personas.

Las aberturas de la choza, muy bajas, mantenían un relativo frescor durante el tórrido verano y un poco de calor en las frías noches de invierno. Sombreada por buganvillas rojas y blancas, tenía una estrecha galería cubierta adosada a dos de sus lados. Sentada bajo un tejadillo inclinado, Kamla movía con el pie una especie de balancín de madera provisto de un mazo que servía para descascarillar el arroz. Tictac, tictac, a medida que el pedal de arroz subía y bajaba, su hija Amrita empujaba bajo el mazo nuevos puñados de granos. Entonces, el arroz descascarillado era recogido por la abuela, que lo seleccionaba. Una vez había llenado una cesta, iba a vaciarla en el *gola*, un pequeño troje elevado sobre estacas que había en medio del patio, y cuyo tejado a dos vertientes servía a un tiempo de granero y de palomar.

Alrededor de la choza, los arrozales dorados se extendían hasta perderse de vista, esmaltados de tarde en tarde por el verde oscuro de los huertos de mangos, por el verde claro de los palmares y por el verde tierno de los bosquecillos de bambúes. Como un encaje centelleante en el que se reflejaba el azul del cielo, los canales de riego cuadriculaban el campo con sus mallas tupidas. Unas pasarelas atravesaban con sus finos arabescos algunos estanques cubiertos de lotos y de jacintos donde chapoteaban patos. Sobre los caballones, unos niños hacían avanzar a golpes de junquillo a grandes búfalos relucientes que levantaban una polvareda ocre. Al término de este agobiante día de calor, el disco rojizo de Surya, el dios sol, se hundía en el horizonte. Una brisa refrescante soplaba del mar. Desde la inmensa llanura ascendía la llamada jubilosa de las miríadas de pájaros que giraban a la altura de las espigas de oro para celebrar la caída de la tarde. Bengala era sin duda ese paraíso cantado por los trovadores y los poetas, al que, las noches de luna, el dios Krishna acudía para tocar la flauta con las *gopi*, sus pastoras, y hacía bailar a su amante Rhada.

Por fin desapareció el sol. Era «la hora del polvo de las vacas», cuando el ganado volvía de los pastos, los hombres de los arrozales, y cuando las gallinas se encaramaban en sus perchas. Con el taparrabo de algodón metido entre las piernas para andar mejor, Hasari Pal caminaba tranquilamente silbando, con un arado de madera sobre el hombro. Al acercarse la noche, las palomas redoblaban de exultación en sus rondas y en sus arrullos. En el tamarindo, una tribu de *mynahs*, los gorriones de la India, iniciaba un concierto ensordecedor. Dos ardillas listadas con las «tres señales de dedos del dios Rama» hacían carreras sobre el papayo. Garzas y airones se apresuraban a volver a sus nidos. Un perro sarnoso olfateaba el suelo buscando un lugar propicio para pasar la noche. Luego, el agudísimo rechinar de las cigarras se apagó poco a poco. Fue el último tictac del pedal de arroz. Y el silencio. En seguida se desató el coro de las ranas dominado por el croar cadencioso de un sapo-búfalo.

En menos de cinco minutos la noche tropical había caído sobre la tierra. Como cada noche, la dulce Kamla de piel de melocotón hizo sonar la caracola para saludar a la diosa de la noche. Una de sus cuñadas agitó una campanilla a fin de alejar a los malos espíritus, sobre todo a los que habitaban en el baniano centenario que había al final del camino. Ataron a la vaca en la choza que servía de establo. Una cabra recalcitrante obligó a todo el mundo a dispersarse para volverla a coger. Cuando todo estuvo en orden, Hasari cerró el portón de espinos que impedía el acceso al patio a los chacales y a los zorros. Su madre realizó entonces un rito tan viejo como la India. Añadió aceite a la lámpara que ardía ante las imágenes policromadas de los dioses tutelares: Rama y su esposa Sita, la diosa de los frutos de la tierra; Lahsmi, diosa de la prosperidad, sentada sobre un loto; Ganesh, el dios de la suerte con cabeza de elefante. Otros dos cromos descoloridos por los años permitían adivinar, uno, la cara infantil de un Krishna, engullendo glotonamente un cuenco de manteca, representación popular del dios-pastor más tiernamente amado por las masas hindúes; el otro, el dios-mono Hanuman, personaje legendario de las fabulosas aventuras de la mitología india.

Mientras las mujeres cocinaban la cena fuera, en el horno de tierra, Hasari y sus dos hermanos menores fueron a sentarse al lado de su padre en la galería. Un arbusto de jazmines despedía fragancias embriagadoras, aromando la noche cruzada por las luces fugitivas de un ballet de luciérnagas. En el cielo estrellado brillaba una fina medialuna. Era la «luna de Shiva», la luna nueva del bienhechor del mundo, del dios con mil ojos de la prosperidad. Los cuatro hombres estaban sumidos en una meditación silenciosa, cuando Hasari vio que su padre observaba a sus hijos uno detrás de otro. Luego le oyó murmurar, como para sí: «El carbón no cambia de color cuando se lava. Lo que no se puede curar ha de soportarse.»

El anciano ya no sabía cuántas generaciones de lotos habían florecido y habían muerto en el estanque desde su nacimiento. «Mi memoria es como el alcanfor que se evapora con el tiempo. Hay tantas cosas que he olvidado... Ahora soy muy viejo e ignoro cuántas cestas de arroz pueden quedarme de las que los dioses de la vida llenaron para mí cuando nací.» En cambio sabía que antaño había sido un campesino próspero. Había llegado a poseer hasta seis graneros llenos de arroz y cuatro hectáreas de tierras fértiles. Había podido asegurar el porvenir de sus hijos y dotar generosamente a sus hijas mayores. Con vistas a la vejez con su mujer, había conservado el pedazo de tierra y la casa que heredó de su padre. «Aquí los dos podremos vivir en paz», había afirmado, «hasta la hora en que Yama, el dios de los muertos, venga a buscarnos».

Pero se equivocaba. Aquel pedazo de tierra tiempo atrás había sido regalado a su padre por un *zamindar* agradecido por su abnegación. Cierto día, el descendiente de este bienhechor reclamó la tierra. Prodip Pal se negó a devolverla. El asunto fue llevado a los tribunales. El *zamindar* sobornó al juez y Prodip perdió el pleito. Se vio obligado a abandonar la tierra y la casa de su padre. También tuvo que pagar todos los gastos del pleito, sacrificando así la dote ahorrada para la última de sus hijas y las tierras de sus dos hijos menores. «El corazón de este propietario ruin es aún más duro que el del chacal», había dicho.

Hasari, el primogénito, había podido albergar a toda la familia en su choza. Hasari era un buen hijo. Hacía lo imposible por convencer a su padre de que seguía siendo el jefe de la familia. El anciano, en efecto, conocía mejor que nadie los derechos y los deberes de cada uno, los usos y costumbres, los límites de los arrozales y de los pastos. Sólo él sabía mantener relaciones armoniosas con los grandes terratenientes... cuestión primordial para la supervivencia de una familia de modestos campesinos. Como decía Prodip, «los peces no pueden permitirse vivir enemistados con el cocodrilo del estanque». Pero de cualquier modo, aquel padre venerado por sus hijos lo había perdido todo. Ya no tenía casa propia. «Pero no podía quejarme», admitía. «Desde luego, era un hombre arruinado, pero tenía a mis tres hijos. ¡Qué bendición aquellos hijos!» Gracias a ellos, él y su mujer, Nalini, disfrutaban de todo aquello en que puede consistir la riqueza de un campesino indio: un granero de arroz, un balagar, dos vacas y un búfalo, una parcela, un poco de grano en las tinajas como reserva para los malos tiempos, incluso algunas rupias en la hucha. ¿Y qué decir de sus nueras? También ellas habían traído la felicidad a la casa. Las tres eran bellas como Pârvati[1] y las tres capaces de ser madres de los Pandava.[2] Sí, los Pal eran pobres, pero eran felices. Mañana los lotos se humedecerían con el rocío. Sería tiempo de cosecha, tiempo de esperanza. Y en el viejo tronco del *mowa*, las orquídeas cantarían la gloria de Dios.

2

Sin embargo, a la familia Pal le esperaban años duros. Como diez o doce millones de campesinos bengalíes en esta segunda mitad del siglo XX serían víctimas de ese fenómeno endémico que los economistas llaman el ciclo de la miseria. Un irremediable descenso a lo largo de la escala social, el granjero que se convierte en arrendatario, luego en campesino sin tierra, más tarde en jornalero y que, por último, se ve obligado a exiliarse. Es inútil soñar en que este camino puede recorrerse a la inversa. Aquí cada cual se valía de todas sus fuerzas para defender una situación incesantemente amenazada. Mejorarla era impensable: la miseria sólo puede engendrar una miseria aún mayor. Si es verdad que el carbón no cambia de color cuando se lava, también lo es que, aunque se la engalane con todos los colores, la pobreza seguirá siendo pobreza.

1. Pârvati, la esposa del dios Shiva.
2. Los Pandava, cinco hermanos héroes de la gran epopeya del Mâhabhârata.

Sus disputas judiciales con el *zamindar* sólo habían dejado a los Pal un cuarto de hectárea de buena tierra, que producía entre quinientos y seiscientos kilos de arroz. Ello representaba apenas una cuarta parte de lo que necesitaban para alimentar las once bocas con que contaba entonces la familia. Para cubrir la diferencia, el padre y sus hijos consiguieron el arriendo de otra parcela. Aunque otros propietarios exigían los tres cuartos de la cosecha, Prodip Pal recibió la mitad. Esta ayuda era capital. Una vez agotado el arroz, hubo los frutos de tres cocoteros y las hortalizas, hermosas hortalizas de las tierras altas que necesitaban poco riego, como las serpientes-calabazas, especies de pepinos que podían llegar a medir hasta dos metros de largo, las calabazas y los rábanos gigantes. Hubo también los frutos del árbol del pan, algunos de más de diez kilos. De este modo la familia Pal pudo subsistir mal que bien durante dos años. Incluso pudo comprar dos cabras y dar gracias regularmente a los dioses llevando ofrendas al templecito edificado al pie del más antiguo baniano de la aldea.

A partir del tercer año la desgracia les golpeó de nuevo. Un parásito destruyó el arrozal en pleno crecimiento. Para sobreponerse a esta catástrofe, el padre se encaminó a la casa de ladrillo cuyo tejado dominaba el pueblo. Casi todos los habitantes de Bankuli se veían obligados, tarde o temprano, a visitar al *mohajan*, el joyero-usurero, un hombre panzudo con el cráneo liso como una bola de billar. Por mucha repugnancia que inspirase, el *mohajan* era aquí como en otras partes el personaje clave de la aldea, su banquero, su asegurador, su prestamista. Y muy a menudo, su vampiro. Hipotecando el campo familiar, el padre de Hasari obtuvo un préstamo de doscientos kilos de arroz, con el compromiso de devolver trescientos en la siguiente cosecha. Fue un año de grandes privaciones para la familia Pal. No obstante, «como la tortuga que avanza penosamente para alcanzar su meta, había sido posible pasar la página del dios de la vida». Pero las deudas contraídas y la imposibilidad de comprar semillas suficientes hicieron de los dos años siguientes una verdadera pesadilla. Uno de los hermanos de Hasari tuvo que abandonar la aparcería y contratarse como obrero agrícola. Esta vez la miseria había empezado realmente a estrangular a los Pal. A ello hubo que añadir los caprichos del tiempo. En una noche una tormenta de abril hizo caer todos los mangos y los cocos. Hubo que vender al búfalo y *Rani*, una de las vacas, que eran tan útiles en la estación del laboreo. *Rani* no quería irse. Tiraba de la cuerda con todas sus fuerzas, emitiendo mugidos desgarradores. Todo el mundo vio en ello un augurio funesto, el signo de la cólera de Râdhâ, la amante del dios pastor Krishna.

La venta de los animales privó a la familia Pal de una parte de la tan preciosa leche cotidiana y, sobre todo, de la boñiga indispensable que, mezclada con la paja y moldeada en forma de tortas secadas al sol, servía de combustible para cocer los alimentos. Todos los días, la hija de Hasari y sus primas tuvieron que salir en busca de otras boñigas para reemplazarlas. Pero ese precioso maná no pertenecía al primero que se agachaba para recogerlo, y los aldeanos les perseguían. Aprendieron a ocultarse y a merodear. Desde el alba hasta la noche, los hermanos de Amrita batían los campos con sus primos de más edad en busca de todo lo que pudiera comerse o venderse. Cogían frutas y bayas silvestres. Recogían leña y ramitas de falso sicómoro con las cuales los indios se limpian los dientes. Pescaban peces en los estanques. Confeccionaban guirnaldas con las flores de los campos. E iban a vender su cosecha en el mercado que se celebraba tres veces por semana a doce kilómetros de su casa.

Dos acontecimientos vinieron a agravar las dificultades económicas de los Pal. Debilitado por la falta de alimentación, el hermano menor de Hasari cayó enfermo. Un día escupió sangre. Para unas personas tan pobres la enfermedad era una maldición aún más terrible que la muerte. Los honorarios de un médico, comprar medicamentos, era algo que representaba los ingresos de varios meses. Para salvar a su hermano, Hasari apeló al único recurso que le quedaba: rompió la hucha de barro cocido y corrió a pedir al sacerdote de la aldea que conjurara la mala suerte celebrando una *puja*, un culto de ofrenda a los dioses.

El muchacho se recuperó suficientemente como para participar en el segundo hecho que aquel año debía hundir un poco más a su familia en la miseria, la boda de su hermana menor. Su anciano padre acababa por fin de encontrarle marido, y nada debía impedir que la boda se celebrara según el ritual tradicional. ¿Cuántos millones de familias indias se habían arruinado para varias generaciones por la boda de sus hijas? En primer lugar estaba la dote, esta usanza ancestral, oficialmente abolida desde la independencia pero bien anclada siempre en las costumbres. El modesto granjero con el cual el padre de Hasari había negociado el matrimonio de la menor de sus hijas exigió a manera de dote una bicicleta, dos taparrabos de algodón, un transistor y diez gramos de oro, además de alhajas para la novia. O sea, más de un millar de rupias, unos ochenta dólares. Además, la costumbre establecía que el padre de la muchacha corriera él solo con los gastos de la boda, que ascendían a otro millar de rupias para saciar a los invitados de las dos familias y comprar los regalos que había que hacer al brahmán oficiante. Una sangría para aquellas pobres gentes. Pero el matrimonio de sus hijas es un deber sagrado para un padre. Después de casar a la última, el anciano habría concluido su tarea en este mundo. Entonces podría esperar en paz la visita de Yama, el dios de los muertos.

Volvió a casa del usurero para solicitar un préstamo de dos mil rupias. Llevaba como prenda las últimas alhajas de su mujer, Nalini, un colgante a juego con dos pendientes de oro y dos brazaletes de plata. La madre de Hasari tenía esas joyas desde que se casó, según esa misma costumbre cruel, pero previsora, de la dote, que de hecho en la India constituye el único ahorro familiar. La suma que prestó el *mohajan* sólo representaba la mitad de su valor. Con un interés astronómico: cinco por ciento al mes, ¡sesenta por ciento al año! La anciana tenía pocas posibilidades de recobrar las alhajas que había llevado con tanto orgullo los días de fiesta durante los cuarenta años de vida común.

Luego el padre pidió a sus hijos que arrojaran las redes en el estanque y que pescaran todas las carpas y *ruyi* (peces de agua dulce) que pudiesen. Gracias a la famosa cosecha que había precedido a la guerra con China, el primogénito, Hasari, había podido comprar unas docenas de alevines para que criaran. Los peces se habían multiplicado y hoy pesaban varios kilos cada uno. Reservados en previsión de un hambre total, serían la sorpresa del banquete de bodas.

«El crepúsculo se acerca», se repetía el anciano, «pero el sol aún está rojo. Nuestra *châkrâ*, la rueda de nuestro destino, todavía no ha llegado al final de su carrera».

«Era una tierra aluvial muy pálida», recordará Hasari Pal. «Era *nuestra* tierra. La madre tierra. Bhû-devî, la diosa tierra. Yo nunca había visto una tierra de otro color, y la amaba tal como era, sin hacerle preguntas. ¿Acaso no se ama a la madre tal como es, sean cuales fueren su piel y sus defectos? Se la ama. Y si sufre, se sufre al verla sufrir.»

«Era en el mes de mayo, el corazón del verano en Bengala. El aire parecía temblar en el campo recalentado. Todos los días observaba largamente el cielo con confianza. Adquiría tonalidades de plumas de pavo real. Según lo que había anunciado el sacerdote brahmán de la aldea, una luna más y llegaría el monzón. El brahmán era un hombre con mucha experiencia y muy sabio. Era también muy viejo y conocía a todos los aldeanos como si formasen parte de su familia, aunque ello fuese imposible, porque era de nacimiento muy elevado, muy puro, estaba muy por encima de todas nuestras castas. El primer día de cada año nuevo, nuestro padre y todos los demás jefes de familia del pueblo iban a consultarle para saber qué suerte reservaban los doce meses siguientes a los hombres, a los animales y a las cosechas. Como gran número de los de su casta, nuestro viejo brahmán conocía las leyes de las estaciones y los caminos seguidos por los astros. Él era quien fijaba las fechas de los trabajos agrícolas y de las ceremonias familiares. Nadie sabía cómo hacía sus cálculos, pero estudiaba los movimientos de los planetas y designaba los días más propicios para la siembra, para la cosecha o para las bodas. Aquel año la estación de las bodas ya se había terminado. Ahora era la tierra la que debía ser fecundada. El brahmán había anunciado un año de riqueza excepcional, un año bendito por los dioses, como se da cada diez años, o a veces más. Un año sin sequía ni epidemias, sin parásitos ni langostas ni ninguna otra calamidad. Él lo sabía.»

El tiempo de sembrar el arroz había llegado. Cada familia fue a ofrendar su *puja* a los dioses. Hasari fue con su padre y sus hermanos ante el altarcito que había al pie del baniano en la entrada de los campos. «Gauri, te ofrezco este grano», recitó el padre, depositando un grano de arroz ante la imagen de la esposa del dios Shiva, la protectora de los campesinos. «Danos mucha agua y devuélvenos cien granos a cambio.» Tres días después unas benéficas tormentas regaron el semillero.

Hasari estaba seguro de que aquel año los dioses miraban con buenos ojos a los campesinos de Bankuli. Su padre no había dudado en pedir un nuevo préstamo de doscientas rupias al usurero calvo con la garantía de una parte de la futura cosecha. Hasari había gastado veinticinco rupias en alquilar una yunta de bueyes y labrar el campo en profundidad, unas cuarenta rupias para las semillas, y había consagrado el resto a la compra de abonos e insecticidas.[1] Sería una de las mejores cosechas. Y como las lluvias que precedían al monzón habían caído a su debido tiempo, los Pal podrían ahorrarse el alquiler de la bomba de agua. Afortunadamente, porque eso suponía seis rupias por hora. ¡Una fortuna!

Cada mañana, con su padre y sus hermanos, Hasari iba a ponerse en cuclillas al borde del campo. Allí se quedaba horas enteras contemplando el crecimiento de los tiernos brotes de un verde claro. El comienzo del monzón estaba anunciado para el viernes 12 de junio.

El viernes no es un día muy propicio en el calendario hindú, pero no importaba mucho: el monzón es el monzón, y su llegada es el regalo anual de los dioses al pueblo de la India.

3

Hombres, mujeres, niños, todos, hasta los animales, observaban ansiosamente el cielo. Por lo común se levanta un fortísimo viento pocos días antes de que estalle el monzón. El cielo se oscurece bruscamente. Las nubes invaden la tierra. Se precipitan unas sobre otras,

1. Una rupia = ocho centavos de dólar.

como el algodón que se carda. Recorren la superficie de los campos a una velocidad fantástica. Luego les suceden otras nubes, enormes, como bordadas de oro. Unos minutos más tarde estalla una ráfaga formidable, un huracán de polvo. Por último, una nueva oleada de nubes negras, esta vez sin rebordes dorados, sume el cielo y la tierra en las tinieblas. Un interminable fragor de trueno sacude el espacio. Y es el desencadenamiento. Agni, el dios del fuego de los Veda, el protector de los hombres y de sus hogares, lanza sus rayos. Las gruesas gotas calientes se transforman en cataratas. Los niños se arrojan desnudos bajo el diluvio aullando de alegría. Los hombres exultan, y las mujeres, al abrigo de las galerías cubiertas, cantan en acción de gracias.

El agua. La vida. El cielo fecunda la tierra. Es el renacer. La victoria de los elementos. En pocas horas la vegetación brota por todas partes, los insectos se multiplican, las ranas salen por miríadas, los reptiles pululan, los pájaros gorjean construyendo sus nidos. Y sobre todo, los campos se cubren como por encanto de un plumón del verde más hermoso, cada vez más espeso y cada vez más alto. El sueño y la realidad coinciden. Al cabo de una o dos semanas, en el cielo, por fin apaciguado, aparece el arco de Indra, el rey de todos los dioses, el señor de los elementos y del firmamento. Para los humildes campesinos este arco iris revela que los dioses han hecho la paz con los hombres. Habrá una buena cosecha.

Un buen monzón significaba que el campo de los Pal, que no medía más que un cuarto de hectárea, produciría alrededor de quinientos kilos de arroz. Como para alimentar a toda la familia durante más de tres meses. En espera de la próxima cosecha, los hombres deberían alquilar sus brazos a los *zamindars*, empleo muy incierto que a menudo sólo proporcionaba de cuatro a cinco días de trabajo al mes, en ocasiones tan sólo unas horas. En aquellos tiempos la remuneración de la jornada era tres rupias, un cuarto de dólar, más una porción de arroz inflado y seis *bidi*, unos cigarrillos en forma de cucurucho que se hacen con una pizca de tabaco liado con una hoja de *kendu*.

Pero el viernes 12 de junio terminó sin que se viera la menor nube. Los días siguientes el cielo siguió mostrándose de un blanco acerado. Por fortuna, Hasari había tomado la precaución de hacerse reservar la bomba de riego. Al no poderse permitir ese lujo, Ajit, el vecino de los Pal, se lamentaba. Al cabo de unas semanas, los brotes más tiernos de su pequeño arrozal viraron hacia el amarillo. Los más viejos de la aldea rebuscaron en su memoria para tratar de recordar cuándo, en tiempos pasados, el monzón se había hecho esperar tanto. Uno de ellos recordó que el año de la muerte del *mahatma* Gandhi no se había presentado hasta el 2 de julio. Y el año de la guerra con los chinos, prácticamente no había habido monzón. Otras veces, como el año de la muerte del toro premiado, había caído con tanta fuerza, hacia el 15 de junio, que todos los planteles se habían inundado. Peor todavía.

La inquietud empezó a dominar a los más optimistas. ¿Es que Bhâgavan, el Gran Dios, se había enojado? Junto con sus vecinos, los Pal fueron a pedir al sacerdote que celebrara una *puja* para pedir la lluvia. Como precio de sus servicios el brahmán pidió dos *dhotis* para él, un sari para su mujer y veinte rupias, un dólar sesenta. Todos se precipitaron a solicitar un nuevo préstamo al *mohajan*. Antaño una *puja* consistía en sacrificar un animal, por ejemplo un macho cabrío. Actualmente ya casi no se hacían sacrificios de animales. Costaban demasiado caros. El sacerdote se contentó con encender una mecha impregnada de *ghee*, la manteca clarificada ritual, ante la estatua de Ganesh, el dios que da la suerte. Luego hizo arder unos bastoncillos de incienso y salmodió unas *mantras*[1] que los campesinos escucharon respetuosamente.

Pero ni Ganesh ni los demás dioses oyeron las plegarias y Hasari se vio obligado a alquilar la bomba de riego. Durante seis horas, los espasmos de la máquina inundaron los brotes del campo de los Pal con la sangre indispensable para su crecimiento. Adquirieron un hermoso color de esmeralda y crecieron diez centímetros. Entonces se hizo urgente el trasplante. En la inmensa llanura de cultivos, más allá del cuadro verde de su campo, Hasari veía docenas de cuadrados ya amarillos. Los que no habían podido dar agua suficiente a su arrozal medían ahora la magnitud del desastre. Para ellos no habría cosecha, el espectro del hambre asomaba por el horizonte.

Ahora ya nadie escrutaba el cielo. El aparato de radio del *mohajan* afirmaba que aquel año el monzón llegaría con mucho retraso. Aún no había llegado a las islas Andamán. Estas islas se encuentran muy lejos en el mar de Bengala, frente a la costa de Tailandia. De todos modos, la radio ya no podía decir nada nuevo a los campesinos de Bankuli. «Sólo podía traernos mala suerte», pensaba Hasari. «Sabíamos que hasta que no viéramos al cuco-arrendajo, tardaría en llegar la lluvia.»

A comienzos de julio varios *bauls* de ocres ropajes atravesaron la aldea. Los *bauls* son monjes itinerantes que cantan la gloria del dios Krishna. Se detuvieron cerca del santuario de Gauri, bajo el baniano que hay donde terminan los campos, y empezaron a cantar, puntuando sus estrofas con chirridos de una especie de laúd de una cuerda, campanillas y unos címbalos minúsculos. «Pájaro de mi corazón, no seas vagabundo», imploraba su melopea. «¿Es que no sabes que tu vagar nos hace sufrir? ¡Oh! Ven, pájaro, y trae contigo nuestra agua.»

Ahora toda la atención de los Pal estaba fija en el estanque que servía de depósito de agua comunal. Su nivel descendía a ojos vista.

1. Fórmula sagrada en sánscrito védico.

Los aldeanos discutían interminablemente calculando el tiempo que iban a tardar las bombas de riego en vaciarlo, teniendo en cuenta la evaporación, de tanta importancia en medio de aquel calor tórrido. El momento fatídico llegó el 23 de julio. Hubo que recoger los peces que se agitaban en el lodo y repartirlos. En aquellos tiempos angustiosos, fue la ocasión de fiestas inesperadas. Comer pescado era una verdadera suerte. No obstante, en muchos hogares, madres de familia previsoras renunciaron a esos festines e hicieron secar los pescados.

En el campo de los Pal el luminoso verde esmeralda se tornó muy pronto verde grisáceo, luego amarillento. El arroz se encorvó, se encogió y finalmente murió. Aquel arroz que habían acariciado, palpado, auscultado. Aquel arroz con el cual habían sufrido, inclinado la cabeza, envejecido. «No podía decidirme a abandonarlo», confesará Hasari. «Abrumado por la magnitud del desastre, estaba allí, inmóvil, al borde de mi campo.» Ante cada parcela había campesinos anonadados que también permanecieron allí durante toda la noche, con la cabeza gacha. Tal vez pensaban en la lamentación del faquir loco de Dios: «En mi campo había un tesoro, pero ahora es otro quien posee la llave y ese tesoro ya no me pertenece.»

Al amanecer, Hasari tuvo que resignarse. Volvió a su casa, se sentó en la galería con su padre y sus hermanos. El viejo Prodip resumió la situación: «En esta estación ya no volveremos al campo.» Unos instantes después Hasari oyó que su madre levantaba las tapaderas de las vasijas alineadas en el cobertizo. Contenían el arroz que los Pal habían puesto aparte en espera de la futura cosecha. La pobre mujer calculaba el tiempo que su familia podría resistir con las escasas reservas. Hasari conocía la respuesta. «Racionándonos, y reservando unos puñados de grano para las ofrendas a los dioses, teníamos comida para dos meses.» Su mujer, sus cuñadas y los niños se acercaron. Todos comprendían que algo iba mal. La anciana volvió a cerrar las vasijas y declaró con aparente serenidad: «Tenemos arroz para más de cuatro meses. Luego habrá las hortalizas.» Tranquilizados, grandes y pequeños volvieron a sus ocupaciones. Sólo Hasari se quedó atrás. Vio caer lágrimas por las mejillas de su madre. El padre también se había levantado. Posó su mano sobre el hombro de su mujer. «Nalini, madre de mis hijos», dijo, «tú y yo nos privaremos de comer para que el arroz dure más. Los hijos no deben sufrir». Ella asintió con la cabeza y se sonrieron.

Muchos habitantes de la aldea ya no tenían nada. El primer indicio de esta realidad fue la desaparición de las familias más pobres, las de los *intocables*. Habían comprendido: aquel año no habría un grano de arroz que espigar en los campos. Nadie hablaba de ellos, pero se sabía que se habían ido a la gran ciudad de Calcuta, que distaba un centenar de kilómetros. Luego llegó el turno de los padres y de los hijos primogénitos en las casas donde las vasijas estaban vacías. Más tarde familias enteras se pusieron en camino hacia la ciudad.

La partida de sus vecinos afectó de un modo particular a los Pal. Se conocían desde hacía muchas lunas. Antes de abandonar su casa, el viejo Ajit rompió sus cacharros de barro cocido y apagó la lámpara de aceite, la llama que arde permanentemente en todos los hogares. Algunas estaban encendidas desde hacía generaciones. Con mano un poco temblorosa, despegó las imágenes de los dioses que presidían el altarcito familiar y las guardó en su morral. Eran dioses muy sonrientes, y sus sonrisas parecían fuera de lugar aquella mañana. Prem, el hijo mayor, depositó flores y unos granos de arroz en el agujero que había junto al umbral. Era el agujero de la cobra. Prem recitó una plegaria a la serpiente, suplicándole que «guardase la casa y que la defendiera hasta nuestro regreso». Por desgracia, en aquel momento el lagarto chik-chiki emitió varios gritos estridentes. Era un presagio desfavorable. Para engañar a los malos espíritus, el viejo Ajit debía atraerlos hacia una pista falsa. Partió solo y se dirigió hacia el norte, antes de desviarse lentamente hacia el sur, donde se le reuniría su familia. El primogénito antes de irse abrió la jaula del papagayo. Al menos él sería libre. Pero en vez de dirigirse derechamente hacia el cielo, el pájaro pareció desamparado. Después de una vacilación, se puso a revolotear de mata en mata detrás de sus amos que se alejaban en medio del polvo.

En la aldea el verano concluyó sin que cayera ni un aguacero, y volvió la estación de la sementera invernal. Pero al faltar el agua, no iba a haber sementera invernal. Ni lentejas ni batatas ni arroz de invierno. *Bhaga*, la única vaca que les quedaba a los Pal, no era más que piel y huesos. Hacía ya tiempo que no podían darle paja, y no digamos salvado. La alimentaban con el corazón de tres bananos que daban un poco de sombra a la choza. Una mañana Hasari la encontró tendida de costado, con la lengua fuera. Comprendió que todo el ganado iba a morir. Igual que buitres, acudían comerciantes de ganado de las poblaciones próximas. Ofrecían a los campesinos comprar los animales aún vivos. Se alejaban con camiones llenos de vacas por las que habían pagado cincuenta rupias (cuatro dólares) y de búfalos comprados por apenas un centenar más. «No os lamentéis», les tranquilizaban, con falsa compasión. «El año próximo podréis volver a comprar los animales.» Lo que no decían es que su precio iba a ser entonces diez veces más alto. Unos días después los curtidores acudieron a su vez para quedarse con los esqueletos de los animales de los que los campesinos no habían tenido valor de separarse. ¡Quince rupias! ¡Un dólar veinte! Lo tomaban o lo dejaban.

Pasó noviembre. Al desprenderse del ganado habían perdido su única fuente de combustible: se acabaron las boñigas para cocinar los alimentos. Se acabó también la leche, y ya no se oía reír a los niños, cuyos vientres estaban hinchados como globos. Varios murieron víctimas de lombrices, diarreas y fiebres. En realidad, víctimas del hambre.

A comienzos de enero los aldeanos se enteraron de que se distribuían víveres en la cabeza de distrito, a una veintena de kilómetros. Al principio nadie quería ir. «Éramos campesinos, no pordioseros», comentará más tarde Hasari Pal. «Pero por las mujeres y los niños hubo que resignarse a aceptar esas ayudas.» Posteriormente unos emisarios del gobierno pasaron por las aldeas para anunciar una operación llamada «Trabajo por alimentos». Se iniciaron obras en la región para abrir canales, reparar caminos, agrandar los depósitos de agua, elevar diques, roturar terrenos con maleza, cavar hoyos junto a las carreteras para plantar árboles. «Recibíamos un kilo de arroz por jornada de trabajo, una limosna para alimentar a toda una familia, y mientras la radio decía que los silos de grano estaban llenos en el resto del país.»

Hacia el veinte de enero circuló una terrible noticia: el pozo que había junto al altarcito de Gauri estaba seco. Unos hombres bajaron hasta el fondo para sondearlo. Se habían agotado las venas de agua. El municipio tuvo que establecer turnos para los otros tres pozos de la aldea que aún daban un poco. Se racionó el agua. Primero un cubo por día y por familia. Luego medio cubo. Finalmente, un solo vasito por persona que había que ir a beber sobre el terreno, en la casa del alcalde. De día y de noche se formaban largas colas ante su puerta. Hubo que poner centinelas armados de un garrote junto al único pozo que aún no se había secado completamente. Se contaba que unos kilómetros más al norte unos elefantes salvajes que se morían de sed habían rodeado un estanque y atacaban a los imprudentes que se acercaban.

Los campos no eran más que vastas extensiones descoloridas cubiertas de una corteza agrietada. Los árboles no habían resistido mejor. Muchos habían muerto ya. Hacía tiempo que todos los matorrales habían ardido.

La capacidad de resistencia de los Pal tocaba a su fin. Un día el anciano reunió a toda su familia. De la punta amarrada de su *dhoti* sacó cinco billetes de diez rupias, cuidadosamente arrollados, y dos monedas de una rupia que tendió a Hasari.

—Toma este dinero, tú que eres mi hijo primogénito, y ve a Calcuta con los tuyos. En la gran ciudad encontrarás trabajo. Mándanos lo que puedas. Eres nuestra única esperanza de no morir de hambre.

Hasari se prosternó y con las dos manos tocó los pies de su padre. El anciano posó su palma primero sobre la cabeza y luego sobre el hombro de su hijo, apretando fuertemente hasta que se levantó. Un poco alejadas, las mujeres lloraban en silencio.

Al día siguiente por la mañana, cuando los primeros rayos de Surya, el dios sol, blanquearon el horizonte, Hasari Pal y los suyos se pusieron en camino sin volver la cabeza hacia los que les veían partir. Hasari caminaba delante con su hija mayor Amrita. Les seguía su mujer Kamla, con su sari de algodón verde, al lado de sus dos hijos, Manooj y Shambu. Hasari llevaba al hombro un saco de tela en el que su mujer había metido un poco de ropa blanca y las sandalias que él recibió de sus suegros junto con la dote. Era la primera vez que aquellos campesinos salían de su aldea para dirigirse a un lugar tan lejano. Los dos niños pataleaban de júbilo ante la perspectiva de la aventura. «Pero yo tenía miedo», confesará Hasari, «miedo de lo que nos esperaba».

4

Después de andar durante toda una mañana, de varias horas en un autocar traqueteante y de una noche en el tumulto de un vagón de tercera clase, Hasari Pal y su familia llegaron a la estación de Howrah, una de las dos terminales ferroviarias de Calcuta. Permanecieron largo rato sin atreverse a dar un paso, hasta tal punto les aturdía el espectáculo que se presentaba ante sus ojos al bajar del vagón. Eran prisioneros de un mar de gente que iba y venía en todas direcciones, de *coolies* que llevaban montañas de maletas y de paquetes, de vendedores que ofrecían todas las mercancías imaginables. Nunca habían visto tantas riquezas: pirámides de naranjas, de sandalias, de peines, de tijeras, de candados, de gafas, de talegas; montones de chales, de saris, de *dhoti*; periódicos, comida y bebida de todas clases. Monjes itinerantes llamados *sadhus* se paseaban por entre los viajeros. Por una monedita de veinte *paisa* les vertían unas gotas de agua sagrada del Ganges en la boca y les imponían las manos. Limpiabotas, limpiadores de orejas, zapateros, amanuenses públicos, astrólogos, ofrecían sus servicios. Hasari y los suyos estaban como pasmados, aturdidos, perdidos. «¿Qué vamos a hacer ahora?», se preguntaba el campesino. «¿Dónde dormiremos esta noche?»

A su alrededor, otros muchos viajeros parecían igualmente desamparados. Empezaron a deambular en medio de toda aquella multitud y vieron a una familia instalada en un rincón del vestíbulo principal. Eran campesinos del Bihar expulsados de sus tierras por la sequía, igual que ellos. Entendían un poco el bengalí. Hacía ya varias semanas que vivían en aquel lugar. Junto a sus petates bien atados, habían dispuesto algunos utensilios y su *chula* (pequeño horno portátil). Se apresuraron a avisar a los recién llegados del peligro de la policía, que a menudo irrumpía allí para expulsar a los que acampaban en la estación. Hasari les preguntó acerca de las posibilidades de conseguir trabajo. Ellos aún no habían encontrado nada. Para no morir de hambre, habían tenido que resignarse a «enviar a sus hijos a mendigar en la calle», confesaron. En sus caras podía leerse la vergüenza. Hasari explicó que un joven de su aldea trabajaba como *coolie* en el Barra Bazar y que iba a tratar de encontrarle. Se ofrecieron para velar por su mujer y sus hijos mientras él se dedicaba a esta busca. Confortado por la benevolencia de aquellos desconocidos, Hasari fue a comprar unos *samosa* (esos buñuelos de forma triangular rellenos de legumbres o de carne picada). Y los compartió con sus nuevos amigos, su mujer y sus hijos, que no habían comido nada desde la víspera. Luego se sumergió en las oleadas de viajeros que salían de la estación.

La visión de aquel campesino recién llegado provocó inmediatamente una especie de alud. Un enjambre de vendedores ambulantes cayó sobre él, ofreciéndole bolígrafos, confites, billetes de lotería y otras mil mercancías. Le asaltaron también mendigos. Leprosos de manos deformes se aferraron a su camisa. Alrededor de la estación, como en una locura colectiva, giraba un ciclón de camiones, autobuses, taxis, carrillos de mano, motocicletas, ciclocarros, carretelas, motos, bicicletas. Todos avanzaban mezclados y a paso lento, en medio de un desorden y un estruendo terroríficos. Bocinas de triciclos, cláxones de camiones, zumbidos de motores, sirenas de los autobuses, cascabeles de los carricoches, campanas de las carretelas, aullidos de los altavoces, todos parecían competir en hacer más ruido. «Era peor que el trueno antes de las primeras gotas del monzón», recordará siempre Hasari. «Creí que mi cabeza iba a estallar.» En medio de todo aquel desenfreno, divisó a un policía impávido que trataba de regular la circulación. Se deslizó hasta él para preguntarle la dirección del bazar donde trabajaba su paisano.

El policía levantó su bastón señalando el entrecruzamiento de vigas metálicas que ascendía hacia el cielo al extremo de la plaza.

—¡Es al otro lado del puente!

El único puente que unía las ciudades gemelas de Calcuta y de Howrah por encima del río Hooghly, un brazo del Ganges, era sin duda alguna el puente más atestado del universo. Todos los días, más de un millón de personas y cientos de miles de vehículos lo cruzaban en un *maelstrom* alucinante. Hasari Pal no tardó en ser engullido por un torrente humano que, en ambos sentidos, se abría paso a través de las dos líneas ininterrumpidas de mercaderes sentados en la calzada detrás de tenderetes. En los seis carriles, centenares de vehículos se encontraban completamente atrapados en un gigantesco atasco que se extendía hasta más allá de la vista. Unos camiones rugían intentando adelantar a la hilera de tranvías y de autobuses rojos con imperial, apariciones incongruentes en aquel decorado de locura. Sobrecargados con racimos humanos que colgaban de sus costados, se inclinaban de tal modo que parecía que de un momento a otro fueran a desplomarse sobre los demás vehículos. Había también carros de mano hundidos bajo montañas de cajas, tubos y máquinas, arrastrados por pobres infelices cuyos músculos parecían a punto de desgarrarse bajo la piel. Con la cara deformada por el esfuerzo, los *coolies* iban a paso corto y rápido con cestos y fardos apilados sobre la cabeza. Otros transportaban latas colgadas de los extremos de una larga pértiga que apoyaban en el hombro. Hostigados a bastonazos por sus guardianes, rebaños de búfalos, de vacas y de cabras intentaban colarse por entre aquel laberinto de carrocerías, pero los animales, enloquecidos, escapaban por todas partes. «¡Qué martirio para esas pobres bestias!», pensó Hasari, recordando con nostalgia la apacible belleza de sus campos.

Al otro lado del puente el tránsito aún le pareció más denso. Tuvo miedo de perderse. Entonces vio un carricoche de dos ruedas con dos viajeros sentados en la banqueta. Entre las varas había un hombre. «¡Dios mío!», se dijo. «¡En Calcuta hay hasta hombres-caballo!» Acababa de descubrir su primer *rickshaw*. Cuanto más cerca estaba del bazar, más numerosos eran esos curiosos cochecillos que llevaban gentes, mercancías o ambas cosas a la vez. Los seguía con la mirada y dejó volar la imaginación. ¿Tendría fuerzas para ganar el sustento de su familia tirando de semejante máquina?

El Barra Bazar era un barrio como un hervidero humano con casas de varios pisos, tan altas que Hasari se maravilló de que pudieran tenerse en pie. Un laberinto de callejones, pasadizos cubiertos, estrechos pasajes rodeados de centenares de tenduchos, de talleres y de tiendas hacían pensar en una colmena en plena efervescencia. Callejas enteras estaban ocupadas por vendedores de adornos y de guirnaldas de flores. Sentados en cuclillas detrás de montañas de rosas de Bengala, de jazmín, de claveles de la India, de maravillas, unos niños enhebraban capullos y pétalos como perlas para confeccionar collares de varias vueltas, gruesos como pitones, con colgajos también de flores y trencillas de hilos de oro. Aspirando con delicia los perfumes de tales puestos, Hasari compró por diez *paisa* un puñado de pétalos de rosa y fue a depositarlo sobre el *linguam* de Shiva —la diosa a un tiempo benévola y terrible— que vio en una hornacina en la esquina de una calle. Se recogió un instante ante aquella piedra negra cilíndrica que simbolizaba los principios de la vida y pidió al gran *yogui* que sabía dónde estaba la verdad que le ayudase a encontrar a la persona que andaba buscando.

Más lejos, Hasari penetró bajo una arcada en la que docenas de tenderetes no vendían más que perfumes contenidos en una infinidad de botellitas y de viejos frascos. Luego entró en una calle cubierta en la que, en medio de un espejeo de oro y abalorios, sólo había joyeros. No podía creer lo que estaba viendo. Eran centenares, alineados como prisioneros tras las rejas en las jaulas que contenían sus tesoros. Mujeres vestidas con costosos saris se apretujaban contra los barrotes, y los mercaderes no dejaban de abrir y de cerrar con llave los cofres fuertes que había a sus espaldas. Manejaban sus minúsculas balanzas con una inesperada agilidad. Hasari vio a varias mujeres pobres con el velo remendado que también se atropellaban ante sus rejas. Aquí, lo mismo que en la aldea, los joyeros eran también usureros.

Más allá de esta calle de los *mohajans* se extendía el sector de los mercaderes de telas y de saris. Muchas mujeres se detenían ante sus suntuosos puestos, sobre todo cuando estaban especializados en los trajes nupciales, centelleantes de oro y de lentejuelas.

El sol era agobiante, y los aguadores que deambulaban agitando sus campanillas hacían buenos negocios. Hasari dio cinco *paisa* a uno de ellos para saciar su sed. Con la mirada siempre atenta a todo, se fijaba en cada *coolie,* en cada comerciante, preguntaba a los acarreadores. Pero se hubiera necesitado un milagro para encontrar a su compatriota en medio de aquel gentío. Continuó vagando hasta la caída de la noche. Estaba deslomado. «Labrar diez fanegas de arrozal era mucho menos cansado que andar interminablemente por aquel bazar.» Tenía prisa por volver junto a los suyos. Compró diez plátanos y se hizo indicar la dirección del gran puente. Sus hijos se arrojaron sobre los plátanos como pajarillos hambrientos, y toda la familia durmió en el suelo dentro de la estación. Afortunadamente, aquella noche no fue la policía.

Al día siguiente por la mañana Hasari hizo que le acompañara su hijo Manooj. Exploraron otro barrio del Barra Bazar, en primer lugar la parte de los caldereros y los hojalateros, luego el de los talleres, donde docenas de hombres y de niños, desnudos de cintura para arriba, se pasaban el día liando *bidi* (los delgados cigarrillos indios). En el interior había tan poca luz que era imposible distinguir las caras. A todos los que se prestaban a escucharle, Hasari daba el nombre y las señas de su amigo. ¡Pero era como buscar un grano de arroz en un haz de paja! Debía de haber centenares de *coolies* que se llamaban Prem Kumar y que se le parecían. La segunda noche Hasari volvió a comprar plátanos. Los Pal los compartieron con la familia de al lado que no tenía nada que comer.

Al cabo de tres días de búsquedas, como ya no le quedaba dinero para comprar plátanos, Hasari tuvo que resignarse a un gesto humillante para un altivo campesino. Antes de regresar a la estación, recogió las mondaduras y los desperdicios que pudo encontrar. «Aquella noche mi mujer sugirió que nuestra hija Amrita fuese a mendigar ante la entrada

zares y sus mercados un caudal ininterrumpido de productos alimenticios: cereales y azúcar de Bengala, hortalizas del Bihar, fruta de Cachemira, huevos y averío de Bangladesh, carne de Andhra, pescado de Orissa, crustáceos y miel de los Sunderbans, tabaco y betel de Patna, quesos del Nepal. A estos productos se añadían numerosos artículos y objetos que alimentaban uno de los comercios más diversificados y activos de Asia. Se conocían por lo menos doscientas cincuenta variedades de telas en los bazares de Calcuta, y más de cinco mil colores y matices de saris. Antes de llegar a esta meca de la industria y del comercio, estos productos atravesaban vastas regiones a menudo extremadamente desheredadas en las que millones de modestos campesinos como los Pal se ganaban duramente el sustento trabajando sus pequeñas parcelas. ¿Cómo esperar que la imaginación de estas multitudes no se orientara por el mismo camino que tales riquezas cada vez que se producía una calamidad? Porque esta metrópoli está situada en el corazón de una de las regiones más fértiles pero también más desfavorecidas del planeta, una zona en la que el monzón a veces está ausente o es, por el contrario, devastador, ocasionando sequía o inundaciones bíblicas; una zona de ciclones y marejadas altas que lo aniquilan todo, seísmos apocalípticos, éxodos políticos y guerras religiosas, como ni el clima ni la historia de ningún otro país haya quizá llegado a generar jamás. El terremoto que sacudió el Bihar el 15 de enero de 1937 causó centenas de millares de muertos y lanzó pueblos enteros hacia Calcuta. Seis años después, un hambre originó la muerte de tres millones y medio de personas sólo en Bengala y desplazó a millones de refugiados. La independencia de la India y la partición de 1947 provocaron el éxodo hacia Calcuta de unos cuatro millones de musulmanes y de hindúes expulsados del Bihar y del Pakistán oriental. El conflicto de 1962 con la China y luego la guerra de 1965 contra el Pakistán, añadieron a la ciudad varias centenas de millares de refugiados suplementarios. En 1965, un ciclón de una fuerza igual a la de diez bombas H de tres megatones, capaces de arrasar una ciudad como Nueva York, y luego una espantosa sequía en el Bihar, una vez más empujaron hacia la ciudad a comunidades enteras. Ahora era una nueva sequía la que llenaba Calcuta con millares de campesinos hambrientos como los Pal.

La llegada de esas oleadas sucesivas de náufragos había transformado Calcuta en una enorme concentración humana. En pocos años la ciudad condenaría a sus diez millones de habitantes a vivir en menos de 3,7 metros cuadrados por persona; y en poco más de un metro cuadrado a los cuatro o cinco millones que se hacinaban en los barrios de barracas. El resultado era una situación que convertía a esta ciudad en uno de los mayores desastres urbanos del mundo. Una ciudad roída por la decrepitud, en la que diez mil casas e incluso edificios nuevos de diez pisos o más amenazaban continuamente con agrietarse y hasta con derrumbarse. Fachadas hendidas, tejados inseguros, paredes devoradas por la vegetación tropical, algunos barrios parecían acabar de sufrir un bombardeo. Una lepra de carteles, de anuncios, de eslóganes políticos pintados en las paredes, de tableros publicitarios, impedía el revoque o simplemente una mano de pintura. A falta de un adecuado servicio de recogida de basuras, mil ochocientas toneladas de desperdicios se amontonaban cada día en la calle, atrayendo miríadas de moscas, de mosquitos, de ratas, de cucarachas y otras bestezuelas. En verano tal proliferación representaba un serio riesgo de epidemias. No mucho antes, era frecuente morir de cólera, de hepatitis, de encefalitis, de tifus y de rabia. Los artículos y reportajes de la prensa local no cesaban de denunciar ese albañal envenenado de gas, de humos, de efluvios y gases nauseabundos, ese decorado devastado de calzadas rotas, de alcantarillas reventadas, de tuberías destrozadas, de líneas telefónicas arrancadas. En resumen, Calcuta representaba un tal fracaso material que incluso sus admiradores se maravillaban de que hubiera hombres que siguieran hacinándose allí en tan gran número.

Por centenares de millares, por millones, sus habitantes hormigueaban en las plazas, en las avenidas, en los callejones más estrechos. Hasta la menor porción de acera estaba ocupada, invadida, llena de vendedores ambulantes, de familias sin techo que acampaban donde podían, de depósitos de materiales o de montones de basuras, de tiendas, de numerosos altares y de pequeños templos. De ello resultaba un desorden indescriptible en la circulación, un índice de accidentes que era un récord, unos atascos de pesadilla. A falta de urinarios públicos, cientos de miles de habitantes se veían obligados a hacer sus necesidades en las calles.

En esta época, siete familias de cada diez disponían para su supervivencia cotidiana de un poder adquisitivo que ni siquiera permitía comprar un kilo de arroz. Calcuta era, entonces, sin duda, «esta ciudad inhumana» que descubría la familia Pal, donde era posible que hubiera quien muriese en las aceras en medio de la indiferencia general. Era también un polvorín de violencia y de anarquía en el que las masas acabarían por volver los ojos hacia el mito salvador del comunismo. Al hambre, a los conflictos de comunidades, se añadía uno de los climas más agobiantes del planeta: el calor, tórrido durante ocho meses del año, fundía el asfalto de las calles y dilataba las estructuras metálicas del gran puente de Howrah, hasta el punto de que la obra medía un metro cincuenta más de día que de noche. En muchos aspectos la ciudad se parecía a la diosa Kali, que veneran millones de sus habitantes, Kali la terrible, imagen de miedo y de muerte, representada con ojos de mirada terrorífica y con un collar de serpientes y de cráneos alrededor del cuello. Hasta los eslóganes de las paredes proclamaban de vez en cuando el fracaso de esta ciudad: «Aquí ya no hay esperanza», decían, «no queda más que cólera».

¡Y no obstante, de qué prestigioso pasado podía enorgullecerse esta metrópoli que hoy juzgaban inhumana tantos de sus habitantes! Desde su fundación en 1690 por un puñado de mercaderes ingleses hasta la marcha de su último gobernador británico el 15 de agosto de 1947, Calcuta había encarnado más que ninguna otra ciudad del mundo el sueño imperial de la dominación del globo por el hombre blanco. Durante cerca de dos siglos y medio había sido la capital del Imperio Británico de las Indias. Hasta 1912 sus gobernadores generales y sus virreyes habían impuesto su autoridad sobre un país más poblado que toda Europa. Sus avenidas habían visto desfilar tantos escuadrones y pasearse tantos elegantes en palanquines y en calesas como los Campos Elíseos y el Mall de Londres. Aunque deslucidos por lustros de monzones, sus soberbios edificios públicos, sus monumentos, su impresionante centro de negocios, sus hermosas residencias con balaustradas y columnatas, todavía hoy son testigos de esa herencia. Al final de la avenida por la que Jorge V y la reina Mary habían desfilado en 1911 en una carroza constelada de oro, entre dos hileras de *highlanders* con guerreras escocesas y polainas blancas, se elevaba en medio de un parque de quince hectáreas el palacio de ciento treinta y siete habitaciones en el que el Imperio había alojado a sus virreyes. Raj Bhavan, el palacio del gobierno, era una réplica de Kedleston Hall, uno de los más bellos palacios de Inglaterra. El virrey lord Wellesley había decorado su gran salón de mármol con los bustos de los doce Césares. Convertido después de la Independencia en residencia del gobernador indio de Bengala, este palacio fue el marco de fiestas y celebraciones de una suntuosidad que desafía a la imaginación. Las noches en que había recepción, el representante de Su Graciosa Majestad se sentaba en un trono de terciopelo púrpura realzado de dorados, rodeado de todo un areópago de ayudantes de campo y de oficiales en uniforme de gala. Dos criados indios con turbante agitaban suavemente abanicos de seda escarlata para refrescarlo, mientras soldados armados de lanzas con incrustaciones de plata formaban una guardia de honor.

Otros muchos vestigios no menos gloriosos, a menudo engullidos por el caos de las construcciones y de los barrios de barracas, daban testimonio de la pasada majestad de este antiguo joyel de la Corona. Por ejemplo, este estadio en el que, el 2 de enero de 1804, el equipo de Calcuta, capitaneado por el nieto del primer ministro británico Walpole, disputó con un equipo de antiguos alumnos de Eton el primer partido de críquet que se jugó en Asia. O ese orgulloso enclave de cuatrocientas hectáreas, junto a las aguas santas del Hooghly, que albergaba una de las ciudadelas más impresionantes construidas por el hombre. Edificado para proteger las tres primeras factorías —una de las cuales, Kalikata, así bautizada por su proximidad a un poblado consagrado a Kali, debía dar su nombre a la ciudad—, Fort William fue la cuna de Calcuta y la de la conquista por Inglaterra de su inmenso imperio de Asia.

Pero de todos esos emblemas de su pasada gloria, ninguno más esplendoroso que la impresionante mole de mármol blanco que se elevaba en la extremidad del Maidan. Erigido por una suscripción de los mismos indios para conmemorar los sesenta y tres años de reinado de quien creía encarnar mejor que nadie la vocación de la raza blanca de hacer la felicidad de los pueblos, el Victoria Memorial conservaba la más asombrosa colección de reliquias que se ha reunido nunca sobre una época colonial. Las estatuas de la emperatriz en todas las edades de su esplendor y las de los enviados de la Corona que se sucedieron aquí, el retrato de Kipling, los sables con incrustaciones de oro y de piedras preciosas que usaron los generales británicos en las batallas que dieron las Indias a Inglaterra, los pergaminos que confirmaban sus conquistas, los mensajes manuscritos de Victoria expresando su afecto «a sus pueblos de más allá de los mares», todos los recuerdos se encontraban allí, piadosamente conservados para las miradas incrédulas de las generaciones presentes.

A pesar del calor, las fiebres, las serpientes, los chacales, los monos e incluso los tigres que a veces merodeaban de noche por los alrededores de las residencias de la avenida Chowringhee, Calcuta había ofrecido a sus constructores una existencia más fácil y más feliz que cualquier otra. Durante dos siglos y medio, generaciones de ingleses habían comenzado sus jornadas con un paseo en calesa o en automóvil cerrado a la sombra de los banianos, de las magnolias y de los palmares del Maidan. Todos los años antes de Navidad, una deslumbrante temporada de polo, de carreras de caballos y de recepciones atraía a Calcuta a toda la élite de Asia. La principal actividad de las *ladies* de la *belle époque* fue probarse en sus tocadores los últimos modelos de París y de Londres confeccionados por sastres indígenas con los suntuosos tejidos y brocados hechos en Benarés o en Madrás. Durante cerca de medio siglo, los lugares preferidos de esas privilegiadas fueron los establecimientos de Monsieur Malvaist y Monsieur Siret, los dos célebres peluqueros franceses que un astuto comanditario hizo venir de París.

Gracias a la abundancia de sus diversiones, la Calcuta de antaño había merecido el sobrenombre de «París del Oriente». Ni una sola de sus veladas empezaba sin una deliciosa excursión vespertina por el

Hooghly, a bordo de una de esas largas góndolas propulsadas por una cuarentena de remeros con turbantes rojos y verdes, y túnicas blancas ceñidas con fajines dorados. O bien era un paseo junto al río por las avenidas del Eden Garden: un virrey apasionado por la arquitectura oriental había hecho transportar hasta allí, madero por madero, una pagoda de las altiplanicies birmanas. A media tarde, una banda de la guarnición ofrecía, de cara al río, un concierto de música romántica para el mayor deleite de los expatriados en crinolinas, levitas y sombreros de copa. Más tarde, en el curso de la velada, había siempre algún torneo de *whist* o de hombre en uno de los múltiples clubs «en los que se prohibía la entrada a los perros y a los indios», que constituían el orgullo de la Calcuta británica. Luego había algún baile con tentempié bajo los artesonados de las suntuosas mansiones de Chowringhee, o en la pista de baile de madera de teca de la *London Tavern*. Los que preferían el arte dramático, podían elegir a su gusto. Calcuta se envanecía de ser la capital artística e intelectual de las Indias. Todas las noches se presentaba Shakespeare en la *New Play House*, y los últimos éxitos de Piccadilly en una multitud de teatros. A comienzos de siglo, una gran dama de la ciudad, Mrs. Bristow, incluso había convertido uno de los salones de su residencia en escenario de ópera para que cantaran allí los mejores tenores y divas de Europa. El *Old Empire Theatre* había tenido el honor de ser pisado por las zapatillas de la gran Anna Pavlova en un inolvidable recital que precedió en poco tiempo a su despedida. En este mismo teatro, la *Calcutta Symphony Orchestra* ofrecía todos los domingos un concierto bajo la batuta de su fundador, un comerciante bengalí llamado Shosbree. Poco después de la primera guerra mundial, en la avenida Chowringhee prosperaba el más célebre de los restaurantes de tres estrellas que había en Asia. Hasta los años sesenta, *Firpo* debía de ser el *Maxim's* de Oriente, el templo de los goces gastronómicos y mundanos de Calcuta. Del mismo modo que tenía sus escaños propios en la catedral de San Pablo, toda familia que se respetase tenía su mesa reservada en la gran sala en forma de L en la que el propietario italiano recibía a la clientela como un potentado oriental, o bien la rechazaba si su aspecto o su indumentaria no le complacían. Animada por los músicos de Francisco Casanovas, un Grande de España que ahora se dedicaba al clarinete, la pista de baile del *Firpo* había visto nacer todos los idilios de la última generación del hombre blanco en Asia.

Los que preferían a esos placeres los tesoros de la frondosísima cultura bengalí, tampoco tenían motivos de queja. Desde el siglo XVIII, Calcuta había sido la patria de los filósofos, de los poetas, de los cuentistas y de los músicos. Con Tagore dio a la India un premio Nobel de Literatura y un premio Nobel de Ciencias con J. C. Bose; con Ramakrishna y Vivekananda, sabios entre los más venerados del país; con Satyajit Ray, uno de los hombres más premiados del cine mundial; con Sri Aurobindo, uno de los gigantes de la espiritualidad universal; con Satyen Bose, uno de los grandes sabios de la teoría de la relatividad.

Las vicisitudes del destino no habían barrido por completo esta soberbia herencia. Calcuta seguía siendo el faro artístico e intelectual del país, y su cultura era algo tan vivo y creador como siempre. Los centenares de tenderetes de libros de lance de College Street contenían innumerables libros, ediciones antiguas, folletos, literatura, publicaciones de todas clases, tanto en inglés como en las numerosas lenguas de la India. Aunque los bengalíes sólo representaban apenas la mitad de su población activa, Calcuta contaba sin duda con más escritores que París y Roma juntas, con más revistas literarias que Londres y Nueva York, con más cines que Nueva Delhi, con más editores que todo el resto del país. Cada noche había varias representaciones teatrales, conciertos clásicos e innumerables recitales en los que desde un sitarista universalmente famoso como Ravi Shankar hasta el más humilde intérprete de flauta o de tabla, todos comulgaban ante auditorios populares en un mismo amor por la música. La mitad de las compañías teatrales indias se encontraban aquí. Los bengalíes incluso aseguraban que uno de sus eruditos había traducido a Molière a su lengua antes de que los ingleses hubieran oído hablar de él.

Sin embargo, para los millones de desheredados que vivían en barracas, Calcuta no representaba ni cultura ni historia. Tan sólo un poco de esperanza de encontrar en esta ciudad con qué vivir un día más. Porque en una metrópoli de tal importancia siempre hay alguna migaja que recoger. Mientras que en una aldea inundada por las aguas o requemada por la sequía, ha desaparecido hasta la esperanza de las migajas.

6

Después de un nuevo día en el que se dedicó a recorrer el Barra Bazar, Hasari Pal volvió a la caída de la tarde con una sonrisa de fiesta completamente inesperada.

—¡Bendito sea Bhâgavan! —exclamó Kamla al ver a su marido—. ¡Mirad, hijos míos! Vuestro padre parece contento. Seguro que ha encontrado al *coolie* de nuestra aldea. Mejor aún, tal vez ha conseguido trabajo. ¡Estamos salvados!

Hasari no había encontrado a nadie ni tenía trabajo. Sólo llevaba a los suyos dos cucuruchos de papel de periódico llenos de *muri*, arroz asado en arena caliente, último recurso de los pobres para engañar el hambre. Como los granos apergaminados eran duros, había que mascarlos durante largo rato, lo cual hacía durar la ilusión de tener algo entre los dientes.

Padres e hijos mascaron largamente en silencio.

—¡Toma! —dijo Hasari, dando alegremente el resto de su ración al menor de sus hijos, que le dirigía una mirada suplicante.

Kamla había visto el gesto de su marido con sobresalto. Entre los pobres de la India siempre se da prioridad en la comida al que puede trabajar para subvenir a las necesidades de la familia. Hasari había adelgazado mucho desde su llegada a Calcuta. Sus huesos se hacían prominentes. A lo largo del bigote se habían formado dos profundas arrugas. Sus cabellos negros y relucientes habían encanecido por encima de las orejas, fenómeno raro en un indio tan joven. «¡Dios mío, cómo ha envejecido!», pensó su joven esposa, al verle tenderse para pasar la noche sobre el mismo asfalto de su trozo de acera. Recordaba la primera vez que le vio, tan guapo, tan robusto, bajo el dosel decorado levantado para su boda frente a la choza familiar. Venía entonces de su aldea, transportado en un palanquín que escoltaban sus parientes y sus amigos. El brahmán había adornado su frente con pasta de arroz y hojitas de albahaca. Llevaba una túnica blanca completamente nueva y un turbante de un amarillo azafrán muy vivo. Kamla se acordaba de su miedo, cuando su madre y sus tías la dejaron a solas con él después de la ceremonia. Ella solamente tenía quince años, y él apenas tres más. Su unión había sido concertada por sus padres y casi nunca se habían visto antes. Él la miró con insistencia y le preguntó su nombre. Se acordaba también de que había añadido: «Eres una muchacha muy hermosa, y no sé si vas a encontrarme digno de ti.» Ella se había contentado con sonreír, porque no estaba bien visto hablar al marido en público el día de la boda. Luego se ruborizó y, alentada por su amabilidad, se atrevió a preguntar a su vez. ¿Sabía leer y escribir? No, respondió sencillamente el joven antes de añadir con orgullo: «Pero sé hacer otras muchas cosas.»

«El padre de mis hijos parecía aquel día tan fuerte y tan sólido como el tronco del gran baniano que hay en la entrada de nuestra aldea», recordaba Kamla. Y ahora parecía tan frágil, encogido sobre aquel trozo de acera. Tenía que hacer un esfuerzo para comprender que era aquel mismo hombre cuyos poderosos brazos le habían apretado como tenazas en su noche de bodas. Aunque su tía mayor le hubiese dado algunas explicaciones, era tan tímida e ignorante que había forcejeado para escapar a aquel abrazo. «No tengas miedo», había dicho él, «soy tu marido y tú serás la madre de mis hijos».

Kamla rumiaba estos recuerdos en la oscuridad cuando un drama estalló a su lado. Sus vecinos, aquella buena gente que había acogido tan generosamente a su familia en pleno desamparo, acababan de descubrir la ausencia de su hija mayor. Era un linda muchacha de trece años, esbelta y dulce, con una larga trenza que le caía por la espalda y ojos de color verde. Se llamaba Maya, que significa «Ilusión». Hacía tres meses que su familia se había refugiado en aquel rincón de acera, y todas las mañanas iba a mendigar a la puerta de los grandes hoteles de la avenida Chowringhee y de Park Street, donde paraban los hombres de negocios y los ricos turistas extranjeros. Pero nadie podía tender la mano en ese sector, que representaba una verdadera mina de oro, sin pasar a depender inmediatamente del sindicato de los «racketters». Así Maya entregaba cada noche la totalidad de las limosnas del día al jefe de la banda, que le pagaba a cambio cinco rupias de salario cotidiano. Maya había tenido la suerte de ser aceptada, pues, para incitar a sus «clientes» a ser más generosos, los «racketters» preferían explotar a niños deformes o lisiados, hombres sin piernas que se arrastraban sobre un madero con ruedas o madres andrajosas con una criatura esquelética en los brazos. Incluso se dice que algunos niños fueron mutilados al nacer para ser vendidos a esos verdugos.

Para la joven Maya era un sufrimiento aquella obligación de tener que mendigar. Varias veces, en el momento de ir a «trabajar», se había arrojado llorando en brazos de su madre. Escenas así eran frecuentes en las calles de Calcuta, donde tantas personas se veían condenadas a soportar las peores humillaciones para sobrevivir. Pero la adolescente nunca se había negado a aquello. Sabía que las cinco rupias que ganaba eran para su familia cuestión de vida o muerte.

Aquella noche no regresó. A medida que pasaban las horas, su padre y su madre enloquecían de inquietud. Se levantaban, volvían a sentarse, daban vueltas gimiendo imprecaciones incomprensibles. Hacía tres meses que vivían allí y habían visto cosas suficientes para justificar su angustia. En efecto, las razones no faltaban. El secuestro de niños, como en otros lugares del mundo, se daba también en Calcuta. Aunque los bandidos se fijaban preferentemente en niñas de diez a quince años, también los niños podían ser sus víctimas. Los secuestrados solían venderse a una red de proveedores de prostíbulos que los mandaban a grandes ciudades como Madrás, Bombay y Nueva Delhi, o que los exportaban a ciertas capitales árabes de los países del Golfo Pérsico. Nunca más volvía a saberse de ellos. Los que tenían más suerte eran encerrados y dedicados a la prostitución en la misma Calcuta.

Conmovida por el dolor de sus vecinos, Kamla despertó a su marido. Hasari propuso inmediatamente al padre de Maya ir con él en busca de su hija. Los dos hombres se perdieron por las callejas oscuras atestadas de gente que dormía en los umbrales de las puertas y en las aceras. No extraviarse en semejante laberinto, donde todas las casas se parecían, no era pequeña proeza para unos campesinos acostumbrados a moverse en la sencillez habitual de sus campos.

Después de la marcha de los dos hombres, Kamla fue a sentarse junto a su vecina. Las mejillas de la pobre mujer, picadas de viruela, estaban cubiertas de lágrimas. Tenía un bebé dormido entre los pliegues de su sari. Otros dos niños de corta edad, envueltos en trapos, dormían allí cerca. Nada parecía turbar el sueño de los niños, ni siquiera el petardeo de los camiones y los chirridos desgarradores de los tranvías que pasaban por la avenida a la altura de sus cabezas, ni tampoco los calambres de un estómago hambriento. Desde que aquellos campesinos del Bihar vivían en aquel trozo de acera, habían delimitado su territorio como si tuvieran que quedarse allí para siempre. Era un verdadero campamento en miniatura, con un rincón para dormir unos pegados a otros, y un rincón para la cocina con la *chula* y los utensilios. Como estaban en invierno, aquellos pobres desamparados no tenían que temer las trombas de agua del monzón. Pero cuando el viento de diciembre que soplaba del Himalaya barría la avenida, hacía un frío glacial en las aceras. Por todas partes se oían los mismos ruidos obsesionantes: accesos de tos, carraspeos, silbidos de los escupitajos. «Lo peor», confesaría más tarde Kamla, «era tener que dormir sobre el suelo. Por la mañana una se despertaba con los miembros doloridos como si le hubieran dado una paliza». Por una cruel ironía, un enorme cartel publicitario parecía mofarse de ella desde la acera de enfrente. Se veía a un maharajá durmiendo felizmente sobre un grueso colchón. En su sueño preguntaba: «¿Ha pensado alguna vez comprarse un Dunlopillo?»

El padre de Maya y Hasari Pal no volvieron hasta después de varias horas, y sin la muchacha. Algo extraño sorprendió en seguida a Kamla en el comportamiento de su marido. Parecía extenuado antes de irse, y ahora se mostraba lleno de vivacidad. El padre de Maya se encontraba en el mismo estado. Sin decir una palabra, se sentaron en la acera y se echaron a reír estrepitosamente. Kamla se acercó a su marido y comprendió por su aliento que los dos hombres habían bebido. «Me indigné», cuenta. «Mi marido debió de darse cuenta de mi enojo. Como un perro avergonzado volvió a ocupar el lugar donde dormía unas horas antes. Nuestro vecino hizo lo mismo. Por el silencio de su esposa adiviné que la pobre mujer ya debía de estar acostumbrada a aquel tipo de situaciones.» En efecto, la cosa no tenía nada de extraño. Como todas las ciudades superpobladas, Calcuta rebosaba de figones y garitos que a cambio de unas *paisa* ofrecían infames brebajes con los cuales los pobres olvidaban por un rato sus desdichas.

Kamla pasó toda la noche intentando dar un poco de consuelo a su vecina. Su desgracia le destrozaba el corazón, sobre todo ahora que acababa de enterarse de que tenía también un hijo de quince años en la cárcel. Todas las noches solía desaparecer, pero siempre regresaba al día siguiente con una docena de rupias. Se había unido a una banda organizada que saqueaba los vagones de ferrocarril. Dos meses atrás la policía había ido a detenerle. Desde entonces sus tres hermanos menores no cesaban de gemir que tenían hambre. «¡Pobre mujer! ¡Una hija perdida Dios sabe dónde!, un marido borracho, un hijo ladrón encarcelado: ¡qué maldición!», se lamentaba Kamla, aterrada por la idea de que su familia pudiera correr la misma suerte si su marido no encontraba rápidamente trabajo.

Acababa de amanecer después de una noche de ansiedad, cuando reapareció la joven Maya. Su madre se irguió como una cobra.

—¡Maya! —gritó, apretando a la adolescente en sus brazos—. Maya, ¿dónde estabas?

La joven tenía una cara hosca, hostil. Llevaba huellas de carmín en los labios y olía a perfume. Se soltó de los brazos de su madre y le entregó un billete de diez rupias señalando a sus hermanos dormidos.

—Hoy no llorarán.

7

Trescientos mil náufragos de la ciudad espejismo vivían como estas dos familias en sus aceras. Los demás se aglomeraban en los laberintos de adobe y de maderos de sus tres mil *slums*. Un *slum* no es lo mismo que un barrio de barracas, es más bien una especie de ciudad obrera miserable habitada únicamente por refugiados de las zonas rurales. Allí todo contribuye a conducir a éstos a la miseria: subempleo y paro crónicos, salarios terriblemente bajos, trabajo inevitable de los niños, carencia de ahorro, endeudamiento incurable con empeño de los bienes privados y su pérdida definitiva a un plazo más o menos largo, inexistencia de toda reserva de alimento y necesidad de comprar en cantidades ínfimas: diez céntimos de sal, veinticinco céntimos de leña, una cerilla, una cucharada de azúcar; falta absoluta de intimidad: una sola habitación para diez o doce personas. Pero el milagro de esos *ghettos* semejantes a campos de concentración era que la acumulación de los factores desastrosos resultaba equilibrada por otros factores que permitían a sus habitantes no sólo seguir siendo plenamente hombres, sino incluso superarse a sí mismos y convertirse en hombres modelos de humanidad.

En estos barrios de barracas se practicaba el amor y la ayuda mutua, se compartía todo con los que eran más pobres aún que uno mismo, había tolerancia para todas las creencias y las castas, respeto para el forastero, verdadera caridad para los mendigos, los desvalidos, los leprosos e incluso los locos. Aquí se ayudaba a los débiles en vez de aplastarlos, los huérfanos eran adoptados inmediatamente por sus vecinos, los ancianos acogidos y venerados por sus hijos.

A diferencia de los ocupantes de los demás barrios de barracas del mundo, los antiguos campesinos refugiados en los *slums* de Calcuta no eran marginales. Habían reconstituido mal que bien la vida de su aldea en su destierro urbano. Vida adaptada y desfigurada, por supuesto, pero muy real, hasta el punto de que su misma pobreza se había convertido en una forma de cultura. En su gran mayoría, los pobres de Calcuta no eran desarraigados. Participaban en un universo comunitario cuyos valores sociales y religiosos respetaban. Perpetuaban las tradiciones y creencias ancestrales. En fin, y eso era capital, aunque fueran pobres, sabían que no era por culpa suya, sino a causa de las crisis cíclicas o permanentes que asolaban su región de origen.

Uno de los *slums* más importantes y más antiguos estaba situado en un arrabal de Calcuta, a quince minutos a pie de la estación donde había desembarcado la familia Pal, entre las vías del tren, la gran carretera Calcuta-Delhi y dos fábricas. Por inconsciencia o por desafío, el propietario de la fábrica de yute que a comienzos de siglo había alojado a sus obreros en aquel terreno, que había sido un pantano infestado de fiebres, bautizó el lugar con el nombre de Anand Nagar, la «Ciudad de la Alegría». Luego la fábrica cerró sus puertas, pero aquella primera ciudad obrera fue creciendo hasta convertirse en una verdadera ciudad dentro de la ciudad. Más de setenta mil habitantes se apiñaban allí ahora en un espacio apenas tres veces mayor que un campo de fútbol, es decir, alrededor de diez mil familias repartidas geográficamente según su religión. Había un sesenta y tres por ciento de musulmanes, un treinta y siete por ciento de hindúes y algunos islotes de sijs, de jainíes, de cristianos y de budistas.

Con sus rectángulos de casas bajas construidas en torno a un patio minúsculo, con sus tejados de tejas rojas y sus callejas rectilíneas, la Ciudad de la Alegría se parecía en efecto más a una ciudad obrera que a un barrio de barracas. Sin embargo, ostentaba el triste récord de la mayor concentración humana del planeta: ciento treinta mil personas por kilómetro cuadrado. Era un lugar donde no había ni un árbol por cada tres mil habitantes, ni una flor, ni una mariposa, ni pájaros, con la única excepción de los buitres y los cuervos. Donde los niños no sabían lo que era un matorral, un bosque, un estanque; donde el aire estaba tan impregnado de óxido de carbono y de azufre, que esta contaminación ocasionaba la muerte al menos de una persona de cada familia; donde un calor insoportable petrificaba a las gentes durante los ocho meses del verano; donde el monzón transformaba las callejas y las chabolas en lagos de fango y de excrementos; un lugar en el que la lepra, la tuberculosis, las disenterías y todas las enfermedades carenciales reducían la esperanza de vida a uno de los niveles más bajos del mundo; donde ocho mil quinientas vacas y búfalos encadenados sobre montones de estiércol daban una leche envenenada de microbios. Pero sobre todo la Ciudad de la Alegría era un lugar donde existía la miseria económica más total. Nueve habitantes de cada diez no tenían ni una rupia diaria para comprarse una libra de arroz. Y al igual que todos los demás *slums*, la Ciudad de la Alegría en general era ignorada por el resto de Calcuta, salvo en caso de crimen o de huelga. Considerada como un lugar peligroso y de mala fama, una partida de intocables, de parias, de asociales, era un mundo aparte que vivía apartado del mundo.

Habiendo recalado allí en el curso de sucesivas migraciones, los hombres que poblaban aquel barrio pertenecían a todas las razas del continente indio. Allí podían verse juntos a afganos de tipo turco-iranio, puros indo-arios de Cachemira y del Punjab, bettiahs cristianos, oraones negroides, mongoloides del Nepal, tibeto-birmanos de Assam, aborígenes, bengalíes, usureros kabulis, *marwaris* del Rajasthan, sijs de turbantes orgullosos refugiados de la remota Kerala superpoblada y algunos millares de tamiles del sur agrupados aparte en sus chozas miserables, con sus cerdos enanos, sus costumbres y su lengua. También se veían monjes hindúes instalados en pequeños *ashrams* de maderos; grupos de *bauls,* esos monjes trovadores bengalíes ataviados con largas vestiduras de color naranja, que tenían en la Ciudad de la Alegría uno de sus paraderos habituales; sufíes musulmanes con barba de macho cabrío y vestidos de blanco; toda clase de faquires envueltos en los ropajes más heterogéneos, y a veces incluso sin ningún ropaje; algunos parsis adoradores del fuego, y jainíes con la boca tapada para no correr el peligro de dañar a la vida tragando por descuido algún insecto. Hasta había varios dentistas chinos. Este mosaico sería incompleto si olvidásemos mencionar una pequeña colonia de eunucos y las familias de los mafiosos locales, de quienes dependían todas las actividades del *slum,* desde la especulación inmobiliaria sobre los establos hasta las destilerías ilegales de alcohol, las expulsiones por falta de pago de alquiler, los juicios sumarios, los castigos infligidos por las menores irregularidades, el mercado negro, los fumaderos, la prostitución, la droga y el control de los movimientos sindicales y políticos.

Algunos anglo-indios —descendientes de hijos de mujeres indias sin casta y militares británicos sin graduación— y una multitud de miembros de otras etnias completaban la población de esta torre de Babel. Sólo la raza blanca de los galos y de los celtas no estaba representada en aquel hormiguero. Este hueco no iba a tardar en llenarse.

8

Unos días después de la llegada de la familia Pal a Calcuta, un europeo se sumaba también al maremágnum de la gran estación de Howrah. Con su fino bigote bajo la arremangada nariz, la frente muy amplia, sus andares desenvueltos y el desaliño de su ropa, recordaba al actor norteamericano Jack Nicholson. En tejanos y camisa india, calzando zapatillas de deporte, no llevaba más equipaje que una mochila a la espalda. Sólo una cruz de metal negro, colgando sobre el pecho y sujeta por un cordel, indicaba su condición. El francés Paul Lambert, de treinta y dos años, era un sacerdote católico.

Calcuta era para él el término de un largo itinerario que había empezado en Douai, ciudad del norte de Francia donde había nacido en 1933. Hijo y nieto de mineros, Paul Lambert había crecido cerca del pozo número 4, al que su padre bajaba todas las mañanas. Una noche de verano de 1946, una ambulancia se había detenido ante la casa del poblado minero en que vivían los Lambert. Paul vio bajar a su padre sostenido por dos enfermeros, con la cabeza envuelta en vendajes. Era el verano de la gran huelga de la cuenca hullera. Durante los violentos enfrentamientos entre mineros y fuerzas del orden, el padre de Paul Lambert había sufrido quemaduras en la cara y había perdido un ojo. Este traumatismo transformó a aquel hombre tranquilo y profundamente creyente. Se negó a aceptar aquella prueba y se refugió en una rebeldía activa, radical, desesperada. El que fue antiguo militante de la Acción Católica obrera, pasó a engrosar las filas de la Liga marxista revolucionaria, una organización de extrema izquierda. Reconocible desde lejos por el parche que le tapaba un ojo, le apodaron «el Pirata». Se mezcló en graves incidentes. Se habló de terrorismo obrero y fue detenido. Unos días más tarde, el alcalde de la localidad informó a la madre de Paul, una flamenca dulce y generosa, que su marido se había ahorcado en su celda.

El joven Paul había asistido impotente a la metamorfosis de su padre. Su suicidio fue para el adolescente un drama terrible. Dejó de comer hasta el punto de que se temió por su vida. Se encerraba durante horas en su habitación para meditar ante la imagen del Santo Sudario de Turín que le había regalado su padre para su primera comunión. Aquel rostro de Cristo al ser bajado de la cruz, además de una fotografía de Edith Piaf y de unos pocos libros entre los que figuraban una vida de Charles de Foucault y el *Vuelo nocturno* de Saint-Exupéry, eran sus únicos compañeros. Una mañana, al abrazar a su madre en el momento de salir camino del liceo, le anunció: «Mamá, yo seré misionero.»

Paul Lambert había madurado largamente su decisión. «Dos fuerzas me empujaban», contaría años más tarde. «La necesidad de alejarme después de la muerte de mi padre, pero sobre todo el deseo de conseguir por otros medios lo que él había intentado por la violencia. Nuevos inmigrantes trabajaban por esa época en las minas del norte, mogrebíes, senegaleses, turcos, yugoslavos. Mi padre los había incorporado a su organización revolucionaria. Ésta se convirtió en su familia, y él un poco en su padre. Algunos, al salir de los pozos, pasaban la velada en casa. Entonces aún no existía la televisión, se discutía. De todo, pero sobre todo de justicia, de solidaridad, de fraternidad, lo que más necesitaban. Un día un senegalés interpeló a mi padre: "Tú siempre dices que estás cerca de nosotros, pero en realidad no sabes nada de nosotros. ¿Por qué no vas a vivir un tiempo en nuestros barrios de chabolas y en nuestros campos pobres de África? ¡Comprenderías mejor por qué tuvimos que irnos de allí y venir a picar piedra durante todo el día en el fondo de una mina!" Nunca lo he podido olvidar.»

La reflexión de aquel africano marcó profundamente al muchacho. Unos años antes, durante el cruel verano de 1940, le había impresionado el espectáculo del éxodo de los belgas que huían ante los ejércitos alemanes por la carretera que pasaba por detrás del poblado minero. Al salir de la escuela, corría a dar de beber a aquellos desdichados. Más tarde asistió a las redadas de niños judíos que hacían los nazis. Junto con sus padres, arrojaba por encima de las alambradas pan y queso de su propia ración. Durante toda la guerra, aquella familia de obreros se privó de muchas cosas para compartir y aliviar. Su vocación de servir a los demás, de la rebeldía contra la injusticia y de la vida de amor y de participación en la que había crecido.

Cuando se fue del poblado, pasó tres años en el seminario menor de Lila. La enseñanza religiosa que recibió allí le pareció muy alejada de las urgencias cotidianas, pero el estudio a fondo del Evangelio le confirmó en su voluntad de compartir la suerte de los pobres. En cada período de vacaciones volvía a su casa para abrazar a su madre antes de dirigirse haciendo auto-stop hacia la región parisiense para ir en busca de una especie de santo barbudo. El abate Pierre, tocado con una vieja boina, y sus traperos de Emaús, en esta época socorrían a los más necesitados con el producto de la venta de papeles viejos y de todo lo que podía utilizarse limpiando los sótanos y los desvanes de los más favorecidos por la fortuna.

Más tarde, en el seminario mayor de Juvisy, Paul Lambert conoció a quien debía señalarle su camino definitivo. El padre Ignacio Fraile pertenecía a una congregación española fundada en el siglo pasado por un sacerdote de Asturias cuya causa de beatificación estaba en curso en Roma. La hermandad de San Vicente agrupaba a religiosos y a laicos consagrados que hacían votos de pobreza, castidad, obediencia y caridad para «vivir con los más pobres y más necesitados allí donde se encuentren, compartir su vida y morir con ellos». Se habían formado pequeñas comunidades de sacerdotes y de hermanos en los suburbios industriales de numerosas ciudades europeas, en América Latina, en África, en Asia, en todas partes donde hubiera hombres que sufriesen. En Francia había varias de ellas.

Paul Lambert fue ordenado sacerdote el 15 de agosto de 1960, fiesta de la Asunción de la Virgen. Acababa de cumplir veintisiete años. Aquella misma noche tomó el tren para Douai a fin de pasar unas horas al lado de su madre hospitalizada desde hacía tres meses por trastornos cardíacos. Antes de abrazar por última vez a su hijo, ésta le entregó una caja cuidadosamente envuelta. Sobre una capa de algodón, contenía una cruz de metal negro que llevaba grabadas las fechas de su nacimiento y de su ordenación.

—No te separes nunca de ella, pequeño —le dijo, apretando las dos manos de su hijo entre las suyas—. Esta cruz te protegerá allí donde vayas.

Consciente de que los hombres más abandonados no se encontraban en Europa, sino en el tercer mundo, Lambert estudió español durante su último año de seminario con la esperanza de que le enviasen a los barrios de barracas o a las favelas de América del Sur. Pero su hermandad le pidió que fuera a la India.

¡La India! Un continente con un potencial de riqueza excepcional, donde aún existían zonas y estratos de una pobreza abrumadora. Un país de intensa espiritualidad y de violentísimos conflictos sociales, políticos y religiosos. Un país de santos como Gandhi, Aurobindo, Ramakrishna, Vivekananda, y de responsables políticos a veces odiosamente corrompidos. Un país que fabricaba cohetes y satélites, pero en el que ocho habitantes de cada diez no se desplazaban más que al paso de los bueyes que tiraban de carretas. Un país de una belleza y de una variedad incomparables, y también de horribles visiones como los barrios de chabolas de Bombay o de Calcuta. Un país donde lo sublime se codeaba a menudo con lo peor, pero en el que lo uno y lo otro eran siempre más vivos, más humanos y en último término más atractivos que en cualquier otro lugar.

Impaciente por partir, Paul Lambert pidió un permiso de residencia. Fue el comienzo de un purgatorio que debía durar años. Durante cinco años las autoridades indias prometieron un mes tras otro la entrega de aquel indispensable sésamo. En efecto, a diferencia de un visado de turismo temporal, un permiso de residencia exigía la aprobación del Ministerio de Asuntos Extranjeros de Nueva Delhi. Naturalmente, en su petición, Paul Lambert había hecho constar que era sacerdote, y ello originó dificultades. Desde hacía algún tiempo, la India ya no permitía la entrada en su territorio de misioneros extranjeros. Los motivos de esta prohibición nunca habían sido precisados de modo oficial. Se habían denunciado conversiones masivas de hindúes al cristianismo.

En espera de su visado, Paul Lambert se instaló en las barracas de unos argelinos del barrio de Saint-Michel de Marsella, y luego en un centro de inmigrantes senegaleses de Saint-Denis, cerca de París. Fiel a su ideal de fraternidad, lo compartía todo: el trabajo extenuante con una remuneración inferior a los salarios legales, los jergones de los presidios para dormir, los infames guisotes de la pitanza de los dormitorios. Fue sucesivamente peón, ajustador, tornero, fundidor y administrativo.

El 15 de agosto de 1965, quinto aniversario de su ordenación, Paul Lambert decidió que su espera ya había durado demasiado. De acuerdo con sus superiores, solicitó un simple visado de turismo. Esta vez, en la casilla correspondiente a profesión escribió: «obrero cualificado». Al día siguiente se le devolvió el pasaporte con el precioso visado debidamente estampillado con el sello de los tres leones del emperador Ashoka, que los fundadores de la India moderna eligieron como emblema de su república.

Aunque aquello sólo le autorizaba a permanecer en la India durante tres meses, la gran aventura de su vida podía empezar. Una vez en Calcuta —el destino que se le había asignado—, trataría de obtener un permiso de residencia permanente.

Bombay, *the gateway of India,* «la puerta de la India». Por este puerto de la costa occidental, que durante tres siglos fue la primera visión del continente para centenares de millares de soldados y de funcionarios británicos, Paul Lambert hizo su entrada en la India. Para familiarizarse con el país antes de ir a Calcuta, en el otro extremo de la inmensa península, eligió el camino más largo. En la Estación Victoria, prodigiosa caravanera erizada de campanarios neogóticos, subió a un vagón de tercerca clase de un tren cuyo destino era Trivandrum y el sur.

El tren se detenía en todas las estaciones. Entonces todo el mundo bajaba al andén para guisar, lavarse, hacer sus necesidades en medio de un hormigueo de mercaderes, porteadores, vacas, perros y cornejas. «Yo miraba a mi alrededor y hacía lo mismo que los demás», escribió Paul Lambert en una carta a los suyos. Sin embargo, al comprar una naranja descubrió que no era «como los demás». Pagó con un billete de una rupia, pero el vendedor no le devolvió el cambio. Al reclamarlo, recibió una mirada furiosa y llena de desdén. ¿Cómo un *sahib*[1] podía estar tan pendiente de unos céntimos? «Pelé la naranja y arranqué unos

1. Tratamiento respetuoso originariamente reservado a los blancos.

gajos cuando una niña se plantó ante mí y me miró con sus grandes ojos negros de *khol*. Desde luego, le di toda la fruta y se fue corriendo. La seguí. Había ido a compartirla con sus hermanos y hermanas. Al cabo de un instante ya sólo podía ofrecer una sonrisa al joven limpiabotas que giraba en torno a mí.» Pero una sonrisa no llena el estómago. Paul Lambert hurgó en su mochila y le tendió el plátano que pensaba comerse cuando no estuviera expuesto a las miradas de los otros. «A aquel ritmo, estaba condenado a perecer muy pronto de inanición. Tenía la impresión de que toda la miseria del tercer mundo se había dado cita a mi alrededor. Lo más duro era cuando me daban las gracias. ¿Cómo aceptar que un ciego o un niño se prosterne ante uno para tocarle los pies? Si fácil es dar una limosna, difícil es rechazarla.» Paul Lambert pensaba en una frase de Helder Camara, el obispo brasileño de los pobres. «Nuestros actos de ayuda hacen a los hombres aún más necesitados», afirmaba, «excepto si van acompañados de actos destinados a extirpar la raíz de la pobreza».

Al hacinamiento de los vagones se añadía un calor de invernadero, un polvo cargado de hollín que irritaba la garganta, olores, gritos, llantos y risas que hacían de ese trayecto en tren un camino ideal para conocer a un pueblo. En la cantina de una estación del sur Lambert tomó su primera comida india. «Empecé por observar a la gente», contaría más tarde. «Comían sólo con los dedos de la mano derecha. Hay que hacer una tremenda gimnasia para formar bolitas con el arroz y mojarlas en la saliva sin que se deshagan. Y sin quemarse los dedos hasta el hueso. En cuanto a la boca, el esófago y el estómago, ¡qué ardores a causa de las especias asesinas! Yo debía de ofrecer un espectáculo más bien cómico, porque todos los clientes de aquel figón se partían de risa. No todos los días es posible reírse de un pobre *sahib* que hace grandes esfuerzos por ganarse el certificado de indianización.»

Al cabo de diez días, después de una corta escala en un barrio de barracas cerca de Madrás, Paul Lambert llegaba a Calcuta.

9

Ningún tipo de miseria, ni siquiera la penosísima situación de vivir en una acera de Calcuta, podía alterar los ritos del pueblo más limpio del mundo. Con el primer chirrido del tranvía en los raíles de la avenida, Hasari Pal se levantaba para atender «la llamada de la naturaleza» en la alcantarilla a cielo abierto que corría al otro lado de la calle. Una formalidad que cada vez iba a ser más breve en aquel hombre privado de alimentación. Se levantaba el taparrabos de algodón y se ponía en cuclillas sobre el canalón. Docenas de hombres hacían lo mismo al borde de la acera. Nadie les prestaba atención. Aquello formaba parte de la vida y del decorado. Kamla y las demás mujeres habían hecho lo mismo más pronto, antes de que los hombres despertaran. Luego iba a hacer cola en la fuente para lavarse. En realidad, la fuente era una boca de incendios que estaba a la misma altura que la calzada. De allí salía un agua negruzca, directamente bombeada del Hooghly, el brazo del Ganges que atravesaba Calcuta. Cuando llegaba su turno, Hasari se sentaba sobre los talones, se vertía una escudilla de agua sobre el cráneo y se frotaba vigorosamente de la cabeza a los pies con el jabón de los pobres, una bolita formada por una mezcla de arcilla y cenizas. Ni el frío invernal ni los retortijones de los estómagos vacíos aceleraban el cumplimiento de ese rito ancestral de purificación al que se entregaba piadosamente todas las mañanas el pueblo de las aceras, desde los más viejos a los más jóvenes.

Hasari se dirigía entonces con sus dos hijos mayores al Barra Bazar. Este mercado rebosaba siempre de tantas mercancías que por fuerza tenía que encontrarse algo de comer más o menos averiado en los montones de desperdicios. Centenares de náufragos famélicos vagaban como Hasari y sus hijos por el dédalo de los callejones, todos en busca del mismo milagro: descubrir a un paisano de su aldea, de su distrito, de su provincia; a un pariente, a un conocido, a un amigo de amigos; a un miembro de su casta, de su subcasta, de una rama de su subcasta; en resumen, alguien que aceptase tomarlos bajo su ala protectora, encontrarles dos o tres horas, tal vez un día entero, o incluso, ¡oh maravilla!, varios días de trabajo. Esta búsqueda incansable no era tan ilusoria como podía parecer, porque como en la India todo individuo está vinculado al resto del cuerpo social por una red de lazos increíblemente diversificados, nadie, en este gigantesco país de setecientos millones de habitantes, se encontraba nunca completamente abandonado. Excepto Hasari Pal, a quien la «ciudad inhumana» parecía rechazar obstinadamente. Aquella mañana del sexto día había dejado a sus hijos escarbando en las basuras para ir a recorrer una vez más el bazar en todas direcciones. Había ofrecido sus servicios a docenas de tenderos y transportistas. Incluso había seguido algunas pesadas carretas con la esperanza de que uno de los *coolies* acabase por caer extenuado, y así poder ocupar su lugar. Hambriento, con la cabeza vacía y el corazón desesperado, el antiguo campesino terminó por desplomarse junto a una pared. En su vértigo oyó una voz:

—¿Quieres ganarte unas rupias? —preguntaba un hombrecillo con gafas que más parecía un empleado de oficina que un comerciante del bazar.

Hasari miró al desconocido con asombro y le dijo por señas que sí.

—No tienes más que seguirme. Te llevaré a un lugar donde te sacarán un poco de sangre y te darán treinta rupias. Quince para mí y quince para ti.

—¡Treinta rupias por mi sangre! —exclamó Hasari petrificado—. ¿Quién va a querer la sangre de un desgraciado como yo, y darme además treinta rupias?

—Especie de animal, la sangre es la sangre —replicó vivamente el hombre de las gafas—. Tanto si es de un pandit como de un paria, de un *marwari* que rebosa dinero como de un mendigo como tú, siempre es sangre.

Abrumado por esta lógica, Hasari hizo un esfuerzo por ponerse en pie y siguió al desconocido.

Aquel hombre pertenecía a una profesión abundantemente ejercida en esta ciudad en la que la menor fuente de ganancias atraía siempre a una nube de parásitos que allí llamaban los «middlemen», los intermediarios. Por cada transacción o prestación de servicios, había así uno o varios intermediarios que percibían su diezmo. El individuo de las gafas era un ojeador. Buscaba donantes por cuenta de uno de los numerosos bancos de sangre privados que florecían en Calcuta. Su procedimiento era siempre el mismo. Merodeaba por los alrededores de los edificios en construcción, de las fábricas, de los mercados, allí donde sabía que iba a encontrar hombres sin trabajo dispuestos a aceptar cualquier cosa por unas rupias. Los tabúes del Islam, que prohibían a los musulmanes dar su sangre, hacían que sólo se interesase por los hindúes.

Para un hombre que ya había agotado todos los recursos, vender su sangre significaba una última posibilidad de sobrevivir. Y para unos astutos comerciantes sin escrúpulos era la ocasión de hacer fortuna. En una inmensa metrópli como Calcuta, las necesidades de sangre que había en los hospitales y en las clínicas se elevaban a decenas de millares de frascos de doscientos cincuenta centilitros por año. Los cuatro o cinco bancos oficiales del Estado de Bengala eran incapaces de satisfacer esta demanda, y era normal que unos contratistas privados intentaran aprovecharse de este mercado. En Calcuta cualquiera podía abrir un banco de sangre. Bastaba con comprar la complicidad de un médico, registrar su nombre en una solicitud que se hacía al departamento de Sanidad, alquilar un local, adquirir un refrigerador, unas jeringuillas, pipetas y frascos, y contratar a un auxiliar de laboratorio. Resultado: una actividad en pleno auge, que, según se decía, proporcionaba unas ventas anuales de más de diez millones de rupias, un millón de dólares. Al parecer, sólo la despiadada competencia que se hacían entre sí esos negocios, privados o no, podía limitar el aumento de sus beneficios. Sin saberlo, Hasari Pal acababa de entrar en relación con uno de los *rackets* mejor organizados de esta ciudad, que ya contaba con muchos otros, según los expertos, mostrando una habilidad y una organización como para hacer palidecer de envidia a Nápoles, Marsella o Nueva York.

Hasari siguió a su «bienhechor» de las gafas a través de las calles del barrio comercial, luego a lo largo de la avenida Chowringhee, y por fin hasta Park Street, la arteria de las tiendas de lujo, de los restaurantes y de las *boîtes*. En la parte alta de ésta y en las calles cercanas se encontraban varias oficinas. La del número 49 de Randal Street ocupaba un antiguo garaje. Apenas Hasari y el ojeador llegaron a su altura, fueron abordados por un hombre de cara macilenta y con la boca enrojecida por la mixtura de betel.

—¿Venís para la sangre? —preguntó en voz baja.

El hombre de las gafas asintió con ese sutil e inimitable balanceo de la cabeza tan propio de los indios.

—Entonces seguidme —dijo el desconocido, guiñando un ojo—. Sé dónde dan cuarenta rupias. Cinco para mí y el resto para vosotros dos. ¿De acuerdo?

El hombre era otro componente del *racket*, y trabajaba por cuenta de un banco de sangre rival que se encontraba dos calles más lejos. Una muestra ostentaba las iniciales de sus tres propietarios. La C.R.C. era una de las oficinas más antiguas de Calcuta. Las diez rupias suplementarias que ofrecía no tenían nada que ver con la generosidad. Extraía a cada donante trescientos mililitros en vez de los doscientos cincuenta habituales. Aunque añadía a la retribución una prima nada desdeñable para un muerto de hambre: un plátano y tres galletas azucaradas.

Su principal organizador era un hematólogo de fama, el doctor Rana. También él era una de las piezas del *racket*. Era director de uno de los bancos de sangre oficiales, y no le costaba nada desviar a donantes y compradores hacia su oficina privada. Nada más fácil. Bastaba con hacer saber a los donantes que se presentaban en el banco de sangre oficial que la C.R.C. pagaba mejor. En cuanto a los clientes que acudían para procurarse sangre para una urgencia o en previsión de una operación, el médico les informaba que provisionalmente no había reservas de frascos del grupo sanguíneo deseado. Y les mandaba a su C.R.C.

Pero tales procedimientos no eran más que inocentes juegos comerciales en comparación con la falta de precauciones médicas que se daba en la mayoría de estas oficinas. La Organización Mundial de la Salud había dictado un cierto número de normas obligadas respecto a los análisis que había que hacer antes de cualquier extracción de sangre con vistas a una transfusión. Análisis sencillos y poco costosos que permitían descubrir entre otras cosas la presencia de los virus de la hepatitis B o de enfermedades venéreas. Pero en la C.R.C., como en la gran mayoría de los bancos de sangre privados, en aquella época se reían de los virus. Sólo contaba el rendimiento.

Invitaron a Hasari a sentarse en un taburete. Mientras un enfermero le ataba una tira de caucho alrededor del bíceps, otro le clavaba una aguja en la vena en el hueco del codo. Los dos veían manar el líquido rojo con una fascinación que crecía a medida que se llenaba el frasco. ¿Fue la visión de su propia sangre, la idea de que «se vaciaba como el odre de un aguador del Barra Bazar», como iba a decir más tarde, o la falta de alimentación? Hasari empezó a ponerse verde. Con la mirada vidriosa, sudaba copiosamente mientras temblaba de frío. Las voces de los enfermeros le llegaban como desde muy lejos, en medio de un curioso ruido de campanas. Rodeadas de un halo, divisó las gafas de su «bienhechor». Luego notó que dos manos le sujetaban en el taburete. Por fin nada más. Se había desmayado.

El incidente era tan habitual que los enfermeros ni siquiera interrumpieron su trabajo. Todos los días veían a hombres extenuados por las privaciones que se desmayaban al vender su sangre. Si sólo hubiera dependido de ellos, hubieran vaciado por completo aquellos cuerpos inertes. Se les pagaba por frascos.

Cuando volvió a abrir los ojos, Hasari descubrió encima de él una visión de ensueño: un plátano que le alargaba uno de los hombres de bata blanca.

—Toma, mujercita, traga esta fruta. ¡Eso te va a reencarnar en Bhim![1] —se burló amablemente el enfermero. Luego sacó del bolsillo un talonario.

—¿Cómo te llamas?

El enfermero garrapateó unas palabras y arrancó la hoja.

—Firma aquí.

Hasari trazó una cruz y se embolsó las cuarenta rupias, bajo la mirada ávida de los dos buitres que le habían llevado a aquel lugar. El reparto se haría fuera. De todas formas, el campesino ignoraba que había firmado haber recibido cuarenta y cinco rupias, y no cuarenta. El enfermero también se reservaba así su comisión.

Con la cabeza vacía, titubeando, perdido en aquellos barrios desconocidos para él, Hasari tardó horas en volver a encontrar el trozo de acera donde le esperaban su mujer y sus hijos. De las diecisiete rupias y media que le habían dejado los ojeadores, decidió gastar cinco para celebrar con los suyos la alegría de aquel dinero ganado en la «ciudad inhumana». Compró una libra de *barfi,* el delicioso almendrado bengalí

1. Bhim, el más fuerte de los Pandava, los cinco hermanos héroes de la epopeya del Mâhabhârata.

lujosamente envuelto en una fina hoja de papel de plata, y una docena de *mansur,* unos confites amarillos hechos de harina de garbanzos y de leche azucarada. Más lejos, eligió una veintena de cucuruchos repletos de *muri,* arroz asado que crujía entre los dientes, a fin de que participaran en la fiesta los vecinos de la acera. Por fin no pudo resistir la tentación de darse un último capricho. Se detuvo ante una de esas innumerables casetas donde unos vendedores impasibles como budas preparaban *pân,* una elaborada mezcla para mascar hecha con un poco de nuez de areca finamente troceada, una pizca de tabaco, un poquitín de cal, *chutney* y cardamomo, todo ello empaquetado en una hoja de betel hábilmente doblada y cerrada por un clavo de especia. El *pân* daba energía. Y sobre todo quitaba el hambre.

Cuando Kamla vio a su marido se le encogió el corazón. «Dios mío, ha vuelto a beber», pensó. Luego, al verle cargado de paquetes, temió que hubiese cometido alguna fechoría. Corrió hacia él. Los niños se le adelantaron, como unos cachorros saliendo al encuentro del león que regresaba con el cadáver de una gacela. Los niños se repartían ya el almendrado.

En la confusión, nadie advirtió la pequeña señal roja que Hasari llevaba en el pliegue del codo.

10

Era allí, estaba seguro. La exaltación que bruscamente se apoderó de Paul Lambert, ese sentimiento de plenitud, de estar por fin «con ellos», no podía engañarle. Sí, era allí, en aquel lugar gris, sucio, pobre, triste, maloliente, fangoso. En aquel hormigueo loco de hombres, de mujeres, de niños, de animales. En aquel amontonamiento de chabolas de adobe, aquel laberinto de callejas llenas de basura y de alcantarillas a cielo abierto. En aquella contaminación asesina de azufre y de humos. En aquel estruendo de voces, de gritos, de llantos, de herramientas, de máquinas, de altavoces. Sí, aquel barrio miserable del otro extremo del mundo era el lugar al que le había enviado su Dios. «¡Qué recompensa esa certidumbre absoluta de haber llegado por fin adonde tenía que ir!», contaría más tarde. «Mi entusiasmo y mi ansia de compartir habían hecho bien al empujarme a emprender una experiencia que se consideraba imposible para un europeo. Estaba henchido de felicidad. Hubiera andado descalzo por encima del fuego.»

Unos días atrás, al bajar del tren, Paul Lambert había ido a visitar al obispo de Calcuta. Este último vivía en una hermosa mansión de estilo colonial rodeada de un vasto jardín en un barrio residencial. Era un anglo-indio de unos cincuenta años, de un aire majestuoso dentro de su sotana blanca. Llevaba un solideo violeta y una gruesa amatista en el dedo.

—He venido a vivir con los pobres —le dijo simplemente el sacerdote francés.

—No le costará mucho encontrarlos —suspiró el prelado—. Aquí, por desgracia, hay pobres por todas partes.

Y dio a Paul Lambert una carta de recomendación para el párroco de un barrio popular situado al otro lado del río.

Con sus dos torres pintadas de blanco, la iglesia se distinguía desde lejos. Estaba situada casi en el eje del gran puente metálico sobre el Hooghly, justo detrás de la estación. Era un edificio impresionante, adornado con vitrales de muchos colores y, en el interior, con muchas estatuas de santos, cepillos para las limosnas y ventiladores encima de los bancos reservados a los fieles. Su nombre parecía un desafío lanzado a las multitudes de los refugiados que acampaban en la plaza y en las calles de los alrededores. Se extendía en letras luminosas por toda la anchura del frontón: «Nuestra Señora del Buen Recibimiento.»

El padre Alberto Cordeiro era originario de Goa. Tenía la piel muy oscura y unos cabellos ensortijados cuidadosamente peinados. Con sus mofletes y la redondez de su barriga bajo una sotana inmaculada, evocaba más la imagen de un *monsignore* de la Curia romana que la de un párroco de pobres. En el patio que había ante su iglesia tenía estacionado su coche, un Ambassador con radio, y varios criados de religión católica le permitían llevar una existencia cómoda dentro de su condición de cura de parroquia.

La irrupción de aquel sacerdote extranjero con tejanos y zapatillas de deporte desconcertó al eclesiástico.

—¿No lleva usted sotana? —preguntó extrañado.

—No creo que sea precisamente lo más cómodo para viajar por su país, sobre todo con el calor —explicó amablemente Paul Lambert.

—¡Ah! —suspiró el cura—. A ustedes, los occidentales, siempre se les respeta. Tienen la piel blanca. En cambio, para nosotros, los curas indios, nuestra sotana es a la vez un emblema y una coraza. En este país, que tiene el sentido de lo sagrado, la sotana nos asegura un lugar aparte.

El indio leyó la carta del obispo.

—¿De verdad quiere ir a vivir a un *slum*?

—Para eso he venido.

El padre Cordeiro pareció escandalizarse. Con aire sombrío y preocupado, comenzó a pasear de un lado para otro.

—¡Pero no es ésta nuestra misión de sacerdotes! Aquí la gente sólo piensa en aprovecharse de uno. Usted les da la punta de un dedo y ellos se toman el brazo. No, amigo mío, no se les presta ningún servicio yendo a compartir su existencia. De este modo corre usted el riesgo de alentar su pereza natural, y de hacer que ellos dependan de lo que usted les dé.

Interrumpió su ir y venir para plantarse ante Lambert.

—¡Además, no se va a quedar allí indefinidamente! Cuando vuelva usted a su país, es a mí a quien vendrán a bramar que el clero no hace nada por ellos. Pero si nosotros, los curas indios, hiciéramos una cosa así, dejarían de respetarnos.

Evidentemente, la idea de ir a habitar el barrio de chabolas nunca había pasado por la cabeza del buen padre Cordeiro. Lambert comprendería más tarde que aquella negativa a mezclarse con la población no se debía forzosamente a una falta de caridad, sino a una obsesión compartida por numerosos sacerdotes de guardar una cierta distancia con las masas, actitud debida al respeto tradicional por la jerarquía que impera en la sociedad india.

A pesar de sus reticencias, el párroco se mostró comprensivo. Confió a Paul Lambert a un notable de su parroquia, un cristiano anglo-indio que le buscó alojamiento en el gran *slum* que había junto a la Ciudad de la Alegría. Dos días después, a las cinco de la tarde, el francés y su guía se presentaron en la entrada del barrio. El rojo del sol poniente se velaba con un manto de vapor grisáceo. Un olor a incendio caía sobre la ciudad a medida que se encendían por todas partes las *chulas* para guisar la cena. En los estrechos callejones el aire se hallaba impregnado de un espesor acre que irritaba las gargantas y los pulmones. Un ruido destacaba sobre todos los demás, el de los accesos de tos que sacudían los pechos.

Antes de llegar a Calcuta, Paul Lambert había pasado unos días en un *slum* de la región de Madrás construido cerca de una mina, en pleno campo. Un *slum* lleno de luz y de esperanza, porque sus habitantes salían de allí cada mañana para ir a trabajar al exterior y sabían que un día u otro iban a vivir en una verdadera ciudad obrera. En Anand Nagar sucedía al revés: todo el mundo parecía estar instalado allí desde siempre. Y para siempre. Una impresión que confirmaba apenas entrar la intensa actividad que se desarrollaba en el *slum*. ¿*Perezosos* aquellos pueblos que lo rodeaban al abrirse paso tras su cicerone anglo-indio? «Más bien hormigas», afirmará más tarde. Todos se atareaban de un modo u otro, desde los ancianos más agotados hasta los niños que apenas sabían andar. En todas partes, ante el umbral de cada chabola, al pie de cada tenderete, en una sucesión de tallercitos o de minifábricas, Lambert descubría personas ocupadas en vender, comerciar, producir, hacer chapuzas, reparar, seleccionar, limpiar, clavar, pegar, agujerear, llevar, arrastrar, empujar. Después de doscientos metros de exploración se sintió como borracho.

19 Fakir Bhagan Lane. La dirección se había pintado sobre dos maderos claveteados que servían de puerta a un pequeño recinto sin ventana, con una anchura de poco más de un metro y el doble de profundidad. El suelo era de tierra apisonada y el techo de bambú, dejando ver el cielo por los agujeros del tejado en el que faltaban tejas. Ni un mueble, ni una bombilla eléctrica. «Exactamente la habitación que necesitaba», pensó Lambert, «no puede ser más propicia para una vida de pobreza». Y además, con unos alrededores muy adecuados. Frente a la puerta pasaba una cloaca a cielo abierto desbordante de fangos negros y nauseabundos. Delante, se elevaba un enorme montón de basuras. Al lado, un pequeño estrado que se levantaba encima de la cloaca albergaba bajo un tejadillo una minúscula *tea shop*. Excepto el propietario que era hindú, todos los habitantes del barrio eran musulmanes.

El propietario de aquel chamizo, un grueso bengalí en camiseta, era considerado como uno de los hombres más ricos del *slum*. Poseía una manzana de casas al final de la calleja, donde había letrinas y un pozo. Hizo traer de la *tea shop* té con leche y azúcar en unas tazas de barro cocido que se tiraban después de usarlas.

—¿Está usted bien seguro, Father, de que es aquí donde quiere vivir? —preguntó mirando al visitante con incredulidad.

—Sí —dijo Paul Lambert—. ¿A cuánto sube el alquiler?

—Veinticinco rupias al mes (dos dólares). Que se pagan por adelantado.

—¿Veinticinco rupias? —se indignó el anglo-indio—. ¡Veinticinco rupias por esta covacha sin ventanas es un robo!

—Trato hecho —cortó Paul Lambert abriendo su portamonedas—. Aquí tiene tres meses de alquiler.

«Me sentía tan feliz que hubiera dado la luna por un contrato a perpetuidad en aquella chabola.» Por otra parte, no tardaría mucho en comprobar hasta qué punto era un privilegiado: en casuchas semejantes sus vecinos vivían en grupos de diez o doce personas.

Una vez cerrado el trato, el enviado del padre Cordeiro se apresuró a presentar al sacerdote a los pocos cristianos que vivían allí. Ninguno de ellos quería creer que aquel *sahib* con pantalones tejanos que irrumpía en sus barracas era un representante de Dios. «Pero en cuanto quedaron convencidos, yo habría podido tomarme por el Mesías», contará Lambert. En uno de los corralillos, una joven, con una flor de jazmín prendida en el pelo, cayó de rodillas. Tendiendo hacia el visitante el bebé que tenía en brazos, la joven dijo: «Padre, bendiga a mi hijo. Y bendíganos a todos, porque no somos dignos de que un sacerdote entre bajo nuestro techo.» Todos se arrodillaron, y la mano de Lambert trazó la señal de la cruz sobre las cabezas. Al enterarse de que se proponía vivir allí, todo el mundo quiso ayudarle a instalar su casa. Unos le regalaron un cubo, otros una estera, una lámpara de aceite, una manta. Cuanto más pobres eran, más daban. Aquella noche, Lambert volvió a su casa «seguido de una escolta de fieles cargados de regalos, como un verdadero rey mago».

Entonces empezó la primera velada de su nueva vida india. Lo que iba a ser uno de los recuerdos más intensos de su existencia. «Había oscurecido. Anochece muy pronto cerca de los trópicos. Encendí la lámpara de aceite prestada por una familia. Habían tenido la delicadeza de pensar en dejarme también fósforos. Extendí la estera de paja de arroz que me habían dado. Me senté en el suelo, con la espalda apoyada en la pared, y vacié mi vieja mochila, que había comprado en el barrio árabe de Marsella. Saqué la navaja de afeitar, la brocha, el cepillo de dientes, un pequeño botiquín regalo de mis camaradas de fábrica antes de partir, unos calzoncillos y una camiseta, mi Biblia de Jerusalén, en resumen, todo lo que poseía. Entre las páginas de los Evangelios estaba la imagen que nunca se había separado de mí en el curso de aquellos años en que había vivido en medio de los hombres desheredados y dolientes. La desdoblé con precaución y la contemplé largamente.»

Era la fotografía del Santo Sudario de Turín que le dio su padre. La cara de Cristo impresa en su mortaja, aquel hombre de ojos cerrados y rostro tumefacto, con una ceja partida y la barba desordenada, aquel hombre crucificado encarnaba aquella noche para Paul Lambert todos los mártires de la ciudad de las chabolas a la que acababa de llegar. «Para mí, creyente consagrado, cada uno de ellos tenía aquel mismo rostro de Jesucristo clamando a la humanidad desde lo alto del Gólgota todo el dolor, pero también toda la esperanza, del hombre despreciado. Para eso estaba yo allí, a causa de aquel "Tengo sed" que había gritado Cristo. A fin de decir el hambre y la sed de justicia de los hombres de aquí que ascendían todos los días a la Cruz, y que sabían mirar cara a cara esa muerte que nosotros, en Occidente, ya no sabíamos afrontar sin desesperación. En ningún otro rincón del mundo aquella imagen estaba más en su lugar que en aquel *slum.*»

Paul Lambert clavó la estampa con ayuda de dos fósforos hundidos en la pared de barro. Trató de rezar, pero no lo consiguió. Estaba como alelado. Necesitaría tiempo para que las cosas se sedimentaran. Se encontraba sentado, abstraído, cuando una niña apareció en el umbral, vestida de andrajos, descalza, pero con una flor en su trenza. Llevaba un plato de aluminio lleno de arroz y de verduras. Lo dejó ante él, juntó las manos a la altura de la frente según el saludo indio, inclinó la cabeza, sonrió y desapareció corriendo. «Di gracias a Dios por aquella aparición y por aquella cena ofrecida por unos hermanos desconocidos. Luego comí a su manera, con los dedos. En el fondo de aquel chamizo me parecía que todo adquiría una dimensión especial. Así, el contacto de los dedos con los alimentos me hizo comprender hasta qué punto los alimentos no son ni una cosa muerta ni una cosa neutra, sino un don de vida.»

Hacia las nueve de la noche, cuando los ruidos de la calleja cesaron, Lambert empezó a percibir los ecos de la vida que le rodeaba: las conversaciones en los cuartos vecinos, las riñas, los llantos, los accesos de tos. Luego, la punzante llamada de un almuecín brotó de un altavoz. Inmediatamente después llegaron a sus oídos voces de mujeres que recitaban versículos del Corán. Otra letanía sucedió un poco más tarde a la plegaria de los musulmanes. Procedía de la *tea shop* de enfrente. Era una sola sílaba indefinidamente repetida. «Om... om... om...», salmodiaba el viejo hindú dueño de la tienda. Invocación mística que desde hace milenios permite a los hindúes entrar en contacto con Dios, aquel *om* esparcía una indecible paz interior. Paul Lambert lo había oído por vez primera en las aldeas del sur, y las vibraciones de aquella simple sílaba le habían parecido impregnadas de tal poder, de tal profundidad de oración, que la había adoptado para comenzar sus propias invocaciones al Señor. Pronunciar el om no exigía ningún esfuerzo. «El om acudía solo a los labios y se prolongaba vibrando como una oración en la cabeza. Aquella noche, al repetir aquellos om que venían del otro lado de la calleja, no sólo tenía la sensación de hablar a Dios, sino también de dar un paso hacia el interior del misterio hindú. Era algo muy importante para ayudarme a comprender las verdaderas razones de mi presencia en aquel *slum.*»

Un poco después de medianoche, el silencio envolvió la Ciudad de la Alegría. La palabrería y las oraciones se habían acallado, igual que las toses y los lloros de los niños. Anand Nagar se había dormido. Embotado por la fatiga y la emoción, Paul Lambert también sentía la necesidad de dormir. Plegó su camisa y sus tejanos a modo de almohada y se tendió sobre la estera estrecha. Entonces comprobó que en su parte de mayor longitud, el cuarto medía exactamente su talla, un metro ochenta y dos. Después de dirigir una última mirada a la imagen del Santo Sudario, sopló la lámpara y cerró los ojos con una felicidad interior como no la había sentido desde la noche de su ordenación, cinco años atrás.

En aquel momento empezó una zarabanda endiablada encima de su cabeza. Encendió un fósforo y descubrió un tropel de ratas que se perseguían sobre los bambúes del techo, precipitándose a lo largo de las paredes en una cacofonía de gritos agudos. Se puso en pie de un salto, y a pesar de su intención de no despertar a los vecinos, empezó a perseguir a los intrusos a zapatazos. A medida que unos huían, otros llegaban metiéndose por los agujeros del techo. Ante semejante invasión, acabó por claudicar. Por desagradable que fuese cohabitar con ellas, comprendió que las ratas también formaban parte de su nueva vida. Volvió a acostarse. Casi inmediatamente notó que algo se agitaba en sus cabellos. Encendió de nuevo la lámpara, sacudió la cabeza y vio caer un enorme y peludo ciempiés. Aunque ferviente admirador de Gandhi y de sus principios de no violencia, lo aplastó sin piedad. Más adelante descubriría la identidad de aquel animalillo, una escolopendra cuya picadura podía ser tan venenosa como la de un escorpión. Se acostó por segunda vez y desgranó un rosario de «om...» con la esperanza de recobrar un poco de serenidad. Pero aquella primera noche que pasaba dentro de sus muros, la Ciudad de la Alegría quería ofrecer otras sorpresas al francés. Los mosquitos indios tienen la particularidad de ser minúsculos, de hacer poco ruido y de mofarse indefinidamente de la víctima antes de decidirse a picarla. Un suplicio de espera que, si no fuese indio, sería chino.

Unas horas más tarde, un ruido de bombardeo arrancó a Lambert de su corto sueño. Abrió su puerta y vio en la calleja cómo una camioneta volcaba carbón ante la tienda del vendedor de combustible. Cuando se disponía a acostarse otra vez, distinguió en la oscuridad dos pequeñas siluetas que se arrastraban por debajo del vehículo. El carbonero, un hombre completamente negro con piernas de ave zancuda, también había visto a los ladronzuelos. Prorrumpió en imprecaciones que les pusieron en fuga. Hubo entonces una galopada, luego un sonoro «pluf» y unos gritos. Seguro de que uno de los fugitivos acababa de caer en la cloaca que cortaba la calleja un poco más abajo, Lambert se lanzó en su socorro. Pero apenas había dado unas zancadas, cuando una mano de hierro interrumpió bruscamente su carrera.

Sin haber podido reconocer el rostro del hombre que le sujetaba, comprendió su mensaje. «Se me invitaba a no inmiscuirme en los asuntos ajenos.»

11

La venta de sangre permitió a los cinco miembros de la familia Pal aguantar durante cinco días. Se alimentaban esencialmente de plátanos. Esta fruta, abundante y barata, era en la India la providencia de los pobres. En Calcuta, sus propiedades nutritivas y curativas eran incluso objeto de un verdadero culto. Cuando se celebraban las grandes fiestas de la diosa Durga, patrona de la ciudad, en los altares había bananos envueltos en saris blancos con ribetes rojos, venerados como la esposa de Ganesh, el dios de la suerte.

Los Pal se alimentaban también de lo que recogían por el suelo los dos hijos mayores en el Barra Bazar, mientras su padre corría en busca de trabajo. Las últimas *paisa* de la última rupia se dedicaron a la compra de cuatro tortas de boñiga para hacer hervir en la *chula* de los vecinos una última marmita de residuos y de mondaduras. Cuando ya no quedó nada más, Hasari tomó una decisión heroica. Iría de nuevo a vender su sangre.

Desde el punto de vista fisiológico era una locura. Pero aquella «ciudad inhumana» era una ciudad de locura. Una investigación médica revelaba que hombres que se encontraban en el último grado de la miseria no vacilaban en presentarse cada semana en la puerta de un banco de sangre. En general, no llegaban a viejos. Se les encontraba muertos de anemia en cualquier calle, o en la cama del asilo de moribundos de la Madre Teresa, apagándose como la llama de una candela privada de oxígeno. La misma investigación descubrió también que la dosis de hemoglobina en la sangre de un donante de cada cuatro era inferior a cinco gramos por cien mililitros, cuando la proporción mínima aceptable es de doce gramos y medio. Pero ¿qué oficinas se preocupaban del índice de hemoglobina de la sangre que recogían? De todas formas, como iba a ver Hasari, había un truco ideal para falsear ese índice.

Las tarifas del banco de sangre de la C.R.C. eran tan atractivas que aquel día había una aglomeración ante su puerta. Todos los ojeadores de los bancos rivales se habían reunido allí para tratar de desviar una parte de la clientela en beneficio de sus patrones. Hasari fue interpelado inmediatamente por un individuo bigotudo con dos dientes de oro en la parte delantera.

—Cuarenta rupias —susurró el hombre, con el aire de una prostituta que anuncia su precio—. Treinta para ti, diez para mí.

«Treinta rupias es casi el doble que la última vez», pensó Hasari, que ignoraba que en Calcuta el precio de la sangre variaba de día en día, como la cotización del yute o del aceite de mostaza en la Bolsa de comercio de Dalhousie Square. De hecho, la principal diferencia se debía a la habilidad de los «middlemen» para evaluar la candidez de un pobre infeliz y para explotarle con más o menos rapacidad. Con un simple vistazo, el hombre de los dientes de oro había visto en el brazo de Hasari el estigma que hacía de él un profesional.

El *Paradise Blood Bank* merecía su nombre. Pintado de color rosa y amueblado con cómodos asientos, estaba instalado en una de las dependencias de una de las clínicas más modernas y más caras de Calcuta, que sólo frecuentaban los ricos comerciantes *marwaris* y sus familias.

La enfermera con blusa y toca de una blancura inmaculada que se encargaba de recibir a los donantes hizo una mueca de disgusto al ver el lamentable aspecto del candidato. Le hizo sentar en un sillón de respaldo inclinado. Pero, a diferencia de los enfermeros-vampiros de la C.R.C., no le clavó la aguja en el brazo. Con gran asombro del campesino, se contentó con pincharle el índice para hacer caer una gota de sangre en una plaquita de cristal. El hombre de los dientes de oro comprendió. «Esta mala pécora hace sabotaje», murmuró.

Y así era. Un instante después la joven le anunció cortésmente que la sangre de su cliente era incompatible con las normas del *Paradise Blood Bank*. El motivo invocado hubiera podido aplicarse a la mayoría de los habitantes de los barrios de barracas de Calcuta: índice de hemoglobina insuficiente.

Para Hasari era un duro revés.

—¿No conoce otro lugar? —suplicó, apenas volvió a pisar la calle, al ojeador de los dientes de oro—. No tengo ni con qué comprar un plátano a mis hijos.

El hombre posó una mano amistosa sobre su hombro.

—No se puede jugar con esas cosas —dijo—. Ahora, lo que tienes en las venas es agua. Y si no andas con cuidado, tus cenizas no van a tardar mucho en flotar sobre el Hooghly.

Hasari se sentía tan acorralado por la miseria que aquella perspectiva le pareció inevitable.

—Esta vez no hay remedio —afirmó—. Todos vamos a morir de hambre.

Aunque su curiosa profesión le había endurecido, el ojeador se conmovió ante tanta desgracia.

—No llores, amigo. Ven, voy a hacerte un regalo.

Arrastró al campesino hasta la farmacia más cercana y allí le compró un frasco de pastillas de color rosa. Los químicos del laboratorio suizo que fabricaba aquel producto probablemente nunca habían previsto el uso que harían de él los seres llegados al límite de sus fuerzas.

—Toma, amigo —dijo el ojeador, y le dio a Hasari una caja de pastillas de sales de hierro—. Tomas tres cada día, y dentro de una semana vienes a verme. Acuérdate, exactamente dentro de siete días. —Y añadió, mostrándose bruscamente amenazador—: ¡Pero cuidado! No me des plantón, o si no el agua de tus venas podría correr gratuitamente. —Luego, suavizando el tono concluyó—: Yo te llevaré a un lugar donde les parecerá que tu sangre es estupenda, tan estupenda que querrán sacártela hasta la última gota.

12

Los hechos que caracterizaron la existencia de Paul Lambert al día siguiente de su primera noche en el *slum* podían parecer insignificantes. Y sin embargo, allí donde setenta mil personas vivían en una promiscuidad y una falta de higiene espantosas, hasta la menor necesidad de la vida cotidiana revestía especiales dificultades. Por ejemplo, las necesidades fisiológicas. El enviado del párroco vecino había aconsejado a Paul Lambert que fuera a las letrinas de un sector hindú habitado también por algunos cristianos. Para los hindúes, atender la «llamada de la naturaleza» era un acto que normalmente debía realizarse según un ritual muy preciso. Tienen que elegir un lugar que no esté cerca de un templo ni de un baniano, ni próximo a la orilla de un río, de un estanque, ni cerca de un pozo ni de una encrucijada frecuentada. El suelo no ha de ser de color claro ni estar labrado, sino que debe ser llano y desembarazado, y sobre todo lejos de toda vivienda. Antes de defecar, los hindúes tienen que quitarse las sandalias —cuando las tienen—, agacharse todo lo que puedan y no levantarse nunca antes de haber terminado; cuidar, bajo pena de ofensa grave, de no mirar al sol, la luna, las estrellas, el fuego, a un brahmán o una imagen piadosa. Deben guardar silencio y no cometer el sacrilegio de volver la cabeza para examinar sus deposiciones. Finalmente, estas instrucciones prescriben la manera de proceder a las abluciones con una mezcla de tierra y de agua. Los autores de estas santas reglas no habían previsto que millones de hombres se verían un día hacinados en selvas urbanas desprovistas de todo espacio libre alejado de las viviendas. Para los hindúes de Anand Nagar, «la llamada de la naturaleza» sólo podía atenderse en público en la cloaca a cielo abierto de las callejas o en uno de los escasos edículos que habían levantado recientemente los urbanistas locales y que llamaban «letrinas».

¡Qué aventura fue para Lambert su primera visita a uno de esos edículos! A las cuatro de la madrugada su acceso estaba ya bloqueado por una cola de varias docenas de personas. Los primeros estaban allí desde las dos o las tres de la madrugada. La llegada de aquel *sahib* en tejanos y zapatillas de deporte causó un verdadero revuelo de curiosidad y de diversión, sobre todo porque en su ignorancia de las costumbres del país, el francés había cometido un error imperdonable: llevaba en la mano unas hojas de papel higiénico. ¿Era imaginable que alguien quisiese recoger la suciedad en un papel y luego dejarla para los demás? Señalándole la lata de conservas llena de agua que tenía en la mano, un joven trató de hacerle comprender que había que lavarse y luego limpiar el recipiente. Lambert comprobó que en efecto todo el mundo había llevado un recipiente lleno de agua. Algunos incluso llevaban varios que empujaban con el pie a medida que la fila avanzaba. Comprendió que estaban haciendo cola para unos ausentes.

Un viejo desdentado se acercó para ofrecerle su cántara. Lambert cogió la vasija con una sonrisa de gratitud sin darse cuenta de que acababa de cometer otro sacrilegio que provocó una nueva explosión de hilaridad. Había cogido el recipiente con la mano izquierda, que era la reservada para las abluciones impuras. Antes de llegar al agujero, Lambert tuvo que cruzar un verdadero lago de excrementos. Aquella incomodidad suplementaria era un regalo de los poceros que llevaban ya cinco meses en huelga. «El hedor era tal que ya no sabía qué era lo más insoportable: el olor o el espectáculo. Que hubiese quien conservase el buen humor en medio de tanta abyección me parecía sublime. Bromeaban y reían. Sobre todo los niños, que aportaban su frescor y la alegría de sus juegos en aquella cloaca. Volví de aquella aventura tan *groggy* como un boxeador al que han noqueado en el primer asalto. En ningún otro lugar había tenido que soportar algo semejante.»

Al regresar a su cuarto, el francés advirtió algunas miradas hostiles. No era de extrañar. Ya había corrido el rumor de que el *sahib* era un sacerdote católico. En pleno barrio musulmán aquella intrusión podía considerarse como una provocación. «¡Dios mío, qué solo me sentí aquella primera mañana! Al no conocer ni una palabra de las lenguas del *slum,* tenía la sensación de ser sordomudo. Y al no poder disponer de un poco de vino, también me veía privado del consuelo de celebrar la Eucaristía en mi cubil. ¡Afortunadamente, me quedaba la oración!»

¡La oración! Hacía años que Paul Lambert comenzaba todas sus jornadas con una hora de contemplación. Aunque se encontrase en un avión, en un tren o en un dormitorio de obreros inmigrados, hacía el vacío, se volvía hacia Dios y se abandonaba en Él para dejarse interpelar. O para decir simplemente a su Creador: «Aquí estoy, aquí me tienes a tu disposición.» También le gustaba abrir los Evangelios al azar y detenerse en una frase. Por ejemplo: «Sálvame, que perezco», o «De Ti viene la salvación», o «Tu presencia está en esta alegría». Se obstinaba en descortezar cada palabra, cada sílaba, analizándolas en todos los sentidos, alimentando sin cesar su meditación. «Es una gimnasia de la mente que me ayuda a hacer el silencio», explicará, «a encontrar el vacío en Dios, porque si Dios tiene incluso tiempo de escucharme, por fuerza lo ha de tener para amarme».

Pero aquel día Lambert se sintió incapaz de un verdadero silencio, de un verdadero vacío. Desde la víspera le habían asaltado demasiadas impresiones. No conseguía rezar como las demás mañanas. «Sentado ante la imagen del Sudario, me puse a desgranar "om..." en voz alta. Luego intercalé el nombre de Jesús. Om... Jesús, om... Jesús. Para mí era un modo de unirme a la plegaria de las personas de aquel *slum* que se acercaban a Dios y le vivían todos los días, volviendo a encontrar la posibilidad de comunicarme con mi Dios revelado que ellos no conocían. Al cabo de un momento, estaba de nuevo en su presencia. Podía hablarle.»

«Señor, aquí me tienes, soy yo, Paul. Ya sabes, Jesús, que soy un pobre, ten compasión de mí. Sabes que no he venido aquí para acumular gracias. Que tampoco he venido por los demás. Estoy aquí por Ti, gratuitamente, para amarte. Jesús, mi hermano mayor, Jesús, mi salvador, he llegado con las manos tan vacías a esta ciudad de chabolas que ni siquiera puedo celebrar la cena que conmemora tu sacrificio. Pero todos los hombres que cierran los ojos con la cara tumefacta, todos los inocentes martirizados en este lugar de sufrimiento, ¿es que acaso no conmemoran tu sacrificio todos los días? Ten compasión de ellos, Jesús de Anand Nagar.»

«Jesús de la Ciudad de la Alegría, Tú, el eterno martirizado, Tú, la voz de los hombres sin voz, Tú que sufres en el interior de todos estos seres, que sufres su angustia, su miseria, su tristeza, pero Tú que sabes expresarte por medio de su corazón, por medio de sus llantos, por medio de sus risas, por medio de su amor. Jesús de Anand Nagar, sabes que estoy aquí sólo para compartir. Para que podamos decirte juntos, ellos y yo, que te amamos. Tú y tu Padre, el Padre de misericordia, el Padre que te envió, el Padre que perdona. Y decirte también, a Ti, que eres la luz, la salvación del mundo, que aquí, en la Ciudad de la Alegría, vivimos en la oscuridad. Te necesitamos a Ti, Jesús, que eres nuestra luz. Sin Ti estamos perdidos.»

«Jesús de Anand Nagar, haz que esta ciudad acabe por ser digna de su nombre, que sea verdaderamente la Ciudad de la Alegría.»

13

«¡Por mil buitres! ¡Ese necio ni siquiera sabe contar hasta siete!», maldijo el ojeador del banco de sangre al ver a Hasari Pal que se dirigía hacia él con paso resuelto. No había transcurrido ni un día entero desde su fracaso de la víspera.

—¡Hola, compañero! —le dijo jubilosamente Hasari.

La alegría del campesino sorprendió al hombre de los dientes de oro.

—¿Qué te ha pasado, amigo? ¿Te ha tocado la lotería?

—Me parece que he encontrado trabajo. Por eso he venido a devolverte las pastillas que enrojecen la sangre. Toma, podrás hacer que algún otro las aproveche.

En efecto, la suerte parecía haber sonreído por fin al campesino bengalí. Una vez más, había ido a apostarse cerca de uno de los numerosos talleres que, en los alrededores del Barra Bazar, fabricaban piezas mecánicas para los vagones de ferrocarril. Fue allí donde un día ganó cinco rupias ocupando el lugar de un *coolie* que se desmayó. Esta vez dos hombres estaban cargando unos muelles en un carrito de mano cuando uno de ellos tropezó con una piedra y dejó caer lo que llevaba. El infeliz aulló de dolor. Al caer, la pesada pieza metálica le había aplastado el pie. Hasari se precipitó en su ayuda. Desgarró uno de los lienzos de su taparrabo y se lo ató en la pierna para detener la hemorragia. En Calcuta apenas había que contar con el servicio de urgencias de la policía o con una ambulancia para ese tipo de accidentes. El dueño del taller, un hombre grueso que llevaba una camiseta con botones, se contentó con llamar un *rickshaw.* No sin cierta contrariedad, sacó de su cinto varios billetes de cinco rupias. Puso uno en la mano del herido y dio un segundo al hombre que tiraba del *rickshaw.* Al ver que Hasari transportaba al *coolie* hasta el cochecito, le entregó otros dos billetes.

—Quédate uno para ti. El otro es para untar al enfermero de la puerta del hospital, para que os deje entrar.

Luego, dirigiéndose al hombre que esperaba sujetando las varas del carrito, ordenó con un tono seco:

—¡Vamos, largo de aquí, hatajo de vagos!

La vacilación de Hasari Pal antes de subir al carrito intrigó al hombre que tiraba de él.

—¿Es que nunca has puesto tus nalgas en un *rickshaw*?

—No —reconoció el campesino, sentándose tímidamente al lado del *coolie* que tenía el pie herido.

El hombre-caballo cogió con fuerza las varas y arrancó de un golpe seco. Sus cabellos grises y sus hombros apergaminados indicaban que ya no era joven. Pero entre los que arrastraban los *rickshaws* el aspecto físico no guardaba relación con la edad. Se envejecía aprisa tirando de aquellos carritos.

—Tú no debes de ser de por aquí, ¿verdad? —volvió a preguntarle una vez hubo adquirido un poco de velocidad.

—No, vengo de Bankuli.

—¡Bankuli! —repitió el hombre-caballo, aflojando bruscamente la marcha—. ¡Pero si sólo está a treinta kilómetros de mi pueblo! Yo soy de...

Aunque no oyó el nombre del pueblo, que se perdió en un estrépito de bocinazos y cláxones, Hasari sintió deseos de bajar en marcha para abrazar a aquel hombre. Por fin había encontrado a alguien de su tierra en aquella «ciudad inhumana». Hizo un esfuerzo para ocultar su alegría a causa del *coolie* que gemía cada vez más a cada traqueteo. Ahora el hombre del *rickshaw* se dirigía hacia el hospital con toda la velocidad de sus piernas un poco arqueadas. Continuamente, su cuerpo se echaba hacia atrás en un movimiento desesperado para frenar en seco ante un autobús o un camión que se interponían en su camino.

El hospital general de Calcuta era una ciudad dentro de la ciudad. Se componía de un conjunto de edificios bastante destartalados, unidos entre sí por pasillos interminables, con patios en los que acampaban familias enteras. En la entrada principal una placa revelaba que «En 1878, en un laboratorio a setenta yardas al sudeste de esta puerta, el cirujano-comandante Ronald Ross, del ejército de las Indias, descubrió la manera como los mosquitos transmitían el paludismo».

El hombre del *rickshaw* se dirigió directamente hacia el servicio de urgencias. No era la primera vez que llevaba enfermos y heridos a aquel hospital. En Calcuta incluso era una de las especialidades de los *rickshaws* el servir de ambulancias.

«Una hilera de personas esperaba en la puerta delante de nosotros, y se oían muchos gritos y disputas», contó más tarde Hasari. «Había mujeres que llevaban bebés en los brazos. Estaban tan débiles que ni siquiera lloraban. De vez en cuando se veía pasar una camilla con un muerto cubierto de flores que conducían a la hoguera entre cánticos de plegarias. Cuando nos llegó el turno, metí en la mano del enfermero las cinco rupias que me había dado el dueño del taller. Era un sistema infalible. En vez de decir que nos fuéramos, como había dicho a la mayor parte de los demás, nos dijo que lleváramos a nuestro compañero a la sala del interior.»

Los dos hombres tendieron al *coolie* en una camilla aún manchada de sangre del enfermo precedente. Allí reinaba un olor intensísimo a desinfectantes, pero sin duda lo más llamativo era la profusión de inscripciones políticas que adornaban las paredes. Todas las opiniones se mezclaban en un verdadero delirio gráfico, banderas rojas, hoces y martillos, retratos de Indira Gandhi, eslóganes. La sorpresa del campesino bengalí hizo sonreír a su paisano del *rickshaw*.

—Ya ves, aquí hasta cuando te llevan a hacerte pedazos, te recuerdan que hay que votar por ellos.

«Ya no me acuerdo cuánto tiempo tuvieron a nuestro *coolie* en su sala de operaciones», recordaría más tarde Hasari. «Yo me preguntaba qué le estarían haciendo durante tanto tiempo. Me pasó una idea por la cabeza. ¿Y si hubiese muerto? Tal vez le habían matado sin querer y no se atrevían a dejar salir su cadáver por miedo a que les pidiéramos explicaciones. Pero era una idea absurda porque constantemente sacaban cuerpos de allí, y era imposible saber si estaban vivos o muertos. Todos parecían dormidos. Además yo ya había comprendido que en aquella ciudad inhumana los infelices como nosotros no tenían la costumbre de pedir explicaciones. Si no, los que tiraban de los *rickshaws*, para sólo hablar de ellos, seguramente ya haría tiempo que hubiesen partido la cara a todos aquellos canallas que conducían autobuses y camiones.»

«Por fin salieron unos empleados llevando una forma encogida en unas parihuelas. Una enfermera gorda levantaba el brazo sujetando una botella con un tubo que penetraba en el brazo del operado. Él dormía. Me acerqué. Era nuestro compañero. Llevaba un enorme vendaje al final de la pierna. Entonces comprendí lo que habían hecho. Aquellos cerdos le habían cortado el pie.»

—Es inútil esperar; dormirá varias horas —les dijo la enfermera—. Volved dentro de dos días a buscarlo.

Los dos hombres recuperaron su *rickshaw* y salieron del hospital. Anduvieron un rato en silencio. Hasari estaba visiblemente traumatizado.

—Tú aún eres novato en esta ciudad —le dijo el del carrito—. No te hagas mala sangre, verás muchas cosas así.

Hasari sacudió la cabeza.

—Pues yo tengo la impresión de que ya he visto demasiadas.

—¿Demasiadas? —exclamó riendo el hombre del *rickshaw,* golpeando con su cascabel las varas del carrito—. Cuando lleves como yo diez años de pasearte por ahí tirando de eso, podrás decir que has visto demasiadas.

Habían llegado a un cruce en el que un policía dirigía la circulación. El hombre del *rickshaw* sacó de su camisa una moneda, y al pasar a su lado la puso en la mano del policía.

—Es más barato que dejar que te quiten el carrito por falta de licencia —explicó sarcásticamente. Luego, deslizando las palmas de las manos sobre las varas, preguntó—: ¿Te gustaría tirar de uno de estos trastos?

La pregunta sorprendió a Hasari. ¿Cómo un desgraciado como él podía llegar a tener la suerte de tirar de un *rickshaw*? Le parecía algo tan incongruente como si le hubiesen preguntado: ¿Te gustaría pilotar un avión?

—Me interesa cualquier clase de trabajo —respondió Hasari, conmovido al ver que alguien demostraba tanto interés por él.

—Entonces prueba —dijo el otro; deteniéndose bruscamente. Señaló las varas—. Te pones aquí dentro, y ¡hale!, empujas con los riñones para arrancar.

Hasari obedeció dócilmente. «Pero si cree que es fácil hacer arrancar uno de esos condenados trastos, se equivoca», cuenta. «¡Se necesita la fuerza de un búfalo! Y cuando está en marcha aún es peor. Una vez se mueve ya no hay manera de pararlo. Anda solo, como si estuviera vivo. Es una sensación muy curiosa. En cualquier caso, yo me decía que para parar en caso de peligro se debía de necesitar una práctica enorme. Cuando se llevaban pasajeros, uno arrastraba más de doscientos kilos.»

El hombre del *rickshaw* le indicó unas señales en las varas, donde la pintura había desaparecido.

—Ya ves, hijo, lo importante es encontrar el equilibrio según el peso que arrastras. Para eso tienes que poner las manos en el lugar exacto donde se establece este equilibrio.

Decididamente, Hasari no salía de su asombro al ver que alguien se interesaba por él y le trataba con tanta paciencia y amabilidad. «Esta ciudad no es tan inhumana como creía», pensó al devolver las varas del *rickshaw* a su propietario. Se secó el sudor de la frente con un trozo de su *longhi.* Aquel esfuerzo le había dejado extenuado.

—¡Hay que celebrar tu aprendizaje! —exclamó el otro—. Para ti es un gran día. Vamos a beber un vaso de *bangla*[1]. Conozco una taberna baratita detrás de la estación de Sealdah.

En seguida se sorprendió al ver el escaso entusiasmo que despertaba su proposición. Hasari sacó el billete de cinco rupias que le había dado el dueño del taller.

—Mis hijos y su madre no han comido nada —se excusó—. Tengo que llevarles algo y eso es todo lo que me queda.

—No te preocupes, invito yo.

Los dos compadres torcieron a la derecha y penetraron en un barrio de casas bajas y de callejones estrechos con mucha gente en las ventanas y en la calle. Unos altavoces atronaban con música, las coladas se secaban al borde de los tejados, numerosas banderolas verdes flotaban en el extremo de pértigas de bambú. Pasaron ante una mezquita, luego ante una escuela en la que un *mollah* daba clase, bajo un alero, a unas niñas con pantalones y túnicas, la cabeza cubierta por un velo. Se encontraban en un sector musulmán. Luego salieron a una de las calles jaraneras de Calcuta. Mujeres con faldas de colores chillones, con blusas muy abiertas y la cara exageradamente maquillada, discutían y reían ruidosamente. Hasari estaba maravillado. Nunca había visto una cosa semejante. En su tierra las mujeres sólo llevaban sari. «Varias nos llamaron. Había una que me gustaba mucho. Debía de ser muy rica, porque sus brazos estaban cubiertos de brazaletes hasta los codos. Pero mi compañero pasó ante ellas sin detenerse. Era un hombre serio.»

En la calle había numerosos *rickshaws*. Cada uno de ellos estaba ocupado por un hombre que iba allí a divertirse. Muchos infelices vagaban por las aceras, *coolies*, obreros, parados. Calcuta es una ciudad de hombres en la que centenares de millares de refugiados viven sin su familia.

1. Alcohol destilado clandestinamente.

Una mujer cogió a Hasari por la muñeca.

—Ven —dijo, dirigiéndole una penetrante mirada—. Voy a hacerte feliz. Sólo cuatro rupias.

Hasari se sintió ruborizar hasta la punta de los pies. Su amigo que tiraba del *rickshaw* acudió en su ayuda.

—¡Suéltale! —ordenó a la mujer, apuntándole al vientre con una de las varas.

La prostituta replicó con un torrente de injurias que atrajo la atención de toda la calle y que hizo que los dos amigos se desternillaran de risa. El otro aprovechó el incidente para poner en guardia a su compañero.

—Si algún día tiras de un *rickshaw* y tienes que llevar a una pájara como ésta, no te olvides de hacer que pague por adelantado. Si no, estás apañado, apenas llegar se te escurre entre los dedos como una anguila.

Después de la calle de las prostitutas, los dos hombres atravesaron una plaza, pasaron bajo unos pórticos y entraron en un vasto recinto rodeado de edificios viejos con fachadas leprosas y balaustradas de las que colgaba un mosaico abigarrado de ropa secándose. Búfalos, vacas, perros, gallinas, cerdos iban de un lado a otro en medio de niños que jugaban con cometas. En el cielo se veían puntos de todos los colores, sujetos por un cordel. Las cometas eran el juguete preferido de los niños de Calcuta, como si aquel pedazo de papel que echaba a volar por encima de los tejados llevase todos sus deseos de evadirse, toda su necesidad de huir de aquella prisión de fango, de humos, de ruido y de miseria.

En un rincón, detrás de una empalizada de maderos, sentado en la posición del loto bajo un alero de tejas, había un hombre vestido con una camiseta mugrienta. Era el tabernero. Su nuevo amigo hizo sentar a Hasari en un banco al final de la única mesa. El lugar apestaba a alcohol. El patrón dio unas palmadas. Inmediatamente apareció un muchacho hirsuto con dos vasos y una botella sin etiqueta ni tapón, llena de un líquido grisáceo en el que flotaban copitos blancos. El hombre del *rickshaw* contó cuidadosamente siete billetes de una rupia. Formó un fajo bien hecho y lo entregó al tabernero. Luego llenó el vaso de Hasari. El olor ácido que tenía aquel brebaje asustó al campesino. Pero su compañero parecía tan satisfecho que no se atrevió a decir nada. Brindaron y bebieron un sorbo en silencio.

Entonces, Ram Chander —así se llamaba el hombre del *rickshaw*— empezó a hablar.

«Tuve que irme del pueblo después de la muerte de mi padre. El pobre hombre nunca consiguió pagar las deudas de la familia. Deudas que se remontaban a su propio padre y a su abuelo. Había hipotecado nuestra tierra para pagar los intereses, pero no bastó. Y al morir tuve que pedir prestado aún más dinero para hacerle un entierro decente. ¡Dos mil rupias! Para empezar, cuatro *dhoti* y nada menos que cuarenta metros de hilo de algodón al *pujari*[1] para que recitase las oraciones. Luego, cien kilos de arroz, otro tanto de harina, más aceite, azúcar, especias y hortalizas para dar de comer a los invitados. Por fin, cincuenta kilos de leña para la hoguera y *propinas* a los encargados de las incineraciones. Comprendí en seguida que nunca podría devolver todo aquel dinero quedándome en la aldea. Sobre todo teniendo en cuenta que para conseguir el préstamo había perdido nuestra única fuente de ingresos hipotecando la siguiente cosecha.

»Entonces, durante la fiesta de Durga, un camarada de juventud volvió al pueblo. Tiraba de un *rickshaw* en Calcuta y me dijo: "Ven conmigo, yo te encontraré un carrito para tirar. Ganarás de diez a doce rupias al día." Y decidí irme con él. Aún me parece estar viendo a mi mujer, dando la mano a nuestro hijo en el umbral de la choza. Ella lloraba. Habíamos hablado tantas veces de mi marcha, y por fin llegó aquel día. Me preparó una bolsa para llevar colgada del hombro con un *longhi* y una camisa de recambio, además de una toalla. Me había hecho *chapati* y tortas de verduras para el viaje. Hasta el último día de mi vida les estaré viendo delante de nuestra choza. Su recuerdo me permitió aguantar, porque sólo al cabo de cuatro meses, gracias a aquel amigo de la infancia, encontré trabajo.

»En esta maldita ciudad la lucha por encontrar trabajo es tan dura que podrías pasarte años esperando, y morirte veinte veces antes de tenerlo. Y si no tienes alguien que te ayude, no hay ninguna posibilidad. Hasta para las cosas más modestas todo es cuestión de relaciones. Y naturalmente de dinero. A cada instante tienes que estar dispuesto a pagar. Esta ciudad es como un ogro. Fabrica gentes cuyo único objetivo es robarte. ¡Qué cándido era cuando vine de mi pueblo! Estaba convencido de que mi compañero iba a conducirme derechamente a ver al propietario de su *rickshaw* para pedirle que me diera trabajo. El tipo en cuestión es un *bihari* que posee más de trescientos carritos, de los que al menos doscientos circulan sin licencia. Paga un porcentaje a los policías, y asunto resuelto. Pero en cuanto a que me contratasen en seguida, de eso nada. Al *bihari* no se le ve jamás. Ni siquiera se sabe dónde vive. Es un jefe de banda. Le importa un rábano que seas tú o Indira Gandhi quien tire de sus *rickshaws*, con tal de que todas las noches reciba la recaudación. Un empleado suyo se ocupa de este trabajo. Sólo por medio de él puedes tratar de conseguir un *rickshaw*.

1. Sacerdote.

Pero no te imagines que uno puede acercársele con más facilidad que a su amo. Tiene que presentarte alguien a quien aprecie. Alguien que le diga quién eres, de dónde vienes, cuál es tu casta, tu clan, tu linaje. Y por tu propio interés, dedícale el mejor de los *namaskar*[1] y no olvides de llamarle *sardarji*[2] y todo lo que quieras. Ni de invocar la bendición de Shiva y de todas las divinidades sobre su persona. Sin olvidar el *bakchich* de costumbre. Porque los *bakchichs* son algo casi tan importante como el alquiler. No tienes nada, eres un desgraciado, te matas para ganar unas cuantas rupias y dar de comer a tu familia, pero te pasas la vida repartiendo monedas entre el policía del cruce, porque no tienes derecho a circular por esta calle; entre otro policía, porque llevas mercancías cuando se supone que lo único que puedes llevar es personas; un billete para el propietario, para que te guarde el carrito en su cuadra, otro al tipo del taller para que te arregle un radio de la rueda, otro al antiguo titular del *rickshaw* que te cedió su trasto. En resumidas cuentas, te estrujan durante todo el día, y a poco que te descuides te encuentras sin *rickshaw* porque la policía te lo ha confiscado o porque el dueño te echa.

»Yo esperé más de cuatro meses a que los dioses se decidieran a darme una oportunidad. Y sin embargo, todas las mañanas iba a dejar un poco de arroz, capullos de claveles, un plátano o alguna golosina ante la estatua de Ganesh, en el templo que hay cerca de la cabaña donde me alojaba. Otros tres individuos que tiraban *rickshaws* vivían también en aquella covacha, en el patio de un edificio decrépito que hay detrás de Park Circus. También ellos habían dejado a su familia en el pueblo. Un viejo carpintero hacía radios y componía las ruedas de los carritos. Como todos eran hindúes, se hacía una comida común. El carpintero preparaba la pitanza. La guisaba en su *chula* y encendía el fuego con virutas de la madera que trabajaba.

»Allí fue donde mi compañero me alojó cuando llegué a Calcuta. Entre dos vigas de bambú del armazón, me instaló una tabla para dormir, justo debajo de las tejas del techo. En la pared de adobe había el hueco de una hornacina con la estatuilla en cartón piedra de un Ganesh con cabeza de elefante completamente rosa. Recuerdo haber pensado que con la presencia de semejante dios bajo nuestro techo, acabaría por salir de apuros. Tenía razón para confiar. Una mañana, cuando volvía de hacer mis necesidades, reconocí al representante del propietario de los *rickshaws* que venía en su bicicleta. Le había visto varias veces cuando venía a cobrar los alquileres, y mi compañero le había hablado de mí. Era un hombre más bien bajo, con un bigote y ojos astutos tan

1. Buenos días, saludo, «prosternación».
2. *Sardar*: jefe; *sardarji:* término de respeto, normalmente dedicado a los sijs.

penetrantes que uno tenía la impresión de que despedían chispas. Apenas bajó de la bicicleta, me acerqué a él.

»—*¡Namaskar, sardarji!* ¡Qué honor la visita de un personaje de su importancia! ¡El hijo del dios Shiva!

»No pudo reprimir una sonrisa de satisfacción.

»—Hay un chico que se ha roto una pata, ¿quieres sustituirle? Si estás de acuerdo, ahora mismo me das veinticinco rupias para mí, y pagarás dos rupias al día al titular del carrito. Además de las seis rupias de alquiler normal, claro.

»Me advirtió de pasada que el carrito en cuestión no tenía la matrícula en regla. Lo cual quería decir que si lo confiscaba la policía, era yo quien estaría obligado a pagar el soborno. La estafa en estado puro. Y sin embargo, le di las gracias del modo más efusivo.

»—Mi gratitud será eterna —le prometí—. Desde ahora me siento ya como el menor de sus hermanos.[1]

»Por fin se realizaba el sueño por el que había salido de mi aldea. Iba a ganar la vida de mi familia entre las varas de un *rickshaw*.»

14

En aquella época la Ciudad de la Alegría sólo contaba con unos diez pozos y fuentes para setenta mil habitantes. La fuente más próxima al cuarto de Paul Lambert se encontraba al final de su callejón, frente a un establo de búfalos. El barrio empezaba a despertar cuando se dirigió hacia allí. Cada amanecer se producía la misma explosión de vida. Gentes que habían pasado la noche hacinadas en grupos de diez o doce, en chamizos infestados de ratas y de piojos, renacían a la luz como a la primera mañana del mundo. Esta resurrección cotidiana empezaba con una purificación general. Allí, en los callejones inundados de fango, al borde del conducto pestilente de una cloaca, los moradores de la Ciudad de la Alegría se libraban de los miasmas de la noche por medio de todos los ritos de un minucioso lavado. Sin mostrar ni una parcela de su desnudez, las mujeres conseguían lavarse del todo, desde los largos cabellos hasta la planta de los pies, incluyendo su sari. Luego ponían el máximo esmero en aceitar, peinar y trenzar su cabellera, antes de clavar en ella una flor fresca que sabe Dios dónde podían haber encontrado. Donde había agua, se veía a los hombres ducharse con una lata de conservas, a los niños frotarse los dientes con ramitas recubiertas de ceniza, a los viejos pulirse la lengua con un hilo de yute,

1. Dado el poder y la autoridad de que disfruta el hermano primogénito en la familia tradicional india, ésta es una gran manifestación de sumisión y de respeto.

a las madres despiojar a sus hijos antes de enjabonar vigorosamente sus cuerpecitos desnudos, incluso en medio del frío más atroz de las mañanas de invierno.

Paul Lambert avanzaba, atento a todo lo que iba descubriendo. Antes de llegar a la fuente, le impresionó la belleza de una joven madre envuelta en un sari rojo, sentada en el callejón, con la espalda muy erguida y un bebé tendido sobre sus piernas alargadas. El niño estaba desnudo y sólo llevaba un amuleto sujeto por un cordel atado a la cintura. Era un niño gordezuelo, que no parecía sufrir ninguna falta de alimentación. Un fuego extraño danzaba en sus ojos. Hubiérase dicho que se hablaban con las miradas. Subyugado, Lambert dejó el cubo en el suelo. La joven acababa de verter unas gotas de aceite de mostaza en sus palmas y empezaba a dar un masaje al cuerpecito. Hábiles, inteligentes, atentas, sus manos subían y bajaban, animadas por un ritmo tan discreto como inflexible. Moviéndose arriba y abajo como un oleaje, partían de los costados del bebé, atravesaban su pecho y volvían a subir hacia el hombro opuesto. El movimiento terminaba con el dedo meñique deslizándose por el cuello del niño. Luego la madre le hizo dar media vuelta. Le extendió los brazos y les dio un delicado masaje, uno después de otro, cantándole viejas canciones infantiles que contaban la niñez del dios Krishna o alguna leyenda que venía del fondo de las edades épicas. Más tarde cogió sus manecitas y las fue acariciando con los pulgares, como para hacer circular la sangre de la palma hacia los dedos. El vientre, las piernas, los talones, la planta de los pies, la cabeza, la nuca, la cara, las aletas de la nariz, la espalda, las nalgas fueron objeto de sus sucesivas caricias, con unos dedos ágiles y como danzantes que parecían vivificar. El masaje concluyó con una serie de ejercicios de yoga. La madre cruzó los brazos de su hijo sobre el pecho, abriéndolos y cerrándolos una y otra vez. Toda tensión que pudiera subsistir en la espalda del niño parecía así liberada, lo mismo que su caja torácica y su respiración. Al fin llegó el turno de las piernas, que levantó y cruzó sobre el vientre a fin de provocar una apertura y una relajación completas de la pelvis. El niño parecía loco de felicidad.

Lambert estaba maravillado. «Era un verdadero ritual, hasta tal punto había gravedad en la entrega absoluta de la madre y en el abandono total del niño.» Se sentía un poco incómodo por haber sorprendido aquella escena, pero deslumbrado por tanto amor y tanta belleza. Y por tanta inteligencia. Porque el masaje aportaba al cuerpecito amenazado por tantas carencias un alimento extracorporal precioso.

Después de aquel rayo de luz en el corazón de tanta fealdad, la molestia del agua pareció al francés un trámite sin importancia. Varias decenas de mujeres y de niños hacían cola, y el chorro que daba la bomba era tan escaso que se necesitaban largos minutos para llenar un cubo. ¡Qué importaba! El tiempo no contaba en Anand Nagar, y la fuente era un lugar donde se intercambiaban noticias. Para Lambert era un campo de observación apasionante. Una niña se acercó a él con una amplia sonrisa, y sin consultárselo se apoderó de su cubo. Tocando con el dedo el reloj que llevaba en la muñeca, le dijo en inglés:

—*Daddah*,[1] seguro que tienes prisa porque llevas reloj.

De regreso a su casa, Lambert encontró a varias personas ante su puerta. Reconoció a los habitantes del corralillo cristiano al que le había conducido la primera noche el enviado del párroco de Howrah. La joven con una flor en el pelo que le había hecho bendecir a su hijo le regalaba ahora una *chapati* y una botellita.

—*Good morning,* Father —dijo, cálidamente—. Me llamo Margareta. Mis vecinos y yo hemos pensado que no tendría con qué celebrar su misa. Aquí tiene pan y vino.

Paul Lambert miró atentamente a sus visitantes, conmovido. «Quizá no tengan qué comer, pero se han procurado pan y vino para la Eucaristía.» Pensó en los cristianos de las catacumbas.

—Gracias —dijo ocultando su emoción.

—Hemos preparado una mesa en nuestro patio —añadió la mensajera con una sonrisa de complicidad.

—Guiadme —dijo Lambert, esta vez manifestando su alegría.

Aquellas personas pertenecían a las pocas familias —unas cincuenta en total— que constituían el minúsculo islote de cristianos que vivían en medio de los setenta mil musulmanes e hindúes de la Ciudad de la Alegría. Aun siendo igual de pobres, eran un poco menos desheredados que el resto de la población. Esta ventaja se debía a varios motivos. En primer lugar y paradójicamente, al hecho de que fuesen minoritarios: cuanto menos numeroso es un grupo, más fácil es acudir en ayuda de los más necesitados. Si el párroco de Howrah contaba allí con menos de mil feligreses, los sacerdotes hindúes y los *mollah* musulmanes tenían más de un millón de fieles. Luego, para distinguirse de la mayoría y aumentar sus posibilidades de obtener un empleo de «cuello blanco», numerosos cristianos hacían el esfuerzo de adquirir el instrumento clave de la ascensión social: la lengua inglesa. Finalmente, si conseguían escapar un poco mejor a la extrema miseria, también era debido a que su religión no les enseñaba a resignarse a su condición. Para los hindúes, la desgracia era el resultado de los actos que se habían cometido en las vidas precedentes; había que aceptar ese «karma» para renacer bajo mejores auspicios. Libres de los tabúes, los cristianos eran, pues, más libres de auparse por encima de la mayoría. Ésta es la razón de que

1. Hermano mayor.

hubiese en toda la India tantas pequeñas elites e instituciones que conferían a esta minoría cristiana una influencia nacional desproporcionada con el número de sus miembros. Tal era el caso en la Ciudad de la Alegría.

Los cristianos del *slum* procedían de la región de Bettiah, un distrito agrícola del Bihar que hasta los años cuarenta había albergado una de las comunidades cristianas más importantes de la India del norte. El origen de esta comunidad era otro capítulo de la gran saga de las migraciones religiosas en el mundo. Empezó a mediados del siglo XVIII. Objeto de las persecuciones de un soberano sanguinario, treinta y cinco cristianos nepaleses habían huido de su país con su capellán capuchino, un italiano. Habían encontrado refugio en un principado donde el capuchino curó «milagrosamente» a la esposa del rajá local, y el agradecido príncipe les regaló tierras. Esta tradición de acoger a los misioneros fue perpetuada por los rajás siguientes. Los cristianos prosperaron y se multiplicaron. Un siglo después, eran dos mil. Con sus casas encaladas, sus calles estrechas, sus patios, sus plazas floridas y su gran iglesia, con sus hombres tocados con sombreros de ala ancha, y sus muchachas que parecían vestir faldas y mantillas andaluzas, el barrio cristiano de la ciudad de Bettiah se parecía un poco a un pueblo mediterráneo. Entonces se abatió sobre la región una extraña calamidad. Los ingleses lo llamaron el oro azul, los campesinos, el índigo. El monocultivo intensivo de la planta de índigo, que se utilizaba en tintorería, provocó en 1920 la primera gran acción de Gandhi. Fue aquí, en la región de Bettiah, donde el *mahatma* comenzó su campaña de no violencia activa para la liberación de la India. Finalmente, el índigo fue vencido en 1942 por un producto sintético de recambio. Pero antes de morir el oro azul se vengó: había agotado las tierras y obligó al exilio a millares de campesinos.

Todas las familias que se disponían a asistir a la primera misa de Paul Lambert en el *slum* de Anand Nagar procedían de esas tierras asesinadas. Había allí una veintena de personas, sobre todo mujeres con niños de pecho y algunos ancianos. Casi todos los jefes de familia estaban ausentes, señal de que aquel corralillo era privilegiado: los demás estaban llenos de hombres sin trabajo. Entre los asistentes había también un personaje andrajoso en cuyo aspecto miserable nadie reparaba, hasta tal punto atraía la mirada su radiante expresión. Le llamaban Goonga, «el mudo». Era retrasado mental y sordomudo. Nadie sabía de dónde era ni cómo había ido a parar al *slum*. Un día Margareta le había recogido en una calleja inundada por el monzón cuando estaba a punto de ahogarse. A pesar de ser viuda y de que ya tenía a ocho personas en su casa, le había dado albergue. Un buen día desapareció y durante dos años no se le volvió a ver. Luego reapareció. Dormía sobre unos trapos bajo el tejadillo. Siempre estaba contento, nunca pedía nada. Un mes atrás, un vecino le había encontrado moribundo. Parecía como si durante la noche se hubiese vaciado de toda su sustancia. Era el cólera. Margareta le había metido en un *rickshaw* y conducido al hospital de Howrah. Había tenido que dar diez rupias al enfermero para que aceptara cuidarlo. Al regresar, dio un rodeo y pasó por la iglesia de Nuestra Señora del Buen Viaje para encender un cirio. Tres días más tarde, Goonga estaba de vuelta. Cuando vio a Paul Lambert se precipitó a sus pies para quitar el polvo de sus zapatillas de deporte y llevarse luego la mano a la frente en señal de respeto.

Lo que vio el francés al entrar en el corralillo de los cristianos iba a quedar grabado en su memoria para siempre. «Habían recubierto con un lienzo de algodón de Madrás un madero puesto sobre dos cajas, con una vela en cada lado. Un plato y un vasito inoxidable servían de patena y de ciborio. Un crucifijo de madera y una guirnalda de claveles amarillos completaban la decoración del improvisado altar que se apoyaba en el pozo que había en el centro del patio.»

Paul Lambert se recogió un momento. Meditó sobre el milagro que iba a realizar en aquel ambiente alucinante de *chulas* que humeaban, de harapos secándose sobre los tejados, de niños desnudos que se perseguían por los arroyos, en aquel estruendo de ruidos, de bocinazos, de cantos, de gritos de vida. Con un pedazo de *chapati*, una torta sin levadura, tan semejante a la que Jesús mismo había utilizado en su última cena, iba a «fabricar» al mismo Creador de aquella materia. Entre sus manos, un poco de torta iba a convertirse en Dios, el que estaba en el origen de todas las cosas. Paul Lambert pensaba que aquello era la revolución más fantástica que un hombre podía llegar a hacer.

A menudo había celebrado la misa en alguna barraca de un barrio de chabolas, en la sala común de un hogar de trabajadores inmigrados, en el rincón de una fábrica. Pero aquel día, en medio de aquellos hombres dolientes, despreciados, maltrechos, comprendía todo lo que la ofrenda y el reparto del pan iban a tener de único.

«El que Dios compartiera la condición del más humillado siempre me había parecido un acontecimiento extraordinario», dirá. «Como si su encarnación terrenal, su vida de hombre en su cuerpo no hubiese satisfecho su afán de rebajarse, y quisiera estar aún más cerca del más pobre, del más pequeño, del más tullido, del más menospreciado. ¡Qué felicidad más grande ser sacerdote para poder permitir a Dios que expresase de esa manera el infinito de su amor!»

Lambert celebraba su misa en un recogimiento de Carmelo, cuando tres perros parias, con la cola levantada, cruzaron el patio persiguiendo a una rata que era casi tan grande como ellos. La escena era tan trivial que nadie prestó atención. En cambio, el paso de un vendedor de globos en el momento de la lectura del Evangelio atrajo varias miradas. Colgadas de su bambú, aquellas esferas de vivos colores parecían estrellas fosforescentes sobre un pedazo de cielo gris. Mientras aquellas masas multicolores se iban alejando, la cálida voz de Lambert se elevó por encima de las cabezas. El sacerdote había elegido cuidadosamente el mensaje de buena nueva que iba a comunicar. Contemplando con amor las caras macilentas que tenía delante, repitió las mismas palabras de Jesús:

«Bienaventurados los pobres de espíritu, porque de ellos es el reino de los Cielos.»

«Bienaventurados los que lloran, porque ellos serán consolados.»

«Bienaventurados los que tienen hambre y sed de justicia, porque ellos serán hartos.»

Mientras pronunciaba estas palabras, Paul Lambert experimentó un cierto malestar. «¿Necesitan verdaderamente palabras?», se preguntó. «¿Es que no son ya todos el mismo Cristo, el vehículo, el sacramento? ¿Acaso no son los pobres de las Escrituras, los pobres de Yavé, los hombres en los que Jesús se encarnó cuando dijo que donde hubiera pobres Él estaría con ellos?»

Después de un silencio, abrió los brazos como para abrazar a aquel puñado de hombres y de mujeres que sufrían. Queriendo impregnarles del mensaje del Evangelio desde aquella primera mañana, miró intensamente a cada uno de sus nuevos hermanos y hermanas. Luego, dejando que Cristo hablara por su voz, exclamó:

«Vosotros sois la luz del mundo.»

15

La primera vez que Paul Lambert se lavó en el *slum* incurrió en una nueva infracción de las sacrosantas tradiciones. Como había visto hacerlo a los hombres en el camino de la fuente, se desnudó hasta quedar sólo en calzoncillos. Salió del callejón que había ante su cuarto con su cubo de agua. Se agachó hasta apoyarse en los talones, en esa posición típicamente india tan difícil de mantener para un occidental. Vertió el agua sobre los pies y empezó a frotarse vigorosamente los dedos, cuando el viejo hindú de la *tea shop* de enfrente le interpeló horrorizado:

—¡Father, no es así como debes lavarte! Primero hay que lavarse la cabeza y terminar por los pies. Cuando ya has limpiado todo lo demás.

Paul Lambert estaba a punto de balbucear alguna disculpa cuando apareció la niña que la noche antes le había llevado un plato de comida. El espectáculo de aquel *sahib* medio desnudo que se salpicaba con agua le divirtió tanto que se echó a reír.

—¿Pero por qué te lavas, *daddah*? —preguntó—. ¡Tienes ya la piel tan blanca!

Unos instantes después Lambert cometió un tercer desliz al arrollar en sentido contrario la estera de rafia sobre la que había dormido. En vez de empezar por el lado de la cabeza, lo hizo a la inversa. Con lo cual corría el peligro, como le hizo comprender por gestos el musulmán de la casa vecina, de pasar la noche siguiente con la cabeza en el lugar donde la víspera había puesto los pies. «Ya sabía que iba a necesitar tiempo para captar todas las sutilezas de la vida en el *slum* y no escandalizar a nadie», reconoció más tarde el sacerdote francés. Había notado una cierta reserva para con él cuando volvía de la fuente. Unas mujeres dejaban caer precipitadamente sobre su rostro la tela de su sari, unos niños que jugaban a canicas salían huyendo como conejos. Sólo los animales no mostraban ningún ostracismo. Como las ratas, la escolopendra y los mosquitos de la noche, las moscas no dejaban de asediarle. «Las había a millares. Se desplazaban por racimos, siempre dispuestas a pegarse al menor centímetro cuadrado de mi piel. Penetraban por las orejas, por la nariz, por los ojos, hasta en mi boca junto con cada bolita de comida. Nada frenaba su audacia. Ni siquiera echaban a volar cuando las asustaba, se contentaban con ir andando un poco más lejos para seguir infligiéndome allí su suplicio. Yo estaba inerme ante esas cabalgadas frenéticas en torno a mi nariz, por mis mejillas, entre los pelos del pecho, de arriba abajo de los dedos de los pies. Para tratar de escapar a aquellos verdugos, fijaba el pensamiento en un recuerdo. En mi madre, por ejemplo, batiendo huevos hasta el punto de nieve para hacer una isla flotante, mi postre preferido. O en el rostro de mi padre al volver por la noche de la mina, negro como un carbonero.»

Paul Lambert se dirigió también hacia la imagen del Santo Sudario. En voz alta, repitió una letanía de «om...». Al cabo de un rato, esta invocación se había convertido en algo completamente inconsciente. Calcaba su ritmo sobre el de las pulsaciones cardíacas. Esta manera de utilizar su ritmo biológico para comunicarse con Dios le liberó poco a poco de toda contingencia exterior. Las moscas podían seguir agrediéndole, ya no las notaba.

Fue entonces cuando la alegre cara del enviado del párroco de Howrah apareció en el quicio de la puerta. Quiso saber cómo el francés había soportado sus primeras horas en aquel lugar. El relato de sus aventuras en las letrinas y de sus batallas con ratas y moscas le consternó.

—El señor cura me encarga que le diga que hay una habitación cómoda para usted en la casa parroquial —insistió—. Esto no le impedirá venir a pasar aquí todo el tiempo que quiera. Por favor, acepte. Éste no es lugar para un sacerdote.

Meneó varias veces la cabeza y luego sacó de una bolsa de tela charolada dos gruesos volúmenes que le enviaba el párroco. Eran los Evangelios en hindi y una gramática bengalí. Lambert acogió aquellos regalos con entusiasmo. Serían herramientas insustituibles para ayudarle a derribar el muro de silencio que le aislaba en su nueva existencia.

En vez de contrariarle, aquella incapacidad de expresarse y de comprender al principio encantó al francés. «Para un extranjero que llega a una sociedad de miseria así, era una ocasión única de ponerme en estado de inferioridad», explicará. «Era yo quien necesitaba a los demás, y no ellos quienes me necesitaban a mí.» Reflexión fundamental para un hombre que se sentía tan privilegiado respecto a los que le rodeaban, que se preguntaba si alguna vez podría integrarse verdaderamente. «¿Cómo, en efecto, creer que compartes realmente su condición moral y física cuando disfrutas de una salud de jugador de rugby, cuando no tienes una familia a la que alimentar, alojar y cuidar? Cuando no tienes que buscar trabajo ni se tiene la obsesión de conservarlo; cuando uno sabe que en cualquier momento puede irse.»

Esta barrera de la lengua facilitó paradójicamente sus primeras relaciones con la gente, haciéndoles sentir cómodos ante él, dándoles un sentimiento de importancia, de superioridad. ¿Cómo se decía «agua» en urdú? ¿Y «té» o «cubo» en hindi? Al repetir mal estas palabras en su lengua, al pronunciarlas incorrectamente, desató sus risas, se atrajo poco a poco su amistad. Hasta el día en que, comprendiendo que no era un visitante de paso, le dieran el sobrenombre afectuoso de «Paul *daddah*», Gran hermano Paul.

El hindi, la gran *lingua franca* de la India moderna, que hoy hablan cerca de doscientos millones de hombres, era comprendida por la mayor parte de los habitantes de la Ciudad de la Alegría. Era una de las veinte o treinta lenguas que se usaban en el *slum*, entre ellas el bengalí, el urdú, el tamil, el malayalam, el punjabí y muchos dialectos. Al carecer de profesor, Lambert empezó su aprendizaje de un modo más bien original. Cada mañana, después de su hora de contemplación, se daba una lección de hindi gracias a los textos que conocía mejor que las rayas de su mano, los Evangelios. Se sentaba en su estera, con la espalda muy erguida y apoyada en la pared, las piernas dobladas en la posición del loto, los Evangelios en francés sobre un muslo, y sobre el otro la traducción en hindi. La graciosa y misteriosa caligrafía le hacía pensar en los jeroglíficos egipcios. Como Champollion, comprendió que para empezar necesitaba una clave. La buscó pacientemente examinando página a página el texto hindi con la esperanza de descubrir un nombre de persona o de lugar que no hubiese sido transcrito. Por fin sus ojos tropezaron con una palabra de diez letras escrita en mayúsculas latinas. Aquella palabra le permitió identificar el versículo, y como lo conocía de memoria, pudo escribir frente a cada término francés su equivalencia en hindi. Sólo faltaba descortezar cada letra, una tras otra, para encontrar su transcripción y reconstruir un alfabeto. Aquella palabra clave pareció doblemente simbólica al habitante del 19 Fakir Bhagan Lane. Era el nombre de una ciudad cuya imagen evocaba aquella en la que se encontraba ahora, una ciudad en la que las muchedumbres se habían reunido para dirigirse hacia Dios. Era también el símbolo de una inextricable confusión de cosas y de personas que podía compararse a aquel mundo de chabolas de la Ciudad de la Alegría. Aquella palabra clave era Cafarnaúm.

16

Todas las ciudades del antiguo mundo colonial los han proscrito en sus calles, como uno de los símbolos más ofensivos de la explotación del hombre por el hombre. Excepto Calcuta, donde todavía hoy unos cien mil esclavos-caballos recorren tirando de los *rickshaws* más kilómetros que los treinta Boeing y Airbus de la compañía aérea interior Indian Airlines. Todos los días transportan más de un millón de viajeros, y nadie, excepto algunos urbanistas visionarios, piensa en guardar esos anacrónicos carritos en el museo de la historia. Aquí el sudor humano compite con el de las bestias de carga y proporciona la energía más barata del mundo.

Con sus dos grandes ruedas con radios de madera, su fina barquilla y sus varas curvas, los *rickshaws* se parecen a los tílburis de nuestras abuelas. Fueron inventados a fines del siglo pasado por un occidental, un misionero en el Japón. Su nombre procede de la expresión japonesa *ji riki shaw,* que significa literalmente «vehículo propulsado por el hombre». Los primeros *rickshaws* aparecieron en la India hacia 1880 en las arterias imperiales de Simla, la capital de verano del Imperio británico de las Indias. Una veintena de años después, algunos de estos vehículos llegaron a Calcuta, importados por comerciantes chinos que los utilizaban para el transporte de las mercancías. En 1914, estos chinos solicitaron la autorización para dedicarlos también al transporte de personas. Más rápidos que los antiguos palanquines y más manejables que los fiacres, estos cochecitos se impusieron rápidamente en el primer puerto de Asia, y su difusión alcanzó a numerosas metrópolis del sudeste asiático. Para muchos de entre los millones de hombres refugiados en Calcuta desde la Independencia, sus varas habían sido una manera providencial de ganarse el pan. Nadie sabía cuántos *rickshaws* surcaban hoy las calles y callejas de la última ciudad del mundo en la que sobrevivían. En 1939 los británicos habían limitado su número a seis mil. Y como desde 1949 no se había concedido ninguna nueva placa, oficialmente siguen siendo menos de diez mil. Estadísticas oficiosas hablan de una cifra cinco veces más elevada, porque cuatro vehículos de cada cinco circulan ilegalmente con un falso número. Cada uno de esos cincuenta mil *rickshaws* permite vivir a dos hombres, que se turnan entre sus varas de una salida del sol a la siguiente. El sudor de estos cien mil forzados alimenta a otras tantas familias, y se estima que, en total, casi un millón de individuos esperan de los *rickshaws* su plato cotidiano de arroz. Algunos economistas incluso han calculado la importancia financiera de esta actividad única en el catálogo de las profesiones: cuatro mil millones de céntimos franceses, es decir, un poco más de la mitad del presupuesto de los transportes parisienses. Una parte no desdeñable de esa suma —alrededor de cien millones de céntimos al año— representa el diezmo que pagan los que tiran del carrito a los policías y demás autoridades para precaverse de las múltiples persecuciones de que son objeto. Porque los atascos demenciales que paralizan todos los días un poco más del superpoblado asfalto de Calcuta, han inducido a los responsables de la circulación a excluir los cochecillos de hombres-caballos de un número creciente de arterias.

—¡No hay como un buen vaso de *bangla* para poner un tigre en el motor! —exclamó Ram Chander, parafraseando un lema publicitario que llenaba las paredes de Calcuta. Y arrastró a su nuevo amigo hasta fuera.

—¡Demonio, es verdad! —corroboró Hasari Pal—. Es como si uno se zampara seis *chapati* seguidos y un perol entero de *curry* de pescado. —Hizo una mueca y se frotó el vientre—. Pero con ese petróleo, se oyen chapoteos ahí dentro.

No era raro que se oyeran «chapoteos». El brebaje que acababa de beber era una de las mixturas más infames jamás destiladas por los hombres en sus alambiques. Se llamaba «licor campesino» y procedía de una aldea situada al lado de los vertederos de Calcuta. Allí, a lo largo de todo el año, residuos de todas clases, vísceras de animales y jugo de caña, fermentaban en grandes vasijas durante un mes en el fondo de una charca pútrida. La página de «sucesos» de los periódicos no cesaba de relatar los estragos de aquel alcohol-veneno, que causaba todos los años en la India tantas víctimas como el paludismo. Una única ventaja: su precio. Como no pagaba impuestos, solamente costaba siete rupias, un dólar diez, la botella, cuatro o cinco veces menos que el frasco de ron gubernamental más mediocre.

Los dos amigos anduvieron un trecho juntos. Pero Ram Chander no tardó en ser llamado por una dama ya de edad, muy voluminosa, vestida con el sari blanco de las viudas. Hasari la ayudó a subir al *rickshaw* y Ram se alejó con su trotecillo. Al ver alejarse al carrito, el campesino pensó que su amigo tenía mucha suerte. «Al menos él puede mirar a los otros cara a cara. Tiene un trabajo. Tiene una dignidad. Mientras que yo soy como esos perros sarnosos que vagan por las calles. No existo.»

Antes de separarse, los dos hombres se habían citado para el día siguiente en la explanada de Park Circus, donde se cruzan los tranvías. Ram Chander había prometido tratar de presentar a su amigo al representante del propietario de su *rickshaw.* «Con un poco de suerte y un buen *bakchichs,* a lo mejor te encuentra un carrito para tirar», le había dicho esperanzadamente. «En una situación normal», contaría más tarde Hasari, «me hubiese negado a creer algo tan hermoso. Pero el *bangla* me había dado alas. Me sentía como si fuese una cometa». Los dos hombres también habían acordado volver al hospital para visitar al *coolie* herido.

El campesino callejeó largamente antes de ir en busca de su familia. «Por todas partes había hileras ininterrumpidas de tiendas, de comercios, de tenderetes, y millares de personas en las aceras y en la calzada. Hubiérase dicho que la mitad de la población dedicaba todo su tiempo a vender algo a la otra mitad. Había muchísimos objetos que yo no había visto nunca, como instrumentos para pelar las hortalizas o para sacar el jugo de las frutas. También había montañas de utensilios, de herramientas, de piezas mecánicas, de sandalias, de camisas, de cinturones, de bolsas, de peines, de estilográficas, de gafas negras para el sol. En algunos lugares era muy difícil abrirse paso, hasta tal punto había mercancías y personas que se apiñaban en la calzada. En una esquina compré varios *singara* a un vendedor ambulante. Mis hijos se volvían locos por aquellas chuletas de legumbres. Pero con cinco rupias no podía comprar muchos. Y tal vez hubiese sido mejor comprar varias raciones de arroz hinchado para toda la familia. Pero cuando se tiene la cabeza y el vientre llenos de *bangla,* es disculpable que se cometan locuras.»

Ya era noche cerrada cuando reconoció por fin la avenida donde acampaban. Antes de llegar al trozo de acera familiar, oyó gritos y vio una aglomeración. Temiendo que hubiera ocurrido alguna desgracia a su mujer o a alguno de sus hijos, echó a correr. Era la vecina que prorrumpía en aullidos. Tenía la cara llena de sangre y huellas de golpes en los hombros y en los brazos. Su marido había vuelto borracho perdido. Habían reñido y él la había golpeado con una barra de hierro. La hubiera matado de no haber intervenido unos vecinos. También había golpeado a los dos niños. Luego había cogido sus cosas y se había ido maldiciendo a los suyos y gritando que los entregaba a las garras de los demonios. La pobre mujer se encontraba ahora sola en la acera con dos niños de corta edad y otro en el vientre. Además de un hijo encarcelado y una hija prostituta. «A veces hay motivos para maldecir a nuestro *karma*», pensó Hasari.

Afortunadamente, sus dos hijos mayores habían podido traer como fruto de sus búsquedas entre los desperdicios del Barra Bazar unos pedazos de calabazas y de nabos. Estaban muy orgullosos de su hazaña, porque había tanta gente hurgando en los montones de basura que los descubrimientos útiles eran raros. Su madre pidió prestada la *chula* de la vecina para preparar una sopa que compartieron con ella y con sus hijos abandonados. También compartieron los buñuelos. Nada mejor para calmar la pena y el miedo que una buena comida. Sobre todo cuando se vive en una acera y no se tiene una chapa de metal ondulado ni una tela encima de la cabeza. Aquella noche las dos familias se apretaron un poco más para dormir. Sólo un pobre puede necesitar a otro pobre.

17

Todas las noches, hacia las once, volvía a empezar. Al principio eran llantos, luego la intensidad iba en aumento, el ritmo se aceleraba y aquello se convertía en un torrente de estertores que le llegaban a través del tabique. Un niño musulmán de diez años se moría de tuberculosis ósea en el cuchitril de al lado. Se llamaba Sabia.

«¿Por qué esta agonía de un inocente», se indignaba Paul Lambert, «en un lugar ya abrumado por tantos sufrimientos?»

Las primeras noches había cedido a la cobardía. Para no oír, se había taponado las orejas. «Era como Job al borde de la rebeldía», explicaría. «Por mucho que buscaba en las Escrituras a la luz de mi lámpara de aceite, no conseguía encontrar una explicación satisfactoria a la idea de que Dios pudiese permitir aquello. ¿Quién hubiera podido atreverse a decir a aquel niño que se retorcía de dolor: "Sé feliz, tú que eres pobre, porque el Reino de Dios es tuyo. Sé feliz, tú que ahora lloras, porque mañana reirás. Sé feliz, tú que tienes hambre, porque serás saciado"? Aquello parecía absurdo. El profeta Isaías trataba de justificar el sufrimiento del inocente: eran NUESTROS sufrimientos los que él padecía, servían para curarnos de NUESTROS pecados. Desde luego, la idea de que el sufrimiento de un ser pudiera contribuir a la curación del mundo era atractiva. Pero, ¿cómo admitir que la agonía de mi vecinito formaba parte de aquella ascesis? Todo en mí decía que no.»

Tuvieron que pasar varias noches antes de que Paul Lambert aceptase oír los gritos de Sabia. Y aún varias más para que los oyera no sólo con sus oídos, sino también con su corazón. Se sentía desgarrado entre su fe de sacerdote y su rebeldía de hombre. ¿Es que tenía derecho a ser feliz, a cantar las alabanzas de Dios, cuando había a su lado aquella agonía intolerable? Al no poder comunicar su dilema a alguien, Lambert recurrió a la oración. Todas las noches, cuando el hijo de su vecina volvía a empezar a gemir, hacía el vacío en él y rezaba. Entonces dejaba de oír los llantos, los gritos, los ruidos; dejaba de percibir los roces de las ratas en la oscuridad, dejaba de notar los hedores de la cloaca atascada delante de su puerta. Según su propia expresión, «se hacía ligero como el aire».

«Al principio mi oración trataba exclusivamente de la agonía del pequeño Sabia. Suplicaba al Señor que aliviase sus sufrimientos, que abreviase su sacrificio. Y si Él juzgaba que aquella prueba era verdaderamente útil para redimir pecados de los hombres, Él que no había vacilado en sacrificar a su propio Hijo, entonces le pedía que me permitiera tomar parte en ella, hacerme el honor de sufrir en lugar de aquel niño.» Noche tras noche, en la oscuridad, con los ojos fijos en la cara del Santo Sudario, Paul Lambert rezaba hasta que se acallaban los gemidos. Rezaba e imploraba incansablemente. «Tú que moriste en la cruz para salvar a los hombres, ayúdame a comprender el misterio del sufrimiento. Ayúdame a trascenderlo. Ayúdame, sobre todo, a luchar contra sus causas, contra la falta de amor, contra los odios, contra las injusticias que lo provocan.»

La enfermedad del niño vecino se agravaba mientras redoblaban los estertores de su agonía. Una mañana, el sacerdote tomó el autobús que llevaba al hospital de Howrah. Dio treinta rupias al enfermero responsable de la farmacia del establecimiento.

—Necesito una jeringuilla y una dosis de morfina. Es muy urgente.

«Ya que su mal era incurable y que mi oración había fracasado», dirá, para justificarse, «al menos Sabia debía morir en paz». Ayudada por sus tres hijos de once, ocho y cinco años, la madre de Sabia se pasaba los días agachada en la calleja confeccionando bolsas de papel con periódicos viejos. Era viuda también —había muchas viudas en la Ciudad de la Alegría—, y aquella actividad representaba su única fuente de ingresos para el sustento de su familia. Pero a cada instante tenía que interrumpirse, levantarse y recogerlo todo para dejar pasar a un triciclo o a una carreta. Paul Lambert había observado que nunca abandonaba su sonrisa.

Al acercarse al cuchitril, advirtió miradas hostiles. ¿Qué iba a hacer aquel cura católico en la casa del pequeño musulmán que se estaba muriendo? ¿Quería convertirlo a su religión? ¿Decirle que Alá no era el verdadero Dios? En el barrio eran numerosos los que desconfiaban del francés. Se contaban tantas historias sobre el celo de los misioneros cristianos, sobre su habilidad diabólica para infiltrarse por todas partes. ¿Acaso aquél, para no despertar sospechas, llevaba en vez de sotana pantalones y zapatillas de deporte? Pero la madre de Sabia le recibió con su hermosa sonrisa. Mandó a su hija mayor en busca de una taza de té en la tienda del viejo hindú e invitó al sacerdote a entrar bajo su techo. Un olor a carne putrefacta le hizo dudar unos segundos en el umbral. Luego se hundió en la penumbra.

El pequeño musulmán yacía en un colchón de trapos, con los brazos en cruz, la piel ahuecada por úlceras llenas de moscas, las rodillas medio dobladas hacia el descamado torso. Paul Lambert permaneció quieto ante él. El niño abrió los ojos. Un destello de alegría iluminó su mirada. Paul Lambert quedó conmovido hasta lo más hondo. «¿Cómo creer lo que estaba viendo? ¿Cómo podía emanar tanta serenidad de aquel cuerpecito martirizado?» Sus dedos se crisparon sobre la ampolla de morfina.

—*Salam,* Sabia —murmuró, sonriendo a su vez.

—¡*Salam,* gran hermano! —respondió el niño con voz débil—. ¿Qué llevas en la mano, bombones?

Sorprendido, Paul Lambert dejó caer la ampolla, que se rompió. «Sabia no necesitaba morfina. Sus facciones destilaban una paz que me desarmó. Estaba magullado, mutilado, crucificado, pero no estaba vencido. Acababa de ofrecerme la mayor de las riquezas: una razón secreta para no desesperar, una luz cegadora en las tinieblas.»

¿Cuántos hermanos y hermanas de luz, como Sabia, tenía Paul Lambert en aquel lugar de sufrimiento? Centenares, millares tal vez. Todas las mañanas, después de haber celebrado la Eucaristía, iba a llevarles los socorros de que disponía: un poco de comida, o simplemente el consuelo de su presencia. Nada estimulaba más su moral que sus visitas a una cristiana leprosa y ciega que vivía cerca de las vías del tren. Por increíble que pudiera parecer, aquella mujer hundida en el corazón de la podredumbre más innombrable, irradiaba también una total serenidad. Permanecía días enteros rezando, encogida en un rincón de su chamizo sin luz ni ventilación. Tras ella, colgado de un clavo en la pared de adobe, había un crucifijo, y encima de la puerta una hornacina albergaba una imagen de la Virgen, negra de hollín. Estaba tan delgada, que su piel, completamente apergaminada, dejaba ver las aristas de los huesos. ¿Qué edad debía de tener? Seguramente mucha menos de lo que parecía. Cuarenta años como máximo. No sólo era ciega, sino que además la lepra había convertido sus manos en muñones y le había devorado la cara. Era viuda de un modesto empleado del ayuntamiento y vivía en el *slum* desde hacía veinte años. Nadie sabía cómo había contraído la lepra, pero el mal se hallaba en un estado tan avanzado que ahora ya era demasiado tarde para hacer algo. En un rincón del cuartucho, sus cuatro nietos, de dos a seis años, dormían uno junto al otro en un pedazo de estera muy raída.

En torno a aquella cristiana y a los suyos se había tejido una de esas redes de ayuda mutua y de amistad que hacían de la Ciudad de la Alegría uno de los lugares privilegiados de los que habló Jesús de Nazaret cuando invitó a sus discípulos para reunirse en una tierra propicia y esperar allí el Juicio Final y la Resurrección. El hecho era aún más notable porque los vecinos eran todos hindúes, lo cual normalmente les prohibía tocar a alguien enfermo de lepra, entrar en su casa e incluso, se decía a veces, mancillar su mirada con semejante visión. Sin embargo, todos los días aquellos hindúes se turnaban para llevar a aquella cristiana un plato de arroz y de legumbres, para ayudarla a lavarse, a limpiar la choza y a ocuparse de los niños. El *slum,* por otra parte tan inhumano, le brindaba lo que ningún hospital hubiera podido procurarle. Aquella mujer deshecha no carecía de amor.

Un sexto sentido advertía cada vez a la ciega de la llegada de Lambert. Cuando le oía acercarse, hacía un esfuerzo para incorporarse. Con lo que le quedaba de manos se alisaba la cabellera, patético gesto de coquetería en el fondo de su absoluta desgracia. En seguida, preparaba un lugar a su lado, poniendo en orden a tientas un almohadón andrajoso para acoger a su visitante. Era feliz, sólo podía cargarse de paciencia, repitiendo su rosario con sus mutilados labios. Aquella mañana, la visita del sacerdote era una fiesta.

—*Good morning,* Father! —se apresuró a decir, apenas oyó sus pasos.

—*Good morning,* Grandma! —respondió Lambert, descalzándose en el umbral—. Me parece que hoy te encuentras muy bien.

Nunca la había oído quejarse ni lamentar su suerte. Una vez más le impresionó ver su devastado rostro con aquella expresión de felicidad. Le hizo señas de que se sentara a su lado. Apenas sentarse, tendió hacia él sus brazos descarnados en un gesto de amor maternal. Acercó sus muñones a su cara, los paseó por el cuello, las mejillas, la frente. La leprosa acariciaba el rostro del sacerdote como para palpar la vida. «Yo estaba muy conmovido», dirá. «Tenía la impresión de que era ella la que me daba lo que buscaba en mí. Había más amor en el roce de aquella carne podrida que en todos los abrazos del mundo.»

—Father, ¡deseo tanto que Dios venga por fin a buscarme! ¿Qué espera para pedírselo?

—Si Dios te conserva con nosotros, Grandma, es que aún te necesita aquí.

—Father, si hay que sufrir más, estoy dispuesta —dijo—. Estoy dispuesta sobre todo a rezar por los demás, a rezar para ayudarles a soportar también sus sufrimientos. Father, tráigame sus sufrimientos.

Paul Lambert contó entonces la visita que había hecho al pequeño Sabia. Ella le escuchaba, fijando en él sus ojos sin luz.

—Dígale que rezaré por él.

El sacerdote sacó del bolsillo un trozo de *chapati* consagrado en la misa de la mañana. Desplegó el pañuelo en el que lo había envuelto. El ruido intrigó a la leprosa.

—¿Qué hace usted, Father?

—Grandma, te he traído la comunión. Éste es el cuerpo de Cristo.

—¡Amén! —respondió, abriendo la boca.

Depositó el fragmento de torta sobre sus labios. Ella lo recibió con gravedad. Luego su rostro expresó una intensa alegría. Hubo un largo silencio que sólo turbaron el zumbido de las moscas y los gritos de una riña en el exterior. Los cuatro cuerpecitos dormidos no se habían movido.

Cuando Paul Lambert se puso en pie para irse, la leprosa levantó hacia él su rosario en un gesto de salutación y de ofrenda.

—No deje de decir a todos los que sufren que rezo por ellos.

Aquella noche Paul Lambert escribió en su cuaderno: «Esta mujer sabe que su sufrimiento no es inútil. Yo afirmo que Dios quiere utilizar este sufrimiento para ayudar a otros seres a soportar el suyo.» Unos renglones más abajo, concluía: «Por eso mi oración ante esta desventurada ya no puede ser dolorosa. El sufrimiento de esta mujer es el mismo que el de Cristo en la cruz; es positivo, redentor. Es la esperanza. Salgo siempre vivificado de la choza de mi hermana, la leprosa ciega. Sí, ¿cómo es posible desesperar en este *slum* de Anand Nagar? Este lugar merece verdaderamente su nombre de Ciudad de la Alegría.»

18

Reinaba sobre su flotilla de carritos como un jefe de la mafia sobre un ejército de prostitutas. Nadie le veía jamás. Pero todos —sus conductores, su administrador e incluso los policías— aceptaban desde hacía cincuenta años el poder oculto del llamado Bipin Narendra, el mayor propietario de *rickshaws* de Calcuta. Nadie sabía con exactitud cuántos vehículos circulaban con sus colores. El rumor hablaba al menos de cuatrocientos, de los cuales más de la mitad circulaban ilegalmente sin placa oficial. Pero si alguien hubiese tropezado con Bipin

Narendra en las escaleras del templo de Kali, sin duda alguna le hubiese dado una limosna. Con su pantalón demasiado holgado, sus sandalias remendadas, su camisa flotante y llena de manchas y su muleta que sostenía una pierna ligeramente atrofiada, se parecía más a un mendigo que a un capitán de industria. Tan sólo el sempiterno gorro blanco sobre la calva de su cráneo realzaba un poco el aspecto miserable del personaje. Nadie conocía su edad, ni siquiera él hubiera podido decirlo sin equivocarse en tres o cuatro años. Se decía que debía de tener unos noventa años, lo cual era muy posible, porque nunca había probado ni una gota de alcohol, ni fumado un cigarrillo, ni comido un gramo de carne. Ni, desde luego, sudado entre las varas de los *rickshaws* que constituían hoy su riqueza, pero que destruían a un hombre en menos de dos decenios.

Su recuerdo más lejano se remontaba a la época en que había salido de su Bihar natal para ir a Calcuta a ganarse la vida. «Era el comienzo de la gran guerra en Europa», contaba. «Había muchos soldados en Calcuta, y todos los días embarcaban tropas. Había desfiles en el Maidan con bandas que tocaban música militar. Era muy alegre. Más alegre que en el campo, donde yo había nacido. Mis padres eran campesinos sin tierra, braceros. Mi padre y mis hermanos alquilaban sus brazos a los *zamindars*. Pero sólo había trabajo unos meses al año, y aquello no era vida.»

Bipin Narendra consiguió su primer empleo como ayudante del conductor de un autobús que pertenecía a un *bihari* de su aldea. Su obligación consistía en abrir las puertas al llegar a una parada y hacer bajar o subir a los viajeros. Otro empleado hacía de cobrador. Él era quien cobraba el importe del viaje, que variaba según la distancia. Y también él hacía sonar la campanilla para dar la señal de arrancar después de cada parada. «Yo le envidiaba mucho, porque cobraba un tanto por ciento de cada uno de los billetes vendidos, y como iba a medias con el conductor, todos los autobuses corrían como locos para ser los primeros en tomar pasajeros.» Hay quien dice que ese sistema todavía está en vigor hoy en día.

Al cabo de tres años, el propietario del autobús pudo comprar un segundo vehículo, y Bipin Narendra obtuvo el puesto de cobrador. Hubiera sido incapaz de decir cuántos millones de kilómetros había recorrido a través de la gigantesca metrópoli. «Pero en aquellos años la ciudad no era como ahora. Había muchos menos habitantes y las calles estaban limpias y bien cuidadas. Los ingleses eran muy severos. Era posible ganar dinero sin esconderse, trabajando honradamente.»

Desde su aparición, los *rickshaws* habían sido muy populares, porque eran un medio de transporte más barato que los coches de caballos o los taxis automóviles. Un día de 1930, Bipin Narendra compró dos de aquellos artefactos. Nuevos, valían doscientas rupias. Pero los encontró de ocasión sólo por cincuenta rupias. En seguida los alquiló a unos *biharis* originarios de su aldea. Más adelante, pidió prestadas mil seiscientas rupias al propietario de los autobuses para quien trabajaba, y compró ocho *rickshaws* japoneses más, completamente nuevos. Fue el comienzo de su fortuna. Al cabo de unos años, aquel a quien ya sólo se llamaba «El Bihari», poseía una treintena de carritos. Con los alquileres que él mismo cobraba todos los días, se compró un terreno en Ballygunge, al sur de Calcuta, y allí se hizo construir una casa. Era un barrio bastante pobre habitado sobre todo por modestos empleados hindúes y musulmanes. El metro cuadrado no costaba mucho. Mientras, el Bihari se había casado, y cada vez que su mujer quedaba encinta, hacía construir una habitación más. Actualmente era propietario de una casa de cuatro pisos, la más alta del barrio, porque su mujer le había dado nueve hijos, tres varones y seis hembras.

El Bihari era muy trabajador. Todas las mañanas se levantaba a las cinco y con su bicicleta hacía el recorrido de todos sus *rickshaws* para cobrar la suma correspondiente al alquiler diario. «Yo no sabía leer ni escribir», dice con orgullo, «pero siempre he sabido contar, y jamás he dejado que se me escapara ni una sola de las rupias que me debían». A medida que cada uno de sus hijos había ido alcanzando la edad de trabajar, había diversificado sus negocios. Al primogénito le conservó a su lado para secundarle en la administración de su flotilla de *rickshaws* que había llegado a contar más de trescientas unidades. Puso al segundo al frente de una fábrica de pernos que trabajaba para los ferrocarriles. Al menor le había comprado un autobús que cubría el trayecto entre Dalhousie Square y el suburbio de Garia. Para obtener la concesión de este trayecto, particularmente lucrativo, había pagado una sustanciosa gratificación a una personalidad del ayuntamiento. En cuanto a sus hijas, las había casado a todas, y bien casadas. ¡Feliz padre! La mayor era la esposa de un teniente coronel del ejército de tierra, la segunda estaba casada con un comandante de la marina. A las dos siguientes las casó con comerciantes, a la quinta con un *zamindar* del Bihar, y a la más pequeña con un ingeniero de caminos, canales y puertos que trabajaba para el gobierno de Bengala. Un soberbio palmarés para la descendencia de un campesino analfabeto.

No obstante, en el declive de su vida, el Bihari había perdido gran parte de aquel gran entusiasmo de antaño. «Los negocios ya no son lo que eran», se quejaba. «Ahora hay que ocultarse para ganar dinero. El esfuerzo, el éxito y la fortuna se consideran cosas culpables. Todos los gobiernos que se han sucedido en este país han tratado de eliminar a los ricos y de apropiarse del fruto de su sudor. ¡Como si hacer que los ricos sean más pobres hiciera a los pobres más ricos! Aquí, en Bengala, los comunistas han dado leyes para restringir la propiedad privada. Se ha decretado que un individuo no tenía derecho a poseer más de diez *rickshaws.* ¡Diez *rickshaws,* imagínese! Como si fuera posible mantener a la familia con diez *rickshaws,* teniendo en cuenta que hay que pagar la conservación, las reparaciones, los accidentes y los *bakchichs* a la policía. No he tenido más remedio que espabilarme. He hecho lo mismo que todos los grandes terratenientes a quienes se prohibía poseer más de veinte hectáreas. La propiedad de mis *rickshaws* está repartida entre mis nueve hijos y mis veintidós nietos. Oficialmente, mis trescientos cuarenta y seis vehículos pertenecen a treinta y cinco propietarios diferentes.»

En realidad, el único propietario era el Bihari. Pero pocos de los que tiraban de sus carritos habían visto su cara. Ninguno de ellos conocía siquiera su identidad. Desde hacía diez años, había dejado de mostrarse ante ellos. «No soy más que un anciano que anda con ayuda de su bastón al encuentro del dios de la muerte, al que espero en paz y con serenidad. Tengo la conciencia tranquila. Siempre he sido bueno y generoso para con los que tiraban de mis *rickshaws.* Cuando uno de ellos se veía en apuros para pagar el dinero del alquiler, yo le fiaba durante uno o dos días. Claro está que entonces tenía que pagarme un interés. Pero era razonable. Sólo pedía el veinticinco por ciento al día. Y cuando alguno de los que trabajaban para mí caía enfermo o era víctima de un accidente, era yo quien adelantaba los gastos del hospital, de las medicinas o del médico. Luego aumentaba el alquiler en proporción a lo que había desembolsado, y él tenía varias semanas para devolverme el dinero. Ahora es mi factótum quien se encarga de solucionar todos esos asuntos. ¡Ay! Hoy en día la gente ya no tiene aquella mentalidad de antes. Siempre están pidiendo. Quisieran convertirse en propietarios de su carrito con un golpe de varita mágica. Incluso han formado sindicatos para eso. Y han ido a la huelga. ¡Es el mundo al revés! Y nosotros, los propietarios, hemos tenido que organizarnos. También hemos formado un sindicato, el *All Bengal Rickshaw Owners Union,* la Asociación india de los propietarios de *rickshaws.* Y hemos contratado a personas de confianza para que nos protejan. Era forzoso llegar a eso con un gobierno que se dedicaba a azuzar a los obreros contra los patronos en nombre de la lucha de clases. Algunos peces gordos, en las altas esferas, incluso querían prohibir los *rickshaws* con el pretexto de que eran un insulto a la dignidad del hombre, y que los que tiraban de los carritos eran explotados como verdaderos animales de carga... ¡Bobadas! Se llenan la boca con lo que llaman el respeto a la persona humana, pero eso no impide que en Calcuta haya más de un millón de infelices sin trabajo, y que si uno suprime lo único que da de comer a cien mil hombres que tiran de los *rickshaws,* se tendrán seiscientos o setecientos mil muertos de hambre más. Es una cuestión de sentido común. La política y el sentido común forman mala pareja. Y así vamos tirando como podemos.»

Mientras su administrador le lleve todos los días después de la puesta del sol el dinero de los alquileres, el Bihari sabrá que fundamentalmente no ha cambiado nada. Para ese anciano en el ocaso de su existencia, quedaba aún la alegría de ver la camisa de su factótum hinchada por los paquetes de billetes. «Los sabios de nuestro país dicen que el nirvana consiste en alcanzar el desapego supremo. Para mí, el nirvana consiste, a mis noventa y tantos años, en poder contar todas las noches, una a una, las rupias ganadas por mis trescientos cuarenta y seis *rickshaws* sobre el asfalto de Calcuta.»

19

«Cuando era niño», cuenta Paul Lambert, «me gustaba pasear por el campo y me divertía decapitar las flores a golpes de bastoncillo. Más tarde, cuando entré en el colegio, me gustaba coger una flor y ponerla sobre mi mesa. Luego me dije que las flores eran hermosas allí donde crecían. Entonces dejé de cortarlas y las admiré en su marco natural. Lo mismo ocurrió con las mujeres. Un día dije al Señor que prefería no coger ninguna para dejar que todas florecieran allí donde vivían.

»San Juan de la Cruz escribió: "El Cielo es mío. Jesús es mío. María es mía. Todo es mío." Cuando queremos conservar algo concreto todo lo demás se nos va de las manos, y en cambio, por el desprendimiento, podemos gozar de todo sin poseer nada en particular. Ésta es la clave del celibato voluntario, de otro modo la castidad carecería de sentido. Es una elección de amor. Por el contrario, casarse significa dar el cuerpo y el alma a un solo ser. Por lo que respecta al cuerpo, al amor carnal, no es difícil. Pero dar el alma a un solo ser me resultaba imposible. Yo había decidido darla a Dios, y no existía nadie en el mundo con quien pudiese compartir ese don, ni siquiera con mi madre, a la que adoraba.

»"A aquel que renuncia por mí a una mujer, a hijos, a un campo, se le devolverá centuplicado", dijo Cristo. Tenía razón. Yo no tuve hermanas, y ahora en la Ciudad de la Alegría encontraba miríadas que me proporcionaban grandes alegrías, empezando por esta comunión, esta solidaridad tan esencial en un barrio de chabolas donde tanto se necesitan unos a otros.

»¿Pero cómo no soñar a veces en un ambiente tan áspero con una cierta ternura humana? En medio de tanta miseria, ¿cómo no abandonarse a desear esas mujeres, verdaderas antorchas de gracias y de seducción en sus saris muticolores? En medio de tanta fealdad, eran la belleza, eran las flores.

»Mi problema consistía en permanecer lúcido. Si había decidido no aceptar un afecto duradero, con todas las implicaciones que ello hubiese significado, tampoco debía aceptar afectos pasajeros, puesto que había respondido de una vez por todas a la llamada del Señor del Evangelio, y hecho mío su mandato de no tener "más casa que aquella a la que yo te envié".

»Mi situación no era fácil. Sobre todo porque mi reputación de Papá Noel atraía a menudo hacia mí a las mujeres del *slum*. Una alusión, una mano puesta sobre la mía, una manera coqueta de ceñirse el sari, una mirada turbadora a veces me permitían adivinar intenciones equívocas. Tal vez me engañaba, porque en la India las relaciones entre hombres y mujeres a menudo están impregnadas de una cierta ambigüedad. Como la mayoría de las indias a las que las revoluciones feministas aún no habían afectado, las mujeres de la Ciudad de la Alegría sólo disponían de los medios de la seducción para atraer la atención masculina y afirmar su existencia.

»Yo hubiera podido suponer que mi condición manifiesta de religioso iba a protegerme de esas situaciones. Error. ¿Podía extrañarme? En todas las obras de la literatura sagrada hindú, ¿acaso no había siempre un episodio en el que el *gurú* era tentado? ¿Y qué decir de las esculturas eróticas de los templos, donde se plasmaban verdaderas orgías en los bajorrelieves? Observé que era siempre en períodos de aflojamiento cuando la tentación me asaltaba con más fuerza, y no en un tiempo de intensas pruebas. Era siempre en una fase de empobrecimiento de mis relaciones con Dios cuando me sentía más vulnerable. Si uno no encuentra su alegría en Dios la busca en otro lugar.

»Este riesgo lo percibía de un modo muy particular en mis relaciones con Teresa, la joven viuda que me trajo el pan de mi primera misa en el *slum*. Jamás había esbozado el menor gesto sospechoso o hecho la menor alusión equívoca. Pero de su cuerpo, que moldeaba un simple pedazo de muselina, se desprendía una sensualidad, un perfume, un magnetismo a los que me resistía más difícilmente que con las demás mujeres. Además, de su mirada, de su sonrisa, de su voz y de sus actitudes emanaba tal capacidad de amor, tal abandono de sí misma, que aquella flor parecía ofrecérseme perpetuamente. Sin duda me equivocaba, y atribuía al ambiente aquella especie de espejismo. Una noche, al término de una de esas jornadas que la caída del barómetro había hecho especialmente agotadora, uno de esos días en que la camisa se te pega al cuerpo como una mortaja, en que el cuerpo y el espíritu se vacían de toda energía, yo intentaba rezar ante la imagen del Sudario. Trémula en la humedad del aire, la llamita hacía bailar el rostro de

Cristo y mi sombra como un ballet de fantasmas. Tenía la impresión de errar en una nave a la deriva. Me esforcé en concentrar mi corazón y mi alma en el Señor, pero fue en vano. Me sentía atrozmente abandonado. Entonces sentí su presencia. No la había oído entrar. Este hecho no era en absoluto sorprendente porque se desplazaba con la agilidad de un felino. Era su olor lo que la había delatado, un ligero perfume de pachulí. Fingí no haber advertido nada. Yo rezaba en voz alta. Pero pronto las palabras no fueron más que sonidos. Aquella presencia, aquella respiración tranquila en la oscuridad, la idea de aquella mujer a la que no veía, pero a la que estaba oliendo, eran como embrujos insidiosos. Era algo a la vez maravilloso y atroz. Entonces el Señor me abandonó completamente. Desde el otro lado del tabique llegó una queja, luego un estertor, por fin unos gemidos ininterrumpidos. La agonía de mi hermanito musulmán Sabia acababa de recomenzar.

»Aquellos gritos de sufrimiento nos proyectaron fatalmente el uno hacia el otro. Como náufragos que se aferran al mismo salvavidas, éramos dos seres en peligro que querían proclamar, en medio de la muerte, su irresistible deseo de vivir. Sentía que me invadía una deliciosa euforia, cuando dos golpes en la puerta me arrancaron de la tentación. El Señor llegaba en mi socorro.

—»¡Gran Hermano Paul! —gritaba la madre del pequeño tuberculoso—. Ven en seguida, Sabia te llama.»

20

Tal como habían acordado la víspera, Hasari Pal fue a la explanada de Park Circus para encontrarse con su nuevo amigo Ram Chander. Pero el hombre del *rickshaw* no acudió a la cita. El campesino decidió cargarse de paciencia. «Aquel hombre era mi única esperanza, la única certidumbre que tenía de que una lamparilla brillaba también para mí en esta ciudad maldita. Estaba dispuesto a esperarle hasta la puesta del sol y si era necesario toda la noche. Y el día siguiente también.»

Ram Chander llegó a primera hora de la tarde. No traía su *rickshaw* y parecía desalentado.

—Esos canallas me han birlado el carrito —gruñó—. Ayer por la tarde, después de dejar a la anciana que cogí cuando nos separamos, volvía tranquilamente cuando un policía me paró. Acababa de oscurecer. «¿Dónde está el farol?», me preguntó aquel cerdo. Me disculpé. Le dije que aquella mañana había olvidado cogerlo. No quiso atender a razones. Me propuso el arreglo de costumbre.

—¿El arreglo de costumbre? —repitió Hasari asombrado.

—¡Claro! Me dijo: «O me largas quince rupias o te llevo a comisaría.» Por mucho que me lamenté de no tener una suma como aquélla, no quiso escucharme. A golpes de *lathi* en las costillas me empujó hasta la comisaría. Y allí se quedaron con el carrito y encima me hicieron un atestado, con orden de presentarme mañana ante el tribunal de policía. Al menos me caerán treinta rupias de multa.

Ram aspiró una larga bocanada de su cigarrillo, metido en el hueco de sus dos manos. «Vamos a comer algo», concluyó. «Con el estómago lleno se soportan mejor esos golpes.»

Arrastró a Hasari hasta una taberna de Durga Road que solía frecuentar. El local se componía de una salita baja con cinco mesas de mármol. El dueño, un musulmán barrigudo, presidía el lugar desnudo de cintura para arriba detrás de sus marmitas. En la pared que había a sus espaldas colgaba un grabado ennegrecido representando la Ka'ba, la gran piedra negra sagrada de La Meca. En todas las mesas había un cuenco lleno de sal gorda y pimentón. En el techo, un antiguo ventilador daba indicios de agotamiento a cada vuelta de sus palas. Olía a fritura. Un muchacho trajo dos platos de arroz y un vaso lleno de *dal*. Los dos amigos volcaron la sopa de lentejas sobre el arroz y lo mezclaron todo con los dedos. Comieron en silencio. Hasari paladeaba la comida. Era la primera comida de veras que hacía desde su llegada a Calcuta. Cuando hubo terminado, Ram Chander volvía a mostrarse optimista.

—¡En esta ciudad hay riquezas suficientes para llenar todas las barrigas!

Hasari se alisaba el bigote con aire perplejo.

«Sí, te lo digo yo», continuó diciendo el hombre del *rickshaw,* «tú piensas aún como un campesino. Pero pronto serás un verdadero *Calcutta-wallah*[1] y sabrás todos los trucos».

Ram Chander dejó tres rupias sobre la mesa y ambos se dirigieron al hospital. Anduvieron por una amplia avenida por la que pasaban tranvías y llegaron a la estación de Sealdah. Muy cerca había un mercado donde Ram compró mandarinas y plátanos para el *coolie* herido al que iban a visitar.

«Delante del hospital aún había más gente que la víspera», cuenta Hasari. «Todo el mundo quería entrar. Por todas partes se oían gritos y disputas. Una ambulancia con una cruz roja estuvo a punto de atropellar a unos que se aglomeraban en la entrada del servicio en el que habíamos dejado a nuestro amigo el día anterior. Por un momento creí que la muchedumbre encolerizada iba a matar al conductor. Pero consiguió librarse de ellos y abrió la puerta trasera de su vehículo. En el interior vi varios cuerpos ensangrentados. Parecían haber sufrido que-

1. Un habitante de Calcuta.

maduras y tenían jirones de carne colgando de las piernas. No era un espectáculo muy bonito. Pero al fin y al cabo estábamos en un hospital, no en los arrozales. En un rincón del patio habían dejado varias ambulancias oxidadas, con los cristales rotos y los neumáticos reventados. Apenas se podía ver su cruz roja. En aquel montón de chatarra vivían unos leprosos.

»Vagamos por los pasillos del hospital tratando de encontrar a nuestro amigo. Una enfermera nos indicó por fin el lugar donde se suponía que íbamos a encontrar al *coolie* herido. Creo que era la jefa, porque era la única que llevaba un cinturón muy ancho, un enorme manojo de llaves y unos galones en el hombro. Y luego también porque parecía inspirar verdadero terror a todo el mundo. A izquierda y a derecha había grandes habitaciones donde unos empleados escribían, bebían té o charlaban en medio de montañas de papeles atados con cordeles. Algunos debían de estar allí desde hacía varios monzones, porque estaban ya casi pulverizados, al menos los que no se habían comido las ratas. A propósito de ratas, vimos varias yendo y viniendo, sin que nada pareciera asustarlas. Debían de campar por sus respetos en un lugar como aquél. Ram me dijo que a veces mordían a los enfermos y a los heridos. Me citó el caso de una vieja paralítica a la que durante la noche habían roído los dedos de los pies y de las manos.

»Ram dio un billete a un enfermero que iba en chancletas y que custodiaba la entrada de la sala de operados. Era una habitación muy grande con varias ventanas y enormes ventiladores verdes en el techo. Debía de haber unas cincuenta camas, pegadas las unas a las otras. En la cabecera de la mayoría habían colgado una botella de la que salía un tubo que iba a parar al enfermo. En general el líquido era claro como el agua, pero a veces era rojo. Debía de ser la sangre de algún desgraciado como yo que la había vendido para poder dar de comer a sus hijos. Anduvimos entre las camas, siempre buscando a nuestro compañero. Era un espectáculo penoso, porque había individuos que no eran agradables de ver. Un pobre viejo estaba aprisionado en un caparazón de yeso desde la cabeza a los pies. Unas enfermeras iban de una cama a otra empujando un carrito con muchas botellas de todos los colores, algodón, vendas e instrumentos. Aquellas mujeres necesitaban tener un ánimo muy firme para hacer aquel trabajo. Algunos heridos se agarraban a su sari blanco, y otros en cambio las rechazaban con insultos y amenazas.

»Nuestro compañero estaba tendido en un *charpoi*[1] de cuerdas, porque se habían terminado las camas de hierro. Pareció contento de vernos. Nos dijo que su pie le dolía mucho. Al decirlo, debió de recor-

1. Catre. Literalmente, «cuatro patas».

dar que se lo habían cortado, porque se le llenaron los ojos de lágrimas. Ram le dio las frutas. Sonrió, cogió una mandarina y nos señaló la cama de al lado, donde yacía un cuerpecito cuya cabeza, brazos y piernas estaban envueltos en vendajes. El niño había sufrido aquellas quemaduras por la explosión de una estufa de petróleo. Gemía débilmente. Pelé la fruta que me había dado para el *coolie* herido, y estrujé unos gajos sobre sus labios. Abrió la boca y tuvo que hacer un esfuerzo para tragar. Pobre muchacho. Tenía la misma edad que mi Shambu.

»Nuestro compañero tenía muy mal aspecto. Le había crecido la barba, lo cual acentuaba su delgadez, y los ojos parecían haberse hundido más en las órbitas. Su mirada estaba llena de desesperación. Ram y yo hicimos todo lo posible para animarle, asegurándole que no le abandonaríamos. No tenía a nadie en Calcuta. Nosotros nos habíamos convertido en su única familia en aquella maldita ciudad. No quiero hablar de Ram, pero tener a un pobre infeliz como yo por toda familia, la verdad es que no era muy buen asunto.

»Nos quedamos bastante rato con él. Debía de tener mucha fiebre porque su frente se humedecía sin cesar. Un enfermero nos dijo que nos fuéramos. Nuestro compañero nos cogió las manos entre las suyas. Las apretaba con todas sus fuerzas para retenernos. Pero había que irse. Le dijimos más cosas para darle ánimos y le prometimos volver. Antes de salir de la sala, me volví por última vez. Vi su mano que se agitaba suavemente como una caña en la brisa de la tarde.»

21

Una familia musulmana de siete personas —cuatro niños y tres adultos— ocupaba la chabola contigua al cuarto de Paul Lambert. El jefe de familia se llamaba Mehbub. Era un hombrecillo reseco y musculado, de unos treinta años, con una mirada intensa y testaruda bajo unas cejas espesas y una frente medio oculta por una espesa cabellera rizada. Su esposa Selima llevaba una piedrecita incrustrada en una de las aletas de la nariz. Aunque estaba encinta de varios meses, se ocupaba sin cesar de barrer, lavar los platos, preparar la comida y hacer la colada. El tercer adulto era la madre de Mehbub, una anciana de cabellos blancos muy cortos que no veía prácticamente nada. Durante horas enteras, permanecía en cuclillas en el callejón murmurando suras del Corán. El hijo mayor, Nasir, de diez años, trabajaba en un pequeño taller. Dos de sus hermanas frecuentaban la escuela coránica. La más pequeña, de tres años, corría por el callejón. Esta familia gozaba de un relativo desahogo. Desde hacía trece años Mehbub trabajaba como jornalero en unos astilleros que había al este de Calcuta. Hacía hélices de barco. Su sueldo de trescientas rupias representaba una pequeña fortuna en aquel *slum* donde millares de familias ni siquiera disponían de una rupia por persona al día.

Durante varias semanas, las relaciones de Paul Lambert con estos vecinos tan próximos se limitaron tan sólo al intercambio de un cortés «Salam» por la mañana y por la tarde. Visiblemente, aquellos musulmanes desaprobaban —y no eran los únicos— la intrusión de un sacerdote católico en su barrio. Como siempre, sus relaciones se deshelaron poco a poco gracias a los niños. Unas atenciones, unas muestras de interés por sus juegos, una golosina, no se necesitaba más para conquistarlos.

Un suceso dramático permitió romper definitivamente el hielo. Cierto día Mehbub volvió del trabajo alteradísimo. Los astilleros acababan de despedir a todos los jornaleros. Aquello era algo corriente en las fábricas de Calcuta desde que una ley obligaba a los patronos a pagar a los obreros por meses al cabo de un tiempo determinado. Con la única excepción de los trabajadores, nadie quería que se aplicase esta ley. Incluso se decía que el gobierno, la patronal y los sindicatos estaban de acuerdo sobre este punto. El gobierno porque el aumento del número de asalariados reforzaba fatalmente el poder de los sindicatos; la patronal porque una mano de obra que trabajase a título precario era mucho más dócil; los sindicatos, por último, porque estaban compuestos por obreros «mensuales» ansiosos de limitar sus ventajas a su pequeña minoría. Y como siempre ocurre en la India, a los argumentos objetivos se añadía alguna tradición heredada de la noche de los tiempos. Si todos los jornaleros se convertían en «mensuales», ¿qué sería de la costumbre que concedía al hijo primogénito de un asalariado mensual el privilegio de ser contratado a su vez en la fábrica donde trabajaba su padre? Consecuencia: todo el mundo conspiraba para burlar la ley. Para no tener que inscribir regularmente a los trabajadores, se les despedía de vez en cuando. Y luego se les volvía a contratar. Millares de hombres vivían así con el miedo de perder su trabajo en cualquier momento. Después de trece o catorce años en la misma empresa, cuando ya no era posible seguir aplazando su inscripción regular, se les despedía definitivamente. Esto es lo que acababa de sucederle al vecino de Paul Lambert.

Ante sus ojos, en pocas semanas, aquel hombre robusto, de piernas, torso y hombros musculados por los trabajos más duros, empezó a languidecer y se arrugó como un fruto seco. Con el vientre roído por el hambre, se pasaba todo el día recorriendo los suburbios industriales de Calcuta en busca de cualquier empleo. Por la noche, extenuado, volvía al cuarto del cura y se instalaba sin decir una palabra ante la imagen del Santo Sudario. A veces permanecía una hora entera, sentado en la postura del loto, ante aquella cara de hombre parecida a la suya. «Pobre Mehbub», dirá más tarde Lambert. «Mientras tú rezabas ante mi icono, yo, en mi rebeldía, increpaba al Señor. Como con la agonía del pequeño Sabia. ¡Me costaba tanto aceptar que Él permitiera que se cometiesen tales injusticias!»

Los siete miembros de la familia no tardaron en tener que sobrevivir con las veinte rupias (un dólar sesenta) que Nasir ganaba todos los meses en el taller-presidio donde empapaba, durante doce horas al día, tubos de bolígrafos en un recipiente de cromo. Aunque aspirase durante todo el día los vapores asesinos del metal bajo electrólisis, Nasir tenía un aspecto espléndido. Lo cual no era sorprendente: en las familias pobres siempre se reservaba la comida para el que trabajaba. Los otros no tenían más que migajas. Nasir completaba su salario de niño-esclavo con las diez rupias que le daba Paul Lambert. En efecto, todos los días, al amanecer, iba a hacer cola por él en las letrinas con su cántara de agua, y volvía corriendo para anunciarle que había llegado su turno.

Una noche, después de haber meditado ante la imagen de Cristo, Mehbub invitó al sacerdote a ir a su casa. Ésta medía apenas dos metros por un metro cincuenta. Los dos tercios estaban ocupados por unos maderos que de día servían de mesa y de noche de cama, recubiertos por un *patchwork* de trapos. La más pequeña de las niñas dormía entre su madre y su abuela sobre la «mesa-cama», mientras que Nasir y sus dos hermanas mayores se acostaban debajo. Mehbub se contentaba con una estera en la parte exterior, bajo el tejadillo. El resto del mobiliario consistía en un cofre metálico en el que se conservaban piadosamente los vestidos para las fiestas del calendario musulmán, bien envueltos en carteles de cine que habían arrancado de las paredes de Calcuta. Al igual que millones de indios, Selima alimentaba su *chula* con tortas de boñiga y con escorias recogidas entre la grava de las vías del tren. Una escrupulosa limpieza reinaba en aquel tabuco sin ventana, sin agua y sin electricidad, hasta el punto de que el suelo de tierra apisonada parecía mármol que sólo se hubieran atrevido a pisar descalzos.

Cuanto más extrema era la miseria, más cálida la hospitalidad. Apenas el extranjero hubo entrado bajo su techo cuando sus vecinos le ofrecían té acompañado de un surtido de *jelebi*[1] y de otras golosinas tan apreciadas por los bengalíes. En pocos segundos se habían endeudado por valor de sus ingresos de un mes para agasajarle de aquel modo.

Paul Lambert deseaba ayudar a sus vecinos. Pero ¿cómo hacerlo sin arriesgarse a caer en la trampa del extranjero Papá Noel? Un incidente le dio la solución. Cierta mañana en que hacía cocer arroz en su infier-

1. *Jelebi*, pequeños churros almibarados.

nillo de petróleo, se quemó la mano. Con el pretexto de su torpeza, pidió a su vecina que a partir de entonces le preparara las comidas. A cambio de aquel servicio le ofreció tres rupias al día, alrededor de un cuarto de dólar, una suma principesca para el *slum*. Para el francés era la ocasión de intentar una experiencia que necesitaba. Exigió que la joven le preparase exactamente los mismos alimentos que a su familia.

«¿Cómo compartir lealmente las condiciones de vida de mis hermanos de la Ciudad de la Alegría sin conocer su angustia fundamental?», explicará. «La angustia que condicionaba todos los instantes de su vida: el hambre. Con una hache mayúscula, desde luego. El Hambre que atenazaba desde hacía generaciones a millones de hombres de aquel país, hasta el punto de que la verdadera línea divisoria entre los ricos y los pobres se situaba al nivel del vientre. Había los "do-bela" que comían dos veces al día, los "ek-bela" que sólo comían una vez, y los demás que ni siquiera podían contar con la seguridad de una comida cotidiana. Yo era un "three-bela", el representante casi único de una especie de consumidores desconocida en los *slums.*»

La vecina miró al francés con tanta sorpresa que él creyó que los ojos se le iban a salir de las órbitas.

—¡Tú, un Father *sahib*! —protestó—. Tú, de quien se dice que eres uno de los hombres más ricos de tu país, ¿quieres comer lo mismo que unos pobres como nosotros? Paul, gran hermano, no es posible, ¡tienes que haber perdido la razón!

«Selima, hermanita mía, ¡yo quería pedirte perdón!», dirá más tarde Paul Lambert. «En efecto, ¿cómo podías concebir por un segundo, tú, que vivías entre inmundicias, tú, que no veías nunca un pájaro ni el follaje de un árbol, tú, que algunos días no tenías siquiera una mondadura que dar a tus hijos, tú, que sentías moverse en tus entrañas a otro pequeño inocente que el día de mañana se colgaría a tus pechos exhaustos como odres rotos llorando de hambre, sí, cómo podías comprender que alguien pudiera ser tan loco como para cambiar su *karma* en el paraíso por aquel *slum* maldito y compartir en él tu miseria?»

—Hablo en serio, hermanita —confirmó Lambert—. A partir de mañana, tú eres quien me dará de comer, si quieres hacerme este favor.

Al día siguiente, a las doce, una de las hijas de Selima le llevó un plato de hojalata que contenía la comida del día. Un cucharón de arroz, un poco de col y de nabos, unos granos de *dal...*, esas lentejas que a menudo proporcionan sus únicas proteínas a los pobres de la India. Hubiese sido una ración de rey para los demás «ek-bela» del *slum*. Con su apetito de europeo más acostumbrado a los excesos alimentarios que a las frugalidades indias, el francés se dispuso a engullir aquel almuerzo en dos minutos. Pero, tal como temía, Selima había respetado la tradición india que exigía que se inflamase el menor alimento con la ayuda de pimentón y de especias. Y no tuvo más remedio que tragar cada bocado con lentitud y precaución. «Cierto día en que yo me sublevaba ante un médico indio contra esa costumbre que quitaba todo su sabor a los alimentos, me reveló la razón. Debido a que provoca la transpiración, activa el metabolismo sanguíneo y acelera la asimilación, el pimentón es antes que nada una manera de engañar el hambre para millones de seres subalimentados. Además, permite tragar cualquier cosa, ¡hasta desperdicios en mal estado!»

Lambert, que no hacía esfuerzos físicos agotadores, soportó gallardamente su nuevo régimen durante los dos primeros días. Cuando sentía algún retortijón, iba a beber un vasito de té con leche azucarado en el tenderete del viejo hindú que vivía delante. Pero al tercer día todo cambió. Empezó a sentir violentos calambres que le retorcían el vientre junto con mareos y sudores fríos. Apenas había engullido su única comida, cuando se desplomaba sobre su estera, vencido por el dolor. Intentó rezar, pero su mente estaba tan vacía como su estómago. En el curso de los días siguientes el hambre no le dio tregua. Tenía vergüenza. Había muy pocas personas en aquel lugar que tenían la suerte de comer una vez al día un plato semejante al que le cocinaba Selima. Tomó nota de las reacciones de su organismo. Su pulso se había acelerado considerablemente, lo mismo que la respiración. «¿Podré aguantarlo?», se preguntaba en medio de sus mareos, bajo el peso de la humillación de sentirse hecho un guiñapo cuando sus compañeros de miseria, con menos calorías, seguían tirando de las carretas o llevando cargas más propias de animales que de seres humanos.

Sin embargo, al cabo de unos días los trastornos desaparecieron, y la sensación de hambre se desvaneció como por arte de encanto. Su cuerpo se había adaptado. Lambert no sólo dejó de sufrir sino que además sentía un cierto bienestar. Entonces cometió un error fatal. Un visitante de Francia le había llevado *quenelles* de Lyon y un camembert, y quiso regalar esas especialidades de su país a aquellos vecinos tan necesitados. Mehbub sólo lo aceptó con la condición de que su amigo lo compartiera con ellos. La excepción tuvo un efecto desastroso: despertó su apetito de forma incontrolable. Las náuseas, los calambres, los accesos de sudor y los mareos reaparecieron con una intensidad aún mayor. Lambert se sentía cada día más débil. Sus músculos se fundían casi de manera visible. Sus brazos, sus muslos, sus piernas y sus pectorales parecían vaciados de sus fibras. Perdió varios kilos. Ir a llenar su cubo en la fuente, la más insignificante de las tareas, le exigía esfuerzos desmesurados. Apenas conseguía tenerse en pie durante más de media hora. Tuvo alucinaciones. Las pesadillas poblaban su sueño. Llegó hasta a bendecir la zarabanda de las ratas que le despertaba en el momento en que, en sus sueños, un desfile sin fin de hombres descarnados llegaba hasta él. Era una experiencia vivida del hambre en sí. Tanto en lo físico como en lo moral, Paul Lambert había asumido la condición de la mayoría de los habitantes de Anand Nagar. Había logrado su objetivo.

Y no obstante, no se llamaba a engaño. Conocía el alcance exacto de su experiencia y sus límites. «Era como uno de esos náufragos voluntarios que tienen la seguridad de que acudirán a socorrerles al cabo de un cierto tiempo. Mientras que el drama de los verdaderos náufragos es la desesperación. Yo sabía que si mi hambre iba más allá de los límites soportables, bastaba con que hiciera un gesto para saciarme. Si tenía el menor problema de salud, habría treinta y seis personas que se precipitarían en mi ayuda.»

«En cambio, Mehbub era un verdadero náufrago. A los aullidos de su vientre vacío se añadía la angustia de los que no pueden esperar ningún socorro. Por eso su dignidad parecía aún más admirable. Jamás salió una queja de sus labios. La única ocasión en que manifestaba su desaliento era cuando su hija más pequeña le suplicaba llorando que le diese algo de comer. Entonces su bello rostro aparecía devastado por el dolor. Pero en seguida reaccionaba. Levantaba a la niña y la hacía saltar sobre sus rodillas, luego le contaba una historia, le cantaba una cancioncilla. Y la criatura no tardaba en reír. Olvidando el hambre, se soltaba de los brazos de su padre para reemprender sus juegos en el callejón. Sin embargo, a veces, cuando nada podía calmar sus lloros, Mehbub tomaba a su hija en brazos e iba a un corralillo vecino a mendigar un pedazo de *chapati.* Nunca otro pobre os cerraba su puerta. Era la ley del *slum.*»

22

Con su camisola de algodón gris, su pantalón de tela beige y sus sandalias de verdadero cuero, Musafir Prasad se diferenciaba claramente del pueblo de los hombres-caballo. Después de veinte años de presidio entre las varas de un *rickshaw,* había pasado al lado del capital. A los cuarenta y ocho años, aquel antiguo campesino que había emigrado del Bihar era un «jefe». Era el hombre de confianza del viejo Bipin Narendra, aquel a quien llamaban «el Bihari». Bajo sus cabellos negros y ondulados, que brillaban por efecto del aceite de mostaza, su cerebro funcionaba como una verdadera computadora. Aquel hombre orejudo y con la barbilla curvada como la punta de un zueco, administraba el imperio de trescientos cuarenta y seis vehículos y de unos setecientos esclavos sin la ayuda de un lápiz, por la sencilla razón de que no sabía leer ni escribir. Nada escapaba a la vigilancia diabólica de aquel tirano dotado del don de la ubicuidad. En su alta bicicleta chirriante, recorría todos los días varias decenas de kilómetros, incluso en pleno monzón. A causa de sus piernas un poco arqueadas y de la manera que tenía de contonearse al pedalear, los hombres de los *rickshaws* le habían apodado «el Zancudo». Y lo curioso es que todo el mundo apreciaba al Zancudo en las calles de la inhumana ciudad.

«Cuando el viejo me llamó para que me encargara de todo», cuenta, «creí que Dios me hacía caer el cielo sobre la cabeza. Hacía veinte años que trabajaba para él y siempre me había relegado a tareas accesorias, como las reparaciones de los carritos, las discusiones con los policías, los accidentes, chapuzas. Pero la sacrosanta colecta de los alquileres de los *rickshaws* era algo que sólo él podía hacer. No había faltado ni un solo día. Ni siquiera cuando el agua llega hasta los muslos. Sólo él conocía todos los trucos. Porque aunque la mayor parte pagaban el alquiler de su vehículo por días, los había también que pagaban por semanas o por meses. Algunos pagaban menos porque las reparaciones iban por su cuenta. Otros porque su *rickshaw* circulaba sin autorización legal. Como había dos hombres para cada carrito, eso representaba que había que controlar a setecientos u ochocientos individuos. O sea que se necesitaba una cabeza así de grande. Es decir, como la del viejo.

»Pero un día el viejo empezó a notar el peso de los años. "Escucha, Musafir", me dijo; "tú y yo nos conocemos desde hace lunas. Los dos somos *biharis* y yo confío en ti. Tú serás mi representante. Desde ahora serás tú quien cobre el dinero, y todas las noches me lo traerás aquí. Te daré cinco *paisa* por cada rupia".

»El viejo no era alguien con quien pudiera discutirse. Me prosterné para limpiarle el polvo de los pies y me llevé la mano a la frente. "Sois el hijo del dios Shiva, sois mi amo", respondí, "y os estaré eternamente agradecido".

»Al día siguiente me levanté a las cuatro; porque quería ir a las letrinas y a la fuente antes que los demás habitantes del barrio. Los cuatro compañeros con los que vivía en un cobertizo cerca de la gran casa del viejo dormían aún. También ellos trabajaban para él como conductor de autobús, obrero, hombre-caballo y ebanista. También ellos eran *biharis*. Lo mismo que yo, habían dejado a sus familias en la aldea para irse a ganar el pan en Calcuta.

»A las cuatro y media monté en mi bicicleta y pedaleé directamente hasta el templo de Laxmi,[1] detrás del Jogai Bazar. Era de noche y el brahmán dormía aún detrás de la verja. Agité la campana y terminó

1. Diosa de la prosperidad.

por salir. Le di diez rupias y le pedí que celebrara una *puja* para mí solo a fin de que aquel día comenzara con los mejores auspicios. Yo llevaba un cucurucho de arroz, unas flores y dos plátanos. El sacerdote dispuso mis ofrendas sobre una bandeja y entramos en el santuario. Encendió varias lámparas de aceite y luego recitó *mantras* ante la divinidad. Yo repetí oraciones. Aquello me proporcionó una alegría increíble y la certidumbre de que a partir de aquel día iba a ganar muchas rupias. Prometí a Laxmi que cuanto más dinero ganase, más ofrendas le llevaría.

»Después de la *puja,* volví a montar en mi bicicleta y pedaleé en dirección al cruce de Lowdon Street, cerca de la escuela de enfermeras de la clínica Bellevue, donde el viejo tenía seis *rickshaws.* Debido a lo temprano de la hora, todos los hombres estaban aún allí. Dormían sobre el asiento de tela charolada, con las piernas colgando en el vacío. La mayor parte carecían de vivienda. Su *rickshaw* era su casa. Cuando eran dos por vehículo a menudo se originaban conflictos que yo tenía que arbitrar. Pero ¿cómo decir a uno que podía dormir en el asiento de su carrito, y al otro no?

»Luego me fui corriendo hacia Theatre Road, donde el viejo tenía una docena de *rickshaws.* Más tarde enfilé Harrington Street, una bonita calle residencial con mansiones preciosas en medio de jardines y con inmuebles donde habitaban gentes ricas y extranjeros. Ante la verja de una de estas casas siempre había guardias y una bandera norteamericana. El viejo tenía al menos treinta *rick shaws* en este sector. Y como era un barrio rico, era una zona donde siempre había jaleos. Siempre teníamos a uno o dos tipos a quienes la policía les había quitado el carrito con un pretexto u otro. Y allí los policías exigían *bakchichs* más elevados que en cualquier otro lugar, porque sabían que la gente se ganaba mejor la vida. Bastaba con ver la acera de la comisaría de policía en Park Street, delante del colegio de San Javier: allí había permanentemente, durante más de cien metros, una columna de *rickshaws* imbricados unos en otros y encadenados. La primera mañana tuve que hacer no sé cuántas zalemas por tres carritos y untar a aquellos brutos con más de sesenta rupias. Gestiones que complicaban mi contabilidad, porque había que acordarse de aumentar proporcionalmente los alquileres de aquellos carritos durante un número determinado de días.

»Después de Harrington Street, corriendo a las paradas del Mallik Bazar, en la esquina de la gran encrucijada de Park Street y de Lower Circular Road, donde, de los treinta o cuarenta vehículos estacionados, más de una veintena era también propiedad del viejo. Pero antes frené en seco en la esquina de New Park Street para tomarme un vaso de té. Té muy caliente, muy fuerte y muy azucarado, como solamente Ashu, un gordo punjabí instalado en la acera, sabía hacerlo. El mejor té de las aceras de Calculta. Ashu mezclaba en su tetera la leche, el azúcar y el té con una gravedad tal que parecía un brahmán haciendo el *arati*.[1] Yo le tenía envidia por pasarse la vida sentado y sin mover las posaderas, inmóvil en medio de sus utensilios, apreciado y considerado por sus clientes.

»A continuación mis pedaleos me condujeron al mercado de pescado, carne y hortalizas de Park Circus, cerca del cual se estacionaba siempre una cincuentena larga de carritos. A medida que avanzaba mi gira, la parte de la camisa en que metía los billetes se iba hinchando hasta el punto de formar un gran bulto en la cintura. Exhibir un vientre repleto provocaba en Calcuta una sensación extraña. Pero si esa gordura era debida a un colchón de billetes de banco, la cosa era ya completamente de locos. A aquellas horas ya eran muchos los *rickshaws* ocupados o que vagaban por las calles, mientras los hombres hacían sonar su cascabel contra las varas para atraer clientes. Eso me obligaba a recorrer la mitad de la ciudad. Pero al mediodía me resarcía ante las escuelas y colegios del sector, hacia donde convergían dos veces al día centenares de *rickshaws*. Llevar los niños a la escuela y devolverlos a su domicilio es, en efecto, una especialidad de la corporación, y la única oportunidad de tener un ingreso regular, ya que cada colegial solía haber llegado a un acuerdo con alguno de los que tiraban de los carritos. A eso se llamaba un “contrato”. Beneficiarse de uno o más contratos cotidianos daba a un hombre la posibilidad de doblar o triplicar la cifra de los giros que mandaba a su familia. También era una buena garantía de honorabilidad respecto a los usuarios. Pero, ¿cuántos tenían esta suerte?

»Para hacer bien mi trabajo, yo sabía que había que tener un corazón de piedra, como mi patrón. De lo contrario, ¿cómo iba a reclamar a un pobre infeliz las cinco o seis rupias de su alquiler cuando el carrito no había dado ni una vuelta de rueda? Yo sabía que para pagar se privaban incluso de comer. ¡Pobres gentes! ¿Cómo tirar de un *rickshaw* en el que se han instalado uno o dos tipos con sus paquetes o dos gruesas señoras rebosantes de grasa, como hay tantas en los barrios ricos, si uno no ha metido nada en el estómago? Así no se puede aguantar mucho tiempo, y un día uno se desploma en mitad de la calle y ya no hay quien le levante.

»A causa de los muertos, yo tenía que encontrar sustitutos incesantemente. ¡Oh, no eran precisamente candidatos lo que faltaban! Pero el viejo siempre había tenido mucho cuidado en elegir bien a sus hombres, a informarse sobre ellos. Nunca había contratado a nadie sin recomendaciones serias. Tenía buenas razones para ello. De política no

1. La ceremonia de la ofrenda del fuego.

quería oír hablar en su negocio. Lo que más le obsesionaba eran las reivindicaciones de eso o de aquello, el chantaje, las amenazas, las huelgas. "Musafir, no quiero ni un gusano en mis guayabas", repetía. Porque los que tiraban de los *rickshaws* tenían ahora sus sindicatos, y el gobierno intentaba infiltrar en sus filas a falsos trabajadores para organizar acciones contra los propietarios. Los que tiran de los *rickshaws*, se decía, tienen que conseguir la propiedad de su carrito. Hasta ahora eso no había ocurrido nunca. Yo conocía muy bien a uno o dos que después de tirar de los carritos habían llegado a ser, lo mismo que yo, representantes de los dueños. También conocía a algunos que habían conseguido cambiar sus varas por el volante de un taxi. Pero no conocía ni a uno solo que hubiese llegado a comprar uno de esos trastos. Ni siquiera uno de los peores, sin matrícula.

»La buena diosa Laxmi no fue insensible ni a mis plegarias ni a mis ofrendas. Al término de mi primera semana llevé un bonito paquete de ciento cincuenta rupias al *munshi*[1] acuclillado en la acera ante las verjas de la oficina de correos de Park Street. En la aldea se iban a llevar una buena sorpresa. Su última tarjeta postal, en la que me reclamaban dinero, sólo había llegado dos días antes. Las postales de la familia no decían gran cosa. O bien pedían dinero o decían que el último envío había llegado bien y que habían podido comprar el *paddy* o no sé qué para la tierra. En el pueblo había dejado a mi padre, a mi madre, a mi mujer, tres hijos, dos hijas y tres nueras, además de sus hijos. En total, más de veinte bocas que alimentar para dos pobres *bighas*.[2] De no ser por mis giros, era el hambre en la choza de barro seco en la que mi madre me parió hacía ya cuarenta y ocho inviernos.

»En la oficina de correos de Park Street, yo tenía mi *munshi* preferido. Se llamaba Souza. Era un cristiano. Procedía del otro extremo de la India, más al sur de Bombay, de un lugar que se llamaba Goa. El *munshi* me recibía siempre con sonrisas y amabilidades de bienvenida, porque éramos muy amigos. Yo le había proporcionado la clientela de mis hombres que trabajaban en la zona, y él me pagaba una comisión por las operaciones que efectuaba con ellos. Era lo normal. No hay nada como los intereses de dinero para establecer vínculos verdaderamente sólidos entre los trabajadores.

»Estaba pensando en todo eso al ver aquella mañana a Ram Chander, uno de los que trabajan para el viejo, que se precipitaba hacia mí con dos billetes de diez rupias en la mano. Ram era uno de los pocos bengalíes contratados por el patrón. La víspera los policías le habían quitado el carrito por falta de farol. Simple pretexto para un *bakchich*

1. Amanuense público
2. *Bigha*: una fanega.

en esta ciudad donde ni un solo camión, ni un solo coche llevaban las luces en estado de funcionamiento. Pero si Ram Chander me daba veinte rupias no era para pedirme que fuera a rescatar su *rickshaw*. Era para que contratase al compañero que iba con él. "*Sardarji,* sois el noble hijo de Mâ-Kâli",[1] me dijo. "Este hombre es mi amigo. Es de mi distrito, y su clan y su linaje son conocidos de mí y de todos los míos desde hace generaciones. Es un trabajador animoso y honrado. Por el amor de nuestra madre Kali, dadle un *rickshaw*."

»Cogí los billetes que me tendía y examiné al hombre, que se había quedado un poco más atrás. Aunque estaba muy delgado, sus hombros y sus brazos parecían fuertes. Le pedí que se levantara el *longhi* y así pude examinar sus piernas y sus muslos. El viejo siempre hacía eso antes de contratar a alguien. Decía que no se da un *rickshaw* a un búfalo con tres patas. Reflexioné un momento y luego dije a los dos bengalíes: "Tenéis suerte. Esta noche ha muerto uno cerca del mercado de Bhowanipur"».

23

El barrio musulmán de la Ciudad de la Alegría ardía en fiestas. Desde hacía dos días, en todos los corralillos las mujeres desempolvaban los vestidos de gala piadosamente conservados. Los hombres tendían por encima del gris de los tejados y a través de las callejas, guirnaldas de oriflamas multicolores. Electricistas instalaban altavoces y rosarios de bombillas. En cada cruce había confiteros amontonando en bandejas montañas de dulces. Olvidando su miseria y su angustia, los cincuenta mil musulmanes del *slum* se disponían a celebrar una de las fiestas mayores de su calendario, el nacimiento del profeta Mahoma. Las oleadas sonoras de los himnos y de los cánticos transformaban la ciudad de chabolas en una loca verbena. Prosternados por millares en dirección a la mística y lejana Ka'ba, los fieles llenaban las seis mezquitas durante una noche de oración ininterrumpida.

Barberos, sastres y joyeros veían atestadas sus tiendas. Para aquella ocasión, los pobres se adornaban como príncipes. Mujeres hindúes iban a ayudar a sus vecinas a preparar verdaderos festines. Otras, provistas de peines, de cepillos y de flores, participaban en el adorno de los tocados. Otras ofrecían polvos de azafrán, de carmín y de alheña para embellecer con complicados dibujos el rostro, los brazos y los pies de sus amigas musulmanas. El aspecto de los niños se cuidaba de un modo particularmente esmerado. Sus ojos se subrayaban con grandes círculos

1. La diosa madre Kali.

de *khol*, sus delgados cuerpos se envolvían en deslumbrantes túnicas de seda y velos de muselina, los pies se calzaban con babuchas, como salidos de un grabado de las *Mil y una noches*.

Sin embargo, ningún altavoz conseguía ahogar las quejas de Sabia, el vecinito de Paul Lambert. Pero ahora el sacerdote ya no se rebelaba. Para él era Jesús quien sufría al otro lado de la pared y su sufrimiento era una plegaria. No obstante, algo seguía obsesionándole: el sacrificio de aquel niño, ¿era realmente indispensable?

¡Alá g Akbar! ¡Sólo Dios es grande!
¡Que la paz sea con Mahoma, su profeta!
¡Alá g Akbar!
¡Que la paz sea con Noé, Abraham, Moisés,
Zacarías, Jesús y todos los demás profetas!

La muchedumbre repetía a coro cada versículo que gritaba ante el micrófono el *mollah* ciego de la Jama Masjid, la «Gran Mezquita» de Anand Nagar. Con su fachada de color crema en la que resaltaban las ventanas con balcón y celosía, y sus cuatro minaretes afilados como cirios, era el edificio más alto y más coloreado del *slum*. Se elevaba en una plaza, el único espacio vacío del hormiguero, cerca de una alberca de aguas estancadas y viscosas en las que los habitantes del barrio hacían su colada. Una multitud alegre y abigarrada llenaba la plaza y todos los callejones de los alrededores. Por encima de las cabezas se agitaban numerosas banderitas verdes y blancas, de oriflamas rojas con la media luna del Islam, de banderolas decoradas con suras del Corán y con cúpulas doradas de las santas mezquitas de Jerusalén, de Medina y de La Meca, emblemas mágicos que iluminaban de fe y de ensueño todo aquel decorado leproso. Noble patriarca tocado de un turbante de seda blanca, el *mollah* ciego de la barba de chivo encabezaba la procesión. Le guiaban dos religiosos vestidos de abayas grises. Sobre un triciclo equipado con acumuladores y con un enorme altavoz, un adolescente dio la señal de partida vertiendo una ensordecedora letanía de suras que repetían rítmicamente millares de voces. Cada dos o tres minutos el *mollah* se apoderaba del micrófono y vociferaba invocaciones que electrizaban a la asistencia. El cortejo no tardó en extenderse a lo largo de más de un kilómetro, prodigioso río de colores y de voces fluyendo entre las paredes de las chabolas, regando con una fe vibrante y con el brillo de sus adornos el laberinto pestilente que atravesaba. Aquel día el Islam sumergía el *slum* en luz y en ruidos.

Paul Lambert contemplaba aquella procesión maravillado. ¿Cómo era posible que tanta belleza pudiera brotar de aquel fango? El espectáculo de los niños era particularmente impresionante. Los rosados, los azules, los oros, los camafeos de los *shalwars*[1] y de las *ghaghras*[2] de las muchachas, de los *kurtas*[3] de muselina bordada y de los *topis*[4] trenzados de los niños pintaban todo el cortejo de un colorido encantador.

Los hombres iban en cabeza, seguidos de las mujeres y de los niños. En la tercera fila, sujetando el asta de un estandarte rojo y verde adornado de un minarete, Paul Lambert reconoció a su vecino Mehbub. La fiesta había metamorfoseado al parado famélico en un orgulloso soldado del profeta. Entre los niños desfilaban su hijo mayor, Nasir, el que hacía cola por él en las letrinas, y sus dos hijas pequeñas, así como las hermanas de Sabia, todas vestidas y adornadas como princesas, con deslumbrantes brazaletes de quincalla, sandalias con lentejuelas y velos de muselina multicolor. «Gracias, Señor, por dar a los flagelados de este *slum* tanta fuerza para creer en Ti y para amarte», se decía Lambert, escuchando aquel concierto de voces que aclamaban el nombre de Alá. Entonces oyó que alguien le llamaba. Sabia había muerto en el momento en que la procesión del profeta pasaba por Fakir Bhagan Lane.

En medio del dolor, su madre mantenía una admirable dignidad. En ningún momento a lo largo de aquella prueba su rostro había delatado el menor desaliento. Tanto si estaba acuclillada en la calleja fabricando sus bolsas de papel, como si se encontraba en el fango con sus cubos de agua o de rodillas a la cabecera de su hijo, conservaba la cabeza levantada, la serenidad de su sonrisa, su belleza de estatua de templo. «Jamás la veía sin dar gracias a Dios por haber encendido entre aquellas chabolas de sufrimiento esas llamas de esperanza. Porque ella nunca había desesperado. Al contrario, había luchado como una leona. Para pagar la visita de un médico y los costosos medicamentos, había llevado al usurero sus últimas joyas: dos brazaletes, un colgante, un adorno de pacotilla para las orejas, que habían escapado a otras necesidades. A menudo, de noche, la había oído recitar suras para calmar los sufrimientos de su hijo. A veces invitaba a sus vecinas para rezar con ellas a su lado, como las santas mujeres del Evangelio habían rezado al pie de la Cruz. En ella no había ni fanatismo ni resignación, y nunca tampoco había oído de sus labios una palabra de rebeldía o de queja. Aquella mujer me había dado una lección de fe y de amor.»

—Paul, gran hermano —le dijo—, me gustaría que bendijeras a Sabia antes de que se lo lleven.

El ademán de extrañeza del sacerdote no pareció sorprenderla. «Sabia te quería, y tú eres un verdadero hombre de Dios.»

1. Pantalones ajustados en los tobillos.
2. Faldas.
3. Camisas sin cuello.
4. Tocas.

Le abrió paso en medio de las plañideras. El niño reposaba sobre una camilla, envuelto en una mortaja blanca, con una guirnalda de claveles amarillos sobre el pecho, los ojos cerrados, los rasgos de la cara distendidos en una expresión de paz. Con su pulgar, Paul Lambert trazó una cruz sobre la frente aún caliente.

—Adiós, hermanito mío glorioso —murmuró.

Unos instantes después, llevado por adolescentes de la calleja, Sabia salía de la chabola para emprender su último viaje hacia el cementerio musulmán, donde terminaba el *slum.* Paul Lambert siguió al pequeño cortejo rezando. A causa de la fiesta, eran pocas las personas que habían acudido para despedir al difunto. De todas maneras, la muerte era algo tan normal en la Ciudad de la Alegría que nadie le prestaba demasiada atención.

SEGUNDA PARTE

HOMBRES-CABALLO Y SUS CARROS DE FUEGO

24

Hasari Pal permaneció largo rato contemplando el *rickshaw,* como si tuviese ante sí a Ganesh en persona, Ganesh, el dios con cabeza de elefante bienhechor de los pobres, el que da la suerte y aparta los obstáculos. Veía su trompa en lugar de las varas y sus grandes orejas en lugar de las ruedas. Se acercó con respeto y pasó la piedra lunar de su sortija por las varas. Luego se llevó la mano al corazón y a la frente.

«El carrito que estaba allí», dirá más tarde, «junto a la acera, era un regalo de los dioses, un arado de ciudad para hacer fructificar mi sudor y dar de comer a mis hijos y a todos los míos que esperaban en la aldea.

»Y sin embargo era un viejo trasto desvencijado que ni siquiera tenía permiso para circular. La pintura de la caja se caía a tiras, la banqueta de tela charolada tenía agujeros por los que asomaba la paja de dentro, varios arcos de la capota estaban rotos, y las cubiertas de caucho que revestían las ruedas estaban tan gastadas que dejaban ver la madera. Bajo el asiento había una caja destinada a guardar los accesorios indispensables, una botella de aceite para engrasar el cubo de rueda de vez en cuando, una llave para apretar los pernos de las ruedas, el farol para iluminar durante la noche, el delantal de tela que se cuelga delante de la capota cuando uno lleva a mujeres musulmanas en *pardah*[1] o durante los aguaceros del monzón para proteger a los viajeros.

»Si menciono estos objetos es porque mi amigo Ram Chander me los había mostrado en la caja de su *rickshaw* el día en que acompañamos al hospital al *coolie* herido. Pero la caja de mi carrito estaba vacía. Alguien debió de llevárselo todo cuando mi antecesor cayó muerto en la calle. Ram ya me había avisado: en Calcuta si se pudiese robar el aire que se respira no faltarían ladrones para robarlo.

»En la parte trasera de la carrocería una placa de metal llevaba un número y unas inscripciones. Yo no comprendía lo que significaban, pero grabé el número en mi cabeza como un talismán, como la fórmula mágica que tenía que abrirme las puertas de un nuevo *karma*.

1. Palabra persa: «cortina». Por extensión, velo de las mujeres musulmanas.

»—Ram, ¿has visto? —exclamé loco de felicidad, señalando a mi amigo bienhechor el 1 y los tres 9 de la placa.

»Qué importaba si aquel número era falso. Sólo contenía cifras nobles de nuestro calendario.

»Después de haberlo admirado largamente, me instalé entre las varas, las levanté con respeto y puse mis dedos en el lugar desgastado que habían soltado unas horas antes las manos del pobre infeliz a quien el número 1.999 no había dado suerte. Empujé bruscamente hacia adelante y oí un chirrido de ruedas. Aquel chirrido se parecía al ruido tranquilizador de la rueda de molino al aplastar los granos de arroz de nuestra tierra. ¿Cómo no creer desde entonces en la bendición de los dioses? Además, aquel primer día de mi nueva vida era un viernes, el mejor de la semana junto con el lunes, porque, según me había dicho Ram, se podía ganar más dinero a causa de la afluencia de gente. Y era a comienzos de mes. A partir del día quince parece ser que la gente se ponía tiesa como el tridente de Shiva. El buen Ram ya me había contado muchos secretos, enseñándome todos los trucos del oficio. "Hay muchas clases de personas", me había dicho. "Las hay amables y las hay que son unos cerdos. Las hay que te obligarán a correr, otras que van a decirte que te lo tomes con calma. Algunos querrán regatearte unas *paisa* sobre lo que cueste la carrera. Y si tienes la suerte de que suba un extranjero, puedes pedirle más dinero." Me puso en guardia contra los *gundas*[1] que, como muchas prostitutas, tienen la especialidad de dejar plantado al conductor sin pagarle. Y me advirtió: "Te conviene tener provisiones de aceite de mostaza para darte masajes. Porque los primeros días los muslos, los brazos y la espalda te dolerán tanto como si todos los policías de Calcuta te hubiesen roto su *lathi*[2] en el cuerpo."

»Me quedé solo. Solo con aquella extraña carreta en medio de aquella ciudad desconocida y bulliciosa. Era aterrador. ¿Cómo orientarme en el laberinto de las calles? ¿Deslizarme por entre los camiones, los autobuses, los coches que se echaban encima de uno en medio de un estruendo ensordecedor como las olas del mar? Estaba asustadísimo. Tal como me había aconsejado Ram, arrastré mi *rickshaw* hasta la parada de Park Circus para esperar allí a mi primer cliente. Park Circus era una encrucijada muy animada donde se cruzaban varias líneas de autobuses y de tranvías. Había allí muchos pequeños talleres, escuelas y colegios, así como un gran mercado que frecuentaban las amas de casa de los barrios ricos. Una larga hilera de *rickshaws* permanecía siempre estacionada en aquel cruce privilegiado. No puedo decir que

1. *Gunda*: canalla, truhán.
2. *Lathi*: bastón, matraca.

los que estaban allí esperando, sentados sobre sus varas, me acogieran con gritos de alegría. Había tan pocas migajas que recoger en aquella ciudad maldita, que la llegada de un rival más no provocaba precisamente euforia. Todos eran *biharis.* La mayoría muy jóvenes. Pero los de más edad tenían un aire de personas consumidas. Podían contárseles las costillas bajo el raído algodón de sus camisetas.

»La fila disminuyó rápidamente. Pronto me llegaría el turno. A medida que se acercaba, sentía cómo el corazón me daba golpetazos dentro del pecho. ¿Conseguiría tirar de aquel trasto? La idea de sumergirme con él en el mar furioso de los vehículos me aterraba. Sentía los brazos y las piernas paralizados por el pánico. Para darme fuerzas, fui a comprar un vaso de jugo de caña de azúcar al *bihari* que hacía pasar una y otra vez trozos de caña bajo su rueda dentada. Era un buen comercio, porque se hacía cola ante su rueda: un vaso de jugo de caña, a veinticinco *paisa,* a menudo era todo lo que alguien podía meterse en el estómago. Por diez *paisa* solamente, los más pobres incluso podían comprarse un pedazo de caña para mascar y así engañar el hambre. Un vaso de caña era mejor que todo el *bangla* de las tabernas. Era como meter un depósito de gasolina en el motor. Noté que una bocanada de calor me bajaba por el vientre hasta los muslos. Hubiese tirado de mi carrito hasta la cima del Himalaya.

»Pasó por mi mente el recuerdo de los días felices en los que seguía en el arrozal el lento paso de los búfalos. Luego, como en un sueño, oí una voz: *"Rickshaw wallah!"* Vi a una joven con dos largas trenzas que le llegaban hasta la cintura. Llevaba la blusa blanca y la falda azul marino de las alumnas del colegio de al lado. Subió a mi *rickshaw* y me rogó que la llevase a su casa. Al ver que yo no tenía ni la menor idea del lugar donde se encontraba su calle, me guió. Nunca olvidaré los primeros instantes en que me encontré de súbito en medio del torrente. Era como una locura. Era como un hombre que se hubiese arrojado al agua para escapar a unas fieras y que de pronto se viese rodeado por cocodrilos. Los conductores de autobuses y camiones imponían su ley. Sentían un maligno placer en aterrorizar a los *rickshaws wallahs,* rozándolos en medio del estrépito de sus cláxones y de sus motores. Los que se llaman minibuses eran los más feroces. También los taxis, cuyos conductores con turbantes carecían de piedad. Yo tenía tanto miedo que avanzaba muy despacio, mirando sin cesar a derecha y a izquierda. Ponía toda mi atención en conseguir que el vehículo estuviera siempre en equilibrio, encontrando el lugar exacto donde poner las manos para repartir mejor el peso. Lo cual es más fácil de decir que de hacer en unas calzadas tan desiguales. Para impedir que el carrito se meta en las zanjas, los hoyos, las roderas, las salidas de las cloacas y las vías del tranvía se necesitan no pocas habilidades de acróbata y de navegante.

Pero la trompa de Ganesh velaba por mi *rickshaw* durante esta primera carrera, me libró de los obstáculos y me condujo a buen puerto.

»—¿Cuánto le debo? —preguntó la muchacha al bajar.

»Yo no tenía la menor idea.

»—Déme lo que quiera.

»Hurgó en su portamonedas.

»—Aquí tiene tres rupias. Es más que el precio normal, pero confío en que le dé suerte.

»Cogí los billetes y los apreté contra mi corazón, dándole gracias con efusividad. Estaba muy conmovido. Mantuve la mano así durante largo rato, como para impregnarme de aquel primer dinero que había ganado tirando de un *rickshaw* en Calcuta. El contacto de aquellos billetes me dio como una bocanada de esperanza, la seguridad de que trabajando duramente podría conseguir lo que los míos esperaban de mí, y ser su *mergo,* el que llevase la comida al pico de todos los pajarillos hambrientos de nuestra choza en la aldea.

»Mientras, el dinero de aquella primera carrera quería que fuese para mi mujer y mis hijos. Me precipité a la tienda del vendedor de *gaja* más cercano, y llevando mis buñuelos como únicos pasajeros, eché a correr hacia la acera donde acampábamos. Mi llegada provocó un tumulto inmediato. La noticia de que el morador de una acera se había convertido en un *rickshaw wallah* había corrido de punta a punta de la calle como el ruido de un petardo de Diwali.[1] Aunque mi carrito fuese el vehículo más habitual de Calcuta, los niños treparon por las ruedas para sentarse en la banqueta, unos hombres probaron el peso de las varas, las mujeres me miraron con admiración y envidia. Arjuna, dirigiéndose en su carro hacia la guerra del Mâhabhârata no hubiera despertado más expectación. Para todas aquellas pobres gentes que, como nosotros, habían huido de su arrozal, yo era la prueba viviente de que siempre hay alguna razón para tener esperanza.

»Aquella acogida me espoleó más que un plato de pimentón. Volví a irme en seguida. Apenas había recorrido unos metros cuando dos enormes matronas me llamaron para que las condujera al cine Hind de la Ganesh Avenue. Entre las dos debían de pesar más de cien kilos y yo creí que mi *rickshaw* iba a hundirse antes de que las ruedas pudiesen empezar a girar. Se oyeron unos chirridos desgarradores y las varas temblaron en mis palmas como cañas en un día de tormenta. Aunque arqueaba mi cuerpo en todas las posiciones, no conseguía encontrar un equilibrio correcto. Era como un búfalo que tuviese que arrastrar una casa. Las dos pasajeras debieron de darse cuenta de mi incompetencia porque una de ellas me ordenó parar. Apenas hubieron bajado, llama-

1. Fiesta de las luces (en la que se veneraba a Laxmi, diosa de la prosperidad).

ron a otro *rickshaw*. Yo no sabía qué pimentón había comido aquel hombre, pero le vi alejarse a un trotecillo sin más esfuerzo aparente que si llevase al Ganges dos estatuillas de Durga.[1]

»Después de esa viva humillación, sentía la urgente necesidad de rehabilitarme. Estaba dispuesto a aceptar a cualquiera, aunque fuese gratuitamente, con tal de que yo también pudiera demostrar de lo que era capaz. La ocasión no tardó en presentarse en la esquina de Park Street, una calle ancha del centro bordeada de arcadas. Un joven y una muchacha que salían de una pastelería con un cucurucho de helado en la mano me hicieron señas para que me detuviese. Él me rogó que levantara la capota y que pusiera el delantal de cuero que se usa durante el monzón, o para disimular a los musulmanes a las miradas indiscretas. ¡Y yo que no tenía aquel accesorio! Lo único que pude proponerles fue desplegar mi *longhi* de recambio, y el joven hizo sentar a la muchacha diciéndome que diera la vuelta a la manzana. Yo estaba intrigado, pero sin querer preguntar más, fijé la tela en la capota y empezamos el paseo sin rumbo fijo. Apenas había doblado la esquina de la calle cuando unos violentos sobresaltos casi me hicieron perder el equilibrio. Mientras me agarraba a las varas para mantener la dirección, no tardé en comprender el origen de aquellas sacudidas. Mi carrito servía de lecho de amor.

»Ya no eres una ciudad maldita, Calcuta. Bendita seas por haberme dado, a mí, pobre campesino desterrado de Bengala, la oportunidad de ganar diecisiete rupias en este primer día. Y bendito seas, Ganesh, por haber apartado de mi camino trampas y peligros, y permitirme hacer siete carreras sin problemas ni accidentes. Decidí dedicar parte de aquel dinero a la compra de un accesorio indispensable para todo el que tiraba de un *rickshaw* digno de este nombre. Nuestro oficio de campesino también posee sus herramientas nobles como las rejas de los arados y las hoces para segar el arroz que se celebra en la gran *puja* de Vishwakarma.[2] El emblema de los que tiran de un *rickshaw* era su cascabel, que llevaban con el índice derecho metido en la correa, y del que se servían haciéndolo sonar para atraer clientes golpeándolo contra las varas. Había cascabeles de todos los tamaños y de todos los precios. Desde los más ordinarios de metal gris hasta unos soberbios de cobre, que brillaban tanto como el planeta Brihaspati. Algunos sonaban de un modo que recordaba a las grullas coronadas cuando pescan en los estanques. Otros hacían pensar en el grito de un alción al perseguir a la libélula. Compré mi primer cascabel por dos rupias al hombre de un *rickshaw* de Park Circus. Tenía una delgada correa de cuero que fijé en el índice, delante de mi sortija con la piedra lunar. Con tales alhajas en

1. «La inalcanzable», divinidad tutelar de Calcuta.
2. Vishwakarma, «el arquitecto del Universo», divinidad tutelar de los artesanos.

el dedo, ¿cómo no sentir dentro de uno grandes energías, cómo no creer en la generosidad de su *karma*?

»No iba a tardar mucho en sentirme menos animoso. Al día siguiente por la mañana, cuando desperté, mis brazos, la espalda y la nuca me dolían tanto que me costó un enorme esfuerzo ponerme en pie. Mi amigo Ram Chander ya me había avisado. Uno no se convierte en hombre-caballo de un día para otro, ni siquiera cuando pertenece a la fuerte raza de los campesinos. El esfuerzo prolongado de tracción, las sacudidas brutales, las agotadoras acrobacias para mantener el equilibrio, la violenta rigidez, a veces desesperada, de todo el cuerpo para frenar bruscamente y evitar una catástrofe, son ejercicios muy penosos cuando apenas se ha comido en los últimos meses y el cuerpo acusa ya un cierto desgaste.

»Aunque seguí los consejos de Ram y me di un masaje con aceite de mostaza de la cabeza a los pies, como hacen los luchadores del puente de Howrah antes de la pelea, fui incapaz de volver a meterme entre las varas de mi *riskshaw*. Me hubiese echado a llorar. Lo confié a la custodia de mi mujer y me arrastré hasta la estación de Park Circus. Estaba finalmente decidido a entregar al representante del propietario las cinco rupias del alquiler del día. Me hubiera privado de comer, hubiese llevado mi piedra lunar a casa del *mohajan* para pagarle aquellas cinco rupias. Era una cuestión de vida o muerte: millares de campesinos hambrientos estaban esperando ocupar mi lugar en el *rickshaw*.

»En Park Circus encontré a Ram. Acababa de recuperar su carrito después del disgusto que había tenido la otra noche con los policías. Pareció divertirle mucho verme encorvado como un viejo.

»—¡Pues eso no es nada! —me dijo muy burlón—. Antes de tres meses también tú escupirás sangre.

»Así me enteré de que aquel tipo que parecía tan fuerte y que daba la impresión de estar tan seguro de sí mismo, tenía la enfermedad de los pulmones.

»—¿Tomas algún medicamento para eso?

»Me miró con sorpresa.

»—¿Bromeas? ¿No has visto las colas de espera en el dispensario? Vas allí al amanecer y a la caída de la tarde aún estás esperando. Es mejor comprarse un poco de *pân*[1] de vez en cuando.

»—*¿Pân?*

»—Claro, para camuflar al enemigo. Cuando escupes no sabes si es sangre o betel. Y entonces no te preocupas.

»Entonces Ram sugirió que visitáramos a nuestro amigo *coolie* en el hospital. Hacía dos días que no íbamos a verle. ¡Habían pasado tantas

1. Mistura de betel.

cosas en aquellos dos días! Compadeciéndose de mí, Ram se ofreció a llevarme en su *rickshaw*. Era más bien cómico. Los demás de la parada se divirtieron enormemente al vernos alejar así a los dos. No tenían muchas ocasiones de divertirse.

»¡Qué curiosa sensación encontrarse de pronto en el lugar de los pasajeros! Aún era más aterrador que ir a pie entre las varas. Todos aquellos autobuses y camiones cuyas carrocerías pasaban tan cerca que casi arañaban la cara. Estaba en un lugar privilegiado para verlo todo, como aquel taxi que se nos echó encima como un elefante furioso, obligando a Ram a hacer una pirueta en el último segundo. O aquel *telagarhi* tan cargado que salió por la derecha, y al que nada, ni siquiera una pared, hubiese podido detener. Yo admiraba la habilidad con que Ram desplazaba sus manos sobre las varas para que sólo las ruedas soportasen el peso del vehículo. Con su cascabel, hubiérase dicho que era una bailarina de Katakali.

»El trayecto hasta el hospital fue muy largo. Todas las calles estaban atestadas de cortejos con banderolas rojas que obstruían completamente la circulación. Aquellos desfiles parecían formar parte del decorado de Calcuta. Yo ya había visto varios. Aquí los trabajadores estaban organizados y tenían la costumbre de reivindicar derechos por cualquier motivo. En las aldeas aquello no existía. En nuestros campos, ¿a quién íbamos a reclamar alguna cosa? No se puede protestar contra el cielo porque aún no ha enviado el monzón. Aquí había un gobierno al que era posible expresar el descontento. Aparte de todo, estas manifestaciones complicaban la vida a los *rickshaws*.

»Nos detuvimos en un bazar para comprar fruta. Esta vez fui yo quien pagó con el dinero que me quedaba de la víspera. También compré un ananá que hice pelar y cortar en rodajas. Podríamos comerlo con el *coolie*.

»El hospital siempre desbordaba de gente. Nos dirigimos directamente al edificio en el que habíamos visto a nuestro compañero la última vez. Antes de entrar Ram encadenó una rueda de su *rickshaw* a una farola y se llevó los objetos que había en su caja. En la puerta de la sala de los operados estaba el mismo enfermero, y pudimos entrar sin tropiezos después de meterle dos rupias en el bolsillo. Seguía reinando aquel olor espantoso que se agarraba a la garganta y casi no dejaba respirar. Nos metimos por entre las hileras de camas hasta la de nuestro amigo, que estaba al fondo, cerca de la ventana, al lado del niño aquel de las quemaduras a quien yo había hecho comer una naranja. Como me costaba andar a causa de las agujetas, Ram iba delante, y de pronto oí que desde lejos me gritaba: "¡Ya no está!"

»La cama de nuestro amigo estaba ocupada por un viejo musulmán con barbita, que tenía todo el cuerpo lleno de vendajes. No pudo decirnos nada de él. Tampoco el enfermero. Hay que decir que ni siquiera conocíamos el nombre del *coolie* herido. ¿Había sido trasladado a otro lugar? ¿O simplemente le habían dicho que se fuera para dejar su cama a otro? Recorrimos varias salas. Incluso conseguimos entrar en la habitación que había al lado del lugar donde se hacían las operaciones. Nuestro compañero había desaparecido. Al salir del edificio vimos a dos enfermeros que llevaban una camilla con un cadáver. Reconocimos a nuestro amigo. Tenía los ojos abiertos. Las mejillas estaban muy hundidas y grises de barba. Sus labios no se habían cerrado. Parecía como si fuese a decir algo. Pero nada se movió. Para él todo había terminado. Me pregunté si volvería a haber carritos de mano en su siguiente encarnación. O si sería un *sardarji*.

»Ram preguntó a los enfermeros para saber dónde llevaban a nuestro compañero.

»—Es un indigente —respondió el de más edad—. Vamos a echarlo al río.»

25

La muerte del niño Sabia modificó el comportamiento de los musulmanes del barrio para con Paul Lambert. Disipó sus reticencias. Hasta los más recelosos le dirigían ahora sus «*Salam,* Father!». Los niños se peleaban para tener el honor de llevar su cubo camino de la fuente. Entonces sucedió algo más que completó esta transformación. Varias puertas más allá vivía una muchacha de quince años que se había vuelto ciega a consecuencia de una infección fulminante. Sus ojos estaban purulentos y sufría tanto que maldecía a todo el mundo. Como muchos musulmanes consideran que la ceguera es una maldición, la creían poseída por el demonio. Se llamaba Banoo. Llevaba largas trenzas, como las princesas de las miniaturas mongoles. Un día su madre fue a ver a Paul Lambert juntando las manos con aire suplicante.

—*Daktar,*[1] por el amor de Dios, haz alguna cosa por mi pequeña —le suplicó.

¿Cómo curar semejante infección cuando se posee por toda farmacopea unas aspirinas, un poco de elixir paregórico y un tubo de una vaga pomada? Lambert decidió no obstante aplicar un poco de pomada en los ojos de la muchacha. Tres días después, milagro: la infección se había curado. Y al cabo de una semana, Banoo recobraba la vista. La noticia corrió como un reguero de pólvora: «Hay un brujo blanco en el barrio.»

1. Doctor.

Aquella hazaña valió al francés su certificado definitivo de integración y una notoriedad de la que gustosamente hubiera prescindido. Docenas de enfermos y de inválidos tomaron el camino del 19 Fakir Bhagan Lane. Tuvo que procurarse otros medicamentos. Su cuarto se convirtió en un refugio de las mayores calamidades. Nunca se vaciaba. Cierta mañana unos porteadores depositaron allí a un hombre barbudo cuya hirsuta cabellera estaba cubierta de cenizas. Iba atado a una silla y no tenía ni piernas ni manos. Era un leproso. Sin embargo, su rostro juvenil irradiaba una alegría sorprendente en semejante desheredado.

—Gran hermano, me llamo Anonar —anunció—. Tienes que cuidarme. Ya ves que estoy muy enfermo.

Entonces su mirada se posó en la imagen del Santo Sudario.

—¿Quién es? —preguntó sorprendido.

—Es Jesús.

El leproso pareció incrédulo.

—¿Jesús? No, no es posible. No se parece al otro. ¿Por qué tu Jesús tiene los ojos cerrados y una cara tan triste?

Paul Lambert sabía que la iconografía india reproducía abundantemente la imagen de un Cristo rubio y de ojos azules, triunfal y coloreado como los dioses del panteón hindú.

—Porque ha sufrido —dijo—, por eso está triste.

El sacerdote comprendió que había que explicar algo más. Una de las hijas de Margareta acudió en su ayuda y tradujo sus palabras en bengalí.

«Si tiene los ojos cerrados es para vernos mejor», siguió diciendo. «Y también para que nosotros podamos mirarle mejor. Tal vez si tuviera los ojos abiertos no nos atreveríamos. Porque nuestros ojos no son puros, y nuestros corazones tampoco, y tenemos una gran parte de responsabilidad en sus sufrimientos. Porque si Él sufre es a causa de mí, de ti, de todos nosotros. A causa de nuestros pecados, del mal que cometemos. Pero nos ama tanto que nos perdona. Quiere que le miremos. Por eso cierra los ojos. Y estos ojos cerrados me invitan a que yo también cierre los míos, a que rece, a que contemple a Dios en mí... y también en ti. Y a que le ame. Y a hacer como Él, a perdonar a todo el mundo y a amar a todo el mundo. Y a amar sobre todo a los que sufren como Él. A amarte a ti, que sufres como Él...»

Una niña andrajosa que se había mantenido oculta detrás de la silla del leproso salió entonces para depositar un beso en la imagen y acariciarla con su manita. Después de haber llevado tres dedos a su frente, murmuró:

—*Ki Koshto!* ¡Cómo sufre!

El leproso parecía conmovido. Sus ojos negros se habían vuelto brillantes.

—Sufre —repitió Paul Lambert—. Pero no quiere que nosotros lloremos por Él. Sino por los que sufren ahora. Porque Él sufre en ellos. En los cuerpos y en los corazones de los solitarios, de los abandonados, de los despreciados, y también en la mente de los locos, de los desequilibrados. Ya ves, por eso me gusta esta imagen. Porque me recuerda todo esto.

El leproso sacudió la cabeza con aire meditativo. Luego dijo levantando su muñón hacia el icono:

—Paul, gran hermano, tu Jesús es mucho más hermoso que el de las estampas.

«Sí, eres hermoso, Jesús de la Ciudad de la Alegría», escribirá aquella noche Lambert en el cuaderno que le servía de diario. «Hermoso como el hombre sin piernas y leproso que me has enviado hoy, con sus mutilaciones, sus llagas y su sonrisa. En él te he visto a ti, a ti que encarnas todo el dolor. Tú que conociste Getsemaní, el sudor de sangre, la tentación de Satán, el abandono del Padre, la postración, el desaliento, el hambre, la sed. Y la soledad.

»Jesús de Anand Nagar, he tratado de cuidar a este leproso. Todos los días trato de compartirlo todo con los pobres. Bajo la cabeza con aquellos a quienes se aplasta y se oprime, como "la uva en el lagar, y su jugo salpica mis vestidos y mancha mi ropa". No soy un puro ni un santo, sino un infeliz, un pecador como los demás, a veces pisado o despreciado como mis hermanos del *slum,* pero con la certeza en el fondo del corazón de que Tú nos amas. Y esa otra certeza de que la alegría que me invade nunca me la podrá arrebatar nada ni nadie. Porque Tú estás verdaderamente aquí, presente, en el fondo de este barrio de miseria.»

26

«Con sus dedos morcilludos cubiertos de sortijas, sus pliegues de grasa que amenazaban con hacer estallar la camisa, sus cabellos relucientes de aceites perfumados, mi primer cliente de la jornada era francamente repugnante», cuenta Hasari Pal. «Y además muy arrogante. Pero yo estaba demasiado apurado para permitirme el lujo de rechazarle. Era un *marwari.*[1] Seguramente tenía la costumbre de ir en taxi. Llevaba prisa. "Más aprisa", gritaba sin cesar, y como no tenía látigo

1. Mercader, originariamente del estado de Marwar, reputado por su dureza en los negocios.

me daba puntapiés en las costillas. Puntapiés que me dolían, porque sus babuchas estaban rematadas por una puntera rígida y puntiaguda. No me había dicho adónde quería ir. Al subir, se había limitado a decirme: "Sigue recto y al trote." Aquel *marwari* debía de estar acostumbrado a mandar a caballos. O a esclavos. "Gira a la derecha. Gira a la izquierda. ¡Más aprisa!" Las órdenes restallaban y yo hacía acrobacias en medio de los autobuses y de los camiones. Me ordenó parar varias veces y en seguida volver a arrancar. Estas paradas bruscas, que requieren detener en seco el vehículo echándose hacia atrás para contrapesar toda la carga que se lleva en movimiento, son horriblemente penosas. Es como si las corvas soportasen de pronto todo el peso del *rickshaw* y del cliente. Volver a arrancar no era menos doloroso, pero esta vez el dolor venía de los hombros y de los antebrazos, porque había que hacer un esfuerzo de animal para volver a poner en movimiento el carrito. Pobre carrito. A cada parada y a cada arranque sus varas rechinaban tanto como mis huesos. Tal vez a causa de una ola de calor que se había abatido brutalmente sobre Calcuta desde hacía dos o tres días, un nerviosismo exagerado se había adueñado aquel día de todos los conductores de los autobuses y de los taxis. En la esquina de una avenida, un *sardarji* sacó el brazo por la ventanilla y apartó la vara de mi *rickshaw* con tal violencia que perdí el equilibrio. Lo cual me valió una nueva rociada de injurias por parte de mi pasajero, y un porrazo del policía que cuidaba de la circulación. Un poco más adelante un racimo de jóvenes colgados de los estribos de un tranvía atestado me lanzaron puntapiés en la cabeza. Era imposible responder. Eran humillaciones que había que tragar en silencio.»

La carrera de Hasari terminó aquel día ante la puerta de un restaurante de Park Street. Antes de bajar las varas para permitir bajar a su cliente, pidió cinco rupias. Mirándole como si le hubiera puesto una pistola en el vientre para robarle la cartera, el gordo *marwari* exclamó, rojo de furor: «¡Cinco rupias! ¡Cinco rupias por una carrera de holgazán!» Entonces el incidente adoptó un curso imprevisto. Atraídos por las protestas del *marwari,* unos diez conductores de *rickshaw* que esperaban ante un restaurante vecino acudieron y formaron un círculo a su alrededor. Asustado por su aire amenazador, el gordo pasajero se calmó en seguida. Se apresuró a hurgar en su bolsillo y entregó en silencio a Hasari un hermoso billete verde de cinco rupias. Como dicen los campesinos bengalíes: «Cuando los perros aúllan, el tigre esconde sus garras.»

Aquella ciudad era sin duda una jungla, con sus leyes y sus jerarquías, como en la selva. Allí había elefantes, tigres, panteras, serpientes y toda clase de otros animales. Y había que conocerlos si no quería uno tener serios disgustos. Un día en que Hasari Pal estaba estacionado ante el Kit Kat, una *boîte* que había en la esquina de Park Street, un taxista sij le hizo señas de que se largara para ocupar él su lugar. Hasari hizo como si no le comprendiera. El turbante del sij se agitó tras el volante. Dejó oír una serie de bocinazos, como un elefante que se dispone a embestir. Hasari creyó de veras que iba a lanzarse contra su *rickshaw*. En seguida cogió sus varas para irse. Había cometido un error al obstinarse. No había respetado una de las leyes de la jungla de Calcuta, según la cual un *rickshaw* siempre deja su lugar a un taxi.

Lo más agotador de su existencia de hombre-caballo no era tan sólo la dureza física del trabajo. En el campo había trabajos tan agotadores como arrastrar a obesos *pusahs* desde Park Street a Barra Bazar, pero eran tareas propias de una determinada estación. En medio había pausas largas en las que era posible reposar. La vida de *rickshaw wallah* era una esclavitud de todos los días de la semana y de todas las semanas del año.

«A veces tenía que llevar a alguien a la estación de Howrah, al otro lado del río. Allí no había *rickshaws* a pie. Sólo triciclos. Yo nunca había pedaleado en uno de esos artefactos, pero me parecía que debían de exigir un esfuerzo menor. Un día lo discutí con Ram Chander. Éste se llevó las manos a las nalgas con cara de sufrimiento.

»—¡Desgraciado! —gimió—. No sabes lo que es pasarse diez o doce horas en el sillín de una bicicleta. Al principio se te llena el culo de llagas. Luego se te quedan encogidas las pelotas. Y al cabo de dos o tres años ya no se te levanta. La bicicleta te ha dejado la cosa tan blanda como un copo de algodón.

»¡Menudo era Ram! Nadie como él para demostrar a uno que siempre los hay que lo pasan peor.»

27

«Ya verá usted, amigo mío: le dejarán los huesos mondos. Debido a que tiene la piel blanca, lo esperarán todo de usted. No sabe lo que hace: ¡un europeo en una necrópolis como la Ciudad de la Alegría no se ha visto jamás!»

Paul Lambert pensaba en estas palabras del cura indio de la iglesia de Howrah al dar unas aspirinas a una mujer que le había llevado su hijo con meningitis. La curación de la muchacha ciega y su compasión por todas las calamidades habían bastado para que aquella predicción se cumpliera. El Father del 19 Fakir Bhagan Lane se había convertido en Papá Noel. Un Papá Noel al modo del *slum,* un hombre que estaba dispuesto a escuchar y que sabía comprender, en quien los más abandonados podían proyectar sus sueños, junto al cual encontraban amistad y compasión. De golpe, se veía atribuir la paternidad de cualquier beneficio que podía producirse, como la decisión del ayuntamiento de abrir diez pozos nuevos o la excepcional benignidad de la temperatura en aquel comienzo de invierno. Esa necesidad de referirse constantemente a una persona es un rasgo característico del alma india. Sin duda se debe al sistema de las castas y al hecho de que en el interior de todos los grupos hay siempre un jefe. En el *slum* todo sucedía siempre por medio de alguien. Si no se conocía a ese «alguien», había poca esperanza de llevar a buen término una gestión, tanto si era en las oficinas administrativas como en la policía o en los hospitales Anisi.

Paul Lambert se convirtió para los centenares de habitantes despreciados, olvidados, de su barrio, en la «persona» por excelencia, la que lo podía todo a causa de su piel blanca, de su cruz de hombre de Dios sobre el pecho, de su portamonedas, que, para unos pobres que no poseían nada, podía parecer tan repleto como el de G. D. Birla, el célebre multimillonario de Calcuta.

Esta notoriedad le exasperaba. Él no quería ser ni Papá Noel, ni la Seguridad Social, ni la Providencia, sino tan sólo un pobre entre los pobres. «Mi ambición era ante todo inspirarles confianza en sí mismos, a fin de que se sintieran menos abandonados, que tuvieran ganas de emprender acciones para mejorar su suerte.» Tal deseo iba a cumplirse por primera vez unas semanas antes de las fiestas de Durga. Un día, a la caída de la tarde, varios habitantes del barrio conducidos por Margareta se presentaron ante el cuarto de Paul Lambert.

—Paul, gran hermano —dijo la joven cristiana—, quisiéramos pensar contigo en la posibilidad de hacer juntos algo útil para las gentes de aquí.

Margareta hizo las presentaciones. Un joven matrimonio hindú, un anglo-indio cristiano, un obrero musulmán y una assamesa de unos veinte años. Seis pobres que deseaban recobrar una dignidad, que querían «construir juntos». Los Ghosh —el matrimonio hindú— eran guapos, sanos, luminosos. Bajo su velo de algodón rojo decorado con motivos florales, con su piel muy mate y muy clara, la joven parecía una *madonna* del Renacimiento. La intensidad de su mirada atrajo en seguida la atención de Lambert. «En aquella joven ardía un fuego interior.» Se llamaba Shanta. Era la primogénita de un miserable campesino de una población aislada del delta del Ganges llamado Basanti. Para dar de comer a sus ocho hijos, su padre salía con otros pescadores del pueblo a hacer expediciones regulares en la jungla inundada de los Sunderbans. Allí recogían miel silvestre. Un día no volvió. Se lo había llevado uno de esos tigres devoradores de hombres que todos los años devoran allí a más de trescientos recogedores de miel. Sobre la tierra apisonada de la pequeña escuela primaria local, Shanta había conocido a aquel buen mozo barbudo y de cabellos rizados que era su marido. Ashish (la esperanza), de veintiséis años, era uno de los once hijos de un jornalero sin tierra. El caso de esta pareja era casi único: él se había casado por amor. Un reto a todas las tradiciones, lo cual provocó tal escándalo que había tenido que huir del pueblo y refugiarse en Calcuta. Después de morirse de hambre durante un año, Ashish había encontrado trabajo como monitor en un centro de aprendizaje para niños lisiados de la Madre Teresa. Shanta era maestra en una escuela de Howrah. Después del nacimiento de su primer hijo, habían encontrado Eldorado: una habitación en un corralillo hindú de Anand Nagar. Dos sueldos regulares de doscientas rupias al mes (treinta y dos dólares) pueden parecer una miseria. En Anand Nagar era la fortuna. Los Ghosh eran unos privilegiados, lo cual hacía aún más notable su voluntad de servir a los demás.

El anglo-indio llevaba el extravagante nombre de Aristote John. Era un hombrecillo de cara triste y aire bilioso, como muchos miembros de esta comunidad particularmente marginal en la India de hoy. Trabajaba de guardagujas en la estación de Howrah. El musulmán Kamrudd, de cincuenta y dos años, llevaba un bigote corto y se cubría la cabeza con un casquete bordado. Era el más antiguo del *slum*. Superviviente de las matanzas de la Partición, desde hacía veinte años compartía un tugurio con tres *mollahs* ciegos a quienes servía de cocinero y de guía.

¡Construir juntos! En aquel gulag donde setenta mil hombres se esforzaban cotidianamente por sobrevivir hasta el día siguiente, en aquel barrio que a veces parecía un lugar destinado sólo a morir, roído de tuberculosis, de lepra, de disentería, de úlceras y de todas las enfermedades carenciales, en aquel ambiente tan contaminado en que millares de desdichados no llegaban ni siquiera a la edad de cuarenta años, todo estaba por construir. Se necesitaba un dispensario y una leprosería. Había que repartir leche entre los niños que se morían de desnutrición, instalar fuentes de agua potable, multiplicar las letrinas, expulsar a las vacas y a las búfalas propagadoras de la tuberculosis... Las urgencias eran innumerables.

—Sugiero que cada uno de nosotros haga un sondeo a su alrededor —dijo Lambert—, y así poder saber cuál es la necesidad que los habitantes de aquí quieren que se atienda en primer lugar.

Tres días después tenían ya los resultados. Eran concordantes hasta la unanimidad. Las verdaderas necesidades de los moradores de la Ciudad de la Alegría no eran las que imaginaba Paul Lambert. No eran sus condiciones materiales de vida lo que querían cambiar. El alimento que deseaban recibir antes que nada no estaba destinado a los cuerpos raquíticos de sus hijos, sino a sus mentes. Los seis sondeos indicaron que la reivindicación primordial era la fundación de una escuela nocturna para que los niños que trabajaban en los talleres-presidios, las tiendas y los *tea shops* de la calleja pudiesen aprender a leer y a escribir. Lambert instó a Margareta a que invitara a las familias interesadas a que encontrasen un rincón de chamizo que pudiera servir de aula y se ofreció a participar en la remuneración de dos maestros. «Había conseguido mi primer objetivo. Alentar a mis hermanos de Anand Nagar a que se ocupasen de sí mismos.»

Esta primera acción fue el punto de partida de una empresa de solidaridad y de reparto que iba a revolucionar completamente las condiciones de supervivencia en el *slum*. En la reunión siguiente, Lambert propuso el nombramiento de un equipo de voluntarios para acompañar y guiar a los enfermos en los hospitales de Calcuta. Porque ir solos a aquellas caravaneras a menudo era una aventura como de pesadilla a la que la mayoría debía renunciar.

Cualquiera podía asistir a las reuniones del cuarto del 19 Fakir Bhagan Lane. Circuló un nuevo rumor: «Hay gentes que escuchan a los pobres.» Era una revolución tan grande que el francés había bautizado a su reducido equipo con el nombre de «Comité de Escucha». Era también una revelación: se descubría que había otros más desgraciados que uno mismo. Lambert adoptó la norma de empezar todas las reuniones con la lectura de un versículo del Evangelio. «Ningún relato podía adaptarse mejor a la vida del *slum*», dirá. «Ningún ejemplo era más vivo que el de Cristo aliviando las miserias de sus contemporáneos. Hindúes, musulmanes, cristianos, todos los hombres de buena voluntad podían comprender la relación existente entre el mensaje del Evangelio y su vida de sufrimiento, entre la persona de Cristo y los que aquí elegían perpetuar su acción.»

Nadie pareció advertir esta relación con más intensidad que la joven assamesa que ya el primer día se había puesto al servicio de Lambert. Con sus trenzas, sus ojos oblicuos y sus pómulos rosados, parecía una muñeca china. Su nombre resonaba como un *mantra*. Se llamaba Bandona, lo cual significa «Alabanza a Dios». Aunque de religión budista, desde el primer momento se sintió conquistada por el mensaje del Evangelio. Al revelar que el mejor medio de encontrar a Dios es ponerse al servicio de los demás, este mensaje respondía a su impaciencia.

«Cada vez que un desventurado expresaba sus necesidades, su rostro se transformaba en una máscara de dolor», contará más tarde Lambert. «Todo sufrimiento era su sufrimiento.» Aquel ser hipersensible para los demás, era de un pudor casi enfermizo para todo lo que le concernía. Ante cualquier pregunta personal, se cubría la cara con su sari y bajaba la cabeza en un gesto de desconfianza. Por ello la curiosidad de Lambert iba en aumento. Cierto día en que él la hostigaba, ella le dijo con sequedad:

—¿Es que tu Jesús no dijo que sólo estábamos en el mundo para cumplir la voluntad de su Padre, y que nuestras propias existencias no contaban? Entonces, ¿por qué te interesas por mí?

A pesar de todo, Lambert consiguió arrancarle algunas briznas de información que le permitieron comprender cómo aquella joven que procedía de las montañas más altas de Assam había ido a parar a la pordiosería de aquel barrio miserable de Calcuta.

Su padre era un modesto campesino de origen assamés instalado en la región de Kurseong, en el extremo norte de Bengala, al pie de los primeros contrafuertes de la cadena himalaya. Como todos los montañeses de aquella zona, explotaba una pequeña parcela de terreno en bancales, arduamente conquistada a la ladera de las colinas. Le bastaba para vivir miserablemente con su mujer y sus cuatro hijos.

Pero, un día, unos empresarios procedentes de Calcuta comenzaron a explotar la madera de los bosques. Determinaron el número de árboles que había que cortar todos los días. Ya años atrás la región había sufrido profundas transformaciones por el desarrollo de los «tea gardens», las plantaciones de té. Tras la llegada de los forestales, las selvas madereras se achicaban como una piel de zapa. Los campesinos fueron obligados a ir a buscar cada vez más lejos la leña necesaria para guisar sus alimentos, así como nuevas tierras para cultivar. Los incendios de selvas se multiplicaron. Como la vegetación no tenía tiempo de volver a crecer antes de las cataratas del monzón, la erosión atacó los suelos. Privado de sus pastos tradicionales, el ganado se convirtió en un factor de destrucción. La escasez de los productos naturales obligó a las familias a desarrollar los cultivos alimentarios. Como la leña era cada vez más rara, hubo que utilizar las boñigas de los animales para cocinar los alimentos, lo que privó a las tierras de su mejor abono. Los rendimientos descendieron. La degradación del suelo se aceleró. A causa de la deforestación dejó de retenerse el agua. Los manantiales se secaron, los depósitos se vaciaron, las capas freáticas perdieron agua. Como la zona sufría la mayor pluviosidad anual —hasta once metros de agua por año en Assam—, la tierra arable y el humus fueron arrastrados a cada monzón hacia las llanuras, dejando la roca al descubierto. Al cabo de unos años toda la región se había convertido en un desierto. Sus habitantes no tuvieron más remedio que irse. ¡Irse a la ciudad que los había arruinado!

Bandona tenía cuatro años cuado los suyos se pusieron en camino hacia Calcuta. Gracias a un primo que trabajaba en una tienda de ropa, su familia tuvo la suerte de encontrar una habitación en Anand Nagar. El padre murió de tuberculosis cinco años después. La madre, una mujer que no se dejaba vencer por nada, quemó durante un año bastoncillos de incienso ante la imagen ennegrecida del fundador de la secta budista de los Gorros Amarillos, y luego volvió a casarse. Pero su marido se fue poco después para trabajar en el sur del país. Al quedarse sola, crió a sus cuatro hijos recogiendo en los montones de basura objetos metálicos que revendía a un chatarrero. Bandona había empezado a trabajar a los doce años. Primero en una fábrica de cartones, luego en un taller en el que torneaba piezas de camión. A partir de entonces fue el único sostén de su familia, pues la tuberculosis ya había afectado a su madre. Salía de su casa a las cinco de la madrugada y no volvía hasta cerca de las diez de la noche, después de dos horas de autobús y de recorrer tres kilómetros a pie. Pero a menudo ya no volvía por la noche, a causa de los numerosos cortes de corriente que la obligaban a dormir al lado de su máquina para recuperar el tiempo perdido cuando volviese la electricidad. En Calcuta, decenas de millares de trabajadores vivían así, encadenados a sus máquinas a causa de los desastres y de las averías de electricidad. Bandona ganaba cuatro rupias diarias, 0,32 dólares, lo cual le permitía apenas pagar el alquiler de la choza familiar, y dar a su madre y a sus hermanos una escudilla de arroz o dos *chapati* una vez al día. El domingo y los días de fiesta, en lugar de descansar o de dedicarse a las distracciones propias de su edad, recorría el *slum* en busca de desgracias para socorrer a los más necesitados. Así fue como una noche entró en casa de Paul Lambert. Unos donativos recibidos de Europa permitieron al sacerdote hacerle abandonar su taller para utilizarla durante todo el tiempo al servicio del Comité de Escucha. Nadie como Bandona tenía el sentido de lo que había que compartir y del diálogo, el respeto a la fe y a las creencias de los demás. Sabía recibir las confesiones de los moribundos, quedarse después de la muerte rezando con las familias, lavar los cadáveres, acompañar a los difuntos en su último viaje hasta el cementerio o la hoguera. No había aprendido nada, pero lo sabía todo. Por intuición, por amistad, por amor. Su extraordinaria capacidad de comunicarse le permitía entrar en cualquier corralillo, en cualquier chabola, y sentarse en medio de la gente sin ningún prejuicio de casta o de religión. Hazaña tanto más notable por el hecho de que no estaba casada. En efecto, era inconcebible que una joven soltera entrase en todas partes, sobre todo en ambientes ajenos a su casta. Las mujeres casadas nunca ponían su confianza en una soltera, aunque fuese de su casta. Porque la tradición exigía que las solteras no supiesen nada de la vida, ya que debían llegar inocentes al matrimonio, bajo pena de que se las acusara de inmoralidad, pudiendo ser entonces repudiadas.

Dos o tres veces por semana la joven assamesa acompañaba a un grupo de enfermos y de moribundos a los hospitales de Calcuta. Era una verdadera proeza conducir a aquellos desventurados por entre el estrepitoso oleaje de una circulación que les aterraba, y luego guiarles a través de los pasillos y de las salas de espera atestadas. En estos lugares, un pobre sin escolta tenía muy pocas posibilidades de llegar hasta una sala de reconocimiento. Y aunque lo consiguiese, tampoco hubiera sabido explicar qué le dolía, ni comprender el tratamiento prescrito, ya que nueve veces de cada diez no hablaba el bengalí de los médicos, sino uno de los veinte o treinta dialectos y lenguas del inmenso hinterland que exportaba sus millones de pobres a Calcuta. Exigiendo, protestando, forzando las puertas, Bandona luchaba como una furia para que sus protegidos fuesen tratados como seres humanos, y para que los medicamentos que les recetaban se les entregasen efectivamente, lo cual hasta entonces raras veces ocurría. En pocas semanas iba a convertirse en el pilar y el alma del equipo del Comité de Escucha. Su memoria sería el fichero de las miserias de todo el barrio. Pero sobre todo a causa de la profundidad de su mirada, de su sonrisa, de su amor, iba a merecer un apodo. Los pobres no tardarían en llamarla «Anand Nagar ka Swarga Dut», «el Ángel de la Ciudad de la Alegría».

Una noche, de regreso de uno de sus recorridos, Bandona irrumpió en tromba en el cuarto de Paul Lambert para anunciarle que los médicos habían diagnosticado en una mujer encinta del *slum* una enfermedad de la piel mortal que solamente un suero fabricado en Inglaterra podía tal vez curar.

—Paul, gran hermano —suplicó, cogiendo las manos del sacerdote—, tienes que hacer venir urgentemente este medicamento. Si no, esta mujer y su hijo van a morir.

Al día siguiente, Lambert se precipitó a la oficina de correos de Howrah para mandar un telegrama al responsable de su fraternidad. Ésta pasaría aviso a sus corresponsales de Londres. Con un poco de suerte, el remedio podía llegar antes de ocho días. Efectivamente, ocho días más tarde Paul Lambert recibió por el excelente servicio postal indio, que funcionaba incluso en los *slums,* un aviso de las aduanas rogándole que fuera a buscar un paquete que había llegado a su nombre. Era el principio de una odisea que no lograría olvidar.

28

«Va a morirse en medio de la calle», se dijo Hasari Pal horrorizado. El pecho de su amigo Ram Chander se había hinchado súbitamente en un esfuerzo desesperado por acumular un poco de aire. Las costillas sobresalían hasta el punto de hacerle estallar la piel, el rostro se había vuelto bruscamente amarillo, la boca se entreabría como la de un ahogado privado de aire. De pronto un acceso de tos le hizo vacilar, sacudiéndole durante interminables minutos con un ruido de pistón en una bomba de agua. Se puso a escupir, pero como tenía *pân* en la boca, no se veía si escupía sangre o jugo de betel. Hasari ayudó a su compañero a sentarse en la banqueta de su *rickshaw* y le propuso llevarle a su casa. Ram negó moviendo su cabellera gris que relucía de aceite de mostaza, y tranquilizó a su amigo:

—Es sólo ese maldito frío —dijo—. Ya estoy mejor.

Aquel invierno bengalí era asesino. Los vientos del Himalaya habían hecho bajar el termómetro hasta ocho grados, temperatura polar para una población acostumbrada a vivir durante nueve meses al año en un clima de invernadero. Para los hombres-caballo aquel frío era especialmente atroz. Condenados a pasar del baño de sudor de las carreras al frío de las largas esperas, su organismo subalimentado resistía mal. Muchos murieron.

«Ram era mi hermano en esa jungla de Calcuta donde todo el mundo era como una fiera para algún otro», cuenta Hasari Pal. «Él me ayudó y me apoyó, él me encontró mi *rickshaw*. Cada vez que yo veía su pelambrera gris, apretaba el paso para ir a estacionar mi carrito junto al suyo. Cuántas horas habremos pasado sentados uno junto al otro, en la esquina de Park Circus, de Wellesley Street o, cuando hacía calor, ante el gran mercado de Lower Circular Road, que todo el mundo llamaba "Air Conditioned Market", porque dentro había aparatos que soplaban esa cosa maravillosa que yo creía que sólo las cimas del Himalaya podían soplar, aire frío. El sueño de Ram era poder volver algún día a su aldea y abrir allí una abacería. "Estar sentado todo el día en el mismo lugar, no moverse, no correr más", decía, hablando de su futuro paraíso. Y me contaba su vida tal como la imaginaba, en medio de su tienda, teniendo a su alrededor sacos desbordantes de todas las variedades de *dal* y de arroz, y otros sacos llenos de especias de perfumes embriagadores, montones de hortalizas, y en los estantes toda clase de géneros, pastillas cuadradas de jabón, bastoncillos de incienso, galletas, confites. En resumen, un universo de paz y de prosperidad del cual él sería el centro inmóvil, como esos *lingams* de Shiva, símbolo de fertilidad, sobre su *yoni* en los templos.»

Pero antes de que se realizara este sueño, Ram Chander tenía que cumplir una promesa. Tenía que devolver al *mohajan* de su aldea el préstamo que había recibido para pagar el entierro de su padre, de lo contrario, el campo familiar que servía de hipoteca se perdería para siempre. Unos días antes de que expirara el plazo, había conseguido negociar con el usurero de una aldea vecina otro préstamo. Pagar una deuda con ayuda de un segundo préstamo, luego este último con un tercero, y así sucesivamente, eran operaciones habituales entre los campesinos. En resumidas cuentas, acababan siempre por perder su tierra.

Los cinco años de Ram Chander terminaban dentro de unas semanas, justo antes de las fiestas de Durga. A pesar de que su estado se agravó, no dejó de trabajar como una bestia de carga. Una mañana Hasari le encontró ante la oficina de correos de Park Street. Él, que era tan robusto, no era más que un espectro. Se acababa de hacer rellenar por el *munshi* el impreso de su giro mensual. El grosor del fajo de billetes que sacó de su *longhi* sorprendió a Hasari.

—¡Parece que hayas atracado el Bank of India! —exclamó.

—No —respondió Ram, con una seriedad excepcional—, pero este mes tengo que mandárselo todo. Si no, perderemos nuestro campo.

¡Mandárselo todo! Aquello significaba que durante el mes que acababa de transcurrir había reducido su alimentación a una ración de hambre: dos o tres tortas, un vaso de té o de jugo de caña por día.

«Cuando vi llegar corriendo al niño de los vecinos, lo comprendí todo», dirá más tarde Hasari. «La noticia corrió rápidamente por las principales paradas del sector, y éramos una treintena los que nos reunimos en el pequeño cobertizo que había detrás del hospital Chittarajan donde vivía Ram Chander. Reposaba sobre un madero que le había servido de cama durante los cinco años que había vivido en Calcuta. Su espesa pelambrera gris formaba en torno a su cabeza como una aureola. Tenía los ojos entreabiertos, y sus labios esbozaban una de esas sonrisas maliciosas que eran una de sus expresiones más frecuentes. Hubiérase dicho que se divertía con la broma que acababa de hacernos. Según el ebanista que compartía su cuartucho, había muerto mientras dormía. Lo cual probablemente explicaba por qué tenía un aire tan apacible. La noche de la víspera había tenido varios accesos de tos muy violentos. Había escupido mucho, e incluso vomitado sangre. Luego se durmió. Y ya no había despertado.

»Ahora había que realizar los ritos funerarios. Se discutió con los demás conductores de *rickshaws* si íbamos a llevarle al *ghat* de las incineraciones a pie o si era preferible alquilar un *Tempo*. En Calcuta se pueden alquilar esas camionetas de tres ruedas por una hora, dos horas, el tiempo que se quiera. Cuesta treinta rupias la hora. Dada la distancia que había hasta el *ghat* de Nimtallah, nos pusimos de acuerdo para alquilar un *Tempo.* Yo entonces propuse hacer una colecta entre nosotros. Unos dieron veinte rupias, otros diez, otros cinco. Yo busqué en el cinturón de Ram, donde sabía que escondía su dinero, y encontré veinticinco rupias. Sus vecinos quisieron sumarse a esta colecta, porque Ram era muy querido en todo el barrio. No había nadie como él para contar historias, y los niños le adoraban. Alguien fue a buscar unos vasos de té en la *tea stall* más cercana, y todos bebimos en torno a nuestro compañero. ¿Era a causa de su sonrisa? No había tristeza. Se discutía, se iba y venía como si aún estuviera vivo y fuese a hablar él también. Con otros tres compañeros, fuimos al mercado que hay cerca de la estación de Sealdah con objeto de comprar todo lo necesario para los ritos, empezando por las parihuelas para llevar el cadáver hasta el *ghat.* También compramos bastoncillos de incienso, un bote de *ghee*,[1] cinco metros de tela de algodón blanco y un largo cordón para atar la tela alrededor del cuerpo. Y también varias guirnaldas de jazmín blanco y un cacharro de barro para verter agua del Ganges en la boca y sobre la cabeza del muerto.

»Nos considerábamos como su propia familia, y por eso también nos encargamos de su último aseo. No llevó mucho tiempo. Ram había muerto llevando su calzoncillo, su *longhi* y su camiseta de trabajo. Le lavamos y envolvimos su cuerpo en la mortaja que habíamos comprado. Ahora sólo veíamos su rostro y la extremidad de sus pies. Luego le pusimos en las parihuelas. ¡Pobre Ram! La verdad es que pesaba muy poco. Nadie que tire de un *rickshaw* pesa mucho, pero él batía el récord de los pesos pluma. Desde el último invierno había debido de perder unos veinte kilos. Últimamente se veía obligado a no aceptar a los pasajeros demasiado gordos. ¡No puede pedirse a una cabra que tire de un elefante! Luego adornamos las parihuelas con las guirnaldas de jazmín blanco y encendimos bastoncillos de incienso en las cuatro esquinas. Uno tras otro dimos una vuelta en torno al cadáver para dirigirle un Namaskar de despedida.

»Antes de salir del cobertizo recogí todo lo suyo. No tenía gran cosa, unos utensilios de cocina, un *longhi* de recambio, una camisa y un pantalón para las fiestas de Durga y un viejo paraguas. Era todo lo que poseía.

»Seis de nosotros subimos al *Tempo* con Ram, y los demás cogieron un autobús para ir hasta el *ghat* de las cremaciones a orillas del río. Era como ir a la fiesta de Durga, sólo que no llevábamos al río sagrado una estatua de la divinidad, sino el cadáver de nuestro amigo. Necesitamos más de una hora para cruzar la ciudad de este a oeste, y durante este

1. *Ghee,* mantequilla líquida, purificada cinco veces.

tiempo nos dedicamos a cantar himnos. Los versículos procedían de la Gita, el libro sagrado de nuestra religión. Todos los hindúes los aprenden de labios de sus padres cuando son niños. Cantan la gloria de la Eternidad.

»Nos reunimos con los otros en el *ghat*. Allí había hogueras que ardían permanentemente, y varios muertos esperaban en sus parihuelas. Fui a hablar con el responsable de las cremaciones. Era un empleado que pertenecía a la casta de los Dom. La incineración de los muertos es su especialidad. Viven con su familia junto a las hogueras. El responsable me pidió ciento veinte rupias para comprar leña. La leña de una cremación es muy cara. Ésta es la razón por la que se echa a los indigentes y a los que carecen de familia al río sin quemarlos. Además, me pidió veinte rupias por los servicios de un sacerdote, y encima diez rupias para el empleado que iba a preparar la hoguera. En total, costaba ciento cincuenta rupias hacer desaparecer, convirtiéndolo en humo, el cuerpo de nuestro amigo. Cuando llegó nuestro turno, bajé hasta el río para llenar de agua el cacharro de barro, y cada uno de nosotros vertió unas gotas en los labios de Ram. El brahmán derramó el *ghee* que habíamos llevado sobre su frente y recitó los *mantras* rituales. Luego depositamos el cadáver sobre la pira. El empleado lo recubrió con otros leños hasta aprisionarlo completamente en una jaula de ramaje. El brahmán volvió a derramar *ghee* por entre los leños. Sólo se veía un poco del blanco de la mortaja a través de toda aquella masa de color pardo.

»A medida que se acercaba el instante final, yo sentía que la emoción formaba un nudo en mi garganta, y que las lágrimas acudían a mis ojos. Por muy endurecido que se esté, no dejaba de ser impresionante ver a un hermano metido en una pira, a punto de arder. Volvieron a mi memoria imágenes de cuando nos conocimos delante del almacén del Barra Bazar, cuando llevamos al *coolie* herido al hospital; aquella primera botella de *bangla* que bebimos juntos; nuestros domingos jugando a cartas en la taberna de Park Circus; nuestras visitas al hombre de confianza del propietario de los *rickshaws* para suplicarle que me confiara el carrito. Sí, en esta ciudad inhumana Ram había sido mi hermano, y ahora, sin él, me sentía como un huérfano. Uno de los demás debió de darse cuenta de mi dolor, porque se acercó, puso su mano sobre mi hombro y dijo: "No llores, Hasari. Todo el mundo ha de morir algún día." Tal vez no fuese una frase muy consoladora, pero me ayudó a rehacerme. Me acerqué a la hoguera.

»Como Ram no tenía familia en Calcuta, el brahmán decidió que fuera yo quien hundiese la antorcha encendida en la pila de leña. Tal como exigía el rito, di cinco vueltas en torno a la hoguera y luego hundí la antorcha por el lugar donde se encontraba la cabeza. La hoguera se encendió en seguida en medio de un crepitar de chispas. Tuvimos que retroceder a causa del calor. Cuando las llamas alcanzaron el cuerpo, deseé a Ram un buen viaje. Le deseé sobre todo que volviese a nacer con un *karma* mejor, en la piel de un *zamindar,* por ejemplo, o en la de un propietario de *rickshaws.*

»La cremación duró varias horas. Cuando ya no quedó más que un montón de cenizas humeantes, uno de los encargados de las cremaciones las regó con agua del Ganges, luego nos las entregó en un tiesto de barro cocido y todos juntos bajamos hasta el río para derramar las cenizas en el agua, a fin de que fuesen llevadas hacia la eternidad de los océanos. Después de lo cual todos nos sumergimos en el Ganges como baño purificador. Y nos fuimos.

»Quedaba todavía un último rito. Aunque era más una tradición que un rito. Para rematar aquella triste jornada, invadimos una de las numerosas tabernas que funcionaban día y noche en la proximidad de los *ghats* de cremaciones, y pedimos numerosas botellas de *bangla.* Por fin, completamente borrachos, fuimos a cenar todos juntos. Fue un verdadero festín de *curd,* de arroz, de *dal* y de confites. Un festín de ricos para honrar dignamente la muerte de un pobre.»

29

Un viejo edificio leproso, una escalera que apestaba a orines, un hormigueo de siluetas en *dhoti* deambulando con desgana en todas direcciones, la Aduana de Calcuta era un templo clásico de la burocracia. Agitando como un talismán el aviso de llegada de su paquete de medicamentos, Paul Lambert se metió en la primera oficina. Pero apenas había dado dos pasos cuando su ardiente entusiasmo se enfrió. Impresionado por el espectáculo, se detuvo, como fascinado. Ante él se extendía un campo de batalla de viejas mesas y estantes hundiéndose bajo montones de expedientes desmochados que vomitaban un mar de papelorios amarillos vagamente unidos entre sí por trozos de cordón, rimeros de registros roídos por las ratas y las termitas, algunos de los cuales parecían remontarse al siglo pasado. El agrietado cemento del suelo también aparecía sembrado de papeles. De unos desvencijados cajones colgaba una variedad infinita de impresos. En la pared Lambert vio el calendario de un año lejano, con una efigie polvorienta de la diosa Durga abatiendo al demonio-búfalo, la encarnación del mal.

Una decena de *babúes* vestidos de *dhoti* estaban sentados en medio de aquel desastre, bajo una batería de ventiladores que provocaban un verdadero siroco de aire húmedo y tibio que levantaba torbellinos de papeles. Mientras los unos se esforzaban por atraparlos, como si se dedicaran a cazar mariposas, otros, ante viejas máquinas de escribir, tecleaban con un solo dedo, deteniéndose después de cada letra para comprobar si habían pulsado la tecla debida. Otros hablaban por teléfonos de los que no parecía salir ningún hilo. Muchos parecían ocupados en actividades que no siempre eran profesionales. Leían el periódico o sorbían su té con una circunspección de brahmán absorbiendo el agua sagrada del Ganges. Otros dormían con la cabeza apoyada sobre los papeles que cubrían su mesa, como momias sobre un lecho de papiros. Otros, en fin, instalados en sus asientos en la posición hierática de los *yoguis,* parecían haber alcanzado la etapa última del nirvana.

Sobre un zócalo, cerca de la entrada, tres deidades del panteón hindú, reunidas por un ovillo de telarañas, presidían la inmensa oficina, mientras que un retrato de Gandhi lleno de polvo contemplaba aquel caos con resignación. En la pared opuesta, un cartel amarillento proclamaba la gloria del trabajo en equipo.

La entrada de un extranjero no suscitó ni el menor asomo de interés. Lambert abordó por fin a un hombrecillo descalzo que pasaba con una tetera. El empleado señaló con la barbilla a uno de los funcionarios que escribía a máquina con un dedo. Pasando por encima de unas montañas de legajos, el sacerdote llegó junto al hombre en cuestión y le tendió el aviso recibido por correo. El *babú* de gafas examinó largamente el papel. Luego, midiendo con la vista a su visitante, le preguntó:

—¿El té lo prefiere solo o con leche?

—Con leche —respondió Lambert estupefacto.

El hombre dio varios timbrazos hasta que surgió una sombra de entre las pirámides de carpetas que había detrás de su escritorio. Pidió un té. Luego, manoseando el documento, consultó su reloj.

—Son casi las doce, la hora del almuerzo. Después será un poco tarde para encontrar lo que busca antes de cerrar la oficina. Vuelva mañana por la mañana.

—Se trata de un envío muy urgente de medicamentos —protestó Lambert—. Para una persona que corre peligro de muerte.

El funcionario adoptó un aire compasivo. Luego, señalando las montañas de papelotes que le rodeaban, dijo:

—Espere su té. Haremos todo lo que podamos para encontrar su paquete lo más aprisa posible.

Después de pronunciar estas palabras con la mayor de las afabilidades, el *babú* se levantó y se alejó.

El día siguiente, a las diez en punto, que en la India es la hora en que se abren las oficinas públicas, Lambert estaba de vuelta. Le precedía una cola de unas treinta personas. Unos minutos antes de que le llegara el turno, vio que el mismo funcionario con gafas se levantaba y se iba igual que la víspera. Era la hora del almuerzo. Se precipitó tras él. Siempre con la misma cortesía, el *babú* se contentó con señalar su reloj con grave expresión. Se disculpó: eran las doce. Por mucho que suplicó Lambert, permaneció inflexible. El francés decidió quedarse allí y esperar su regreso. Pero aquella tarde, al parecer lo mismo que otras, y por una razón desconocida, no volvió a comparecer por el despacho.

Por desgracia, el día siguiente era el único sábado festivo del mes. Lambert tuvo que esperar hasta el lunes. Después de tres horas de cola en los peldaños de la escalera manchados de jugo de betel, volvió a encontrarse ante el *babú* de las gafas.

—*Good morning,* Father! —le dijo amablemente este último, antes de pronunciar la invariable pregunta: «el té, ¿lo prefiere solo o con leche?».

Lambert esta vez estaba lleno de esperanza. El *babú* empezó por meterse en la boca un pedazo de betel que acababa de confeccionar. Después de algunos esfuerzos de masticación, se levantó para dirigirse hacia un armario metálico. Aplicando toda su fuerza al picaporte, necesitó varios intentos antes de abrirlo. Cuando la puerta giró sobre sus goznes, el armario vomitó un alud de legajos, registros, cuadernos y papelorios diversos, que casi sepultó al infortunado funcionario. De no haber estado en juego una vida humana, Lambert se hubiese echado a reír. Pero la urgencia pudo más que su calma. Se precipitó hacia el náufrago, decidido a extirparlo por fuerza de su océano de papeles y a obtener la entrega inmediata del paquete de medicamentos. Pero aún no conocía las trampas a veces sutiles de la burocracia legal. En su impulso tropezó con unos cocos que otro *babú* había dejado al pie de su sillón para calmar la sed en el curso de la mañana. Afortunadamente no faltaban papeles en el suelo para amortiguar su caída.

El incidente tuvo un efecto benéfico. El funcionario de las gafas empezó a hojear una a una las páginas de varios libros de registro caídos del armario. Lambert le observaba detenidamente, fascinado. Sus dedos se deslizaban por un laberinto de casillas y de columnas en busca de algún *mantra* cabalístico garrapateado en una tinta casi ilegible. De pronto vio que el dedo del *babú* se detenía en una página. Adelantó la cabeza y no pudo creer lo que estaba viendo. En el corazón de aquel hundimiento geológico de papelotes y de formularios, un signo vinculaba todo aquel caos a una realidad viva, palpable, indiscutible. Leyó su nombre. Aquella burocracia no era tan ineficaz como decían los propios indios.

El descubrimiento propulsó al funcionario hacia otro sector del mar de papeles que parecía que iba a engullirlo de un momento a otro. Con la destreza de un pescador de perlas, hizo surgir una carpeta de tapas amarillas sobre las cuales Lambert descifró su nombre por segunda vez. ¡Victoria! Unos instantes más de paciencia y la protegida de Bandona podría recibir una primera inyección del suero salvador. Pero, como agotado por los esfuerzos de su doble pesca milagrosa, el *babú* se incorporó, consultó su reloj y suspiró:

—Father, continuaremos después del almuerzo.

Por la tarde el *babú* tenía un aire melancólico.

—Los datos del talonario del registro no coinciden con los de aviso que le han enviado —anunció—. Habrá que consultar otros registros.

«Sólo la cara sinceramente desolada del funcionario impidió que estallara mi cólera», dirá Lambert.

Los días sexto y séptimo pasaron sin que pudiera encontrarse el buen registro. El octavo día, el *babú* pidió cuarenta rupias a Lambert para dedicar dos empleados suplementarios a la búsqueda de las buenas referencias. Transcurrió una semana más. El desastre burocrático acababa con las mejores voluntades.

Paul Lambert había perdido ya toda esperanza, cuando, al cabo de seis semanas, recibió por correo un nuevo aviso invitándole a ir con la máxima urgencia a retirar su paquete. Por milagro, la protegida de Bandona aún vivía.

El *babú* recibió a su visitante con las muestras de amistad que merecía un conocido ya de antiguo. Su alegría al volver a verle no era fingida. Le pidió treinta rupias más para unas pólizas y cogió un bote de cola y un pincel al que sólo quedaban cuatro pelos. Embadurnó abundantemente el espacio reservado. Mientras, arrastradas por la tempestad de los ventiladores, las pólizas volaron. No hubo manera de encontrarlas, y Lambert tuvo que dar otras treinta rupias para tres nuevas pólizas. Luego se le invitó a rellenar una serie de impresos para determinar los derechos que había que pagar. Su cálculo y el de los diversos impuestos requirió cerca de una jornada. La suma era exorbitante: trescientas sesenta y cinco rupias, tres o cuatro veces el valor declarado del medicamento. Pero salvar una vida no tenía precio.

«No obstante, aún no habían terminado mis problemas», suspirará Lambert. En efecto, la Aduana no estaba autorizada a recibir directamente el pago de los derechos que fijaba ella misma. Tales derechos debían satisfacerse en el Banco Central, que entregaba un recibo. Así pues, un día más vagando por las ventanillas de ese establecimiento tentacular.

Apretando por fin el precioso recibo contra su pecho, Lambert volvió corriendo a la Aduana. Se había convertido en una cara tan habitual que todo el mundo le acogía con alegres «*Good morning,* Father!». Pero su *babú* parecía extrañamente inquieto. Se abstuvo de examinar el documento y rogó al sacerdote que le acompañara. Descendieron dos pisos y entraron en un depósito en el que se acumulaban en anaqueles montañas de paquetes y de cajas procedentes del mundo entero.

El *babú* pidió a uno de los aduaneros de uniforme que fuera a buscar el paquete de medicamentos. Unos instantes más tarde, Paul Lambert veía por fin el precioso envío, una caja que no abultaba mucho más que dos paquetes de cigarrillos. «Era como un espejismo, una visión de vida y de esperanza, la promesa de un milagro. Aquella larga espera, todo aquel tiempo empleado en gestiones inútiles, aquella obstinación mía iban a concluir por fin en un salvamento.»

Alargó la mano para coger su paquete.

—Lo siento mucho, Father —se excusó el aduanero uniformado—. No puedo entregarle este paquete.

Señaló una puerta que había a su espalda. Un letrero indicaba: «Incinerador de mercancías.»

—Su medicamento ha caducado desde hace tres días —explicó, dirigiéndose hacia la puerta—. Estamos obligados a destruirlo. Es un reglamento internacional.

El *babú,* que había permanecido mudo, se apresuró a detenerle cogiéndole por un faldón de la camisa.

—Este Father es un hombre santo —exclamó—, trabaja para los pobres. Necesita este remedio para salvar la vida de una india. Aunque esté caducado, hay que entregárselo.

El aduanero de uniforme contempló la camisa remendada de Lambert.

—¿Trabaja usted para los pobres? —repitió con respeto.

Lambert dijo por señas que sí. Entonces vio que la mano del aduanero cogía un pincel y cubría con tinta negra la estampilla de «CADUCADO».

—Father, no diga nada a nadie, y que Dios le bendiga.

A pesar de un tratamiento intensivo, la protegida de Bandona murió cuatro semanas después. Tenía veintiocho años. Dejaba cuatro huérfanos. Pero en un *slum* esta palabra no correspondía a ninguna realidad. Cuando unos padres morían, y sabe Dios que eso ocurría con frecuencia, no dejaban huérfanos. Los niños nunca quedaban abandonados a su suerte. Otros miembros de la familia —un hermano mayor, un tío, una tía—, o, cuando no los había, unos vecinos, les recogían inmediatamente.

La muerte de la joven no tardó en olvidarse. Era otra característica del *slum*: pasara lo que pasase, la vida continuaba con una fuerza y un vigor que se renovaban sin cesar.

30

Una miríada de serpientes luminosas salpicaron de repente todo el cielo de resplandores, mientras que un estrépito de petardos estremecía la barriada de chozas. Diwali, la fiesta hindú de las luces, que se celebraba en el curso de la noche más negra del año, señala la llegada oficial del invierno. En este país donde todo es mito y símbolo, significa la victoria de la luz sobre las tinieblas. Las iluminaciones conmemoran una de las mayores epopeyas de la leyenda del Ramayana, el retorno de la diosa Sita, que trae su divino esposo Rama, después de su rapto en Ceilán por el demonio Ravana. En Bengala se cree también que las almas de los difuntos comienzan su viaje en esta fecha del año, y se encienden las lámparas para indicarles el camino. Es además la fiesta de la diosa Laxmi, que nunca entra en las casas oscuras, sino sólo en las que están brillantemente iluminadas. Y como es la diosa de la riqueza y de la belleza, se la venera con ardor, a fin de que depare dicha y prosperidad. Finalmente, para muchos bengalíes, es igualmente la fiesta de Kali, la sombría deidad que simboliza las negras pruebas a través de las cuales los hombres avanzaban hacia la luz. Para los habitantes de la Ciudad de la Alegría es sobre todo la esperanza al final de la noche.

Como todos los hogares de la India hindú, las chabolas del *slum* albergaron aquella noche encarnizadas partidas de naipes. Porque la fiesta perpetuaba una costumbre nacida de otra leyenda, la famosa partida de dados en el curso de la cual el dios Shiva había recuperado la fortuna que perdió en una partida anterior contra Parvati, su esposa infiel. Para conseguir esta victoria, el dios había invocado a su divino colega Vishnú, quien se encarnó oportunamente en un par de dados. Así pues, la fiesta de Diwali era un homenaje al juego. Aquella noche todos los hindúes jugaban. A las cartas, a los dados, a la ruleta. Jugaban billetes de diez, de cinco, de una rupia, o solamente monedas de unas pocas *paisa*. Cuando no tenían dinero, se jugaban un plátano, un puñado de almendras, unos confites. Jugaban lo que fuera, pero jugaban. Ni siquiera Lambert pudo escapar al rito. Pues, aunque habitado por musulmanes, Fakir Bhagan Lane contaba también con un jugador empedernido. El viejo hindú de la *tea shop* invitó a su vecino extranjero a una descabellada partida de póquer que se prolongó hasta el alba. Como en la leyenda, permitió al devoto de Shiva acabar recobrando las veinte rupias que le había ganado su adversario.

Paul Lambert se enteró de la noticia cuando volvía a su casa. Selima, la esposa de su vecino Mehbub, que estaba encinta de siete meses, había desaparecido.

Tres días antes, en la fuente, la joven musulmana había sido discretamente abordada por una de sus vecinas. La gorda Mumtaz Bibi, matrona con la cara picada de viruela, era, en ese universo que la promiscuidad hacía transparente, un personaje un poco misterioso. Aunque su marido no era más que un simple obrero de fábrica, vivía con cierta opulencia. Habitaba la única casa de ladrillo que había en el callejón y su vivienda distaba mucho de ser una chabola. Del techo colgaba un adorno rarísimo: una bombilla eléctrica. Se decía que varios cuartos de los corralillos de alrededor eran de su propiedad, pero nadie era capaz de precisar de dónde salía su dinero. Las malas lenguas afirmaban que Mumtaz ejercía actividades ocultas fuera del barrio. Se había visto al padrino de la mafia local entrar en su casa. Se hablaba de un tráfico de *bhang,* la hierba india, de destilación clandestina de alcohol, de prostitución e incluso de una red de compra de niñas para las casas cerradas de Delhi y de Bombay. Pero nadie había respaldado esas maledicencias con la sombra de una prueba.

—Pásate por mi casa al volver de la fuente —le había dicho a Selima—. Tengo que hacerte una proposición interesante.

A pesar de su sorpresa, Selima obedeció. Desde que su marido había perdido el empleo, la pobre mujer no era más que una sombra. Su hermoso rostro regular se había ajado, y el brillantito incrustado en la aleta de la nariz hacía ya tiempo que había caído en el cofre del usurero. Ella, siempre tan erguida y tan digna en su viejo sari, andaba ahora como una vieja. Sólo su vientre permanecía intacto, un vientre hinchado, tenso, soberbio, que llevaba con orgullo. Era su única riqueza. Al cabo de dos meses iba a dar a luz al pequeño ser que se agitaba en su interior. El cuarto de sus hijos.

Mumtaz Bibi había preparado un plato de confites y dos vasitos de té con leche. Hizo sentar a la visitante en el poyo que le servía de cama.

—¿Te importa mucho tener este hijo? —preguntó a quemarropa, señalando con un dedo el vientre de Selima—. Si estás dispuesta a vendérmelo, podría proponerte un buen negocio.

—¿Venderle mi hijo? —balbuceó Selima, atónita.

—No exactamente tu hijo —corrigió rápidamente la gorda—. Sólo lo que llevas en tu vientre en este momento. Y por una suma coqueta, querida: dos mil rupias.

La opulenta viuda de Fakir Bhagan Lane ejercía la más reciente de las profesiones clandestinas de Calcuta: la búsqueda de embriones y de fetos humanos. En el origen de esta industria había una red de compradores extranjeros que recorrían el tercer mundo por cuenta de laboratorios internacionales y de institutos de investigaciones genéticas. La mayor parte de estos comanditarios eran suizos o norteamericanos. Utilizaban embriones y fetos para su trabajos científicos o para fabricar productos de rejuvenecimiento que vendían a la clientela acaudalada de establecimientos especializados de Europa y de los Estados Unidos. La demanda había engendrado un fructífero tráfico del que Calcuta era uno de los polos. Uno de los proveedores de esta curiosa mercancía era un tal Sushil Vohra. Éste recurría a diversas clínicas especializadas en abortos. Se encargaba luego de preparar los envíos que salían con destino a Europa o a los Estados Unidos vía Moscú por el vuelo regular de la compañía soviética Aeroflot.

Los fetos más buscados eran naturalmente los más desarrollados, es decir, los de más edad. Pero eran también los más difíciles de obtener, lo cual explica la elevada suma propuesta a Selima, mientras que por un embrión de dos meses se pagaban menos de doscientas rupias. En efecto, era rarísimo que una mujer que había llegado al sexto o séptimo mes de su embarazo consintiera en renunciar a su hijo. Hasta en las familias más pobres, la llegada de hijos siempre se esperaba con alegría. Constituyen la única riqueza de los que no tienen nada.

Mumtaz Bibi adoptó un tono maternal.

—Piénsalo bien, pequeña. Tú ya tienes tres hijos. Tu marido está sin trabajo y he oído decir que en tu casa no se come todos los días. Tal vez no sea el mejor momento de añadir una nueva boca a tu hogar. Y con dos mil rupias se pueden llenar muchos platos de arroz, ¿sabes?

La pobre Selima lo sabía. Encontrar algunas mondas y unos desechos que poner en los platos de los suyos era su tortura cotidiana.

—¿Qué dirá mi marido si vuelvo a casa con dos mil rupias y sin...? —se inquietó la desventurada.

La otra esbozó una sonrisa cómplice.

—Vamos, tontuela, las dos mil rupias te las daré poco a poco. Tu marido no se dará cuenta de nada, y tú podrás comprar todos los días comida para los tuyos.

Las dos mujeres se separaron sin hablar más. Pero en el momento de irse, Mumtaz Bibi había llamado a Selima:

—¡Ah, olvidaba una cosa! —añadió tranquilizadoramente—. Si aceptas, no tienes que temer nada por tu salud. La operación se hace siempre en las mejores condiciones. Además, sólo dura unos minutos. Como máximo, faltarás de tu casa tres horas.

Curiosamente, la idea del peligro ni siquiera había pasado por la mente de la mujer de Mehbub: para un pobre del *slum* la muerte no era algo que preocupase.

Durante todo aquel día y la noche siguiente, la pobre mujer sólo pensó en aquella visita. Cada movimiento que sentía en su vientre le parecía una protesta contra el horrible trato que se le acababa de proponer. Nunca podría consentir en aquel asesinato, ni siquiera por dos mil rupias. Pero otras voces también iban a obsesionar a Selima durante la noche. Las voces familiares de sus otros tres hijos que lloraban de hambre. Al amanecer ya había tomado una decisión: acallaría aquellos gemidos.

Todo se organizó para dos días más tarde. Apenas recibir el mensaje del *slum,* el traficante Sushil Vohra preparó un gran bocal con un líquido antiséptico. Um embrión de siete meses tenía casi el mismo tamaño que un recién nacido. Llevó el recipiente a la pequeña clínica donde debía efectuarse la intervención. La Fiesta de las Luces planteaba ciertos problemas, ya que los cirujanos hindúes habituales se iban todos a jugar a las cartas o a los dados. Pero Sushil Vohra no era hombre que se dejase arredrar por tales obstáculos. Llamó a un cirujano musulmán.

El establecimiento médico en el que Mumtaz Bibi hizo entrar a Selima difícilmente podía aspirar al nombre de clínica. Era una especie de dispensario compuesto por una única sala dividida en dos por una cortina. La primera mitad servía para la recepción y para las curas, la segunda para las operaciones. El equipamiento quirúrgico era de los más sumarios: una mesa metálica, un tubo de neón en el techo, un frasco de alcohol, otro de éter sobre un estante. No había ni autoclave, ni oxígeno, ni reserva de sangre. Ni siquiera instrumental. Cada cirujano traía todo lo necesario.

Mareada por el olor de éter que impregnaba los suelos y las paredes, Selima se dejó caer en el único taburete que componía todo el mobiliario. El acto que se disponía a dejar realizar le parecía cada vez más monstruoso, pero estaba completamente resignada. «Esta noche mi marido y mis hijos podrán comer», pensaba. Sentía entre su blusa y la piel el roce de los primeros billetes que le había entregado Mumtaz: treinta rupias, con las que podían comprarse trece kilos de arroz.

El cirujano se frotó nerviosamente el bigote. Era un hombre de unos cincuenta años, un poco calvo, con grandes orejas peludas. Hizo que Selima se tendiese sobre la mesa y la examinó atentamente. Tras él, el traficante se impacientaba. El avión de la compañía Aeroflot despegaba cuatro horas más tarde. Apenas tendría tiempo de llevar el bocal al aeródromo de Dum Dum. Había avisado a su corresponsal de Nueva York. La operación le dejaría cerca de mil dólares limpios.

—¿A qué espera, doctor?

El cirujano sacó su estuche de instrumentos, se puso una bata, pidió jabón y un lebrillo para lavarse las manos y empapó en éter un buen pedazo de algodón que aplicó a la nariz y a la boca de Selima. Esperó unos minutos a que la joven perdiera el conocimiento y cogió su bisturí. Veinte minutos después, emjugando con compresas de gasa la sangre que salía del útero, cogía el feto por los pies y lo depositaba junto con la placenta entre las manos del traficante. Era un niño. Entonces fue cuando se produjo el drama. Primero hubo un gorgoteo rojizo seguido de la expulsión de coágulos negros, y, de pronto, un verdadero torrente. En pocos segundos el cemento de la habitación se cubrió de sangre. El cirujano intentó comprimir el bajo vientre con compresas y un vendaje muy apretado. Pero el río de sangre no dejaba de manar. Quitó gasas y vendas y buscó a ciegas el camino de la aorta abdominal. Aplicando su puño sobre la arteria, se apoyó con todo su peso para tratar de cortar la hemorragia. Pero al no disponer de una dosis masiva de coagulantes, todo esfuerzo era inútil. Le tomó el pulso. En la muñeca de Selima apenas se apreciaban unas imperceptibles e irregulares pulsaciones. Entonces oyó un portazo a su espalda y se volvió. El traficante acababa de salir llevándose el bocal. Mumtaz Bibi hizo lo mismo después de apresurarse a recuperar sus treinta rupias de la blusa de su víctima. El cirujano extendió el viejo sari sobre el vientre de la joven musulmana que agonizaba. Luego se quitó la bata manchada de sangre y la dobló cuidadosamente. Guardó sus instrumentos en el estuche y lo metió todo en su pequeña cartera de eskai. Y él también, a su vez, se fue.

Selima se quedó sola con el empleado de la «clínica». Se oían ruidos de voces procedentes de fuera y el chirrido del ventilador. El algodón embebido en éter seguía tapándole la cara. El empleado era un hombrecillo reseco con espesas cejas y una nariz torcida como el pico de un águila. Para él, aquel cuerpo exangüe sobre la mesa valía más que todas las partidas de cartas de la fiesta de Diwali. Conocía un lugar muy indicado. Allí despedazaban los cadáveres sin identidad para recuperar sus esqueletos y exportarlos.

31

Cincuenta mil bombas estallando bajo cada uno de los cincuenta mil *rickshaws* de Calcuta no hubieran causado más impresión. Sus propietarios acababan de anunciar que aumentaban los alquileres cotidianos que debían pagar los que tiraban de los carritos. A partir del día siguiente, de cinco rupias pasaban a siete.

Para los que trabajaban en los *rickshaws* era el golpe más terrible asestado por los propietarios desde los enfrentamientos de 1948, cuando exigieron que cada vehículo pagase un doble alquiler, uno por el día y otro por la noche. Tal pretensión había sido el origen de su primera huelga, un *hartal*[1] de dieciocho días que terminó con la victoria de los hombres-caballo y con un hecho de primera importancia: la creación de un sindicato. El principal responsable de esta iniciativa había sido un antiguo campesino del Bihar, de cabellos grises cortados al cepillo y que hoy cuenta cincuenta y cuatro años, una edad récord en esta corporación en la que la esperanza de vida raras veces superaba los treinta

1. Cese de actividad, huelga.

años. En el curso de unos trece mil días, Golam Rasul había recorrido entre sus varas más de cuatro veces la distancia entre la Tierra y la Luna. Aquel superviviente de un tercio de siglo de monzones, de disputas, de incidentes, de humillaciones, comprendió que un sindicato fuerte era el único medio para que el pueblo de los *rickshaws wallahs* pudiera hacer oír su voz. Pero a diferencia de los obreros de las fábricas, los hombres-caballo trabajaban individualmente, y lo limitado de sus ambiciones hacía extremadamente difícil el que se reunieran para acciones colectivas.

Rasul aprendió a leer y a escribir, redactó manifiestos y se puso en relación con una de las personalidades del movimiento sindical especializada en los mítines de masas en la explanada del Maidan, el diputado comunista bengalí Mohammar Ismail. «¡Póngase al frente de una cruzada», le exhortó, «para que los que tiran de los *rickshaws* en Calcuta dejen de ser considerados como bestias de carga!».

Así nació la *Rickshaw Wallah Union*, uno de los sindicatos más insólitos del mundo, una organización de bestias de carga con rostro humano, decididas a levantar la cabeza y a agruparse para defender sus intereses. Afiliado a la federación comunista de las *Trade Unions* indias, el sindicato eligió como presidente al diputado y como secretario general a su inspirador, el veterano de cabellos grises Golam Rasul. Dos miserables habitaciones en el cuarto piso de la destartalada sede de las *Trade Unions* se convirtieron en el cuartel general de la nueva organización. Todas las mañanas, a las seis, antes de ir a tirar de su carrito ante la estación de Sealdah, Rasul acudía allí para recibir las quejas de sus camaradas y ofrecerles el apoyo del sindicato en sus enfrentamientos con propietarios y policías. Al comienzo las reuniones atrajeron a muy poca gente. Pero pronto acudieron hombres-caballo de toda la ciudad. Por la tarde, Rasul cambiaba sus varas por un objeto que no tenía nada que ver con la panoplia de los hombres de los *rickshaws*. Armado con su bolígrafo, se instalaba detrás de unos rimeros de polvorientos registros del «Servicio municipal de los coches de alquiler y de los carritos de mano» para vigilar las formalidades de renovación de las cédulas de matriculación de los vehículos. La ceremonia se desarrollaba bajo una guirnalda de telarañas que se arremolinaban al impulso de un ventilador expirante, entre amarillentas imágenes de Kali, la diosa sanguinaria de cuatro brazos vestida con una gran túnica de flores. La renovación costaba teóricamente doce *paisa*. Su precio no había variado desde 1911. Pero de hecho, para obtener tan precioso documento había que pagar una treintena de rupias en *bakchichs* a los funcionarios de la policía. Y al parecer tres veces más cuando su protector Rasul no estaba allí.

Protector era un nombre bien merecido: en treinta años de acción sindical, el infatigable Rasul nunca había dejado de estar en la brecha. Mítines de protesta, marchas de hambre, huelgas, él había inspirado y organizado la resistencia de los hombres-caballo de Calcuta contra la voracidad de sus patronos y los enredos de la policía. Había luchado contra lo que llamaba la arbitrariedad de las autoridades municipales, que les prohibían sin cesar nuevas calles, con el pretexto de descongestionar una circulación que se hacía cada vez más pletórica. El desastre urbano de Calcuta era una amenaza de muerte para los que se ganaban la vida en medio de los embotellamientos. Hasta los más acróbatas acababan por dejarse atrapar como peces en una red. Para escapar a la trampa evitando las calles prohibidas, los hombres tenían que dar extenuantes rodeos.

Y ahora el aumento exorbitante de los alquileres constituía una nueva maldición. De calle en calle, de plaza en plaza, desde las orillas del Hooghly hasta los rascacielos de Chowringhee, desde las chabolas de Howrah hasta los portales de las magníficas mansiones de Wood Street, en la ciudad empezó a oírse un extraño concierto. Tap, tap, tap, el sonido obsesionante de los cascabeles al ser golpeados contra la madera de las varas, martilleaba los callejones.

La hora de la ira había llegado.

«Hay hombres que tienen cuchillos para defenderse. O fusiles. O armas aún más terribles. Nosotros sólo teníamos una bolita de cobre tan pequeña como un grano de betel», dirá Hasari Pal. «Pero aquel miserable cascabel que hacía un ruido seco cuando lo golpeábamos contra las varas o contra el pie de una farola era más fuerte que todas las armas. Era la voz de los *rickshaws* de Calcuta. Nuestra voz. Aquella mañana nuestra voz debía de armar un buen escándalo, como para que los representantes de los propietarios sintieran la necesidad de ir a explicarnos por qué sus patronos habían decidido aumentar los alquileres. Las malas noticias nos las solían dar sin rodeos. ¿Para qué dar explicaciones a unos esclavos? Pero ante aquel tumulto que agitaba la ciudad, debieron de comprender que no íbamos a tragarnos sus ortigas como las buenas cabritas del zoo de Alipore. El aumento era excesivo. Gritando con todas sus fuerzas para hacerse oír en medio del ruido de los cascabeles, el representante del Bihari me interpeló públicamente.

»—¿Tú sabes, Hasari, lo que cuesta hoy cambiar el radio de una rueda?

»—¿Y una capota nueva? —gritó otro factótum.

»—¿Y los *bakchichs* para los policías? —añadió otro.

»Eran buenos hombres de confianza que habían aprendido bien su lección. Pero a nosotros nos importaban un rábano los radios de las ruedas y las propinas de los policías. No estábamos dejando la piel entre las varas para llorar ahora por la suerte de los patronos. Para nosotros lo único que contaba era el paquete de rupias que había que llevar todos los meses al *munshi* a fin de dar de comer a la familia que se había quedado en la aldea.

»Se empezó a discutir, pero como todo el mundo gritaba al mismo tiempo, era imposible hacerse oír. La llegada de Golam Rasul, el secretario de nuestro sindicato, puso fin al tumulto. A pesar de su corta estatura y de su aire de gorrión caído del nido, tenía muchísima autoridad. Se enfrentó con todos los representantes.

»—Id a decir a vuestros patronos que renuncien a su aumento de alquileres. De lo contrario no quedará ni un solo *rickshaw* en las calles de Calcuta.

»No había más que decir. Rasul abrió la carpeta que llevaba y repartió octavillas entre nosotros. Nadie sabía leer, pero todos adivinamos en seguida de qué se trataba. Era una llamada a la huelga. Los representantes de los propietarios desaparecieron para ir a informar a sus amos. También los patronos tenían un sindicato.

»Llegaban carritos de todos los rincones de la ciudad. Incluso había triciclos que venían de muy lejos, del otro lado del río, de Barrackpore y de los remotos suburbios. Los de los triciclos eran unos pobres infelices como nosotros, con la diferencia de que hacían más carreras durante el día.

»La explanada de Park Circus no tardó en llenarse de tal modo que los tranvías y los autobuses no podían pasar. Aparecieron unas camionetas de la policía para restablecer la circulación. Pero ¿qué podía hacer una treintena de policías contra una multitud semejante? Repartieron a ciegas unos cuantos porrazos y luego lo dejaron correr. Un miembro del sindicato desplegó una pancarta roja fijada a dos largos bambúes. Llevaba el emblema de la hoz y el martillo con el nombre de nuestro sindicato. Elevada por encima de las cabezas, formaba como un arco de triunfo. Era soberbia.

»El ruido de los cascabeles aumentaba de minuto en minuto, a medida que llegaban nuevos hombres con más *rickshaws*. Era ensordecedor. Hubiérase dicho que miles de millones de cigarras se frotaban las alas al mismo tiempo. Desde donde estuvieran ocultos, los propietarios sin duda alguna debían de oír nuestra escandalera. A menos que todos se hubiesen hecho meter bolitas de algodón en las orejas por un *quack*.

»El aire despechado que mostraban los factótums a su regreso era más elocuente que todos los discursos: sus patronos mantenían el aumento anunciado. Rasul se subió a un *telagari* con una bocina. Yo me preguntaba cómo una voz tan potente podía salir de un pecho tan raquítico.

»—¡Camaradas! —gritó—. Los propietarios de vuestros *rickshaws* quieren aumentar una vez más sus ganancias. Su voracidad no tiene límites. Ayer exigían el pago de un doble alquiler, uno para el día y otro para la noche. Ahora aumentan vuestros alquileres en un cincuenta por ciento de golpe. Mañana Dios sabe qué nuevas pretensiones os van a imponer.

»Rasul habló durante largo rato. Su cara desaparecía detrás de la bocina. Habló de nuestros hijos y dijo que este aumento iba a matarles de hambre. Dijo que no teníamos ninguna manera de salir de nuestra condición de esclavos, que la mayor parte de nosotros había perdido su tierra y que si nos quitaban la esperanza de ganarnos la vida tirando de un *rickshaw*, sólo nos quedaba morir. Dijo que había que conjurar aquella amenaza costara lo que costase, que éramos lo suficientemente numerosos y fuertes como para imponer nuestra voluntad y obligar a los propietarios a hacer marcha atrás. Terminó proponiendo que todos votáramos una huelga indefinida.

»—*Inkalabab zindabat!* ¡Viva la revolución! —gritó entonces—. *Rickshaws Wallah Union zindabat!* ¡Viva el sindicato de los trabajadores de los *rickshaws*!

»Coreamos todos los gritos y los repetimos varias veces. Aquello me hizo acordar de mi amigo Ram Chander. Qué feliz hubiera sido al ver a todos sus hermanos de miseria reunidos codo con codo para defender el plato de arroz de sus familias, él que tan a menudo había luchado completamente solo. Nos sentíamos arrastrados como por el viento de antes del monzón. ¡Viva la revolución! ¿La revolución? Igual que todos los demás, yo me llenaba la boca con aquella palabra, pero no sabía con certeza qué quería decir. Lo único que yo pedía era poder llevar todos los meses unas rupias más al *munshi*. Y poder tomarme de vez en cuando una botella de *bangla* con los compañeros.

»Rasul pidió que los que estuvieran a favor de la huelga levantaran la mano. Nos miramos en silencio. ¿Quién de nosotros podía pensar sin temor en un solo día sin el trabajo que nos daba el pan? ¿Es que el pájaro corta la rama sobre la que se posa? Los propietarios tenían sus tinajas llenas de arroz y de *dal*. Nosotros podíamos vernos reducidos al estado de esqueletos antes de que ellos perdiesen un solo pliegue de grasa de su barriga. Y sin embargo no teníamos otra solución. A mi lado, un tipo levantó la mano. Era un *bihari*. Yo le conocía de vista. Le llamaban el Chirlo, porque había recibido un porrazo de los policías que le había dejado una cicatriz en la mejilla. Tosía lo mismo que Ram. Pero él no mascaba *pân*. Cuando escupía no había dudas sobre la causa del color rojo. Sin duda pensaba que con huelga o sin ella, para él no había una gran diferencia.

»Otras manos se levantaron. Luego otras más. Finalmente, todas las manos se levantaron una a una, incluyendo la mía. Producía un efecto extraño ver todas aquellas manos en el aire, por encima de las cabezas. Ninguna estaba cerrada. No, nadie agitaba el puño. No había odio, más bien una especie de resignación. Por mucho que Rasul repitiera que la huelga era nuestra única arma, se notaba que todos habían levantado el brazo de mala gana. ¿Cómo reprochárselo? El sindicato de los *rickshaws* no era el sindicato de los obreros de Dunlop, o de G. K. W., o de cualquier otra de las grandes fábricas. Allí, cuando los trabajadores iban a la huelga, el sindicato pagaba subsidios. Podían aguantar durante meses.

»Rasul volvió a coger la bocina para declarar que la huelga acababa de votarse por unanimidad. Luego gritó: "Camaradas, nuestro venerado presidente Mohammar Ismail nos convoca a todos en la explanada del Maidan para esta tarde a las tres. Todos unidos haremos oír nuestra cólera. Todos unidos, venceremos a los propietarios." Luego soltó los eslóganes sobre la revolución que todos repetimos a coro. Estábamos como borrachos. Gritábamos sin pensar. Gritábamos porque todos éramos unos pobres reunidos para gritar juntos.

»Lo más formidable era aquel sentimiento de desquite que se había apoderado bruscamente de nosotros. La gran ciudad de Calcuta nos pertenecía. A nosotros, los que tirábamos de hombres, a nosotros, a quienes los taxistas y los conductores de autobús y de camiones insultaban y despreciaban. A nosotros, a quienes los policías expoliaban y maltrataban, a nosotros, a quienes los clientes trataban siempre de estafarnos unas pocas *paisa*; a nosotros, los esclavos sudorosos y dolientes de los *sardars* y de los propietarios, a nosotros, el pueblo de los *rickshaws wallahs*, que ahora nos habíamos convertido de golpe en los amos. Ni un vehículo podía circular por el centro de la ciudad, completamente bloqueada por millares de *rickshaws*. Era como una inundación, sólo que aquí el monzón había hecho llover carritos vacíos. No sé cuántos éramos, tal vez cincuenta mil o más. Como los afluentes de un río, nuestros diferentes cortejos convergían todos en Chowringhee, a lo largo del Maidan, esa gran avenida que los señores de la policía habían prohibido a nuestros carritos tres meses atrás, con el pretexto de que ocupábamos demasiado lugar y que provocábamos atascos. Ahora nos veían pasar con la cabeza gacha bajo su casco blanco, la pistola en su cinturón bien lustroso y su *lathi* siempre a punto de golpear el cráneo y la espalda de los pobres.

»Los responsables del sindicato habían distribuido pancartas rojas a lo largo de todo el recorrido. En ellas se decía que nosotros éramos los que tirábamos de los *rickshaws* de Calcuta y que nos negábamos a aceptar el nuevo aumento de nuestros alquileres. Se decía también que estábamos hartos de todos los abusos de la policía y que exigíamos el derecho de ganar nuestro arroz como todo el mundo. Los viandantes nos veían desfilar con asombro. Nunca habían visto tantos *rickshaws* a la vez. Sobre todo estaban sorprendidos. Estaban acostumbrados a que eran siempre los funcionarios del ayuntamiento los que se manifestaban, o los empleados de ferrocarriles o los conductores de tranvía, en una palabra, los que tenían la suerte de tener un verdadero empleo y que cobraban buenos sueldos. Que unos mendigos que consideraban como bestias de carga se atreviesen también a manifestarse era algo que no podían comprender.

»Mientras andábamos, íbamos martilleando eslóganes que rematábamos con tres golpes de cascabel. Aquello era un estruendo impresionante. En la esquina de Lindsay Street, un vendedor de cocos decapitó todos sus frutos y los repartió entre nosotros para calmar nuestra sed. Lástima que no pudiéramos pararnos, porque me hubiera gustado decirle a aquel tipo que podía subir en mi *rickshaw* para ir donde él quisiera gratis. No ocurre todos los días que alguien os dé algo de beber en esta ciudad maldita. Más lejos, delante de las arcadas del Grand Hotel, donde yo había ido a hurgar en los cubos de basura con mis hijos, había turistas extranjeros que no podían volver a sus autocares a causa de nuestra manifestación. Parecían interesarse mucho por nosotros, porque tomaban fotografías. Algunos incluso se metían entre nosotros para hacerse retratar. Los *rickshaws* de Calculta encolerizados eran un espectáculo tan atractivo como el de los tigres blancos del zoo de Alipore, ¿no? Yo no sé si hay *rickshaws* en huelga en otros países, pero podrían enseñar esas fotos a sus parientes y amigos, de regreso a sus casas, diciendo que podían verse espectáculos muy extraños en las calles de Calcuta.

»Nuestro cortejo llegó al lugar donde nos habían convocado, donde termina Chowringhee. A medida que nos uníamos unos a otros, el cortejo se iba hinchando hasta convertirse en un río más ancho que el Ganges. El destino final era el Sahid Minar, la columna que hay en el Maidan y que es tan alta que parece perforar las nubes. Arriba, en el balcón, podían verse policías. Era de imaginar, los millares de *rickshaws* de Calcuta reunidos debían de dar muchos quebraderos de cabeza a la policía. Al pie de la columna había un estrado adornado con banderas rojas. Algo verdaderamente grandioso. A medida que íbamos llegando, unos hombres del sindicato nos invitaban a alinear nuestros carritos en la parte lateral del Maidan, y a sentarnos delante del estrado. Yo me preguntaba cómo cada cual iba a encontrar su vehículo en aquel amontonamiento de *rickshaws*.

»Golam Rasul subió al estrado. Para aquel acontecimiento solemne se había puesto un *dhoti* muy limpio y una *kurta* blanca. Pero, a pesar de sus ropas elegantes, seguía pareciendo igual de raquítico. Varias personas más se encontraban en el estrado con él, pero nosotros no sabíamos quiénes eran. Al cabo de un momento Rasul cogió un micrófono y gritó algo en hindi. Casi todo el mundo se puso en pie para gritar: "Abdul Rahman *zindabad.*" Rasul siguió hablando, esta vez en bengalí. Entonces me enteré de la llegada del presidente de nuestro sindicato. Era un hombrecillo gordezuelo que parecía un *babú* de partido político. No parecía haber tirado a menudo de los *rickshaws*, a menos que lo hubiese hecho en otras vidas. Le rodeaban una decena de personas que apartaban a la gente ante él. Sólo les faltaba barrer el polvo bajo sus pies. Agitaba la mano al pasar por entre nosotros. Y no era una pobre piedra lunar lo que llevaba en los dedos, sino varias sortijas de oro con enormes piedras preciosas que brillaban al sol. Subió al estrado y se sentó en la primera fila con sus acompañantes. Rasul anunció que iba a presentarnos a los enviados de los demás sindicatos que venían para traernos el apoyo de sus adherentes. Había allí representantes de las hilaturas de yute, de los automóviles Hindustán, de los astilleros y de no sé qué más. Cuando hacía una señal, todos prorrumpíamos para cada uno de ellos en un torrente de "*Zindabad!*", que cada vez hacía levantar el vuelo a las cornejas en todas direcciones. Nos emocionaba descubrir que había personas que podían interesarse por desgraciados como nosotros. Rasul hizo aclamar nuevamente a nuestro presidente. Lleno de felicidad por los aplausos, el hombre de las sortijas se levantó para hablar. Debía de estar muy acostumbrado a este tipo de mítines, porque todos sus gestos parecían especialmente calculados. Empezando por su silencio. Permaneció un minuto largo mirándonos sin decir nada, meneando suavemente la cabeza como un campesino satisfecho que contempla las espigas de su campo de arroz ondulando hasta el horizonte. Luego se decidió a hablar, mezclando frases en bengalí y en hindi. Yo no entendí todo lo que decía, porque utilizaba sobre todo el hindi que comprendía la mayoría de los allí reunidos, que eran *biharis*. Pero hablaba condenadamente bien, el *babú*[1] Abdul. De todas formas, comprendí que decía que los patronos nos mataban de hambre, que se hacían ricos con nuestro sudor y nuestra sangre, y que aquello continuaría hasta que el gobierno capitalista no se decidiera a expropiarles para darnos los carritos de los que tirábamos. Verdaderamente, era una buena idea, y le aplaudimos mucho. Incluso hubo quien gritó para reclamar una expropiación inmediata, de ese modo nunca más se hablaría de aumentos. Abdul continuó su discurso hablando cada vez más aprisa y en voz más alta. Parecía que estuviera declamando el Ramayana, tal era la pasión que ponía en sus palabras.

1. *Babú*, tratamiento respetuoso utilizado actualmente para designar a los empleados de la administración.

Señalaba con el dedo a unos propietarios imaginarios y hacía como que les atravesaba con un cuchillo. El efecto era tan impresionante que algunos compañeros empezaron a aplaudir o a aullar alzando el puño. Los niños que se habían metido entre nosotros para vender confites y té, e incluso los individuos que hacían la colecta, se interrumpieron para levantar el puño y gritar con los otros. No sé si algunos propietarios o sus factótums miraban el espectáculo desde lejos y oían nuestros gritos, pero de ser así debían de poner la cara muy rara. Porque si en aquel momento Abdul nos hubiese pedido que fuéramos a incendiar sus casas, estoy seguro de que le hubiéramos seguido como un solo hombre. Pero prefirió aprovechar que tenía reunidos a todos aquellos desgraciados que le escuchaban como a un *gurú* salido de la trompa de Ganesh, para hacer política y atacar al gobierno acerca de la multiplicación de los abusos y de las brutalidades de la policía. Era un asunto que nos afectaba tanto que una formidable ovación interrumpió sus discursos durante varios minutos. Unas voces empezaron a gritar rítmicamente: "¡Todos al Writers' Building!"

»El Writers' Building es el enorme edificio de Dalhousie Square que alberga las oficinas del gobierno. Abdul levantaba los brazos para tratar de calmar los gritos. Pero un viento de cólera había empezado a soplar bruscamente entre la asistencia. Hubiérase dicho el tornado que anunciaba un ciclón. Entonces ocurrió algo curiosísimo. Uno de los hombres-caballo salió de entre la muchedumbre y atropellándolo todo a su paso, corrió hacia el estrado, subió los escalones y se precipitó hacia el micrófono antes de que Abdul o alguno de los que le rodeaban pudiera interponerse.

»—¡Camaradas! —exclamó con voz cavernosa—. ¡El *babú* quiere adormecernos! ¡Con sus bonitas frases trata de ahogar nuestra ira! Para que sigamos siendo unos corderos. ¡Para que todos los *sardars* puedan seguir devorándonos sin ruido!

»Estábamos tan estupefactos que todos nos levantamos. Entonces reconocí al Chirlo. Los del estrado no se habían atrevido a quitarle el micrófono. Hablaba con dificultad a causa de su enfermedad del pecho.

»—¡Camaradas! ¡Hay que demostrar nuestra cólera con hechos! —levantó un brazo para señalar Chowringhee—. ¡No tenemos nada que hacer aquí en el Maidan! Donde tenemos que manifestarnos es ante las casas de los propietarios de nuestros *rickshaws*. ¡Yo sé dónde vive uno de esos vampiros! ¿Sabéis que él solo, el señor Narendra Singh, a quien llamáis el Bihari, es el dueño de más de trescientos *rickshaws*? Camaradas, es a él y a sus compadres a quienes hay que demostrar cuál es nuestra fuerza. ¡Vamos todos ahora mismo a Ballygunge!

»El Chirlo volvía a tomar resuello cuando una decena de hombres vestidos con uniforme caqui irrumpieron en el estrado. Le sujetaron por la cintura y le arrastraron sin contemplaciones hasta el pie del estrado. Abdul Rahman volvió a apoderarse del micrófono.

»—¡Provocación! —gritó—. ¡Este hombre es un provocador!

»Hubo unos instantes de confusión mientras se llevaban al Chirlo. Algunos compañeros se apresuraron a acudir en su ayuda, pero fueron brutalmente rechazados. La revolución no iba a estallar aquel mismo día.

»Abdul siguió hablando largamente. Luego tomó la palabra uno de los representantes de los demás sindicatos. Estaba claro que intentaban caldear el ambiente, pero después del incidente del Chirlo, todos estábamos desanimados. Lo único que pensábamos era que todos aquellos discursos nos habían impedido ganar nuestro dinero aquel día, y que mañana sucedería lo mismo. Nos preguntábamos cuánto tiempo íbamos a poder resistir aquella huelga. Cuando terminaron todos los discursos, el presidente del sindicato volvió a coger el micrófono y nos invitó a cantar con él el canto de los trabajadores. Yo nunca había oído hablar de aquel canto, pero los más antiguos, los que ya habían asistido a otros mítines en el Maidan, sí lo conocían. Abdul y los de la tribuna lo entonaron, y millares de voces en la explanada hicieron coro. Los compañeros me dijeron que era el canto de los trabajadores en todos los países del mundo. Se llamaba *La Internacional.*»

32

Todo empezó con un simple asunto de redistribución de tierras. Al ocupar el poder, el gobierno comunista de Bengala invitó a los campesinos sin tierra a apoderarse de las propiedades de los *zamindar* y a reagruparse para cultivarlas colectivamente. Exceptuando algunos asesinatos de propietarios que habían intentado resistirse, la operación se había desarrollado sin mucha violencia. Entonces estallaron los incidentes de Naxalbari, y de súbito la cuestión dejó de ser un simple enfrentamiento entre propietarios y campesinos para convertirse en una de las crisis políticas más graves que han amenazado a la India desde la Independencia.

Naxalbari es un distrito que está en el corazón de la estrecha faja de tierra que forma el norte de Bengala entre las fronteras del Nepal y del Pakistán Oriental. El Tíbet y la China están tan sólo a ciento cincuenta kilómetros. Es una región accidentada de plantaciones de té y de junglas propicias a la infiltración y a la guerrilla. No hay ninguna ciudad, sólo aldeas y campamentos habitados por campesinos de origen tribal que subsisten miserablemente en tierras tan pobres que los plantadores las desdeñaron.

Una larga tradición de activismo rojo sacude de forma endémica esta población que ya se había sublevado varias veces contra el poder. En ninguna otra parte la nueva política de redistribución de las tierras se había aplicado con tanto rigor. Ni con tantos excesos. Alentados por estudiantes izquierdistas procedentes de Calcuta y sin duda formados en China, que iban a recibir el nombre de naxalitas, los campesinos asesinaron, tendieron emboscadas, atacaron a las fuerzas del orden. En el vocabulario del comunismo indio, la palabra naxalita no tardó en ocupar un lugar al lado de bolchevique y Guardia Roja. Inspirándose en la enseñanza revolucionaria de Mao Tse-tung, los guerrilleros combinaban el terrorismo con la guerra popular. Encendían hogueras en las plazas de los pueblos para quemar los títulos de hipotecas y los recibos de deudas, antes de decapitar a la manera china a algunos usureros y grandes propietarios ante el entusiasmo de las muchedumbres.

El contagio alcanzó a Calcuta. Atentados con bombas, asesinatos, manifestaciones violentas, secuestros de responsables políticos y de directores de fábricas se multiplicaron. Hasta los *slums* se vieron afectados. Se lanzaron unos cócteles Molotov en las callejas de la Ciudad de la Alegría, causando varias víctimas. Los naxalitas llegaron hasta profanar la estatua de Gandhi en la entrada de Park Street, embadurnándola de alquitrán. El gobierno se sintió desbordado y dividido acerca de las medidas que convenía tomar. Los comunistas prosoviéticos acusaban a la vez a Pekín de tratar de desestabilizar el poder de izquierda en Bengala, y a la CIA de infiltrar sus agentes en los comandos de los naxalitas para preparar el retorno de las fuerzas conservadoras.

Las acusaciones contra la CIA formaban parte de los argumentos tradicionales. Desde que se fueron los ingleses, la organización norteamericana era el chivo emisario habitual cuando se trataba de implicar al extranjero en un asunto interior indio. Tales ataques no hubieran tenido consecuencias de no haber acabado por crear una psicosis de espionitis que tuvo como resultado someter a cierto número de residentes extranjeros a múltiples vejaciones policiales. Paul Lambert iba a ser una de estas víctimas.

Su condición de sacerdote católico ya le hacía sospechoso. Además, se encontraba en una situación irregular. Su visado de turismo había caducado desde hacía lustros, y todas sus gestiones para conseguir un permiso de residencia permanente habían sido infructuosas. Pero en la India la administración nunca tiene prisa. Mientras no se hubiera rechazado oficialmente su solicitud, Lambert estaba tácitamente autorizado a permanecer en el país. En realidad, lo que podía ser el mayor argumento en su contra era el lugar en que vivía. Ningún funcionario podía creer que un europeo procedente de uno de los países más ricos del mundo compartiera —voluntariamente y por su único gusto— la miseria y la degradación de los habitantes de un *slum.* Su presencia en aquel lugar debía de tener otros móviles. Cuatro inspectores de paisano, vestidos a la europea, pertenecientes a la D.I.B., la *District Intelligence Branch,* de la policía de Calcuta, se presentaron una mañana hacia las ocho en Fakir Bhagan Lane. Esta intrusión policíaca causó una viva sensación. Todo el barrio estuvo inmediatamente al corriente. Docenas de habitantes acudieron al lugar. Algunos se habían provisto de bastones para impedir que se llevaran a su «Father». El sacerdote francés se hubiera quedado muy sorprendido de enterarse de todo aquel tumulto que provocaba su persona. Aquella hora matinal era la de su diálogo cotidiano con su Señor. Sentado en la posición del loto, con los ojos cerrados, habiendo disminuido todo lo posible el ritmo de la respiración, rezaba frente a la imagen del Santo Sudario clavada en la pared de su cuartucho.

«No oí a los policías llamar a mi puerta», contará Lambert. «¿Cómo iba a oírlos? Aquella mañana, como todas las demás, estaba sordo a todos los ruidos. Sordo para estar a solas con mi Dios, para no oír más que su voz en el fondo de mí, la voz de Jesús de Anand Nagar.»

Respetando la usanza, el policía que parecía ser el jefe se quitó las sandalias antes de entrar en el cuarto. Era mofletudo y sus dientes estaban enrojecidos por el betel. Del bolsillo de su camisa asomaban tres bolígrafos.

—¿Es aquí donde vive usted? —preguntó en tono arrogante, dirigiendo una mirada circular muy expresiva.

—Sí, aquí es.

La estampa del Santo Sudario atrajo su atención. Se acercó con aire de sospecha.

—¿Quién es?

—Mi Señor.

—¿Es su patrón?

—Si quiere llamarlo así... —asintió Paul Lambert, con ánimo de no complicar las cosas.

Visiblemente el policía no estaba de humor para bromear. Examinó la estampa atentamente. Sin duda había encontrado el cuerpo del delito. Llamó a uno de sus subordinados y le ordenó que la arrancara de la pared.

—¿Dónde están sus objetos personales? —preguntó.

Paul Lambert señaló la cantina metálica que una familia cristiana le había prestado para guardar sus Evangelios, algunos medicamentos y la escasa ropa interior que poseía.

El inspector registró metódicamente su contenido, examinando todos los objetos uno por uno. Una nube de cucarachas se escapó en todas direcciones.

—¿Es eso todo? —se asombró.

—Es lo único que tengo.

Su aire incrédulo apiadó a Lambert, quien sintió deseos de disculparse por poseer tan pocas cosas.

—¿No tiene aparato de radio?

—No.

Levantó la cabeza para examinar la techumbre y comprobó que ni siquiera había una bombilla eléctrica. Sacó un carné y dibujó el plano de la habitación. Aquello llevó bastante rato, porque ninguno de sus tres bolígrafos funcionaba correctamente.

Entonces se produjo un suceso inesperado. Avisada por unos vecinos, Bandona irrumpió en la estancia. Sus ojos oblicuos despedían llamas. Cogió al inspector por el brazo y le empujó hacia la puerta.

—¡Salgan de aquí! —gritó la joven assamesa—. Este hombre es un pobre enviado por Dios. Dios les castigará si le atormentan.

El policía estaba tan atónito que no esbozó el menor gesto de resistencia. Fuera, la aglomeración había aumentado. La calleja estaba llena de gente.

—¡Tiene razón! —gritó una voz—. ¡Dejad tranquilo a nuestro Father!

El jefe de los policías pareció perplejo. Luego, dirigiéndose hacia el sacerdote, juntó las manos a la altura del corazón y le dijo cortésmente:

—Le quedaría muy agradecido si me acompañara a mi cuartel general. Me gustaría dar a mis superiores la ocasión de tener una corta entrevista con usted.

Dirigiéndose esta vez a Bandona y al gentío, agregó: «No os preocupéis. Me comprometo a volver con vuestro Father antes del mediodía.»

Lambert dio las gracias, saludando con la mano a todos los amigos que habían acudido en su ayuda, y acompañó a los policías hasta el coche celular estacionado en la entrada del *slum.* Diez minutos después bajaba ante un desconchado edificio, no lejos del hospital de Howrah. Cuatro pisos de una escalera oscura manchada con el rojo de los mascadores de betel le llevaron a una espaciosa habitación repleta de armarios carcomidos y llenos de legajos. Tras una veintena de mesas tapizadas de viejas máquinas de escribir y montones de papelotes protegidos de los giros de los ventiladores por pedazos de chatarra, estaba sentada la pandilla de inspectores. Al parecer era la hora de una pausa en el trabajo, porque parecían más ocupados en degustar su té y en charlar que en estudiar los expedientes relativos a la seguridad del Estado. La entrada de aquel *sahib* en zapatillas de deporte puso fin a sus conversaciones.

—Éste es el sacerdote francés que vive en Anand Nagar —anunció el policía con el mismo orgullo que si presentara al asesino del *mahatma* Gandhi.

El que parecía el jefe, un hombrecillo de cabellos grises cuidadosamente alisados, vestido con un *dhoti* inmaculado, invitó a Lambert a sentarse ante él. Después de haber hecho traer una taza de té, le ofreció un cigarrillo antes de encender el suyo, y preguntó:

—¿Se encuentra a gusto en nuestro país?

—¡Muchísimo!

Se quedó pensativo. Tenía una forma extraña de fumar. Sujetaba el cigarrillo entre los dedos índice y corazón, y aspiraba el humo a través de la cavidad formada por el pulgar y el índice doblado. Hubiérase dicho que lo «bebía».

—Pero, ¿no cree usted que nuestro país tiene, para un visitante extranjero, otros muchos atractivos que sus barriadas de chozas?

—Sin duda alguna —aprobó Lambert—. La India es un país magnífico. Pero todo depende de lo que uno busque.

El inspector jefe inhaló otra bocanada.

—¿Y usted qué busca en un *slum*? —se inquietó.

Lambert trató de explicarse. Al oírse hablar se juzgó a sí mismo tan poco convincente que tuvo la certeza de que aumentaba las sospechas de los investigadores. Se equivocaba. En la India existe tanto respeto por la compasión por los demás que sus explicaciones le valieron la simpatía general.

—Pero, ¿por qué no está usted casado? —intervino un inspector con bigotes.

—Estoy casado —rectificó el francés con firmeza.

Ante sus miradas escépticas, precisó: «Estoy casado con Dios.»

El policía que había registrado su cuarto desdobló entonces la estampa del Santo Sudario y la depositó sobre el escritorio del inspector jefe de los cabellos grises.

—Jefe, he encontrado esto en su casa. Pretende que es la fotografía de «su Señor».

El inspector examinó minuciosamente la imagen.

—Es Jesucristo —precisó Lambert—. Justo después de su muerte en la Cruz.

El hombre sacudió varias veces la cabeza con respeto.

—¿Y usted está casado con Él?

—Soy su servidor —respondió solamente el sacerdote, no queriendo complicar más la discusión.

En la India, la fuerza de lo sagrado es tan grande que vio un fulgor de simpatía en los rostros que le rodeaban. Estaba seguro de haber disipado todas las sospechas.

Entonces el jefe de los cabellos grises se irguió en su sillón. Su rostro se había endurecido.

—De todas maneras, me gustaría saber cuáles son las relaciones de usted con la CIA —preguntó secamente.

La pregunta sorprendió tanto a Lambert que permaneció mudo.

—No tengo nada que ver con la CIA —terminó por articular el sacerdote.

Había tan poca convicción en su voz que el jefe insistió:

—¿Y no está usted en relación con nadie que tenga que ver con la CIA?

Lambert negó con la cabeza.

—Sin embargo, la mayoría de los extranjeros que dicen ser «trabajadores sociales» son agentes de la CIA —remachó el ayudante de la piel reluciente—. ¿Es que acaso es usted una excepción?

Lambert hizo un esfuerzo para conservar la calma.

—Ignoro si la mayoría de los «trabajadores sociales» son agentes de la CIA —dijo con serenidad, pero también con firmeza—. Pero en mi juventud leí suficientes novelas de espías como para asegurarles que le sería muy difícil a un pobre desgraciado como yo, que se pasa las veinticuatro horas del día en un barrio de chabolas, ser un agente eficaz. Y su policía está suficientemente bien organizada para saber que en mi cuarto sólo recibo a habitantes del *slum.* O sea que, se lo ruego, no pierdan su tiempo y no me hagan perder el mío con semejantes cuentos.

El jefe de los cabellos grises le había escuchado sin rechistar. Ahora todos sus colegas formaban un círculo alrededor de él y del francés.

—*Shri* Lambert, perdone que le cause tantas molestias —se disculpó el jefe—, pero tengo que cumplir con mi deber. Hábleme, pues, de sus relaciones con los naxalitas.

—¿Los naxalitas? —repitió Lambert, estupefacto.

—La pregunta no es tan absurda como parece usted creer —se apresuró a decir secamente el inspector. Luego, dulcificando su tono, añadió—: Después de todo, su Jesucristo y los naxalitas, ¿acaso no tienen muchas cosas en común? ¿Es que no aspiran a rebelarse contra lo mismo? ¿Contra, por ejemplo, las injusticias de que son víctimas los humildes?

—Desde luego —aprobó Lambert—. Pero con una diferencia: la de que Jesucristo se rebela por medio del amor mientras que los naxalitas asesinan.

—¿O sea que usted desaprueba lo que hacen los naxalitas? —intervino el ayudante de la piel reluciente.

—Completamente. Aunque en un principio su causa fuese justa.

—¿Debo entender que también está usted contra los maoístas? —interrogó el jefe.

—Estoy contra todos aquellos que quieren cortar las cabezas de los unos para hacer la felicidad de los otros —dijo Lambert con firmeza.

Al llegar a este punto del interrogatorio hubo como un pequeño recreo. El inspector de los cabellos grises encendió un nuevo cigarrillo, y el mozo de la oficina llenó las tazas con té y leche hirviendo. Varios policías se confeccionaron unas porciones de betel que dieron a sus encías y a sus dientes un color sanguinolento poco atractivo. Luego se reanudó el interrogatorio.

—Si no es usted miembro ni de la CIA, ni de los comandos naxalitas, ni de los grupos de acción maoístas —recapituló el jefe de los cabellos grises—, ¿es que es un jesuita?

Lambert permaneció silencioso durante unos segundos, dividido entre la tentación de echarse a reír y de la cólera.

—Si ahora tratan de que admita que soy un misionero —terminó por decir—, vuelven a perder el tiempo. Soy tan poco misionero como agente de la CIA.

—No obstante, debe usted de saber lo que los misioneros han hecho en el Nagaland —insistió el jefe.

—No.

—Vamos, *shri* Lambert, ¿de verdad ignora que allí los misioneros se han aliado a los movimientos separatistas locales para empujar a la población a rebelarse y a reclamar la autonomía?

—Lo que afirmo es que, en su gran mayoría, la acción de los misioneros en este país, tanto si son jesuitas como si no lo son, ha sido una acción de progreso —replicó agriamente Lambert, irritado por el cariz que tomaba el interrogatorio—. Y además, sabe usted perfectamente que cuando aquí se habla del *missionary spirit,* la mayoría de las veces es para designar la acción de alguien que se ha consagrado a los demás, que ha amado a sus hermanos indios.

Hubo un silencio. De pronto el jefe de los cabellos grises se levantó y tendió las dos manos a su interlocutor en un ademán lleno de emocionado respeto. Su ayudante de la piel reluciente le imitó, y lo mismo hicieron los demás, uno tras otro. Era a la vez conmovedor, ridículo y de una ingenua sinceridad. Por fin se habían comprendido. Sus efusiones duraron largo rato.

Antes de despedir al visitante, el inspector jefe señaló la imagen del Santo Sudario desplegada sobre su mesa.

—Yo soy hindú —dijo—, pero quisiera pedirle permiso para conservar esta imagen en recuerdo de nuestra conversación.

Paul Lambert no daba crédito a sus oídos. «Es fantástico. El jefe de la policía que me pide el retrato de Cristo.»

—Es un regalo del que no me separaría por nada del mundo, pero puedo hacer sacar una copia por un fotógrafo y regalársela.

La idea pareció encantar al hombrecillo. El policía de las sortijas puso entonces delante de Paul Lambert una hoja de papel revestida de varios sellos administrativos.

—Para corresponder, aquí tiene un documento que sin duda le gustará. Su permiso de residencia. Mi país se siente orgulloso de acoger a auténticos hombres santos como usted.

33

Es la diosa victoriosa de los demonios del mal y de la ignorancia, la esposa del dios Shiva, la hija de los Himalayas, la reina de las múltiples encarnaciones, la energía femenina de los dioses, tan pronto símbolo de la mansedumbre como de la crueldad. Los Puranas, la leyenda áurea del hinduismo, dedica millares de versos a las hazañas legendarias que llevó a cabo bajo una multitud de nombres, de formas y de atributos. En su forma amistosa, se llama Uma, la luz y la gracia; o Gauri, la diosa de la piel clara; o Parvati, la reina de las montañas; o Jagan Mata, la madre del universo. En su forma destructiva, lleva por nombre Kali la Negra, Bhairavi la terrible, Ghandi la sanguinaria o Durga la inaccesible. Con este último nombre y bajo su forma de divinidad triunfadora del mal, se la adora de un modo muy particular en Bengala. Todos los niños conocen su fabulosa y maravillosa historia.

Hace centenares de millares de años, un terrible demonio asolaba la Tierra; trastornaba las estaciones y destruía los sacrificios. Era el demonio del Mal, es decir, de la Ignorancia, y los mismos dioses no podían acabar con él. Brahma, el Creador, había declarado que sólo un hijo que nacería del dios Shiva podría vencerlo. Pero la esposa de Shiva había muerto, y él, absorto en su dolor, ni pensaba en dar un hijo al mundo. Vivía como un asceta que mendiga su alimento por las aldeas, como todavía hoy se ven en la India, con los cabellos largos y el cuerpo cubierto de cenizas.

Entretanto, la situación empeoraba en la Tierra, y en el Cielo los dioses se lamentaban de que Shiva no pensase en volverse a casar. Pidieron, pues, a Kama, dios del amor y del deseo, que hiciese nacer el amor en el corazón de Shiva. Kama se puso en camino acompañado de su esposa, la Voluptuosidad, y de su amigo, la Primavera. Llegaron al pie de la montaña donde meditaba Shiva, y cuando la tensión del asceta pareció aflojarse por un momento, Kama le disparó con su arco de flores una flecha de jazmín a la que nadie resiste. Desde entonces Shiva se puso a pensar en Uma, hija del Himalaya, en cuyo cuerpo se había reencarnado su primera esposa. Después de diferentes vicisitudes, se casaron y a partir de entonces ella tomó el nombre de Parvati, «hija de la montaña».

Pero el demonio del Mal seguía devastando la Tierra, y si había que esperar a un hijo de Shiva para que acabase con él, tal vez sería ya demasiado tarde. Entonces los dioses unieron sus energías diversas en un solo soplo de fuego y lo concentraron sobre Parvati, que quedó transfigurada. Se convirtió en la Gran Diosa, Durga, «la que es invulnerable». Para combatir al demonio en las diez direcciones del espacio, tenía diez brazos que los dioses armaron con sus propias armas, y su padre, Himalaya, el Rey de las Montañas, le ofreció el león por montura; la Luna le dio la redondez de su cara, y la Muerte sus largos cabellos negros. Y tenía el color de la Aurora.

Entonces apareció el demonio bajo la forma de un enorme búfalo acompañado por las multitudes de sus ejércitos, y empezó la batalla. Las hachas, las flechas y los venablos volaban a través del espacio, y el león rugiente que montaba la diosa se arrojó sobre el ejército de los demonios como las llamas en el bosque. Ella misma, con sus diez brazos armados, hendía a sus enemigos, sus caballos, sus elefantes, sus carros, que se amontonaban en un terrible caos. Con sus furiosos mugidos el búfalo gigante hacía estremecer los mundos; con sus cuernos desarraigaba las montañas y las lanzaba contra la diosa, que las pulverizaba con sus flechas. El combate duró tres días. En varias ocasiones Durga estuvo a punto de sucumbir. Un solo instante —cuando caía la tarde del tercer día— interrumpió su cólera para llevarse a los labios, suavemente, una copa del licor de los dioses, y sus ojos llamearon. Entonces, de un terrible golpe, hundió su tridente en el pecho del monstruo. Herido de muerte, éste trató de abandonar su cuerpo. Proyectó de sus fauces un nuevo monstruo que blandía una cimitarra. Pero la diosa triunfante lo decapitó en el acto. Fue entonces cuando se transformó en un ser completamente negro y que llamaron Kali, que quiere decir «la Negra», negra como el Tiempo que lo devora todo. La Tierra y el Cielo resonaron con gritos de júbilo y cantos de victoria.

Una vez al año, al término del monzón, los ocho millones de hindúes que hay en Calcuta conmemoran esta victoria con una fiesta de cuatro días cuyo esplendor y fervor probablemente no tiene igual en el resto del mundo. Cuatro días de regocijo durante los cuales la ciudad se convierte en una ciudad de luces, de alegría y de esperanza. La preparación de esta fiesta empieza varios meses antes, en el viejo barrio de la casta de los alfareros, donde centenares de artesanos confeccionan, de padres a hijos, la colección de estatuas más magnífica que jamás se ha consagrado a una deidad o a sus santos. Durante todo un año estos artistas rivalizan en inspiración para hacer brotar de sus manos las representaciones más colosales y más suntuosas de la diosa Durga. Después de haber formado su armazón con paja trenzada, los alfareros embadurnan de arcilla los maniquíes antes de esculpirlos para darles la forma y la expresión que quieren. Terminan sus obras decorándolas con un pincel y vistiéndolas. Encargadas por anticipado por familias, comunidades, asociaciones de barrios, estos millares de Durga están todos destinados a ocupar un lugar, el primer día de la fiesta, bajo alguno de los mil capiteles llamados *pandals* edificados en medio de las calles, las avenidas y las encrucijadas de la ciudad. La construcción de esos capiteles y sobre todo su decoración, son objeto de extraordinarias *pujas*.

Unas semanas antes de la fiesta, Paul Lambert recibió la visita de dos señores que se presentaron en nombre del «Comité del barrio para la construcción de los capiteles-altares de Anand Nagar». Demasiado corteses y demasiado bien vestidos para ser habitantes del *slum,* los visitantes mostraron un carné de suscripción e invitaron al sacerdote a entregarles la suma que en su caso se había fijado, es decir, cincuenta rupias. En una sola mañana ya habían recogido más de un millar de rupias, coaccionando uno a uno a todos los moradores de las chabolas del callejón, incluyendo las habitadas por musulmanes y cristianos.

Lambert se indignó de que tanto dinero pudiera derrocharse en una fiesta, cuando los habitantes de su *slum* sufrían tanta miseria. Se equivocaba. Su reacción de occidental racional le hacía omitir lo esencial. Olvidaba en qué ósmosis vivía aquel pueblo con sus divinidades, y qué papel representaban éstas en su vida de todos los días. Una dicha, una desdicha, el trabajo, la lluvia, el hambre, un nacimiento, la muerte, todo tenía siempre una relación con ellas, y éste era el motivo por el cual las mayores fiestas del país nunca conmemoraban un aniversario histórico, ni siquiera el día glorioso de la Independencia, sino siempre un acontecimiento religioso. Ninguna población honra a sus dioses y a sus profetas con tanto fervor como la de Calcuta, mientras el cielo parece haberla abandonado del todo. Casi todos los días, el *slum* y el resto de la aglomeración resonaba con la algarabía de alguna procesión que era testimonio de ese matrimonio místico entre un pueblo y su creador.

La semana precedente, al ir a renovar su permiso de residencia, Lambert había tropezado, en la esquina de Chitpore Road, con una cacofonía de fanfarrias. Obstruyendo la circulación, unos danzarines se contorsionaban gritando el nombre del profeta Hussain y haciendo girar por encima de sus cabezas unos sables curvos que centelleaban al sol. Era Moharram, la gran fiesta musulmana que abría el año santo islámico. En el *slum,* como en el resto de la ciudad, todos los musulmanes chiítas se habían puesto sus trajes de fiesta. Era día festivo, uno de los quince o veinte que había en el calendario de esta ciudad, enorme mescolanza de pueblos y de creencias.

La antevíspera, un trueno de petardos había despertado con sobresalto al inquilino del 19 Fakir Bhagan Lane. Las familias sijs de la barriada celebraban el nacimiento del *gurú* Nanak, el venerado fundador de su comunidad, nacido en el Punjab, en el otro extremo de la India. Una procesión de hombres con turbantes, armados con el tradicional *kirpan*,[1] atravesó el *slum* dejando oír los acentos triunfales de una fanfarria y se dirigió hacia el pequeño *gurdwara* local. Mientras tanto, desde todos los rincones de la ciudad, otras procesiones acompañadas de carros ricamente decorados con guirnaldas de flores, se encaminaban a los otros *gurdwaras.* En estos santuarios, unos sacerdotes se turnaban para leer ininterrumpidamente el Granth, el Libro Santo. Habían levantado una inmensa tienda azul y blanca sobre el césped del Maidan, porque allí debía celebrarse un inmenso banquete. Uno de los responsables de la comunidad sij de Anand Nagar, un simpático gigante de turbante escarlata llamado Govind Singh, que ejercía la profesión de taxista, invitó al francés a asistir a la fiesta. Centenares de fieles se sentaron en el suelo, formando largas hileras, a un lado las mujeres con pantalones ceñidos y túnicas punjabíes, al otro los hombres con turbantes puntiagudos de todos los colores. Unos voluntarios que transportaban calderos llenos de arroz y de curry de legumbres pasaron entre las hileras y vertieron cucharones de curry sobre las hojas de banano que, a guisa de platos, había delante de cada comensal. Unas niñas de ojos negros pintados de *khol* sirvieron té en pequeñas escudillas de barro cocido que había que romper después de usarlas. Durante todo el día, centenares de altavoces hicieron resonar la alegría de los sijs de una orilla a otra del Hooghly.

Ayer era el Barra Bazar, el inmenso mercado del otro lado del puente, lo que estaba en efervescencia. Los adeptos de la secta de los jainíes digambara, una rama reformada del hinduismo que nació por los tiempos de Buda, celebraban el retorno de la estación de las peregrinaciones que se iniciaba con el fin oficial del monzón. Precedida por dos caballos de cartón blanco, de tamaño natural, fijados sobre el chasis de un jeep, la procesión se abría camino por entre un inextricable mar de camiones, de carritos de mano, de *rickshaws,* de vehículos de todas clases y de una multitud hormigueante de peatones. En medio del cortejo, sobre un carro florido del que tiraban hombres curiosamente disfrazados de lacayos isabelinos, iba el papa de la secta, semidesnudo, presidiéndolo todo desde el interior de una urna dorada, saludando a la multitud que le aclamaba en medio de un gran estruendo de címbalos y de tambores.

1. *Kirpan,* pequeña daga, uno de los cinco atributos de los sijs.

Pero de todas estas celebraciones, seguramente ninguna era un testimonio tan intenso de la presencia de Dios en Calcuta como las *pujas* hindúes en honor de la diosa Durga. Aunque en el curso de los años la fiesta se había transformado un poco en feria comercial, como ocurre con la Navidad en Occidente, era la que contribuía sobre todo a hacer de esta ciudad desequilibrada uno de los grandes centros de la fe. Donde ese rasgo era más sensible era en los *slums*, en el corazón de esas poblaciones desheredadas a las cuales los expertos de la Fundación Ford no prometían ninguna mejora de su condición antes del año 2020. En el fondo de su miseria habían sabido conservar la herencia milenaria de sus tradiciones. Ahora bien, ninguna se expresaba más visiblemente que una afición visceral por la fiesta. La fiesta que, por espacio de un día o de una semana, los arrancaba a la realidad; la fiesta por la cual las gentes se endeudaban o se privaban de comer a fin de comprar a su familia vestidos nuevos destinados a honrar a los dioses; la fiesta como vehículo de la religión, mejor que cualquier catecismo, y que encendía los corazones y los sentidos por la magia de sus cantos y el ritual de las largas y suntuosas ceremonias litúrgicas.

¿Qué importaba que unos vividores se quedasen con su diezmo a costa del sudor y del hambre de los pobres? A fin de cuentas, eran los pobres los que salían ganando. En Anand Nagar, los hombres del *racket* no vacilaban en obligar a los que tiraban de triciclos y de *telagarhi* a pagar el diezmo para los altares, en parar los camiones y los autobuses de la Grand Trunk Road para exigir dinero a los conductores y pasajeros. Ni siquiera el barrio de los leprosos, al final del *slum,* escapó a su rastrillaje. Nadie sabía qué porcentaje de aquel maná iba a parar directamente a los bolsillos de los truhanes. Pero lo que quedaba para la fiesta bastaba para crear su magia.

Al acercarse el gran día, una especie de onda vibratoria recorrió el *slum.* Grandes esqueletos de bambú que evocaban arcos de triunfo empezaron a elevarse por todas partes. Unos artistas vistieron esos armazones de telas multicolores. Dando a los drapeados unas geometrías de ejemplar refinamiento, decoraron los montantes y los capiteles de suntuosos motivos en forma de mosaico y de damero. El altar destinado a recibir la estatua de la diosa era ya en sí mismo una fastuosa realización floral, un verdadero andamiaje de rosas, de claveles y de jazmines que perfumaban el hedor de aquellos contornos. Lo más sorprendente era la inverosímil panoplia de los accesorios que acompañaban esta decoración. Ningún *pandal* se consideraba completo sin una profusión de focos, de guirnaldas de bombillas, de luminarias e incluso de arañas victorianas. Unos islotes de luz salpicaron de pronto con un halo sobrenatural la lepra de los tejados y de las fachadas. Una cadena de altavoces vertía una oleada de cantos y de música que inundaba día y noche el *slum,* confirmando el hecho de que, en la India, la fiesta va acompañada siempre de los desbordamientos sonoros más extremos. Aquel estrépito dio la señal para que empezara un rito purificador que en pocos días iba a transfigurar aquel universo de mugre y de fealdad. Las familias hindúes y muchas de las familias musulmanas y cristianas se apresuraron a encalar el exterior y el interior de sus chamizos, las galerías cubiertas, los brocales de los pozos, los escaparates de las tiendas. El viejo hindú muy piadoso de la *tea shop* que estaba enfrente de la casa de Lambert, aprovechó una ausencia del sacerdote para repintar por completo la fachada de su habitación de un hermoso blanco que iluminaba la entrada de su cuchitril. A continuación se transformaba la indumentaria de los hombres. Por una única vez al año, millares de pobres cambiaban sus andrajos por vestidos de fiesta piadosamente conservados en el baúl familiar que les servía de armario en el fondo de cada chabola, o bien comprados para aquella circunstancia endeudándose de unas decenas de rupias más con el usurero del barrio. Todos los comerciantes de Calcuta estimulaban estas compras proponiendo rebajas especiales en honor de la diosa. La instalación de las estatuas sobre los altares dio lugar a un ritual minucioso que se desarrolló a puerta cerrada bajo la protección de la policía. Como estrellas de cine antes de ofrecerse a la mirada maravillada del público, las Durga pasaron por las manos de un ejército que las vistió y maquilló, verdaderos artistas que las adornaron con suntuosos ropajes y joyas.

El día previsto, a las seis de la tarde, el lamento de las caracolas y el redoble obsesionante de millares de *dahks,*[1] que desde hace siglos ritmaban las *pujas* de Durga, anunciaron el comienzo oficial de la fiesta. Durante cuatro días de una delirante verbena, el pueblo del *slum,* lo mismo que millones de hombres de toda la ciudad, iba a desfilar en familia bajo la luz de los focos, ante los cuatro *pandals* diseminados por la Ciudad de la Alegría. Hindúes, sijs, musulmanes, budistas, cristianos, estaban fraternalmente unidos en un mismo sueño. Los hombres llevaban *sherwanis* de lana sobre los pantalones y sus mujeres *kurtas* de seda verde, y, en las orejas, pendientes dorados que les daban un aire de princesas orientales. Nasir, el primogénito de Mehbub que fabricaba bolígrafos en un taller-presidio, y sus hermanas, hasta la más pequeña, con el vientre hinchado por las lombrices, también iban maquillados y vestidos como principitos, a pesar de que la familia, trágicamente sacudida por la desaparición de la madre, había caído en la miseria más absoluta. Al lado de Mehbub y de sus hijos, Paul Lambert reconoció al viejo hindú de la *tea shop.* Su frente estaba adornada con las tres rayas de ceniza de los adoradores de Shiva. Visiblemente conmovido por su

1. Gran tambor doble que se cuelga del cuello, horizontalmente.

darshan[1] con la divinidad, insensible a la barahúnda de los altavoces y a las luces, con los ojos cerrados parecía abismado en una beatitud total. Viendo a aquel santo varón en oración, Paul Lambert recordó unas palabras del profeta Isaías: «Las oraciones de los pobres y de los huérfanos nunca ascienden hasta mí sin recibir una respuesta.»

Al llegar el crepúsculo del cuarto día, todas las estatuas de la Ciudad de la Alegría se izaron sobre carros iluminados, recubiertos de telas y de flores, a fin de ser solemnemente conducidas en procesión, al son de las fanfarrias, de las gaitas, de los tambores y de las caracolas, hasta las orillas del Hooghly, el lánguido brazo del Ganges, Madre del mundo. En aquel mismo momento, en toda la ciudad cortejos semejantes tomaban la misma dirección. En camiones, en carritos de mano, en taxis, en coches particulares e incluso en triciclos y en *rickshaws*, millares de Durgas descendían hacia el río acompañados por sus devotos propietarios. Uno de los *rickshaws* prisioneros de esta marea llevaba el número 1.999. Cada vez que se detenía, Hasari Pal volvía la cabeza para contemplar el maravilloso espectáculo de la diosa que llevaba en el asiento de su carrito, una Durga casi de tamaño natural, con diez brazos, de magníficos cabellos negros ceñidos por una diadema de oro, y con ojos ardientes. «¡Oh, Dios mío!», se decía, deslumbrado. «Hasta mi *rickshaw* se ha convertido en un altar.»

Cientos de miles de habitantes se aglomeraron aquella noche a orillas del río, y Hasari necesitó horas para llegar hasta allí. Cuando lo consiguió, los miembros de la familia a la que pertenecía la estatua y que le habían seguido en un segundo *rickshaw*, adornaron la diosa con guirnaldas de flores, y la bajaron lenta, respetuosamente hasta el agua. Hasari la vio alejarse con emoción, arrastrada por la corriente. Como todas las demás Durgas, aquella noche llevaba hasta la inmensidad de los océanos las alegrías y las penas del pueblo de Calcuta.

34

¡Toda una tarea! Después del hindi y del urdú penosamente descifrados gracias al estudio comparado de los Evangelios, Paul Lambert se dedicaba ahora a romper definitivamente su aislamiento lingüístico. Provisto de una gramática, se consagró mañana y noche, durante una hora, a la conquista de la lengua bengalí. Afortunadamente, al comienzo de la obra había unas cuantas frases traducidas del bengalí al inglés. Convencido de que los nombres de ciudades y otros nombres propios debían escribirse del mismo modo en las dos lenguas, identificó las

1. *Darshan*: encuentro por la mirada, visión.

palabras correspondientes y las descompuso para hacerse un alfabeto bengalí. En cuanto a la pronunciación, unos dibujos indicaban para cada letra la posición de la lengua en relación al paladar, a los dientes y a los labios. Así, la O se pronunciaba con el borde de los labios ligeramente entreabierto, pero con la boca cerrada. Para emitir el sonido U, había que aplicar la lengua contra los dientes superiores. Era tan complicado que tuvo que ir al bazar de Howrah a comprar un accesorio que despertó la curiosidad de sus vecinos: un espejo. Debidamente equipado, pudo así dominar progresivamente la gimnasia de las innumerables letras aspiradas que hacen del bengalí una lengua que se pronuncia perpetuamente sin resuello. Estos esfuerzos le dieron la oportunidad de comprobar una cosa. «La imagen que me devolvía el espejo no era nada alentadora. La calvicie se iba adueñando de buena parte de mi cráneo y tenía las mejillas hundidas. Su color era esa tonalidad gris del *slum.*»

Aquel mal aspecto era la señal de que la indianización del francés iba por buen camino. Un día sus vecinos comprendieron que estaba casi consumada. Fue al final de una ceremonia de boda. Unos amigos hindúes acababan de casar a la menor de sus hijas con el hijo de uno de sus vecinos. Lambert se arrodilló ante el padre y la madre para hacer lo que quizá ningún extranjero había hecho hasta entonces. Recogió el polvo de sus sandalias y se lo llevó a la frente. Con aquel gesto quería decir: «Puesto que mi hermanita se ha desposado con mi hermanito, vosotros sois mis padres. He entrado en vuestra familia.» Aquella noche Lambert visitó al joyero-usurero de su callejón. Le enseñó la cruz de metal con las dos fechas que su madre había hecho grabar —la de su nacimiento y la de su ordenación—, y le pidió que grabara debajo de estas fechas la palabra bengalí Premanand, que había elegido como su nombre indio. Premanand significa en bengalí «Bienaventurado el que es amado por Dios». Rogó al joyero que dejara un lugar al lado de la inscripción para grabar allí, cuando llegase el momento, la tercera fecha más importante de su vida. Porque aquel mismo día Lambert había hecho una gestión insólita. Había dado un paso incomprensible para los indios, que están convencidos de que nada puede cambiar la condición que se recibe al nacer... salvo la muerte y otra vida. Había ido a una oficina del Ministerio del Interior para rellenar unos impresos con objeto de solicitar del gobierno de la India el honor de unirse oficialmente al pueblo de los pobres de la Ciudad de la Alegría. Había pedido la nacionalidad india.

Ashish y Shanta Ghosh, el joven matrimonio hindú del Comité de Escucha, una noche interrumpieron a Lambert en una de sus sesiones de mimo lingüístico ante el espejo.

—Father, tenemos que darte una noticia —dijo Ashish mesándose febrilmente la barba—. Tú serás el primero en conocerla.

Lambert invitó a los jóvenes a sentarse.

—Hemos decidido irnos del *slum* y volver a la aldea.

Bajo su velo rojo estampado, Shanta acechó la reacción del sacerdote.

«¡Dios mío!», pensó Lambert, «es la mejor noticia que me dan desde que llegué a este pudridero. ¡Si la gente empieza a volver a los pueblos estamos salvados!».

—¿Qué es lo que os ha...?

—Hace tres años que ahorramos céntimo a céntimo —se apresuró a decir Shanta—. Y hemos podido comprar a un hindú que casaba a su hija una hectárea de buena tierra cerca de la aldea.

—Haremos un gran estanque en medio para criar peces —explicó su marido.

—Y el agua nos servirá para una segunda cosecha de estación seca —añadió Shanta.

A Lambert le parecía que ante él se estaba produciendo una especie de milagro. El milagro con el que soñaban los millones de muertos de hambre que habían tenido que huir a Calcuta.

—Primero se irá Shanta con los niños —dijo Ashish—. Ella sembrará y trasplantará el primer arroz. Yo me quedaré aquí para ganar un poco más de dinero. Si la primera cosecha es buena, entonces me iré yo.

Los hermosos ojos negros de la joven brillaban en la sombra igual que brasas.

—Pero sobre todo —dijo ella—, quisiéramos que nuestro regreso aportara algo a los habitantes de la aldea, algo que hiciese soplar...

—...un viento nuevo —dijo su marido—. La tierra de Bengala podría dar tres cosechas si estuviese bien regada. Intentaré organizar una cooperativa.

—Y yo un taller de artesanía para las mujeres.

Con los ojos entornados, el espejo sobre las rodillas, Lambert escuchaba, maravillado.

—Que Dios os bendiga —dijo por fin—, porque por una vez la luz y la esperanza saldrán de un *slum*.

35

El conserje de servicio irrumpió sin llamar.

—Señor cónsul, en la antesala hay una dama india que insiste. Quiere hablar con usted urgentemente. Dice que en el barrio de chabolas donde vive hay un misionero francés que está a punto de morir del cólera. Se niega a dejarse llevar a una clínica. Quiere que le atiendan como a los demás...

Antoine Dumont, de sesenta y dos años, con pajarita e insignia de la Legión de Honor, representaba a la República Francesa en Calcuta. Desde que los filibusteros de Luis XV se habían presentado en aquellos parajes para tener en jaque a la supremacía británica y fundar allí factorías, Francia mantenía una misión consular en uno de los viejos edificios del barrio de Park Street. El diplomático se rascó el bigote y salió al pasillo que servía de sala de espera. Treinta años de carrera en Asia le habían acostumbrado a soportar no pocas molestias de sus compatriotas. Vagabundos, hippies, toxicómanos, desertores, turistas desvalijados, nunca les había regateado su ayuda y su socorro. Pero era la primera vez que recibía un SOS para un clérigo «que se moría voluntariamente del cólera en un barrio de chabolas indio».

La víspera, Shanta y Margareta habían encontrado a Lambert sin sentido en su cuarto. Yacía exangüe en medio de vómitos y de deyecciones. Hubiérase dicho que una invasión de parásitos le había devorado por dentro. Los músculos habían desaparecido, y la piel, arrugada sobre los huesos, parecía un viejo pergamino. Estaba consciente, pero se sentía tan débil que cualquier esfuerzo por hablar podía apagar la escasa vida que subsistía en él. Las dos indias diagnosticaron al instante el mal: una forma fulminante de cólera que, por extraño que pareciese, afectaba preferentemente a las constituciones más robustas. Lambert había notado los primeros síntomas la noche anterior, cuando unos dolorosos cólicos le obligaron varias veces a ir precipitadamente a las letrinas. A pesar del calor, tiritaba. Luego sintió un hormigueo en las extremidades de los miembros, al que no tardó en seguir un temblor muscular generalizado. Los pies y las piernas adquirieron un curioso color azulado. La piel de las manos se resecó, antes de resquebrajarse y endurecerse. Aunque sudaba abundantemente, cada vez tenía más frío. Entonces sintió que la carne de la cara se le encogía sobre los pómulos, luego sobre la nariz, las órbitas, la frente, y hasta sobre el cráneo. Cada vez le costaba más cerrar la boca y los ojos. Le sacudieron unos espasmos. Empezó a vomitar. La respiración se hizo brusca, dolorosa. Hizo un esfuerzo por beber, pero no pudo tragar ni unas gotas de agua, como si tuviese la garganta paralizada. Hacia las cuatro o las cinco de la madrugada dejó de notarse el pulso. Entonces se hundió en una especie de letargo. Al despertar, quiso levantarse para volver a las letrinas. Pero ya no tuvo fuerzas para ello, ni siquiera para ponerse de rodillas. Tuvo que hacer sus necesidades allí mismo. Entonces se dijo que iba a morir. No experimentó ningún temor ante esta idea. Por el contrario, a causa de su extremada debilidad, sintió como una especie de euforia.

La irrupción de las dos indias interrumpió lo que él llamaría más tarde «una deliciosa sensación de ir de puntillas hacia el nirvana». Pero Shanta y Margareta no estaban dispuestas a dejar morir a su «Father» sin intentarlo todo. Margareta cogió la cántara y le salpicó la cara y el torso para humedecer la piel del enfermo. La primera medida era, en principio, contener la deshidratación. Pero la india sabía bien que sólo una aplicación inmediata de suero tenía posibilidades de frenar el mal. Había que transportar urgentemente al sacerdote a un servicio de cuidados intensivos.

—Cógete a mí, Paul, gran hermano —suplicó mojándole la cara con un trozo de su velo—. Vamos a llevarte a la Bellevue. Allí te curarán.

Todos los habitantes de Calcuta, hasta los más pobres, conocían el nombre de esta lujosa clínica privada del barrio de Park Street, oculta entre palmeras, donde la elite médica de Bengala operaba y cuidaba a los ricos *marwaris,* a los altos dignatarios del gobierno y a los miembros de la colonia extranjera, en condiciones de higiene y de comodidad comparables a las de los establecimientos occidentales. Margareta estaba segura de que la Bellevue Clinic no iba a negarse a aceptar a su «Father». Era un *sahib.*

Una mueca deformó el rostro de Lambert. Quiso hablar, pero no tuvo fuerzas para hacerlo. La india se inclinó. Comprendió que se negaba en redondo a dejar su cuarto. Quería que «le cuidaran como a un pobre de aquí». Paul Lambert había visto a docenas de hombres abatidos por el cólera en los tugurios de la Ciudad de la Alegría. No se movían del lugar. Los más fuertes sobrevivían, los demás morían. En la época del monzón, los casos se multiplicaban. Por falta de espacio, de medicamentos y de médicos, los hospitales casi siempre se negaban a aceptarlos. Y él en modo alguno quería ser objeto de un trato de favor.

Ante esta resistencia imprevista, las dos mujeres fueron a hablar con sus vecinas. Decidieron avisar al párroco de Howrah. Suponían que era el único que podía convencer a su compañero para que se dejase llevar a la Bellevue Clinic. El clérigo de la sotana blanca las recibió de modo muy circunspecto. Y se apresuró a descartar la posibilidad de intervenir personalmente acerca de Lambert.

—Sólo veo una solución —dijo por fin—. Hay que avisar al cónsul de Francia. Al fin y al cabo se trata de un conciudadano suyo. Solamente él puede obligar a *that stubborn Frenchman,* ese francés testarudo, a dejarse cuidar normalmente. Al menos es el único que puede intentarlo.

Se delegó a Margareta como emisaria. Hasta tal punto convenció al diplomático de la urgencia de su intervención, que una hora después un Peugeot 504 gris, adornado con un banderín tricolor, se inmovilizó a la tarde en la entrada de Anand Nagar. La aparición de aquel coche causó tal sensación que Antoine Dumont tuvo que hacer grandes esfuerzos para abrirse paso en medio de la muchedumbre aglomerada. Arremangándose el pantalón, se metió en la fangosa calleja. En dos o tres ocasiones, agobiado por el hedor, tuvo que detenerse para secarse la cara y el cuello. A pesar de su larga experiencia, nunca había penetrado en un lugar semejante. «Este cura está loco de remate», se repetía, evitando los charcos. Cuando estuvo junto al encogido cuerpo que yacía en la chabola, dijo con una jovialidad un poco artificial:

—¡Buenos días, reverendo! Le traigo los más respetuosos saludos de la República Francesa. Soy el cónsul de Francia en Calcuta.

Paul Lambert abrió penosamente los ojos.

—¿A qué debo este honor? —preguntó, inquieto.

—¿No sabe que el primer deber de un cónsul es velar por sus conciudadanos?

—Se lo agradezco, señor cónsul, pero no necesito su solicitud. Aquí tengo muchos amigos.

—Precisamente son sus amigos los que me han avisado. Porque su estado de salud exige una...

—¿Repatriación? —cortó Lambert, recobrando bruscamente un poco de vigor—. ¿Es eso lo que ha venido a proponerme? ¡Una repatriación sanitaria! No tenía que tomarse tantan molestias, señor cónsul. Le agradezco su simpatía, pero le ruego que se ahorre esos gastos. Los pobres de este *slum* no se benefician nunca de «repatriaciones».

Inclinó la cabeza y cerró los ojos. La sequedad del tono había impresionado al diplomático. «Este cura es un duro», pensó.

—Al menos consienta en dejarse cuidar en una buena clínica. —Buscaba las palabras para convencerle—: Piense en lo que significa la ayuda que presta usted a sus amigos. Y en el vacío que su marcha no dejaría de crear.

—Mi vida está en las manos de Dios, señor cónsul. Él es quien tiene que decidir.

—Sin duda ha decidido que debe usted curarse, y por eso estoy aquí —arguyó el diplomático.

—Tal vez —admitió Lambert, impresionado por la lógica de este argumento.

—En este caso le suplico que permita a sus amigos que le lleven a...

—A un hospital para todo el mundo, señor cónsul. No a una clínica de ricos.

Dumont supuso que estaba ya a mitad de camino de su meta. Con un poco más de paciencia, Lambert se dejaría convencer del todo.

—Cuanto mejor le atiendan, antes podrá reemprender sus actividades.

—Lo que yo deseo no es reemprender mis actividades, señor cónsul, sino estar seguro de poder mirar siempre cara a cara a los hombres que me rodean.

—Le comprendo. Pero permita que le tranquilice: no se privará a los pobres de una sola rupia para pagar su hospitalización. El consulado correrá con todos los gastos.

Lambert dejó oír un largo suspiro. Aquella conversación le había agotado.

—Le estoy muy agradecido, señor cónsul, pero no es un asunto de dinero. Para mí se trata de respetar un compromiso libremente elegido. Esta enfermedad es providencial. Le suplico que no insista.

Un espasmo sacudió al enfermo. Antoine Dumont contempló aquel cuerpo inanimado y por un instante se preguntó si no había muerto. Pero en seguida pudo oír el silbido irregular de la respiración.

Fuera, en el callejón, Ashish y Shanta, Bandona, Margareta, Aristote John, Kamrudin, el viejo Surya, Mehbub y otros muchos vecinos, esperaban con ansiedad. Cuando apareció la barrosa cara del diplomático, todos fueron hacia él.

—¿Y bien? —preguntó Margareta.

El cónsul se enderezó el lazo de la pajarita.

—¡Sólo una victoria a medias! Ni hablar de una clínica, pero consiente en ir al «hospital de todo el mundo». La expresión es suya. Creo que hay que respetar su voluntad.

Al irse el diplomático, Margareta acomodó a Paul Lambert en un *rickshaw* y lo transportó al City Hospital, uno de los principales centros hospitalarios de la capital de Bengala. Con su césped cuidadosamente cortado, su estanque, su fuente y su avenida de buganvillas, el lugar tenía unos alrededores bastante bonitos. El pabellón de urgencias estaba indicado por un cartel rojo que señalaba un amplio edificio cuyas puertas y cristales estaban casi todos rotos. Margareta estuvo tentada de decir al hombre del *rickshaw* que diese media vuelta. Ni siquiera las más dolorosas visiones de la Ciudad de la Alegría la habían preparado para el sobresalto del espectáculo que le esperaba: vendajes sanguinolentos sembrados por los pasillos, camas dislocadas que servían de cubos de basura, colchones destripados y rebosantes de cucarachas, restos de ventiladores caídos por azar y que nadie había recogido nunca. Pero lo peor era el patio de Monipodio que asediaba el lugar. Enfermos gravísimos con encefalitis, trombosis coronarias, tétanos, fiebre tifoidea, tifus, cólera, abscesos sobreinfectados, heridos, amputados, víctimas de quemaduras, yacían allí revueltos, a menudo a ras de suelo. Atados con cordeles a las barandillas, a los trapecios, a los ventiladores averiados, unos frascos de suero o de glucosa trataban de mantener con vida a aquellos moribundos.

Margareta acabó por descubrir una camilla de bambú para instalar en ella a Lambert, inconsciente. Como nadie venía a examinarle, metió un billete en la mano de un enfermero para obtener un frasco de suero y una jeringuilla que ella misma clavó en el brazo del enfermo. Luego pidió drogas anticoléricas. Pero como muchos establecimientos, el City Hospital carecía de medicamentos. La prensa denunciaba frecuentemente el pillaje de que los hospitales eran víctimas y que enriquecía a numerosas farmacias pequeñas afincadas alrededor de sus muros.

—Tengo sed...

Paul Lambert abrió por fin los ojos al universo de pesadilla que era su «hospital de todo el mundo». No había ni cántara de agua para los heridos y los enfermos graves. De vez en cuando un mozo de sala pasaba con un odre y cobraba cincuenta *paisa* el vasito. Al final del pasillo se encontraban las letrinas. Habían arrancado la puerta y el desagüe estaba obstruido. Los excrementos desbordaban y se esparcían por el pasillo para la gran felicidad de miríadas de moscas. En medio de todo aquel caos, Paul Lambert vio pasar un perro. Iba de camilla en camilla lamiendo la sangre, los vómitos, los escupitajos y los cagajones que manchaban el cemento.

Millares de enfermos se atropellaban cotidianamente a las puertas de estos centros, con la esperanza de recibir algunos cuidados, de obtener una cama —o un lugar en el suelo—, al fin de al menos poder comer durante unos días. Casi en todas partes había el mismo hormigueo. En algunos pabellones de maternidad llegaba a haber hasta tres paridas con sus bebés en el mismo colchón, lo cual originaba frecuentes asfixias de recién nacidos. Campañas de prensa denunciaban regularmente la incuria, la corrupción y los robos que paralizaban algunos hospitales. En el que estaba Lambert, una costosa bomba de cobalto había permanecido inutilizada durante meses porque nadie había asumido la responsabilidad de gastar las seis mil ochocientas rupias necesarias para su reparación. En otros, la unidad de reanimación cardíaca estaba cerrada por falta de aire acondicionado. En otros, los dos desfibriladores y diez de los doce electrocardiógrafos estaban averiados, lo mismo que la mitad de los monitores que había en la cabecera de las camas, para no hablar del monitor central. El aprovisionamiento de oxígeno y de bombonas de gas para la esterilización era defectuoso casi en todas partes. «El único aparato que parece funcionar bien, y eso cuando no hay cortes de corriente, es la máquina de electroshock del Gobra Mental Hospital, la clínica psiquiátrica», podía leerse en un periódico. El nuevo pabellón quirúrgico del S.P. Hospital no se había podido abrir porque la dirección de Sanidad aún no había aprobado el nombramiento de un ascensorista. Casi por doquier, la falta de técnicos y de placas obligaba a la mayoría de enfermos a esperar una media de cuatro meses para una radiografía. Y semanas para el menor análisis. En el Nil Ratan Sarkar Hospital, próximo a la gran estación de Sealdah, once ambulancias de cada doce estaban averiadas o abandonadas, con el techo reventado, las piezas del motor saqueadas, las ruedas desaparecidas. En muchos bloques operatorios, las cajas de fórceps, escalpelos, pinzas e hilos para sutura estaban casi siempre vacías, porque habían sido robadas por el personal. Los escasos instrumentos que seguían en su lugar raramente estaban afilados. El hilo era a menudo de tan mala calidad que muchas suturas se abrían. En numerosos sitios, las reservas de sangre eran casi inexistentes. Para procurarse el precioso líquido, los pacientes o sus familias a veces tenían que dirigirse, antes de las operaciones, a los compradores especializados en el chanchullo de la sangre que ya había tenido ocasión de conocer Hasari Pal. Por otra parte, estos parásitos encontraban en los hospitales ocasiones doradas de enriquecerse. Unos acechaban a los enfermos en la entrada, en general pobres gentes que venían del campo, y les prometían una hospitalización inmediata o un examen médico contra el pago de una gratificación. Otros se hacían pasar por auténticos médicos: llevaban entonces a sus víctimas a salas de consulta dirigidas por enfermeros cómplices. Invitaban a las mujeres a entregarles sus joyas antes del examen radiográfico. Y desaparecían.

En algunos hospitales, el saqueo de la comida destinada a los enfermos había adquirido tales proporciones que se la transportaba en unos carritos cerrados con candado. A pesar de estas precauciones, numerosos productos alimenticios y casi la totalidad de la leche iban a parar habitualmente a las innumerables *tea shops* que se habían establecido alrededor de los hospitales. El azúcar y los huevos eran sistemáticamente hurtados para revenderse allí mismo a precios dos veces inferiores a los que se pagaban en los mercados. Los periódicos pusieron también de manifiesto que el saqueo no sólo afectaba a la alimentación. En algunos establecimientos sanitarios, como en el Sagore Dutta Hospital de Kamarhati, no había ni puertas ni ventanas. Por la noche había que cuidar a los enfermos a la luz de una vela: todas las bombillas habían desaparecido. Sin duda alguna, el gesto de Margareta hubiese indignado a Lambert. Acababa de deslizar veinte rupias en la mano de un enfermero para que consiguiera a su protegido una cama en una sala. Aquello era habitual. Constantemente había pobres diablos que se veían expulsados de sus catres para que les reemplazaran los beneficiarios de esos *bakchichs*.

De no ser por los frascos de suero, los medicamentos, la comida que la indomable india le mandaba todos los días, Lambert quizá hubiese muerto. Organizó una colecta en el *slum* y todos los pobres dieron algo para contribuir a salvar a su «Father». Los hijos de Mehbub fueron a las vías del tren para recoger escorias. Surya, el viejo hindú de la *tea shop*, ofreció varios paquetes de golosinas. La madre de Sabia, el niño tuberculoso que murió en el cuarto de al lado, había cortado y cosido una camisa para el *daddah* Paul. Hasta los leprosos habían entregado las limosnas recogidas durante varios días de mendicidad. En su aflicción, Paul Lambert no había conseguido ser enteramente un pobre como los demás.

Pero, como tan a menudo en la India, lo peor se codeaba con lo mejor. Había en el hospital toda una red de lazos humanos que borraban en muchos casos la impresión de aislamiento, de anonimato, de horror. Unos jergones más allá del de Lambert, yacía un pobre diablo que había sufrido, a raíz de un accidente, una de las operaciones más delicadas y audaces de la cirugía moderna, una osteosíntesis del raquídeo con injerto de la columna vertebral. Lambert constataba día a día la mejora de su estado. En la soledad de aquella sala común, el hombre era objeto de atención y cuidados extraordinarios. Las enfermeras le levantaban todas las mañanas para ayudarle pacientemente a dar algunos pasos por entre las filas. Cada dos o tres días le visitaba su cirujano, un hombrecillo calvo que llevaba bata blanca. Dedicaba diez o quince minutos a examinarle y a charlar con él. Unas camas más allá, una madre estaba acuclillada en el suelo, junto a la cuna de su bebé aquejado de meningitis. A nadie se le hubiera ocurrido impedir que la pobre mujer permaneciera al lado de su hijo. Y los encargados de servir la comida jamás pasaban por delante de ella sin ofrecerle un plato de arroz. Sorprendidísimos de haberse enterado de que tenían a un *sahib* por compañero de sufrimientos, varios enfermos se arrastraban hasta él para rogarle que les descifrara los pedazos de papel improvisado que les servían de recetas. Cuántas veces Lambert se maravilló de descubrir con qué conciencia y precisión algunos médicos, aunque desbordados de trabajo, prescribían un tratamiento a los más anónimos de sus pacientes. Nada estaba nunca totalmente podrido en aquella ciudad inhumana.

36

Jamás se había visto un espectáculo parecido: millares de *rickshaws* abandonados por toda la ciudad. La huelga, la primera gran huelga de los últimos hombres-caballo del mundo, paralizaba el transporte más popular de la ciudad.

«Pero la huelga es un arma para los ricos —admitiría dolorosamente Hasari—. Los buenos propósitos no duran mucho cuando uno tiene el vientre retorcido por los calambres del hambre y la cabeza tan vacía como la piel de una cobra que acaba de mudarla. Estos patronos brutales lo sabían perfectamente. Sabían que nos desmoronaríamos pronto. Al cabo de dos días, algunos camaradas volvieron a sus varas. Otros los imitaron. Pronto habíamos regresado todos a la calzada, en espera de clientes, incluso aceptando precios por debajo de la tarifa para poder comer en seguida cualquier cosa. Y nos vimos obligados a pagar los nuevos alquileres. Fue muy duro. Pero felizmente se produjo un acontecimiento en esta ciudad que impide llorar en demasía la propia suerte. Cuando conocí a mi compañero Atul Gupta, me froté varias veces los ojos», cuenta Hasari Pal. «Me preguntaba si en lugar de esperar clientes en la esquina de Russel Street, no estaba en un cine viendo una película. Porque Atul Gupta se parecía al héroe de una película hindú. Era un buen mozo, con su bigote negro bien alisado, los cabellos cuidadosamente peinados, mejillas saludables y un verdadero pantalón de *sahib.* Aún más increíble, llevaba calcetines y zapatos. Zapatos de verdad, que se abrochaban por encima del pie, no sandalias de plástico como cualquiera. Pero aún tenía algo más sorprendente: lucía un reloj de oro en la muñeca. ¿Puede imaginarse que alguien que tire de un *rickshaw* lleve un reloj de oro en la muñeca?

»Yo había visto películas donde aparecían héroes disfrazados de *rickshaws wallahs*, pero eso era en el cine. Y Gupta era de carne y hueso. Nadie sabía de dónde había salido. Claro que en Calcuta se vivía con gentes de las que no se sabía nada, mientras que en nuestro pueblo todo el mundo se conocía desde hacía generaciones. Acerca de Gupta, sólo había una cosa segura: había tenido que ir mucho a la escuela, porque era más sabio que todos los brahmanes de Calcuta juntos. Nadie recitaba el *Ramayana* como él. Era un verdadero actor. Se sentaba en cualquier parte y empezaba a decir versos. En seguida se formaba un grupito a su alrededor. En pocos segundos hacía que lo olvidáramos todo, los cortes en la planta de los pies, los calambres de estómago, el calor. Nos hechizaba. Tenía una manera prodigiosa de personificar tan pronto a Rama como a Sita o al horrible Ravana. Le hubiéramos estado escuchando durante horas, días, noches. Nos transportaba por encima de las montañas, a través de los mares y los cielos. Después, el *rickshaw* parecía pesar menos. En pocos meses aquel Gupta se convirtió en un héroe entre los *rickshaws wallahs* de Calcuta. ¿Cómo había acabado por convertirse en un infeliz como nosotros? Misterio. Unos decían que era un espía, otros un agitador político. Vivía en una pensión de Free School Street que frecuentaba gente rara, extranjeros que andaban descalzos y que llevaban collares y ajorcas en los tobillos. Se decía que se inyectaban droga y que fumaban, pero no *bidis,* sino el *bhang* que da el nirvana. En cualquier caso, Gupta no iba descalzo y yo nunca le vi con un cigarrillo en los labios. Trabajaba duramente como todos nosotros. Al amanecer siempre era el primero en llegar a la parada de Park Circus. Y seguía tirando de su carrito bastante después de que cayese la noche. Claro que hay que decir que no tenía tras él años de estómago vacío, como los demás. Aún tenía un buen motor. Como nos ocurría a la mayor parte de nosotros, su *rickshaw* carecía de licencia. En Calcuta, con un buen *bakchich* uno hubiera podido conseguir las llaves del paraíso.

»En cualquier caso, con licencia o sin ella, Gupta debía de sacar bastante dinero, porque las mujeres se disputaban el subir a su *rickshaw*. Sin duda tenían la impresión de que iba tirando del carrito Manooj Kumar. Sin embargo, en nuestro trabajo era mejor pasar por el más infeliz de los infelices que parecerse a una estrella de cine. Porque cuanto más se salía de la vulgaridad, más ojeriza os tenían los demás.»

El apuesto Atul Gupta pudo comprobar esta verdad un día en que llevaba a dos señoritas a su domicilio de Harrington Street. Un camión de la basura había sufrido una avería y toda la calle se encontraba bloqueada. Gupta trató de rodear el atasco subiéndose a la acera, pero un guardia de tráfico se interpuso. Hubo un violento altercado entre el guardia y Gupta, y éste recibió varios golpes de *lathi.* Fuera de sí, Gupta soltó sus varas y se arrojó sobre el policía. Los dos hombres rodaron por el suelo. Finalmente, el policía corrió a pedir ayuda a la comisaría, y toda una patrulla se apresuró a acudir para capturar al irascible joven y confiscar su *rickshaw.*

Cuando le soltaron al día siguiente al mediodía, Atul Gupta era una masa de carne y de sangre. Le habían estado aporreando durante toda la noche y le habían quemado el pecho con cigarrillos. Le colgaron de un gancho por los brazos y luego por los pies, durante horas, azotándole el cuerpo con un bambú. Sin duda no era tan sólo por haberse pegado con uno de los suyos por lo que se le infligía aquel castigo. Era por sus pantalones limpios, sus camisas, sus zapatos de *sahib,* su reloj dorado. Un esclavo no tenía derecho a diferenciarse de las demás bestias de carga.

La policía no se contentó con la paliza y presentó una demanda contra Atul Gupta ante los jueces de la Bonsal Court, el tribunal correccional de Calcuta. El día de la vista, los *rickshaws wallahs* formaron una verdadera escolta de honor a su camarada. Como casi no podía andar, le instalaron en uno de sus carritos adornado con flores. «Era como un maharajá o como una estatua de Durga aquel compañero nuestro», evocará Hasari Pal, «salvo que tenía vendajes en los brazos y en las piernas, y que parecía tener los ojos y la cara embadurnados con litros de *khol*, hasta tal punto la cara estaba llena de equimosis».

La Bonsal Court era un viejo edificio de ladrillo al otro lado de Dalhousie Square, en el centro de la ciudad. En el patio, al pie de un gran baniano, había un templecito. Los *rickshaws wallahs* hicieron bajar a Gupta ante el altar decorado con los retratos de Shiva y de Kali, y del dios mono Hanuman, porque era muy piadoso y quería tener un *darshan* con las divinidades antes de presentarse ante los jueces. Hasari le guió la mano para ayudarle a mover el badajo de la campana que colgaba encima del altar. Gupta recitó unos *mantras* y luego depositó una guirnalda de flores alrededor del tridente de Shiva.

En la acera, junto a las verjas, se aglomeraba una inquieta multitud entre una doble hilera de vendedores de buñuelos y de jugo de caña. El aire tibio apestaba a aceite caliente y a fritura. Más lejos, en la entrada del patio, había una cola ante unos amanuenses públicos sentados en cuclillas tras unas máquinas de escribir tan altas como las gradas de un estadio. En el patio otros se hacían abrir cocos o bebían té o botellas de soda. Incluso había mendigos en los escalones de las salas de audiencia. Pero lo que más impresionaba era el constante ajetreo. Gente que entraba, que salía, que discutía. Acusados que pasaban encadenados a policías. Hombres vestidos con chaquetas negras muy ceñidas y pantalones a rayas hablaban entre sí o con las familias. Gupta y sus camaradas entraron en un primer vestíbulo que olía a moho. En unos bancos, había mujeres dando el pecho a sus bebés. Había gente comiendo, otros dormían en el mismo suelo, envueltos en un pedazo de *khadi*.[1] Alguien dijo a Gupta que tenía que ir a buscar un abogado. Al final de un largo pasillo oscuro había una sala llena de ellos. Estaban sentados detrás de mesitas, bajo ventiladores que hacían revolotear sus papeles. Gupta eligió a un señor de cierta edad que inspiraba confianza. Llevaba una camisa y una corbata bajo su chaqueta negra tan reluciente como la superficie de un estanque a la luz de la luna. El defensor llevó a su cliente y a su escolta hacia una escalera que apestaba a orines. En el ángulo de cada rellano, unos jueces dictaban sus resultados a escribanos que los pasaban a máquina con un solo dedo.

Por fin todo el grupo llegó a una gran sala. Una fotografía amarillenta de Gandhi decoraba una de las paredes. Toda la parte del fondo estaba tapizada de una pirámide de viejos baúles metálicos cerrados con cordeles unidos entre sí por gruesos sellos de cera roja. Contenían los millares de cuerpos del delito utilizados en el curso de los procesos: cuchillos, pistolas, armas diversas y objetos robados. En medio, una fila de bancos se alineaba ante un estrado. Sobre el estrado había dos mesas y una jaula que comunicaba con un túnel enrejado que atravesaba toda la sala. «Yo había visto un túnel parecido una vez en un circo»,

1. *Khadi*: algodón hilado y tejido a mano según los preceptos de Gandhi.

dirá más tarde Hasari Pal. «Servía para conducir los tigres y las panteras a la pista.» Aquí sólo servía para que los acusados se presentaran ante sus jueces. Atul Gupta no tenía que utilizarlo, puesto que se presentaba como un hombre libre convocado ante el tribunal.

La sala no tardó en llenarse completamente de *rickshaws wallahs* que esperaron la llegada del tribunal bebiendo té y fumando *bidi*. Gupta estaba sentado ante el estrado, en un banco, al lado de su abogado. Dos hombres mal afeitados, con *dhoti* blancos más bien sucios hicieron su aparición. Llevaban bajo el brazo unas carpetas rebosantes de papeles y andaban con aire de aburrimiento. Eran los escribanos. Uno de ellos dio unas palmadas para ordenar que se pusieran en marcha dos grandes ventiladores que colgaban del techo. Los aparatos estaban tan gastados que sus palas necesitaron cierto tiempo para empezar a girar. Parecían dos buitres incapaces de levantar el vuelo después de haber devorado una carroña. En el fondo de la sala se abrió una puerta y entró el juez. Era un hombre muy delgado, con un aire tristísimo detrás de sus gafas. Llevaba una toga negra con una cenefa de piel. Todo el mundo se levantó, hasta Gupta, a quien costó mucho ponerse de pie. El juez se sentó en el sillón, en medio del estrado. El acusado y sus amigos apenas distinguían su rostro, tras los rimeros de los volúmenes del código penal indio y de los legajos que recubrían la mesa. Apenas acababa de instalarse cuando una paloma se posó sobre uno de sus libros para hacer sus necesidades. Un escribano subió al estrado para limpiar los excrementos con un trozo de su *dhoti*. Varias palomas habían anidado sobre las montañas de legajos y los baúles del fondo de la sala.

Detrás del juez entró un hombrecillo también con toga negra. Bizqueaba tanto que no se sabía si miraba a la derecha o a la izquierda. Era el P. P. —se pronunciaba «pipi»—, el *Public Prosecutor*, es decir, el fiscal. Al pie del estrado, a la izquierda, estaban también un oficial de policía y un segundo abogado que representaba la parte civil. Como dirá Hasari Pal, «era como si se dispusieran a representar una escena del *Ramayana* con muchos personajes». Uno de los escribanos empezó a leer el acta acusando a Atul Gupta de haber golpeado al policía de Harrington Street. El juez se quitó las gafas, cerró los ojos y se hundió en su sillón. Sólo se veía su cráneo reluciente asomando por encima de los rimeros de carpetas. Cuando el escribano hubo terminado su lectura, se oyó la voz del juez que preguntaba al defensor de Gupta si tenía algo que decir. Hasari vio entonces que la mano vendada del *rickshaw wallah* se apoyaba sobre el hombro del abogado para impedir que se levantase. Gupta quería defenderse a sí mismo. En pocos minutos, contó con tantos detalles los malos tratos que había sufrido en la comisaría, que toda la sala se puso a sorberse los mocos. Muchos hombres-caballo lloraban. Entonces intervinieron el P. P. y el abogado de la policía. Pero ya era inútil. El juez también hacía ruidos nasales detrás de su rimero de libros y de papeles. Gupta fue declarado inocente y absuelto. Además, la sentencia disponía que se le devolviera el *rickshaw*. La vista había durado menos de diez minutos. Según Hasari, «lo que más duró fueron nuestros aplausos. Estábamos orgullosos y nos sentíamos felices por nuestro compañero».

La noticia de la absolución de Gupta corrió como un reguero de pólvora por entre los *rickshaws wallahs*. El Chirlo y el renacuajo de Rasul propusieron que se organizara inmediatamente una enorme manifestación ante el Writers' Building, la sede del gobierno de Bengala, para protestar contra las violencias de la policía. Rasul avisó a los jefes del sindicato de los *telagarhi*, los que tiraban carritos de mano. Éstos no desaprovecharon la ocasión. *Rickshaws* y *telagarhi* eran las eternas víctimas de los policías de Calcuta. El cortejo salió de Park Circus a primera hora de la tarde. Los responsables de los partidos de izquierda habían proporcionado tantas pancartas, estandartes y banderas rojas que aquello parecía un campo de claveles rojos en movimiento. En cabeza, sentado en un *rickshaw* adornado con flores y oriflamas rojas, iba el héroe de la jornada, arrastrado por hombres que cada quinientos metros se turnaban en las varas. Era el carrito número 1.999 el que tenía el honor de llevarle, el *rickshaw* de Hasari Pal, el mismo entre cuyas varas él había sudado, sufrido y alimentado esperanzas durante cuatro años. A lo largo del recorrido, centenares de compañeros se fueron sumando al cortejo. Toda la circulación se inmovilizó y pronto la parálisis se extendió hasta los suburbios. La gente veía pasar a los manifestantes sin sorpresa. Jamás un cortejo había desfilado con tantas banderas y pancartas. Los comunistas habían enviado equipos provistos de altavoces. Los jefes lanzaban gritos y silabeaban eslóganes que los demás repetían a pleno pulmón. Necesitaron más de dos horas para llegar a Dalhousie Square. La policía había cortado todas las calles que daban al edificio del gobierno con tanquetas, camiones y centenares de hombres de caqui armados con fusiles. La larga fachada de ladrillos rojos erizada de estatuas estaba protegida por otros policías. La columna tuvo que detenerse. Un oficial de policía con gorra se adelantó y preguntó a los hombres que encabezaban la manifestación si deseaban comunicar algún mensaje a la secretaría del Primer Ministro. Atul Gupta respondió que los organizadores de la manifestación exigían que les recibiese el Primer Ministro en persona. El oficial dijo que iba a transmitir la petición. Los responsables del Partido aprovecharon esta espera para vociferar inflamados discursos contra la policía y gritar consignas revolucionarias.

El oficial reapareció al cabo de unos minutos para anunciar que el

Chief Minister aceptaba recibir una delegación de cuatro *rickshaws wallahs*. Rasul y Gupta, acompañados por dos miembros del sindicato, fueron autorizados a cruzar la barrera. Cuando volvieron, media hora después, parecían satisfechos, sobre todo Gupta. Anunció por un altavoz que el *Chief Minister* y el jefe de la policía le habían garantizado que las brutalidades policíacas no volverían a repetirse. Un trueno de aplausos y de hurras acogió esta noticia. Gupta añadió que él había recibido personalmente la promesa solemne de que los policías que le habían torturado iban a ser castigados. Hubo una nueva salva de aclamaciones. Gupta, Rasul y los otros dos delegados fueron entonces decorados con guirnaldas de flores. «Todos comprendimos que algo importante para nosotros acababa de producirse», dirá después Hasari. «Ahora podíamos separarnos felices y tranquilos. Mañana empezarían días mejores.»

El cortejo se dispersó sin incidentes. *Rickshaws* y *telagarhi* volvieron a sus casas. Gupta subió de nuevo al *rickshaw* de Hasari. Junto con varios camaradas, fueron a una taberna de la calle Ganguli para celebrar su victoria con unas botellas de *bangla.* Al salir del cafetín, Hasari Pal oyó un ruido sordo, como el estallido de un neumático de bicicleta. Gupta lanzó un grito y dejó caer la cabeza sobre el pecho. Luego, todo su cuerpo se desplomó sobre las varas. Hasari vio que tenía un agujero en la cabeza, justo encima de la oreja, y que de él manaba sangre. Gupta trató de decir algo. Entonces sus ojos se hicieron completamente blancos.

«Aquellos canallas se habían vengado. Nos habían quitado a nuestro héroe.»

37

La pequeña colonia estaba instalada al fondo del *slum*, junto a las vías del tren. Desde el exterior, nada la distinguía de los demás barrios del *slum.* Allí podían verse las mismas construcciones en forma de cuadrado alrededor de un patio, con ropa secándose sobre los tejados, y las mismas cloacas a cielo abierto. Sin embargo, era un *ghetto* de una especie singular. Ningún otro habitante del *slum* penetraba allí nunca. Allí vivían, hacinados en grupos de diez o doce personas por cada cuarto, los seiscientos leprosos de la Ciudad de la Alegría.

La India tiene unos cinco millones de leprosos. El horror y el miedo que inspiran ciertas caras desfiguradas, manos y pies reducidos al estado de muñones, llagas a veces infestadas de piojos, condenaban a los de Anand Nagar a una segregación total. Aunque eran libres de salir y de circular por donde quisieran, un código tácito les prohibía entrar en las casas o en los corralillos de los sanos. Al hacerse llevar al cuarto de Paul Lambert, el lisiado Anonar había infringido la regla, y esa infracción hubiera podido costarle la vida. Ya había habido varios linchamientos. Más por miedo al mal de ojo que al contagio. Los indios dan limosna a los leprosos para mejorar su *karma*, pero consideran la lepra como el fruto de una maldición de los dioses. En el corazón del barrio, una barraca de bambúes y de adobe albergaba unos jergones. En aquel chamizo yacían varios supervivientes de las aceras de Calcuta que habían llegado al final de su calvario. Uno de ellos era precisamente Anonar.

«Aquel hombre también tenía una sonrisa difícil de entender, teniendo en cuenta sus sufrimientos», dirá Paul Lambert. «Nunca dejaba oír ni la menor queja. Cuando tropezaba con él casualmente por las callejas, siempre me saludaba con voz alegre.»

—¿Qué tal, Paul, gran hermano? ¿Todo va bien hoy?

«La pregunta, procedente de aquel desecho humano que se arrastraba a ras de fango, me parecía tan incongruente que vacilaba antes de contestar. Yo tenía por costumbre agacharme hasta él y apretar entre mis manos el muñón de su brazo derecho. La primera vez, aquel gesto le sorprendió tanto que miró a los que le rodeaban con una expresión de triunfo. Como si quisiese decir: "Ya veis, soy un hombre como vosotros. El gran hermano me da la mano."»

Paul Lambert sabía que Anonar, que había llegado a una fase avanzada de su enfermedad, sufría un verdadero suplicio. No era posible hacer nada más por él, porque todos sus nervios estaban ya afectados. Cuando los dolores se hacían insoportables, se hacía llevar hasta el 19 Fakir Bhagan Lane, donde el sacerdote le ponía una inyección de morfina. En el hospital de Howrah había podido procurarse unas ampollas que reservaba para los casos desesperados. Al día siguiente de una de estas inyecciones, Lambert encontró a Anonar, que se paseaba sobre su tabla con ruedas. Contrariamente a su costumbre, tenía el aire preocupado.

—¿Algo marcha mal? —preguntó inquieto el francés.

—Oh, no, Paul, gran hermano, me encuentro muy bien. El que está malo es mi vecino Said. Tendrías que ir a verle. Tiene tantos dolores que no puede comer ni dormir.

Aquel lisiado que se arrastraba por el fango no pedía nada para él. Se preocupaba por su vecino. Encarnaba el proverbio indio: «Qué importa la desgracia si somos desgraciados juntos.» Paul Lambert prometió ir a verle aquella misma tarde.

¡Un viaje hacia el horror! Lo que descubrió el sacerdote no era una leprosería, sino una especie de osario. ¿Eran seres humanos aquellos esqueletos de carne descompuesta cuyos ojos cerrados estaban ya recubiertos de pequeñas setas blancas? ¿Aquellos cadáveres que respiraban y cuya piel agrietada dejaba supurar un líquido amarillento? Y el espectáculo no era casi nada comparado con el olor. «Nunca había olido nada semejante. Una mezcla de podredumbre, de alcohol y de incienso. Había que tener la Esperanza anclada en el fondo del corazón para resistir.» En cuclillas en medio de los detritos y de las deyecciones, había niños jugando a canicas entre gritos risueños. A Lambert no le costó ningún esfuerzo identificar a Said, el amigo de Anonar. Era un hombre que apenas había cumplido cuarenta años. Ya no tenía ni manos ni pies. La lepra también había roído su nariz y devorado sus ojos. Anonar les presentó. Said volvió hacia el sacerdote su rostro ciego. Lambert creyó ver en él una sonrisa.

—Paul, gran hermano, me encuentro muy bien —le tranquilizó—. No tenías que molestarte por mí.

—No es verdad —rectificó Anonar, agitando su pelambrera—, sufres mucho.

Lambert le cogió el brazo y examinó su muñón. La llaga era verdosa. Las lombrices hormigueaban en torno al hueso desnudo. También Said estaba más allá de cualquier terapéutica. Lambert llenó una jeringuilla de morfina y buscó una vena bajo la piel dura y agrietada. No podía hacer nada más. A su lado había una mujer tendida en un jergón, con un bebé junto a ella. El niño era una criatura preciosa, que agitaba ya sus manos regordetas. Una alergia a los medicamentos había recubierto la cara de la madre de pústulas e hinchazones. Estas reacciones eran frecuentes, y tan traumatizantes que numerosos leprosos se negaban a tomar el menor remedio. El cuerpo de la desventurada se disimulaba bajo una tela que le llegaba hasta la barbilla. Lambert se inclinó sobre ella y tomó al niño en sus brazos. Le sorprendió la fuerza con la que su manita le apretó el dedo.

—Será un chicarrón —prometió a la madre.

La leprosa desvió la mirada. Lambert creyó que la había ofendido. Se acercó a ella y le entregó el bebé.

—Toma. Es tuyo y no tiene que separarse de ti.

Transcurrió un minuto interminable. La madre no hacía ningún movimiento para coger a su hijo. Lloraba. Por fin, apartó la sábana y tendió los brazos. No tenía dedos. Lambert depositó delicadamente el niño junto a su cuerpo. Luego, juntando las manos a la manera india, la saludó y salió sin decir nada, impresionado. Fuera le esperaba una multitud de lisiados, ciegos, mancos y hombres sin piernas. Todos habían acudido para tener un *darshan* con aquel «Father» que se atrevía a penetrar en su cubil. «Sonreían», dirá Paul Lambert. «Y sus sonrisas no eran ni forzadas ni implorantes. Tenían sonrisas de hombre, miradas de hombre, una dignidad de hombre. Algunos se golpearon las manos atrofiadas para aplaudirme. Otros se empujaban, riñendo para acercarse a mí, para escoltarme, para tocarme.»

Anonar llevó al visitante hasta un corralillo donde cuatro leprosos jugaban a cartas, sentados en cuclillas sobre una estera. Su llegada interrumpió la partida, pero él les rogó que siguieran jugando. Para él fue la oportunidad de asistir a un número de juego de manos digno de los circos más famosos. Los naipes volaban entre las palmas, antes de caer sobre el suelo en un ballet de figuras puntuado por exclamaciones y risas. En un corralillo vecino, unos mendigos músicos le daban una serenata de flauta y de tamboriles. A medida que atravesaba el barrio, la gente salía de sus chabolas. Su visita se iba convirtiendo en una fiesta. «Ante la puerta de un tugurio, un abuelo casi ciego empujó hacia mí al niño de tres años que acababa de adoptar. El anciano estaba mendigando ante la estación de Howrah, cuando una mañana aquella criatura raquítica se refugió a su lado como un perro perdido sin collar. Él, que no comía todos los días, que no iba a curarse jamás, se hizo cargo del niño.» Un poco más lejos le deslumbró el espectáculo de una muchacha que daba un masaje con sus dedos aún intactos al cuerpo gordezuelo de su hermanito tendido sobre sus muslos. Anonar le precedía, sobre su tabla de ruedas, empujándose con un redoblado ardor, hasta tal punto estaba orgulloso de guiar a su «hermano mayor».

—Paul, gran hermano, ven a sentarte aquí —ordenó por fin, señalándole una estera hecha de sacos de yute cosidos entre sí y que una mujer acababa de desplegar en uno de los patios. Varios leprosos se precipitaron para instalarse junto a él. Entonces comprendió que se le invitaba a comer.

«Yo creía haberlo aceptado todo de la miseria, y ahora sentía una repugnancia invencible ante la idea de sentarme a la mesa de mis hermanos más maltrechos», confesará. «¡Qué fracaso! ¡Que falta de amor! ¡Cuánto camino me queda aún por recorrer!» Disimuló su repugnancia lo mejor que pudo, y muy pronto el calor de la hospitalidad acabó por disiparla. Unas mujeres trajeron platos metálicos llenos de arroz humeante y de curries de hortalizas, y empezó la comida. Lambert trataba de olvidar las manos sin dedos luchando con las bolitas de arroz y los trozos de calabaza. Sus anfitriones parecían rebosantes de felicidad, locos de gratitud. Nunca un extranjero había ido a compartir su comida. «A pesar de mis náuseas, yo quería demostrarles mi amistad, hacerles ver que no les tenía miedo. Y si no les tenía miedo era porque les amaba. Y si les amaba era porque el Dios con el que yo vivía y para el que vivía, les amaba también. Aquellos hombres necesitaban más amor que los demás. Eran parias entre los parias.»

La generosidad de su alma no impedía, sin embargo, que Lambert se indignara al ver que unos hombres hubieran podido dejarse reducir a un estado semejante de decadencia física. Él sabía bien que la lepra no era una enfermedad mortal. A condición de que se cuide a tiempo, es fácilmente curable y no deja ninguna secuela. Ese mismo día, ante el terrible espectáculo de tantas mutilaciones, tomó una decisión. Fundaría una leprosería en la Ciudad de la Alegría. Una verdadera leprosería, con especialistas capaces de curar.

Al día siguiente, Paul Lambert subía al autobús que cruzaba el Hooghly. Iba al sur de Calcuta a exponer su proyecto a la única persona de la ciudad que podía ayudarle a realizarlo.

38

Como una flor que buscase el sol, la cúpula en forma de pilón de azúcar del templo de Kali asomaba por encima del laberinto de las callejas, de las casas burguesas, de las casuchas, de las tiendas y de los albergues de peregrinos. Aquel centro del hinduismo militante, construido cerca de un antiguo brazo del Ganges en cuyas orillas se quemaba a los muertos, era el santuario más frecuentado de Calcuta. De día y de noche, en el interior y en torno a aquellos muros grises, se agitaba una muchedumbre de fieles. Familias ricas, con los brazos cargados de ofrendas de frutas y de vituallas envueltas en papel dorado; penitentes vestidos de algodón blanco conduciendo cabras al sacrificio; *yoguis* de túnicas azafranadas, con los cabellos levantados y anudados en la parte superior de la cabeza, con el signo de su secta pintado en bermellón sobre la frente; trovadores cantando cánticos quejumbrosos como suspiros; músicos, mendigos, mercaderes, turistas, la heterogénea multitud se mezcla en un ambiente de verbena.

Es también uno de los lugares más congestionados de esta ciudad superpoblada. Cientos de tiendas rodean el templo con un cinturón de tenderetes multicolores. Se vende de todo, fruta, flores, polvos, alhajas de pacotilla, perfumes, objetos de piedad, utensilios de cobre dorado, juguetes e incluso pescado fresco y pájaros enjaulados. Por encima de este hormiguero flota la bruma azulada de las piras y su olor mezcla de incienso y de carne quemada. Numerosos cortejos fúnebres se abren paso por entre aquel mar de fieles, de vacas, de perros, de niños que juegan en la calle. En el templo de Kali, la vida más trepidante se codea con la muerte.

Al pie del edificio se eleva una larga construcción baja con las ventanas obstruidas por encajes de yeso. No hay puerta en el impresionante pórtico esculpido. Cualquiera puede entrar a cualquier hora. Un cartel de madera anuncia en inglés y en bengalí: «AYUNTAMIENTO

DE CALCUTA, *NIRMAL HRIDAY* – "LA CASA DEL CORAZÓN PURO", ASILO PARA LOS AGONIZANTES ABANDONADOS.»

Era allí. Paul Lambert subió unos pocos escalones y penetró en el edificio. En seguida le asaltó un olor indefinible que los desinfectantes no podían vencer. Cuando sus ojos se hubieron acostumbrado a la oscuridad, distinguió tres hileras de catres con unos delgados colchones verdes, muy juntos unos de otros. Cada cual llevaba un número pintado en el borde. Unas siluetas se desplazaban en silencio entre los catres. En las camas yacían cuerpos descarnados en todas las actitudes de la agonía. En una segunda sala, hileras de camas parecidas acogían a mujeres. Lo que impresionó inmediatamente a Lambert era la serenidad del lugar. El horror estaba ausente de allí. Aquellos infelices ya no estaban torturados por la angustia, la soledad, la degradación, el abandono. Habían encontrado la paz.

Esta paz, los ciento diez huéspedes de la Casa del Corazón Puro la debían a una sólida mujercita que vestía un sari de algodón blanco, con un ribete dorado de color azul, que Paul Lambert distinguió al fondo de la sala, inclinada sobre un agonizante. La India y el mundo empezaban a conocer el nombre de aquella santa que desde hacía varios años revolucionaba la práctica de la caridad. Los periódicos y las revistas habían popularizado a esta religiosa que recogía en las calles de Calcuta a los niños abandonados y a los moribundos sin familia. Su obra desbordaba ya las fronteras de la India. Había estados que la honraban con sus más altas distinciones. Se llamaba Madre Teresa. Tenía cincuenta y cuatro años cuando Paul Lambert la conoció. A pesar de su robustez, parecía tener más edad. Su rostro estaba arrugado como una nuez y su silueta acusaba los años de privaciones y de noches sin sueño.

Inés Bojaxhiu nació en Skopje, en Yugoslavia, de padres albaneses. Su padre era un próspero comerciante. A los diez años manifestó el deseo de consagrarse a la vida religiosa. A los dieciocho años, adoptando el nombre de Teresa en recuerdo de la Florecilla de Lisieux, ingresó en la Orden misionera de las hermanas de Loreto, y el 20 de enero de 1931 desembarcaba de un vapor en un muelle de Calcuta, que entonces era la ciudad más grande del Imperio después de Londres. Durante dieciséis años, enseñó geografía a las niñas de la buena sociedad británica y bengalí en uno de los conventos más elegantes de Calcuta. Pero un día del año 1946, en el curso de un viaje en tren hacia la ciudad de Darjeeling, en las pendientes del Himalaya, oyó una voz. Esta voz le ordenaba que dejase la comodidad de su convento para ir a vivir entre los más pobres de los pobres de la inmensa ciudad. Entonces, abandonando su hábito, vistió un humilde sari de algodón blanco y obtuvo del

Papa el permiso de fundar una nueva orden religiosa cuya vocación era aliviar las desgracias de los hombres más desamparados. Así fue como un día de 1950 nació la Orden de las Misioneras de la Caridad, congregación que treinta y cinco años después contaría con doscientas ochenta y cinco casas y varios centenares de instituciones caritativas en la India y en todos los continentes, incluyendo los países de más allá del telón de acero. El asilo para moribundos del Corazón Puro en el que acababa de entrar Lambert nació de una experiencia particularmente impresionante que vivió cierta noche la Madre Teresa.

Junio de 1952. Las cataratas del monzón caen sobre Calcuta con un estruendo apocalíptico. Una forma blanca, encogida bajo el diluvio, anda pegada a las paredes del Medical College Hospital. De pronto tropieza con un cuerpo tendido en el suelo. Se detiene. Es una anciana que yace en medio de un charco de agua. Apenas respira. Los dedos de los pies han sido roídos hasta el hueso por las ratas. Madre Teresa la coge en brazos y corre hacia la puerta del hospital. Busca la entrada de urgencias, penetra en un vestíbulo y deposita a la moribunda sobre una camilla. En seguida interviene el guardián.

—¡Llévese a esta persona inmediatamente! —ordena—. No podemos hacer nada por ella.

Madre Teresa vuelve a coger a la agonizante en sus brazos y de nuevo echa a correr. Conoce otro hospital que no está lejos. Pero de pronto oye un estertor. El cuerpo se ha vuelto rígido entre sus brazos. Comprende que es demasiado tarde. Deja su carga, cierra los ojos de la mendiga y se santigua. «Aquí hasta los perros están mejor tratados que los hombres», dice con rabia mientras se aleja. Va al ayuntamiento, vuelve una y otra vez a aquellos despachos. La obstinación de aquella religiosa europea que viste un sari de algodón blanco sorprende. Uno de los adjuntos del alcalde la recibe.

—Es una vergüenza que en esta ciudad haya habitantes que tengan que morir en medio de la calle —afirma—. Déme una casa en la que podamos ayudar a los moribundos a comparecer ante Dios en la dignidad y el amor.

Ocho días después, el municipio pone a su disposición este antiguo albergue de peregrinos hindúes contiguo al gran templo de Kali. Madre Teresa está exultante. Es la mano de Dios. El lugar tiene una situación ideal: en los alrededores de este lugar santo se reúnen la mayoría de los indigentes para morir, con la esperanza de ser incinerados en las piras del templo. La intrusión de las religiosas con sari blanco adornado con un crucifijo en este barrio que está consagrado por entero al culto de Kali al principio suscita curiosidad. Pero poco después se ven hindúes ortodoxos que se indignan. Corre el rumor de que Madre Teresa y sus hermanas están allí para convertir a los agonizantes al cristianismo.

Estallan incidentes. Un día, una lluvia de piedras y de ladrillos cae sobre la ambulancia que trae a unos moribundos. Madre Teresa termina por arrojarse de rodillas ante los manifestantes.

—¡Matadme! —les grita, poniendo los brazos en cruz—. ¡De este modo iré más aprisa al Cielo!

Impresionado, el populacho se retira. Pero la agitación continúa. Unas delegaciones del barrio se presentan en el ayuntamiento y en la comisaría general de policía para pedir la expulsión de «esa religiosa extranjera». El jefe de la policía promete atender la petición, pero exige hacer antes sus averiguaciones. Se traslada al asilo de moribundos y encuentra a la religiosa arrodillada en la cabecera de un hombre enfermo de cáncer de piel. Dios mío, se pregunta, ¿cómo puede soportar esto? Madre Teresa limpia la horrible llaga, aplica antibióticos y promete al desdichado que va a mejorar. Una extraña serenidad baña su rostro. El jefe de la policía está conmovido.

—¿Quiere que le guíe para visitar nuestro establecimiento? —le pregunta entonces.

—No, Madre —se disculpa él—, no vale la pena.

Cuando sale, unos jóvenes fanáticos del barrio le esperan en las escaleras.

—Os prometí expulsar a esa extranjera —les dice—, y cumpliré mi palabra. Pero no antes de que consigáis que vuestras madres y vuestras hermanas vengan aquí a hacer el trabajo de esta mujer.

No obstante, la cuestión no queda resuelta. En los días siguientes unos energúmenos siguen arrojando piedras. Una mañana, Madre Teresa ve una aglomeración ante el templo de Kali. Se acerca. Un hombre está tendido en el suelo, con la mirada extraviada, el rostro exangüe. Lleva la triple cuerdecilla de los brahmanes. Es un sacerdote del templo. Nadie se atreve a tocarlo: es una víctima del cólera. Se agacha, coge al brahmán por la cintura y le lleva al asilo. Le cuida día y noche. Se salva. Un día aquel hombre exclamará: «Durante treinta años he venerado a una Kali de piedra. Ahora venero a una Kali de carne y hueso.» No volverá a lanzarse ninguna piedra contra las monjitas del sari blanco. La noticia de esta hazaña se extiende por toda la ciudad. Ambulancias y furgones de policía llevan todos los días a Madre Teresa y a sus hermanas su ración de desdichas. «Nirmal Hriday es la joya más preciada de Calcuta», dirá un día la religiosa. La misma ciudad toma bajo su protección esta joya. El alcalde, periodistas y notables acuden a visitarla. Mujeres de la alta sociedad se ofrecen voluntarias para cuidar a los moribundos al lado de las monjas. Una de ellas se convertirá en una de las mejores amigas de Madre Teresa. Amrita Roy, de treinta y cinco años, es guapa, rica y poderosa. Su tío, el doctor B. C. Roy, un hombre de corazón, no es otro que el *Chief Minister* de Bengala. Parentesco que allanará muchos obstáculos en una ciudad en la que todo constituye un problema, el clima, la contaminación, la superpoblación y, sobre todo, la burocracia. Igual que Paul Lambert, la Madre Teresa a veces tiene que pasarse días enteros en los almacenes de la Aduana para arrancar a unos funcionarios puntillosos la caja de medicamentos o los botes de leche en polvo que le envían unos amigos extranjeros.

Pero acoger a unos moribundos abandonados, para la religiosa no es más que una primera etapa. Están también los vivos. Y entre los más desamparados de los vivos, los recién nacidos que aparecen todas las mañanas sobre un montón de desperdicios, junto a una acera, en la puerta de una iglesia. La «mano de Dios» condujo un día a Madre Teresa hasta el portal de una gran mansión desocupada en un bulevar muy próximo al lugar donde estaba instalada su congregación. El 15 de febrero de 1953, Shishu Bhavan, «La casa de los niños», acoge a su primer huésped, un niño prematuro que apareció en una acera envuelto en un pedazo de periódico. Pesa menos de tres libras. Ni siquiera tiene fuerza para sorber el biberón que le da la Madre Teresa. Hay que alimentarle por medio de una sonda nasal. La religiosa se obstina. Y consigue su primera victoria en ese nuevo puerto de amor y de misericordia. Pronto varias decenas de bebés llenan las cunas y los parquecillos. Todos los días llegan cinco o seis. Sus hermanas, sus amigos, su confesor se alarman. ¿Cómo va a asegurar el sustento de tanta gente? Con los huéspedes del asilo, son ya varios centenares de bocas. A esta pregunta responde con su luminosa sonrisa:

—¡El Señor proveerá!

Y el Señor proveyó. Afluyen donativos. Familias ricas envían a sus chóferes con los coches llenos de arroz, de hortalizas, de pescado. Una tarde, la Madre Teresa se cruza por la escalera con el propietario de la casa donde vive.

—¡Es magnífico! —le anuncia exultante—. Acabo de obtener del gobierno una subvención mensual de treinta y tres rupias para cien de nuestros niños.

—¿Del gobierno? —repite el propietario, incrédulo—. Pues la compadezco, Madre. Porque no sabe usted dónde se ha metido. Se verá obligada a formar una junta de administración, a organizar dos reuniones por mes, a llevar complicados libros de cuentas, y Dios sabe cuántas cosas más.

Y en efecto, aún no habían transcurrido seis meses cuando se celebró una reunión en el palacio del gobierno. Una docena de burócratas vestidos de *dhoti* examinan los registros de la religiosa. Hacen preguntas, discuten, critican. La Madre Teresa, exasperada, se pone en pie.

—Pretenden ustedes exigir que gaste treinta y tres rupias para los niños que subvencionan —se indigna—, cuando sólo gasto diecisiete para los demás niños, que son los más numerosos. ¿Cómo voy a gastar treinta y tres rupias para unos y diecisiete para los demás? ¿Quién es capaz de hacer una cosa así? Señores, gracias y hasta la vista. Prescindiré de su dinero.

Y salió de la habitación.

En esta ciudad ya agobiada por superpoblación, declara la guerra al aborto. Hace dibujar carteles, que sus hermanas fijan por las paredes, anunciando que acogerá a todos los niños que le lleven. Cuando oscurece, jóvenes encintas van a pedir un lugar para su futuro bebé. El ángel de misericordia vela perpetuamente en socorro de las demás especies de desheredados. Después de los moribundos y de los niños abandonados, los más desgraciados de los hombres, los leprosos. En Titagarth, un barrio de chabolas del suburbio industrial de Calcuta, en un terreno prestado por la Compañía de ferrocarriles, construye un edificio de ladrillos sin revocar y chapa metálica donde alberga a los enfermos más graves, llevándoles todos los días vendajes, comprimidos de Sulfone, palabras de consuelo. Decenas y pronto cientos de enfermos se agolpan ante la puerta de este oasis de amor.

Titagarth no es más que un comienzo. Ahora lanza por toda la ciudad a comandos de hermanas indias con la misión de abrir siete dispensarios más. Uno de ellos se instala en el *slum* donde había cuidado a sus primeros pobres. Los leprosos afluyen. Un funcionario del ayuntamiento que vive allí cerca protesta por aquella desagradable vecindad. Amenaza con avisar a las autoridades. La Madre Teresa tiene que ceder. Pero no deja de sacar una lección de aquel incidente.

—Lo que necesitamos son dispensarios móviles —anuncia a sus hermanas.

Varias furgonetas blancas con el emblema de las Misioneras de la Caridad acabarán por recorrer la inmensa ciudad para ir a prestar sus cuidados hasta en los barrios más abandonados. Paul Lambert quería atraer a uno de esos vehículos a Anand Nagar. Mejor aún, soñaba con que dos o tres hermanas de la Madre Teresa fueran a hacer funcionar la pequeña leprosería que proyectaba instalar en la antigua escuela coránica de la Ciudad de la Alegría, cerca del establo de búfalos.

Avanzó por el espacio libre que quedaba entre los cuerpos y se acercó a la silueta arrodillada. La Madre Teresa lavaba las llagas de un hombre aún joven, tan delgado que parecía uno de esos cadáveres vivientes que encontraron los aliados en los campos de concentración nazis. Toda su carne había desaparecido. Sólo subsistía la piel, tensa sobre los huesos.

La religiosa le hablaba suavemente en bengalí. «Nunca olvidaré la mirada de aquel hombre», dirá Lambert. «Su sufrimiento se convertía en asombro, y luego en amor.» Al advertir una presencia a sus espaldas, la Madre Teresa se puso en pie. Vio la cruz de metal que llevaba el sacerdote.

—¡Oh, Father! —se excusó humildemente—. ¿En qué puedo servirle?

Paul Lambert se sintió terriblemente incómodo. Acababa de interrumpir un diálogo del que captaba lo que tenía de único. Los ojos desorbitados del moribundo parecían suplicar a la Madre Teresa que volviera a dedicarle su atención. Era patético. El sacerdote se presentó.

—¡Claro que he oído hablar de usted! —dijo la monja calurosamente.

—Mother, he venido a pedir su ayuda.

—¿Mi ayuda? —levantó su gruesa mano hacia el techo—. Es la ayuda de Dios lo que hay que pedir, Father. Yo no soy absolutamente nada.

Un joven europeo pasó entonces por el pasillo llevando una jofaina. Madre Teresa le llamó. Le señaló al moribundo.

—Ámale —le ordenó—. Ámale con todas tus fuerzas.

Entregó al joven sus pinzas y sus gasas, y se alejó, guiando a Paul Lambert hacia un espacio vacío que separaba la sala de los hombres de la de las mujeres, y donde había una mesa y un banco. En la pared había un tablero con unas líneas. Era un proverbio hindú. Lambert lo leyó en voz alta, maravillado:

Si tienes dos pedazos de pan,
da uno a los pobres,
vende el otro
y compra jacintos
para alimentar tu alma.

—*Very good,* Father, *very good...* —dijo la Madre Teresa con su pintoresco acento, mezcla de eslavo y de bengalí, después de haber escuchado el proyecto de leprosería que le expuso el francés—. *You are doing God's work.* Está usted haciendo un trabajo querido por Dios. *Okay,* Father, le enviaré a tres hermanas acostumbradas a cuidar leprosos.

Y paseando su mirada por la sala llena de cuerpos tendidos, añadió: «Nos dan mucho más de lo que nosotros les damos.»

Una monja muy joven se acercó y le habló en voz baja. Necesitaban su presencia en otro lugar.

—*Goodbye,* Father —dijo—. Venga a celebrar la misa para nosotros una mañana.

Paul Lambert estaba emocionado. «Bendita seas, Calcuta, porque en tu desgracia has hecho nacer santos.»

39

La situación no cesaba de empeorar. Espantosos atascos paralizaban cada vez más a menudo las vías de circulación. A ciertas horas, avanzar un paso era toda una hazaña. Con frecuencia las calles del centro quedaban inmovilizadas en un *maelström* de tranvías privados de electricidad, de camiones averiados, con los radiadores humeando como géiseres, de autobuses de dos pisos inmovilizados por la rotura de un eje, e incluso en otros sitios, hordas de taxis amarillos con las carrocerías cayéndose a pedazos, embestían a trompicones en medio del estruendo de las bocinas. Carros tirados por búfalos, carretas agobiadas bajo enormes cargas que avanzaban a fuerza de brazos, nubes de *coolies* llevando sobre la cabeza montañas de mercancías se deslizaban en medio de esta turbamulta. Más lejos, el hormigueo de los peatones que disputaban a los *rickshaws* su parte de calzada, a menudo hundida a causa de la rotura de un conducto de agua o de una cloaca. Todo parecía romperse y hundirse cada día un poco más. «Había también los clientes que nos pinchaban con la punta de un cuchillo en el vientre exigiendo la recaudación del día», contará Hasari Pal, «los borrachos que pagaban a puñetazos, las *goondas* y las prostitutas que desaparecían sin pagar la carrera, los elegantes *mensahibs* que nos estafaban unas *paisa,* los palurdos que al llegar regateaban lo que se había convenido al subir al *rickshaw*». Un día Hasari rogó al *munshi* que añadiera a su giro un corto mensaje para su padre en la casilla reservada a la correspondencia: «Estamos bien. Me gano la vida tirando de un *rickshaw*». Lleno de orgullo por haber podido tener ese gesto con los que lo esperaban todo de él, se apresuró a volver a la acera donde acampaba con su mujer y sus tres hijos. Aquel día tenía una gran noticia que anunciarles.

—¡Mujer! —gritó al ver a Kamla que estaba en cuclillas fregando la escudilla de la vecina—. ¡He encontrado un alojamiento en un *slum*!

¡Un *slum*! Para unos campesinos acostumbrados a su baño diario en un estanque, a la limpieza de las cabañas, a la alimentación sana del campo, la perspectiva de vivir en un barrio de chabolas sin agua, sin cloacas, a veces sin letrinas, no era algo muy prometedor. Pero cualquier cosa era preferible a una acera. Allí, al menos, unos trozos de tela o de palastro depositados sobre cuatro cajas les iban a proporcionar algo parecido a una vivienda, un cobijo precario para hacer frente al frío del próximo invierno y, dentro de unos meses, a los desbordamientos del monzón.

El barrio de chabolas donde Hasari había descubierto tres metros cuadrados de espacio estaba situado en plena ciudad, en la prolongación de la gran avenida Chowringhee que pasaba junto al parque Maidan. Su fundación se remontaba a la época de la guerra con China, cuando millares de refugiados procedentes del norte invadieron Calcuta. Unas cuantas familias se detuvieron un día en aquel terraplén entre dos calles, dejaron allí sus miserables hatillos, clavaron en el suelo unas estacas y tendieron unos pedazos de tela para protegerse del sol. Otras familias se unieron a este primer núcleo, y así el pequeño campamento llegó a convertirse en un barrio de chabolas, en medio de un barrio de viviendas. Nadie se opuso a ello. Ni las autoridades municipales, ni la policía, ni los propietarios del terreno. Toda la ciudad estaba ya moteada de manchas semejantes de miseria, en las que unos centenares de desarraigados vivían a veces sin tener siquiera agua potable. Algunos de estos islotes existían desde hacía más de una generación. Sin embargo, no todo el mundo se desinteresaba de aquellos *squatters*. Apenas instalarse en su pequeña porción cuadrada de barro, cada recién llegado tenía que pagar inmediatamente una cantidad obligatoria. Éste era uno de los aspectos de la asombrosa industria de extorsión ejercida por la mafia del lugar, con la ayuda de ciertas autoridades debidamente sobornadas para ello. Una «mafia» estrictamente autóctona que no tenía nada que envidiar a su ilustre modelo ítalo-norteamericano.

Incluso antes de hacer la «mudanza», Hasari recibió la visita de un hombrecillo tuerto que decía ser el representante del «propietario» de aquellos lugares, es decir, el padrino local. El sistema funcionaba según principios bien experimentados. Cada vez que un puñado de refugiados se detenía en alguna parte para edificar allí una choza, aparecía el representante de la mafia provisto de una orden de demolición perfectamente legal que procedía del ayuntamiento. Los *squatters* tenían que elegir entonces entre pagar un alquiler mensual o comprar el terreno. Por sus tres metros cuadrados, Hasari Pal tuvo que avenirse a pagar una «entrada» de cincuenta rupias y comprometerse a pagar por anticipado todos los meses veinte rupias de alquiler. Aquellas sanguijuelas no se limitaban a cobrar alquileres y otros «impuestos de residencia». De hecho, su control se extendía a toda la vida del barrio. Como era la única autoridad local, la mafia se erigía en «protectora» de la población. En cierta medida era verdad. Intervenía cuando un conflicto necesitaba un arbitraje, o, en período electoral, distribuyendo una lluvia de favores a cambio de los votos: cartillas de racionamiento, acometida de una canalización de agua, construcción de un templo, admisión de niños en una escuela del gobierno. Quien se atreviese a poner en duda la legitimidad de este poder oculto era implacablemente castigado. De tiempo en tiempo se incendiaban chozas. A veces era un barrio entero el que ardía. De vez en cuando se descubría un cadáver acribillado a cuchilladas. Esta dictadura omnipresente se ejercía de múltiples maneras. A veces de forma directa: tal era el caso del barrio de Hasari, en el que vivían varios representantes de la mafia. En otros islotes implantados cerca de unas casas en construcción, de una destilería, de un vertedero de basuras o de una cantera, reinaba por mediación de los gerentes o propietarios de estas empresas. Éstos tenían un poder absoluto sobre los habitantes, ya que estos últimos dependían de ellos para su plato de arroz cotidiano. En otros lugares imponía su ley a través de comités y asociaciones. Estas organizaciones eran otras tantas tapaderas. Tanto si eran religiosas como si representaban a una casta o a una región de origen, todas ofrecían a la mafia y a sus relaciones políticas un medio ideal de dominar profundamente la población de los *slums*. Entonces ya no se trataba tan sólo de cobrar alquileres e impuestos. La mafia administraba justicia incluso en el interior de las familias, fijaba el importe de las multas, recogía los donativos para las fiestas religiosas, negociaba las bodas, los divorcios, las adopciones, las herencias, decretaba excomuniones, en una palabra, regía los ritos y las costumbres de todos desde el nacimiento hasta su muerte, incluyendo esta última: no era posible encontrar un lugar en un cementerio si se era musulmán, ni hacerse incinerar si se era hindú, salvo pagándole un diezmo.

Los Pal se fueron de su acera discretamente, al anochecer. Apenas habían amontonado sus pobres enseres en el *rickshaw* y doblado la esquina de la avenida, cuando una nueva familia de refugiados se instalaba en su lugar.

40

El drama estalló en el instante en que Paul Lambert salía de las letrinas. Oyó aullidos y vio una jauría de niños y adultos que acudían corriendo. Un diluvio de piedras y de proyectiles diversos no tardó en caer en torno al pequeño edículo, faltando muy poco para que dieran al sacerdote. Dio un salto hacia atrás y entonces descubrió el blanco de todo aquel furor: una infeliz en andrajos, desgreñada, con la cara manchada de sangre y de heces, los ojos llenos de odio, la boca espumeante, que prorrumpía en gritos de animal agitando sus manos y sus brazos descarnados. Cuantas más injurias vomitaba la mujer, más se encarnizaban con ella. Hubiérase dicho que toda la violencia latente en el *slum* estallaba de golpe: la Ciudad de la Alegría quería un linchamiento. El francés trató de ir en ayuda de la desventurada, pero alguien le sujetó por los hombros y le hizo retroceder. Las fieras iban a lanzarse al ataque. Unos hombres sacaron cuchillos. Las mujeres les excitaban vociferando. Era atroz. Pero de repente el sacerdote vio surgir de entre el gentío a un hombrecillo de cabellos grises que blandía un garrote. Reconoció al viejo hindú de la *tea shop* que había enfrente de su casa. Volteando su bastón por encima de sus cabezas, se precipitó hacia la infeliz y, sirviéndole de escudo con su magra silueta, se volvió hacia los agresores:

—¡Dejad en paz a esta mujer! —les gritó—. Es Dios quien nos visita.

El populacho se inmovilizó, fascinado. Los aullidos cesaron bruscamente. Todas las miradas estaban fijas en la frágil figura del viejo hindú. Al cabo de unos segundos que le parecieron una eternidad, Lambert vio que uno de los asaltantes armados de cuchillos se acercaba al anciano. Al llegar ante él se prosternó, dejó el arma a sus pies, hizo el gesto de limpiar el polvo de sus sandalias y de llevárselo a la frente en señal de respeto. Luego se incorporó, dio media vuelta y se fue. Otros le imitaron. En cosa de unos minutos la jauría había desaparecido. Entonces el anciano se acercó a la loca, que le miraba como un animal acorralado. Lenta, delicadamente, con el faldón de su camisa limpió las deyecciones y la sangre que había sobre su rostro. Luego la ayudó a levantarse y, sujetándola por la cintura, la condujo hasta el callejón y la hizo subir al desván de su *tea shop*.

Sólo mucho más tarde Lambert llegaría a conocer la historia de aquel justiciero que llevaba el nombre luminoso de Surya, Sol. Tres años antes, las manos que ahora manejaban boles de té y escalfadores moldeaban bolas de arcilla proyectadas contra una rueda de piedra. Después de varias vueltas, estas bolas se convertían entre los dedos del viejo hindú en cubiletes, cacharros, copas, platos, lámparas para el culto, vasijas e incluso gigantescas tinajas de dos metros de altura utilizadas para las bodas. Surya era el alfarero de Biliguri, población de un millar de habitantes que está a doscientos kilómetros al norte de Calcuta. Sus antepasados habían sido los alfareros de la aldea desde tiempos inmemoriales. La función de alfarero formaba parte tan íntima de la vida de la comunidad como la del sacerdote brahmán o la del usurero. Todos los años, en cada familia hindú se rompían ritualmente los cacharros, lo mismo en cada nacimiento, como señal de bienvenida a la vida, que en cada muerte, para permitir al difunto que partiese al más allá con su vajilla. También los rompían en las bodas, en la familia de la novia, porque al irse la joven moría a los ojos de sus padres, y en la del novio porque con la llegada de la esposa nacía un nuevo hogar. Y asimismo los rompían con ocasión de numerosas fiestas, porque los dioses querían que todo fuese nuevo en la tierra. En resumen, el alfarero tenía la seguridad de que no iba a faltarle trabajo.

Aparte de Surya y de sus dos hijos que trabajaban con él, sólo había otros siete artesanos en el pueblo. Todos sus obradores daban a la plaza principal. Había un herrero, un carpintero, un cestero que fabricaba también redes y trampas, un joyero que dibujaba él mismo lo que llamaban «los collares de ahorro». (Cuando una familia disponía de un poco de dinero, las mujeres se precipitaban a su tienda para añadir uno o dos eslabones de plata a su collar.) Había también un tejedor, un zapatero remendón y por fin un barbero, cuyas habilidades consistían más que en ocuparse de los cabellos de sus conciudadanos, en hacer la felicidad de su progenie, porque era el casamentero oficial. Finalmente, a ambos lados del taller de Surya había dos tiendas, la del abacero y la del confitero. Sin los *mishtis* de este último, confites más dulces aún que el azúcar, no hubiera podido cumplirse ningún rito religioso o social.

Hacia el fin del monzón de aquel año se produjo en Biliguri uno de esos hechos en apariencia insignificantes a los que de momento nadie prestó atención. Ramesh, el hijo primogénito del tejedor que trabajaba en Calcuta, volvió a la aldea con un regalo para su mujer: un sello de plástico rojo como un *hibiscus*. En aquellos remotos campos nunca se había visto aún semejante utensilio. El material flexible y ligero del que estaba hecho suscitó la admiración general. Pasó de mano en mano con pasmo y envidia. El primero que comprendió el interés de ese nuevo objeto fue el abacero. Aún no habían transcurrido tres meses cuando su escaparate se adornaba con sellos parecidos, de diversos colores. Cubiletes, platos y cantimploras enriquecieron más tarde su colección. El plástico había conquistado un nuevo mercado. Y al propio tiempo asestaba un golpe mortal a uno de los artesanos de la aldea. El alfarero Surya vio disminuir rápidamente su clientela. Y en menos de un año quedó sumido en la miseria con sus hijos. Los dos varones con sus familias tomaron el camino del destierro hacia la ciudad. Surya trató de resistir. Gracias a la solidaridad de su casta, encontró trabajo en un pueblo que distaba unos cincuenta kilómetros y que aún no había sido afectado por la fiebre del plástico. Pero el virus estaba en marcha y todos los pueblos de la región no tardaron en estar contaminados. El gobierno provincial incluso concedió créditos a un industrial de Calcuta para que construyese una fábrica. Un año después todos los alfareros de la región estaban en la ruina.

Desesperado, Surya se dirigió a su vez a Calcuta. Llevará con él a su esposa, pero la pobre mujer, que sufría de asma, no pudo soportar el choque de la contaminación urbana. Murió al cabo de unos meses en la esquina de la acera donde se habían instalado. Después de la cremación de su mujer en una hoguera a orillas del Hooghly, Surya vagó largamente junto al río, desamparado. De pronto a unos dos kilómetros del puente de Howrah, vio a un hombre que llenaba un cesto con arcilla. Le abordó. El hombre trabajaba en una alfarería que estaba al lado del *slum* de Anand Nagar, donde se fabricaban esos cuencos sin asa que servían de tazas de té y que se rompen después de usarlos. Gracias a este encuentro, al día siguiente Surya estaba ya en cuclillas ante un torno moldeando centenares de esos pequeños recipientes. El taller proveía a las numerosas *tea shops* diseminadas a lo largo de las callejas de la Ciudad de la Alegría. Un día, el anciano musulmán que estaba al frente de la de Fakir Bhagan Lane apareció ahorcado de uno de los bambúes del techo. Se había suicidado. Surya, que ya no se sentía con fuerzas para hacer un trabajo manual prolongado, fue a ver al propietario de la tienda y obtuvo la concesión. Desde entonces, sin dejar de desgranar su «om», calentaba sus recipientes de té con leche en su *chula* que ahumaba durante todo el día la calleja. Pero el viejo hindú era un hombre tan bueno y tan santo que los habitantes de Fakir Bhagan Lane se lo perdonaban.

Algún tiempo después de su llegada, Paul Lambert había recibido la visita de su vecino. Éste había entrado en su cuarto con las manos juntas a la altura del corazón. Aunque la boca del buen hombre no tuviese casi dientes, su sonrisa confortó el corazón del francés, quien le invitó a sentarse. Permanecieron unos minutos contemplándose en silencio. «En Occidente las miradas apenas te rozan», observará Lambert. «La de aquel hombre te entregaba el alma entera.» Al cabo de unos diez minutos, el hindú se levantó, juntó de nuevo las manos inclinando la cabeza y se fue. Volvió al día siguiente y observó el mismo silencio respetuoso. Al tercer día, arriesgándose a romper un delicado misterio, el sacerdote le interrogó acerca de los motivos de su mutismo.

—Paul, gran hermano —respondió—, tú eres una «gran alma». En presencia de una gran alma, no se necesitan palabras.

Así se hicieron amigos. En medio de las familias musulmanas que rodeaban al francés, el hindú se convirtió en una especie de boya a la que aferrarse cada vez que perdía pie. En efecto, con los hindúes, el vínculo era más fácil. Para ellos, Dios estaba en todas partes. En esta puerta, esta mosca, este bambú. Y en los millones de encarnaciones de un panteón de divinidades en el que Surya consideraba que Jesucristo también tenía su lugar, con el mismo derecho que Buda, Mahavira e incluso Mahoma. Porque todos esos profetas eran avatares del Gran Dios que lo trascendía todo.

41

En línea recta, la ciudad de Miami, en Florida, está a doce mil kilómetros de Calcuta, pero para medir la distancia real que separa a estas dos ciudades habría que recurrir a años luz. Ciertamente, en Miami hay barrios casi tan miserables como algunos *slums* de Calcuta, sobre todo en su periferia sur y oeste, poblada principalmente por refugiados cubanos y haitianos, y por negros norteamericanos. En el curso de estos últimos años, los actos de pillaje, los atracos y los crímenes de toda especie causados por la miseria física, la droga, la desesperación, han sido frecuentes. En ciertas partes de la ciudad reinaba tal psicosis de inseguridad que muchos de sus habitantes prefirieron emigrar a zonas más tranquilas, cuando no a otras regiones de los Estados Unidos. Ahora bien, nada parecido se había producido jamás en Calcuta, donde nunca se había visto amenazada la seguridad de las personas y de las propiedades, salvo durante el período del terrorismo naxalita. Allí cada año se cometían menos crímenes que sólo en el centro de Downtown de Miami. Una joven podía recorrer en plena noche Chowringhee o cualquier otra arteria de un barrio periférico sin correr el menor peligro.

Miami contenía islotes de riqueza y de lujo de los que ningún habitante de Calcuta, ni siquiera los que jamás habían pisado un *slum*, hubiese podido llegar a sospechar la existencia. En uno de estos lugares, una vasta marina oculta entre palmeras y bosquecillos de jacarandás, había multimillonarios que vivían en suntuosas quintas con piscinas, pistas de tenis y atracaderos particulares en los que amarraban *cabin-cruisers*, algunos de los cuales tenían dimensiones de verdaderos paquebotes pequeños. Varias de esas propiedades contenían igualmente un helipuerto, cuando no un campo de polo cuyas cuadras eran lo suficientemente grandes como para albergar varias decenas de caballos. Todo este barrio, si es que puede hablarse de barrio, estaba protegido por una alta cerca enrejada y vigilado por una milicia privada cuyos coches, debidamente equipados de sirenas y de girofaros, patrullaban noche y día. Nadie podía entrar allí, ni siquiera a pie, si no iba provisto de un pase electrónico cuyo código cambiaba todas las semanas, o si no era esperado e identificado por los guardianes del puesto de control que había en la entrada. En Miami existían otros islotes semejantes, casi tan lujosos como éste. Éste se llamaba King Estates, Hacienda Real.

Una de las casas más hermosas de King Estates, una especie de hacienda mexicana completamente blanca, con patios, fuentes y un claustro con columnas, era propiedad de un famoso cirujano, un judío llamado Arthur Loeb. Este gigante que medía un metro noventa, de cabellos rojos que apenas empezaban a grisear, apasionado por las novelas policíacas, por la pesca de altura y por la ornitología, poseía una de las clínicas más lujosas de la ciudad, la Bel Air Clinic, con ciento cuarenta camas, especializada en el tratamiento de la cirugía de las enfermedades pulmonares y de las vías respiratorias altas. Estaba casado desde hacía veintinueve años con la dulce y rubia Gloria Lanzar, hija única de uno de los pioneros del cine sonoro; tenía dos hijos: Gaby, de veinte años, una bulliciosa morena que estudiaba arquitectura en el Miami College of Fine Arts, y Max, de veinticinco años, un gigante pelirrojo como él, y también como él con la piel cubierta de pecas, que terminaba sus estudios en la facultad de Medicina de la Tulane University de Nueva Orleans. Porque Max había abrazado la profesión de su padre; le faltaba un año para el concurso final de internado; había decidido especializarse en la cirugía torácica. Arthur Loeb no podía, pues, quejarse de nada: hasta su sucesión al frente de la Bel Air Clinic parecía garantizada.

—Profesor, me voy de los Estados Unidos.

No había ninguna burla en el hecho de llamarle «profesor». Desde el día en que Arthur Loeb, con birrete y toga negra bordada de rojo, había subido al estrado de la Universidad de Columbia para que se le confiriera el título de profesor de Medicina, sus hijos le habían dado ese apodo cariñoso.

Arthur Loeb tiró de las riendas de la yegua y se volvió hacia su hijo. El rostro de Max era totalmente impasible.

—¿Qué quiere decir eso de que te vas de los Estados Unidos?

—Me voy un año a la India.

—¿A la India? ¿Y tu concurso de internado?

—He pedido una prórroga.

—¿Una prórroga?

—Sí, profesor, una prórroga —repitió Max, haciendo un esfuerzo por conservar una perfecta calma.

Su padre aflojó las riendas. Los caballos iniciaron un trotecillo.

—¿Y a qué viene esta sorpresa? —preguntó a los pocos pasos.

Max fingió no advertir la irritación que impregnaba el tono de la pregunta.

—Sencillamente, tengo ganas de cambiar un poco de aire... y de prestar algunos servicios.

—¿Qué significa eso de «prestar algunos servicios»?

Max sabía que no iba a poder seguir disimulando durante mucho tiempo más. Prefirió decirlo todo de golpe.

—Me han invitado a hacer una sustitución en un dispensario —dijo sencillamente.

—¿Y en qué parte de la India? ¡La India es tan grande como los Estados Unidos!

—En Calcuta, profesor.

Este nombre causó tal efecto en Arthur Loeb que perdió los estribos. Hizo que la yegua volviera al paso y dejó descansar las manos sobre el pomo de la silla. *Calcutta! Of all places, Calcutta!*, repitió sacudiendo la cabeza. Como muchos norteamericanos, Loeb no sentía muchas simpatías por la India, y su actitud se convertía en repulsión tratándose de Calcuta, ciudad que para él era sinónimo de miseria, de mendigos, de gentes que aparecían muertas por la mañana en las aceras. ¿Cuántos programas de televisión había visto, cuántos reportajes de revistas había leído donde todas las tragedias de esa metrópoli se exhibían complacientemente? Pero más aún que las imágenes de hambre, de superpoblación, de degradación, era sobre todo el recuerdo de un hombre lo que motivaba la aversión del cirujano por la mayor democracia del mundo. Un hombre lleno de arrogancia y de odio, dando al mundo lecciones de moral desde lo alto de la tribuna de las Naciones Unidas. Como toda Norteamérica, recordaba las diatribas del indio Krishna Menon, el enviado de Nehru en el Palacio de Cristal, un peligroso visionario con aires de gran sacerdote, escupiendo su veneno sobre el Occidente en nombre de los valores de un tercer mundo que según él estaba estrangulado por el hombre blanco.

—¿No has encontrado un lugar mejor para ir a ejercer tus habilidades? —dijo bruscamente Arthur Loeb. Y en seguida añadió—: ¿Y tú te imaginas, pobre infeliz, que tus queridos compañeros van a guardarte el puesto para cuando vuelvas? Cuando regreses, todos tendrán ya su diploma, y vas a encontrarte con una nueva hornada que puedes estar seguro de que no te va a tratar con contemplaciones.

Max no respondió.

—¿Está al corriente tu madre? —preguntó el cirujano.

—Sí.

—¿Y lo aprueba?

—No exactamente..., pero, en fin, me ha parecido que lo entendía.

—¿Y Sylvia?

Sylvia Paine era la novia de Max. Una bella muchacha alta y rubia, de veintitrés años, imagen perfecta de la norteamericana sana y deportiva. Sus padres poseían la propiedad vecina de la de los Loeb en el parque de King Estates. Su padre era el propietario del principal diario de Miami, el *Tribune*. Ella y Max se conocían desde niños. Tenían que casarse en junio, después del concurso del internado.

—Sí, profesor. Lo sabe —respondió Max.

—¿Y qué opina Sylvia?

—¡Me ha propuesto ir conmigo!

—¡Pobre chica! —dijo ácidamente Arthur.

Un relincho de su yegua impidió que Max oyera este comentario. Los caballos habían visto su cuadra al fondo de la avenida de adelfas en flor.

Seis semanas después de este paseo a caballo, Max Loeb tomó el avión para Nueva Delhi. Sus padres supieron estar a la altura de las circunstancias y habían dado un *party* en su honor. Las tarjetas de invitación precisaban que Max iba a pasar un año sabático de estudio y de reflexión en Asia. Asia era muy grande, y Max había aceptado no revelar a nadie su destino concreto, a fin de no suscitar comentarios desagradables en la pequeña colonia de los multimillonarios. Su última noche en Miami la pasó naturalmente con su novia. Llevó a la joven a cenar al «Versailles», el restaurante francés de moda en Boca Ratón, una playa elegante al norte de Miami. Pidió una botella de Bollinger, su champán preferido, y ella propuso un brindis por el éxito de su misión y por su regreso lo más pronto posible. Sylvia llevaba un vestido de muselina rosa muy descotado y una simple sarta de perlas en torno al cuello. Los cabellos, recogidos en forma de moño con una peineta de concha, le dejaban la nuca descubierta, dando un aire soberbio a su cabeza. Max no podía apartar los ojos de ella.

—¡Eres tan hermosa! —dijo—. ¿Cómo podré estar lejos de ti?

—¡Oh, encontrarás a indias que aún son más hermosas! Y dicen que no admiten comparación como amantes. Incluso he oído decir que saben preparar unos brebajes que vuelven loco de amor.

En aquel momento Max pensó en el barrio de chabolas que le había descrito Paul Lambert en sus cartas, pero la idea de despertar los celos de la muchacha no le desagradó.

—Haré lo posible por instruirme para hacerte aún más feliz —dijo guiñándole un ojo.

Una simple broma. Max sabía que el exuberante aspecto físico de Sylvia ocultaba una naturaleza tímida, secreta y púdica. Su gran pasión era la poesía. Conocía de memoria millares de versos y podía recitar toda la obra de Longfellow, así como largos fragmentos de Shelley, Keats, Byron, e incluso de Baudelaire y de Goethe. Aunque eran amantes desde que ambos estudiaban en la *High School* (aquel día en el *cabincruiser* del padre de Max, mientras pescaban el pez espada entre Cuba y Cayo Largo), su historia de amor había sido más intelectual que física. Aparte de la práctica de deportes como la equitación y el tenis, apenas participaban en las diversiones habituales de los jóvenes de su edad. «Por la noche no íbamos casi nunca a fiestas», contará Max más tarde, «y detestábamos bailar. Preferíamos permanecer durante horas y horas tendidos en la arena ante el mar, discutiendo sobre la vida, el amor y la muerte. Y Sylvia me recitaba los nuevos poemas que habían enriquecido su repertorio desde la última vez que nos habíamos visto».

Sylvia había ido varias veces a visitarle a Nueva Orleans. Exploraron juntos los tesoros históricos de la Luisiana. Cierta noche en que una tormenta tropical les obligó a quedarse en una plantación a orillas del Mississippi, se habían amado en una cama donde habían dormido Mademoiselle de Granville y el marqués de Lafayette. «Sin ninguna duda, nuestra unión estaba ya inscrita en nuestros horóscopos», dirá Max. «Aunque la familia de Sylvia fuese de religión protestante y la mía judía practicante, sabíamos que nada hubiera podido hacer más dichosos a nuestros padres.»

Pero de pronto, exactamente siete meses antes de la boda, Max decidía súbitamente irse por un año. No le había dicho nada a su novia de las razones profundas que ocasionaban su decisión. Hay actos en la vida de un hombre que, según él, no necesitan ninguna explicación. Y no obstante, aquella última noche, en la suave penumbra del restaurante, impulsado por la euforia del champán y por el suave aroma de un habano Montecristo de contrabando, decidió confesar la verdad. «En caso de que me ocurriese algo, quería que supieran que no me había ido por un capricho.» Contó cómo un día, en la biblioteca de la universidad, su mirada se posó en la fotografía de un niño que ilustraba la portada de una revista publicada en el Canadá por una asociación humanitaria. Era un niño indio de cinco o seis años, sentado delante de la pared decrépita de un cuchitril de Calcuta. El casco negro de su revuelta pelambrera le ocultaba la frente y una parte de los ojos, pero entre los mechones de pelo brillaban las dos llamitas de sus pupilas. Lo que más impresionó a Max fue su sonrisa, una sonrisa tranquila y luminosa que formaba dos profundos hoyuelos en torno a la boca, descubriendo cuatro dientes de leche, radiantes de blancura. No parecía hambriento, pero probablemente era muy pobre, porque iba completamente desnudo. Apretaba entre sus brazos a un bebé de pocos días envuelto en trapos. «Lo sujetaba con tanto orgullo», dirá Max, «con tanta seriedad detrás de su sonrisa, y con un sentido tan evidente de sus responsabilidades, que permanecí varios minutos sin ser capaz de apartar la mirada». El niño era un habitante de la Ciudad de la Alegría, y el bebé que llevaba en brazos era su hermanito. El periodista que tomó la fotografía contaba en su artículo su visita al *slum* y cómo había conocido allí a «un apóstol blanco venido de Occidente para vivir entre los hombres más desheredados del mundo». Aquel apóstol blanco se llamaba Paul Lambert. Respondiendo a una pregunta del periodista, había expresado el deseo de que alguien que poseyera una buena formación médica, a ser posible un médico joven, fuese durante un año a Anand Nagar para trabajar con él y ayudarle a organizar una verdadera asistencia médica en aquel lugar privado de toda ayuda.

—Le escribí —concluyó Max—. Me respondió que me esperaba lo antes posible. Parece ser que la tregua del invierno se acaba allí y que pronto empezarán las tórridas temperaturas del verano y del monzón.

La palabra monzón hizo que un relámpago pasara por los ojos azules de la norteamericana.

—¡El monzón! —repitió, pensativa.

Entonces recordó un poema de Paul Verlaine que le gustaba de un modo especial. «*There is weeping in my heart*», recitó mirando amorosamente a Max, «*like the rain falling on the city. What is this languor which pierces my heart?*» (Llora en mi corazón como llueve sobre la ciudad. ¿Qué es esa languidez que penetra en mi corazón?)

42

En su marco dorado que decoraba una guirnalda de flores, la imagen expresaba la fuerza y la belleza. Sobre su elefante revestido de tapices con incrustaciones de pedrería, el personaje parecía un maharajá conquistador. Llevaba una túnica bordada de hilos de oro y constelada de joyas. Lo único que le diferenciaba de un hombre eran las alas y los cuatro brazos que blandían un hacha, un martillo, un arco y el astil de una balanza. Se llamaba Viswakarma, y efectivamente no era un hombre, ni siquiera un príncipe, sino un dios del panteón hindú. Uno de los más grandes. Viswakarma personificaba en la mitología de la India el poder creador. Los himnos del Veda, los libros sagrados del hinduismo, le glorificaban como «el arquitecto del universo, el dios que lo ve todo, el hacedor del cielo y de la tierra, el creador, el padre, el dispensador de todos los mundos, el que da sus nombres a las divinidades y se sitúa más allá de la comprensión de los mortales». Pero, según el Mâhabhârata, la cumbre épica del hinduismo, Viswakarma no era solamente el arquitecto supremo. Era también el artificiero de los dioses y el fabricante de sus herramientas, el señor de las artes y el carpintero del cosmos, el constructor de los carros celestes y el creador de todos los ornamentos. En consecuencia, era el protector de todos los oficios manuales que permiten subsistir a los hombres, lo cual le valía un culto particular por parte de los obreros y de los artesanos de la India.

Así como los cristianos glorificaban durante el ofertorio de la misa al «Dios del universo, que da el pan, fruto del trabajo de los hombres», los indios veneraban a Viswakarma, fuente de trabajo y de vida. Todos los años, después de la luna de septiembre, en la miríada de obradores de los barrios de chabolas de Calcuta, al igual que en todas las grandes fábricas modernas de los suburbios, su efigie triunfante reinaba sobre todos los lugares de trabajo abundantemente decorados para una ferviente *puja* de dos días. Era un maravilloso momento de comunión entre patronos y obreros, una loca fiesta de los ricos y de los pobres mezclados en una misma adoración y una misma plegaria.

Como todos los *slums*, la Ciudad de la Alegría celebraba con una fe particular la festividad del dios que da el pan. ¿Acaso aquel amontonamiento de tugurios que componía el barrio no albergaba el hormiguero más fantástico de trabajadores que pudiera imaginarse? Todos los días, una puerta abierta que daba a una cueva, los chirridos de una máquina, un montón de objetos nuevos ante una barraca, revelaban a Paul Lambert la presencia de un nuevo taller, de una pequeña fábrica, de una minúscula *workshop*. Aquí, media docena de niños semidesnudos a los que veía recortando láminas de hojalata para hacer escudillas; más allá, otros muchachos, como Nasir, el hijo de Mehbub, empapaban objetos en baños de vapores deletéreos. En otro lugar, unos niños fabricaban cerillas y fuegos de Bengala, envenenándose lentamente al manipular el fósforo, el óxido de cinc, el polvo de amianto y la goma arábiga. Sin embargo, el artículo veinticuatro de la Constitución india estipulaba que «ningún niño puede trabajar en una fábrica o en una mina, ni tener ninguna ocupación que entrañe peligro». Casi enfrente de donde vivía el francés, en la oscuridad de una *workshop*, unas formas ennegrecidas laminaban, soldaban, ajustaban piezas de chatarra en medio de un olor de aceite hirviendo y de metal recalentado. Un poco más lejos, en una especie de cobertizo sin ventanas, una decena de sombras confeccionaban *bidi*. Casi todos eran tuberculosos que ya no tenían fuerzas para manejar una prensa o tirar de un *rickshaw*. Si no se interrumpían ni un minuto, podían liar hasta mil trescientos cigarrillos al día. Por mil *bidis* recibían once rupias, ochenta y ocho centavos de dólar.

En otro lugar, en un cuarto minúsculo, Paul Lambert descubrió un día, cerca de una fragua, una enorme hélice de barco. La puerta era tan estrecha que hubo que ensanchar el umbral de tierra apisonada a golpes de pico para sacar aquel mastodonte. Cinco hombres consiguieron por fin sacar la hélice sobre unas ruedas y descargarla en un *telagarhi*. El patrón contrató a tres *coolies* para tirar de la carreta y les mandó que avanzaran. Las espaldas y las cinturas se encorvaron en un esfuerzo desesperado. Las ruedas giraron. El patrón suspiró, satisfecho. No iba a ser necesario contratar a un cuarto *coolie*. Pero, ¿qué iba a pasar al poco rato, cuando los tres desdichados llegasen al pie de la cuesta del puente de Howrah?, se preguntó Lambert. ¿Cuántos meses o años necesitaría para descubrir todos aquellos lugares en donde hombres y niños pasaban la existencia fabricando muelles, piezas de camiones, ejes para telares, pernos, depósitos de avión, e incluso engranajes de turbinas de un sexto de micrón?

Toda una mano de obra de una destreza, de una inventiva, de una maña asombrosas fabricaba, imitaba, reparaba, renovaba cualquier pieza, cualquier máquina. Allí se reutilizaba, se transformaba, se adaptaba el pedazo más pequeño de metal, el más ínfimo residuo. «Nada iba nunca al desguace», dirá Lambert, «porque todo renacía como por milagro. En las tinieblas, el polvo, el mobiliario de sus talleres, los obreros de Anand Nagar eran el orgullo del dios que otorga el pan. Con igual frecuencia, ay, eran también su remordimiento. Por razones de docilidad y de rendimiento, gran parte de esta mano de obra era sumamente joven. En el momento de contratar personal, un niño, en efecto, tenía siempre prioridad. Sus deditos son más hábiles y se contenta con un sueldo mísero. Estos obreros figuraban entre los menos protegidos del mundo.

»No tenían ninguna seguridad social; a menudo eran explotados de un modo ignominioso, trabajando hasta doce y catorce horas seguidas en locales en los que ningún zoo del mundo se atrevería a albergar a sus animales. Muchos de ellos comían y dormían allí mismo, sin luz ni ventilación. Ni un solo día festivo. Un solo día de faltar al trabajo y se les despedía. Un comentario fuera de lugar, una reivindicación, una riña, una hora de retraso acarreaba el despido inmediato sin ninguna retribución. Sólo los que conseguían especializarse de un modo u otro (torneros, laminadores, obreros de prensas especializadas) tenían una esperanza real de conservar durante más tiempo su empleo.

»Sólo en mi *slum* eran millares. Tal vez quince o veinte mil. Y naturalmente, varios cientos de miles en Calcuta, y millones en toda la India. ¿Cómo era posible que nunca hubiesen utilizado esta fuerza de ser tantos para mejorar su condición? Es una pregunta que siempre me ha intrigado, y para la que no tengo una respuesta satisfactoria. Desde luego, sus orígenes rurales no les habían acostumbrado a la reivindicación colectiva. La miseria en la que vivían hacía que para ellos incluso los talleres-presidio fueran una bendición. ¿Cómo protestar contra un trabajo que permite llevar todos los días a la familia el arroz que necesita? Y cuando una familia se encuentra en el desamparo más absoluto a causa de la enfermedad o de la muerte del padre, ¿cómo no comprender que uno de los hijos acepte cualquier trabajo? Sin duda todo eso es muy poco moral, ¿pero quién puede hablar de moral y de derecho cuando se trata de la supervivencia?

»Y los sindicatos, ¿qué hacían para defenderles? Además de las tres poderosas centrales sindicales que agrupan a varios millones de miembros, hay en la India cerca de dieciséis mil sindicatos, de los cuales corresponden sólo a Bengala siete mil cuatrocientos cincuenta. Y no son precisamente huelgas lo que falta en su historial: solamente en Bengala, todos los años se pierden más de diez millones de jornadas de trabajo. Pero en un *slum* como la Ciudad de la Alegría, ¿quién se va a atrever a iniciar una huelga? Hay demasiada gente que espera el puesto de trabajo de uno.

»Sin ofender a Viswakarma, el dios que da el pan, ellos eran los verdaderos condenados de la tierra, los forzados del hambre. Y sin embargo, con qué ardor y qué fe honraban todos los años a aquel dios, y pedían su bendición para las máquinas y las herramientas a las que estaban encadenados».

Desde el día anterior, el trabajo había ya cesado en todos los talleres del *slum*. Ayer, mientras los obreros se afanaban limpiando, pintando y decorando sus máquinas y sus herramientas con follaje y guirnaldas de flores, los patronos fueron a Howrah a comprar los tradicionales iconos del dios de cuatro brazos montado en su elefante, y sus estatuas de arcilla pintada hechas por los alfareros del barrio de los *kumars*. El tamaño y el esplendor de esas imágenes dependían de la dimensión de las empresas. En las grandes fábricas, las estatuas de Viswakarma eran el doble o el triple del tamaño natural, y costaba cada una de ellas millares de rupias.

En el espacio de una noche todos los presidios de sufrimiento se transformaron en lugares de culto, adornados con espléndidos altares decorados y con flores, y al día siguiente por la mañana todo el *slum* resonaba nuevamente con el jubiloso estrépito de la fiesta. Los esclavos de la víspera llevaban rutilantes camisas abigarradas, *longhis* nuevos; sus esposas se envolvían en saris de ceremonia piadosamente conservados durante todo el año en el baúl familiar. Los niños resplandecían con sus trajes de principitos. La zarabanda de los metales y de los tambores de la fanfarria había sustituido al estruendo de las máquinas en torno a las cuales giraba el brahmán, agitando una campana con una mano y llevando en la otra el fuego purificador, a fin de que fuese bendecido cada instrumento de trabajo. Aquel día, numerosos obreros fueron a ver a Lambert para pedirle que bendijese también en nombre de su Dios los utensilios que les permitían sobrevivir. «Bendito seas, oh Dios del universo, que das el pan, porque tus hijos de Anand Nagar te aman y creen en ti», repitió el sacerdote francés en cada uno de los talleres. «Y alégrate con ellos por este día de luz en medio de las tristezas de su vida.»

Después de las bendiciones, empezaron las fiestas. Patronos y capataces sirvieron a los obreros y a sus familiares un banquete de curries, carne, hortalizas, *curd*,[1] *puri*[2] y *laddus*.[3] El *bangla* y el *todi*[4] corrieron profusamente. Rieron, bebieron, bailaron y, sobre todo, olvidaron. Viswakarma podía sonreír desde sus mil lechos de flores: había reconciliado a los hombres con el trabajo. Estas celebraciones se prolongaban hasta muy avanzada la noche, bajo la luz de los focos. Este pueblo privado de televisión, de cine y de casi todos los espectáculos, se abandonaba a la magia de la fiesta. Los obreros y sus familias corrían de taller en taller, maravillándose ante las estatuas más hermosas, felicitando a los autores de las decoraciones más suntuosas, mientras los altavoces derramaban por todas partes un monzón de música popular y los petardos puntuaban las libaciones.

Al día siguiente, los obreros de cada taller cargaron las estatuas en un *telagarhi* o un *rickshaw* y las acompañaron al son de los tambores y los címbalos hasta el Banda *ghat*, a orillas del Hooghly. Luego las arrojaron al río para que sus cuerpos de arcilla se disolvieran en el agua sagrada madre del mundo. «*Viswakarma Kai Jai!* ¡Viva Viswakarma!», gritaban en aquel instante millares de voces. Luego cada cual volvía junto a su máquina. Y el telón caía por un año entero para los esclavos del dios que da el pan.

43

Nosotros llamábamos a la fiesta de Viswakarma «la *puja* de los *rickshaws*», contará Hasari Pal. «Nuestra fábrica, nuestros talleres, nuestras máquinas, eran dos ruedas, una caja y dos varas. Si una rueda se rompe en un hoyo, si un camión arranca una vara, si un autobús aplasta al *rickshaw* como un *chapati*, ¡adiós, Hasari! Es inútil ir a llorar a la *gamcha*[5] del propietario. Todo lo que podía esperarse como regalo, era que sus *gunda* nos diesen una buena paliza en su nombre. Nosotros sí que necesitábamos la protección del dios, y mucho más que nadie. No sólo por nuestro carrito. También para nosotros. Un clavo en el pie, un accidente o la fiebre roja, como en los casos de Ram o del Chirlo, y estábamos listos.»

Lo mismo que sus empleados, los propietarios de los *rickshaws* veneraban fervientemente al dios Viswakarma. Por nada del mundo hu-

1. *Curd*: palabra inglesa: yogur.
2. *Puri*: torta de trigo hojaldrada y frita con mantequilla.
3. *Laddu*: bolita de leche cuajada, azucarada y frita.
4. *Todi:* vino de palma.
5. *Gamcha*: especie de toalla o trapo, objeto indispensable en la vida cotidiana.

bieran dejado de congraciarse con él organizando en su honor una *puja* tan vibrante y generosa como la de los demás lugares de trabajo de Calcuta. En general, la fiesta se desarrollaba en sus domicilios. Solamente el viejo Narendra Singh, llamado el Bihari, el dueño del *rickshaw* de Hasari, se obstinaba en ocultar su dirección. «Tal vez tenía miedo de que un día en que estuviéramos encolerizados fuéramos a hacerle una visita», bromeaba Hasari. Su hijo primogénito alquilaba, pues, un gran edificio rodeado de un jardín, detrás de Park Circus, y allí hacía levantar un magnífico *pandal* que se decoraba con guirnaldas de flores y con cientos de bombillas alimentadas por un generador que se alquilaba para el caso. La víspera de la fiesta, cada uno de los hombres-caballo procedía a hacer un minucioso repaso de su *rickshaw*. Hasari incluso compró el resto de un bote de pintura negra para disimular los arañazos de la madera. Engrasó cuidadosamente los cubos de las ruedas con unas gotas de aceite de mostaza, para que ningún ruido desagradable irritase los oídos del dios. Luego fue al barrio de chabolas en busca de su mujer y de sus hijos. Kamla le tenía preparada su ropa de fiesta, un *longhi* de cuadritos multicolores y una camisa a rayas azules y blancas. Ella misma se había engalanado con el sari de ceremonia rojo y oro que habían traído del pueblo. Era el sari de su boda. A pesar de las ratas, de las cucarachas, de la humedad, de las cloacas que se desbordaban, había conseguido conservar su empaque original. También los niños estaban suntuosamente vestidos. Tan limpios y tan elegantes que acudían para admirarles gentes de todo el barrio. El dios iba a estar satisfecho. Toda la familia vivía en una casucha de cajas de madera y trozos de tela, pero hoy los que salían de aquel chamizo eran unos príncipes.

Kamla, su hija y su hijo menor subieron al *rickshaw*. Nunca el pobre carrito había llevado viajeros tan orgullosos y elegantes. Los tres eran como un ramo de orquídeas. Manooj, el hijo mayor, se puso entre las varas, porque su padre no quería sudar aquella camisa tan bonita. La casa que había alquilado el hijo del «Viejo» no estaba muy lejos. Ésta era una de las características de la ciudad: los barrios de los ricos y los barrios de chabolas donde vivían los pobres estaban muy cerca los unos de los otros. Eran pocos los *rickshaws wallahs* que tenían la suerte de celebrar la *puja* en familia. La mayor parte de ellos vivían solos en Calcuta, pues los suyos se habían quedado en el pueblo. «Lo siento por ellos», deploraba Hasari, «nada es más agradable que celebrar una fiesta con toda la familia. Es como si el dios se convirtiera en el tío o el primo de uno».

El propietario había hecho bien las cosas. Su *pandal* estaba decorado como un verdadero altar. Los bordados de flores blancas y rojas, y los adornos hechos con palmas formaban como un arco de triunfo en la entrada. En medio, sobre una alfombra de claveles y de jazmines, había una enorme estatua de Viswakarma magníficamente pintada, con carmín en los labios y *khol* en los ojos. «¡Qué grandioso es nuestro dios, qué poderío demuestra!», se extasió Hasari. Sus brazos se elevaban hasta el techo de la tienda, blandiendo un hacha y un martillo como para arrancar las dádivas del cielo. Hubiérase dicho que de su pecho podía salir el soplido de la tempestad, que sus bíceps podían levantar montañas y sus pies aplastar todas las bestias salvajes de la creación. Con un dios como aquél por protector, ¿cómo no iban a ser los pobres carritos como carros celestiales? ¿Y caballos con alas los infelices que tiraban de ellos?

Hasari y su familia se prosternaron ante la divinidad. Kamla, que era muy piadosa, había llevado ofrendas, un plátano, un puñado de arroz y pétalos de jazmín y de claveles que depositó a sus pies. Su marido fue a estacionar su *rickshaw* junto a todos los demás, en el jardín. Uno de los hijos del dueño se apresuró a adornarlo con guirnaldas de flores y de follaje. «¡Qué lástima que no pueda hablar para agradecerlo!», le dijo Hasari. Todos los carritos, con las varas llenas de flores apuntando como lanzas hacia el cielo, eran un espléndido espectáculo. Apenas podía reconocer los pobres carritos rechinantes de los que él y sus compañeros tiraban todos los días hasta perder el aliento. «Parecía como si una varita mágica les hubiese dado una nueva encarnación.» Cuando todos los *rickshaws* estuvieron en su lugar, se oyó un redoble de tambor, luego una algazara de címbalos. Entonces entró un viejo brahmán con *dhoti* blanco, precediendo a una fanfarria de unos cincuenta músicos con chaquetas y pantalones rojos galoneados de oro. Un joven brahmán, cuyo torso desnudo aparecía ceñido por una cuerdecilla, se puso a golpear frenéticamente el badajo de una campana para informar al dios de su presencia y el sacerdote pasó luego lentamente entre las hileras de *rickshaws*, vertiendo sobre cada uno de ellos unas gotas de agua del Ganges y un poco de *ghee*. Todos estaban sobrecogidos de emoción. Esta vez no eran lágrimas de congoja, ni tampoco sudor, lo que caía sobre sus pobres carritos, sino el agua fecundante del dios que iba a proteger y a dar de comer a sus hijos. Cuando el sacerdote hubo bendecido todos los *rickshaws*, volvió ante la divinidad para depositar en sus labios un poco de arroz y de *ghee*, y para incensarlo con fuego del *arti* que llevaba en una copita. Entonces uno de los hijos del patrón gritó: *«Viswakarma Kai Jai!»* «¡Viva Viswakarma!» Los seiscientos hombres que estaban presentes repitieron la invocación tres veces seguidas. Era un aullido triunfal y sincero que sonaba mejor a los oídos de los propietarios que las consignas hostiles gritadas con motivo de la reciente huelga. «Pero, ¿por qué no gritar también: "¡Viva Viswakarma y viva la solidaridad de los *rickshaws*!"?», se preguntó Hasari.

«¿Y por qué no gritar también: "¡Viva la revolución!"? ¿Es que Viswakarma no era el dios de los trabajadores más que de los propietarios? Aunque a veces nos parecía que se olvidase de engrasar la rueda de nuestro *karma*.»

Después de la ceremonia, el primogénito del «Viejo» invitó a todos los trabajadores y a sus familias a sentarse en la hierba. Los que procedían de las mismas regiones se agruparon, lo mismo que los que habían acudido con sus familias. Los otros hijos depositaron entonces ante cada uno una hoja de banano, sobre la que vertieron varios cucharones de arroz y de curry de cordero, con *chapatis*, dulces y una mandarina. Un verdadero banquete que los estómagos encogidos por las privaciones no tenían la posibilidad de absorber del todo. «De todas formas», dijo Hasari, «a mí lo que más me llenaba el estómago era el espectáculo de nuestros patronos inclinados hacia nosotros para servirnos. Era como ver a una familia de tigres ofrecer hierba a un rebaño de antílopes».

44

Llamaron a la puerta del 19 Fakir Bhagan Lane. Era Anonar. Paul Lambert ayudó al lisiado a franquear el umbral y le instaló sobre la estera de paja de arroz que le servía de cama. El visitante tenía un aire embarazado.

—Paul, gran hermano, tengo que pedirte un gran favor —terminó por decir, juntando sus palmas atrofiadas en un gesto de súplica.

—Soy tu hermano, puedes pedírmelo todo.

—Pues bien, ¿podrías ir a decirle a Puli que quiero casarme con Meeta?

—¿Con Meeta? —repitió Lambert estupefacto—. ¡Pero si es su mujer!

—Ya lo sé, Paul, gran hermano, por eso quisiera que fueses tú quien se lo pida. A ti te escuchará. A ti todo el mundo te respeta.

Puli era un hombrecillo reseco de piel negrísima que tenía unos cincuenta años. Originario del sur, un día hizo escala en Calcuta y ya no había salido de la ciudad. Seguramente contrajo la lepra en su juventud, en el curso de las largas peregrinaciones de su vida nómada: era presentador de monos. Una vez convertido en mendigo, frecuentó durante años las escaleras del templo de Kali. Una disputa con el jefe local del *racket* de los mendigos le obligó a trasladarse a las escaleras de la estación de Howrah, al otro lado del río. Sus habilidades de comediante le proporcionaban apreciables ingresos. No había viajero que se resistiese a la comicidad de su mímica y al horror de sus llagas. Como la enfermedad que sufría no le había mutilado de un modo aparatoso él mismo se preparaba falsos vendajes que embadurnaba con litros de mercurocromo.

Vivía en uno de los corralillos más miserables de la colonia de leprosos de Anand Nagar con su esposa Meeta, una dulce joven de veintisiete años, y tres hermosos hijos que tenían de cuatro años a seis meses. Meeta, hija de un alfarero refugiado del Pakistán Oriental, había nacido en el *slum*. A los dieciséis años, cuando sus padres iban a casarla con un alfarero de su casta, la joven descubrió en su mejilla derecha una manchita blancuzca insensible al tacto. Después de varias semanas de vacilaciones, fue a hacer cola en la consulta del hospital de Howrah. El veredicto del médico fue inmediato. Se trataba de una mancha de lepra. Para sus padres, Dios había maldecido a la hija. La echaron inmediatamente de la choza familiar. De no hacerlo, era toda la familia la que corría el peligro de ser expulsada por los vecinos. Obligada a mendigar por los alrededores de la estación, Meeta fue recogida por un bengalí que la vendió a una casa de citas de Calcuta. Cuando el propietario descubrió que su nueva pupila era leprosa, la molió a palos y la arrojó a un vertedero. Allí la recogieron unos traperos, fue conducida al asilo de la Madre Teresa y allí salvada *in extremis*. Entonces volvió a mendigar cerca de la estación, donde la conoció el antiguo presentador de monos.

La petición de Anonar dejó a Lambert sin habla. Aún ignoraba en qué medida el mundo de los leprosos era un universo aparte con sus propias leyes. La lepra —sobre todo en sus fases más avanzadas— exacerba la sensualidad. Los leprosos fornican y se reproducen como conejos. No hay norma que les frene. Como se saben malditos por Dios y excluidos por el resto de los hombres, no respetan ningún tabú. Son libres. Ningún representante de la ley meterá nunca la nariz en sus asuntos. En Anand Nagar, esos hombres desfigurados, mutilados, degradados, no carecían de mujeres. Sus ganancias de mendigos siempre les permitían comprar alguna. El último recurso de una familia muy pobre que no conseguía casar a alguna de las hijas a causa de su físico poco agraciado o de alguna deformidad, era venderla a un leproso. Pero una sola esposa raramente bastaba para los apetitos de un enfermo. La mayoría de las mujeres tenían, pues, varios maridos, y recíprocamente. Estos concubinatos se organizaban gracias a un intermediario antes de oficializarse con una fiesta tan costosa como las de las demás bodas.

—Paul, gran hermano —insistió Anonar, con vigor—, te aseguro que no te costará convencer a Puli. Puedo darle lo que pida.

Con estas palabras, el leproso hundió sus muñones en el cinturón del taparrabo y sacó un fajo de billetes atados con un cordel. «Trescientas rupias, ¡no me va a decir que no!»

—¿Lo has consultado con Meeta? —preguntó Lambert, para quien esta cuestión era primordial.

Anonar pareció sorprenderse.

—Meeta hará lo que su marido le mande —replicó tranquilamente.

Desde luego, Lambert se negó a intervenir. Estaba dispuesto a hacer todo lo que pudiera al servicio de sus hermanos, pero no a servir de alcahuete. Anonar se vio obligado a dirigirse directamente a su «rival». Después de laboriosas negociaciones, el trato se cerró finalmente por quinientas rupias, doscientas más de las que contenía el fajo del cinturón del lisiado. Anonar pidió prestada la diferencia (e incluso mucho más para los gastos de la boda) al usurero de la colonia, un gordo punjabí por cuya cuenta trabajaban varios mendigos.

En esta comunidad, en la que todos los miembros se sabían impuros y malditos, la religión no intervenía para nada. Jamás un brahmán o un *mollah* había ido allí a celebrar una ceremonia. Hindúes, musulmanes y cristianos vivían mezclados en una relativa indiferencia por las creencias y los ritos de sus religiones de origen. Sin embargo, había algunos pocos usos que se perpetuaban, como la elección de una fecha propicia para una boda. La colonia poseía incluso su astrólogo, un anciano de barba blanca llamado Joga que durante cuarenta años había dicho la buenaventura en la explanada del Maidan. Su trabajo no siempre era fácil, sobre todo cuando los futuros novios ignoraban, como en el caso de Anonar y de Meeta, su fecha de nacimiento. El viejo Joga se contentó con sugerir un mes que estuviese bajo la influencia benéfica del planeta Venus, y un día de la semana que no fuese ni martes ni sábado ni domingo, los tres días nefastos del calendario semanal indio.

Un *ghetto* de condenados en plena bacanal. El día elegido, deslumbrado por las luces de los focos, asordado por los berridos de unos altavoces que parecían a punto de enloquecer, Paul Lambert penetró en el barrio de los malditos. Aunque desaprobase interiormente la naturaleza de la alianza que iba a concertarse, no había querido rechazar la invitación de sus amigos. Tan raras eran las personas saludables que ofrecían a aquellos parias el consuelo de su presencia. Unas leprosas envueltas en saris de muselina multicolor esperaban en la puerta al invitado de honor de los novios para adornarle con guirnaldas de claveles y de jazmín, y para poner sobre su frente el *tilak* de bienvenida, la mancha de polvo escarlata que simbolizaba el tercer ojo del conocimiento. Paul Lambert iba a necesitar aquel ojo suplementario para captar todos los refinamientos de la insólita fiesta de la cual iba a ser el príncipe. Había cambiado sus zapatillas de deporte y su vieja camisa negra por unas babuchas en forma de góndola y una magnífica *kurta* de algodón blanco bordado, regalos de los futuros esposos a su hermano de miseria. A su alrededor, el espectáculo era increíble. Con sus camisas nuevas y sus chalecos de colores, con las mejillas bien afeitadas y los vendajes inmaculados, los leprosos casi habían recuperado una apariencia humana. Su alegría confortaba el corazón. El maestro de ceremonia era el propio Puli, primer esposo de la futura novia. No se sabía de dónde había sacado un frac y una chistera que le hacía parecer un Monsieur Loyal de Magic Circus.

—¡Bienvenido a nuestra casa, Paul, gran hermano! —gritó con su voz de falsete, apretando a Paul Lambert contra sí con sus muñones.

Por su aliento se advertía que ya había hecho algunas visitas a las provisiones de *bangla* destinadas a la fiesta. Llevó a su invitado de honor hacia el cuarto del «novio». A Lambert le costó trabajo reconocer la inmunda choza. Los leprosos lo habían pintado todo en honor de la boda de Anonar. Guirnaldas de flores colgaban del techo de bambú y la tierra apisonada del suelo relucía como un jardín de *rangoli*. Expresión de alegría popular con motivo de fiestas y de grandes solemnidades, los *rangoli* son magníficas composiciones geométricas de buen agüero, trazadas con harina de arroz y polvos de colores. Los enfermos más graves se encontraban ahora alojados en casas de diferentes familias. En medio de la choza, sólo había un *charpoi*, también decorado con guirnaldas de flores y cubierto por un soberbio *patchwork* de Madrás hecho de docenas de cuadraditos abigarrados. Sentado sobre aquel lecho principesco estaba Anonar, el hombre sin piernas. A su lado había el trono en el cual no tardaría en hacerse llevar hasta el lugar de la ceremonia. Acogió a su testigo de boda con efusiones de cariño. Luego, bruscamente, se puso serio.

—Paul, gran hermano, ¿no llevas encima ninguna ampollita? —preguntó en voz baja—. Precisamente hoy me duele mucho.

Debido a su experiencia, Paul Lambert nunca visitaba a los leprosos sin llevar en el bolsillo una dosis de morfina. Sin embargo, aquella noche se preguntó qué efectos podía causar aquel calmante tan enérgico en el comportamiento de su amigo durante la fiesta, y sobre todo más tarde, cuando se quedase a solas con la novia. Por precaución sólo le inyectó la mitad de una ampolla. Apenas había guardado su jeringuilla, cuando media docena de matronas vestidas de largas túnicas multicolores, la cabeza ceñida por una diadema, el cuello y los brazos cubiertos de bisutería, entraron cantando *bhajans*, cánticos religiosos. El atuendo y sus adornos hacían olvidar su mal. Aunque Anonar fuese de origen musulmán, las mujeres iban a cumplir uno de los ritos esenciales de toda boda hindú, el *«holud-natch»*, la purificación del novio. Se apoderaron del cuerpo del pobre Anonar y lo friccionaron con ayuda de toda clase de ungüentos y pastas amarillas que despedían un fuerte olor de almizcle y de azafrán. La escena hubiera sido de una comicidad irresistible de no ser el objeto de todos aquellos cuidados un cuerpo semidestruido. Una vez terminadas las unciones, las matronas procedieron al aseo del novio, rociándole de agua. Luego se dedicaron a vestirle. Anonar se dejaba hacer como un niño. Empezaron por ponerle la *kurta*, una soberbia camisa de seda verde con botones dorados. Aquel hombre que se arrastraba por el fango sobre una tabla con ruedas, ¿había podido soñar alguna vez que llevaría una prenda semejante? Luego llegó el turno de un holgado pantalón de seda rojo intenso. El leproso sacudió con sus manos atrofiadas las dos perneras vacías y se echó a reír.

—¡Eso te sentaría mejor a ti que a mí! —espetó a Lambert.

«Las perneras vacías del pantalón en aquel decorado de fiesta le ponía a uno como un nudo en el estómago», confesará el francés. En ausencia de toda autoridad religiosa, el maestro de ceremonias era quien debía disponer todo el acto. Ningún teólogo de ninguna religión hubiera podido orientarse en aquel embrollo ritual de los leprosos de Anand Nagar. Pero Puli era un as, y al fin y al cabo aquella boda le atañía muy de cerca. Y por lo tanto no había olvidado nada, empezando por el cumplimiento de la sacrosanta costumbre de la cual iba a ser el beneficiario indirecto: el novio tenía que hacer unos regalos a su prometida.

—Paul, gran hermano, tú que eres el testigo tienes que llevar los regalos de Anonar a Meeta —dijo a Lambert—. Y subrayó estas palabras con un guiño que quería decir: «Al menos si los llevas tú estaré seguro de que no va a desaparecer nada por el camino.»

Entonces Anonar sacó de su jergón una serie de paquetitos envueltos en papel de periódico y atados con gomas. Cada paquete contenía algún adorno o aderezo. Aparte de tres anillos de plata de verdad, el resto era más bien pacotilla de bazar, una sortija para los dedos de los pies, unos pendientes, una piedra para la nariz, un collar de ámbar y una *matika*, la diadema que llevaban las matronas. De todas formas, la elección de aquellos regalos ya había sido acordada entre Puli y Anonar. A las alhajas se añadían dos saris, varios tubos de cosméticos y una caja de golosinas de canela. Puli lo puso todo en una cesta y lo tendió a Lambert. Luego llamó a la escolta. Ocho leprosos tocados con chacós de cartón rojo y vestidos con chalecos amarillos con alamares y pantalones blancos, entraron en la choza. Eran los músicos. Dos de ellos sujetaban entre sus roídas falanges palillos de tambor, otros dos unos címbalos y los dos últimos unas abolladas trompetas. Puli levantó su chistera y la pequeña procesión se puso en marcha en medio de un bullicio de carnaval. Tan majestuoso como Baltasar rumbo a Belén, Paul Lambert avanzaba con su cesta de ofrendas sobre la cabeza, atento a no resbalar en una cloaca con sus babuchas en forma de góndola. Puli estaba tan orgulloso de exhibir su invitado de honor ante toda la colonia que hizo que el cortejo diera varias veces la vuelta al barrio antes de penetrar en el corralillo de Meeta. La visión que esperaba a Lambert en aquel cuchitril donde había pasado tantas horas confortando a los malditos del *slum*, era tan insólita que se preguntó si no era víctima de una alucinación. Todo el patio estaba cubierto de velos de muselina y tapizado de guirnaldas de claveles, de rosas, de flores de jazmín. Alimentadas por la electricidad de un generador que habían alquilado especialmente para la fiesta, sartas de bombillas iluminaban el patio con una claridad que jamás había conocido. Dibujado con polvo en el suelo, una alfombra de *rangoli* brillaba como un encaje de mármol. Era algo soberbio.

Lambert entregó su cesto de ofrendas a una de las matronas que montaban guardia en la puerta de la choza de Meeta. Luego, arrastrado por Puli y la fanfarria que rivalizaba en ardor con los berridos de los altavoces, volvió al domicilio de Anonar. Era casi medianoche. Era la hora propicia en la que en el cielo «el día está a caballo sobre la noche». La ceremonia podía empezar. No había yegua blanca enfundada en oros y en terciopelos para conducir al lisiado hasta el patio recubierto de muselina en el que le esperaba la novia, Meeta, con la cara tapada por un cuadrado de algodón rojo. Pero su sillón decorado de flores y llevado como un palanquín, por otros cuatro leprosos, bien podía compararse con la mejor de las monturas. Tocado con un turbante dorado, precedido por el inenarrable Puli, que saludaba a la muchedumbre a sombrerazos, acompañado por el estrépito de la fanfarria que agrietaba las paredes de adobe, atravesó el barrio como un maharajá que se dirige a su coronación. Tras él, Lambert llevaba ceremoniosamente un pedazo de tela doblado que unos instantes después cubriría la cara de Anonar antes de entrar en el patio de la boda. En medio de esos ruidos, de esas risas, de esos olores, entre aquellos seres desfigurados y mutilados, el francés vivía una «fantástica lección de esperanza», maravillado de que «tanta vida y tanta alegría pudieran surgir de una abyección semejante».

Puli levantó su chistera y la música enmudeció. Se encontraban ante el corralillo y había que disimular la cara del novio. Dos matronas cogieron el pedazo de tela de manos de Lambert y lo prendieron con alfileres en la parte superior del turbante. El hermoso rostro barbudo de Anonar desapareció a la vista. La chistera de Puli volvió entonces a elevarse por encima de las cabezas, y el cortejo se puso en marcha de nuevo al son de los tambores y de los címbalos. «En el reino de los Cielos serán las caras más hermosas del mundo», pensaba el sacerdote mirando la hilera de pobres seres vestidos de fiesta que esperaban alrededor del pequeño patio. En un cuenco lleno de aceite situado en medio de los *rangoli* ardía una llama. Era el tradicional fuego del sacrificio ofrecido a los dioses para que bendijeran la unión que se preparaba. La frágil silueta de Meeta estaba sentada sobre un almohadón, con la cabeza inclinada hacia adelante, completamente oculta por el velo. Parecía meditar. Sobre sus cabellos brillaba la diadema dorada que le había enviado Anonar en su cesto de regalos. Un olor a incienso impregnaba el aire lleno de humo.

Cuando el cortejo hubo dado tres vueltas al patio, Puli hizo una señal a Lambert para que se colocase a la izquierda de la novia. Luego ordenó a los porteadores que depositaran a Anonar a su derecha. Con la chistera bien encasquetada, hinchando el pecho en su frac demasiado holgado, comenzó entonces a oficiar. ¡Admirable Puli! Nadie podía imitar como él a un brahmán. Adoptando un aire inspirado, comenzó por soltar con su voz de carraca una interminable retahíla de fórmulas. La asistencia parecía fascinada por aquella melopea monocorde que puntuaba a intervalos regulares un golpe de címbalo. Después de este preámbulo, entró en el meollo de la celebración. El «Panigrahan» era el rito esencial del casamiento brahmánico. Puli sacó del bolsillo una cuerdecilla violeta y ató con ella la mano derecha del novio y de la novia mientras repetía sus nombres en voz alta. Así celebraba el primer contacto físico entre los esposos. Mientras Puli recitaba nuevas plegarias, Lambert contempló aquellas dos palmas mutiladas unidas por la ligadura. La visión le recordó una frase de Léon Bloy que había leído una vez en un libro: «No se entra en el paraíso mañana ni dentro de diez años. Se entra hoy, cuando uno es pobre y está crucificado.» Llegó entonces el momento más intenso de la ceremonia. La fanfarria y los asistentes guardaban silencio. Puli invitó a los novios a conocerse de manera oficial. Lenta, tímidamente, cada uno apartó con la mano libre el velo del otro. La alegre cara barbuda apareció ante los ojos grandes, un poco tristes y ennegrecidos por el *khol*, de Meeta. Paul Lambert adelantó la cabeza para captar toda la emoción de aquel instante. Para tratar también de adivinar los pensamientos de la joven leprosa a quien su marido había vendido por quinientas rupias. Los ojos de Meeta brillaban entre las lágrimas.

Una auténtica boda hindú comprendía otros muchos ritos que variaban según las provincias y las castas. Pero uno de ellos era universal. Sin él ninguna ceremonia era completa. Puli invitó a los esposos a dar siete vueltas alrededor del fuego sacrificial, siempre con las manos atadas por la cuerdecilla. En su excitación, había olvidado que Anonar carecía de piernas. Hubo que llamar otra vez a los porteadores. El lisiado vio entonces que su «Paul, gran hermano» se levantaba de su almohadón y se acercaba a él tendiéndole los brazos.

—¡Hermano, déjame que te ayude a acompañar a Meeta a dar vueltas a la llama! —dijo afectuosamente.

El sacerdote levantó su frágil cuerpecito. Los tres giraron entonces lentamente, por siete veces, alrededor del fuego cósmico. Los habitantes del corralillo y otros muchos vecinos que se habían subido a los tejados contemplaban la escena con emoción. Cuando Lambert volvió a dejar a Anonar en su lugar, éste le sujetó por el brazo.

—Y tú, ¿cuándo vas a casarte? —preguntó.

Puli, que le había oído, se echó a reír. Haciendo molinetes con su chistera, gritó:

—¡Yo volveré a hacer de brahmán!

Todos rieron a la vez. Sólo la pobre Meeta parecía incómoda en su nueva situación y no compartía la hilaridad.

Y ahora el festín. A una señal de Puli, unos niños trajeron pilas de hojas de banano que repartieron entre los presentes. En seguida salieron de los cuchitriles unas mujeres cargadas con fuentes humeantes de arroz, de hortalizas, de pescado. Con un cazo en la mano, unas muchachas empezaron a servir. Discutían, reían, cantaban, bromeaban. Para hacer reír a un niño, un viejo leproso sin nariz fingía llevar una máscara. Un olor a especias se esparció por el patio a medida que se llenaban las hojas de banano. Se servía hasta a los vecinos que estaban en los tejados. Los altavoces berreaban hasta el punto de hacer vibrar las tejas. Soberbios de aspecto, en sus almohadones, los recién casados y Lambert recibían el homenaje de la comunidad ante la jubilosa mirada de Puli, que multiplicaba sus payasadas. Cada cinco o seis minutos desaparecía para volver un instante después aún más excitado. Lambert no tardó en adivinar adónde iba.

¡El alcohol! La fiesta estaba a punto de convertirse en una monumental borrachera. Las botellas de *bangla*, que hasta entonces habían permanecido ocultas en el fondo de los chamizos, empezaban a circular entre los invitados. El efecto de la bebida fue inmediato y completamente inesperado. En vez de tumbar a aquellos organismos subalimentados y enfermos, aquella brusca ingestión de etilo los electrizó. Los leprosos que podían tenerse en pie se levantaron de un brinco y se pusieron a bailar. Unos muñones se unieron a otros en una zarabanda endiablada que serpeó por el patio entre las risas y los vítores del resto de los asistentes. Había niños que se perseguían corriendo entre risas jubilosas. Sacudidas a su vez por copiosos tragos de *bangla*, las mujeres se lanzaron a unos alocados bailes en corro girando como peonzas por todo el patio. ¡Cuánta energía! ¡Cuánta vitalidad! ¡Cuánto entusiasmo de vivir! Una vez más Lambert estaba maravillado. Que no volvieran a decirle que los leprosos eran un hatajo de apáticos, un hormiguero de desechos humanos, unos guipaños resignados. Aquellos hombres y aquellas mujeres eran la Vida. La VIDA con mayúsculas. La vida que palpita, que se arremolina, que se estremece, que se agita, la vida que vibra como vibraba en toda aquella ciudad bendita de Calcuta.

Entonces se produjo algo pasmoso. A una señal de la chistera de Puli, los bailes cesaron bruscamente, los cantos y los gritos disminuyeron antes de enmudecer por completo. Las guirnaldas de bombillas se apagaron de golpe. El generador se detuvo tras un último hipido. Eran las tinieblas. Un manto de silencio cayó sobre todos. Ni un ruido, ni una palabra. Hasta los niños habían callado.

En su almohadón de honor, Paul Lambert retenía la respiración. ¿Por qué aquella súbita oscuridad? ¿Por qué aquella inmovilidad? Entonces distinguió sombras que se deslizaban entre la negrura y que entraban en las diferentes viviendas que daban al patio. Otras avanzaban a tientas sobre los tejados. Otras se fundían con la sombra del suelo. Los recién casados habían desaparecido de su lado. Aguzando el oído, captó débiles murmullos que parecían gemidos, o mejor dicho, lamentos. Incluso oyó, aunque no tardaron en ahogarse, algunos gritos. Entonces comprendió.

La fiesta no había terminado. Continuaba. Tenía su culminación en un último rito, un último homenaje a la Vida todopoderosa. Los leprosos de Anand Nagar hacían el amor.

45

«Empezó con un gran cansancio y un extraño dolor en los huesos, como si muchos policías me hubiesen estado aporreando con sus *lathis*», contará Hasari Pal. «Yo suponía que probablemente era la vejez que se anticipaba un poco, como sucede con muchos de los que tiramos de los *rickshaws*. En Calcuta, hasta las hojas de los árboles de las plazas caen antes que en el campo. Luego noté un calor raro en el pecho. Hasta cuando estaba parado esperando a los clientes, sentía ese calor que me empapaba de sudor todo el cuerpo. Era curioso porque estábamos en invierno, y bien sabe Dios que en Calcuta puede hacer tanto frío en invierno como calor en verano. Aunque me quitara el viejo chándal que me dio una clienta de Wood Street a la que llevaba todas las mañanas hasta su parada de autobús, seguía teniendo calor. Tal vez había pillado la enfermedad del mosquito.[1] Según Chomotkar, mi compañero el taxista, esta enfermedad produce grandes escalofríos. Él la había tenido y se curó tomando unas pastillitas blancas. Me trajo un montón envueltas en un trozo de periódico y me dijo que tragara dos o tres cada día. Empezamos el tratamiento con una botella de *bangla*. Chomotkar aseguraba que el *bangla* era una medicina que lo cu-

1. El paludismo.

raba todo. Pero me parece que se equivocaba, porque seguí sudando como un condenado. Y sobre todo, aquel calor en el pecho llegó a ser como una verdadera quemadura, hasta el punto de que cada vez que respiraba sentía dolor. Cada vez que subía un cliente, aunque fuese un peso ligero como un colegial, al cabo de dos o tres minutos tenía que detenerme para recobrar aliento. Un día tuve miedo de verdad. Era en Park Street. Había estacionado mi *rickshaw* para ir a comprar unos *bidi* bajo las arcadas, cuando de pronto, al pasar ante la pastelería Flury's, me vi en el cristal del escaparate. Durante un segundo me pregunté quién era aquel viejo que veía reflejado allí ante los pasteles, con las mejillas hundidas llenas de barba, aquel cráneo cubierto de cabellos blancos. De pronto vi a mi padre la mañana en que me bendijo antes de irnos a Calcuta. Nunca olvidaré aquella visión.

»Por la manera que tenía de mirarme desde hacía algún tiempo, comprendí que también mi mujer se alarmaba por mi salud. Prestaba más atención que nunca a mis gestos y a mis palabras. Parecía como si acechase los menores detalles que pudieran tranquilizarla, demostrarle que me encontraba bien. De ahí, sin duda, la solicitud inhabitual que mostraba cada vez que yo manifestaba el deseo de hacer el amor. Era curioso: cuanto más abrumado estaba de fatiga, más ganas sentía de tener relaciones con mi mujer. Como si toda la savia de mi cuerpo agotado se refugiase en el órgano de la reproducción. Por otra parte, mi mujer no tardó en anunciarme que esperaba un hijo. Esta noticia me produjo tal alegría que durante varios días no volví a notar ni el cansancio ni el frío ni el sudor. Pero después las cosas se agravaron brutalmente. Un día en que acababa de cargar a un *marwari* con un montón de paquetes, me vi obligado a detenerme y a dejar las varas. Algo se me había atascado en el pecho, no podía respirar. Caí de rodillas. El *marwari* era un buen hombre. En vez de insultarme y de llamar otro *rickshaw*, trató de hacer que recobrara el resuello dándome fuertes palmadas en la espalda. Sentí algo caliente que me llenaba la boca. Escupí. El *marwari* miró el escupitajo e hizo una mueca. Me tendió un billete de cinco rupias y trasladó sus paquetes a otro *rickshaw*. Cuando se alejaba, me hizo una señal con la mano.

»Me quedé allí un buen rato antes de volver a levantarme. Pero al escupir me sentía más aliviado. Poco a poco volví a respirar regularmente y pude reunir fuerzas como para volver a ponerme en marcha. No iba a ser hoy el día en que el dios viniese a buscarme. Mi mujer se puso a sollozar cuando le conté el incidente. Las mujeres son como los animales. Sienten la tempestad antes que los hombres. Me mandó que fuese inmediatamente a ver un *kak*[1] para que me vendiese drogas. Un

1. Curandero.

kak sólo pedía una rupia o dos, mientras que a un médico de verdad que había ido a la escuela había que darle cinco o diez veces más. Pero antes de ir en busca del *kak*, mi mujer sugirió que llevara unas ofrendas al templo para conjurar a la ogresa Surpa-Nakha, responsable de numerosas enfermedades. Puso sobre un plato un plátano, pétalos de jazmín y el equivalente de un puñado de arroz, y fuimos al templo, donde entregué al brahmán el billete de cinco rupias que me había dado el *marwari*. Recitó unos *mantras*. Depositamos nuestras ofrendas al pie de la estatua de Ganesh y encendimos varios bastoncillos de incienso. Cuando el dios con cabeza de elefante desapareció tras una cortina de humo, nos retiramos para dejarle que aplastara a la ogresa con su trompa. Al día siguiente me vi con fuerzas suficientes como para volver a coger las varas de mi *rickshaw*. Una ola de intenso frío cayó entonces sobre el norte del país. El asfalto de las calles de Calcuta bajo la planta de nuestros pies desnudos se volvió tan frío como ardiente era durante la peor canícula de antes del monzón. Las noches eran terribles. Aunque nos apretáramos unos contra otros como en una caja de pescado salado, el frío nos mordía la piel y los huesos con dientes más puntiagudos que los de un cocodrilo.

»Las pociones del *kak* de Wellesley Street debían de contener sustancias milagrosas, porque bastaron dos frascos para calmar en pocos días el dolor de los huesos y el calor de mi pecho. Estaba seguro de que pronto iba a poder volver ante la pastelería Flury's y mirarme sin miedo en el escaparate. Entonces tuve una extraña picazón en el fondo de la garganta que provocaba unas toses incontenibles. Era una tos seca y dolorosa. Se hizo cada vez más fuerte, hasta sacudirme como un cocotero durante un tornado, para dejarme al fin completamente extenuado. Claro que esos accesos de tos entre los *rickshaws wallahs* son una música tan familiar como el sonido de sus cascabeles. A pesar de todo era una experiencia aterradora. Demostraba que el dios no había escuchado mi plegaria.»

46

Con su manillar erizado de faros y de sirenas, sus anchas ruedas pintadas de verde y de rojo, el depósito reluciente como un filón de plata y el sillín recubierto de piel de pantera, la máquina parecía una de esas inmensas motos que salen en las películas. Embutido en un pantalón de cuero con los bajos en forma de patas de elefante y una camisa de seda, su piloto recorría petardeando las callejas fangosas de la Ciudad de la Alegría. Todo el mundo conocía a aquel mocetón de gafas oscuras que repartía saludos y sonrisas como un político en vísperas de elecciones. Era un personaje tan familiar como el *mollah* ciego de la gran mezquita y el viejo brahmán del templecito que había junto a las vías del tren. Se llamaba Ashoka, como el célebre emperador de la historia india. Era el hijo mayor y el principal lugarteniente del jefe de la «mafia» local.

A pesar de sus setenta mil habitantes, la Ciudad de la Alegría vivía sin ninguna autoridad legal. No tenía ni alcalde ni jueces ni policías. Como en el barrio de chabolas de los Pal, este vacío no había tardado en llenarlo la mafia. Ésta reinaba como dueña y señora en el *slum*. Dirigía, imponía tributos, arbitraba. Nadie discutía su poder. Había varias familias rivales, pero el «padrino» más poderoso era un hindú de gruesas gafas que tenía unos sesenta años y que vivía con sus hijos, sus mujeres y su clan en un edificio moderno de cuatro plantas construido cerca del *slum*, al otro lado de la Grand Trunk Road, la gran carretera Delhi-Calcuta. Se llamaba Kartik Babu, nombre que su padre le había puesto en homenaje al hijo de Shiva, dios de la guerra.

Casi todas las tabernas clandestinas del *slum* eran de su propiedad. Controlaba también el tráfico de estupefacientes y la prostitución local. Además, podía jactarse de ser uno de los mayores propietarios inmobiliarios de Anand Nagar. Había sabido elegir a sus inquilinos con una gran habilidad. En vez de familias de refugiados, había preferido vacas y búfalas. La mayor parte de los establos que albergaban los ocho mil quinientos animales de cuerna que vivían en el *slum* le pertenecían. Esta invasión animal, con su hedor, su cortejo de millones de moscas, el río de estiércol líquido que vertía todos los días en las cloacas, se remontaba al día en que, por razones de higiene, el ayuntamiento expulsó los establos del centro de Calcuta. Se anunció a bombo y platillos la creación de lecherías municipales en el exterior de la ciudad. Pero, como siempre, no se hizo nada, y los animales simplemente encontraron acomodo en la Ciudad de la Alegría y en otros *slums*. El padrino fue uno de los principales beneficiarios de esta operación: era más ventajoso alojar una vaca que una familia de nueve personas. Como él mismo decía: «Por el mismo alquiler y el mismo espacio, no se arriesga uno a la menor reclamación.»

Todo el mundo sabía que el padrino disponía de otras muchas fuentes de ingresos. Sobre todo dirigía una red de peristas que compraban y revendían las mercancías robadas en los vagones del tren. Las ganancias de este *racket* se cifraban en millones de rupias. Pero sobre todo obtenía beneficios considerables de una explotación particularmente odiosa. Sacaba dinero de los leprosos de Anand Nagar. No contento con cobrar los alquileres de sus miserables casuchas, les obligaba a pagarle un canon diario de una o dos rupias a cambio de su «protección» y de un lugar para mendigar en una acera de la estación de Howrah. El padrino había necesitado importantes apoyos políticos para poder entregarse impunemente a tales exacciones. Corría el rumor de que alimentaba generosamente las cajas del partido en el poder, del que era el agente electoral más activo. Las papeletas de voto de la Ciudad de la Alegría, incluso sujetadas por muñones, formaban parte de sus tráficos. Curiosamente, los habitantes se adaptaban bastante bien a ese estado de cosas. E incluso, como en el *slum* no existía ninguna otra autoridad indiscutida, recurrían a menudo a la del padrino. Éste se dedicaba entonces a enderezar entuertos, a la manera de Robín de los Bosques. Desde luego, casi nunca intervenía personalmente. Delegaba en su hijo mayor Ashoka o en otros miembros de su clan. Pero era él quien movía los hilos. Y nunca le faltaban recursos para establecer su autoridad. Mandaba a sus hombres para que provocasen un incidente en algún lugar, por ejemplo en una de sus tabernas. Luego, se presentaba allí Ashoka o, en los casos muy delicados, acudía él en persona para restablecer la paz y el orden y demostrar a todos lo bueno e influyente que era. Y cuando Ashoka u otro de sus hijos habían abusado de una muchacha del *slum,* se mostraba tan generoso con los padres que se apresuraban a echar tierra al asunto. En resumen, era un verdadero señor.

Cierta mañana, la presencia de la moto del hijo del padrino ante la puerta de Paul Lambert causó sensación en Fakir Bhagan Lane. En seguida circularon rumores: «El padrino busca camorra al gran hermano Paul... El padrino quiere expulsar al "Father"...» A simple vista, semejante inquietud parecía justificada. Después de haberse prosternado ante el sacerdote con el mismo respeto que si estuviera delante de la diosa Kali, el mensajero del jefe de la mafia se dirigió a él en estos términos:

—Father, mi padre me ha pedido que le invite.

—¿Invitarme? —se sorprendió el cura.

—Sí, quisiera discutir con usted un pequeño asunto. Oh, algo completamente insignificante.

Lambert sabía que nada era «insignificante» para el padrino de la mafia. Le pareció inútil andarse con más rodeos.

—Está bien —dijo—, le acompaño.

Ashoka agitó el aire con sus gruesas manos peludas.

—¡Bueno, no tan aprisa! ¡Mi padre no recibe a cualquier hora! Le espera mañana a las diez. Vendré a buscarle.

Cruzar la Ciudad de la Alegría sentado sobre el gran cubo petardeante del príncipe heredero, haciendo sonar todas las sirenas, fue una experiencia que a Paul Lambert le pareció más bien cómica. Pensaba en la cara que pondría el párroco de Howrah si le viese. «Como para que se trague el hisopo... y me excomulgue. No sé cómo los emperadores hindúes y mongoles recibían a sus súbditos», contará más tarde, «pero será difícil de olvidar la manera principesca como me recibió el padrino de Anand Nagar».

Su vivienda era un verdadero palacio. Ante la puerta había estacionados tres automóviles Ambassador, con antenas de radio y cortinillas protectoras en los cristales de las ventanillas, así como varias motos como las de los policías que escoltan a los ministros y a los jefes de Estado. El vestíbulo de la planta baja daba a una gran sala tapizada de una moqueta oriental y de cómodos almohadones. Un pequeño altar con un *lingam* de Shiva, las imágenes de numerosos dioses y una campanilla para tocar la *puja,* decoraba un ángulo de la estancia. Por todas partes ardían bastoncillos de incienso, exhalando un perfume que mareaba. El padrino se sentaba en una especie de trono de madera esculpida, con motivos de nácar y de marfil incrustados. Llevaba un gorro blanco y un chaleco de terciopelo negro sobre una larga camisa de algodón blanco. Unas gafas ahumadas de cristales muy gruesos le ocultaban completamente los ojos, pero podían adivinarse sus reacciones por el brusco fruncimiento de sus espesas cejas. Ashoka indicó por señas al visitante que se sentara en el almohadón situado ante su padre. Unos criados con turbante trajeron boles de té y botellas de limonada helada, así como una fuente de dulces bengalíes. El padrino vació una de las botellas y luego se puso a dar golpecitos en el brazo de su sillón con el grueso topacio que adornaba su dedo índice.

—Father, bienvenido a esta casa —dijo con voz ceremoniosa y un poco sorda—, considérela como su propia casa.

Carraspeó sin esperar respuesta y envió un soberbio escupitajo a un recipiente de cobre que brillaba cerca de su pie derecho. Lambert observó entonces que usaba sandalias cuyas correas tenían incrustaciones de piedras preciosas. «Es un gran honor haberle conocido», añadió su anfitrión. Uno de los criados reapareció con una bandeja sobre la cual había unos cigarros atados entre sí por un cordón. El jefe de la mafia tiró del cordón y ofreció un cigarro al sacerdote, quien rehusó. El padrino encendió el suyo sin mostrar la menor prisa.

—Usted debe de ser una persona muy particular —declaró, soltando una bocanada de humo—, porque me han dicho que ha presentado una solicitud para obtener..., casi no puedo creerlo..., para obtener la nacionalidad india.

—Evidentemente está usted muy bien informado —confirmó Lambert.

El padrino emitió una risa contenida y se arrellanó en su sillón.

—Reconocerá que puede parecer más bien sorprendente que un extranjero tenga la tentación de renunciar a ser un privilegiado de la fortuna para convertirse en un pobre indio de *slum*.

—Es probable que usted y yo no tengamos la misma concepción de la riqueza.

—En cualquier caso, me sentiré orgulloso de contar con un nuevo compatriota como usted. Y si por casualidad tardan en contestar a su solicitud, dígamelo. Tengo amigos. Trataré de influir.

—Se lo agradezco, pero yo pongo toda mi confianza en el Señor.

El padrino pareció sorprenderse al ver que alguien rechazaba su ayuda. Y pasó a otra cuestión.

—Father —dijo después de un silencio—, he oído rumores extraños... Parece que tiene usted la intención de fundar una leprosería en el *slum*. ¿Es cierto eso?

—Oh, «leprosería» es mucho decir. Se trata más bien de un dispensario para tratar los casos más graves. He pedido a la Madre Teresa la asistencia de dos o tres de sus hermanas.

El padrino midió severamente al cura con su mirada.

—Debería usted saber que nadie puede ocuparse de los leprosos de este *slum* sin mi autorización.

—Pues entonces, ¿qué espera usted para socorrerles? Su ayuda será muy bien recibida.

Las cejas del padrino se movieron frenéticamente por encima de sus gruesas gafas.

—Desde hace doce años, los leprosos de la Ciudad de la Alegría están bajo mi alta protección, y es lo mejor que podía ocurrirles —gruñó—. De no ser por mí, hace ya mucho tiempo que los habitantes del barrio les hubiesen echado. —Se inclinó hacia adelante con una expresión repentinamente cómplice—. Mi querido Father, ¿no se ha preguntado usted cómo van a reaccionar los vecinos de su «dispensario» cuando vean llegar a los leprosos?

—Confío en la compasión de mis hermanos —dijo Lambert.

—¿Compasión? ¡Ustedes, los hombres santos, hablan siempre de compasión! En vez de compasión va a tener un alboroto. ¡Pegarán fuego a su dispensario y lincharán a sus leprosos!

Paul Lambert apretó los dientes, prefiriendo no responder. «Este tipo es un granuja, pero probablemente tiene razón», pensó. El padrino volvió a encender su cigarro y lanzó una bocanada al aire echando la cabeza hacia atrás.

—Sólo veo una manera de evitar todos esos trastornos...

—¿Y cuál es?

—Que suscriba un contrato de protección.

—¿Un contrato de protección?

—Sólo le va a costar tres mil rupias al mes. Nuestras tarifas suelen ser mucho más altas. Pero usted es un hombre de Dios, y sabe bien que en la India tenemos la costumbre de respetar lo sagrado...

Y sin esperar ninguna respuesta, dio una palmada. Su hijo mayor se apresuró a acudir.

—El Father y yo hemos acordado hacer un contrato de amistad —anunció con una satisfacción evidente—. Habla con él para establecer las modalidades de pago.

El padrino era un señor. No se ocupaba de los detalles.

—La familia del padrino es todopoderosa —declaró esa noche Kamruddin, el musulmán del Comité de Escucha—. Acuérdese de las últimas elecciones... Los cócteles Molotov, las lluvias de pernos, los golpes con barras de hierro... Los muertos y todos aquellos heridos. ¿Vale la pena realmente correr el riesgo de que vuelva a pasar lo mismo por unos cuantos lisiados? Es mejor pagar.

Los fundadores de la Obra se habían reunido en el cuarto de Paul Lambert para debatir el ultimátum del padrino.

—Tres mil rupias por tener derecho a albergar y a cuidar a unos leprosos es un precio exorbitante —hizo observar Margareta.

—¿Qué es lo que te subleva —preguntó Lambert—, el dinero o el principio?

Ella pareció extrañarse ante la pregunta.

—¡El dinero, naturalmente!

«Respuesta ejemplar», pensó Lambert. «Hasta en este barrio de chabolas, el chantaje y la corrupción son algo tan natural como las moscas.» Todos los demás compartían la opinión de Kamruddin. Excepto Bandona, la joven assamesa.

—¡Dios maldiga a ese demonio! —exclamó—. Darle una sola rupia sería traicionar la causa de todos los pobres.

Lambert, al oír esto, se sintió como electrizado.

—¡Bandona tiene razón! —decidió—. Hay que aceptar el reto, resistir, luchar. Es una ocasión única para demostrar a la gente de aquí que ya no están solos.

Al día siguiente, muy de mañana, la enorme y estrepitosa moto del hijo de Kartik Babu se detuvo ante el cuarto de Lambert. Tal como había anunciado su padre, Ashoka se disponía a discutir las modalidades de pago del «contrato». Pero la entrevista sólo duró unos segundos, el tiempo necesario para que el sacerdote comunicara su negativa al joven truhán. Era el primer desafío que jamás se había lanzado a la autoridad del todopoderoso jefe de la mafia de la Ciudad de la Alegría. Ocho días después, todo estaba a punto en el pequeño dispensario para recibir a los primeros leprosos. Bandona y unos voluntarios fueron a buscar a seis enfermos graves a quienes Lambert quería hospitalizar antes que a los demás. Apenas amanecer, él mismo se dirigió al asilo de la Madre Teresa para traer a las tres monjitas que debían cuidar a sus leprosos. Al llegar a la altura de la mezquita, el grupo de Bandona fue interceptado por un comando de jóvenes gamberros armados de barras de hierro y de bastones.

—¡No vais a pasar! —gritó el jefe, un adolescente granujiento a quien faltaban los dientes de delante.

La joven assamesa quiso seguir adelante, pero la detuvo un alud de golpes. En aquel mismo momento el sacerdote llegaba del otro extremo del *slum* con sus tres religiosas. Apretó los dientes a la vista de una nube de humo que subía hasta el fondo de la calleja. No era el humo habitual de las *chulas*. Entonces oyó una fuerte explosión y un griterío. Un segundo comando había empezado a destruir, a golpes de barra y de pico, la antigua escuela que debía servir de leprosería. Aterrados, los tenderos del barrio parapetaron apresuradamente sus escaparates. En la Grand Trunk Road se oyó entonces el chirrido agudísimo de docenas de cierres metálicos que los comerciantes bajaban a toda prisa. Una vez concluida la destrucción del dispensario, apareció un tercer comando. Cada uno de sus miembros llevaba botellas y artefactos explosivos en una mochila colgada al hombro. La calle se vació en un abrir y cerrar de ojos. Hasta los niños, que tanto abundaban siempre en todas partes, y los perros desaparecieron. Una serie de deflagraciones sacudió todo el barrio, y sus ecos llegaron hasta mucho más allá de la Ciudad de la Alegría, hasta la estación y aún más lejos. Al lado de Lambert, las monjas de la Madre Teresa, en sari blanco, empezaron a rezar el rosario en voz alta. El sacerdote las condujo hasta el corralillo de Margareta y las confió a la custodia de Goonga, el sordomudo. Luego salió corriendo en dirección a las explosiones. Una voz le llamó. Se volvió. Margareta trotaba detrás de él.

—¡Paul, gran hermano! —suplicó—. ¡No te acerques, van a matarte!

En aquel momento vieron salir de la carretera que pasaba junto al *slum* a una multitud con banderas y pancartas tachonadas de lemas que clamaban en hindú, en urdú y en inglés: «No queremos leproserías en Anand Nagar.» Delante iba un hombre con un megáfono gritando proclamas que repetía la horda, a su espalda. Uno de ellos decía: «¡Aquí no queremos leprosos! Father *sahib go home*!» No era gente del barrio, pero eso no tenía nada de sorprendente: Calcuta era la mayor reserva de manifestantes profesionales de todo el mundo. Cualquier partido político u organización podía alquilar millares de ellos por cinco o seis rupias por cabeza al día. Los mismos que por la mañana aullaban consignas revolucionarias bajo las banderas rojas de los comunistas, por la tarde o al día siguiente desfilaban detrás de las oriflamas de los partidarios del Congreso. En aquella ciudad, con tal hervor permanente de tensiones, todas las oportunidades de expansionarse eran buenas. Cuando vio el emblema del partido de Indira Gandhi en las pancartas que exigían la expulsión de los leprosos, el responsable comunista local, el antiguo capataz de los automóviles Hindoustan Motors, que se llamaba Joga Banderkar, de treinta y dos años, también sintió un súbito deseo de manifestarse. Corriendo todo lo aprisa que se lo permitía su pierna derecha atrofiada, fue a avisar a unos camaradas. En menos de una hora, los comunistas del *slum* consiguieron reunir varios cientos de militantes para una contramanifestación. Así pues, la respuesta del padrino al reto de Paul Lambert iba a conducir a un enfrentamiento político: el fenómeno era clásico. Simples altercados entre vecinos degeneraban en una disputa de corralillo, y ésta en batalla campal entre los habitantes de todo un barrio, con heridos y a veces muertos. El día en que el viejo Surya salvó del linchamiento a la infortunada loca que iba a ser víctima del populacho, había explicado al sacerdote este mecanismo de la violencia: «Bajas la cabeza, te humillas, lo soportas todo indefinidamente. Te tragas los rencores contra el propietario de tu chabola que te explota, el usurero que te estruja, los especuladores que hacen subir el precio del arroz, los patronos de las fábricas que no te quieren dar trabajo, los hijos de los vecinos que no te dejan dormir escupiendo los pulmones toda la noche, los partidos políticos que te sacan el dinero y te toman el pelo, lo brahmanes que te piden diez rupias por un simple *mantra*. Aceptas el fango, la mierda, el hedor, el calor, los insectos, las ratas. Y un buen día, ¡bang!, se te presenta la ocasión de gritar, de romper, de matar. No sabes por qué. Es algo más fuerte que tú: ¡allá vas!»

Lambert no cesaba de asombrarse de que, en un contexto de semejante dureza, las explosiones de violencia no fuesen más frecuentes. Ni dejaba de admirarle. Cuántas veces había visto en los corralillos peleas que degeneraban al instante en un torrente de insultos y de invectivas, como si cada cual quisiera evitar lo peor. Porque los pobres de Anand Nagar sabían lo que cuesta pelearse. Los recuerdos de los horrores de la Partición y del terror naxalita obsesionaban aún todas las memorias.

Pero esa mañana nada parecía poder evitar el furor de centenares de hombres y de mujeres que atravesaban velozmente el *slum*. Las dos manifestaciones chocaron en la esquina de la Grand Trunk Road. Hubo un violento encontronazo, luego un diluvio de tejas, de ladrillos y de cócteles Molotov lanzados desde los tejados. Paul Lambert volvió a ver la cara ensangrentada de su padre, aquella noche del verano de 1947, cuando policías y huelguistas de las minas se enfrentaron cerca de los pozos del norte de Francia. Pero aquella batalla era aún más cruel. «Por vez primera leía en los rostros algo que yo había creído abolido», explicará. «Descubría el odio. El odio que retorcía las bocas, incendiaba los ojos, empujaba a actos monstruosos, como lanzar una botella explosiva sobre un grupo de niños atrapados en el tumulto, o pegar fuego a un autocar lleno de viajeros, o ensañarse con unos pobres ancianos que no podían huir. Había muchas mujeres entre los combatientes más encarnizados. Reconocí a algunas, aunque sus rasgos convulsos las hacían casi irreconocibles. El *slum* había perdido la razón. Comprendí lo que pasaría el día en que los pobres de Calcuta atacaran los barrios de los ricos.»

De pronto se oyó un silbido, luego una detonación que provocó una ráfaga tan brutal que Lambert y Margareta se vieron proyectados el uno hacia el otro. Una botella de gasolina acababa de estallar a sus espaldas. En seguida les envolvió una densa humareda. Cuando se disipó la nube, se encontraron en plena refriega. Imposible huir sin riesgo de que les abatieran allí mismo. Afortunadamente, los combatientes parecían hacer una pausa para entregarse a un rito tan viejo como la guerra, el pillaje. Luego volvieron a llover ladrillos y botellas. La ferocidad alcanzó su paroxismo. Por todas partes había decenas de heridos. Lambert vio a un niño de cuatro o cinco años que recogía uno de los proyectiles al borde de la cloaca. El artefacto estalló, arrancándole la mano. Unos minutos después vio una barra de hierro que brillaba encima de la cabeza de Margareta. Sólo tuvo tiempo de ponerse ante ella y desviar la trayectoria del golpe. Otro asaltante se les echaba encima, armado de una cuchilla. En el momento en que iba a herirles, Lambert vio que una mano le cogía por el cuello y le echaba hacia atrás. Reconoció a Mehbub, su vecino musulmán, que también iba armado de una barra de hierro. Después de la muerte de su mujer, el musulmán había confiado a su anciana madre al cuidado de Nasir, su hijo mayor, y había desaparecido. Y ahora reaparecía como uno de los hombres del padrino. Tenía los ojos tumefactos, la frente y la nariz llenas de cortes, el bigote manchado de sangre, y se parecía más que nunca a la imagen del Santo Sudario ante la cual se había recogido tan a menudo. Mientras, a su alrededor, la lucha seguía con redoblado salvajismo. Los combatientes más frenéticos eran los más jóvenes. Se hubiera dicho que luchaban por placer. Era aterrador. Lambert vio a un adolescente hundiendo su cuchillo en el vientre de una mujer. Entonces distinguió, detrás de los combatientes, la silueta barriguda y las gafas negras de Ashoka, el primogénito del padrino. Hasta entonces, ni él ni su padre habían aparecido en el campo de batalla. Ashoka daba órdenes; el sacerdote comprendió que iba a suceder algo. La espera fue breve. «La carnicería cesó como por arte de magia», contará. «Los asaltantes guardaron sus armas, dieron media vuelta y se fueron tranquilamente. En pocos minutos todo volvió a la normalidad. Sólo los gemidos de los heridos, los ladrillos y otros restos que llenaban la calzada, y el acre olor del humo recordaban que allí acababa de librarse una batalla.» Un destello racional había impedido lo irremediable.

El padrino estaba satisfecho. Había dado la lección que deseaba dar, conservando el control de sus tropas. Paul Lambert ya estaba avisado: en Anand Nagar nadie podía desafiarle impunemente.

47

«Con sus discursos, sus promesas y sus banderas rojas, éramos como pichones cogidos con liga. Apenas les habíamos elegido, cuando todos estos *babúes* de izquierdas se ensuciaban en nuestras manos», contará Hasari Pal, evocando las elecciones que llevaron la izquierda al poder en Bengala. «Empezaron por votar una ley que obligaba a los jueces a ordenar no sólo la confiscación de los *rickshaws* que circulasen sin licencia oficial, sino además su destrucción. Ellos, los que se decían defensores de la clase obrera, ellos, que siempre tenían en la boca las palabras "reivindicación" y "justicia", ellos, que se dedicaban a azuzar a los pobres contra los ricos, a los explotados contra los patronos, ahora nos quitaban la herramienta que permitía a cien mil de nosotros impedir que nuestras mujeres y nuestros hijos muriesen de hambre. ¡Destruir los *rickshaws* de Calcuta era como incendiar las cosechas en los campos! ¿Quiénes serían las víctimas de aquella locura? ¿Los propietarios de los carritos? ¡Qué va! Ésos no necesitaban las cinco o seis rupias que les hacía ganar cada día cada carrito para llenarse el estómago. ¡En cambio, para nosotros, Dios mío, era la muerte!»

Como siempre, Hasari buscaba una explicación. El hombre a quien llamaban el Chirlo le dio una. Si los *babúes* del gobierno querían hacer quemar los *rickshaws* que carecieran de permiso, según él era porque esos «señores» no querían competencia. En efecto, se había enterado de que varios *babúes* explotaban sus propios *rickshaws*, habiéndoselas ingeniado para obtener los permisos correspondientes. Golam Rasul, el secretario del sindicato, que parecía un gorrión caído del nido, daba otra explicación. Desde que militaba con los *babúes* comunistas tenía la cabeza repleta de toda clase de teorías que a los ignorantes como Hasari a menudo les costaba entender. «Porque nosotros», confesaba Hasari, «teníamos más ocasiones de desarrollar las pantorrillas que el cerebro».

Rasul afirmaba que los responsables de las persecuciones eran en realidad los tecnócratas del ayuntamiento. Según él, aquellos *babúes* reprochaban a los *rickshaws wallahs* el que trabajasen al margen del sistema gubernamental, es decir, que no dependiesen ni de ellos ni del Estado. «¡Como si el Estado tuviese la costumbre de darse una vuelta por las aceras y los barrios de chabolas para ofrecer trabajo a los muertos de hambre sin empleo!», replicará Hasari. De todas formas, seguía argumentando Rasul, los que tiraban de los *rickshaws* no tenían su lugar en la visión de la Calcuta de mañana. La Calcuta de los tecnócratas debía ser la de los motores, no la de los hombres-caballo. Cinco mil taxis o autobuses más satisfarían más necesidades que el sudor de cien mil infelices. Siempre según Rasul, no era tan difícil de comprender. «Supongamos», explicaba, «que el gobierno encarga cinco mil taxis y autobuses para transportar al millón y medio de personas que circulan todos los días en nuestros carritos. Pues bien, imaginaos lo que ese pedido va a significar para los constructores de vehículos, los fabricantes de neumáticos, para los garajes, para las compañías petroleras. Para no hablar de los laboratorios farmacéuticos, a causa de las enfermedades de los pulmones que va a provocar esta nueva contaminación».

Fuera como fuese, en las oficinas de los *babúes* se opinaba que ciudadanos como Hasari y sus carritos formaban parte del folclore. Empezaron las confiscaciones de los *rickshaws* sin licencia. Nadie se atrevía ya a circular por las grandes avenidas, donde había guardias encargados de la circulación. Pero éstos les esperaban en las paradas. Entonces las cosas sucedían del modo más tonto.

—Enséñame tu licencia —ordenaba el funcionario al primero de la fila.

—No tengo licencia —se excusaba el otro, sacando unas rupias de entre los pliegues de su *longhi*.

Esta vez el policía fingía no ver los billetes. Tenía órdenes muy estrictas. Los *bakchichs* ya no servían de nada. A veces el que tiraba del *rickshaw* ni siquiera respondía. Se contentaba con encogerse de hombros. Era la fatalidad. Y ya estaba acostumbrado a la fatalidad. Entonces el policía hacía encajar los carritos los unos en los otros, y ordenaba que los arrastrasen hasta el *thana*[1] del barrio. En las aceras, delante de todos los *thanas*, pronto hubo largas serpientes de cientos de *rickshaws* encajados entre sí y con cadenas trabando las ruedas. Todos aquellos carricoches inmovilizados ofrecían un espectáculo de desolación. Parecían los árboles de un jardín desarraigados por un ciclón o peces cogidos en una red. «¡Qué calamidad!», se lamentaba Hasari con sus compañeros. «De todos modos, mientras estuvieran allí, encadenados delante de los *thanas*, aún podía esperarse que algún día se los devol-

1. *Thana*: comisaría de policía.

vieran a las personas a quienes permitían vivir.» Pero no iban a tardar mucho en tener que renunciar también a esta esperanza. Tal como preveía la ley, los jueces ordenaron la destrucción de los *rickshaws* confiscados. Una noche los cargaron todos en los camiones amarillos del ayuntamiento que servían para recoger la basura, y se los llevaron con rumbo desconocido. Rasul tuvo la idea de hacer seguir los camiones por un espía del sindicato, y de este modo se enteraron de que todos los carritos habían ido a parar al vertedero público de la ciudad, detrás del barrio de los curtidores. Verosímilmente, para ser quemados.

A causa de su dispersión, en general se necesitaba un tiempo bastante largo para reunir un número importante de *rickshaws wallahs*. Esta vez, en menos de una hora organizaron en Lower Circular Road una formidable manifestación con banderolas, pancartas y todos los accesorios habituales en ese tipo de actos. Encabezada por Rasul, el Chirlo y todo el estado mayor del sindicato, la columna se dirigió hacia el vertedero a los gritos de: «¡Nuestros *rickshaws* son nuestro arroz!» Proclamada rítmicamente por las bocinas, la consigna era repetida por millares de gargantas.

A medida que avanzaban, otros trabajadores se unían a ellos: manifestarse ayuda a olvidar que se tiene el estómago vacío. En cada cruce la policía cortaba la circulación para dejarlos pasar. Era la costumbre en Calcuta. Los que reivindicaban algo siempre tenían prioridad sobre los demás ciudadanos.

Así anduvieron durante kilómetros. Después de dejar atrás los últimos suburbios, llegaron a una zona completamente desierta. «Entonces», dirá Hasari, «tuvimos aquella impresión. Primero un hedor que parecía abrasar los pulmones. Como si nos tragaran millares de carroñas. Como si el cielo y la tierra se descompusieran ante nuestra nariz. Necesitamos varios minutos para dominar la náusea y seguir avanzando». A trescientos metros se extendía el inmenso terraplén de donde procedía aquel olor: el vertedero de Calcuta. Un colchón de basuras tan grande como el Maidan donde se agitaban, entre una nube de polvo pestilente, decenas de camiones y de bulldózers. Miríadas de buitres y de cuervos giraban por encima de toda aquella podredumbre. Había tantos que el cielo se había oscurecido como en un día de monzón. Pero lo más asombroso era el número de traperos que se movían como insectos en medio de los detritos.

Los conductores de *rickshaws* vieron entonces sus carritos, en el extremo de aquel lugar de miseria y de hedor. Formaban una larga serpiente de ruedas y de maderas arqueadas que se habían juntado entre sí. ¿Cómo el dios había podido permitir que las herramientas que daban el arroz acabasen en semejante lugar?, se preguntaron Hasari y sus camaradas. Era inconcebible. «El dios debía de estar en los brazos de una princesa el día en que los *babúes* votaron su ley», pensó el viejo campesino. «O bien se mofaba de nosotros.» Lo que sucedió entonces iba a ser para él el espectáculo más terrible de su vida. Detrás de los *rickshaws*, en la pendiente del terraplén, se habían ocultado tres camionetas de policías. Cuando el cortejo llegó al terraplén, se precipitaron fuera de sus vehículos, para cortarles el camino. No eran guardias municipales, sino unidades especiales antidisturbios con cascos, fusiles y escudos. Habían recibido la orden de rechazar a los manifestantes y de proceder a la destrucción completa de todos los *rickshaws*.

Rasul cogió su megáfono y gritó que habían ido para oponerse a aquella destrucción. Mientras, habían llegado fotógrafos de prensa. Parecían más bien fuera de lugar en aquel decorado con sus zapatos y sus pantalones. El inmenso terraplén pronto estuvo atestado. Los traperos dejaron de escarbar en las basuras y había también quien acudía de los pueblos vecinos. Los policías avanzaron haciendo girar sus fusiles, pero ningún *rickshaw wallah* se movió. «Ante la enormidad del crimen que estaba a punto de cometerse, todos estábamos dispuestos a caer bajo las porras antes que retroceder», dirá Hasari. «La verdad es que todos aquellos años nos habían endurecido. Y la última gran huelga contra nuestros patronos nos había demostrado que podíamos ganar si permanecíamos unidos. Nos sentíamos tan solidarios como las varas lo eran de nuestros carritos.»

Entonces se produjo un drama. Un policía encendió una cerilla y prendió fuego a una antorcha que hundió en la caja de un *rickshaw* situado en medio de la hilera. Se levantaron llamas que prendieron inmediatamente en los arcos, la banqueta y la capota antes de incendiar los vehículos vecinos. Después de unos segundos de estupor, las primeras filas de manifestantes se arrojaron sobre la barrera de policías. Querían empujar al vacío los coches incendiados para salvar los demás. Pero los policías formaban un muro infranqueable. En aquel preciso instante Hasari vio al Chirlo. Había conseguido trepar sobre los hombros de un compañero. Lanzó un aullido, se puso en pie y con un fuerte impulso, haciendo una pirueta, consiguió saltar por encima de los policías. Cayó literalmente en medio de las llamas, y sus camaradas le vieron abalanzarse sobre los carritos para empujarlos al barranco. Estaba loco. Hasta los policías volvieron la cabeza, maravillados. Se oyó surgir un grito de la hoguera. Hasari distinguió un brazo y una mano que se retorcían sobre una vara, luego el humo envolvió la escena mientras un olor a carne quemada se mezclaba al hedor. Un manto de silencio cayó sobre el vertedero, sólo se oía el crepitar de las llamas consumiendo los *rickshaws*. Los *babúes* se habían salido con la suya.

Cuando el fuego se apagó, Hasari pidió a uno de los traperos que le diese una lata de conservas. Luego fue a recoger entre las brasas las cenizas del Chirlo. Iría con sus compañeros a derramarlas sobre las aguas del río sagrado.

48

En invierno, todos los días al caer la tarde se reproducía el mismo fenómeno. Apenas las mujeres habían prendido fuego a las tortas de boñiga de vaca para guisar la comida vespertina, cuando el disco rojizo del sol desaparecía detrás de una cortina grisácea. Contenidas por la capa superior de aire fresco, las volutas de humo grasiento se estancaban a ras de los tejados, aprisionando el *slum* bajo un colchón envenenado. Los habitantes tosían, escupían, se asfixiaban. Muchas tardes, a última hora, la visibilidad se reducía a menos de dos metros. El olor a azufre dominaba sobre todos los demás. La piel y los ojos ardían como bajo el efecto de brasas. Era un suplicio. Y sin embargo, en la Ciudad de la Alegría nadie se atrevía a maldecir el invierno, aquella tregua demasiado corta antes de la agresión del verano.

Aquel año el verano llegó como un rayo. En pocos segundos se hizo de noche en pleno día. Los habitantes, asustados, salieron de los corralillos y se precipitaron a las callejas. Desde lo alto de la terraza donde clasificaba medicamentos, Paul Lambert vio desplomarse sobre la Ciudad de la Alegría una perturbación atmosférica de una especie desconocida para él. A simple vista se hubiera podido creer que era una aurora boreal. En realidad se trataba de una muralla de millones de partículas de arena amarilla en suspensión que avanzaba a una velocidad fulminante. Nadie tuvo tiempo de resguardarse. El tornado estaba ya sobre sus cabezas. Lo devastaba todo a su paso, llevándose techumbres, derribando a personas, mientras las búfalas mugían de terror en los establos. En un instante el *slum* se vio recubierto de una mortaja de arena amarilla. Era alucinante. Luego una serie de relámpagos iluminaron las tinieblas. Eran de un fulgor tal que parecían desgarrar el cielo. Era la señal de un cataclismo que esta vez inundó el *slum* bajo un bombardeo de granizo al que sucedieron trombas de agua. Cuando cesó la lluvia y reapareció el sol, una nube de ardiente vapor cayó sobre el barrio. El termómetro había subido de golpe de quince a cuarenta grados centígrados. Paul Lambert y los setenta mil habitantes de la Ciudad de la Alegría comprendieron que la corta tregua del invierno había terminado y que volvía el infierno. Aquel 17 de marzo era ya el verano.

¡El verano! La estación bendita de las zonas templadas infligía a los moradores de esta parte del mundo unos sufrimientos difíciles de imaginar. Y como siempre, los más desheredados —los miserables de los *slums*— eran los que sufrían las peores consecuencias. En aquel laberinto de casuchas sin ventanas en las que se hacinaban hasta quince personas, en aquellos minúsculos corralillos calcinados durante doce horas diarias por un sol implacable, en aquellas callejas tan estrechas donde nunca soplaba ni la menor corriente de aire, mientras que la extremada pobreza y la falta de corriente eléctrica impedía el uso de un ventilador, los meses de verano que precedían la llegada del monzón eran una tortura tan atroz como el hambre.

En las avenidas de Calcuta, la gente no circulaba si no era bajo la protección de un paraguas. Hasta los policías que cuidaban de la circulación en los cruces iban provistos de grandes cúpulas de tela con mangos que se fijaban en el cinturón, para dejarles las manos libres. Los demás se protegían del sol con sus carteras de mano, fajos de periódicos, pilas de libros o con el sari o el *dhoti* puestos por encima de la cabeza. Aquel calor irresistible iba acompañado de un índice de humedad que a veces llegaba al ciento por ciento. El menor gesto, unos pocos pasos, bajar una escalera provocaba abundante sudor. A partir de las diez de la mañana, todo esfuerzo se hacía imposible. Hombres y animales permanecían quietos en la incandescencia del aire inmóvil. Ni un soplo. La reverberación en las paredes de los edificios era tan intensa que el imprudente que se desplazaba sin gafas ahumadas se exponía a recibir plomo fundido en los ojos. Aventurarse descalzo sobre el asfalto de las calles era aún más doloroso. El asfalto se hacía líquido y calcinaba la planta de los pies, arrancando jirones de carne. Tirar de un *rickshaw* sobre esa alfombra de fuego era un verdadero heroísmo. Correr, detenerse, volver a arrancar con ruedas que se hundían en aquella melaza ardiente era una hazaña. Para tratar de proteger sus pies, ya llenos de grietas y de quemaduras, Hasari Pal se decidió a hacer algo que tal vez dos o trescientos millones de indios no habían hecho nunca hasta entonces. Por vez primera en su vida, Hasari se calzó el hermoso par de sandalias que había recibido como dote para su boda. Esta iniciativa iba a resultar desastrosa. Las suelas se le cayeron al pisar el primer charco de asfalto ardiendo, aspiradas como por una ventosa, hundiéndose en aquella materia en fusión.

Los habitantes de Anand Nagar resistieron durante seis días, luego comenzó la hecatombe. Con los pulmones carbonizados por el aire tórrido, los cuerpos vaciados de su sustancia por los excesos de la higrometría, los tuberculosos, los asmáticos, muchos bebés empezaron a morir. Todos los miembros del Comité de Escucha, encabezados por Paul Lambert, Margareta y Bandona, corrían de un lado a otro del *slum* para socorrer a los casos más desesperados. Correr no es la palabra más adecuada, porque había que desplazarse con lentitud so pena de desplomarse sin sentido al cabo de pocos pasos. Bajo el efecto de la temperatura, el organismo se deshidrataba en pocas horas. «Al menor esfuerzo», contará Lambert, «todos los poros soltaban oleadas de sudor que le dejaban a uno empapado de pies a cabeza. Luego se sentía como un escalofrío y casi inmediatamente se notaban vértigos. Las víctimas de insolación y de deshidratación eran tan numerosas que las callejas no tardaron en quedar sembradas de pobres gentes incapaces de levantarse». Curiosamente, era el francés, a pesar de estar acostumbrado a los climas templados, quien parecía resistir mejor los embates de aquella temperatura. Con el crucifijo de metal ardiente danzando a cada movimiento sobre su torso desnudo, con la cintura y los muslos envueltos en un *longhi* de algodón, la cabeza cubierta por un viejo sombrero de paja, parecía un presidiario de Cayena. Pero al décimo día, la temperatura batió todos los récords desde hacía un cuarto de siglo. En el termómetro de la *tea shop* del viejo hindú, el mercurio alcanzó los 106° Fahrenheit, es decir, 44° centígrados a la sombra. Teniendo en cuenta la saturación del aire en humedad, aquello equivalía a 55° al sol. «Lo más penoso era aquel perpetuo sudor en el que uno estaba bañado», dirá Lambert. «Eso no tardó en provocar una serie de epidemias que diezmaron a numerosas familias. Además del paludismo, volvieron a aparecer el cólera y el tifus. Pero fueron las gastroenteritis lo que causó más víctimas. Mataban a un hombre en menos de veinticuatro horas.»

Y no obstante, no era más que un comienzo. Otras pruebas no menos duras esperaban al francés. Una oleada de forunculosis, ántrax, panadizos y micosis cayó sobre el *slum.* Millares de personas se vieron afectadas, y el mal no respetó tampoco a muchos otros barrios de Calcuta, ni a ciertas profesiones, como los hombres de los *rickshaws* y de los *telagarhis,* acostumbrados a andar descalzos en medio de inmundicias. Por falta de pomadas y de antibióticos, estas enfermedades de la piel se comunicaban a una velocidad fulminante. Los cuerpos de los hijos de Mehbub, el vecino de Lambert, eran ya una pura llaga. El propio Mehbub, que había regresado a su casa, fue víctima de unos ántrax muy dolorosos que el cura tuvo que abrir con ayuda de un cortaplumas. A fines de marzo la temperatura todavía subió más, y se asistió a un fenómeno sorprendente. Las moscas empezaron a morir. Luego les llegó el turno a los mosquitos, cuyos huevos perecían antes de la eclosión. Escolopendras, escorpiones y arañas desaparecieron. Los únicos supervivientes entre los parásitos de la Ciudad de la Alegría fueron las chinches. Éstas se multiplicaron como para ocupar el lugar que dejaban otros animales. Todas las noches Lambert emprendía una caza implacable. Pero pululaban. Algunas incluso se habían emboscado detrás de la imagen del Santo Sudario. Por el frenesí que ponía en matarlas, el sacerdote medía la poca serenidad que tenía entonces. «Después de todo aquel tiempo en la India, el resultado era muy decepcionante. A pesar de los rosarios de "om"... y del ejemplo de desapego que me daba Surya, el viejo hindú de enfrente, yo aún me rebelaba contra la inhumana condición impuesta a mis hermanos de aquí.» Una mañana, cuando se afeitaba, tuvo un nuevo sobresalto ante la imagen que le devolvía su espejo. Sus mejillas estaban aún más hundidas, y se le marcaban dos surcos profundos alrededor de la boca y del bigote, subrayando la curva cómicamente arremangada de la nariz. Su piel había adquirido una tonalidad cérea. Estaba tirante sobre los huesos, como una vieja tela encerada muy reluciente.

Pero los verdaderos mártires del calor eran los obreros de los millares de pequeños talleres y *workshops* diseminados a través de la Ciudad de la Alegría y de los demás *slums.* Apiñados con sus máquinas en cuchitriles sin ventilación, hacían pensar en tripulaciones de submarinos sin esperanzas de volver a la superficie. La situación de las mujeres era también horrible. Envueltas en sus saris y en sus velos, en aquellas casuchas convertidas en hornos, las menores tareas domésticas las hacían sudar copiosamente.

Lo curioso es que, en aquel sofoco que extenuaba a los más robustos, la inacción era lo más difícil de soportar. «El calor parecía aún más insoportable cuando uno dejaba de moverse», dirá Lambert. «Entonces se nos caía encima como un manto de plomo, nos ahogaba.» Para escapar al ahogo, la gente trataba de crear en torno a su rostro una minúscula turbulencia agitando un trozo de cartón o un periódico. «Lo más extraordinario es que seguían abanicándose medio dormidos, e incluso durmiendo.» El francés trató de imitarles, pero apenas le vencía el sueño, la mano dejaba caer el improvisado abanico. Entonces comprendió que semejante proeza debía de ser «una adaptación de la especie, un reflejo adquirido por generaciones acostumbradas a luchar con la dureza de aquel clima».

Una noche de abril Paul Lambert advirtió en los sobacos y en el vientre los primeros indicios de una picazón que en pocas horas iba a extenderse a todas las partes del cuerpo. «Tenía la impresión de que millares de insectos me mordisqueaban la piel.» La irritación llegó a ser tan intensa que no pudo evitar el rascarse enérgicamente. Pronto toda su epidermis no fue más que una llaga. Ahogándose, sin fuerzas, permaneció postrado en su cuarto. Pero un *slum* no es una de esas ciudades-dormitorio de Occidente donde es posible desaparecer o morir sin que los vecinos se enteren. Aquí, la menor modificación de las costumbres suscitaba una curiosidad instantánea. El primero en inquietarse al no ver salir al «Father» fue Nasir, el hijo mayor de Mehbub, que todas las mañanas hacía cola por él en las letrinas. Avisó a su padre, quien corrió a poner sobre aviso a Bandona. En pocos minutos, todo el barrio supo que el gran hermano Paul estaba enfermo. «Sólo un lugar donde los hombres viven en contacto con la muerte puede ofrecer tantos ejemplos de amor y de solidaridad», pensó el sacerdote al ver a Surya, el viejo hindú de enfrente, entrar en su chabola con un bote de té con leche y un plato de galletas. Unos instantes después, la madre de Sabia trajo una escudilla de «lady's fingers», unas legumbres verdes en forma de grandes habichuelas, las únicas que podían comprar los pobres. Para darles más sabor, había añadido un poco de calabaza y unos nabos, una verdadera locura. Luego llegó Bandona. Con sólo mirarle, la joven assamesa diagnosticó el mal. Desde luego eran insectos los que roían el cuerpo de Lambert, pero no chinches ni ninguna de las otras bestezuelas que infestaban habitualmente las casuchas de la Ciudad de la Alegría. El francés era devorado por unos parásitos minúsculos llamados ácaros, cuya invasión bajo la epidermis producía una dolorosa enfermedad de la piel que hacía estragos en el *slum.*

—Paul, gran hermano —cloqueó Bandona con una sonrisa traviesa—, ¡tienes sarna!

La canícula aún no había dicho su última palabra. A fines de abril el termómetro todavía subió unos grados más. Un ruido que formaba parte del ambiente desapareció ante ese nuevo embate. Las únicas aves del *slum,* los cuervos, dejaron de graznar. Unos días después se veían sus cadáveres por los tejados y en los corralillos. Un delgado hilillo de sangre salía de sus picos: el calor había hecho que reventaran sus pulmones. La misma suerte iban a correr al poco tiempo otros animales. Por decenas, por cientos, las ratas empezaron a morir. En la vivienda vecina de la de Lambert, la madre de Sabia había tendido un viejo sari encima del poyo donde dormía la menor de sus hijas, enferma de varicela. En la tela había un agujero. Un día la pobre mujer vio una lombriz pasar por ese agujero y aterrizar en la frente de su hija. Luego cayó otro gusano, y por fin un tercero. Levantando los ojos a la techumbre, vio sobre una viga de bambú a millares de gusanos que huían de una rata muerta.

Fue el momento elegido por los poceros municipales encargados de vaciar las letrinas y llevarse el estiércol de los establos para decretar una huelga indefinida. En pocos días el *slum* fue sumergido en un lago de excrementos. Atascadas por los montones de estiércol de los establos, las cloacas a cielo abierto se desbordaban, derramando por todas partes un torrente negruzco y hediondo. En el aire tórrido e inmóvil, no tardó en reinar una pestilencia insoportable, empujada por las humaredas de las *chulas.* Y para acabar de rematarlo, emponzoñó el mes de mayo una terrible tempestad de premonzón. De golpe, el nivel de las cloacas y de las letrinas subió cincuenta centímetros en una noche. Se vieron cadáveres de perros, de ratas, de escorpiones y de millares de cucarachas flotando sobre aquella marea inmunda. Incluso se vieron varias cabras y un búfalo, con la panza inflada como un dirigible, que navegaban a la deriva por las callejas. La tempestad originó además un fenómeno imprevisto: apenas caer la última gota, empezaron a aparecer millones de moscas. Naturalmente, la inundación había invadido la mayor parte de las chabolas, convirtiendo aquellos escasos metros cuadrados superpoblados en otras tantas cloacas nauseabundas. No obstante, en medio del horror, siempre había un milagro. El que descubrió Paul Lambert, desde el fondo de su chamizo, aquel domingo de Pentecostés, «tenía el rostro de una niña que llevaba un vestido blanco, con una flor roja en los cabellos, y que andaba como una reina en medio de toda aquella mierda».

TERCERA PARTE

CALCUTA, AMOR MÍO

49

Una desaceleración brusca le empotró contra el respaldo del asiento. El ala del Boeing acababa de girar hacia la tierra, revelando un paisaje exuberante de cultivos y de cocoteros. Después de dos horas sobrevolando inmensidades apergaminadas de la India central, Max Loeb tuvo la impresión de que llegaban al corazón de un oasis. Por doquier agua, canales, estanques relucientes y ciénagas inmensas, cubiertas de jacintos silvestres que parecían, entre sus pequeños diques, jardines flotantes. Pensó en los Everglades de su Florida y en los arriates hortelanos de Xochimilco, en México. Las manchas oscuras de numerosos búfalos surgían de todo aquel verdor. Luego el avión se enderezó, descubriendo de golpe la ciudad. Una ciudad enorme, sin límites ni horizontes, atravesada por un río pardusco donde las embarcaciones ancladas tenían aspecto de pájaros petrificados. Una ciudad de contornos indistintos a causa de la mortaja de humos que recubrían sus techos embrochalados. La pared centelleante de un depósito de petróleo, la silueta de una grúa al borde del río, las estructuras metálicas de una fábrica horadaban por instantes con un resplandor la espesa capa algodonosa. La voz musical de la azafata anunció el aterrizaje en Calcuta. Max distinguió el campanario gótico de una catedral, las tribunas de un hipódromo, autobuses rojos con imperial que se deslizaban por una avenida en medio de un parque. El Boeing pasó, por último, a ras de un terraplén y se posó.

Una bofetada de fuego. Al abrir la portezuela, el horno exterior irrumpió en el avión. «Tuve la impresión de que me golpeaba el soplo de un secador de pelo gigantesco», contaría el americano. «Retrocedí ante el choque y por un momento no pude moverme, tratando de respirar. Cuando al fin salí a la pasarela, me cegó la intensa reverberación y tuve que agarrarme a la barandilla.»

Unos instantes después, en el barullo del vestíbulo de llegada, Max vio una girnalda de flores amarillas por encima de las cabezas. Era Lambert, que enarbolaba el collar de bienvenida comprado en el puente de Howrah para recibir a la usanza india al visitante americano. Los dos hombres se reconocieron instintivamente. Sus efusiones fueron breves.

—Te propongo llevarte al Grand Hotel —dijo Lambert al subir a un taxi—. Es el palacio local más grande. No he puesto en mi vida los pies allí dentro, pero me imagino que es un lugar más propicio que Anand Nagar para una toma de contacto suave con las realidades de esta ciudad querida.

El joven americano transpiraba cada vez más.

—A no ser que desees zambullirte de inmediato —prosiguió Lambert, con un guiño—. Y se trata exactamente de una zambullida: los alcantarilleros se han declarado otra vez en huelga. ¡Ya ves, aquí no vas a encontrar tu Florida!

Max reprimió una mueca. Estaba pensando en la opción propuesta cuando su mirada descansó en el brazo de su compañero.

—¿Qué tienes ahí? —se extrañó, señalando la piel llena de costras.

—Oh, nada. He pillado la sarna.

El joven médico lanzó un gruñido. Sin duda Lambert tenía razón: más valía tomarse un tiempo de aclimatación. Pasar sin transición de un paraíso de multimillonarios al subsuelo del infierno podía causar heridas irreversibles. Max recelaba de esta clase de traumatismos. ¡Cuántos muchachotes sólidos del Peace Corps americano habían flaqueado desde su primer enfrentamiento con la miseria! Habían tenido que ser evacuados urgentemente. Sí, era preferible adaptarse poco a poco, en el confort de una habitación climatizada, con ayuda de generosos tragos de whisky y algunos sabrosos puros Montecristo. Al fin y al cabo no había ninguna prisa.

Al cabo de un momento, sin embargo, Max se volvió bruscamente hacia su acompañante.

—Prefiero ir contigo a Anand Nagar —anunció.

Una hora más tarde, los dos amigos estaban sentados cara a cara ante una mesa, bajo la luz chisporroteante de uno de los *bistrots* de la barriada de chabolas. Un ventilador a plena marcha removía un aire tórrido, cargado de tufos de fritanga.

—¿*Ragoût* de búfalo? —se inquietó el americano, a la vista de la extraña mezcla que uno de los jóvenes camareros había depositado ante él.

—No es *ragoût* —le corrigió el francés, probando golosamente de su plato—. Simplemente salsa. No hay un gramo de bazofia ahí. Pero está guisado de tal manera con los huesos, la corteza de tocino, el tuétano, la gelatina, que tiene cantidad de proteínas. Es como si te zampases un *entrecôte* de Charolais. Y por treinta *paisa* (dos centavos), no pensarías que te iban a servir un pato, ¿no?

Max hizo un mohín que expresaba elocuentemente su repugnancia.

—Y piensa que hemos tenido la increíble suerte de haber encontrado una mesa —continuó Lambert, deseoso de presentar a una luz favorable su barriada—. Es el *Maxim's* de la zona.

El símil consiguió animar al americano, que seguía examinando con circunspección el contenido del plato, la mugre del decorado y la clientela.

Una veintena de clientes comían en medio de grandes gritos. Todos eran obreros de fábrica sin familia o trabajadores de talleres condenados a vivir cerca de sus máquinas a causa de los cortes de corriente. El establecimiento pertenecía a un musulmán gordo y calvo llamado Nasser que dominaba la situación junto a su caldero humeante como un buda envuelto en incienso. Nasser era el responsable de la célula local del partido comunista marxista. Ninguna locura del termómetro podía apartarle de su observatorio, desde donde daba órdenes a unos diez empleados. Estos últimos llamaban al francés «Father», «Uncle» o «Gran hermano Paul». Cinco de ellos eran hijos del *slum.* El mayor aún no tenía los ocho años. Trabajaban desde las siete de la mañana hasta las doce de la noche por un salario mensual de diez rupias —0,80 dólares—, más la comida. Descalzos y andrajosos, corrían a llenar los cubos en la fuente, limpiaban las mesas, barrían, espantaban las moscas, servían la comida y captaban clientes. Hombres en miniatura, infatigables y siempre alegres. Otros tres, cuya misión era pelar hortalizas, eran retrasados mentales. El gordo Nasser los había recogido, con unos meses de intervalo, cuando mendigaban en la Grand Trunk Road, en medio de los camiones que todos los días estaban a punto de atropellarles. Vivían allí mismo y dormían en una especie de gallinero que su amo les había fabricado con unas tablas colgadas de los bambúes del techo. Para lavar los platos había un ciego y un tuerto. El ciego tenía una barbita blanca y se pasaba todo el día cantando suras del Corán. Lambert no pasaba nunca ante el restaurante sin ir a decirle unas palabras. «Lo mismo que Surya, el viejo hindú de la *tea shop,* aquel hombre tenía el don de recargar mis baterías. Esparcía ondas benéficas.»

¿Cómo hacer captar en pocas horas todos esos matices a un norteamericano que desembarcaba de otro planeta? Lambert sabía por experiencia que la Ciudad de la Alegría era una lugar que tenía que descubrirse a dosis homeopáticas. Y que sobre todo tenía que merecerse. Sería largo y difícil. Pero aquella primera noche iba a suceder algo excepcional que precipitaría las cosas proyectando a Max Loeb en el mismo corazón del ambiente. El francés hacía degustar el postre a su compañero, un trozo de *barfi,* el delicioso *nougat* bengalí que se come en su delgada hoja de papel de estaño, cuando irrumpió un hombrecillo. Se precipitó hacia Lambert, se arrojó a sus pies y le habló en bengalí uniendo las manos en un ademán de súplica. Parecía tener mucha prisa, estaba muy nervioso y Max Loeb observó que le faltaban varias falanges en ambas manos.

—¿Entiendes algo de obstetricia? —preguntó Lambert levantándose.

El norteamericano se encogió de hombros.

—Lo que se aprende en la facultad... es decir, no gran cosa.

—¡Ven! Siempre será mejor que no hacer nada. Parece como si algunos amigos míos hubieran querido reservarte una pequeña sorpresa de bienvenida.

Lambert adoraba bromear. El asombro del norteamericano le encantó. «Sí, doctor, quieren brindarte un parto.»

—¿Y tengo que hacerlo yo?

—¡Lo has adivinado!

Se echaron a reír y se dispusieron a seguir al mensajero, que ya se impacientaba en la calleja. Chapoteando en el fango hasta las pantorrillas, avanzaron con precaución. De vez en cuando, tropezaban con algo blando, el cadáver de un perro o de una rata. La oscuridad en los trópicos llega muy pronto, y la noche era negra como la tinta.

—Es mejor que procures no caerte de cabeza en uno de esos colectores —dijo Lambert, aludiendo a unas zanjas de dos metros de profundidad que atravesaban el *slum*.

—¡Sería una buena manera de hacerme echar de menos las playas de Florida!

—¡A condición de que sobrevivas! En esta mierda, uno la palma en segundos. A causa del gas.

Anduvieron durante una media hora con prudencia ante las miradas atónitas de los habitantes que se preguntaban a dónde podían ir aquellos dos *sahibs* en aquella cloaca a semejantes horas.

—¡Agacha la cabeza!

El aviso impidió que el norteamericano se abriera el cráneo con una gruesa viga de bambú.

—Aquí tendrás que acostumbrarte a doblarte en dos. ¡Ya verás, es estupendo para la humildad!

Max encorvó su altísimo cuerpo para penetrar en el corralillo. Estaba lleno de personas que discutían ruidosamente. La llegada de los dos extranjeros impuso un poco de silencio. A la incierta luz de una vela, el norteamericano vio caras sin nariz, muñones que se agitaban como marionetas. Comprendió que estaba en el barrio de los leprosos. Un espectáculo de una asombrosa belleza iluminaba aquella terrible escena. Como Paul Lambert en su primera visita, Max no podía dar crédito a sus ojos. «Entre las piernas de aquellos cuerpos mutilados jugaban unos niños. Niños soberbios y mofletudos que parecían salidos de una publicidad de Nestlé.» Un anciano de cabellos grises arrastró a Lambert y a su compañero hasta una chabola de la que salían débiles gemidos. Cuando iban a franquear el umbral, dos viejas arrugadísimas quisieron interponerse. De sus bocas enrojecidas por el betel salió un chorro de invectivas.

—¡Las matronas! —explicó el francés volviéndose hacia Max—. Nuestra presencia aquí es una afrenta para ellas.

El anciano las rechazó sin contemplaciones y llevó a los dos visitantes al interior. Alguién acercó una vela. Lambert descubrió entonces una cara larga muy pálida, con ojos profundamente hundidos en las órbitas.

—¡Meeta! —exclamó, impresionado.

La esposa del lisiado Anonar parecía extenuada. La bañaba un charco de sangre. Abrió penosamente los ojos. Al ver la nariz arremangada y la frente anchísima junto a ella, su boca esbozó una sonrisa.

—Paul, gran hermano —suspiró débilmente.

Levantó hacia él sus manos atrofiadas, mientras Max retiraba los trapos que servían de compresas.

—Hay que darse prisa —declaró el americano—. Si no, se nos mueren los dos.

Acababa de descubrir entre los muslos de la leprosa la parte superior de un pequeño cráneo sanguinolento. El niño estaba atascado a medio camino del útero. Su madre no conseguía expulsarlo. Tal vez ya había muerto.

—¿Tienes algo para que aguante el corazón? —preguntó Max, buscando el pulso de la joven.

Lambert buscó en su inseparable mochila donde siempre llevaba algunos medicamentos para casos de urgencia. Sacó un frasco.

—Tengo un poco de coramina.

Max hizo una mueca.

—¿No tienes algo más fuerte? ¿Un tónico cardíaco para inyectarle en la vena?

La pregunta le pareció tan incongruente que, a pesar de lo trágico de la situación, Paul Lambert se echó a reír.

—¿Me tomas por un *drusgstore* de Miami?

El norteamericano se disculpó con una sonrisa un poco forzada, y Lambert pidió un vasito de agua en el cual vertió el medicamento. Arrodillándose a la cabecera de la joven leprosa, le levantó la cabeza y le hizo beber lentamente, añadiendo al brebaje, sin quererlo, las gotas de sudor que caían de su frente. Dentro de la chabola, la temperatura debía de ser al menos de cuarenta grados.

—Dile que vuelva a empujar lo más fuerte posible —ordenó Max.

Lambert tradujo al bengalí. Meeta contrajo el cuerpo jadeando. Lágrimas de dolor rodaban por sus mejillas.

—¡No, así no! Tiene que empujar hacia abajo. Dile que primero respire hondo y que luego empuje al sacar el aire. ¡Date prisa!

Max estaba empapado. Se secó la cara y el cuello. Tenía en la boca un sabor a rancio. ¿Era el calor, el *ragoût* de búfalo que no conseguía digerir, el hedor o el tener ante los ojos todas aquellas mutilaciones? Sintió un incontenible deseo de vomitar. Al verle blanco como un papel, Lambert vació el resto del frasco de coramina en el vasito en el que acababa de beber la leprosa.

—¡Tómate eso, aprisa!

Max dio un respingo al ver el recipiente.

—¿Estás loco?

—No hay más remedio. Todos te están mirando. Si te ven aprensivo, podrían enfadarse. Con los leprosos no se sabe nunca.

Lambert sabía que Meeta no era contagiosa, pero la idea de aterrar al norteamericano larguirucho le encantaba. Al ver que se iba poniendo cada vez más pálido, tuvo compasión.

—No hay nada que temer, su lepra no se contagia.

Max se llevó el vaso a los labios, cerró los ojos y tragó el líquido de golpe. Una niña de ojos negros maquillados de *khol* se había acercado a él y le abanicaba con un pedazo de cartón. Se sintió mejor. Volvió a inclinarse sobre la parturienta para examinarla más de cerca y comprobó que el niño salía torcido. Lo que estaban viendo no era la parte superior del cráneo, sino la nuca. Para que saliese no había más que un medio: cambiarlo de posición.

Lambert esperaba el parecer del norteamericano.

—¿Crees que el niño aún vive?

—¿Cómo saberlo sin estetoscopio?

El médico aplicó la oreja al vientre de la leprosa. Se incorporó, muy decepcionado. «Ninguna pulsación. Pero eso no quiere decir nada. Está puesto al revés.» Señalando a la mujer, dijo exasperadamente: «Por el amor de Dios, ¡dile que empuje más fuerte!»

La coramina producía su efecto. La leprosa se contrajo con redoblado vigor. Max comprendió que había que aprovechar aquella energía, porque sin duda era la última oportunidad.

—Ponte al otro lado —le dijo a Lambert—. Mientras yo intento enderezar al niño, tú le das un fuerte masaje en el vientre, de arriba abajo para ayudar a la expulsión.

Cuando Lambert estuvo al otro lado de la parturienta, el médico introdujo delicadamente su mano tras el cogote del bebé. Meeta gimió al notar el roce de los dedos.

—Dile que respire hondo y que empuje regularmente sin interrupción.

Todos los músculos de la leprosa se tensaron. Con la cabeza hacia atrás, la boca crispada, hacía un desesperado esfuerzo.

Lo que pasó entonces podrá parecer inverosímil. La mano del americano acababa de alcanzar los hombros del bebé cuando dos bolas peludas le rozaron la cabeza y rebotaron sobre el vientre de la madre. En la techumbre de las chabolas había ratas que habían sobrevivido a la ola de calor. Eran tan grandes como gatos. Sorprendido, Max retiró la mano. ¿Fue lo brusco de su gesto? ¿O el choque provocado por la caída de los animales? Una cosa era segura: el cuerpo del niño se había enderezado de golpe.

—¡Empuja, empuja aprisa! —gritó Max a la madre.

Diez segundos después recibía en las manos un paquete de carne envuelto en mucosidades y en sangre. Lo levantó como un trofeo. Era un niño espléndido que debía pesar al menos seis libras. Vio cómo se hinchaban sus pulmones y cómo se le abría la boca para lanzar un grito que provocó un formidable eco de alegría en el corralillo. Una de las matronas cortó el cordón de un golpe seco e hizo una ligadura con un hilo de yute. La otra trajo una palangana para proceder a las abluciones. Al ver el color de los paños, el norteamericano sintió como una náusea. «¡Hay que ver lo resistentes que son esas gentes!», pensó. Como ningún brahmán aceptaba entrar en un corralillo de leprosos, correspondió a Paul Lambert el honor de cumplir el primer rito que sigue al nacimiento de un niño. Notó que le tocaban los pies, y de pronto descubrió que era Anonar, quien acababa de llegar sobre su tabla con ruedas. Después de limpiar el polvo de sus zapatillas de deporte, el lisiado se llevaba los muñones a la frente en señal de respeto. Su cara barbuda exultaba.

—¡Paul, gran hermano, me has dado un hijo! ¡Un hijo!

Paralizado por la angustia, el «marido» de Meeta se había mantenido apartado hasta aquel instante triunfal. Ahora traía un cuenco lleno de granos de arroz. Sujetándolo entre sus muñones, lo levantó como una ofrenda hacia el sacerdote. «Toma», le dijo, «deposita este arroz al lado de mi hijo para que los dioses le den una vida larga y prosperidad». Luego pidió una lámpara de aceite a una de las matronas. Según el rito, la mecha debía arder sin interrupción hasta el día siguiente. Si se apagaba, el recién nacido dejaría de vivir.

En su primera carta a su novia, Max Loeb contó en estos términos la manifestación de entusiasmo que se produjo a continuación: «Todos los leprosos desbordaban de júbilo. Imposible contenerles. Manos atrofiadas se arrojaron a mi cuello, rostros mutilados me besaban. Había inválidos agitando sus muletas y haciéndolas entrechocar como palillos de tambor. "¡Gran hermano, gran hermano, que Dios te bendiga!", gritaban. Hasta las matronas se unieron a la fiesta. Unos niños trajeron galletas y golosinas que no hubo más remedio que comer so pena de infringir las reglas de la hospitalidad. Yo me ahogaba. Estaba mareado. El olor a podredumbre era aún más insoportable en el patio que en el interior de la casucha. Paul Lambert parecía en su elemento. Apretaba todas las manos sin dedos que se le tendían. Yo me contentaba con juntar las mías en ese hermoso gesto de saludo que había visto hacer desde mi llegada. Los lloros del recién nacido llenaban la noche. Mi primera noche en Calcuta.»

50

«No hay solamente tigres y serpientes en esta jungla de Calcuta», se maravilló Hasari Pal. «Existen también ciervas y corderos. Incluso entre los taxistas.» En general, éstos eran verdaderos matones que no sentían ninguna simpatía por los hombres-caballo. Instalados como rajás en sus bólidos negros y amarillos, no perdían la oportunidad de afirmar su superioridad.

Cierto día, en un atasco, uno de esos «rajás» arrinconó a Hasari y a su carrito en una zanja. Y entonces se produjo el milagro. El taxista, un hombrecillo calvo que tenía una cicatriz alrededor del cuello, frenó para disculparse. No era un *sardarji* del Punjab con la barba arrollada, el turbante y el puñal, sino un bengalí como Hasari, oriundo de Bandel, una pequeña localidad a orillas del Ganges, que estaba a unos treinta kilómetros de su aldea. Se apresuró a ayudar a Hasari a sacar el *rickshaw* de la zanja e incluso le propuso beberse una botella de *bangla* con él cuando se presentase la ocasión. Ésta se presentó dos días después, durante un aguacero torrencial. Abandonando sus vehículos, los dos hombres se refugiaron en una taberna clandestina que había detrás de Park Street. El taxista se llamaba Manik Roy. Había empezado como conductor de autocar, pero una noche una banda de *dacoits,* salteadores de caminos, le obligaron a detenerse en la carretera. Después de haber hecho bajar a sus viajeros y de habérselo quitado todo, les degollaron. Manik era incapaz de decir por qué milagro estaba aún con vida al día siguiente. Pero de aquella noche de horror conservó una impresionante cicatriz de carne abollonada alrededor del cuello. Lo cual le valió el apodo de «Chomotkar», que significa literalmente «Hijo del milagro».

Para Hasari, este hombre merecía el nombre de «Hijo del milagro», pero por otro motivo. En vez de aferrarse a las varas de un *rickshaw,* sus manos acariciaban un volante; en vez del asfalto y de los hoyos, sus pies viajaban alegremente sobre tres pequeños pedales de caucho; en vez de echar los bofes y sudar, se ganaba el arroz de sus hijos tranquilamente aposentado en el asiento de un carro más hermoso que el de Arjuna.

¡Un taxi! Todos los *rickshaws wallahs* soñaban que un día uno de los cuatro brazos del dios Viswakarma iba a rozar su carrito para metamorfosearlo en una de esas carrozas negras y amarillas que surcaban las avenidas de Calcuta. Mientras, Hijo del milagro invitó a Hasari a acompañarle durante todo un día. Desde luego, era el mejor regalo que podía hacerle. «Era como partir para Sri Lanka con el ejército de los monos», dirá Hasari, «o invitarme a que me sentara en el carro de Arjuna, rey de los Haihayas». ¡Qué placer, en verdad, instalarse en una banqueta tan mullida que el respaldo se hundía a la menor presión del cuerpo! Tener ante los ojos toda clase de esferas y de agujas que nos informan acerca de la salud del motor y de los demás órganos. Hijo del milagro introdujo una llave en una rendija y en seguida se oyó un petardeo bajo el capó. Luego apretó uno de los pedales con el pie y movió una palanca que había bajo el volante. «Era fantástico», dirá Hasari, «aquellos simples gestos bastaron para que el taxi se pusiera en movimiento. Fantástico pensar que el único esfuerzo que había que hacer para que arrancara y luego irle dando cada vez más velocidad, era apoyarse con la punta del pie en un pequeño pedal». Contemplaba fascinado a su compañero. «¿Podría yo también hacer esos gestos?», se preguntaba. «¿Acaso fue Hijo del milagro taxista en una encarnación anterior? ¿O sólo aprendió a conducir en su vida actual?» El taxista advirtió la perplejidad de su compañero.

—Un taxi es mucho más fácil de llevar que tu carrito —afirmó—. Mira, basta apretar este pedal y se para en seco.

El coche se inmovilizó tan bruscamente que Hasari fue proyectado contra el parabrisas. Hijo del milagro se echó a reír: «¿Qué te parece, so bobo? ¡Con tu carreta no vas a poder pagarte nunca una maravilla así!»

Maravilla o lo que fuere, el hombre del *rickshaw* descubría otro mundo. Un mundo en el que se hacía trabajar a unos esclavos mecánicos y no a los propios músculos, donde la fatiga no existía, donde se podía hablar, fumar y reír mientras se trabajaba. Hijo del milagro conocía los mejores lugares de la ciudad, los restaurantes de lujo, las *boîtes* nocturnas y los hoteles del sector de Park Street. Estaba de acuerdo con toda una red de ojeadores que le reservaban las mejores carreras. Éstos estaban a su vez en connivencia con los porteros de los establecimientos. Y los porteros con los criados y los *maîtres*. El sistema funcionaba perfectamente.

Hijo del milagro tomó a sus dos primeros clientes del día delante del Park Hotel. Eran unos extranjeros. Pidieron que los condujese al aeropuerto. «Entonces sucedió algo que me dejó sin habla», contará Hasari. «Antes de arrancar, mi compañero salió de su taxi, dio la vuelta al vehículo y bajó una especie de banderita metálica que había sobre una caja fijada cerca del lado izquierdo del parabrisas. Entonces asistí a un espectáculo que me pareció tan extraordinario que no podía apartar los ojos. A medida que corríamos, cada cinco o seis segundos aparecía una nueva cifra en esta caja. Podía ver cómo caían las rupias en el bolsillo de mi compañero. Sólo el dios Viswakarma había podido inventar una máquina semejante. Una máquina que fabricaba rupias y que a cada momento hacía un poco más rico a aquel que la poseía. Era fabuloso. Nosotros, los *rickshaws wallahs,* nunca veíamos caer así el dinero en nuestros bolsillos. Cada una de nuestras carreras correspondía a cierta tarifa fijada de antemano. Podía discutirse para pedir un poco más o aceptar un poco menos. Pero la idea de que bastaba apretar un pedal para que lloviesen rupias como rosas silvestres en un día de ventolera, era algo tan inimaginable como ver crecer billetes de banco en un campo de *paddy.*» Cuando Hijo del milagro detuvo su taxi ante la estación aérea de Calcuta, el taxímetro señalaba una cantidad que pareció tan astronómica a Hasari que se preguntó si se trataba de rupias. ¡Pues sí, la carrera era de treinta y cinco rupias! Casi lo mismo que él ganaba durante la mitad de la semana. De regreso, Hijo del milagro paró ante un gran garaje que había en la Dwarka Nath Road.

—Cuando hayas ahorrado las rupias suficientes —anunció—, tienes que venir aquí a buscar tu nirvana.

El pasaporte para aquel nirvana era un pequeño carné de tapas rojas con dos páginas que contenían sellos, una fotografía de identidad y la huella de un dedo. Hijo del milagro tenía razón: aquel carné era la joya más valiosa con la que podía soñar un *rickshaw wallah,* la llave que permitía salir de su *karma* y que abría la puerta de una nueva encarnación. Se trataba de la *West Bengal motor driving license,* el permiso de conducir de Bengala, y aquel garaje era la autoescuela más importante de Calcuta, la *Grewal motor training school.* En el interior había un gran patio con camiones, autobuses y coches para prácticas, y una especie de aula con bancos en un cobertizo. En las paredes había paneles con las diversas partes de un coche, las señales de circulación que se veían en las calles y en las carreteras y dibujos esquemáticos de todos los accidentes posibles. Había también un inmenso plano de Calcuta en colores, con toda un lista de itinerarios destinados a futuros taxistas. Hasari ya no sabía qué mirar, tantas eran las cosas que le parecían dignas de admiración. Como aquel montón de piezas mecánicas que los alumnos tenían que aprender a reconocer y a reparar. Pero, ¿qué *rickshaw wallah* podía esperar franquear algún día las puertas de aquella escuela de ensueño? Seguir el curso y obtener el permiso representaba un gasto imposible, casi seiscientas rupias, más de cuatro meses de giros a la familia que había quedado en la aldea.

No obstante, al volver a subir al taxi, Hasari comprendió que llevaba aquel sueño como tatuado en su piel. «Me cuidaré para recobrar fuerzas y trabajaré aún más. Prescindiré de más cosas. Pero algún día, lo juro sobre la cabeza de mis hijos Manooj y Shambu, guardaré mi cascabel en la caja con nuestros vestidos de fiesta, y devolveré a Musaphir las varas y el viejo carrito para instalarme, con mi bonito carné colorado, detrás del volante de un taxi negro y amarillo. Y oiré caer las rupias en el contador como las gruesas gotas de la tormenta del monzón.»

51

—No es el Hilton de Miami —se excusó Lambert—, pero piensa que la gente de aquí vive en grupos de doce a quince en cuchitriles que son la mitad de éste.

Max, el joven médico norteamericano, hacía una mueca al examinar el alojamiento que el francés le había encontrado en el corazón de la Ciudad de la Alegría. No obstante, en comparación con las otras podía considerarse que era una vivienda de maharajá, con un *charpoi* completamente nuevo, un armario, una mesa, dos taburetes, un cubo y una cántara. Y en la pared, un calendario de Nestlé con la cara de un bebé mofletudo. La habitación hasta disponía de un ventanuco que daba a la calleja. Otra ventaja: se había elevado el suelo una treintena de centímetros, lo cual en principio la ponía al abrigo de las inundaciosdel monzón o, como en aquellos días, del desbordamiento de las cloacas.

—¿Y el retrete? —preguntó alarmado el norteamericano.

—Las letrinas están al fondo de la calleja —se disculpó Lambert—. Pero en estos momentos es mejor no frecuentarlas demasiado.

El aire perplejo de Max divertía a Lambert. Sin perder la seriedad, añadió: «Y el mejor sistema de no frecuentarlas demasiado es no comer más que arroz. Eso te cierra el intestino como si fuera hormigón.»

La llegada de Bandona interrumpió sus chanzas. Max no dejó de ser sensible al encanto de la joven assamesa. Con un sari de color rojo vivo, parecía una muñeca.

—Doctor, bienvenido a Anand Nagar —dijo tímidamente, ofreciendo un ramillete de jazmín al norteamericano.

Max aspiró el fortísimo perfume que exhalaban las flores. Durante una fracción de segundo, olvidó el ambiente, los ruidos, el humo de las *chulas* que le irritaba los ojos. Estaba a miles de kilómetros. Aquel perfume era el mismo que el de los nardos que en primavera perfumaban la terraza de su casa de Florida. Qué sensación más extraña, pensó, respirar ese perfume en un lugar que apesta tanto a mierda.

Unos minutos bastaron a la joven para hacer aún más acogedora la habitación del norteamericano. Moviéndose sin ruido, como un gato, extendió una estera sobre las cuerdas del *charpoi,* encendió varias lámparas de aceite, hizo arder bastoncillos de incienso y dispuso unas flores en una maceta de cobre sobre la mesa. Cuando hubo terminado, levantó la cabeza hacia el techo.

—Y a vosotras, las de arriba, os ordeno que dejéis dormir al doctor. Viene del otro extremo del mundo y está muy cansado.

Así se enteró Max de que debía compartir su cuarto. Se dijo que hubiese preferido hacerlo con la bonita oriental o alguna diosa del Kama Sutra que con aquellos peludos animales que ya había entrevisto en casa de la leprosa. Entonces se oyó una especie de insistente graznido. Bandona posó su mano sobre el brazo de Max con una expresión de alegría que plegó sus almendrados ojos.

—Escucha, doctor —se extasió, tendiendo el oído—. Es el *chiquichiqui.* Te saluda.

Max levantó sus ojos hacia el techo y vio un lagarto verde que le miraba con sus ojos saltones.

—Es el mejor augurio —anunció la joven—. ¡Vas a vivir mil años!

Como los cócteles Molotov del padrino de la mafia habían reducido a cenizas el edificio en el cual Lambert se proponía cuidar a los leprosos e instalar una consulta médica para los demás habitantes del *slum,* durante el día el cuarto del norteamericano se convirtió en el primer dispensario de la Ciudad de la Alegría. Desde las siete de la mañana hasta las diez de la noche, y a veces hasta más tarde, aquella habitación única iba a convertirse en recepción, sala de espera, consulta, sala de curas y de operaciones, sala de sufrimiento y de esperanza para varios cientos de los setenta mil habitantes del *slum.* «La instalación era más que primitiva», contará Max. «Mi mesa y mi cama servían para reconocer a los enfermos y curarlos. No había esterilizador, y por lo que se refiere a instrumental, tan sólo las tres o cuatro pinzas y escalpelos que contenía mi estuche de estudiante. No, no era la Bel Air Clinic de Miami.» En cambio, la provisión de vendas, gasas y algodón era considerable. Lambert incluso había puesto en manos de Max el regalo de una de sus admiradoras belgas, varias cajas de compresas esterilizadas para curar quemaduras. Se había pasado tres días discutiendo con los aduaneros para conseguir llevárselas sin pagar las cuatrocientas rupias de derechos y de *bakchichs* que le pedían. Lo que más se echaba en falta eran los medicamentos. Todo de lo que disponía el norteamericano cabía en una cantina metálica. Un poco de sulfone para los leprosos, rifamicina para los tuberculosos y quinina para los palúdicos, así como una pequeña provisión de pomadas para las enfermedades de la piel, y algunas vitaminas para los niños más afectados por la desnutrición. Para concluir, una decena de ampollas de antibióticos para los casos de infecciones virulentas. «No era como para lucirse», dirá Max, «pero, como repetía Lambert a todo el que quisiera oírle: el amor lo suple todo».

El «teléfono indio» no tenía nada que envidiar a su rival árabe. Apenas había abierto cuando todo el *slum* conocía la existencia del dispensario. En las callejas, en los corralillos, en los talleres, no se hablaba más que del rico «gran hermano» que había venido de América para aliviar la desgracia de los pobres. Anand Nagar recibía la visita de un «gran hechicero», un *big daktar,* un «hacedor de milagros» que iba a curar a sus moradores de todos sus males. Lambert encargó a Bandona que ayudara a Max en su tarea. Se necesitaba alguien tan experimentado como la joven assamesa para no dejarse engañar por los más astutos, distinguir los enfermos verdaderos de los falsos, reconocer las urgencias, los casos gravísimos, las enfermedades crónicas, los incurables.

¡Un maremoto! Decenas de madres acudían con niños cubiertos de forúnculos, de abscesos, de ántrax, de alopecia, de sarna, muestras de todas las infecciones debidas a la canícula y a las colonias de estafilococos que pululaban en la Ciudad de la Alegría. Gastroenteritis y parásitos afectaban al menos a dos niños de cada tres. ¡Qué campo de experimentación para un médico joven! Además de numerosas enfermedades prácticamente desconocidas en Occidente. Sin la asistencia de Bandona, Max ni siquiera hubiese podido identificarlas.

—Fíjate en estas señales de yeso en las pupilas, gran hermano Max —decía señalándole los ojos de un niño de corta edad—. Es indicio de xeroftalmía. Dentro de uno o dos años, la criatura será ciega. En tu país no se conocen esas cosas.

Max Loeb estaba desbordado, inundado, sumergido. Nada de lo que aprendió en la universidad le había preparado para aquella confrontación con el último grado de la miseria fisiológica del tercer mundo. Síntomas como el color muy amarillo de los ojos, un adelgazamiento crónico, los ganglios del cuello hinchados y dolorosos, para él no correspondían a nada conocido. Y sin embargo, eran indicios de la enfermedad más frecuente en la India, la que causaba con mucha diferencia más estragos, la tuberculosis. El Instituto Nacional de la Tuberculosis afirmaba que la padecían unos doscientos sesenta millones de indios.[1]

En la primera semana, el americano reconoció y trató lo mejor que pudo a 479 enfermos. «Era un desfile interminable y patético, con aspectos a veces folclóricos. La mayoría de los niños iban desnudos, con una cuerdecilla alrededor de los riñones que sujetaba una campanilla a

1. Citado por el semanario *India Today*, 30 de noviembre de 1982.

la altura del ombligo. Ello facilitaba la auscultación, pero hacía más difícil prestarles cuidados, porque los cuerpecillos resbalaban entre los dedos igual que anguilas. Muchas mujeres iban tatuadas, algunas de pies a cabeza. Se presentaban adornadas con toda su fortuna: un único brazalete de cristal de color o verdaderas alhajitas finamente trabajadas, como pendientes en las orejas, una piedra semipreciosa incrustada en la aleta de la nariz, adornos de oro o de plata en las muñecas, en los dedos, en los tobillos y a veces en los dedos de los pies. En ocasiones eran collares adornados con emblemas de su religión; un Corán en miniatura o una media luna para los musulmanes, un tridente de Shiva para los hindúes, un pequeño sable de plata para los sijs, una cruz o una medalla cuando eran cristianos. En cuanto a las animistas, llevaban toda clase de grisgrises y de amuletos.

»El tinte ocre o rojo vivo con el que mujeres y niñas se embadurnaban las manos y los pies, lo mismo que el betel rojo que mascaban no sólo los hombres sino también muchas mujeres para quitarse el hambre, no facilitaban mis diagnósticos. ¿Cómo distinguir en medio de todos aquellos tintes una alteración del color de la piel, una inflamación de las mucosas de la boca o de la garganta? También había enfermos que trataban de ayudarme demasiado. Como aquel viejecito arrugadísimo que escupió en su mano un grueso coágulo de sangre y me lo enseñó complacidamente. ¡Ah, cuántos millones de bacilos debían de acumularse en aquella palma! Desde el primer día me esforcé por aplicar ciertos rudimentos de asepsia y de higiene. No era cosa fácil: no disponía siquiera de un lavabo para desinfectarme las manos entre uno y otro enfermo. Además, aquí, microbios, enfermedades y muerte ¡formaban parte tan íntima de la vida cotidiana! Vi a una mujer limpiarse con su sari la úlcera que le supuraba en la pierna. Y a otra extender con la mano la pomada que yo había aplicado delicadamente a su llaga.

»Afortunadamente, también había episodios cómicos, como el chorro de orines que un bebé me disparó en plena cara, y que su madre se apresuró a secar frotándome enérgicamente los ojos, la boca y las mejillas con una punta de su velo. O aquel tipo jocoso que se presentó con una receta de varios años atrás en la que Bandona leyó que, debido a sufrir un cáncer generalizado en su fase terminal, tenía que tomar seis comprimidos de aspirina al día. O aquel otro que nos trajo, con la misma veneración que si se tratara de una imagen santa, una radiografía de las cavernas de sus pulmones que databa de más de veinte años atrás.

»Pero los casos trágicos eran la mayoría. Un día me trajeron una niña con atroces quemaduras por todo el cuerpo. Había recibido el chorro de vapor de una locomotora mientras recogía pedazos de carbón junto a la vía del tren. Otra vez, una joven hindú me mostró una señal de color claro en su lindo rostro. El simple pinchazo de una aguja en el corazón de la mancha bastó para que Bandona diagnosticara una enfermedad que apenas se estudiaba en las facultades norteamericanas: la lepra. O bien era un joven padre de familia que sufría una sífilis aguda y al que tuve que explicar, a través de la joven assamesa, los peligros de contagio que aquello representaba para su mujer y sus hijos. O aquella madre que me trajo un paquete de carne sin vida, su bebé fulminado por la difteria. Para no hablar de todos los que acudían a mí porque un milagro del "gran *daktar* blanco" era su única esperanza mítica: cancerosos, enfermos cardíacos graves, locos, ciegos, mudos, paralíticos, deformes.

»Lo más insoportable, a lo que me parecía que no iba a poder acostumbrarme nunca, era la visión de aquellos bebés raquíticos con los vientres hinchados, verdaderos monstruos en pequeño que sus madres suplicantes depositaban sobre mi mesa. Cuando tenían ya un año o dieciocho meses, su peso no llegaba a los tres kilos. Sufrían tales carencias que sus fontanelas no se habían cerrado. Al carecer de calcio, los huesos de la cabeza se habían deformado, y su facies dolicocéfala les daba a todos un aire de momia egipcia. A aquel nivel de desnutrición, la mayor parte de sus células grises estarían probablemente destruidas. Aunque consiguiera salvarles la vida, serían idiotas. Idiotas médicos.»

Max descubriría que aquellas pequeñas víctimas no eran, por desgracia, más que una triste muestra del mal que azotaba a todo el país. Una de las más grandes autoridades científicas, el director de la Fundación India para la Nutrición, afirma que la India produce hoy día cada vez más «infrahombres» a causa de una alimentación insuficiente.[1] Según este especialista, la salud de las generaciones futuras estaría en peligro. Al menos ciento cuarenta millones de indios, casi tres veces la población de Francia, sufren de desnutrición. De los veintitrés millones de niños que nacen todos los años, sólo tres millones, siempre según este experto, tienen una posibilidad de alcanzar la edad adulta gozando de buena salud. Los demás están condenados a morir antes de los ocho años (cuatro millones) o a convertirse en ciudadanos improductivos a causa de deficiencias mentales y psíquicas. Debido a carencias de nutrición, el cincuenta y cinco por ciento de los niños indios menores de cinco años padecen trastornos psíquicos y neurológicos que provocan alteraciones del comportamiento, mientras que varios millones de adultos sufren bocios que provocan los mismos trastornos.

El segundo día, una joven musulmana que llevaba una túnica y un velo negros, depositó su bebé envuelto en trapos sobre la mesa de Max

1. «The Nutrition Factor», por el doctor C. Gopalan, director de la Nutrition Foundation of India. *Indian Express*, 9-1-1983.

Loeb. Mirando fijamente al médico con ojos extraviados, desabotonó su túnica, desnudó su pecho y apretó sus senos con ambas manos.

—¡Están secos! —gritó—. ¡Secos! ¡Secos!

Su vista se posó entonces en el calendario que colgaba de la pared. Al ver aquel bebé mofletudo que se exhibía en el pedazo de cartón, lanzó un aullido. «Nestlé da la salud a vuestros hijos», decía el anuncio. La joven madre se arrojó sobre el calendario y lo desgarró. En aquel momento irrumpió otra mujer. Apartando violentamente a la joven musulmana, se precipitó hacia el americano y le puso el bebé en los brazos a viva fuerza.

—¡Quédatelo! —gimió—. ¡Llévale a tu país! ¡Sálvalo!

Gesto inconcebible que mostraba la inmensidad de la desesperación de aquellas madres. «Porque en ningún otro sitio», decía Lambert, «he visto que las mujeres adorasen de este modo a sus hijos, como hacían aquí, privándose de todo, sacrificándose por ellos, dándoles su propia vida para que ellos vivieran. No, no era posible, tanto amor no podía darse por perdido».

En cuanto a Max Loeb, estaba seguro de ver toda su vida «aquellas llamas de dolor en los ojos de las madres de la Ciudad de la Alegría, al asistir impotentes a la agonía de sus hijos». Calcuta le ofreció esa noche otro recuerdo inolvidable. «La segunda vez que ocurre en el mundo», titulaba con letras enormes un periódico local, médicos de Calcuta traen al mundo a un bebé probeta.

52

«Dicen que la cobra muerde siempre dos veces», cuenta Hasari Pal, «es decir, que una desgracia nunca viene sola. Yo ya tenía la fiebre roja en los pulmones. Una mañana, muy temprano, me despertaron ruidos de motores y el chirrido de las cadenas de un bulldózer».

—Estamos listos, apostaría algo a que ya tenemos a esos brutos aquí —dijo a su mujer, levantándose.

Se ajustó el *longhi* y salió precipitadamente. Todo el barrio estaba ya en conmoción. Desde hacía varios días corrían rumores de expulsión. En efecto, ya estaban allí los «brutos»: un bulldózer y dos furgones repletos de policías armados de *lathis* y de granadas lacrimógenas. Un coche Ambassador negro se unió a ellos, y de él descendieron dos *babúes* con *dhoti,* llevando chalecos sobre las camisas. Hablaron con el jefe de los policías, y al cabo de un momento avanzaron hacia el grupo que formaban los habitantes del *slum.*

El de más edad, que llevaba unos papeles en la mano, tomó la palabra:

—El ayuntamiento nos ha encargado que procedamos a la destrucción de vuestras chabolas —anunció.

—¿Por qué? —preguntó una voz.

El *babú* pareció desconcertado. No solía ocurrir que unos pobres hicieran preguntas.

—Porque vuestras barracas impiden los trabajos de construcción de la futura línea de metro.

Los habitantes del barrio se miraron unos a otros, estupefactos.

—¿Qué es eso del metro? —preguntó Hasari a su vecino Arún, que decía haber estado en Afganistán.

Arún tuvo que reconocer que no lo sabía. El *babú* consultó su reloj y volvió a hablar.

—Tenéis dos horas para recogerlo todo e iros. Una vez transcurrido este plazo...

Sin molestarse en dar más explicaciones, señaló el bulldózer. El funcionario había hablado sin alzar la voz, como si estuviera allí para comunicar una información trivial. Hasari observó el comportamiento de sus vecinos. No decían nada, y aquel silencio era tan sorprendente que pareció que hasta los *babúes* se sentían inquietos. Seguramente esperaban protestas, gritos, amenazas, algo. «Pues no. Estaban allí para echarnos, como se echa a ratas o a cucarachas, y nosotros no decíamos nada.» Claro está que nadie podía echar de menos el *slum,* pero en la pirámide de la desgracia aquella aglomeración de chabolas era preferible a la acera. Aquí al menos tenían un pedazo de tela y unos trozos de cartón encima de la cabeza.

En realidad, la falta de reacción tenía otros motivos. «Habíamos perdido toda energía, simplemente», dirá Hasari. «Esta ciudad inhumana había acabado por quitarnos toda capacidad de reacción. Y en aquel barrio podrido no contábamos con nadie para defendernos. Ni sindicato ni jefes políticos. Hasta los granujas de la mafia, que antes se las habían ingeniado para cobrarnos un alquiler, habían desaparecido. Además, todo hay que decirlo, habíamos recibido tantas bofetadas que un golpe más o menos no nos parecía una gran diferencia. Siempre atrapados por esa maldita rueda del *karma.*»

Los dos *babúes* juntaron cortésmente las manos para saludar y volvieron a su coche, dejando a los habitantes del barrio solos ante los policías y el bulldózer. Entonces sucedió algo completamente asombroso. Hasari vio que su vecino Arún cogía el tablón que sostenía el techo de su chabola y corría hacia las fuerzas del orden con la velocidad de un caballo al galope. Fue la señal de un ataque generalizado. Pasado el primer estupor, todo el mundo se sintió dominado por una formidable cólera. Una a una, todas las barracas se derrumbaron; un diluvio de materiales cayó sobre los policías. Varios cayeron al suelo, lo cual redobló la furia de los asaltantes. Se arrojaron sobre ellos golpeándoles con maderos, ladrillos y tejas. Las mujeres y los niños chillaban para excitar a los hombres. Hasari vio a uno que con un clavo reventaba los ojos de un policía herido. Uno de sus vecinos roció a otro con una botella de queroseno y le prendió fuego. Los representantes del orden que aún podían andar se batieron en retirada hacia sus furgones. Pero otros habitantes del barrio se acercaron con nuevas botellas de gasolina. Los furgones de la policía no tardaron en arder. Luego alguien arrojó una botella sobre el bulldózer, que estalló. Una nube de humo negruzco envolvió el campo de batalla. Los combatientes tuvieron que levantarse la camisa para protegerse los ojos. Pero bajo el efecto de los gases lacrimógenos muchos estaban completamente ciegos. Cuando cesó el combate, pudo medirse la magnitud del desastre. Varios cuerpos carbonizados de policías aparecían encogidos en medio de un caos indescriptible. En cuanto a las chabolas, hubiérase dicho que un ciclón las había reducido a polvo. Ya no se necesitaba ningún bulldózer. La cólera de los pobres había hecho el trabajo: los trabajadores del metro podían empezar según lo previsto.

Hasari reunió a su mujer y a sus hijos para huir apresuradamente antes de que volvieran los policías con refuerzos. Lo habían perdido casi todo. Apenas dejaron atrás el primer cruce, cuando un aullido de silbatos y de sirenas llenó el cielo. Al igual que centenares de fugitivos en busca de un trozo de acera, Hasari Pal y su familia sólo podían confiar en la misericordia de los dioses. «Pero aquel día los dioses de Calcuta no tenían oídos.»

Durante toda la mañana vagaron por toda la ciudad, hasta ir a parar cerca de la fachada de una iglesia, en la acera de Lower Circular Road. Había allí un campamento improvisado en el que vivían unas cuantas familias de una tribu de adivasis. Los adivasis, oriundos del norte de la India, eran los aborígenes del país, y su suerte era particularmente miserable. El lugar tenía la ventaja de encontrarse cerca de una fuente. Pero sobre todo estaba próximo a Park Circus, donde Hasari iba a recuperar su *rickshaw* todas las mañanas. El hombre con quien compartía su vehículo era un joven musulmán del Bihar con cabellos rizados, que se llamaba Ramatullah. Un Corán en miniatura colgaba de su cuello, en el extremo de una cadenita. Trabajaba desde las cuatro de la tarde hasta medianoche, e incluso hasta más tarde si tenía clientes. A fin de ahorrar la mayor cantidad posible de dinero para su familia, dormía en el mismo carrito, con la cabeza y las piernas colgando de cada lado de las varas. No era muy cómodo, pero al menos durante este tiempo nadie podía robarle el *rickshaw*. Ramatullah era un compañero maravilloso. Desde que vio que Hasari tosía y escupía sangre, no cesaba de darle pruebas de amistad. Si Hasari no llegaba por la mañana a la hora habitual, se apresuraba a correr hasta Harrington Street para recoger a los dos niños que debía llevar todos los días a la escuela. Porque perder ese tipo de «contrato» tan codiciado por los demás, hubiese sido una catástrofe. Por la tarde llegaba un poco antes para evitarle el cansancio de una última carrera. Y todas las veces le daba el dinero que ganaba en lugar suyo.

Por la cara de susto que ponía el buen Ramatullah cuando llegó aquel día a Park Circus, Hasari comprendió que no debía de tener un aspecto demasiado normal. Le contó la batalla de las chabolas y la expulsión de sus habitantes. Pero los compasivos ojos del musulmán seguían fijos en el rostro de su camarada.

—Tienes que ir a ver a un médico inmediatamente —terminó por suplicar Ramatullah—. Estás verde como un limón amargo. Anda, sube al *rickshaw.* ¡Hoy serás el primer *marwari* de la jornada!

—¡Un *marwari* de peso pluma, tienes suerte! —comentó Hasari instalándose en la banqueta.

Diez minutos después el musulmán hacía entrar a su amigo hindú en la estrecha tienda de un especialista de medicina ayurvédica de Free School Street. Otros dos enfermos esperaban sentados en un banco. El médico, un hombre gordo y calvo con un *dhoti* blanco impecable, estaba sentado al fondo de la sala en un sillón. Parecía un *zamindar* o un rajá dando audiencia. En un anaquel que rodeaba toda la estancia se alineaba la farmacopea de la medicina ayurvédica, una hilera de tarros y de frascos llenos de hierbas y de polvos. Después de cada consulta, el médico se levantaba, elegía varios tarros e iba a sentarse detrás de una mesa ante una delicada balanza con astil parecida a la de los joyeros, y allí preparaba doctas mixturas después de haber pesado cuidadosamente cada ingrediente. Cuando llegó el turno de Hasari, el médico le miró con aire dubitativo rascándose la calva. Sólo le preguntó la edad. Luego cogió del anaquel como una docena de tarros. Necesitó mucho tiempo para elaborar diferentes preparaciones. Además de diversas cápsulas, también fabricó una poción para devolverle las fuerzas. Le pidió veinte rupias. Era mucho más caro que el *quack,* pero Ramatullah aseguró a su compañero que no había nada mejor que las drogas de aquel hombre de ciencia para que le pasara a uno la fiebre roja. Sabía de dos amigos a quienes había curado. «Yo hice como si me lo creyera para no contrariarle, pero sabía muy bien que la fiebre roja no se cura. La prueba es que había matado a un tipo tan duro como Ram Chander.»

Al salir de la consulta del médico, Hasari oyó un chirrido de neumáticos sobre el asfalto muy cerca de él. Era Hijo del milagro que pasaba por allí con su taxi. Tenía una expresión risueña, como si acabase de vaciar tres botellas de *bangla.* «Cuando a uno casi no le sostienen las piernas y se está desmoralizado, ver de pronto una cara familiar que sonríe, es casi tan consolador como ver la bola de fuego de Surya apareciendo en mitad del cielo», dirá Hasari.

—¡Precisamente te buscaba a ti! —le gritó su amigo—. Tengo que darte una noticia estupenda, pero antes me invitas a un trago.

Hijo del milagro arrastró a Hasari y a Ramatullah hasta una calleja que hay detrás de Free School Street, donde conocía una taberna clandestina. Pidió dos botellas de *bangla*. Después de apurar el primer vaso, sus ojos se pusieron a brillar.

—Tengo un vecino que se va de mi *slum* para volver a su pueblo —dijo por fin Hijo del milagro—. O sea que su vivienda quedará libre. Una habitación de verdad, con materiales consistentes y un techo de verdad, paredes y una puerta. En seguida he pensado en ti...

«Ya no oí la continuación», contará Hasari. «De pronto se me nubló la vista y empecé a oír sonar furiosamente unos cascabeles de *rickshaw* dentro de mi cabeza. Luego vi la silueta de un hombre que ardía como una antorcha y sentí que mi cráneo golpeaba contra algo duro. No sé cuánto tiempo duró eso, pero cuando volví a abrir los ojos estaba tendido en el suelo y vi muy cerca las caras congestionadas de Hijo del milagro y de Ramatullah. Sus manos enormes me abofeteaban con todas sus fuerzas para devolverme la vida.»

53

De todos los animales e insectos con los que Max Loeb debía compartir su nuevo alojamiento, ninguno le parecía más repugnante que las cucarachas. Había cientos, miles. Resistían a todos los insecticidas y devoraban absolutamente todo, hasta el plástico. De día estaban más o menos tranquilas, pero después de anochecido salían en masa y se desplazaban a una velocidad vertiginosa, zigzagueando en todos los sentidos. No respetaban ninguna parte del cuerpo humano, ni siquiera la cara; te corrían por los labios, te entraban en la nariz.

Las más audaces eran las blatas. Tenían una forma más alargada y un tamaño más pequeño que las grandes cucarachas pardas. Sus únicos enemigos eran las enormes arañas peludas aferradas como pulpos a los bambúes más gruesos del maderaje. El segundo día Max pudo presenciar un espectáculo que se convertiría en una de las distracciones principales de sus noches. Al resplandor de su lámpara vio a un lagarto que se precipitaba en una viga a la caza de una cucaracha. A punto de ser atrapado, el insecto cometió una imprudencia fatal. Se refugió debajo del vientre de una araña. Max la vio entonces sujetar al intruso entre sus patas y clavarle en el cuerpo los dos garfios de que estaba provisto su abdomen. En unos minutos, le vació como a un huevo. Esta clase de ejecuciones eran frecuentes. Todas las mañanas Max tenía que sacudirse para expulsar de su piel los caparazones vacíos de cucharachas caídas durante la noche.

Una semana después de su llegada, Max Loeb fue víctima de un incidente que debía permitirle conocer mejor a sus vecinos que si hubiese vivido un año entre ellos. Una noche leía tendido en su cama de cuerdas cuando vio a la luz de su lámpara de aceite un animalillo un poco más grande que un saltamontes que bajaba a toda velocidad por el muro de adobe muy cerca de él. No tuvo ni tiempo de dar un brinco para ponerse en pie, porque la bestezuela ya le había clavado su dardo en el tobillo. Profirió un grito más de miedo que de verdadero dolor, y aplastó al agresor con su sandalia. Era un escorpión. Se puso inmediatamente un torniquete en el muslo para impedir que el veneno se esparciera. Pero esta precaución no fue muy eficaz. Dominado por un fuerte mareo, con sudores fríos, temblores e incluso alucinaciones se derrumbó sobre la cama.

«No recuerdo nada de las horas que transcurrieron después. Sólo recuerdo la sensación de un paño mojado sobre la frente y la visión de los ojos oblicuos de Bandona cerca de mi cara. La joven assamesa me sonreía y su sonrisa me tranquilizó. Había mucha gente en mi cuarto y estábamos en pleno día. Iban y venían a mi alrededor. Unos me daban masajes en las piernas, unos niños me abanicaban con un pedazo de cartón, otros me hacían oler bolitas de algodón empapadas en un curioso perfume muy intenso y desagradable. Otros me presentaban cuencos llenos de pociones, y había también quien me aconsejaba no sé qué.»

Aquel incidente fue para todo el barrio la ocasión de reunirse, de discutir, de comentar y de demostrar su amistad. Pero lo que sorprendió más al joven norteamericano fue que nadie parecía tomar el asunto muy en serio. Una picadura de escorpión era aquí una cosa trivial. Alguién contó a Max que había sido picado siete veces. Otro mostró su muslo repitiendo: «¡Cobra!, ¡cobra!», como si viniera a decir que una picadura de escorpión era una bobada. Sin embargo, aquellos animalillos mataban entre diez y veinte habitantes del *slum* todos los años, sobre todo niños.

—¿Quién te avisó? —preguntó Max.

La respuesta brotó de una voz cristalina.

—Gran hermano, Max, cuando tus vecinos no te vieron salir para la «llamada de la naturaleza», supusieron que estabas enfermo. Cuando no te vieron en la fuente, pensaron que habías muerto. Entonces fueron a buscarte. Aquí no puedes esconder nada. Ni siquiera el color de tu alma.

54

Sería exagerado decir que Paul Lambert acogió la noticia con transportes de alegría. Y no obstante, estaba convencido de que era una señal de Dios, confirmándole, en un momento de desaliento, el sentido de su misión. En aquel instante de su vida, aquel hombre que lo había compartido todo y aceptado todo, sentía que sus fuerzas le traicionaban. Añadiéndose a los excesos del termómetro, la huelga de los poceros municipales había transformado la Ciudad de la Alegría en una cloaca más difícil de soportar que nunca. De noche, tratando de conciliar el sueño, en medio de aquella agobiante humedad, Lambert soñaba con los pastos de los Alpes, con las playas desiertas de Bretaña. Soñaba con espacio, con colores campestres, con bosques, con macizos de flores, con animales salvajes. Cuando llegó al *slum,* se tapó los oídos para no oír los gritos de sufrimiento. Ahora, de vez en cuando, sentía deseos de cubrirse la cara para no ver nada más, para no sentir nada más. En una palabra, estaba en plena depresión. Ni siquiera la presencia de Loeb cambiaba la situación. Fue entonces cuando Ashish y Shanta fueron a comunicarle la noticia.

—Paul, gran hermano, te hemos encontrado un cuarto en nuestro corralillo —anunció Shanta con voz temblorosa—. Nadie quiere vivir allí porque el inquilino anterior se colgó del techo. Le llaman «el cuarto del ahorcado». Está al lado del nuestro.

Un cuarto en uno de esos pequeños patios donde viven juntos un centenar de personas, donde nacen y mueren juntos, donde comen y mueren de hambre juntos, donde tosen, escupen, orinan, defecan y lloran juntos, donde se aman, se insultan, se pegan, se odian juntos. Donde sufren juntos y esperan juntos. Hacía mucho tiempo que Lambert deseaba abandonar el relativo anonimato de su calleja para vivir en un corralillo, para fundirse en la compañía de los demás. Ashish y Shanta lo habían dispuesto todo. Respetando los ritos, presentaron a su protegido al decano del corralillo, un antiguo marinero hindú al que una borrachera en el curso de una escala había dejado en Calcuta. Krishna Jado llevaba veintisiete años viviendo en Anand Nagar. Su extremada delgadez, su respiración silbante y su voz ronca revelaban que era tuberculoso. A su vez, presentó al francés a los demás inquilinos. La acogida de todos fue calurosa. Como decía Shanta: «Un Father *sahib* es como Papá Noel viniendo a vivir a un corralillo.»

Once familias, cerca de ochenta personas, vivían en aquel rectángulo que medía unos doce metros por ocho. Todos eran hindúes. Esto era una norma: gentes de distintas religiones evitaban cohabitar en un mismo corralillo: la menor diferencia en las costumbres adoptaba allí proporciones exorbitantes. ¿Cómo imaginar una familia musulmana asando en su *chula* un pedazo de vaca al lado de los fieles de una religión que sacralizaba este animal? Y a la inversa, otro tanto ocurría con el cerdo. Además, en una sociedad en la que los ritos religiosos tenían tanta importancia, era mejor evitar los conflictos. Cada día, cada hora eran ocasión de alguna fiesta o celebración. Hindúes, sijs, musulmanes, cristianos parecían rivalizar en imaginación y en fervor. Aparte de las grandes fiestas religiosas, de los nacimientos y de las bodas, toda clase de conmemoraciones hacían bullir perpetuamente los corralillos. Un día era la primera regla de una muchacha celebrada con gran pompa con cantos y bailes, exhibiendo la toalla que había empapado la primera sangre. Otro, todas las muchachas solteras rendían culto al *lingam* del dios Shiva para pedirle un marido tan bueno como él. En otra oportunidad, una futura madre celebraba el primer mes de su embarazo. O bien una *puja* gigantesca, con brahmán, músicos y banquete, glorificaba el instante en que un bebé recibía de manos de su padre su primer bocado de arroz. La ceremonia que se encontraba en su apogeo cuando Paul Lambert llegó a su nuevo domicilio no era la más sorprendente. Apiñadas detrás del pozo, una quincena de mujeres entonaban cánticos a voz en grito. Unos platos de hierro que tenían ante sí desbordaban de ofrendas: montículos de granos de arroz, plátanos, pétalos de flores, bastoncillos de incienso. Ante la sorpresa del nuevo inquilino, el decano explicó:

—Imploran a Sitola para que salve a la pequeña Onima.

La niña sufría varicela y Sitola es la diosa de las viruelas. Todos los habitantes del corralillo participaban en la *puja*. Habían iniciado un ayuno de tres días. Luego, nadie comería huevos ni carne —en la medida en que comían tales cosas— ni ningún alimento hervido hasta que la niña no hubiese curado. Ninguna mujer podría lavar ni tender la ropa para no irritar a la divinidad. No hubo, pues, *barra-khana*[1] para celebrar la llegada de Paul Lambert. Pero la calidez de la recepción compensó la ausencia de la tradicional comida de fiesta. Todo el resto del corralillo esperaba al nuevo morador con collares de flores. Shanta y sus vecinas habían adornado el umbral y el suelo del cuarto con *rangoli,* esas magníficas composiciones geométricas de buen agüero. En el corazón de estas figuras Lambert pudo leer el mensaje de bienvenida de sus hermanos de la Ciudad de la Alegría. Era una frase del gran poeta bengalí Rabindranath Tagore: «Estás invitado al festival de este

1. Literalmente: comilona.

mundo, y tu vida está bendita.» Hizo su entrada escoltado por numerosos vecinos de su antiguo domicilio. El viejo Surya, la madre del pequeño Sabia, el carbonero de enfrente, Nasir, el hijo mayor de Mehbub, la mayoría de los adultos y de los niños de la calleja en la que había vivido aquellos años tan duros, estaban allí, llorando a lágrima viva. Aunque en el *slum* las distancias fuesen minúsculas, hubiérase dicho que su «gran hermano Paul» les dejaba para irse a otro planeta. Su pena tenía algo de desgarrador. Quizá fue la madre de Sabia quien expresó mejor la pena de todos:

—Antes de irte, danos tu bendición, gran hermano Paul. Ahora todos seremos un poco huérfanos.

El sacerdote levantó la mano y trazó por encima de las cabezas inclinadas un lento signo de la cruz, repitiendo a media voz las palabras de las Bienaventuranzas: «Sed benditos, porque sois los hijos de mi Padre, sois la luz del mundo.»

Luego se abrió paso hasta el «cuarto del ahorcado» para dejar allí su mochila y su estera de paja de arroz.

—¿No posees nada más? —se asombró una mujer.

Dijo por señas que no. En seguida un vecino trajo un taburete, otro unos utensilios, un tercero quiso regalarle su *charpoi,* pero Lambert no lo consintió. Quería seguir viviendo como los más pobres. Desde este punto de vista, su nuevo alojamiento colmaba sus deseos. «Hacía quince meses que nadie habitaba allí, y una colonia de ratas se había instalado en el lugar. Pequeñas, grandes, machos enormes con colas de treinta centímetros de longitud, crías que lanzaban gritos estridentes. Las había a decenas. Infestaban la techumbre, descendían a lo largo de las paredes, husmeaban por todos los rincones. Sus excrementos dibujaban como una alfombra de granos de café sobre el suelo. Nada las asustaba. Las más grandes habían sobrevivido a la canícula, y la última tempestad parecía haber decuplicado su energía. En el "cuarto del ahorcado" eran los amos.» El primer gesto del nuevo inquilino fue disputarles un pedazo de tabique para clavar allí la imagen del Santo Sudario. Y un pedazo de suelo para sentarse en su posición de meditación y dar gracias al Señor por haberle brindado aquella nueva oportunidad de amar y de compartir.

¡Amar y compartir! Aquellos pocos metros cuadrados de patio común eran un lugar ideal para la realización de este programa. Allí se vivía en plena transparencia. La menor emoción, el menor gesto, la menor palabra se captaban, interpretaban y comentaban inmediatamente. Semejante promiscuidad obligaba a nuevos comportamientos. Había que aprender a lavarse en público sujetando el paño del *longhi* con los dientes para ocultar la desnudez. Limpiar la palangana de las letrinas de una cierta manera. Ir de un lado para otro sin dejar que la mirada se posase sobre una mujer que estuviera orinando en la zanja. Lo más penoso se produjo por la noche. Expulsado de su cuarto por las ratas que se le paseaban por encima del cuerpo y de la cara sin la menor vergüenza, Lambert fue a refugiarse en la pequeña galería que había ante su puerta. Pero chocó con quienes la ocupaban ya. Durante aquellas noches de canícula, casi todo el mundo dormía en el exterior. Afortunadamente, un murete de ladrillo elevado en la entrada protegía el corralillo de las cloacas que se desbordaban por la calleja. Lambert se hizo un hueco entre dos durmientes. «Había tan poco espacio que tuve que tenderme con los pies contra la cabeza de mis vecinos, según el principio de la lata de sardinas.»

De aquella primera noche iba a guardar dos recuerdos muy fuertes. Ni uno ni otro tenían nada que ver con los ronquidos de los vecinos, con las carreras de las cucarachas y de los murciélagos sobre su cara, los accesos de toses y los escupitajos de los tuberculosos que había a su lado, los ladridos de los perros parias contra las ratas, las vociferaciones de los borrachos pisoteando los cuerpos dormidos, los ruidos metálicos de los cubos que las mujeres traían de la fuente, el chorro de orina de un vecinito que recibió bruscamente en plena cara. El primer recuerdo sobresaliente de aquella noche serían los gritos de los niños víctimas de pesadillas. Aullidos entrecortados por jirones de frases que permitían identificar las aterradoras visiones que desfilaban por el sueño de aquellos pequeños indios. Hablaban mucho de tigres, de espíritus y de *bhuts,* los fantasmas. «Era la primera vez que oía llamar a los tigres por su nombre», dirá Lambert. «En la India se decía siempre "el gato grande", "la gran fiera", "el gran felino", pero nunca "el tigre", por miedo a poner sobre aviso a su espíritu haciéndolo venir. Era un tabú que tenía su origen en el campo, donde los tigres devoraban aún todos los años, solamente en Bengala, más de trescientas personas. Esta amenaza obsesionaba a muchos niños. Qué madre de Anand Nagar no había dicho algún día a uno de sus hijos: "Si no eres bueno, llamo al tigre."

»El segundo gran recuerdo iba a ser un quiquiriquí vociferado junto a mis tímpanos por un gallo a las cuatro y media de la madrugada, cuando por fin acababa de dormirme.» La víspera, al acostarse, Lambert no se había fijado en el volátil, atado a un pilar de la galería. Pertenecía a los ocupantes del cuarto vecino. Eran los únicos inquilinos a los que aún no conocía, porque sus actividades les alejaban frecuentemente del corralillo. Habían vuelto por la noche, ya muy tarde. Lambert se incorporó y vio a «cuatro mujeres durmiendo en posiciones invertidas, envueltas en velos y saris multicolores». Se dijo que nunca había visto a unas indias tan altas. Y cuando las oyó hablar entre sí, quedó tan sorprendido por aquellas voces muy roncas y bajas, que se preguntó si estaba soñando. Entonces comprendió. Sus vecinos eran *hijras,* eunucos.

55

Max Loeb acababa de coger un habano de su caja de Montecristo número 3 y se disponía a encenderlo cuando oyó una especie de bombardeo sobre el tejado de su cuarto. Era la segunda noche después de su llegada. Conocía por experiencia los tornados tropicales, pero nunca había asistido a un diluvio semejante. Una nueva tormenta de premonzón acababa de caer sobre Calcuta. Se sirvió un whisky doble y esperó. La espera no fue larga. El desastre empezó con una catarata entre dos tejas y luego el agua empezó a caer por todas partes. En un abrir y cerrar de ojos el cuarto se convirtió en un lago cuyo nivel subió rápidamente. En las viviendas vecinas era el sálvese quien pueda. La gente gritaba, se llamaba. A las primeras gotas, el americano amontonó sobre su cama la mochila de los medicamentos, su estuche de instrumental, sus enseres personales y las tres cajas de leche en polvo que Lambert le había dado para repartir entre los bebés que padecieran el cuarto o quinto grado de desnutrición. En la parte superior de la pirámide, puso la bolsa que contenía lo que él llamaba «sus vitaminas para aguantar en esta necrópolis»: tres botellas de whisky y tres cajas de puros. El diluvio redoblaba cuando Max oyó unos débiles golpes en su puerta. Chapoteando y con agua hasta los tobillos fue a abrir, y a la luz de su linterna descubrió «la tranquilizadora visión de una niña chorreante de lluvia; llevaba un enorme paraguas negro que me mandaba su papá». Unos instantes después, el parado de la vivienda de al lado se presentó cargado de ladrillos para elevar el murete de la entrada, la cama y la mesa del *daktar*. En un *slum* la solidaridad no era una palabra huera.

Aproximadamente al cabo de una hora hubo una calma. El deseo de ir a instalarse «en una suite con baño en el Grand Hotel» acababa de cruzar la mente de Max, cuando su puerta voló en mil pedazos. Tres siluetas se precipitaron al interior; dos manos le cogieron por los hombros y le empujaron contra la pared. Max sintió la punta de un cuchillo que le pinchaba el vientre. «Un atraco. Es un atraco», pensó.

—*Milk!* —masculló el mocetón de dientes rotos que le amenazaba con su faca—. *Milk quick!*

Nada más lejos de las intenciones de Max que dárselas de Búfalo Bill en aquel lugar de muerte. Señaló las tres cajas de leche.

—¡Servíos!

Los ladrones arrojaron la bolsa que contenía el whisky y los cigarros al fondo de la habitación, apoderándose cada uno de una caja, y salieron. Al cruzar el umbral, el hombre de los dientes rotos se volvió y le espetó en inglés:

—¡Gracias! ¡Volveremos!

La escena había sido tan rápida que el americano se preguntó si no la había soñado. Trató de volver a encajar los maderos de la puerta, pero de pronto un olor horrible le paralizó. Algo blando chocaba contra su pantorrilla. Oyó gorgoteos y comprendió que la oleada pestilente de las cloacas de la calleja, crecida con la lluvia, estaba inundando su cuarto.

Una noche de horror comenzó entonces. Sin cerillas, sin linterna, sin vaso. Todo se había perdido en el naufragio. Hasta los cigarros. Max se preguntaba qué animal maléfico le picó el día en que respondió a la llamada de Paul Lambert. Pensó en la piel aterciopelada de Sylvia, en sus pechos que sabían a melocotón, en el aire conmovedor de niña que adoptaba al recitarle sus poemas. Miró su reloj. En Miami era la primera hora de la tarde. Los jazmines perfumaban la galería descubierta y se oía el chapoteo del agua junto a los barcos en el canal. Bandona apareció en el marco de la puerta dislocada. Es difícil leer en el rostro de una asiática en el claroscuro de una mañana de diluvio, pero parecía muy alterada. Sus ojillos en forma de almendra estaban fijos, los rasgos rígidos.

—Max, gran hermano, ven en seguida. Mi madre está empeorando. Vomita sangre.

Unos instantes después, los dos chapoteaban en el fango hasta medio muslo. Bandona avanzaba cautelosamente, tanteando el suelo con un bastón: cloacas profundas atravesaban la calleja. De vez en cuando se detenía para apartar el cadáver de un perro o de una rata, o para evitar que salpicasen a Max los endiablados chapoteos de una pandilla de niños que nadaban y reían en la inundación pútrida. Lo asombroso era que, en medio de aquella pesadilla, la vida no se había interrumpido para nada. En un cruce de calles tropezaron con «un hombrecillo risueño tocado con un turbante». Estaba encaramado en el sillín de un triciclo. Una decena de niños, con agua hasta el pecho y a veces hasta los hombros, se apiñaban a su alrededor. El triciclo iba provisto de una rueda dentada que giraba delante de unos números. «¡Acercaos, acercaos, el premio gordo por diez *paisa.*» ¿El premio gordo en medio de aquel torrente de mierda?, se extrañó Max. ¡Pues sí! Dos galletas y un bombón, una recompensa de maharajá para aquellos chiquillos de estómagos vacíos.

La madre de Bandona estaba de pie. Era una mujer de corta estatura, con moño y completamente arrugada, como las viejas chinas del campo. Bromeaba con las vecinas que se aglomeraban en su vivienda limpísima y cuidadosamente ordenada. En la pared, detrás del poyo que servía de cama a ella y a sus cinco hijos, tenía dos imágenes de sabios budistas tocados con gorros amarillos y una fotografía del Dalai Lama. Ante estos iconos ardía la llama de una lámpara de aceite.

—*Daktar,* no tenías que molestarte —protestó—. Me encuentro muy bien. El gran Dios aún no me quiere a su lado.

Obligó al americano a sentarse y le sirvió té y golosinas. Bandona, tranquilizada, volvía a sonreír.

—De todas formas, me gustaría reconocerla —insistió Max.

—No vale la pena, te repito que me encuentro muy bien.

—Mamá, el doctor ha venido especialmente de América —intervino Bandona.

El nombre de América tuvo un efecto mágico. Pero no hacía falta expulsar a la gente del cuarto. En un *slum* todo se hace en público, hasta un examen médico.

Media hora después, Max guardaba su estetoscopio.

—Bandona, tu mamá es fuerte como una roca —afirmó, con tono tranquilizador.

Entonces se produjo el drama. La anciana quiso ponerse de pie para verter agua en la tetera y un súbito acceso de tos le cortó la respiración. Se desplomó. Un chorro de sangre salió de su boca. Max se precipitó para ayudar a Bandona a llevarla a la cama. Bandona le limpiaba la sangre. Max comprendió por el movimiento de sus labios que rezaba. La vieja assamesa estudió a las personas que la rodeaban. En su expresión no había ningún temor, al contrario, una serenidad total. Max preparó una jeringuilla con un tónico cardíaco, pero no tuvo tiempo de clavar la aguja. El rostro de la madre de Bandona se tensó bruscamente. Dejó escapar un suspiro. Todo había terminado.

Entonces Bandona lanzó un verdadero aullido y se desplomó sollozando. Todos los demás hicieron lo mismo. Durante unos minutos, hubo un estruendo desgarrador de gritos, de llantos, de lamentos. Las mujeres se rasgaban la cara con las uñas, los hombres se daban puñetazos en el cráneo. Los niños, como enloquecidos, imitaban a sus padres. Otros gemidos procedían del corralillo y de la calleja vecina. Luego, tan bruscamente como se había desmoronado, Bandona volvió a levantarse, se sacudió el sari, se ordenó las trenzas. Con los ojos secos, la cara grave, se hizo cargo de la situación.

«Entonces asistí a un asombroso festival de órdenes y de mandatos», habría de contar el americano. «En diez minutos, la joven lo organizó todo, lo programó todo. Mandó a sus hermanos a los cuatro extremos de Bengala para avisar a los parientes, y despachó vecinos y amigos al bazar para comprar los accesorios funerarios: una litera mortuoria de color blanco, según la tradición budista, polvo de bermellón para la decoración ritual del cadáver, cirios, incienso, *ghee*, *khadi* de algodón y ramilletes de jazmín, de claveles y de lirios. Para pagar todo eso hizo que llevaran sus dos brazaletes de oro y su colgante al usurero afgano que había al fondo de su calleja a fin de obtener un préstamo inmediato de mil rupias. Para acoger, alimentar, atender debidamente y agradecer a las decenas de parientes y amigos que acudirían, mandó comprar cincuenta kilos de arroz, otro tanto de harina para los *chapatis,* además de legumbres, azúcar, especias y aceite. Finalmente hizo llevar cien rupias al bonzo de la pagoda de Howrah para que viniese a recitar los *slokas* budistas y a realizar los ritos religiosos.»

Tres horas más tarde, todo estaba preparado. Envuelta en una mortaja de algodón blanco, la madre de Bandona reposaba sobre una litera perfumada de jazmín. Sólo los pies y las manos, embadurnados de bermellón, eran visibles, además de su rostro, del que la muerte había borrado casi todas las arrugas. Parecía una momia. A su alrededor, decenas de bastoncillos de incienso exhalaban un suave olor de pachulí. En una lamparilla ardía alcanfor. A continuación las cosas fueron muy de prisa. El bonzo vestido con una túnica de color azafrán recitó sus oraciones haciendo sonar un par de címbalos. Luego untó con *ghee* y con alcanfor la frente de la muerta y esparció granos de arroz sobre su cuerpo a fin de facilitar la transmigración de su alma. Cuatro hombres de la familia levantaron entonces las parihuelas. Cuando Bandona vio que sacaban a su madre del cuchitril donde las dos habían vivido y luchado durante tantos años, no pudo ocultar su dolor. Las mujeres volvieron a gritar, a sollozar, a gemir. Pero ya la litera se alejaba por la calleja inundada. Sólo los hombres acompañan a los difuntos hasta la hoguera. Entonaban con un ritmo sincopado cánticos a Ram, porque la madre de Bandona iba a ser incinerada según el rito hindú, a falta de un lugar de cremación específicamente budista. El pequeño cortejo necesitó una hora para abrirse paso hasta el *ghat* funerario a orillas del Hooghly. Los porteadores depositaron las parihuelas bajo un baniano mientras el hermano mayor de Bandona iba a negociar el alquiler de una pira y los servicios de un sacerdote. Finalmente, la difunta fue depositada sobre una de las pilas de leña. El brahmán vertió unas gotas de agua del Ganges entre sus labios. Luego el hijo primogénito dio cinco vueltas a los despojos y hundió una antorcha encendida entre los leños. Entonces se oyó elevarse unas voces para cantar, mientras se iniciaba el crepitar de las llamas.

Sabiendo que un cadáver necesita cuatro horas para consumirse, Max se eclipsó discretamente para ir a llevar un poco de consuelo a Bandona. Pero unos metros antes de llegar a su domicilio, notó de pronto que el suelo se hundía bajo sus pies. Por la boca le entró un líquido negruzco. La nariz, las orejas, los ojos se hundieron a su vez en aquel gorgoteo pestilente. Se debatió, pero cuanto más luchaba más era aspirado hacia el fondo de la cloaca. Dos o tres veces en su existencia había salvado la vida gracias a sus habilidades de nadador. Esta vez, en aquel fango inmundo, estaba paralizado: la densidad del líquido y su consistencia hacían inútiles todos sus esfuerzos para volver a la superficie. Comprendió que iba a ahogarse. Dicen que en ese trance uno revive de golpe su existencia entera. En aquel remolino de podredumbre, apenas tuvo tiempo de ver una extraña visión: «la de mi madre que me traía un enorme pastel de cumpleaños en la terraza de nuestra casa de Florida». En aquel instante perdió el conocimiento. La continuación se la contaron. La silueta de un *sahib* navegando entre las cloacas de Anand Nagar no podía pasar inadvertida durante mucho tiempo. Algunos le habían visto desaparecer. Se precipitaron en su socorro y no vacilaron en lanzarse al fondo. Le sacaron desvanecido y le condujeron a casa de Bandona. Por segunda vez en aquel día, la joven assamesa tomó el mando de las operaciones. Convocó a todo el mundo. Lambert, Margareta y los demás acudieron. Incluso consiguió hacer venir a un médico de Howrah. Respiración artificial, inyección intracardíaca, lavado de estómago, se recurrió a todo para reanimar al infortunado. Al cabo de tres horas de obstinadas maniobras, el norteamericano acabó abriendo los ojos. Entonces vio inclinarse sobre él un sorprendente espectáculo: «Toda una colección de caras maravillosas a las que mi despertar parecía producir una alegría endiablada. Sobre todo los ojos almendrados que me observaban con ternura y que aún estaban enrojecidos porque aquel día habían llorado mucho.»

56

—Después de tus expansiones acuáticas, necesitas una buena purificación —anunció Lambert al día siguiente al rescatado de las cloacas de Anand Nagar—. ¿Qué te parece un pequeño baño de clorofila? Conozco un lugar soberbio.

Max pareció vacilar.

—¡Si he de ser sincero, preferiría un baño con mucha espuma en un hotel de cinco estrellas!

Lambert alzó los brazos al cielo.

—¡Eso es una vulgaridad! Mientras que el lugar adonde quiero llevarte...

Una hora después, un autobús dejaba a los dos *sahibs* ante la entrada de un oasis que parecía inconcebible tan cerca de la concentración urbana más loca del mundo, un jardín tropical de varias decenas de hectáreas con miles de árboles venerables de todas las esencias de Asia. En efecto, el universo de lujuriante vegetación en el que penetraron no podía dejar de sorprender. Allí había enormes banianos prisioneros de encajes de lianas, cedros multicentenarios con troncos anchos como torres, bosquecillos de caobas y de tecas que ascienden al asalto del cielo, árboles de *ashok* en forma de pirámides, gigantescos magnolios con hermosas hojas semejantes a las tejas lustrosas de las pagodas chinas. «Una visión de paraíso terrenal acababa de surgir ante mis ojos irritados por la mierda y los humos de la Ciudad de la Alegría», dirá Max Loeb. Aún más inauditos eran el número y la variedad de los pájaros que poblaban aquel parque. Había oropéndolas de amarillo intenso, espléndidos picos rojos, con lomo de oro y pico cónico grande como el de las palomas, majestuosos milanos negros de cola hendida que giraban en el cielo antes de caer sobre sus presas. Había orgullosas picudillas de largos picos curvados hacia arriba, encaramadas en sus altos zancos de migradores. Volando de un bosquecillo de bambúes a otro, mainates de pico amarillo, urracas de color canela, mirlos del color de las aguzanieves, grandes cotorras de plumaje amarillo que estriaba el aire inmóvil. De pronto, un alción con un plumaje violeta-rojizo intenso y un gran pico rojo se posó delante de los dos paseantes. Se detuvieron para no asustarle, pero era tan poco huraño que cambió de bambú para acercarse aún más.

—¡Qué alivio contemplar a un pájaro en la naturaleza! —se extasió Lambert—. Es un ser en estado natural, un ser libre. No se ocupa de uno. Salta de una rama a otra, caza un insecto, lanza un grito. Luce su plumaje.

—Hace su trabajo de pájaro —asintió Max.

—Esto es precisamente lo formidable: ni siquiera nos mira.

—Si nos mirase, tal vez todo resultaría falseado.

—En efecto. Es verdaderamente libre. Y en cambio nosotros en nuestra vida nunca encontramos a seres libres. La gente siempre tiene algún problema. Y como uno está allí para ayudarles, se siente obligado a plantearse cuestiones respecto a ellos, a tratar de comprender su caso, a estudiar sus antecedentes, etcétera.

Max pensó en los días duros que acababa de vivir.

—Es cierto: un motivo de tensión.

Lambert señaló al pájaro.

—Menos con los niños —dijo—. Sólo un niño es una criatura sin tensión. Lo veo cuando miro a un chiquillo a los ojos. No adopta una pose, no representa una comedia, no cambia en función de los acontecimientos, es límpido. Como este pájaro. Este pájaro que vive su vida de pájaro en la perfección.

Max y Lambert se sentaron en la hierba. Uno y otro se encontraban a miles de kilómetros de Anand Nagar.

—Creo que de aquí he sacado la fuerza de resistir durante estos años —confesó Lambert, en vena de confidencias—. De aquí y de la oración. Cada vez que me asaltaba la morriña, tomaba un autobús y venía aquí. Una libélula revoloteando sobre unas matas, el trino de un pico rojo, una flor que se cierra cuando se acerca la noche, éstos han sido mis salvavidas.

Hubo un largo silencio reposante. Luego, bruscamente, el francés preguntó:

—Tú eres judío, ¿no?

Ante la sorpresa de Max, Lambert se disculpó: «Hacer esta pregunta es un reflejo indio. Aquí se juzga siempre a un hombre por su religión. La religión condiciona todo lo demás.»

—Sí —dijo Max—, soy judío.

El rostro de Lambert se iluminó.

—Eres un privilegiado. El judaísmo es una de las religiones más suntuosas del mundo.

—No siempre ha sido ésa la opinión de todos los cristianos —observó Max, sosegadamente.

—¡Por desgracia, no! ¡Pero qué heroísmo milenario os ha inspirado la persecución! ¡Qué fe inquebrantable! ¡Qué dignidad en el sufrimiento! ¡Qué tenacidad en la escucha del Dios único! ¿No habéis grabado el Shema Israel en la puerta de vuestros hogares? ¡Qué lección es todo eso para los demás hombres! Sobre todo para nosotros, los cristianos.

Lambert posó una mano en el hombro del norteamericano. «¿Sabes? Nosotros, los cristianos, somos espiritualmente judíos —prosiguió, animándose de pronto—. Abraham es nuestro padre común, Moisés nuestro guía. El mar Rojo forma parte de mi cultura. No, de mi vida. Como las tablas de la Ley, el desierto, el Arca de la Alianza. Los profetas son nuestras conciencias, David es nuestro cantor. El judaísmo nos ha dado a Yavé, el Dios que es. Todopoderoso, trascendente, universal. El judaísmo enseña a amar a nuestro prójimo lo mismo que a Dios. Formidable mandamiento. ¡Ocho siglos antes de nuestra era! ¿Te das cuenta? El judaísmo dio al mundo esta noción extraordinaria de un Dios Uno y Universal. Una noción que sólo puede ser fruto de una revelación. Ni siquiera el hinduismo, a pesar de su poder intuitivo y místico, pudo imaginar un Dios personal. El privilegio exclusivo de Israel es haberlo revelado al mundo. Y no haberse apartado nunca de esta noción. Es verdaderamente fantástico. Piensa, Max, que en el mismo momento luminoso de la humanidad que veía nacer a Buda, Lao Tsé, Confucio, Mahavira, un profeta judío llamado Isaías proclamaba la primacía del Amor sobre la Ley.»

¡El Amor! El judío y el cristiano conocían a partir de entonces el verdadero sentido de esta palabra. Dos pobres de la Ciudad de la Alegría volverían a recordárselo esa noche, a su regreso. «Un ciego de unos treinta años estaba en cuclillas en la entrada de la calle principal ante un niño que sufría poliomielitis», contará Max. «Le hablaba, dándole un delicado masaje en sus pantorrillas finas como agujas, luego sus rodillas deformadas y sus muslos. El niño se agarraba de su cuello con una mirada que rebosaba gratitud. El ciego reía. De aquel hombre todavía tan joven emanaba una serenidad y una bondad casi sobrenaturales. Al cabo de unos minutos se incorporó y cogió delicadamente al niño por los hombros para ponerle en pie. Éste hizo un esfuerzo para sostenerse sobre sus piernas. El ciego le dijo unas palabras y el niño adelantó su pie dentro del agua negra que inundaba la calzada. El ciego le empujó suavemente hacia adelante y el niño movió el otro pie. Había dado un paso. Tranquilizado, dio un segundo paso. Al cabo de unos minutos, he aquí que los dos caminaban por el medio de la calleja, el niño guiando a su hermano de las tinieblas, y éste empujando hacia adelante al chiquillo en su andar titubeante. El espectáculo de aquellos dos náufragos era tan conmovedor que hasta los niños que jugaban a canicas en los bordillos se levantaron para mirarles pasar con respeto.»

57

Con sus brazaletes y sus collares de pacotilla, sus saris de vivos colores, sus ojos negros cercados de rímel, sus cejas dibujadas con lápiz y su linda boca enrojecida con jugo de betel, Kalima, a sus veinte años, era *pin-up* del corralillo. Hasta Lambert se sentía turbado por aquella presencia que salpicaba de sensualidad y de alegría la oscura prisión en la que acababa de entrar. Admiraba sobre todo la ancha cinta azul y la flor de jazmín con que esta criatura adornaba la espesa trenza de cabellos negros que le caía hasta la cintura. Aquel refinamiento, en medio de toda aquella fealdad, le encantaba. El único inconveniente era que Kalima no era una mujer, sino un eunuco. Lambert pudo comprobarlo la segunda mañana, en el momento del aseo. La «joven» dejó resbalar su velo por una fracción de segundo, y el francés vio su verga, al menos lo que quedaba de ella. Pero Kalima no era un hombre disfrazado de mujer. Era un auténtico representante de esa casta secreta y misteriosa de los *hijras*, cuyas comunidades podían encontrarse por toda la India. Había sido castrado.

Ocho días más tarde una fiesta improvisada permitiría a Lambert descubrir el tipo de función que ejercían en la barriada de chabolas esta persona pintoresca y sus compañeros alojados en la habitación vecina. Acababa de caer la noche cuando el llanto de un recién nacido llenó de pronto el corralillo. Padmini, la mujer del hindú tuerto que vivía al otro lado del patio, acababa de dar a luz un hijo. Inmediatamente, la abuela, con su velo blanco de viuda, y las demás mujeres se precipitaron a casa de los eunucos para invitarles a que fueran urgentemente a bendecir al niño. Kalima y sus amigos se maquillaron a toda prisa, se pusieron sus saris de fiesta, se adornaron con toda su quincalla. Kalima se ató también a los tobillos varios collares de cascabeles, mientras que sus compañeros untaban de polvo rojo sus *dholaks*, sus inseparables tamboriles. Una hora después, aparecieron los cinco eunucos haciendo sonar sus instrumentos y cantando con voz ronca: «Un recién nacido ha llegado a la tierra. Hemos venido a bendecirle. ¡Hirola! ¡Hirola!»

El que tenía más edad del grupo, un eunuco de cabellos rizados y pómulos salientes que se llamaba Bulbul —el Ruiseñor—, dirigía la ceremonia contoneándose, con una falda y una blusa de color rojo vivo, un aro de oro en la nariz y pendientes dorados en las orejas, cimbreando las caderas. Era el *gurú* del grupo, su amo, su «madre». Sus discípulos, con Kalima a la cabeza, le seguían brincando y cantando. «Hermana, tráenos tu niño», dijo Bulbul, «porque queremos compartir vuestra alegría. ¡Hirola! ¡Hirola!».

La abuela, con velo de viuda, fue rápidamente en busca del bebé y se lo entregó a Kalima. El eunuco cogió delicadamente el cuerpecito en sus brazos y empezó a bailar, saltando sobre un pie y el otro con un ruido de cascabeles girando y ondulando al brusco ritmo de los tamboriles. Entonó con su gruesa voz masculina:

¡Viva el recién nacido!
Nosotros te bendecimos,
para que tengas una vida muy larga,
para que goces siempre de buena salud,
para que ganes mucho dinero.

Los cantos habían atraído a los ocupantes de los corralillos vecinos. El patio se había llenado. Racimos de niños incluso habían trepado a los tejados para ver mejor. La sofocante temperatura no frenaba a nadie. Era la fiesta. Mientras Kalima y sus compañeros seguían bailando, el *gurú* Bulbul iba a cobrar los honorarios de su grupo. Los eunucos se hacen pagar muy caro sus servicios, y nadie se atrevería a regatearles por miedo a incurrir en sus maldiciones.

«Nuestro recién nacido es tan fuerte como Shiva», proclamaron entonces los bailarines «y suplicamos al dios todopoderoso que nos devuelva los falos de sus vidas anteriores». Esta invocación era en cierto modo el credo de los eunucos, la justificación de su papel en el seno de la sociedad. La India mística había sacralizado a los más desheredados de sus parias ofreciéndoles el papel de chivos expiatorios.

El *gurú* había vuelto con un plato de arroz espolvoreado de pedazos de jengibre. Cogió con la punta del índice el polvo rojo que cubría uno de los tamboriles e hizo una señal en la frente del bebé. Aquel gesto simbólico transfería a su persona, sus compañeros y toda la casta de los *hijras* los pecados anteriores del recién nacido. El polvo rojo, emblema del matrimonio en las esposas hindúes, representa en los eunucos su unión ritual con su tamboril. El *gurú* arrojó luego unos granos de arroz sobre el instrumento y a continuación lanzó un puñado hacia la puerta de la vivienda para bendecir a la madre, y otro puñado sobre el niño. Luego, levantando el plato por encima de su cabeza, comenzó a girar sobre sí mismo sin que cayera un solo grano. Acompañado por los otros, que tocaban sus tamboriles y daban rítmicas palmadas, cantó: «Nos bañaremos en los ríos sagrados para lavarnos de todas las culpas del recién nacido.» Entonces, ante los ojos maravillados del público, Kalima empezó a bailar meciendo al niño. La finura de sus muñecas y tobillos, y la feminidad de sus gestos creaban la ilusión. Patético de realismo, el eunuco sonreía maternalmente a aquella pequeña masa de carne que entraba de aquel modo tan extraño en el mundo de la Ciudad de la Alegría. La ceremonia terminó con un espectáculo de mimo. Kalima devolvió el bebé a su abuela y se ató un almohadón debajo del sari. Imitando a una mujer en la última fase de su embarazo, empezó a girar en redondo con su vientre inflado. Luego, haciendo muecas con la cara, imitó los primeros dolores del parto. Lanzando gritos cada vez más desgarradores, cayó al suelo mientras los otros eunucos le daban palmadas en los hombros y en la espalda, como para ayudarle a dar a luz. Cuando estuvo completamente extenuado, su *gurú* fue en busca del recién nacido y lo depositó en sus brazos. Lambert vio entonces que el rostro de Kalima se iluminaba de felicidad. Vio que sus labios pronunciaban palabras de amor dirigidas al niño. Luego su busto y sus brazos iniciaron un balanceo. El eunuco mecía tiernamente al nuevo habitante del corralillo.

58

«¡Dios mío!», pensó de pronto Max Loeb, «¡el paraíso existe!». Un criado de túnica y turbante blancos, con el escudo del hotel sobre el pecho, acababa de entrar en su habitación. En una bandeja de plata le llevaba un whisky doble, una botella de soda y una copa llena de anacardos. El americano no había podido resistir la necesidad de recargar sus baterías. El baño de clorofila del jardín tropical no había bastado. Se había refugiado en una suite con aire acondicionado del Grand Hotel, el mejor de Calcuta. Un niágara de espuma perfumada crepitaba ya en la bañera de su cuarto de baño de mármol. La pesadilla de la Ciudad de la Alegría formaba parte de otro planeta. Puso un billete de diez rupias en la mano del criado. Éste, en el momento de salir, dio media vuelta. Era un hombrecillo arrugadísimo, con una barba gris en collar.

—¿Te gustaría una chica, *sahib*? ¿Una chica guapa, muy joven?

Max, sorprendido, posó su vaso de whisky.

«Muy guapa y cariñosa», precisó el criado, con un guiño cómplice. El norteamericano dio un nuevo trago de alcohol. «A no ser que prefieras dos chicas a la vez», insistió el indio. «Chicas muy, pero que muy hábiles. Todo el *Kama Sutra, sahib*.»

Max pensó en las esculturas eróticas de los templos de Khajurao que había admirado en fotografías de un álbum. Recordó también las palabras de su prometida, en aquella última cena. Las indias no tienen rival como amantes, había dicho Sylvia. El indio se envalentonó. Conocía bien a su clientela. Apenas llegan a Asia, europeos y americanos se convierten en demonios. Ninguna tentación les parece lo bastante apetitosa. «¿Tal vez preferirías a un chico, *sahib*? Un chico joven, muy guapo, dócil y...» El criado hizo un gesto obsceno que completó con un nuevo guiño. Max estaba mordiendo un anacardo. Su silencio no desalentaba al criado. Siempre con el mismo aire de complicidad, esta vez propuso «dos chicos» y, al cabo de unos instantes, «dos chicos y dos chicas a la vez», luego un eunuco y por fin un travesti. «*Very clean, sahib, very safe...*» Muy limpio y sin ningún peligro.

Max imaginaba la cara que iba a poner Lambert cuando le contase la escena. Se levantó para ir a cerrar los grifos de la bañera. Al volver, el criado seguía allí. Su catálogo de placeres aún no se había agotado. «Ya que el sexo no te tienta, ¿te gustaría tal vez fumar un poco de hierba?», sugirió. «Puedo proporcionarte la mejor del país. Traída directamente del Bhután.» Ya lanzado por este camino, añadió: «A menos que prefieras una buena pipa de verdad —un fulgor brilló en sus ojos húmedos—, nuestro opio viene de China, *sahib*.» Sin desanimarse por el poco entusiasmo que suscitaba su tentadora mercancía, el indio se atrevió entonces a proponer «una buena dosis de polvo blanco», así como algunas otras cocciones, como el *bhang*, el hachís local. Pero estaba claro que el honorable extranjero no era aficionado a aquellas cosas. Para no irse de la habitación con las manos vacías, el hombre del turbante sugirió finalmente la más trivial de las operaciones, que los turistas oían como una letanía en los países del tercer mundo: «¿Quieres cambiar tus billetes verdes, *sahib*? Para ti, te haré un cambio especial: once rupias por un dólar.»

Max vació de un trago lo que quedaba en su vaso. «Prefiero que me traigas otro whisky doble», ordenó, levantándose.

El criado le miró con un aire triste y compasivo.

—No sabes apreciar las cosas verdaderamente buenas, *sahib*.

Desde luego, Max sabía apreciar «las cosas verdaderamente buenas». Sobre todo después de semanas de penitencia en la cloaca de la Ciudad de la Alegría. Después de su segundo whisky doble, rogó al criado del turbante que le enviara a una de esas princesas del *Kama Sutra* que le había propuesto. Esta primera experiencia con una de las descendientes de las prostitutas sagradas que antaño inspiraron a los escultores de los templos no se desarrolló tal como él esperaba. Conducida hasta su puerta por el propietario del cabaret al que había sido vendida, la muchacha, muy menuda y exageradamente maquillada, tenía un aire tan aterrado que Max no se atrevió siquiera a acariciar sus largos y aceitosos cabellos negros. Entonces decidió ofrecerle una fiesta. Llamó al servicio de la planta, y se hizo traer todo un surtido de cremas heladas, dulces, pasteles. Las pestañas de la joven prostituta empezaron a agitarse como las alas de la libélula en torno a una lámpara. Nunca había visto tantas maravillas. Era evidente: aquel cliente era Lord Shiva en persona.

«Nos atracamos de dulces hasta reventar», contará Max a Lambert, «igual que dos criaturas que se empeñan en creer en Papá Noel».

Varias noches después, su taxi cruzó un gran portal custodiado por dos centinelas armados y tomó una alameda que rodeaban matas de jazmines que perfumaban la noche con su penetrante aroma tropical. «Estoy soñando», se dijo de pronto, al ver al fondo de la alameda las columnas de una vasta mansión georgiana. A cada lado de los peldaños de la escalera y siguiendo la línea del tejado ardía una guirnalda de lámparas de aceite. «Es Tara», pensó maravillado, «la Tara de *Lo que el viento se llevó* en una noche de fiesta». En efecto, la suntuosa construcción parecía salir de un sueño. Construida a comienzos del siglo pasado por un magnate británico de la industria del yute, era una de las residencias que valieron a Calcuta su sobrenombre de «Ciudad de los palacios». Sitiada por todas partes por la marea de los barrios superpoblados y de las aglomeraciones de chabolas, ahora no era más que un anacronismo. Pero aquel vestigio de una época desaparecida conservaba aún un indudable esplendor, empezando por la señora del lugar, la escultural y deliciosa Manubai Chatterjee, una viuda de treinta y cinco años, gran aficionada a la pintura moderna, a la música india y a la equitación. Fina y esbelta como una mujer del pueblo —la mayoría de las indias engordan cuando son ricas, perdiendo a menudo toda gracia y toda belleza naturales—, Manubai se ocupaba de diversas organizaciones culturales y de otras de caridad. En su calidad de presidenta de las Amistades indoamericanas, daba el *party* de aquella noche. Los Estados Unidos iban a celebrar al día siguiente el 190 aniversario de su declaración de independencia.

Los perros muertos y las ratas que flotaban en un mar de excrementos, los vientres de los recién nacidos, hinchados como tripas de buey, los ojos trágicos de las madres, los hombres extenuados que escupían sus pulmones, la muerte que pasa continuamente en unas parihuelas encima de cuatro cabezas, el ruido de los llantos, de los gritos, de las riñas, de los talleres-presidios, ¿era posible que aquella pesadilla existiese a pocos minutos de taxi de aquel oasis? Max necesitó cierto tiempo para aclimatarse. Incluso después de un atracón de golosinas con una prostituta y unas noches entre las sábanas de percal de un palacio, estaba tan impregnado por el ambiente de la Ciudad de la Alegría que aquello era como una segunda piel. Sobre el césped del parque iluminado por focos había varios centenares de invitados. Allí se había dado cita todo el mundo de los negocios de Dalhousie Square, de la industria, del import-export, gordos *marwaris* con *kurtas* bordadas y sus esposas no menos obesas con sus suntuosos saris con incrustaciones de oro, representantes de la *intelligentsia* bengalí, como el gran cineasta Satyajit Ray, autor del célebre *Pather Panchali*, la película aclamada por el mundo entero como una obra maestra, el famoso pintor Nirode Majumdar, que la crítica internacional llamaba el Picasso de la India, el célebre compositor e intérprete de sitar Ravi Shankar, cuyos innumerables conciertos en Europa y en los Estados Unidos habían acostumbrado el oído de los melómanos occidentales a las sutiles sonoridades de esta lira india. Unos criados descalzos con túnica blanca, faja de terciopelo rojo y turbante, ofrecían a los invitados bandejas con vasos de whisky, copas de vino de Golconda y zumos de frutas, y otras fuentes de plata rebosantes de toda clase de chucherías. Donde terminaba el césped, Manubai había hecho levantar una vasta *shamiana* de vivos colores que albergaba un bufete con los platos más refinados de la rica cocina bengalí. A la izquierda de la tienda, unos músicos de abigarradas vestiduras tocaban melodías de las operetas de Gilbert y Sullivan y tonadas de *swing* americano. «Todo era deliciosamente retro», contará Max. «Yo esperaba ver llegar de un momento a otro al virrey y a la virreina de la India en un Rolls-Royce blanco escoltado por lanceros bengalíes.»

Envuelta en un sari de colores alusivos —azul y rojo con una lluvia de estrellitas doradas—, Manubai iba de un grupo a otro. Como los doscientos o trescientos invitados restantes, Max estaba deslumbrado por la gracia y la belleza de aquella india que recibía como una soberana. Sin embargo, el suyo había sido un camino durísimo antes de llegar a crear esta ilusión. Aunque hoy en día las viudas ya no se arrojan a las llamas de la pira funeraria de su marido, en el seno de la sociedad india su suerte no es envidiable. Para seguir viviendo en su hermosa casa y disfrutar de unos ingresos decentes, ¡cuántas batallas había tenido que librar Manubai a la muerte de su esposo, propietario de la primera casa de comercio de la ciudad! Apenas se habían apagado las llamas de la pira de su marido, cuando su familia política decretaba su expulsión. Durante dos años, llamadas telefónicas anónimas la habían tratado de acaparadora y de puta. Insultos, amenazas, todo lo había soportado con la frente muy alta, oponiéndose a sus enemigos con el silencio, dedicándose a la educación de sus dos hijos, viajando, impulsando la carrera de artistas jóvenes, apoyando sus obras. Acababa de legar sus ojos de color de esmeralda al primer banco de ojos de Bengala, institución que ella misma había fundado para socorrer a algunos de los numerosos casos de ceguera de esta parte del mundo.

De pronto, Max advirtió que un brazo se deslizaba bajo el suyo.

—¿Es usted el doctor Loeb? —preguntó Manubai.

Aspiró un perfume embriagador de pachulí.

—Lo ha adivinado —dijo tímidamente.

—Me han hablado de usted. Parece que es usted un tipo formidable: vive en un *slum* y ha montado allí un dispensario para atender a los pobres... ¿Me equivoco?

Max sintió que se ruborizaba hasta la punta de los pies. Las caras de Kamruddin, de Bandona, de Margareta, de todos sus compañeros indios del *slum* pasaron ante sus ojos. Si en algún lugar había personas formidables eran ellos. Ellos, que nunca habían necesitado una noche en un hotel de lujo para olvidar el horroroso escenario de sus vidas. Ellos, para quienes nunca había ni recepciones ni cumplidos.

—Sólo he querido distraerme haciendo algo útil —respondió.

—¡Es usted demasiado modesto! —protestó Manubai con viveza. Le cogió la mano con sus largos dedos y le empujó hacia adelante—. Venga —dijo—, voy a presentarle a uno de nuestros mayores sabios, nuestro futuro Premio Nobel de Medicina.

El profesor G. P. Talwar, un risueño cincuentón, era un hombrecillo activo y sonriente. Había cursado parte de sus estudios en el Instituto Pasteur de París. Jefe del departamento de biología en el Instituto de Ciencias Médicas de Nueva Delhi, templo de la investigación médica india, desde hacía varios años trabajaba en una vacuna revolucionaria capaz de transformar el porvenir de la India. Se trataba de la primera vacuna contraceptiva mundial: una sola inyección bastaría para hacer estéril a una mujer durante un año. Max pensó en los cientos de paquetitos de carne que madres desesperadas habían dejado encima de su mesa. No había ninguna duda, acababa de conocer a un bienhechor de la humanidad. Pero ya Manubai le llevaba hacia otro de sus protegidos.

Con sus cabellos rubios y ensortijados y su cara de *bon vivant*, el inglés James Stevens se parecía más a un anuncio publicitario del jabón Cadum que a un émulo de la Madre Teresa. Y no obstante, aquel hombre de treinta y dos años, vestido a la manera india, con una camisa holgada y un pantalón de algodón blanco, era, como Paul Lambert, e indudablemente como otros desconocidos, una especie de Madre Teresa anónima, alguien que había dedicado su vida a los pobres, en su caso los seres más desheredados y abandonados de Calcuta, los hijos de los leprosos. Nada destinaba a un próspero propietario de una cadena de camiserías en Inglaterra a aquel apostolado en la India, pero un día su afición a los viajes le condujo a Calcuta. Aquella visita le impresionó tanto que a su regreso liquidó todos sus bienes, incluyendo su hermosa quinta de Thornbury. De vuelta a Calcuta, se casó con una india. Luego, después de alquilar con su dinero una gran casa de los suburbios, empezó a recorrer los barrios de chabolas en una vieja camioneta recogiendo a niños enfermos y hambrientos. Al cabo de un año, su hogar contaba con cerca de un centenar de pequeños pensionistas. Le dio el hermoso nombre indio de Udayan, Resurrección. La obra devoró toda su fortuna. Pero felizmente, almas generosas como Manubai tomaron el relevo. Stevens por nada en el mundo hubiera dejado de asistir a uno de sus *parties*. Para ese aficionado al whisky y al jerez, representaban cada vez una escapada a otro planeta.

Una escapada que aquella noche empujó a Max Loeb a un lugar que no había previsto: la cama con baldaquino de la primera anfitriona de Calcuta. ¿Cómo pudo llevar a cabo esa hazaña? Había bebido demasiados whiskies y vino de Golconda para recordarlo exactamente. Sólo recordaba que cuando, hacia medianoche, había juntado las manos a la altura del corazón para despedirse de Manubai, ésta rechazó su gesto. Sus ojos verdes esmeralda imploraron:

—Max, quédese un poco más. Esta noche es deliciosamente fresca.

Dos horas más tarde, cuando ya se hubo ido el último invitado, le había arrastrado directamente hacia su alcoba, un cuarto inmenso que ocupaba casi todo el primer piso de la mansión. El parqué relucía como un espejo. Muebles de maderas tropicales exhalaban un delicioso perfume de alcanfor. Al fondo se encontraba la cama, con dos columnas salomónicas de madera de teca, sosteniendo un baldaquino de terciopelo del que caía el fino bordado de un mosquitero. En las paredes había un papel floreado de vivos colores. En una de ellas se exhibía una venerable colección de amarillentos grabados con vistas de la Calcuta colonial de antaño y escenas de la vida en Bengala. En la pared de enfrente no había nada, excepto un inmenso retrato de hombre con una expresión severa. No era un cuadro, sino una fotografía. Aquel rostro habitaba la alcoba con la misma intensidad que si estuviese vivo.

Max recordaba que Manubai puso en marcha un tocadiscos. Y de pronto la voz, la voz ronca y emotiva de Louis Armstrong, acompañada de las sonoridades desgarradoras de su trompeta, invadieron la alcoba. Olvidándose por un instante de la India, Max se dejó caer, vencido por la felicidad, en el diván que había ante la cama. Un criado descalzo trajo whisky y botellas de soda. Manubai se instaló en las rodillas del americano y bebieron juntos. Se besaron. Max recordaba que en un momento determinado entraron por la ventana gritos de pájaros, mezclando sus agudísimos trinos a los sones de la trompeta. Era fantástico. La joven apagó todas las luces, salvo una gran lámpara china cuya pantalla con borlas inundaba la alcoba en una voluptuosa penumbra. El retrato de su marido parecía haberse borrado en la pared.

Lo que ocurrió luego no era más que una sucesión de imágenes confusas y excitantes. Después de haber esbozado unos pasos de baile, la india y el americano derivaron suavemente hacia los mullidos almohadones y las sábanas de seda de la cama con baldaquino. Se encerraron tras el muro invisible del mosquitero. Tendidos uno al lado del otro, esperaron a que callara la voz de *Satchmo*. Entonces se abandonaron al placer.

Era ya pleno día cuando unos golpes en la puerta arrancaron a Max de los brazos de Manubai. Fue a abrir.

—*Sahib*, hay alguien que quiere verte. Dice que es urgente.

Max se vistió y bajó corriendo la escalera detrás del criado.

—¡Lambert! ¡Diantre! ¿Se puede saber qué haces aquí?

—Ya suponía que después de tu *party* se te iban a pegar las sábanas —respondió riendo el francés—. Por eso he venido a buscarte.

Recuperando su seriedad, añadió: «El autobús de los leprosos está a punto de llegar. Te necesitamos, Max. Habrá amputaciones.»

«El autobús de los leprosos» era el apodo que Lambert había dado a la ambulancia que la Madre Teresa le enviaba todos los miércoles con tres de sus hermanas. No pudiendo abrir su pequeña leprosería en el barrio de chabolas, era el único medio que había encontrado para atender los casos más graves. A fin de evitar cualquier nuevo enfrentamiento con el padrino y sus sicarios, instalaba la ambulancia en la acera del bulevar que llevaba a la estación, es decir, lejos de los límites de la Ciudad de la Alegría.

Las monjas de la Madre Teresa eran verdaderas fuerzas de la naturaleza. La que tenía más edad del grupo, una muchacha alta, de piel muy clara, bella y distinguida en su sari blanco con cenefa azul, no había cumplido aún los veinticinco años. Se llamaba Paulette. Era india de la isla Mauricio, y hablaba en el pintoresco y musical francés de las islas. Comiéndose las erres, había apodado a Lambert «Dotó Pol». Dotó Pol por aquí, Dotó Pol por allá, las llamadas de Sor Paulette hacían reír a Lambert. «Eran como orquídeas lanzadas en medio de la podredumbre.» Porque las sesiones del miércoles eran una dura prueba.

Esa mañana, como siempre ocurría, hubo un aluvión en cuanto aparecieron, en el hormigueo del bulevar, las chapas blancas y rojas del pequeño vehículo, «regalado a la Madre Teresa por sus amigos de Japón». Los leprosos salían a decenas de las aceras donde habían pasado la noche. Aferrados a sus muletas, a sus tablas con ruedas, arrastrándose sobre maderas, se aglomeraban alrededor de las tres mesas plegables que las monjas armaban en plena calle. Una servía para distribuir medicamentos, otra para las inyecciones y la tercera para curar las llagas y para amputar. Con suavidad, pero también con firmeza, Sor Paulette trató de ordenar aquella marea de lisiados en una fila más o menos organizada. Cuando llegaron Max y Lambert, ocupaba varias decenas de metros.

¡El hedor! Max vio a transeúntes que de repente huían corriendo, con la nariz oculta en un pañuelo. Pero en general la atracción del espectáculo era más fuerte. Racimos de mirones se agrupaban en torno a los dos *sahibs* y a las tres monjas. Pronto todo el bulevar fue un atasco. «Me sentía como un prestidigitador exhibiéndose en una feria», dirá el norteamericano, todavía con la euforia de su noche de placer. Pero su euforia iba a ser breve. La escena era dantesca. Apenas un leproso ponía su muñón sobre la mesa, de él escapaba un bullicio de lombrices. Jirones de carne se desprendían de los miembros completamente podridos. Los huesos se pulverizaban como madera carcomida. Provisto de un simple par de pinzas y de una sierra de metales, Max cortaba, cercenaba, limaba. Un trabajo de carnicero. En medio de un pegajoso torbellino de moscas, de súbitas ráfagas de polvo, con un calor sofocante, vertía sobre las llagas ríos de su propio sudor. Sor Paulette hacía de anestesista. No tenía nada para aliviar los dolores de ciertas amputaciones, ni morfina ni curare ni *bhang*.[1] Sólo tenía su amor. Max no olvidaría nunca la imagen de aquella india «cogiendo en sus brazos a un leproso, abrazándole y canturreándole una nana mientras yo le cortaba la pierna».

Pero, como solía ocurrir, en medio de las peores situaciones había escenas de una increíble jocosidad. Max recordaría siempre «la cara compasiva de aquel policía con casco que contemplaba las amputacio-

1. Decocción de hojas de cáñamo indio.

nes aspirando enérgicamente el humo de dos bastoncillos de incienso que se había pegado debajo de las ventanillas nasales». Aprovechando el numeroso público de que disponían, unos astutos lisiados que carecían de piernas se pusieron a ejecutar un número de cabriolas y payasadas que desataron las risas e hicieron caer una lluvia de moneditas en su bolsa. Por el contrario, otros enfermos atrajeron la atención de los espectadores mediante una brusca explosión de cólera. Amenazando a las monjas con sus muletas, exigían medicamentos, comida, zapatos, ropa. Sor Paulette y «Dotó Pol» tenían que aplacar continuamente esas tormentas. Lambert lo había comprobado a menudo: es más difícil recibir que dar.

Max llevaba ya tres horas operando cuando dos leprosos depositaron sobre su mesa a un hombre sin piernas, barbudo, con el pelo hirsuto cubierto de ceniza. El americano se apresuró a llamar a Lambert, que repartía pastillas de sulfone al otro lado de la ambulacia. El sacerdote lanzó un grito.

—¡Max, es Anonar! Estuviste en el parto de su mujer la noche de tu llegada.

—¡Ya decía yo que conocía esa cara! ¡Y que no debía de recordarla de Miami!

A pesar de lo trágico de la situación, ambos lanzaron una carcajada. Pero la hilaridad de Lambert no tardó en esfumarse. El pobre Anonar parecía estar en las últimas. Tenía los ojos cerrados. Sudaba. De su boca escapaban palabras incoherentes. Su cuerpo descarnado se hinchaba al ritmo de una respiración imperceptible y agitada. A Max le costó mucho encontrarle el pulso.

—La gangrena —dijo Lambert, examinando el vendaje sucio y maloliente que envolvía el antebrazo hasta el codo—, sin duda es la gangrena.

Ayudados por Sor Paulette, con mucho cuidado deshicieron las vendas. Anonar parecía insensible. Por fin llegaron a las últimas gasas. Entonces Max sintió que sus piernas «se hundían bruscamente en un mar de algodón». El brazo podrido de Anonar, la multitud de rostros que le rodeaban, los silbidos desgarradores de los autobuses, la voz de Lambert, todo se precipitó súbitamente en un torbellino de colores y de ruidos. Luego, en seguida se produjo el vacío. Hubo un ruido sordo en el bordillo de la acera. Max Loeb se había desplomado, desvanecido. Abandonando el brazo del leproso, Sor Paulette y Lambert cargaron entre los dos al americano y le transportaron a la ambulancia. Entonces el sacerdote vio que la mano de la dulce Sor Paulette rasgaba el aire sofocante para caer sobre la mejilla de Max.

—¡Despierta, *dotó*! ¡Despierta! —gritaba ella, abofeteándole repetidamente.

El americano acabó por abrir los ojos. Al ver la cara de la monja tan cerca de la suya, se sorprendió. Hasta su memoria ascendieron recuerdos de la última noche.

—¿Dónde estoy? —preguntó.

—En una acera de Calcuta, cortando piernas y brazos a leprosos —respondió Lambert, a quien el incidente más bien había irritado.

Se arrepintió inmediatamente de haber dicho aquello. «No es nada, hombre. Sólo un poco de cansancio a causa del calor», añadió afectuosamente.

Media hora después, Max volvía a sus pinzas y a su sierra de carnicero. Esta vez tenía que cortar todo un brazo hasta el hombro. El brazo podrido de gangrena de Anonar. Sin duda era ya demasiado tarde. Al carecer de antibióticos, la infección debía de estar ya galopando por todo el organismo de aquel hombre invadido por el mal desde hacía mucho tiempo. Lambert y Sor Paulette tendieron al lisiado de costado. Entre los mirones se oyó un murmullo de voces ahogadas cuando la mano de Max, enarbolando las pinzas, se elevó por encima de la silueta tumbada. Pero nadie oyó el primer corte en la carne. El propio Max tenía la impresión de cortar en una esponja, hasta tal punto la piel, los músculos y los nervios se encontraban en estado putrefacto. A veces, al seccionar un vaso, brotaba un poco de sangre negruzca que Sor Paulette absorbía con una compresa. Al llegar al hueso, justo debajo de la articulación del hombro, Max cambió de instrumento. Esta vez todo el mundo oyó el rechinar de dientes de la sierra mordiendo la pared del húmero. Al cabo de muy poco, Max volvió a sentir que sus piernas «se hundían en algodón». Crispó sus dedos sobre el mango y se apoyó con todas sus fuerzas. Para evitar pensar, oler, ver, oír, habló para sí mismo. «Sylvia, Sylvia, te quiero», repitió, mientras su mano aceleraba el movimiento de vaivén, como un autómata. De pronto, todos oyeron un chirrido más agudo de la hoja. Como un árbol al que un último hachazo acaba de derribar, el miembro se separó del cuerpo. Ni Lambert ni Sor Paulette llegaron a tiempo de coger el brazo, que cayó sobre la acera y fue rodando hasta el arroyo. Max dejó la sierra y se secó el sudor de la frente y de la nuca. Entonces vio el rápido espectáculo que iba a obsesionarle durante todo el resto de su vida, «un perro sarnoso que se llevaba entre los dientes el brazo de un hombre».

59

Era objeto de tanta veneración que los campesinos depositaban ofrendas de leche y de plátanos al borde de su agujero. Su entrada en una choza se consideraba como una bendición divina. Las Escrituras del hinduismo estaban llenas de fábulas y de relatos referentes a ella. Se habían edificado templos en su honor, y en toda la India, cada vez que empezaba febrero, la gran fiesta que se le dedicaba reunía a millones de fieles. Aunque todos los años causase más víctimas que el cólera, ningún devoto hubiese cometido el gesto sacrílego de levantarle la mano. La serpiente cobra era uno de los treinta y tres millones de dioses del panteón hindú.

¡Pobre Lambert! En espera del día en que los funcionarios del Home Ministry firmasen el pergamino que haría de él un indio, todo el corralillo recordaría durante mucho tiempo el grito de terror que profirió al entrar en su cuarto aquella noche. Erguida sobre sus relucientes anillos, con la lengua vibrante, dejando asomar los colmillos, una cobra de cabeza aplastada le esperaba bajo la imagen del Santo Sudario. Acudieron corriendo unos vecinos. El francés ya se había armado de un ladrillo con la intención de aplastar la cabeza al animal. Shanta Ghosh, la linda vecina cuyo padre había sido devorado por un tigre, detuvo su brazo. «¡Gran hermano Paul, no la mates, no la mates!», gritaban todos los que acudían con sus linternas. «Parecía una escena del *Ramayana*», dirá más tarde Lambert, «cuando el ejército de los monos se arroja sobre el cubil del demonio Ravana». Finalmente, Ashish, el marido de Shanta, ayudado por dos hombres, consiguió aprisionar al reptil entre los pliegues de una manta. Alguien trajo una cesta en la que se le encerró. Y la calma no tardó en volver a reinar en el corralillo.

Lambert había comprendido el mensaje. Aquella noche no pudo pegar ojo. «Alguien que no quería precisamente desearme la bienvenida ha metido esa cobra en mi cuarto», se repetía. «Hay alguien aquí que me quiere mal.» Un detalle le había llamado la atención durante el incidente. Mientras todos los habitantes acudían en su socorro, la puerta del cuarto vecino, habitado por los eunucos, permaneció obstinadamente cerrada. El hecho era aún más extraño porque aquella noche de canícula todo el mundo huía del insoportable calor de las casas para dormir en el patio. El sacerdote sacó sin amargura la lección de aquel hecho. A pesar de las constantes pruebas de amor que le valía su vida de compartirlo todo y de compasión entre sus hermanos desheredados, sabía que para algunos seguía siendo un *sahib* de piel blanca y un cura. Es decir, un extranjero y un misionero. Hasta entonces, el relativo anonimato de una calleja le había protegido. No había sido demasiado sensible a lo precario de su posición. Pero en el mundo cerrado de un corralillo todo era diferente. En ese universo hermético, todo lo que no era conforme al grupo se convertía en un cuerpo extraño, con todos los riesgos de rechazo que ello implicaba.

Al amanecer, cuando el francés volvía de las letrinas, un hombrecillo barrigudo y de cabellos blancos rizados y muy cortos, la piel negra de jade y la nariz ligeramente aplastada, entró en su cuarto. Lambert reconoció al ocupante de uno de los cuchitriles situados al otro lado del pozo.

—Father, también a nosotros nos hicieron lo de la cobra —afirmó. Y se echó a reír. Le faltaban varios dientes—. Tu cobra era por tu piel blanca y por tu cruz sobre el pecho. La nuestra por nuestros cabellos rizados y porque venimos del bosque.

—Y también porque eres cristiano —añadió el sacerdote, señalando la medalla de la Virgen que colgaba del cuello del indio.

Lambert había adoptado esa costumbre india de empezar definiendo a un hombre por su religión.

—Sí, también por eso —admitió el hombre sonriendo—. Pero sobre todo porque venimos del bosque —insistió.

¡El bosque! Aquella sola palabra, pronunciada en medio del barrio de chabolas, sin una hoja ni una flor, entre el estruendo de las voces, de los gritos, de los cubos que traían de la fuente, en medio del humo acre de las *chulas,* aquella palabra hizo surgir ante los ojos de Lambert todo un cortejo de imágenes mágicas; imágenes de libertad, de vida primitiva pero sana, de felicidad y de equilibrio duramente conquistados, pero reales.

—¿Eres *adivasi*? —preguntó.

El visitante asintió con la cabeza. Lambert pensó entonces en los múltiples relatos que había leído sobre las poblaciones aborígenes. Habían sido las primeras en habitar la India. ¿Cuándo? Nadie lo sabía. Hace diez mil o veinte mil años. Hoy en día quedaban unos cuarenta millones de aborígenes repartidos en varios centenares de tribus a través de todo el continente. Aquel hombre era uno de ellos. ¿Por qué había abandonado su bosque para ir a habitar aquel *slum*? ¿Por qué había cambiado de jungla? Lambert iba a necesitar semanas para reconstruir el itinerario de Buddhu Kujur, de cincuenta y ocho años, su vecino *adivasi.*

«Los tambores habían estado sonando toda la noche», contó. «Era la fiesta. En cada una de las aldeas del bosque, bajo los viejos banianos, los tamarindos gigantes y los inmensos mangos, nuestras mujeres y nuestras hijas bailaban codo con codo en largas hileras. ¡Qué hermosas eran nuestras mujeres, con sus tatuajes, su piel reluciente, sus cuerpos flexibles que se contoneaban de un modo rítmico! De vez en cuando, un grupo de hombres con turbantes, el torso desnudo, con arcos y flechas en la mano, cascabeles en los tobillos y plumas de pavo real alrededor de la frente, entraban de un salto en el círculo de las bailarinas iluminado por la luna, y empezaban una danza endiablada. La melopea de las mujeres se había vuelto salvaje. Ya no pensábamos ni en el mañana ni en nada. El corazón latía al ritmo de los tambores. Ya no existían problemas ni dificultades. Sólo existía la vida. La vida que era alegría, impulso, espontaneidad. Era fantástico. Los cuerpos flexibles se doblaban, volvían a levantarse, se fundían, se desarrollaban, se tendían. Los antepasados estaban con nosotros, y los espíritus también. La tribu bailaba. Los tambores sonaban, se respondían, disminuían, se ampliaban, se mezclaban con la noche...»

Aquella noche de fiesta, los aborígenes de Baikhuntpur, un valle cubierto por la jungla en los confines de los estados del Bihar y del Madhya Pradesh, volvían a sus ritos milenarios. Pero al alba del día siguiente les esperaba una sorpresa. Hacia las seis de la mañana, doscientos hombres enviados por los propietarios de la región cayeron sobre ellos como una nube de buitres. Después de haber incendiado todas las chozas, exigieron el pago de los atrasos de los arrendamientos, y los intereses de los préstamos, detuvieron a los hombres con la ayuda de la policía, confiscaron el ganado, violaron a las mujeres y se apoderaron de los bienes de los habitantes. Aquella expedición era el fin de varios siglos de enfrentamientos entre las poblaciones que vivían en los bosques y los grandes propietarios que querían ocupar sus cultivos y apropiarse de sus cosechas. La vieja ley inscrita en la memoria de la humanidad que exigía que el que rotura la jungla se convierta en su propietario, hubiera debido poner a los aborígenes al abrigo de esas codicias. Después de haber sido nómadas y luego semisedentarios, en pocos siglos se habían convertido en modestos campesinos. Su agricultura era estrictamente alimentaria y no aspiraba más que a alimentar a sus familias. Los productos silvestres del bosque completaban su menú. El *adivasi* contó a Lambert cómo él y sus hijos trepaban a los árboles para sacudir los macizos de bayas, cómo hurgaban en el suelo para desenterrar ciertas raíces, cómo sabían pelar determinadas cortezas, descortezar tubérculos, extraer médulas, estrujar determinadas hojas, descubrir las setas buenas, arrancar suculentos líquenes, extraer jugos, recoger yemas, conseguir miel silvestre. Cómo ponían lazos, trampas, redes para piezas pequeñas, y trampas automáticas con maza o flechas para los osos y otros animales grandes. Sin olvidar la captura de insectos diversos, de gusanos, de huevos de hormiga y de caracoles gigantes. Cada familia entregaba a la comunidad el excedente de sus cazas para las viudas, los huérfanos y los enfermos. «Era duro, pero vivíamos libres y felices.»

Pero un día los tambores tuvieron que enmudecer. Él y su familia, como las demás del valle, se vieron obligados a partir. Primero fueron a Patna, la capital del Bihar, luego a Lucknow, la gran ciudad musulmana. Pero en ninguna parte encontraron trabajo. Entonces, como tantos otros, tomaron el camino de Calcuta. Alérgicos a la reclusión y la promiscuidad de los *slums,* en un principio se instalaron en la periferia de la ciudad, con otros aborígenes, trabajando duro en hornos de ladrillos y viviendo como perros. Hasta que un día quedó libre una casa en la Ciudad de la Alegría. Aquel día la India sufrió una nueva derrota: un *slum* integraba a un hombre que era el Hombre por excelencia, el Hombre primitivo, el Hombre libre.

Algunas tardes después, al volver a su casa, Lambert comprendió que se había producido un drama en el corralillo. Todo le pareció silencioso. Hasta las risas de los niños y los gritos de los borrachos habían cesado. Dio unos pasos y entonces oyó unos gemidos. En la penumbra distinguió unas siluetas acuclilladas ante la puerta de los eunucos. En la galería había un *charpoi* y vio una forma envuelta en una sábana blanca. Varias lamparillas de aceite ardían a su alrededor y distinguió dos pies a la luz de las llamas. «Hay un muerto en el corralillo», se dijo. Al lado del cuerpo reconoció las trenzas negras de Kalima, con la cinta azul y la flor blanca. El joven danzarín sollozaba. El sacerdote se metió en su cuarto y esperó rezando, de rodillas ante la imagen del Santo Sudario. Al cabo de un instante oyó a su espalda unos pies que se deslizaban sobre el cemento. Era su vecino Ashish.

—Paul, gran hermano, ha habido una riña —explicó a media voz—. Buddhu, el *adivasi* cristiano, ha matado a Bela, uno de los *hijras*. Ha sido un accidente, pero el pobre está bien muerto. Ha sido a causa de tu cobra.

—¿De mi cobra? —balbuceó Lambert estupefacto.

—En los últimos días el *adivasi* hacía investigaciones en secreto para averiguar quién había puesto una cobra en tu cuarto —continuó Ashish—. Se enteró de que un encantador de serpientes había dado una representación con motivo de una boda en un corralillo que no está lejos de aquí. En esta boda también habían contratado a los *hijras* para bailar. El *adivasi* consiguió encontrar al encantador de serpientes. Éste le confesó que uno de los *hijras* se empeñó en comprarle una cobra. Le ofreció doscientas rupias, una cantidad verdaderamente disparatada para uno de esos animales. Le dijo que quería celebrar un sacrificio. El encantador acabó aceptando. Y así fue como la cobra apareció en tu cuarto. Sin duda, matándote, Bela quería redimir alguna oscura culpa. ¿Cómo saberlo? Esas gentes son tan misteriosas... Hay quien dice que al matarte esperaba apropiarse de tu sexo en una próxima encarnación.

Lambert quiso hablar pero la voz se le estranguló en la garganta. Se le había cortado la respiración. Las palabras del indio se arremolinaban en su cabeza como burbujas de ácido. Ashish contó que el *adivasi* había ido a ver al *hijra* para castigarle. Seguramente sólo quería darle una lección. Pero Bela se había asustado. Y se había armado de un cuchillo para defenderse. Sin embargo, un eunuco afeminado, aunque sea muy alto, no puede medirse con un habitante de los bosques, acostumbrado a cazar osos con su lanza. En la pelea, el *hijra* se había clavado su propio cuchillo. Nadie tuvo tiempo para interponerse. En un corralillo las tensiones son tan grandes que la muerte puede producirse en cualquier momento, como un relámpago de monzón.

Lambert estaba impresionado. Ahora oía los sollozos de los eunucos a través de la puerta abierta. Pronto cesaron esos sollozos y empezó a oír ruidos de pasos y de voces. Comprendió que sus vecinos se disponían a llevarse a su compañero hacia la pira de las cremaciones a orillas del Hooghly. Sabía que en la India los ritos funerarios son muy expeditivos a causa del calor, pero lo que ignoraba era que la tradición no permitía a los eunucos enterrar o quemar a sus muertos más que de noche, lejos de las miradas de las personas «normales». Más aún: la India negaba en la muerte lo que concedía a los eunucos en vida: el estatuto de mujer. Antes de amortajar a su «hermana», sus compañeros habían tenido que vestirle con un *longhi* y una camisola de hombre, y Bulbul, el *gurú* de la cara triste, había tenido que cortar sus largas trenzas.

Entonces sucedió algo muy extraño. Ashish acababa de irse, cuando Lambert oyó que arañaban la madera de su puerta. Se volvió y vio brillar en la sombra los collares y los brazaletes de Kalima.

—Gran hermano Paul, te rogamos que nos hagas el honor de conducir a nuestra «hermana» hasta la pira —dijo el joven eunuco, con aquella voz muy baja que siempre sorprendía.

En aquel mismo instante, sus compañeros se dirigían a otros tres hombres del corralillo. La solicitud se inscribía también en el mismo respeto a las tradiciones: en la India, las mujeres no tienen derecho a formar parte de un cortejo fúnebre. Privados de la dicha de aquel último homenaje, los *hijras* ofrecieron a su «hermana» una emotiva escena de adiós. Mientras Lambert, Ashish y otros dos hombres cargaban con las parihuelas mortuorias, el *gurú* Bulbul cayó de rodillas vociferando una sucesión de *mantras*. Locos de dolor, Kalima y los otros eunucos se arañaron la cara con las uñas, lanzando aullidos verdaderamente desgarradores. Luego todos se descalzaron y golpearon ritualmente el cadáver con grandes golpes de sandalia, «para impedir que nuestra "hermana" se reencarne en eunuco en su próxima existencia».

60

Lambert no podía ponerlo en duda: la actitud de sus vecinos respecto a él había cambiado. La participación en los ritos funerarios crea vínculos. Desde que llevó a la pira el cadáver del *hijra* que había intentado asesinarle valiéndose de la cobra, los cuatro eunucos de la habitación de al lado multiplicaban las muestras de amistad. Cuántas veces, al volver por la noche, encontraba en su cuarto huellas de su paso: una mecha para su lámpara de aceite, un plato de golosinas, el papel en el que había colgado la imagen del Santo Sudario pintado con cal. Esos detalles le conmovían y al mismo tiempo le producían una sensación incómoda. «Aunque me había acostumbrado a todas las formas de cohabitación, la presencia de aquella extraña "familia" al otro lado del tabique me causaba un cierto malestar.» Luego entonará su *mea culpa.* «No obstante, de todos los desheredados, los despreciados, los rechazados de aquel *slum,* eran los más dignos de compasión. ¡Ah, cuánto camino me faltaba aún por recorrer para llegar al verdadero espíritu de caridad!» Finalmente, correspondió a Kalima el mérito de disipar las últimas reticencias de Lambert. Todas las mañanas, después de asearse, el joven bailarín iba a conversar con el que él llamaba con su voz grave «mi gran hermano Paul *daddah*». Aunque la lengua de los *hijras* fuese un habla secreta que sólo ellos conocían, Kalima sabía hablar el suficiente hindú como para hacerse comprender. De todos los destinos que habían conducido a aquel lugar de muerte, sin duda el suyo era uno de los más curiosos.

Kalima era hijo de un rico mercader musulmán de Hyderabad, un estado del centro de la India. Aunque sus órganos genitales estuvieran poco desarrollados, no cabía ninguna duda: era un varón. Pero muy pronto se manifestó su femineidad. A la edad en que sus camaradas de clase luchaban entre sí en los campos de críquet y de hockey, él se dedicaba a aprender danza y música. A los uniformes de los *boy scouts* y gimnastas, prefería los *salwars* de ahuecadas perneras y las anchas *kurtas* de las jóvenes musulmanas. Le gustaba perfumarse y maquillarse. Para sustraerle a tales inclinaciones, que juzgaban maléficas, a los catorce años sus padres le casaron con la hija de un rico joyero. Kalima trató de cumplir sus deberes conyugales, pero el resultado fue tan desastroso que su joven esposa huyó al día siguiente de la boda para volver con sus padres. Un día, entre la muchedumbre de los fieles que habían ido en peregrinación a la tumba de un santo musulmán de la región, un viejo *hijra* de cabellos cortos y cara descarnada se fijó en el muchacho y le siguió hasta su domicilio. Menos de una semana más tarde, Kalima abandonaba a su familia para siempre y se iba con el eunuco. Se convirtió en su «madrina», o mejor dicho, su *gurú.* Se llamaba Sultana. Como la mayor parte de los *hijras,* Sultana no tenía pecho. A fin de adoptar oficialmente al nuevo discípulo, se puso un pedazo de algodón empapado en leche sobre su pecho estéril, y obligó a su «ahijado» a chuparlo. Kalima recibió entonces ciento cincuenta y una rupias, utensilios de plata y de latón, vestidos, faldas, brazaletes de cristal y *chotis,* esos hilos de algodón negro que, una vez anudados en los cabellos, se convierten, como el triple cordoncillo para los brahmanes, en los atributos de su nueva casta. Después de su adopción, Kalima fue sometido a una gran ceremonia iniciática a la que fueron invitados todos los miembros de la comunidad y los jefes de las demás castas de *hijras* de la región. Su «madrina» y los otros *gurús* vistieron al nuevo discípulo con una falda y una blusa previamente bendecidas en un santuario. Luego le adornaron con brazaletes y pendientes de orejas. A continuación, Kalima vistió a su «madrina» del mismo modo, y le besó los pies así como a todos los demás *gurús* presentes, para que le dieran sus bendiciones.

Después de esta ceremonia de cambio de sexo ritual, Kalima recibió su nombre femenino. Todos los *gurús* fueron consultados para elegirlo. Lambert se extrañó de que le hubiesen bautizado con el nombre de Kali, la diosa que la iconografía representaba habitualmente bajo aspectos sanguinarios, con la lengua colgando todavía con sangre de sus víctimas, y el collar de cráneos en torno al cuello. Con aquella cara y aquellas cejas cuidadosamente depiladas y su aire de querubín, Kalima no tenía nada de ogresa. Desde luego, su voz ronca le delataba, pero la gracia de sus muñecas y tobillos, muy finos, su porte altivo, su andar flexible, todo contribuía a que se le confundiera fácilmente con una mujer.

La iniciación de Kalima aún no había terminado. Faltaba aún la prueba más terrible. Porque un verdadero *hijra* no debe confundirse con un travesti. Los travestis pertenecen a otra casta, una casta de parias aún más baja dentro de la escala social. Lambert se había cruzado a menudo por las calles fangosas de la Ciudad de la Alegría con aquellos personajes trágicos disfrazados de mujer, exageradamente maquillados, con pechos postizos y ridículos, que cantaban, bailaban, meneaban las caderas, encabezando cortejos de boda y procesiones religiosas, cómicos tristes y obscenos a quienes se contrataba para hacer reír a su costa y transformar los ritos más sagrados en parodias grotescas. Pero aquellos hombres ejercían su profesión sin sacrificar su masculinidad. Algunos tenían varias mujeres y un tropel de hijos. La impostura formaba parte del juego. El lugar de los *hijras* dentro de la sociedad era muy distinto. Éstos no debían ser ni hombres ni mujeres. Las madres que les llamaban al nacer sus hijos tenían derecho a comprobarlo. ¡Ay del falso *hijra*!

La ceremonia tuvo lugar a mediados del primer invierno. Las castraciones siempre se hacían en invierno, para limitar los riesgos de infección y permitir que las heridas se cicatrizaran más rápidamente. Porque los peligros no eran desdeñables. Ninguna estadística revelaba cuántos *hijras* morían todos los años a consecuencia de su emasculación. La prensa india no perdía ocasión de denunciar esos dramas, como el de un peluquero de Delhi, de unos treinta años, que murió después de una operación practicada por eunucos que le convencieron para que se uniera a su grupo. Antaño esta formalidad se desarrollaba en condiciones particularmente atroces. Los *hijras* castraban a sus víctimas con una crin de caballo que se iba apretando progresivamente, día tras día, hasta seccionar del todo los órganos genitales.

Un día Kalima fue llevado por Sultana, su madrina-*gurú,* a una aldea aislada donde vivía una pequeña comunidad de eunucos. El astrólogo de la comunidad eligió un día propicio para la ceremonia. Los *hijras* llamaban a estas noches de castración las «noches negras». Sultana hizo que su discípulo bebiera varios vasos de *toddy,* un alcohol de jugo de palma en el que habían disuelto polvo de *bhang,* estupefaciente de virtudes analgésicas. Mientras Kalima perdía el conocimiento, su *gurú* mandó encender una gran hoguera. Un sacerdote recitó *mantras* y vertió un bol de *ghee* en las llamas. La tradición exigía que una ignición espectacular se produjese en ese instante; de lo contrario había que aplazar la castración. Aquella noche las llamas subieron hasta el cielo con la fuerza de un fuego de artificio. Era la señal de que Nandni na y Beehra na, las divinidades de los *hijras,* aceptaban acoger al nuevo prosélito. El oficiante pudo entonces atar la verga y los testículos del joven con un hilo y apretar progresivamente hasta provocar la insensibilización de los órganos. Luego, los cortó de un navajazo. Un grito desgarró la noche. Al sentir el atroz dolor, Kalima se había despertado. Entonces empezó a oírse una zarabanda de tamboriles y todos los eunucos se pusieron a bailar y a cantar en torno a las llamas. Un recitante entonó un cántico destinado a alejar a los poderes maléficos y a los malos espíritus. Los demás *hijras* remataban cada frase con un resonante *Hanji*! ¡Sí!

> ¡Ha nacido un nuevo *hijra*!
> *¡Hanji!*
> ¡Un sari sin mujer!
> *¡Hanji!*
> ¡Un carro sin ruedas!
> *¡Hanji!*
> ¡Un hueso sin fruto!
> *¡Hanji!*
> ¡Un hombre sin pene!
> *¡Hanji!*
> ¡Una mujer sin vagina!
> *¡Hanji!*

Al día siguiente, Sultana aplicó con sus propias manos el primer vendaje sobre la herida de su discípulo. Era una especie de emplasto hecho con cenizas, hierbas y aceite mezclados. Esta receta se remontaba a los tiempos de la conquista mongol, cuando la casta de los eunucos conoció su edad de oro. Era la época en que, en toda la India, los padres sin recursos vendían a sus hijos a unos traficantes que los emasculaban. Un noble de la corte de uno de los emperadores mongoles poseía mil doscientos eunucos. Algunos *hijras* llegaron a alcanzar puestos elevados, y no sólo como guardianes de harén y músicos cortesanos, sino también como confidentes de los reyes, gobernantes de provincias e incluso generales del ejército.

Una vez Kalima curó de su mutilación, Sultana lo confió a unos músicos profesionales y a otros *gurús*, que le enseñaron los cantos y el baile tradicionales. Le enseñaron también a imitar a una madre haciendo arrumacos a su hijo o dando el pecho a un bebé, a interpretar el papel de una recién casada, de una mujer que esperaba un hijo o que estaba pariendo. Pronto recibió el título de «bai», es decir, de «bailarina y cortesana». Entonces empezó para el joven eunuco una época de viajes. Los *hijras* viajan mucho de un extremo a otro de la India para visitar a sus «parientes». Su *gurú* tenía una «hermana» en Nueva Delhi, «tías» en Nagpur, «primas» en Benarés. Los vínculos que unen a los eunucos con sus parientes ficticios son mucho más fuertes que los que pueden haber conservado con sus parientes reales. En Benarés, a orillas del Ganges, se produjo inesperadamente el drama. Una mañana en que bajaba por las escaleras de los *ghats* para bañarse en el agua del río sagrado y adorar al sol, Kalima vio que su «madrina» daba un traspié y se desplomaba. Había muerto fulminado por una crisis cardíaca.

Afortunadamente para Kalima, era la época de las peregrinaciones y había muchos eunucos en la ciudad santa. Inmediatamente un *gurú* se ofreció a aceptarlo como discípulo. Tenía pómulos salientes y una mirada triste. Se dirigía a Calcuta. Era Bulbul, el vecino de Paul Lambert.

61

¡Dormir! Dormir quince, veinte horas seguidas, sobre el cemento, con ratas, escolopendras, escorpiones, daba igual dónde, pero ¡DORMIR! Desde que llegó al corralillo, el sueño de Paul Lambert se había convertido en una obsesión. Sus noches se habían reducido a tres o cuatro horas de relativo silencio, jalonadas por ráfagas de tos y escupitajos de tuberculosos. Ya a las cuatro y media, los bramidos musicales de un transistor tocaban a diana. *Garuda,* el gallo de los eunucos, se erguía entonces sobre sus espolones para lanzar una andanada de quiquiriquís. Otros volátiles le respondían desde todos los rincones del *slum.* En torno a la galería surgía muy pronto un concierto de llantos y de gritos de niños con los estómagos vacíos. Sombras provistas de latas de conserva llenas de agua se levantaban apresuradamente en busca de una letrina o de una zanja todavía utilizable después de la huelga de los poceros. Las niñas encendían las *chulas,* limpiaban las escudillas de la víspera, guardaban las esteras, traían cubos de agua de la fuente, confeccionaban tortas de boñigas de vaca, despiojaban los cabellos de sus hermanas mayores. Eran las primeras en empezar a trabajar. Todas las mañanas, hacia las cinco, Lambert veía partir a la pequeña Padmini, la hija menor del aborigen que había dado muerte al *hijra* de la cobra. Se preguntaba dónde podía ir aquella chiquilla insignificante a una hora tan temprana. Una mañana la siguió. Después de haber chapoteado tras ella por todo el barrio, la vio subir por el terraplén de las vías. Era la hora en que los trenes de pasajeros llegaban a Calcuta procedentes de las diversas ciudades del valle del Ganges. Apenas Lambert oyó el ruido del primer convoy, vio que la niña sacaba de su blusa remendada una varita cuya extremidad había sido hendida para poder fijar allí un billete de una rupia. Cuando la locomotora llegó lentamente a su altura, alargó la varita. Una mano negra cogió el billete. Lambert vio entonces que el fogonero entraba en el ténder y arrojaba unos pedazos de carbón. Padmini se precipitó para recoger el maná milagroso en su falda y desapareció corriendo. Su padre se quedaría con la mitad, que aplastaría cuidadosamente para usarlo en la *chula* familiar. El resto lo revendería. Aquel tráfico constituía uno de los innumerables trucos inventados por los desheredados de la Ciudad de la Alegría para seguir viviendo.

Pero a pesar de no poder dormir, Lambert no echaba de menos su calleja: el corralillo era un campo de observación incomparable para quien se sentía, como él, casado con el pueblo de los pobres. ¡Qué actividad desde el alba en aquel oscuro rincón! Sobre todo, qué desfile; a cada momento, una campanilla, un gong, un silbato, una voz anunciaban la llegada de un mercader de eso o de lo otro, de un sacerdote brahmán que venía a vender unas gotas de agua del Ganges, de alguien con propósitos de divertir. El mayor éxito correspondía al hombre de los osos amaestrados, sobre todo entre los niños. Apenas se oía su tamboril, acudía todo el corralillo. Pero también los monos amaestrados, las cabras, las mangostas, las ratas, los loros, los escorpiones, así como los encantadores de víboras y de cobras, no dejaban de tener espectadores entusiastas. Estaban también los cantores de gestas, los titiriteros, los bardos, los narradores, los trovadores, los faquires, los mimos, los hércules, los enanos, los prestidigitadores, los ilusionistas, los contorsionistas, los acróbatas, los luchadores, los locos, los santos..., en resumen, todos los Zampanos y los Bouglione que la afición al espectáculo y a la fiesta había inventado para permitir a los desventurados de los barrios de chabolas escapar a la tristeza de su suerte.

El corralillo era antes que nada el reino de los niños. «Maravillosos niños de Anand Nagar», dirá Lambert. «Pequeños seres inocentes, alimentados de miseria, de los que brotaba a cada instante la vida. Su despreocupación, su alegría de vivir, sus sonrisas mágicas, sus caras sombrías realzadas por miradas luminosas coloreaban todo aquel universo de belleza. Si los adultos conservaban aquí alguna esperanza, ¿acaso no era gracias a ellos, a su radiante frescor, a la seriedad de sus juegos? Sin ellos los *slums* no hubieran sido más que presidios. De esos lugares de desdicha conseguían hacer lugares de alegría.»

Lambert llegó a contar setenta y dos niños en aquellos pocos metros cuadrados de espacio pútrido, donde los rayos del sol no penetraban casi nunca. Allí descubrían la dura escuela de la vida aprendiendo a despabilarse solos desde la edad de tres años. Hasta esa edad, jamás había habido intermediarios entre ellos y la materia. Lo hacían todo directamente con sus manitas, comiendo con la derecha, barriendo, limpiando, yendo a las letrinas utilizando la izquierda. Una piedra, un trozo de madera les servían de primeros juguetes. Este trato directo con los objetos favorecía desde el primer momento sus relaciones con todas las cosas, alimentaba su instinto de creatividad. Sus manos eran sus únicas herramientas, su comunión con la naturaleza era inmediata y profunda. Toda su vida quedaría marcada por tales experiencias. También sus juegos, juegos concretos, sencillos. Nada de mecanos ni de objetos eléctricos o automáticos. Los niños del corralillo inventaban sus juguetes. El cordel que Padmini, la niña que iba a buscar carbón todas las mañanas en el terraplén de las vías, ataba a su pie izquierdo, con una piedra, era como una comba ideal, porque al saltar conservaba las manos libres para la creación simultánea de un baile o de una mímica. Lambert estaba deslumbrado: las posturas de aquella niña eran las de las divinidades de los templos. Todo el genio de la danza india estaba contenido en ese cuerpecito miserable que vivía en un corralillo. Un simple pedazo de chapa se convertía para los niños en un carro de Ben Hur sobre el cual los mayores arrastraban entusiásticamente a los más pequeños. Unos guijarros y algunos huesos de fruta permitían entablar enconadas partidas de canicas de un extremo a otro del patio, e incluso en el cuarto de Lambert. Un día, Mallika Ghosh, su vecinita que siempre iba a verle con un bol de té con leche, confeccionó una muñeca con unos cuantos trapos. Pero al darse cuenta de que había suficientes bebés en el corralillo para poder jugar a mamás, ella y sus compañeras decidieron hacer de su muñeca un objeto de culto. Ella sería Laxmi, la diosa de la prosperidad a la cual los pobres de los *slums* tributan una veneración muy especial.

Tres en raya, peonzas, yoyós, aros... La energía, el ardor, el ingenio, la afición al juego de esas pequeñas criaturas de vientres hinchados no dejaban de maravillar a Lambert. Un día, el chiquillo de su vecina pasó corriendo entre sus piernas detrás de su aro. Cogió en brazos al niño y le pidió que le enseñara a jugar a aquello. Se trataba de una simple rueda de metal que se empujaba con un palo rematado con un gancho. Después de tres intentos, el francés renunció entre un diluvio de risas. Dominar el aro indio exige un largo aprendizaje y una destreza de acróbata para mantenerlo en equilibrio en medio de tanta gente y de tantos obstáculos. Pero el juguete por excelencia, el rey de todos los juguetes, el que provocaba tanta pasión en los padres como en los niños, el que suscitaba más emulación, rivalidades y enfrentamientos, que contenía todos los sueños de evasión y de libertad de aquel rebaño de tapiados, era un simple marco de madera con papel y un bramante. Aquí la cometa era más que un juego. Era el reflejo de una civilización, una felicidad de dejarse llevar, guiar, dominar, por las fuerzas de la naturaleza. Era un arte, una religión, una filosofía. Jirones de cientos de cometas, colgadas de los hilos eléctricos que atravesaban el *slum,* eran las oriflamas de la Ciudad de la Alegría.

Los más pequeños probaban con trozos de papel de embalar. Desde la edad de seis o siete años, los niños intentaban perfeccionar sus aeronaves. Un pedazo de *khadi,* un retal de camisa, un trapo se convertían así en otros tantos velámenes en sus manos. Los decoraban con dibujos geométricos y pedían a Lambert que caligrafiara sus nombres en las alas. Los ingenios más complicados, con cola y deriva, eran obra de los mayores. A veces los hilos que los sujetaban estaban untados de pegamento y polvo de vidrio para seccionar los hilos de las cometas competidoras.

Cierta tarde, una brusca borrasca premonzónica precipitó el lanzamiento de una de esas aeronaves. Todo el corralillo parecía presa de fiebre. «Me parecía estar en cabo Kennedy, cuando se dispara un cohete al espacio», dirá Lambert. Jai, de doce años, uno de los hijos del antiguo marino de Kerala, trepó al tejado y corrió sobre las tejas para lanzar su pájaro de tela en una turbulencia ascendente. Zarandeada por las ráfagas, la cometa se elevó, alentada a cada nuevo salto por una salva de vítores. «Parecía como si todas las bocas soplaran hacia el cielo para hacerla subir más aprisa.» El chiquillo brincaba de un tejado a otro para dirigir su cometa, frenarla, orientarla hacia una corriente más fuerte. Decenas de jóvenes del *slum* se habían roto los huesos en aquel género de acrobacias. «¡Sube, sube más!», aullaban todos. Jai había maniobrado tan bien, que el gran coleóptero blanco, con dos cintas rosadas flotando detrás de su cola, pasó por encima de los cables eléctricos. Estalló una formidable ovación. Era el entusiasmo. Los eunucos tocaban frenéticamente sus tamboriles. Hasta Lambert se sentía arrastrado por la exaltación colectiva. Entonces apareció en el éter una segunda cometa. El corralillo musulmán de al lado lanzaba un desafío. A partir de aquel momento, el asunto se hizo demasiado serio para dejarlo en manos de los niños. El padre de Jai y Ashish Ghosh, el joven monitor que se disponía a dejar el *slum* para volver a su aldea, subieron al tejado. Cogieron el hilo de la aeronave. Había que derribar a toda costa al rival y capturarlo. Hombres del otro corralillo treparon igualmente a los tejados. Se entabló un duelo salvaje, puntuado por los aullidos de unos y otros. El juego se convertía en combate. Durante largos minutos el resultado permaneció indeciso. Cada equipo maniobraba con el fin de enganchar el hilo del otro. Un súbito cambio de dirección en el viento, inmediatamente aprovechado, permitió al equipo del corralillo de Lambert cortar la ascensión de la cometa musulmana y empujarla hacia los cables eléctricos. Era el delirio. Furiosos, los musulmanes se arrojaron sobre los dos hindúes. Empezaron a volar tejas en todos los sentidos. Redobló la zarabanda de los tamboriles. Otros hombres subieron a los tejados. Desde el fondo de los corralillos, las mujeres azuzaban a los combatientes. Las dos aeronaves volvieron a chocar, entremezclándose, y cayeron finalmente como hojas muertas sobre los cables eléctricos. Pero, a ras de los tejados, la pelea no cesó. Una reyerta feroz y sin cuartel. Rodaron cuerpos hasta los patios. Techumbres de bambú se desplomaron poniendo en fuga a ejércitos de ratas asustadas. Lambert, impotente, se refugió en su cuarto. Por la puerta abierta podía ver al joven Jai, a la pequeña Padmini y a los demás adolescentes que, con la cabeza levantada y los ojos incrédulos, miraban a «aquellos mayores que les habían robado su juego infantil y que se peleaban como animales salvajes».

62

—¿Guardar en secreto mi marcha? —suspiró Ashish Ghosh, incrédulo—. ¿En este hormiguero donde todo el mundo se dedica a espiar a todo el mundo?

Hijo del milagro meneó la cabeza. El taxista sabía que su joven vecino tenía razón. Un *slum* es una marmita en la que se hierve juntos durante todo el año. Todos los gestos de la vida se realizan ante la vista de todos, hasta los más íntimos, como el amor o el hablar en sueños. Sin embargo, el amigo de Hasari Pal hubiese preferido que la noticia de que iba a quedar libre una vivienda no circulase antes de que hubiese tenido tiempo de negociar con el propietario la ocupación por el nuevo inquilino. ¡Pero eso era como impedir que saliese el sol! La próxima partida de los Ghosh se convirtió en la noticia del día. Lo que suscitaba tanto interés era, más que la inminente desocupación de un cuarto, la noticia en sí. Después de varios años de *slum*, el sueño de todos —volver a la aldea— parecía un espejismo tal que juzgaban una locura que alguien pudiera realizarlo. Que un matrimonio pudiera dedicarse a renunciar a dos sueldos para ir a plantar arroz era inconcebible. Lo curioso es que las reacciones en la aldea de los Ghosh eran igualmente negativas. «Cuando la diosa Laxmi ha puesto aceite en vuestra lámpara, es un crimen apagar la llama para irse a otra parte», repitieron furiosos los padres del joven, amenazándole con impedirle a la fuerza que regresase.

Pero ya los aspirantes a sucederle en su vivienda se agolpaban en la puerta de los Ghosh, hasta el punto de que el propietario se presentó inopinadamente en el corralillo. Era un bengalí panzudo, con cabellos relucientes como una estatua de Vishnú untada con *ghee*. Hasta el cuchitril más infecto de la Ciudad de la Alegría tenía un propietario legítimo. A veces algunos tenían cuatro, uno por cada pared. Muchos propietarios poseían varias viviendas, a veces todo un corralillo.

«El hecho de que el gordo bengalí se desplazase en persona no permitía augurar nada bueno», pensó Hijo del milagro. No tardaría en ver confirmados sus temores. El propietario le anunció que doblaría el alquiler del próximo inquilino. De treinta rupias al mes, el cuarto pasaba a sesenta. Una suma portentosa para una conejera sin electricidad ni ventana, incompatible en todo caso con los medios miserables de un *rickshaw wallah*.

El taxista no se dio por vencido. «Me habían apodado Hijo del milagro, y confiando en este nombre estaba decidido a pelear para que Hasari consiguiese aquel tugurio», contará. «Le dije a mi mujer: "Prepara un plato de arroz con un plátano y un poco de jazmín, y vamos a ver al brahmán para que haga una *puja*."» El brahmán era un hombrecillo raquítico y muy delgado que vivía con su familia dentro del recinto de un pequeño templo, uno de los lugares más pobres del *bidonville* entre las vías del tren y los cuchitriles de chapa y de tejas de una comunidad originaria de Tamil Nadu. Hijo del milagro le dio diez rupias. El brahmán puso un *tilak*[1] sobre la fuente de los visitantes, así como sobre la de Shiva y la de Nandi, el toro de la abundancia que reinaba al lado de la divinidad en un pequeño santuario. Cogió su bandeja de ceremo-

1. *Tilak*: punto rojo que se coloca en la frente, entre los ojos, donde se halla el tercer ojo, el que permite ver la realidad más allá de las apariencias.

nia, bastoncillos de incienso, un bote de *ghee,* una campanilla, un candelero de cinco brazos, con cubiletes donde ardían llamitas que se llaman *panchaprodip,* y una cántara que contenía agua del Ganges. Recitó unas *mantras,* agitó la campanilla y procedió a la ceremonia del fuego, paseando el candelero alrededor de las estatuas. Insistió particularmente alrededor del toro, porque los hindúes le atribuyen el poder de concederlo todo.

Después de la *puja* a los dioses del cielo, Hijo del milagro decidió apelar a los dioses de la tierra.

—Hay que pedir ayuda al padrino —dijo a Ashish Ghosh—. Sólo él puede rebajar las pretensiones de ese ladrón de propietario.

—¿Tú crees que el padrino va a molestarse por un asunto tan pequeño? —se inquietó Ashish.

—¡Claro que sí! Incluso te diré que adora ese tipo de intervenciones. ¿No se hace llamar «el defensor de los pequeños», «el protector de las viudas y de los huérfanos», «el *gurú* de los pobres»?

Así pues, Hijo del milagro solicitó una audiencia. Dos días después, un enviado del padrino fue a buscarle. El mismo ritual que con Lambert: primero el taxista fue introducido en una especie de antecámara donde los guardaespaldas jugaban a las cartas y al dominó fumando cigarrillos. Luego apareció su hijo mayor, para conducir al visitante hasta el vasto salón de recepción. Hijo del milagro desorbitó unos ojos deslumbrados. El padrino era verdaderamente un señor. En el fondo de la estancia, imperaba como el Gran Mogol en su sillón incrustado de piedras preciosas. Pero los pliegues de sus mofletes y las gafas oscuras le daban un aire horrible de sapo viejo. Sin decir una palabra, adelantó la barbilla en dirección al chófer del taxi para indicarle que estaba dispuesto a escuchar.

Hijo del milagro expuso vigorosamente su solicitud. Al cabo de tres minutos, el padrino levantó su manaza velluda con dedos cubiertos de sortijas. Había comprendido. Las explicaciones eran superfluas. Hizo una señal a su hijo para que se acercara y le susurró al oído el precio que fijaba para su intervención. «Porque aunque el padrino fuese el protector de los pobres y de los oprimidos, era como los caballos de carreras: no corría sin avena», dirá el taxista. «Sin embargo, ante mi gran sorpresa, esta vez no quería dinero. El padrino había tenido una idea mucho más astuta para hacerse pagar sus servicios. Me hizo anunciar por su hijo que a cambio de una intervención enérgica de los hombres de su clan ante el propietario abusivo, instalaría una taberna en el corralillo. Qué fuerte, ¿no? Y cualquiera protestaba. No se niega la hospitalidad a un hombre que os ofrece un techo.»

El acontecimiento tal vez más importante que podía ocurrir en la vida de un *slum* —la marcha de una familia y su regreso a la aldea— pasó completamente inadvertido. Después de renunciar a irse por separado, los Ghosh amontonaron sus enseres en un *rickshaw,* y salieron del corralillo con sus tres hijos. No hubo banquete de despedida ni fiesta, solamente algunas efusiones entre vecinos que habían vivido y sufrido juntos en la misma prisión durante varios años. Los jóvenes del corralillo habían preparado, sin embargo, un regalo de despedida. Padmini, la niña que recogía el carbón de las locomotoras, fue quien regaló algo a Mallika, la mayor de los Ghosh: la muñeca de trapo, embadurnada de *ghee* y con guirnaldas de pétalos de rosa, que unas semanas atrás habían metamorfoseado en Laxmi, la diosa de la prosperidad.

Lambert acompañó a los viajeros hasta la estación. Después de dos horas de tren hasta la pequeña población de Canning, tres horas de barcaza en el río Matla, un brazo del delta del Ganges, seguidas de una hora de autocar y de dos horas de andar por los caballones, estarían de vuelta en su aldea. ¡Después de seis años de destierro! Prueba ejemplar de que la corriente del éxodo podía invertirse, de que la tragedia de Calcuta no era inevitable, de que tal vez no sería eterna. Así quería interpretar Lambert aquella partida. Pero la pena de perder a aquel hermano y a aquella hermana era inmensa. Desde aquella noche ya lejana en que Margareta les condujo a su cuarto de Fakir Bhagan Lane, un profundo afecto le ligaba a aquellos seres jóvenes y luminosos siempre dispuestos a acudir día y noche en ayuda de cualquier desdicha, a consagrarse a los más abandonados, a los más desheredados. Cuando su familia iba a subir al vagón, Ashish se inmovilizó ante el sacerdote.

—Paul, gran hermano —dijo con voz estrangulada por la emoción—, ya sabes que somos hindúes, pero nos gustaría que antes de irnos nos dieras la bendición de tu Jesús.

Lambert, emocionado, levantó la mano por encima de las cinco cabezas, una al lado de la otra, en medio de la multitud, y trazó lentamente la señal de la cruz.

—Yo os bendigo en la paz del Señor —murmuró—, porque sois la luz del mundo.

Cuando el tren arrancó y los rostros de la ventanilla desaparecieron en el aire ardiente, al final del andén, Lambert se dio cuenta de que estaba llorando.

Cómo el gordo propietario bengalí se enteró del día exacto de la marcha de los Ghosh, ¡misterio! Pero esa misma mañana, hacia las seis, irrumpió en el corralillo con media docena de guardaespaldas de aspecto patibulario. En Calcuta cualquiera podía reclutar un pequeño ejército para solventar sus cuestiones personales. El alquiler de un hombre costaba menos que el de un buey para tirar de un carro de bancos. El propietario iba provisto de un enorme candado destinado a condenar la puerta de la vivienda que quedaba libre.

Del mismo modo que la batalla de Hastinapure ilustraba la epopeya del Mâhabhârata, la que estalló entonces se convertiría en una página omitida de la historia de la Ciudad de la Alegría. Pero esta vez los contendientes no eran guerreros mitológicos que se disputaban la capital de un reino, sino truhanes vulgares dispuestos a destriparse por la posesión de un miserable cuchitril en el fondo de un *slum.* El padrino había enviado a su hijo Ashoka a la cabeza de un comando armado de garrotes. Se abrieron paso apartando al propietario y a sus hombres, y se apostaron ante la antigua vivienda de los Ghosh. Estalló un altercado. Lambert vio que alguien blandía un cuchillo y cortaba la oreja de un adversario. El pánico se apoderó del corralillo. Las mujeres huyeron profiriendo alaridos. Otras se parapetaron con sus hijos. El gallo de los eunucos, aterrado, lanzaba quiquiriquís que alborotaron a todo el barrio. Empezaron a volar las tejas de los tejados. Luego llegó el turno de *chulas,* cubos y ladrillos. Los heridos se desplomaban, gimiendo. Aquello parecía el escenario de un teatro, con la única diferencia de que aquí se peleaban de verdad, con una ferocidad inaudita.

Entonces hizo su aparición el padrino. Vestido con un *dhoti* blanco inmaculado, calzado con sandalias doradas, en la mano un bastón con puño de marfil, parecía más que nunca el Gran Mogol, entre sus dos guardaespaldas que le abanicaban. «Es el emperador Akbar que acude para apaciguar la cólera de sus súbditos», pensó Lambert. El combate cesó en un segundo. Nadie, ni siquiera el último de los *gundas* contratado en los muelles, se hubiera atrevido a discutir la autoridad del señor de la Ciudad de la Alegría. Ya tranquilizados, los habitantes volvieron a sus casas. Entonces pudieron asistir a una escena extraordinaria. El padrino avanzó hacia el gordo propietario bengalí, entregó el bastón a uno de sus guardaespaldas y elevó las dos manos a la altura de su cara para unirlas en un gesto de saludo. Luego, tras recuperar su bastón, señaló con él el enorme candado negro que el propietario seguía apretando entre sus dedos. Con un movimiento imperceptible de la cabeza, invitó a uno de sus guardaespaldas a tomar posesión de aquel objeto. No dijeron ni una sola palabra y el bengalí no opuso la menor resistencia.

Unos instantes después, el propietario se retiraba con lo que quedaba de su escolta. Entonces el padrino dio la vuelta al corralillo para saborear su triunfo y acariciar las mejillas de algunos niños que iban en brazos de sus madres. Hijo del milagro estaba exultante. Verdaderamente merecía su apodo. Su victoria, realmente, le había costado cara: había tenido que soltar bastante dinero a los vecinos para que aceptaran el precio de la intervención del padrino. Pero el resultado compensaba los sacrificios: Hasari iba a escapar a la degradación de la acera y a poder instalarse con su familia en aquel corralillo próximo al suyo. Un corralillo cuatro estrellas, donde los tugurios eran de materiales consistentes y donde había techos de verdad. Y además siendo vecino de un auténtico hombre de Dios, de piel blanca, y de cinco no menos auténticos eunucos. Para celebrar como convenía tan formidable acontecimiento, el padrino no había perdido el tiempo: las botellas de *bangla* y de *todi* de su nueva taberna clandestina esperaban ya a los juerguistas.

63

Max Loeb estaba seguro: aquella visión increíble era un efecto del calor. «Estoy delirando», pensó. Dejó su escalpelo y se echó agua en los ojos. Pero la visión seguía allí, plantada en el agua negra, en medio de la calleja.

—¡Papá! —gritó entonces, precipitándose fuera de su cuarto.

La alta silueta de cabellos rojos era la de Arthur Loeb. El cirujano que llevaba los pantalones arremangados hasta las rodillas, parecía un pescador de quisquillas. Padre e hijo permanecieron durante un momento frente a frente, incapaces de decir nada. Arthur abrió por fin los brazos y Max se precipitó en ellos. El espectáculo de aquellos dos *sahibs* que se abrazaban provocó la hilaridad de la muchedumbre que se agolpaba a la puerta del cuarto-dispensario.

—¿Es éste tu hospital? —preguntó por fin Arthur Loeb, señalando la estancia de adobe.

—Pues sí.

Max movió la cabeza y se echaron a reír. Pero el rostro de Arthur Loeb se ensombreció de pronto. Sus ojos acababan de descubrir las caras roídas, los bebés esqueléticos en brazos de sus madres, los pechos salientes de los tuberculosos que tosían y escupían en espera de la consulta.

—Eso es como una corte de los milagros —balbuceó aterrado.

—Lamento no poder ofrecerte nada más como comité de bienvenida —se disculpó Max—. Si me hubieras avisado, hubieses podido tener banda de música, bailarines, travestis, eunucos, collares de flores, *tilak* de bienvenida y toda la pesca. ¡La India es un país fastuoso!

—¿*Tilak* de bienvenida?

—Es un punto rojo que te ponen en la frente. Lo llaman el tercer ojo. Permite ver la verdad más allá de las apariencias.

—Por el momento, lo que veo es más bien abrumador —constató Arthur—. Seguramente ha de existir en esta ciudad un lugar menos siniestro para celebrar nuestro reencuentro.

—¿Qué te parecería una cena punjabí? Es la mejor cocina de la India. Y el mejor restaurante está precisamente en tu hotel. Porque estarás en el Grand Hotel, ¿no?

Arthur asintió con la cabeza.

—¡Entonces a las ocho en el Tandoori!

Max señaló la fila de enfermos y lisiados que se impacientaban. «Y mañana, ven a echarme una mano. Las enfermedades del aparato respiratorio son tu especialidad, ¿no? Pues aquí no podrás quejarte.»

Cuando disponían de medios, los habitantes de Calcuta se vengaban de los excesos del calor con excesos inversos. Para desafiar las locuras caniculares, un industrial de la ciudad había llevado la extravagancia al extremo de instalar una pista de patinaje sobre hielo en su jardín. Como todos los lugares dotados del progreso del aire acondicionado, el restaurante elegido por Max era una nevera. Afortunadamente, el *maître* del hotel con turbante encontró un magnum de Dom Perignon que no tardó en reconfortar a los dos comensales helados, despertando su apetito. Max conocía todos los platos de la cocina punjabí. Los había descubierto allí mismo, en compañía de Manubai Chatterjee, la hermosa india a quien debía su iniciación gastronómica.

Arthur levantó su copa.

—¡Bebamos primero por tu descubrimiento de Calcuta! —sugirió Max, chocando su copa con la de su padre.

Bebieron unos sorbos.

—¡Demonio! —dijo Arthur—. ¡Menuda impresión la de esta tarde!

—Pues todavía no has visto nada demasiado trágico.

El cirujano adoptó un aire incrédulo.

—¿Quieres decir que aún hay cosas peores?

—Comprendo que resulta difícil de concebir cuando se acaba de llegar de un paraíso como Miami —dijo Max, pensando en la lujosa clínica paterna—. En realidad, nadie puede hacerse una idea de la situación de millones de personas que viven en los *slums* de aquí. A no ser que uno comparta su existencia, como hace ese sacerdote francés del que te hablaba en mis cartas. Y como yo, aunque en mucha menor medida.

Arthur escuchaba con una mezcla de respeto y de asombro. Imágenes de su hijo niño y adolescente volvían a su memoria. Casi todas se referían a uno de los rasgos sobresalientes de su carácter: un horror enfermizo por la suciedad. Durante toda su vida, Max se había cambiado varias veces al día de ropa interior y de traje. En el instituto, su manía de las abluciones hizo que sus compañeros le apodasen «Supersuds», el nombre de una célebre marca de lejía. Más tarde, en la

Facultad, su miedo obsesivo a los insectos y a toda clase de animalillos le valió unas cuantas novatadas memorables, como encontrarse en la cama una colonia de cucarachas o toda una familia de tarántulas entre su instrumental de disección. Arthur Loeb no salía de su asombro. Los dioses de la Ciudad de la Alegría habían metamorfoseado a su hijo. Quería comprender.

—¿Y no tuviste ganas de huir después de caer en la cloaca? —preguntó.

—Claro que sí —respondió Max sin vacilar—. Además, ese sádico de Lambert me había preparado una bonita sorpresa para mi llegada: el parto de una de sus amigas leprosas. ¡Si hubieras visto mi cara! Pero lo peor vino después.

Max contó lo del calor infernal, los cientos de muertos vivos invadiendo su cuarto con la esperanza de un milagro imposible, la huelga de los poceros que convertía el *slum* en un mar de excrementos, las tormentas tropicales, la inundación, el atraco en plena noche, la picadura del escorpión, su zambullida en la cloaca. «Ya en la primera semana, la Ciudad de la Alegría me ofreció el catálogo completo de sus encantos», concluyó. «Entonces, era inevitable: me hundí. Me metí en un taxi y me di el piro. Vine a refugiarme aquí. Y me distraje. Pero al cabo de tres días experimenté una especie de nostalgia. Y regresé.»

Unos criados trajeron varias olorosas fuentes llenas de una montaña de pezados de pollo y de cordero coloreados de un tinte naranja. Su padre hizo una mueca.

—Tranquilízate: es el color típico de los platos de esta cocina del Punjab —explicó Max encantado de lucir sus conocimientos—. Se empieza por hacer macerar los pedazos de carne en un yogur en el que se han metido muchas especias. Luego se untan con algo parecido a una pasta de pimentón. Es lo que da ese color. Después se asan en un *tandoor*. Es un horno especial de tierra. Prueba, es una delicia.

Arthur Loeb obedeció. Max vio entonces cómo las mejillas de su padre adoptaban un color rojo escarlata. Le oyó balbucear unas palabras. El pobre hombre pedía champán para apagar el incendio que acababa de estallar en su boca. Max se apresuró a llenar su copa e hizo traer *nans,* unas deliciosas tortas de trigo candeal sin levadura asadas al horno, que son el mejor remedio para calmar los paladares ardientes. Arthur masticó varias en silencio. Bruscamente, al cabo de cinco minutos, levantó la cabeza.

—¿Y si yo comprase tu Ciudad de la Alegría?

Max estuvo a punto de tragarse un hueso de pollo.

—¿Te refieres al *slum*?

—Exacto. Lo arraso completamente y lo reconstruyo todo de nueva planta, con agua corriente, desagües, electricidad e incluso televisión. Y regalo la vivienda a los habitantes. ¿Qué te parece, hijo?

Max empezó por vaciar su copa.

—Es una idea genial, papá —dijo por fin—. El único inconveniente es que estamos en Calcuta, no en South Miami ni en el Bronx. Me temo que un proyecto como éste aquí sea difícil de realizar.

—Gastando el dinero necesario, se puede hacer todo —respondió Arthur, un poco irritado.

—Seguramente tienes razón. Pero aquí el dinero no basta. Hay que tener en cuenta otros muchos factores muy distintos.

—¿Por ejemplo?

—Para empezar, ningún extranjero puede comprar bienes inmobiliarios. Es una vieja ley india. Hasta los ingleses en el tiempo de su esplendor tuvieron que someterse a ella.

Arthur barrió la objeción de un manotazo.

—Me serviré de testaferros indios. Comprarán el *slum* para mí y llegaremos al mismo resultado. Al fin y al cabo, lo que importa es el resultado, ¿no?

Tal vez eran las especias de la cocina o los recuerdos traumáticos de su primera visita a Anand Nagar, pero el cirujano estaba muy excitado. «Una obra así tendría un impacto más directo que todos los brumosos proyectos de ayuda a los países subdesarrollados que se discuten en la ONU», terminó diciendo.

—Sin duda —admitió Max con una sonrisa. Pensaba en la cara que pondrían los *babúes* del gobierno al enterarse de que un *sahib* norteamericano quería comprar uno de los barrios de chabolas de Calcuta. Pero había una objeción más grave. Desde que él mismo se encontraba sumergido en la miseria del tercer mundo, Max había revisado muchas de sus ideas de rico sobre la manera de resolver los problemas de los pobres. «Cuando llegué al *slum*», contó, «una de las primeras reflexiones que me comunicó Lambert procedía de un obispo brasileño que luchaba al lado de los pobres de los campos y de las favelas. Según este hombre, nuestros gestos de asistencia hacen que los hombres estén aún más desasistidos, excepto si se acompañan de actos destinados a extirpar la raíz de la pobreza».

—¿O sea que sacarlos de sus tugurios llenos de mierda para instalarlos en viviendas nuevas no serviría de nada? —preguntó Arthur.

Max asintió tristemente con la cabeza.

—Te diré que incluso he descubierto una curiosa verdad —dijo—. En un *slum* es preferible un explotador a un Papá Noel. —Ante el aire estupefacto de su padre, precisó—: Un explotador te obliga a reaccionar, mientras que un Papá Noel te desmoviliza.

«Necesité varios días para comprender exactamente lo que Max quería decir», contará más tarde Arthur Loeb. «Todas las mañanas tomaba un taxi e iba a reunirme con él en su *bidonville.* Cientos de personas hacían cola desde el amanecer, e incluso desde plena noche, para llegar a la puerta de su cuarto-dispensario. La adorable assamesa Bandona me había acomodado en un rincón de la estancia. Ella era quien seleccionaba a los enfermos. Con un ojo infalible, dirigía hacia mí los casos más graves, en general tuberculosos en estado terminal. En toda mi carrera nunca había visto organismos tan descompuestos. ¿De dónde sacaban aquellos espectros fuerza suficiente para dar aunque sólo fueran unos pasos que les conducían hasta mi mesita? Para mí, estaban ya muertos. Pues bien, me engañaba. Aquellos muertos-vivientes, *vivían.* Se empujaban, reñían entre sí, bromeaban. En la Ciudad de la Alegría la vida parecía siempre más fuerte que la muerte.»

Aquellas visitas cotidianas al mismo corazón de la miseria y del sufrimiento de un barrio de chabolas indio debía sobre todo permitir al doctor Loeb comprender mejor a qué nivel podía situarse una ayuda eficaz. «Yo estaba dispuesto a dar decenas de millares de dólares para comprar un *slum* y reconstruirlo de nueva planta», dirá, «pero las verdaderas urgencias eran distribuir una ración de leche a bebés raquíticos con las fontanelas aún abiertas, vacunar a una población que corría grandes peligros de epidemia, arrancar a millares de tuberculosos de la contaminación mortal. Esta experiencia al lado de mi hijo y de la pequeña Bandona me hizo comprender una verdad fundamental. La de que los gestos de la solidaridad sólo se comprenden y se aprecian a ras de tierra. Una simple sonrisa puede tener tanto valor como todos los dólares del mundo».

Una simple sonrisa. Todos los miércoles por la mañana, Max fletaba un minibús a costa suya. Allí metía a una decena de niños raquíticos o paralíticos, con polio, jóvenes deficientes físicos o mentales. Algunas madres, junto con Bandona y Margareta, acompañaban al joven médico y a su triste cargamento humano. Aquella mañana, el autobús contaba con un pasajero más, el padre de Max. El vehículo cruzó el gran puente metálico sobre el Hooghly, y en medio de grandes bocinazos se incorporó a la locura de los embotellamientos. El número 50 de Circus Avenue era un viejo edificio desconchado de dos plantas. Un simple rótulo pintado anunciaba en la entrada: «Estrid Dane Clinic, primer piso.» ¿Una clínica aquella vasta estancia polvorienta mal iluminada, amueblada tan sólo con dos grandes mesas?, se preguntó el profesor norteamericano paseando una mirada de susto por aquel austero decorado. No obstante, el espectáculo al que iba a asistir debía proporcionarle una de las mayores emociones médicas de su existencia. Cuando todos los niños estuvieron en su lugar, apareció la dueña. Era una anciana descalza, de corta estatura, casi insignificante. Llevaba el sari blanco y los cabellos muy cortos de las viudas hindúes. Sólo verla, un detalle atrajo la atención del americano: su sonrisa. Una sonrisa luminosa que iluminaba toda su cara arrugada, los ojos claros, la boca fina enrojecida de jugo de betel. Una sonrisa de comunión, de amor, de esperanza. «Bastaba aquella sonrisa», dirá Arthur Loeb, «para iluminar aquel conjunto de miserias con un brillo y un consuelo sobrenaturales. Con el carisma en estado puro».

A sus ochenta y dos años, Estrid Dane era una gloria de la ciencia médica india. Sin embargo, no era ni médico, ni curandera. Durante cuarenta años, sus largas y finas manos, su voz suave y su sonrisa angelical habían curado en la clínica de Londres fundada por ella más males físicos que muchos establecimientos especializados. Los mayores profesores le enviaban sus casos desesperados. La prensa y la televisión le dedicaban reportajes. «La vieja india de las manos milagrosas», como la llamaban, era conocida en casi toda Inglaterra. En el ocaso de su vida, Estrid Dane decidió volver a su país y dedicar la última etapa de su existencia a sus compatriotas. Se instaló en aquel viejo edificio de Circus Avenue donde todas las mañanas, ayudada por algunas jóvenes que ella había formado en su técnica, renovaba sus milagros.

Margareta y Bandona pusieron sobre la primera mesa el cuerpo inerte de un niño descarnado de cinco o seis años. Los brazos, las piernas, los ojos, la cabeza, todo en aquel niño estaba inánime. Arthur Loeb pensó «en un pequeño cadáver que conservase la apariencia de la vida». Se llamaba Subash. Sufría poliomielitis. La víspera, su madre lo había llevado a Max. «Quédatelo», le había suplicado con una mirada trágica. «Yo no puedo hacer nada por él.» Max reconoció al niño y lo devolvió a los brazos de la desdichada. «Vuelve con él mañana por la mañana, le llevaremos a casa de Estrid Dane.»

«Las dos manos de la vieja india se posaron delicadamente sobre el tórax y los descarnados muslos del niño», contará Arthur Loeb, «y los ojos, la boca, los hoyuelos de las mejillas tan arrugadas se abrieron a una nueva sonrisa. Tuve la impresión de que aquella sonrisa obraba sobre el enfermo como un rayo láser. Sus ojos brillaron, sus dientes menudos aparecieron entre los labios. Su rostro sin vida se animó débilmente. Era increíble: también él sonreía». Entonces comenzó el fantástico ballet de las manos de Estrid. Lenta, metódicamente, la india palpó los músculos de Subash, los tendones, los huesos, a fin de descubrir los puntos muertos y aquellos en los que tal vez subsistía aún una chispa de vida. «Se notaba que aquella mujer buscaba con su inteligencia y su corazón tanto como con sus manos», dirá también el americano. Que se interrogaba sin cesar: «¿Por qué ese músculo se había atrofiado? ¿Por rotura de las conexiones con el sistema nervioso, o por la subalimentación? ¿Por qué esta zona había perdido toda sensibilidad? En una palabra, ¿cuáles eran las causas posibles de cada lesión? Continuamente, las manos se detenían e iban a buscar los dedos de una de sus discípulas para guiarlos hacia una deformación o un punto sensible. Entonces daba una larga explicación en bengalí que cada muchacha escuchaba con un respeto religioso. El aspecto verdaderamente mágico de su intervención sólo se mostraba después de este inventario. Durante una media hora, las palmas, tan pronto fuertes como afectuosas, de Estrid Dane dieron un masaje al cuerpo del pequeño poliomielítico, obligándole a reaccionar, volviendo a encender en él una llama apagada. Era sobrecogedor. Cada gesto parecía decir: "Despierta, Subash, mueve los brazos, las piernas, los pies. ¡Vive, Subash!"»

Agazapada en la sombra, detrás de la india, la madre de Subash espiaba el menor movimiento en torno a su hijo. Los dos americanos, al igual que todos los demás espectadores, contenían la respiración. Sólo se oía el frote de las manos de Estrid sobre la piel muy agrietada del niño enfermo. No hubo verdaderamente ningún milagro. Nadie vio al pequeño paralítico levantarse de pronto y arrojarse corriendo en brazos de su madre. Pero lo que sucedió entonces iba a ser para los doctores Loeb, padre e hijo, un acontecimiento que no vacilarían en calificar de «proeza médica excepcional». «Súbitamente», contará el profesor americano, «una serie de vibraciones pareció sacudir el cuerpo del niño. Su brazo derecho fue el primero en adquirir vida, luego el izquierdo. La cabeza, que parecía soldada por el mentón con el pecho, consecuencia de una larga postración, esbozó un movimiento. Tímida, débilmente, un soplo de vida empezó a animar aquel cuerpo momificado. Era evidente que los dedos de aquella anciana india con sari de viuda habían vuelto a hacer funcionar el motor. Habían despertado el sistema nervioso, le habían obligado a lanzar sus influjos a través de aquel pequeño cadáver. No era más que un primer resultado, y el camino hasta la curación, yo lo sabía bien, sería largo. Pero aquella ciudad terrible de Calcuta acababa de darme la lección de esperanza más hermosa que había recibido en toda mi vida».

64

«Entraron en el corralillo como espectros», contará Paul Lambert. «Con el taparrabo de algodón entre unas piernas delgadas como cerillas, el padre andaba llevando sobre la cabeza un cesto que contenía los bienes de la familia: una *chula*, una cacerola, un cubo, una cántara, un poco de ropa blanca y los trajes de fiesta envueltos en papel de periódico atado con hilos de yute. Era un hombrecillo enclenque, con un amplio bigote caído, una espesa cabellera gris, grandes orejas despegadas y una cara mal afeitada cubierta de arrugas. Cierta flexibilidad en la manera de andar revelaba que debía de ser más joven de lo que aparentaba. Tras él, con los ojos bajos y su velo tapándole la frente, iba una mujer de piel clara, vestida con un sari anaranjado. Sostenía contra su cadera al hijo menor de la familia, un varoncito descarnado de cabellos cortados al rape. Les seguían, con la cabeza gacha y el aire temeroso, una muchacha con la cabeza desnuda luciendo dos largas trenzas, y dos niños de quince y diez años en camiseta. Parecían un rebaño de cabras que conducen al matadero.»

Hijo del milagro esperaba a Hasari y a los suyos en la entrada de su nuevo alojamiento conquistado con tantos esfuerzos. Había hecho decorar el suelo con un parterre de *rangoli.* Los habitantes del corralillo hicieron al instante un círculo alrededor de los recién llegados, que estaban un poco aturdidos, y el taxista procedió a presentarles. Había comprado varias botellas de *bangla* en el establecimiento clandestino del padrino. Los vasos circularon de mano en mano. El decano del corralillo dijo unas palabras de bienvenida y chocó su vaso con el de Hasari, que no salía de su asombro ante esta acogida. «Después de todos aquellos años de sufrimiento era como si Bhâgavan[1] me hubiese abierto súbitamente las puertas del paraíso.» Paul Lambert no fue el último en participar en la pequeña fiesta. Con los eunucos, los Pal eran ahora sus vecinos más próximos. Y sus entrañas habían sobrevivido a tantas agresiones, que aún podían soportar algunos tragos de alcohol-veneno, incluso en pleno calor. Pero todos no tenían la misma resistencia. Lambert vio de pronto cómo las pupilas de Hasari se dilataban y adquirían un extraño color blancuzco. Antes de que nadie tuviera tiempo de hacer un gesto, el *rickshaw wallah* se tambaleó y cayó al suelo como una peonza privada de impulso. Una serie de convulsiones sacudió entonces su cuerpo. El cuello y las mejillas se hincharon, como si quisiera vomitar. Lambert, de rodillas, le levantó la cabeza.

—Escupe, escupe esa porquería —le exhortó.

Tras estas palabras, vio entreabrirse los labios debajo del tupido bigote. «Escupe, hermano, escupe», repetía. Oyó un gorgoteo en el fondo de la garganta y vio aparecer una ola de espuma rojiza entre las comisuras. Los habitantes del lugar comprendieron entonces que no era el *bangla* de la fiesta de bienvenida lo que vomitaba su nuevo vecino. También él tenía la fiebre roja.

1. El gran Dios.

Aquella tarde, mientras el disco del sol se desvanecía por encima de la alfombra que aprisionaba el *slum,* un trompeteo arrancó a Lambert de su meditación vespertina ante la imagen del Santo Sudario. El ruido le era tan familiar como el croar de las cornejas bragadas. Apenas hubo recobrado el conocimiento, Hasari decidió honrar con una *puja* su nueva vivienda. Puso bastoncillos de incienso en los goznes de la puerta y en las cuatro esquinas del cuarto. Luego, como los miles de millones de indios habían hecho cada noche desde el alba de la humanidad, había soplado en una caracola para atraer sobre él y los suyos «los espíritus benévolos de la noche». Lambert rezó con fervor para que aquel grito fuese escuchado. Pero desde hacía algún tiempo, «los dioses del *slum* parecían sufrir una extraña sordera».

Aunque prefiriese dormir en medio de los eunucos que al lado de un tuberculoso bacilar, el gran hermano Paul no dudó ni un momento: ofreció a Hasari y a su hijo mayor que compartieran con él parte de la galería que había ante su cuarto. En efecto, los Pal eran demasiado numerosos para tumbarse todos delante de su vivienda, y el calor sofocante de aquellas semanas que precedían al monzón hacía imposible el sueño en el interior de los cuchitriles. Lambert no habría de olvidar nunca aquella primera noche al lado de su nuevo vecino. No sólo a causa del impresionante ruido de fuelle que hacían a cada respiración sus pulmones, sino sobre todo a causa de las confidencias que iba a recibir. Apenas tendido sobre el cemento, Hasari se volvió hacia el sacerdote.

—No te duermas en seguida, gran hermano —suplicó—. Tengo que hablarte.

Lambert había oído muchas veces aquel tipo de solicitud, que en ocasiones procedía de desconocidos.

—Te escucho, hermano —dijo afectuosamente.

Hasari pareció dudar.

—Sé que mi *chakra* no va a tardar mucho en dejar de girar en esta vida —declaró.

Lambert conocía bien el sentido de aquellas palabras con las que los indios expresaban la presciencia de un fin próximo. Protestó, pero solamente como una formalidad; desde la crisis de aquella tarde, sabía que ni Max ni nadie, por desgracia, podrían salvar a aquel desventurado. «La muerte no me da miedo», continuó Hasari. «Lo he pasado tan mal desde que salí de mi aldea, que estoy casi seguro... —vaciló otra vez—, casi seguro de que mi *karma* hoy es menos pesado, y que me hará renacer en una encarnación mejor.»

Lambert había oído a menudo esas palabras de esperanza en las confidencias de los moribundos a los que había asistido en el *slum.* Aquella noción ejercía sobre ellos un efecto apaciguador. Pero aquella noche Hasari Pal quería hablarle de otra cosa. «Gran hermano», prosiguió levantándose sobre los codos, «no quiero morirme antes de haber...». Se ahogó, sacudido por un ataque de tos. Lambert le dio unas palmadas en la espalda. A su alrededor sólo se oía roncar a los dormidos. A lo lejos, unos gritos y los berridos de un altavoz: había una fiesta en alguna parte. Transcurrieron largos minutos. El francés se preguntaba qué preocupación súbita podía inquietar a su vecino en aquella hora tardía. No tardaría en saberlo. «Gran hermano, no puedo morirme antes de haber encontrado un marido para mi hija.»

Casar a su hija: no hay mayor obsesión para un padre indio. Amrita, la hija del conductor de *rickshaw,* no tenía, sin embargo, más que trece años. Si los años crueles en las aceras y en la barriada de chabolas no habían alterado su frescor, la seriedad de su mirada revelaba que desde hacía mucho tiempo no era una niña. El papel de la chica es ingrato en la sociedad india. No se le ahorra ninguna ocupación doméstica, ninguna tarea. Se levanta antes que los demás, se acuesta la última, lleva una vida de esclava. Mamá antes de ser madre, Amrita había criado a sus hermanos. Les había enseñado a andar, había ido a buscarles comida entre la basura de los hoteles, había cosido los andrajos que les servían de ropa, dado masaje a sus descarnados miembros, organizado sus juegos, despiojado sus cabezas. Desde la más tierna edad, su madre la había preparado incansablemente para el único gran acontecimiento de su existencia, el que convertiría durante un día a aquella hija de la miseria en el punto de mira y en el objeto de todas las conversaciones del pequeño mundo de los pobres que le rodeaban: su boda. Toda su educación tendía hacia esa meta. La choza de cartón y de tablas de su primer barrio de chabolas, las acampadas en las aceras habían sido para ella otros tantos centros de aprendizaje donde se le habían enseñado los conocimientos de una madre de familia modelo y de una esposa perfecta. Como todos los padres indios, los Pal eran conscientes de que algún día serían juzgados por el modo en que su hija se comportase en casa de su marido. Y como su conducta sólo debía ser la sumisión, Amrita había sido adiestrada desde su más tierna edad a renunciar a sus aficiones y a sus juegos para servir a sus padres y a sus hermanos, lo cual había hecho siempre con una sonrisa. Desde su primera infancia había aceptado la concepción india del matrimonio. Hasari dirá un día a Lambert: «Mi hija no es mía. Sólo me ha sido prestada por Dios hasta su boda. Pertenece al hombre que será su marido.»

La costumbre india exige que una muchacha se case en general mucho antes de la pubertad, y de ahí esas «bodas» de niños que parecen tan bárbaras a los occidentales insuficientemente informados.

Porque sólo se trata de un rito. La verdadera boda se celebra más tarde, sólo después de las primeras reglas. Cuando éstas aparecen, el padre de la «esposa» va a visitar al padre del «esposo» y le anuncia que su hija ya puede concebir. Se organiza entonces una ceremonia definitiva, y sólo en ese momento la muchacha deja el domicilio de sus padres para ir a vivir con el hombre con el que estaba «casada» desde hacía años.

Como la hija de un pobre *rickshaw wallah* no era un partido muy envidiable, Amrita tuvo sus primeras reglas sin haberse casado, casi en vísperas de cumplir los once años. Como exigía la tradición, la muchacha abandonó su falda y su camisola de niña y se puso el sari de los mayores. Pero no hubo ninguna fiesta en aquel rincón de acera que ocupaban los Pal. La madre se limitó a envolver en una hoja de papel de periódico el paño empapado con la primera sangre. Cuando Amrita se casase, ella y toda su familia llevarían aquel paño al Ganges y lo sumergirían en las aguas sagradas para que la fertilidad bendijera a la recién casada. Para que ese día bendito pudiera sobrevenir sin retraso, Hasari debía resolver aprisa un problema. Un problema capital. Como su padre antes que él con sus hermanas, como millones de padres indios con sus hijas, tenía que reunir una dote. Indira Gandhi había prohibido esta costumbre ancestral. Ello no impedía que se perpetuase, más tiránica que nunca, en la India actual. «¡No puedo dar a mi hija a un paralítico, a un ciego o a un leproso!», dirá Hasari a Lambert. Porque sólo esos desheredados consentían en casarse con una muchacha sin dote. El pobre hombre no cesaba de hacer toda clase de cálculos. Y todos conducían a la misma cifra fatídica. Cinco mil rupias, tal era la suma que debía reunir para que el muchacho más modesto aceptase a su hija. ¡Cinco mil rupias! El producto de dos años enteros de correr entre las varas de su *rickshaw*, o toda una vida de deudas con los *mohajans* del barrio. Pero, ¿qué vida, qué tiempo para tirar de su carrito? «Cuando uno escupe rojo», dirá también, «se ve salir el sol preguntándose si lo veremos ponerse.»

Lambert confió a su nuevo vecino al cuidado de Max, y éste le aplicó un enérgico tratamiento a base de antibióticos y de vitaminas. El efecto en aquel organismo virgen a todo hábito a los medicamentos fue espectacular. Los accesos de tos se espaciaron y se sintió con fuerzas suficientes como para volver a tirar de su carrito en medio de aquel horno húmedo de las semanas que precedían al monzón. La inminente llegada del diluvio anual le deparaba la perspectiva de mayores ganancias, ya que los *rickshaws* eran los únicos vehículos que podían circular por las calles inundadas de Calcuta.

Pero era insuficiente para llegar a reunir las cinco mil rupias fatídicas. Entonces apareció un golpe de suerte en forma de un nuevo encuentro con uno de esos «intermediarios» que merodean como buitres en busca de algún negocio. El encuentro tuvo lugar delante de la agencia de la compañía aérea S.A.S., en la esquina de Park Street, donde Hasari, extenuado, acababa de dejar a dos señoras y a sus pesadas maletas. Víctima de un brusco acceso de tos que le sacudió como una caña en medio de un tornado, se encontró tan mal que otros dos compañeros del oficio se precipitaron en su ayuda y le tendieron sobre el asiento de su *rickshaw*. De repente vio encima de la suya una cara picada de viruela. Sus ojos rebosaban simpatía.

—¡Vaya, hermano! —dijo el desconocido—. ¡No parece que estés muy en forma!

Esta interpelación amistosa consoló a Hasari: no abunda la gente que os llame «hermano» en esta ciudad inhumana. Se limpió la boca llena de sangre con el faldón de su camisa.

—¡No debe de ser un chollo tirar de uno de esos carritos cuando escupes los pulmones!

Hasari asintió con la cabeza.

—Y que lo digas.

—¿Qué te parecería ganarte sin hacer nada tanto dinero como puedes ganar sudando durante dos meses entre estas varas? —preguntó entonces el desconocido.

—Tanto dinero como... —balbuceó Hasari atónito—. Pues yo diría que usted es el dios Hanuman en persona. —De pronto se acordó del *middleman* que un día le había abordado en el Barra Bazar—. Si lo que le interesa es mi sangre, se equivoca de cliente —anunció con tristeza—. Mi sangre ya no la quieren ni los buitres. Está podrida.

—Lo que quiero no es tu sangre. Son tus huesos.

—¿Mis huesos?

La horrorizada mirada de Hasari hizo sonreír al negociante.

—Pues sí —explicó tranquilamente—. Tú vienes conmigo a ver a mi patrón. Te compra tus huesos por quinientas rupias. Cuando casques, se lleva tu cuerpo y se queda con el esqueleto.

Aquel hombre era uno de los engranajes de un singular comercio que hacía de la India el primer exportador mundial de huesos humanos. Todos los años, unos veinte mil esqueletos completos y decenas de millares de huesos diversos, cuidadosamente embalados, salían de los aeropuertos o de los puertos indios con destino a las facultades de medicina de los Estados Unidos, Europa, Japón y Australia. Este negocio, extremadamente lucrativo, proporcionaba alrededor de un millón y medio de dólares al año. Su capital era Calcuta. Los principales exportadores —ocho en total— conocían una gran prosperidad, y sus nombres figuraban en los registros de la dirección local de Aduanas. Se llamaban Fashiono, Hilton and Co., Krishnaraj stores, R. B. and Co.,

M. B. and Co., Vista, Sourab and Reknas Ltd., y finalmente Mitra and Co. Sus precisas normas administrativas codificaban el ejercicio de aquel comercio. Un manual especializado, el *Export Policy Book,* especificaba concretamente que «la exportación de los esqueletos y huesos humanos se autoriza previa presentación de un certificado de origen de los cadáveres, firmado por un oficial de la policía de un rango al menos igual al de comisario». El mismo documento estipulaba que «los huesos sólo podían exportarse con fines de estudio o de investigación médica». Preveía, sin embargo, que podían efectuarse exportaciones «por otros motivos, previo examen de cada caso en particular».

El hecho de que Calcuta sea el centro de esta extraña actividad no tenía nada que ver con la tasa de mortalidad en los barrios de chabolas. Este negocio debía su auge a la presencia en la ciudad de una comunidad de unos centenares de inmigrantes del Bihar que pertenecían a una casta extremadamente baja, los *doms.* Por su nacimiento los *doms* están destinados a ocuparse de los muertos. A menudo se consideran también como ladrones de cadáveres. En general, viven cerca de las piras del Hooghly, de los cementerios, de los depósitos de cadáveres de los hospitales, y no se mezclan con el resto de la población. Ellos eran los que proporcionaban a los exportadores la mayor parte de las osamentas necesarias para su actividad. Se procuraban su macabra mercancía de muchas maneras diversas. Para empezar, recogiendo a orillas del Hooghly los huesos o los cadáveres rechazados por el río. Porque había una tradición que exigía que numerosos cadáveres, como los de ciertos *sadhus,* de leprosos, de niños menores de un año, se echaran al río sagrado en vez de incinerarse. Y luego interceptando en la entrada de los lugares de cremación a las familias demasiado pobres para comprar la leña de una pira y pagar los servicios de un sacerdote. Los *doms* proponían ocuparse ellos mismos de los ritos funerarios por un precio muy razonable. Las pobres gentes ignoraban que los restos de su pariente iban a ser despedazados en una cabaña próxima, que sus huesos serían vendidos a un exportador y que algún día su cráneo, su columna vertebral, tal vez su esqueleto entero servirían para que aprendieran unos estudiantes de medicina americanos, japoneses o australianos. Otra fuente de aprovisionamiento eran los depósitos de cadáveres de los hospitales. Sólo en el de Momimpur, más de dos mil quinientos cadáveres no reclamados caían cada año en manos de los *doms.* Finalmente, cuando la demanda era considerable, iban por la noche a disputar a los chacales las osamentas de los muertos en los cementerios cristianos y musulmanes. En resumen, la mercancía nunca faltaba. Y no obstante, los cerebros del negocio acababan de inventar un nuevo modo de aprovisionarse. La idea de comprar un hombre vivo, como se compra un animal destinado al matadero, a fin de estar seguros de que a su muerte se dispondría de sus huesos, era tan diabólica como ingeniosa. Permitía constituir stocks ilimitados. En Calcuta no escaseaban ni los pobres ni los moribundos.

¡Quinientas rupias! Aquella suma giraba en la cabeza de Hasari como las bolas de un bombo de lotería. El intermediario no se había equivocado. Con una simple mirada sabía descubrir sus presas. Las calles estaban llenas de pobres diablos que escupían los pulmones, pero no todos ofrecían las garantías necesarias. Para que la compra de un hombre fuese una operación rentable tenía que tener una familia, un amo, compañeros, es decir, una identidad y una dirección. De lo contrario, ¿cómo encontrar su cuerpo después de su muerte?

—Entonces, amigo, ¿cerramos el trato?

Hasari levantó los ojos hacia la cara picada de viruela que esperaba su respuesta. Permaneció silencioso. El hombre no se impacientaba. Tenía la costumbre: «Ni siquiera un tipo en las últimas vende su cuerpo como un pedazo de *khadi.*»

—¡Quinientas rupias, ni una menos!

Ante Ramatullah, el otro hombre-caballo, Hasari se maravillaba de la fantástica oferta que acababan de hacerle. Había pedido al intermediario tiempo para reflexionar hasta el día siguiente. Ramatullah era musulmán. Convencido de que, a su muerte, Alá vendría a tirarle de los cabellos para llevarle directamente al paraíso, le repugnaba toda idea de mutilación del cuerpo después de morir. Los *mollahs* de su religión prohibían, por otra parte, las donaciones de órganos en beneficio de la ciencia y, por ejemplo, los escasos bancos de ojos indios no contaban con ningún musulmán en sus ficheros. Sin embargo, la suma era tan considerable que no podía dejar de estar deslumbrado.

—Hasari, tienes que aceptar —acabó aconsejando—. Tu Gran Dios te perdonará. Sabe que tienes que casar a tu hija.

Porque el miedo a ofender a las divinidades también atormentaba al antiguo campesino. La religión hindú exigía, para que el alma pudiera «transmigrar» después de la muerte a otro envoltorio, que el cuerpo fuese destruido y reducido a cenizas por el fuego que lo purifica todo. «¿Qué será de mi alma si mis huesos y mi carne son despedazados por esos carniceros en lugar de consumirse en las llamas de una pira?», se lamentó Hasari. Decidió pedir consejo a Lambert. En principio, la opinión del sacerdote coincidía con la del musulmán Ramatullah. La idea cristiana de resurrección implica la existencia de un cuerpo intacto que vuelve a la vida con toda su fuerza y su belleza para ocupar un lugar, en su integridad original, al lado del Creador. Pero sus años en el corazón de la miseria de un *slum* habían llevado a Lambert a transigir entre los ideales de la fe y los imperativos de la supervivencia.

—Tienes que aprovechar esta ocasión de contribuir al cumplimiento de tu misión en este mundo —le dijo contra sus convicciones, señalando a la hija de Hasari, que se dedicaba a despiojar a su hermano menor en el otro extremo del corralillo.

Un edificio de dos pisos roído por la humedad, al lado de una especie de almacén, nada distinguía las instalaciones de la sociedad Mitra and Co. de centenares de pequeñas empresas artesanales esparcidas por toda la ciudad, salvo que ningún letrero indicaba la naturaleza de sus actividades. El hombre picado de viruela llamó varias veces a la puerta del almacén. Una cara de zorro apareció pronto en la rendija. El ojeador señaló a Hasari.

—Traigo un cliente —dijo.

La puerta se abrió del todo y el portero indicó por señas a los dos hombres que podían entrar. El olor. Un olor sofocante que te asaltaba, te sumergía, te derribaba. Hasari nunca había respirado nada semejante. Vaciló. Pero su compañero le empujó hacia adelante. Entonces vio. Acababa de penetrar en un lugar que sólo Dante o Durero hubiesen podido imaginar, una increíble catacumba del más allá, donde decenas de esqueletos de todas las tallas se alineaban de pie junto a las paredes, como una hilera de fantasmas, y donde una serie de mesas y anaqueles aparecían cubiertos de un inimaginable osario. Había allí millares de huesos de todas las partes del cuerpo, cráneos a cientos, columnas vertebrales, tórax, manos y pies, sacros, cóccixs, pelvis completas e incluso hioides, esos huesecillos del cuello en forma de U. Lo más asombroso era tal vez el aire de «supermercado» de aquel macabro bazar. Cada esqueleto, en efecto, cada hueso llevaba una etiqueta con un precio... en dólares. Un esqueleto adulto para la enseñanza, con huesos amovibles y articulaciones metálicas valía entre doscientos treinta y trescientos cincuenta dólares, según la talla y el refinamiento del trabajo. Por sólo cien o ciento veinte dólares se podía adquirir un esqueleto de niño no articulado, un cráneo por seis dólares, un tórax completo por cuarenta. Pero los mismos «artículos» podían costar diez veces más si habían sido objeto de una preparación determinada. La sociedad Mitra contaba con todo un equipo de deshuesadores especializados, de pintores y de escultores. Estos artistas trabajaban en un taller débilmente iluminado al final de la galería. Sentados en cuclillas en medio de sus montañas de huesos, parecían los supervivientes de algún cataclismo prehistórico. Raspaban, descortezaban, juntaban y decoraban los fúnebres objetos con gestos precisos. A veces de sus manos salían verdaderas obras de arte, como aquella colección de cráneos articulados con mandíbulas desmontables y dentaduras fijas, que encargó la facultad de medicina dental de una gran universidad del Middle West. De todas las preciosas mercancías exportadas por la India, sin duda, ninguna era embalada con tantas precauciones. Cada artículo empezaba protegiéndose con un colchoncillo de algodón, luego se envolvía en una tela de lino cuidadosamente cosida, antes de meterse en una caja de cartón especial que a su vez iba dentro de otra caja cubierta de etiquetas «CUIDADO, MUY FRÁGIL».

«Dios mío», pensó Hasari, pasmado, «los huesos de esos pobres infelices, cuando vivían, jamás fueron tan bien tratados».

Pero la mercancía entregada por los *doms* no siempre estaba destinada a una utilización tan noble. Cientos de kilos de cráneos, de tibias, de clavículas, de fémures y otros restos roídos por los chacales o que habían permanecido durante demasiado tiempo en el agua, terminaban más prosaicamente entre los dientes de una trituradora, y luego en una marmita para convertirse en cola. Aquel hedor tan infecto procedía precisamente de esa actividad aneja. En el extremo de la galería había una especie de jaula ocupada por un hombrecillo desdentado que vestía una larga camisa blanca. Él era quien negociaba la compra de los esqueletos «vivos». Oficiaba en medio de un polvoriento amontonamiento de carpetas y de papelamen, de registros y de libros talonarios. Cada diez o quince segundos, un ventilador giratorio revolvía todo aquel mar de papeles. Pero, *noblesse oblige:* ninguna hoja volaba jamás gracias a toda una colección de pisapapeles hechos con cráneos de recién nacidos decorados con símbolos tántricos rojos y negros. La Mitra and Co. exportaba también varios miles de esos cráneos al Nepal, al Tíbet e incluso a la China con fines culturales, y a otros países bajo la forma de copas votivas o de ceniceros.

Aquel menudo empleado desdentado examinó con atención al *rickshaw wallah.* Sus clavículas salientes, el tórax esquelético, las vértebras prominentes como una espina de pez gato le tranquilizaron. No cabía la menor duda: la mercancía era *bona fide.* Los despojos de aquel tipo no tardarían en ir a enriquecer las colecciones de la Mitra and Co. Guiñó un ojo con aire satisfecho al ojeador. Faltaba redactar un contrato de compra con todos los requisitos y avisar a los proveedores *doms* que viviesen lo más cerca posible del *slum* donde residía Hasari. Éstos tendrían la misión de recuperar el cadáver una vez llegado el momento. Las diferentes formalidades llevaron tres días, al término de los cuales Hasari cobró una cantidad a cuenta de ciento cincuenta rupias. Como las demás sociedades que se dedicaban a esa clase de comercio, la Mitra and Co. no estaba dispuesta a invertir su dinero a demasiado largo plazo. Así pues, Hasari fue informado de que se le pagaría el resto de la cantidad convenida cuando su estado de salud sufriese algún nuevo deterioro.

65

Unos decorados sobre unos tablados fueron suficientes. La grisura, el barro, el hedor, las moscas, los mosquitos, las cucarachas, las ratas, el hambre, la angustia, la enfermedad, la muerte parecían haber desaparecido. Había vuelto el tiempo de soñar. Con los ojos desorbitados, con los descarnados cuerpos sacudidos por la risa o por el llanto, los emparedados vivos de la Ciudad de la Alegría recobraron las mil fantasías y los dramas del viejo cuento popular que había forjado su manera de ser. La epopeya del *Ramayana* era para la India lo que la *Leyenda áurea,* el *Cantar de Roldán* y la Biblia fueron para las muchedumbres que se agolpaban ante las catedrales. La compañía ambulante se había instalado durante tres meses con sus veinticinco actores y sus carros que rebosaban de tapices y de trajes, entre los dos grandes establos de búfalos, en el corazón del *slum.* La noticia se propagó de corralillo en corralillo como el anuncio de un benéfico monzón. Miles de personas se apresuraron a acudir. Niños que jamás habían visto un árbol, un pájaro o una cierva fueron a extasiarse ante el bosque de cartón en el que el apuesto príncipe Rama y su divina Sita conocerían la felicidad del amor antes de su cruel separación. Horas antes de la representación del primer cuadro, un mar de cabezas morenas y de velos abigarrados cubría ya la pequeña explanada que había ante el estrado. De los tejados más próximos colgaban racimos de espectadores. El público vibraba esperando los tres golpes que iban a anunciar el comienzo de la obra, impaciente de que sus héroes les arrancasen por espacio de unas horas de aquel pudridero, ansioso de volver a encontrar en las veinticinco mil estrofas del canto de su memoria nuevas razones para seguir viviendo y esperando.

El *Ramayana,* que según la tradición escribió un sabio al dictado de los dioses hace sin ningún género de dudas dos milenios y medio, empieza con una maravillosa historia de amor. El joven y apuesto Rama, el único de todos los príncipes que ha podido tensar el arco del dios Shiva, recibe como recompensa a la divina princesa Sita. Su padre desea ofrecer su trono a los jóvenes esposos, pero, cediendo por debilidad a una de sus favoritas, destierra a la joven pareja real a los bosques salvajes de la India central. Allí son atacados por unos demonios-bandidos cuyo jefe, el terrible Ravana, experimenta una lúbrica pasión por Sita. Tras alejar a su marido por medio de una estratagema, el demonio consigue apoderarse de la princesa, a la que se lleva en su carro alado, tirado por dos asnos voladores carnívoros. La conduce a su isla fabulosa de Lanka —que no es otra que Ceilán— donde la encierra en su gineceo, tratando en vano de seducirla. Para reconquistar a su esposa, Rama concluye una alianza con el rey de los monos, que pone a su disposición a su general en jefe Hanuman, con todo el ejército de los monos, ayudado por bandas de ardillas. Dando un salto prodigioso por encima del mar, el general mono llega a Ceilán, descubre a la princesa cautiva, la tranquiliza y después de mil peripecias heroico-cómicas, vuelve para informar a Rama. Gracias al ejército de los monos, el príncipe consigue tender un puente sobre el mar e invade la isla. Entonces se entabla una terrible batalla contra los demonios. Finalmente, Rama en persona da muerte al odioso Ravana. Es el triunfo del bien sobre el mal. Sita, una vez liberada, aparece desbordante de júbilo. Pero todo se complica: Rama la repudia dolorosamente: «¿Qué hombre puede volver a aceptar en su hogar, dándole su amor, a una mujer que ha vivido en la casa de otro?», exclama. La irreprochable Sita, herida en lo más profundo de su corazón, manda preparar una hoguera y se arroja a las llamas. Pero la virtud no va a perecer en el fuego: las llamas respetan su cuerpo, demostrando su inocencia. Y todo termina en una apoteosis. Rama, conmovido, acepta por fin a su esposa y regresa triunfalmente con ella a su capital, donde será coronado en medio de inolvidables regocijos.

Los mendigos de la Ciudad de la Alegría conocían cada uno de los cuadros, cada escena, cada momento dramático de aquella inmensa epopeya. Seguían atentamente el trabajo de los actores, de los mimos, de los payasos, de los acróbatas; reían, lloraban, sufrían, se exaltaban con ellos; sentían sobre sus harapos el peso de sus disfraces, sobre sus chupadas mejillas el espesor de su maquillaje. Muchos incluso sabían palabra por palabra pasajes enteros del texto. En la India es posible ser «analfabeto» y conocer de memoria miles de estrofas épicas. El viejo Surya de la *tea shop,* los hijos de Mehbub y de Selime, los antiguos vecinos de Lambert, el carbonero de Fakir Bhagan Lane, Margareta y su prole, el apuesto Kalima y sus compañeros eunucos, el ex marido de Kerala y sus vecinos aborígenes, Bandona y sus hermanos y hermanas assameses, el padrino y sus esbirros, cientos de hindúes, de cristianos e incluso de musulmanes se apretujaban todas las noches al pie del mágico estrado. Entre los espectadores más fanáticos se encontraba siempre Hasari Pal. Lambert dirá: «Aquel hombre deshecho iba todas las noches a adquirir nuevas fuerzas al contacto de la obstinación ejemplar de Rama, del valor del general de los monos, de la virtud de Sita.» Para Hasari, «aquellos héroes eran como troncos de árbol en medio de las aguas desencadenadas, ¡boyas a las que uno podía aferrarse!». Se acordaba de que, siendo aún muy niño, cuando su madre le llevaba a horcajadas sobre la cadera paseándose por encima de los caballones de los arrozales, oía que su madre canturreaba las aventuras míticas del general de los monos. Más tarde, cada vez que unos cuentistas o unos bardos pasaban por la aldea, su familia y todas las demás se reunían en la plaza para escuchar durante noches enteras los fantásticos relatos, siempre tan fértiles en peripecias, que desde hacía veinticinco siglos alimentaban las creencias de la India y daban una dimensión religiosa a su vida cotidiana. Ni un solo bebé en toda la inmensa península se dormía sin oír a su hermana mayor salmodiarle algunos episodios del gran poema, no había ni un solo juego infantil que no se inspirase en los enfrentamientos entre los buenos y los malos, ni un libro de escuela que no exaltara las hazañas de los héroes, ni una ceremonia de boda que no presentase como modelo las virtudes de fidelidad de Sita. Todos los años, varias grandes fiestas conmemoraban la victoria de Rama y las buenas acciones del rey de los monos. En Calcuta, miles de descargadores de los muelles, de *coolies,* de *rickshaws wallahs,* de obreros, de muertos de hambre se reunían cada tarde a orillas del Hooghly en torno a los cuentistas. Durante horas, sentados sobre los talones, con los ojos entornados, estos olvidados de la fortuna cambiaban su dura realidad por unos gramos de ensueño.

Por encima de la multitud que se apretujaba alrededor de los tablados, siempre sobresalía el cráneo un poco calvo de Paul Lambert. A pesar de sus dificultades para captar todas las sutilezas de la lengua, no se hubiera perdido una representación por nada del mundo. «Qué manera más maravillosa de descubrir la memoria de un pueblo», dirá. «El *Ramayana* es una enciclopedia viva. Allí, en el fondo de mi barrio de chabolas, bruscamente me remontaba en el tiempo. Los perfumes, los regalos, las armas, la vida cortesana, la música, las costumbres de los elefantes salvajes, los bosques de la India pronto no tuvieron ya ningún secreto para mí. Pero, sobre todo, esa gran epopeya popular era una introducción ideal para identificarme con la mentalidad de mis hermanos y meterme de un modo más completo dentro de mi nueva piel. Identificarme con su mentalidad quiere decir no pensar en el mar Rojo cuando se hablaba de cruzar el agua a pie seco, sino en el estrecho de Ceilán; no citar ya uno de nuestros milagros en apoyo de un hecho sobrenatural, sino la proeza del general-simio Hanuman al transportar el Himalaya en su mano para que la prisionera Sita pudiese oler el perfume de una flor; desear a una mujer que está a punto de dar a luz, que sea la madre de uno de los cinco Pandavas. Para entrar en la mentalidad de un pueblo hay que utilizar sus imágenes, sus mitos, sus creencias. Y lo mismo podía decirse de los musulmanes. Qué sonrisas iluminaban sus rostros al oírme pronunciar el nombre del emperador

Akbar, al hacer una alusión a Mahoma, al comparar a una muchacha con la princesa Noor Jahan o con una reina mongol, al descifrar un sura en urdu en algún calendario colgado en el fondo de un chamizo.»

66

Se llamaba Nissar. Tenía doce años. Era musulmán. Todo el corralillo estaba de acuerdo: aquel chiquillo era un arcángel. Su cara luminosa, la penetración de su mirada, su autoridad natural, hacían de él un ser diferente. El labio leporino que desnudaba sus dientes brillantes y el monito de ojos tristes que nunca abandonaba su hombro acentuaban aún más la diferencia. «Nissar era un diamante de mil facetas, un fuego de artificio, una deslumbrante luz del mundo», dirá Lambert maravillado. Sin embargo, aquel niño delgaducho y de cabellos cortos no era hijo de ninguna familia del corralillo. Una noche había sido recogido medio muerto en una acera de Dalhousie Square por Buddhu Kujur, el aborigen que había dado muerte al eunuco de la cobra. Expulsado de su aldea natal del Bihar por sus propios padres, que ya no podían sustentarle, había viajado en los topes de los trenes para llegar a la ciudad espejismo. Después de haber vagado durante varios días alimentándose de desechos, en una calleja del Barra Bazar encontró el instrumento que iba a servirle para ganarse el pan, y además de talismán: un viejo saco de yute muy remendado. Como miles de otros chiquillos hambrientos, Nissar se hizo trapero. Todas las noches iba a vaciar sus lastimeros hallazgos en el antro de un trapero mayorista, y recibía a cambio unas moneditas, a veces una rupia o dos. Un día, uno de los revendedores le regaló un mono; bautizado con el nombre de Hanuman, el animal se convirtió en su compañero inseparable. Dormía con él en las aceras. Las noches de monzón se refugiaba bajo la galería cubierta de una tienda o bajo las arcadas de la avenida Chowringhee. Su pasión era el cine. En cuanto ganaba unas *paisa,* se precipitaba con Hanuman en una de las caravaneras que vendían ensueños a los pobres de los barrios de barracas. Su actor preferido era un tal Dilip Kumar, que siempre representaba papeles de príncipes y de maharajás, que vestían túnicas de brocado con muchas joyas, y a quienes acompañaban bellas cortesanas.

La integración de aquel niño musulmán abandonado al mundillo hindú del corralillo no planteó muchos problemas. Sus dos años de náufrago en el asfalto de la gran ciudad le conferían como una especie de aura. El hecho era notable. Porque las condiciones de vida de los demás niños del corralillo no eran mucho menos duras. Apenas sabían andar, participaban ya como los adultos en la supervivencia colectiva.

No se les ahorraba ninguna tarea, ni siquiera la de ir a buscar agua, que a menudo causaba, debido al peso de los cubos, daños irreparables en su frágil esqueleto de niños desnutridos. Dos o tres de cada cincuenta tenían la oportunidad de ir a la escuela. (Las lecciones nocturnas que subvencionaba el bolsillo de Lambert aún no beneficiaban a nadie en aquel corralillo.) Casi todos los niños trabajaban desde los siete u ocho años. Unos eran vendedores o auxiliares de vendedores en una especiería, el taller de un remendón, un chatarrero o tiendas de *pân* y *bidi.* Otros trajinaban desde el alba hasta la noche en alguno de los figones de la calle principal. Otros conocían la esclavitud de las pequeñas fábricas que proliferaban en el *slum.* Los dos hijos del ex marino de Kerala se ganaban el sustento y veinte rupias al mes que permitían a sus padres comprar tan sólo ocho kilos de arroz, faenando diez horas seguidas en uno de esos pequeños presidios de las cadenas de barco.

Antes de la llegada de Nissar, había tres niños en el corralillo que ejercían igualmente el oficio de trapero. No era ocupación muy lucrativa. En un *slum* nunca se tira nada, y todo lo que puede aprovecharse —la menor escoria de carbón, un residuo de torta de boñiga, un jirón de camisa, un casco de botella, una corteza de coco— despierta innumerables codicias.

—Para hacer una buena pesca hay que ir donde están los peces —declaró una noche el pequeño Nissar a los otros tres niños traperos.

Esa lógica tan poco india sorprendió a Lambert. Pero sobre todo impresionó a Hasari. «Ese chico debe de conocer un filón», pensó al momento. En su obsesión por encontrar el dinero de la dote de su hija, esta idea del filón le excitaba. «Es absolutamente necesario que Shambu vaya con él», dijo a Lambert, enseñándole al segundo de sus hijos, que manipulaba una cometa en lo alto del tejado. Hizo de nuevo sus cuentas: «Las quinientas rupias de mis huesos, más dos o trescientas que puede ganar Shambu de trapero con el chico musulmán, más setecientas u ochocientas que voy a ganar con mi *rickshaw* chapoteando en el lodo del monzón... hacen... hacen... (desde que tenía la fiebre roja, Hasari calculaba con menos rapidez)... hacen cerca de dos mil rupias. ¿Te das cuenta, gran hermano Paul? Bastará una visita al *mohajan* con los pendientes de la patrona, ¡y asunto resuelto!» Hasari veía ya al brahmán uniendo la mano de su hija a la de su marido.

¡Un filón! El hombre-caballo no soñaba. Todas las mañanas, el niño musulmán del labio leporino se dirigía efectivamente con su mono hacia un país de Jauja, un Eldorado, una tierra prometida. Sin embargo, el nombre que llevaba ese lugar en los registros del municipio y en los planos de la ciudad no evocaba la idea de riqueza. Pero en esta ciudad, donde incluso un cartel despegado de una pared y un clavo torcido tenían su valor, el *Calcutta dumping ground,* el vertedero de

Calcuta, podía parecer como un Eldorado para el millar de hormigas humanas que se movían en medio de sus hectáreas de basuras. Nissar y los otros tres pequeños traperos del corralillo formaban parte de esas hormigas. Sobre ese colchón de inmundicias los policías incendiaron los *rickshaws* sin licencia.

—Mañana despierta a tu hijo al primer quiquiriquí del gallo de los eunucos —ordenó Nissar a Hasari—. Le llevaremos con nosotros.

Nissar llevó a sus camaradas hasta la entrada del gran puente de Howrah. Al ver un autobús atestado, ordenó a Shambu que se agarrara a la rueda de recambio. Los otros treparon al parachoques trasero. Todos los días, decenas de millares de niños —y adultos— utilizaban así sin pagar los transportes colectivos de Calcuta. Pero no eran los únicos que estafaban a la compañía. Los verdaderos reyes del robo eran ciertos cobradores que, según se decía, se embolsaban una parte del dinero, vendiendo a los pasajeros billetes falsos. En el infierno de la circulación, viajar en equilibrio sobre los parachoques o en la rueda de recambio, agarrado a los racimos humanos que colgaban de las ventanillas o asido al menor saliente, era una acrobacia peligrosa. Casi todas las semanas los periódicos mencionaban la muerte de algún viajero clandestino que había sido triturado entre las planchas metálicas, aplastado por las ruedas de un camión, electrocutado por un trole de tranvía.

—¡Abajo, muchachos!

La orden de Nissar rasgó el aire ya ardiente del amanecer. Los cinco niños se dejaron caer sobre el asfalto. El autobús acababa de salir del último suburbio al este de la ciudad y la carretera atravesaba ahora una inmensa extensión llana y pantanosa. Shambu se frotó los ojos, todavía cargados de sueño. A dos kilómetros hacia el este, nubes de buitres oscurecían el cielo.

—¿Es allí? —preguntó.

Nissar afirmó con la cabeza. Con el viejo saco de yute colgando de un hombro y su mono, que le buscaba los piojos entre los pelos, en el otro, encabezaba el grupo. Se sentía feliz haciendo de trapero. Los traperos eran libres y cada día les traía una nueva esperanza de algún hallazgo portentoso. Anduvieron durante un kilómetro. Luego, de pronto, como su padre la noche del incendio de los *rickshaws,* Shambu recibió en la cara el tremendo hedor procedente del vertedero. Pero el olfato de un niño criado en las aceras de Calcuta es menos sensible que el de un campesino acostumbrado a los perfumes campestres. Shambu siguió a Nissar y a los otros sin desfallecer. Además de los buitres, y de las vacas que pastaban en aquel mar de inmundicias con obstinación, un verdadero hormiguero humano se agitaba ya en el inmenso terraplén. Nissar detuvo a su grupo trescientos metros antes de la rampa de acceso utilizada por los camiones de basura.

—Habrá que darse prisa —anunció con una voz que su labio leporino hacía silbante—. Es el día de los hoteles y de los hospitales. Eso no hay que perdérselo.

En efecto, una vez a la semana los camiones de basura municipales traían los desperdicios de esos establecimientos. Ello provocaba cada vez una carrera frenética. Era normal: aquellos cargamentos encubrían a menudo verdaderos tesoros de cotización máxima en la bolsa de valores del vertedero: frascos, vendajes, jeringuillas, pedazos de carbón, restos de comida.

«Tú, Shambu», ordenó el niño musulmán, señalando una especie de cueva que había en un lugar más bajo, «te metes en ese agujero. Cuando veas un pedazo de trapo colgando del cristal de un camión, silbas para avisarme. Es la señal de que viene de un hospital o de un hotel».

Nissar sacó de su faja un billete de cinco rupias. Mostrándolo a sus compañeros, continuó: «Yo correré hacia el camión agitando el billete. El chófer reducirá la marcha para cogerlo. Entonces todos subimos a la vez. El chófer se irá hacia un rincón alejado del vertedero y allí soltará lo más aprisa que pueda toda la mierda. Habrá que darse mucha prisa antes de que lleguen los otros.»

El niño musulmán del labio leporino hablaba con la calma y la autoridad de jefe de comando. Cada cual se precipitó a ocupar su posición en espera del primer camión. La mayor parte de los otros traperos que hurgaban en el océano grisáceo de las basuras habitaban en las casuchas cuyos tejados rojos servían de límite al vertedero. Casi todos eran mujeres y niños, ya que los hombres se dedicaban allí a otra ocupación. Hacían macerar tripas de animales y desechos de legumbres en vasijas herméticamente cerradas que sumergían en el fondo de inmundos estanques de agua verde y apestosa. Luego destilaban esas cocciones. El líquido resultante se embotellaba y se distribuía entre las tabernas clandestinas de Calcuta y por los figones de los *slums*. «¡Es algo que reconstruye a un hombre!», aseguraba Hasari, que se acordaba de sus libaciones con Ram Chander y con Hijo del milagro. Sin embargo, aquel alcohol prohibido había matado a más indios que todas las calamidades de la naturaleza. Era el famoso *bangla*.

Llegó un primer camión amarillo, luego otro y por fin un tercero. Pero ninguno llevaba la señal convenida. Nadie se movió. El hijo de Hasari tenía la sensación de que sus pupilas iban a estallar. Nunca había visto semejante espectáculo. Justo encima de él, a la luz incierta del amanecer, se desarrollaba un ballet fantástico. Una nube de mujeres y de niños descalzos arañaban el colchón de inmundicias, con un cesto en una mano y un gancho en la otra. La llegada de cada vehículo provocaba un tumulto de hormiguero enloquecido. Todos se precipitaban hacia el camión amarillo. Una nube sofocante de polvo sulfuroso envolvía cada descarga. Al cabo de unos instantes surgían espectros del montón de basuras. Algunos quedaban un larguísimo tiempo sepultados. Aún más alucinante era el frenesí de las búsquedas alrededor de los bulldózers que iban nivelando las montañas de detritos. Los niños no dudaban en deslizarse debajo de los mastodontes para ser los primeros en explorar el maná removido por las palas de acero. ¿Cuántos habían perecido, ahogados por aquella masa compacta, aplastados por las cadenas de las orugas? Shambu sintió que un sudor frío corría a lo largo de su espalda. «¿Seré capaz de tener tanto valor?», se preguntó. Apareció un cuarto camión, pero siempre sin ningún trapo en el cristal. Arriba, el ballet continuaba. Para protegerse del sol y del polvo, las mujeres y las niñas se habían envuelto la cabeza y la cara con oropeles de colores que les daban un aire de princesas de harén. En cuanto a los niños, con sus sombreros de fieltro, sus gorras agujereadas y sus zuecos de medidas desmesuradas, parecían patéticos Charlots de cine. Cada uno tenía su especialidad. Las mujeres solían dedicarse a desechos de carbón medio calcinado, chatarra, pedazos de trapo y de madera. Los niños preferían lo que era de cuero, de plástico, de cristal, así como huesos, conchas y papeles. Todos recogían con el mismo entusiasmo lo que podía comerse: fruta podrida, restos, mendrugos de pan. Coger esto era lo más difícil y a menudo lo más peligroso. Shambu vio que un buitre se precipitaba como un rayo sobre un niño para arrebatarle un pedazo de carne que acababa de encontrar. Pero los buitres no eran los únicos animales que disputaban su comida a los hombres. Cerdos, vacas, cabras, así como hordas de perros parias, de chacales, e incluso por la noche de hienas, habían fijado su domicilio en el vertedero. Así como millones de bichos y de insectos. Las más agresivas eran las moscas. Verdosas y zumbantes, revoloteaban por miríadas, se aglutinaban en la piel, sin respetar los ojos, la boca, el interior de la nariz y las orejas. En medio de aquella podredumbre estaban en su elemento, y no dejaban de demostrarlo así.

En medio de aquella pesadilla, lo más asombroso era que se habían organizado las condiciones de una vida normal. Entre los montículos de detritos malolientes, Shambu vio vendedores de helados y de polos en sus triciclos decorados, aguadores cargados de grandres odres de pellejo de cabra, buñoleros en cuclillas bajo una sombrilla tras sus sartenes humeantes, vendedores de *bangla* en medio de sus botellas alineadas como bolos. Para que las madres pudieran hurgar mejor entre las basuras, había incluso *baby-sitters* para guardar a sus hijos, por lo común niñas de corta edad sentadas bajo viejos paraguas negros agujereados, con varios bebés cubiertos de moscas sobre las rodillas. El vertedero era también un formidable mercado, un bazar, una bolsa de valores.

Todo un pueblo de revendedores, de comerciantes, de chatarreros se había injertado en el de los que buscaban. Cada cual tenía su especialidad. Utilizando arcaicas balanzas de astil, aquellos negociantes en camiseta y *longhi* compraban a peso lo que los ganchos y las manos desnudas habían encontrado. Todas las noches pasaban por allí mayoristas con camiones para cosechar aquel maná que, una vez limpiado y seleccionado, sería revendido a fábricas para su reciclaje.

Shambu sintió que le palpitaba el corazón. Acababa de ver el talismán en el cristal de un camión. Metiéndose los dedos en la boca, lanzó el silbido convenido. En seguida vio que Nissar, siempre con su mono, salía de entre una nube de polvo y saltaba al estribo para entregar su billete de cinco rupias. El chófer frenó. Era la señal para el asalto. Con agilidad de lagartos, escalaron el camión y la montaña de basura. Una vez llegaron a la cumbre, Nissar ordenó:

—¡Todos al suelo!

El enorme camión aceleró para subir la pendiente que daba acceso al vertedero. Medio sepultados en su innoble carga, los cinco traperos eran completamente invisibles. «Las basuras eran a la vez ardientes y viscosas», contará Shambu, «pero sobre todo tenía la sensación de que miles de animales salían de las porquerías para arrojarse sobre mí. Los más aterradores eran unas enormes cucarachas. Corrían por mis piernas, los brazos, el cuello».

En lugar de dirigirse hacia los bulldózers, el chófer torció en dirección opuesta. Era el «acuerdo». Nissar y su pandilla tendrían diez minutos para hurgar solos. Entonces todo ocurrió como en un atraco de cine. Frenazo brutal del camión. Los cinco miembros de la pandilla saltaron a tierra y se metieron bajo el alud de basura que el camión estaba ya volcando. Arañaron, buscaron, eligieron, apartaron a toda velocidad. Botellas, restos de utensilios y de vajilla, herramientas rotas, trozos de cañería, tubos de dentífrico viejos, pilas gastadas, latas de conserva vacías, láminas de plástico, jirones de ropa, papeles, sus cestos se llenaron en un abrir y cerrar de ojos. Entonces el camión volvió a arrancar en medio de una nube de humo y de polvo.

—¡Daos prisa, chicos! Ya vienen los otros.

Nissar lo sabía: había que salir corriendo antes de que la furiosa nube de los demás traperos les cayese encima. Entonces se oyó un grito. Shambu acababa de meterse en aquella hedionda cloaca. «De repente vi algo que brillaba entre toda aquella mierda», contará. «Me pareció que era una moneda y di un golpe con el gancho. Entonces solté el grito. Mi gancho había prendido una pulsera y, en el extremo de la pulsera, había un reloj.»

«Primero una expresión de estupor apareció en el rostro de Hasari», dirá Lambert. «Luego cogió el objeto con sus manos y lo levantó con tanta emoción y respeto que creíamos que quería ofrecerlo a alguna divinidad. Pero sólo quería acercarlo al oído.» Todas las voces del corralillo se callaron. Hasari permaneció así durante largos minutos, inmóvil, incapaz de decir ni una palabra, como transfigurado por aquella joya cuyo tictac se mezclaba con los latidos de su corazón. En aquel momento se produjo un fenómeno muy curioso. Propulsado por alguna fuerza misteriosa, un torbellino de aire cálido surgió súbitamente de los tejados y se metió en el corralillo con un ruido de tejas rotas. En seguida una sucesión de truenos sacudieron el aire. Hasari y todos los habitantes alzaron la vista. «Por encima del humo de las *chulas* había enormes olas de algodón negro», dirá el *rickshaw wallah*. Sintió que un velo de lágrimas oscurecía su visión. «Ya está aquí», pensó, «ya está aquí el monzón. Estoy salvado: pronto podré morir. Gracias a este reloj y al diluvio que va a caer, gracias a las quinientas rupias de mis huesos mi hija tendrá un buen marido».

67

«La ciudad nos había cambiado los ojos. En el pueblo escrutábamos durante días el cielo, a la espera de las primeras nubes cargadas de agua. Cantábamos, bailábamos e implorábamos a la diosa Laxmi que fecundara nuestros campos bajo un diluvio bienhechor. Pero en Calcuta no había nada que fecundar. Ni las calles, ni las aceras, ni las casas, ni los autobuses, ni los camiones pueden fecundarse con el agua bienhechora que hace crecer el arroz de nuestros campos. No obstante, seguíamos acechando el monzón con una impaciencia aún más febril que en el campo. Lo esperábamos a causa de aquel espantoso calor que nos aniquilaba hasta el punto en que había momentos en que deseábamos pararnos bajo un árbol, en cualquier calle, y dejarnos morir allí. A veces ni siquiera era necesario pararse bajo un árbol para esperar la muerte. Ésta te sorprendía en pleno esfuerzo, mientras transportabas a un colegial a su escuela, o a un *marwari* al cine. Soltabas entonces los varales y te desplomabas en plena calle. En ocasiones, a causa de la velocidad, tu propio carrito te atropellaba antes de ir a chocar contra un autobús o una acera. A eso se le llama "el golpe de Surya", el dios Sol.

»Toda aquella noche y durante el día siguiente, espesas nubes negras llenaron el cielo, sumiendo a la ciudad en una oscuridad casi completa. Las nubes se mezclaban con los humos y el polvo. Pronto hubo por encima de los tejados una especie de colchón negruzco. Hubiérase dicho que Sani, el planeta del mal augurio, quería asfixiarnos para castigarnos. Nos ahogábamos. La gente reñía en la calle por cualquier nimiedad. Las porras de los policías se ponían a golpear sin que nadie supiera por qué. A mí cada vez me costaba más respirar. Hasta las cornejas y las ratas que hurgaban en los montones de basura de Wood Street tenían un aire extraño. Los niños no dejaban de llorar. Los perros aullaban a la muerte. Yo me preguntaba si en vez del monzón aquello no era el fin del mundo, que estaba a punto de llegar. Muchas gentes me suplicaban que las llevase al hospital. Querían que les ayudaran a respirar. Pero yo sabía que en el hospital ni siquiera iban a ayudarles a morir. En la entrada de Lower Circular Road, recogí a una vieja que estaba gimiendo en la acera. Estaba completamente deshidratada. Su piel era como el cartón. Compré un coco y le hice beber el jugo tibio y ligeramente azucarado. Luego la llevé al hospital donde murió, hace ya tanto tiempo, nuestro amigo el *coolie*.

»Al cabo de tres días, súbitamente se levantó un viento terrible, una especie de tornado de arena y de polvo, como ya había sucedido otras veces durante las tormentas del premonzón. En pocos minutos toda la ciudad quedó cubierta de una capa amarilla. Parece que esta arena viene de las montañas del Himalaya y de las mesetas que hay por la parte de China. Era espantoso. La arena y el polvo se metían por todas partes. Teníamos llenos de arena los ojos y la boca. No sé si fue a causa de mi fiebre roja o de esos torbellinos, pero de pronto me sentí incapaz de levantar las varas de mi *rickshaw*. Estaba como aniquilado por una fuerza que venía del más allá. Me tendí sobre el asiento de tela charolada, con las piernas colgando en el aire, tratando de recuperar el resuello, la cabeza llena de zumbidos, los ojos doloridos, sintiendo calambres en el estómago. ¿Cuánto tiempo permanecí en ese estado de postración? Como no se veía el sol, oculto por las nubes negras, perdí completamente la noción del tiempo.»

La pesadilla de esta espera se prolongó durante varios días. En la Ciudad de la Alegría la sequedad empezó a agotar los pozos y las fuentes. Las víctimas de deshidratación se multiplicaron, y Max terminó en pocas horas su pequeña provisión de suero. El sexto día, hacia las doce, el termómetro subió hasta los 117º Fahrenheit, casi 46 grados centígrados. El viento había cesado. Inmóviles, las nubes ahogaban el *slum* bajo una tapadera de fuego. Pero seguía sin caer una gota de lluvia. Convencidos de que este año el monzón no iba a llegar, muchos habitantes se tendieron en sus cuchitriles para esperar que la rueda del *karma* pusiera fin a su suplicio. Al día siguiente, unas cortas ráfagas devolvieron un poco de esperanza. Pero hacia el mediodía, a pesar de todas las ofrendas depositadas en los altares de los dioses, el termómetro volvió a enloquecer de nuevo. Estos excesos representaron una dura prueba para las fuerzas de Max, de Bandona y de todos los miembros del Comité de Ayuda Mutua. Continuamente, un SOS les llamaba a la cabecera de una víctima de la espantosa canícula. Al regresar de una de esas salidas, cuando acababa de entrar, extenuado, en su cuarto-dispensario, Max sintió sobre su rostro sudoroso un paño húmedo y perfumado. Detrás estaban los dedos de Bandona. Cogió la mano de la muchacha y se la llevó a los labios. El brusco contacto con la piel tan fresca y tan viva, en aquel ambiente tan sórdido que apestaba a éter y a alcohol, le impresionó. Los enfermos que se agolpaban en la puerta les miraban atónitos. Ese tipo de efusiones públicas era un espectáculo desconocido en la India. Soltó la mano y se secó la cara con el paño perfumado. Aquel olor le recordó algo, no sabía el qué. Hizo memoria, y de pronto apareció la visión de Manubai. Espejismo insólito, irreal, en el fondo de aquella chabola. A pesar del calor asfixiante, se estremeció. La hermosa y rica india había embellecido tanto su vida desde aquella memorable noche de fiesta de julio en la que había olvidado por unas horas su *slum* en los almohadones de su cama con baldaquín con velo de muselina... Encarnación de la India de los cuentos, de los mitos, de los sortilegios, Manubai le había recordado que la alegría, la felicidad, la riqueza, el lujo también formaban parte de la creación. Que incluso en Calcuta era posible vivir en medio de las flores, comer, beber, reír, amar, gozar de las maravillas de la vida. Despreocupada del qué dirán, había dado varias cenas en su honor, en su suntuoso comedor que adornaban pájaros tropicales. Le había llevado a las veladas de la colonia diplomática, a las recepciones sobre el césped fresco del Tollygunge Club, a los bridges en el palacio del gobernador. Al contacto de su cuerpo lleno de fragancias, al oír el sonido tranquilizador de sus risas, en el lujo casi irreal de su oasis, había paladeado los placeres y los refinamientos de una India de fantasías milenarias. Pero era al lado de otra mujer donde había extraído la voluntad y la fuerza de proseguir su tarea en medio de los pobres de la Ciudad de la Alegría. Bandona no poseía ni casa ni criados ni cama con baldaquín. Jamás había conocido otra cosa que los talleres-presidio, los chamizos, el fango, el hambre. Pero su sonrisa luminosa, su disponibilidad para los demás, su poder mágico de aliviar y de tranquilizar, valían más que todas las riquezas. En aquel mundo de desventurados que asediaban todos los días la puerta de su cuarto-dispensario, exhibiendo sus llagas, sus enfermedades, sus podredumbres, frente a todo aquel sufrimiento, a la desesperación, al desnudo, a la muerte, era aquel ángel de misericordia quien había dado a Max el valor para enfrentarse con todo aquello. ¿Cómo era posible que tanto horror vivido juntos y tanto amor ofrecido a los demás, no hubiesen creado vínculos excepcionales entre los dos seres? Pero en aquel lugar cerrado donde ni un guiño podía pasar inadvertido, era inconcebible que se manifestaran. Lambert había avisado a Max: un *slum* era una olla en perpetua ebullición. Cualquier acontecimiento un poco insólito podía hacer saltar la tapadera y provocar una explosión. Contrariamente a una Manubai Chatterjee, que, gracias a su posición social, podía romper sus cadenas y desafiar el orden existente, Bandona no tenía la menos esperanza de encarnarse alguna vez en Radha, la divina amante de Krishna, el dios pastor y flautista. Era prisionera de los ritos y de los tabúes que en la India regían las relaciones entre hombres y mujeres. Como todas las jóvenes de su condición, su destino era ser entregada un día, virgen, a un marido que otros —su padre, un tío, una abuela— elegirían para ella. La atracción física no intervendría para nada en esa unión. Sólo vería a su marido en el instante de la ceremonia. ¿Su noche de bodas? Sin duda en un *slum,* ante todo un rito destinado a concebir un heredero varón, como todas las futuras entregas de su vida conyugal en medio de tanta promiscuidad. Un rito cuyo pretexto sorprendía siempre a Lambert. «De pronto oigo una extraña agitación entre los que duermen junto a mí. Entonces veo en la oscuridad a unas personas que se levantan discretamente. Hay ruidos de puertas. Luego gritos ahogados, muy débiles. Las parejas del corralillo hacen el amor. Entonces sé que es *purnina,* la luna llena.»

Tres días después del episodio del pañuelo perfumado, cuando un nuevo brinco del termómetro asaba todavía un poco más las chabolas de la Ciudad de la Alegría, Bandona entró en el cuarto de Max a la hora de la siesta. En sus manos llevaba esta vez una ofrenda tan rara en un *slum* que se reservaba a los dioses.

—Doctor, gran hermano —dijo tímidamente, dejando sobre la mesa un ramillete de jazmines—, no tengas miedo, no estás solo, me tienes a tu lado compartiéndolo todo contigo.

Max cogió las flores y aspiró suavemente su perfume. Exhalaban un olor tan embriagador que tuvo la impresión de que la podredumbre, los hedores, el calor asfixiante, los bambúes del armazón, el adobe de las paredes, todo desaparecía en medio de un sueño eufórico. En aquella cloaca maldita sólo quedaba ya aquel ramillete de felicidad y la joven vestida con un sari rosa pálido, inmóvil y recogida como una virgen de catedral.

—Gracias, dulce Bandona —murmuró por fin, antes de tomar de Lambert su cumplido predilecto—, «eres una luz del mundo».

Max no recordaría con claridad lo que había pasado luego. El calor y el cansancio habían embotado sus facultades. «Creo», dirá más tarde a Lambert, «que me encaminé hacia ella y que la abracé contra mi pecho con una necesidad irresistible de poseer aquella luz. Bandona no esbozó ni el menor gesto de resistencia. Al contrario, se ofreció toda entera».

Inmediatamente después sucedió aquello. Empezó por un extraño crepitar sobre el tejado. Max creyó que alguien bombardeaba a pedradas las tejas de su cuarto. Luego oyó gritos en las habitaciones vecinas, seguidos al momento por un gran clamor que salía de todas partes. Un formidable trueno sacudió las paredes y la techumbre de la minúscula vivienda. Max vio pasar sobre uno de los bambúes del techo una procesión de ratas asustadas. Casi inmediatamente, todas las tejas vibraron con un ruido sordo, enérgico, regular. Bandona apartó lentamente su cara del pecho húmedo de Max y alzó la cabeza hacia el tejado. Sus ojillos oblicuos estaban inundados de lágrimas de alegría.

—Max, gran hermano —dijo con una expresión de éxtasis—, ¿no oyes? Ha llegado el monzón.

68

«Debió de ser a primera hora de la tarde cuando vi caer la primera gota de agua», contará Hasari. «Era enorme, pero al caer sobre el asfalto se evaporó instantáneamente a causa del calor.» Para el antiguo campesino a quien la sequía había expulsado para siempre de su tierra, aquella primera gota de agua era como «un maná celestial, la prueba de que los dioses aún podían llorar por la suerte de los hombres de esta tierra». Pensó en los cánticos y en los gritos de júbilo que habría en su aldea en aquellos momentos. Se imaginó a su padre y a sus hermanos inclinados sobre los caballones al borde del arrozal, contemplando maravillados los brotes recientes que de pronto adquirían nuevo vigor por el rocío de los cielos. «¡Ah!», suspiró. «¿Volveré alguna vez a ver a los míos?» Entonces advirtió que era prisionero de una muralla de agua que golpeaba el suelo con un ruido de tambores aporreados por millones de dedos. Levantó precipitadamente la capota del *rickshaw* y se dejó empapar por la lluvia. «Repentinamente, una ráfaga de aire atravesó esa ducha caliente como una caricia de frescor», contará. «Parecía como si la puerta de una nevera gigante se hubiese abierto encima de la ciudad para dejar escapar un poco de frío en medio del aire calidísimo que agitaba el tornado. El bombardeo del agua sofocaba ahora todos los demás sonidos. Sólo se oía el ruido del cielo vaciándose. En lugar de guarecerse, la gente salía a mojarse. Niños completamente desnudos bailaban y reían dando cabriolas. Las mujeres se dejaban empapar, y los saris se les pegaban al cuerpo como las finas cortezas de los bambúes.

»En la parada de Park Circus y en las demás paradas, los *rickshaws wallahs* se pusieron a cantar. Otros trabajadores que salían de las calles vecinas se unieron a ellos, participando en aquella acción de gracias. Era como si toda la ciudad fuese el río para bañarse y purificarse, con la única diferencia de que el río caía del cielo en vez de discurrir por la tierra. Hasta las viejas palmeras de los jardines de Harrington Street temblaban de alegría. Ellas, que parecían viejos polvorientos, ahora relucían de vida, de frescor y de juventud.

»La euforia duró varias horas. En ese baño general, todos nos sentíamos hermanos, *coolies* y *sardars, rickshaws wallahs, sahibs* del Barra Bazar, *marwaris, biharis,* bengalíes, hindúes, musulmanes, sijs, jainíes, todas las gentes tan distintas de aquella gran ciudad, participábamos en una misma *puja* de gratitud dejándonos empapar juntos por el diluvio.

»La lluvia cayó durante varias horas. Luego cesó bruscamente y reapareció el sol. Entonces se asistió a un espectáculo extraordinario: toda la ciudad se puso a humear vapor como una gigantesca colada expuesta al sol. Luego recomenzó el diluvio.»

En el *slum,* Max no creía a sus ojos. «Todo un pueblo medio muerto acababa de resucitar en una formidable explosión de felicidad, de exuberancia, de vida», contará. «Los hombres se quitaban la camisa, las mujeres se precipitaban, completamente vestidas, y cantando, debajo de los canalones de desagüe. Tropeles de niños desnudos corrían en todas direcciones bajo la ducha mágica prorrumpiendo en gritos de júbilo. Era verdaderamente la fiesta, el cumplimiento de un rito ancestral.» Al fondo de la calleja vio una alta silueta de piel blanca. En medio del regocijo colectivo, Lambert bailaba desenfrenadamente con los moradores de la Ciudad de la Alegría. Sobre su pecho chorreante, su cruz de metal brincaba como para marcar el ritmo. «¡Parecía el dios Neptuno bajo las aguas de una fuente celeste!»

69

Tres días de diluvio, de un diluvio como Bengala no había visto desde hacía varios años. De un corralillo a otro, y por todas las callejas de Anand Nagar, no tardó en repetirse la palabra que era una obsesión en la memoria colectiva de la India desde que existe el monzón. «*Bonna!* ¡La inundación!» Al entusiasmo desenfrenado de los primeros momentos sucedía una búsqueda frenética de paraguas, de telas enceradas, de cartones, de plásticos, de todo lo que podía usarse para calafatear los tejados y contener el agua que invadía las viviendas. Luego todos se precipitaron a buscar recipientes y cualquier clase de utensilios que permitieran achicar el agua. Pero ésta volvía una y otra vez, brotando del suelo. Calcuta está construida sobre un delta y sus *slums* se encuentran en los terrenos más pantanosos, donde nadie quería instalarse. Finalmente hubo una búsqueda desesperada de ladrillos y de todos los materiales susceptibles de elevar los *charpoi* de los cuchitriles, el único refugio donde los náufragos podían poner a salvo a sus hijos y algunos enseres.

Pero en seguida se agravó la situación y apareció el terrible ruido. El chapoteo del agua dominó el alboroto general. Las voces cobraron una resonancia especial a causa de la capa líquida que les hacía eco. Max percibió así una débil llamada que procedía del cuarto vecino. Fue a ver, intrigado. La niña que le había llevado un paraguas cuando las cataratas de marzo se había deslizado en la marea negruzca y estaba ahogándose. Max la agarró por los cabellos y se la llevó a su cuarto.

¿Su cuarto? ¡Una ciénaga viscosa, pestilente! Ahogados por el diluvio, las letrinas, las cloacas, los desagües de los establos se habían desbordado y su caudal inmundo acababa de franquear el murete de protección ante la puerta. Para salvar los cartones de leche en polvo y el baúl de medicamentos, Bandona había sujetado una sábana a las cuatro esquinas del armazón. Esta hamaca improvisada parecía la vela de la Balsa de la Medusa. En otros sitios los paraguas permitían otras proezas. La astucia consistía en colgarlos al revés debajo de los canalones de los tejados, y en vaciarlos en cuanto se llenaban. Al desbordamiento de excrementos, al hedor y a la humedad, no tardó en añadirse el hambre. Como las tortas de boñiga se habían convertido en esponjas, las mujeres ya no podían cocinar ningún alimento. Rascar una cerilla se había convertido en una auténtica hazaña de supervivencia.

—Fíjate, gran hermano —explicó Kalima a Lambert—, frotas vigorosamente la cerilla en el sobaco para calentar el azufre, y luego, ¡pumba, la rascas y se enciende!

Y el milagro se produjo: una llamita apareció en medio del diluvio entre los dedos del eunuco. Lambert trató de repetir la operación. Pero el sobaco de un cura católico francés no debe de segregar los mismos fluidos que el de un *hijra* de la India de los faquires: el fracaso fue total. A tientas, pues, chapoteando con agua hasta la cintura, en medio de ratas y perros ahogados, Lambert tuvo que lanzarse en plena oscuridad a la búsqueda de Margareta, Kamruddin, Bandona y los demás miembros del Comité de Ayuda Mutua. Era urgente organizar socorros. La lluvia seguía cayendo. El nivel del agua subía. La situación se agravaba.

Todo el resto de Calcuta conocía una pesadilla semejante. En los barrios bajos del este, por el lado de Topsia, Kasba, Tiljala, millares de habitantes habían tenido que huir precipitadamente o refugiarse en los tejados. La ciudad entera estaba sumida en las tinieblas: las cataratas habían inundado los transformadores y las líneas eléctricas. Ni un tren podía llegar a las estaciones. El tránsito por carretera estaba completamente paralizado. Los víveres empezaron a escasear. Un kilo de patatas costaba ya la suma astronómica de un dólar, un huevo valía 0,10 dólares. No había ya ningún transporte urbano, lo que hacía felices a los *rickshaws wallahs*. Hasari, que contaba con aquellos días catastróficos para completar la dote de su hija, estaba exultante: «Qué alegría contemplar el espectáculo de desastre que ofrecían los orgullosos autobuses rojos con imperial de Calcuta, y los tranvías azules y blancos, y los arrogantes taxis amarillos de los *sardarjis* sijs, y los Ambassadors particulares con chóferes de uniforme. Motores inundados, carrocerías hundidas en el lodo hasta las portezuelas, abandonados por sus viajeros y por sus conductores, parecían pecios de barcos en las riberas del Hooghly. Qué magnífica ocasión teníamos por fin de vengarnos de todas las brutalidades de los chóferes, de los humillantes regateos de los clientes. Por una vez podíamos exigir tarifas proporcionadas a nuestro esfuerzo. Nuestros carritos, con sus ruedas altas y sin más motor que nuestras piernas, eran los únicos vehículos que podían circular por las calles inundadas. Y hasta el último día de mi vida, seguiré oyendo los llamamientos desesperados de los clientes suplicándome que les aceptara en mi *rickshaw*. De golpe, había dejado de ser el animal despreciado e insultado, al que se pateaban las costillas para que fuera más aprisa, a quien se discutía diez o veinte *paisa* al llegar del precio convenido de la carrera. Ahora reñían entre sí, ofrecían dos, tres o incluso cuatro veces el precio habitual para poder aposentar sus nalgas y sus paquetes en la empapada banqueta de las únicas embarcaciones que navegaban en el mar de Calcuta.»

Cada trayecto proporcionaba al antiguo campesino una pequeña fortuna: casi toda la ganancia de una jornada de antes del monzón. ¡Pero a costa de tantos sufrimientos! Cubierto por la inundación, cada obstáculo representaba una trampa asesina, por ejemplo los trozos de chatarra con los que sin cesar los pies corrían el riesgo de empalarse. «Chapotear en la mierda hasta los muslos, tropezar con cadáveres de ratas o de perros era una broma», dirá sin embargo Hasari. «Porque lo peor era la tortura de la lluvia sobre nuestros huesos. Sudar bajo aquellas cataratas sin poder secarse nunca no es lo más aconsejable para la salud. Por mucho que secara mi *dhoti* y mi camiseta después de cada carrera, y que luego me friccionase las extremidades, estaba siempre bañado en una perpetua humedad. A fuerza de empaparse en el agua infecta, muchos compañeros contrajeron también enfermedades de la piel. Los pies de algunos parecían esos pedazos de carne que se ven en los mostradores de las carnicerías musulmanas. Estaban llenos de úlceras y de llagas. Pero el verdadero peligro eran los resfriados. Sobre todo en mi caso. Muchos compañeros dejaban los pulmones en el monzón. A eso le llamaban "neumonía", o algo parecido. De sopetón os coge una fiebre terrible. Y luego se tirita de frío. Y uno revienta sin haber tosido siquiera. Ramatullah, el amigo musulmán con quien compartía el *rickshaw,* aseguraba que era mucho más agradable que la fiebre roja. Porque es una cosa muy rápida y uno no escupe los pulmones.»

Cuando Hasari mostró a su amigo Hijo del milagro el producto de sus dos primeras jornadas de monzón, el taxista, ahora condenado al paro por la inundación, lanzó un grito de admiración.

—¡Caramba, Hasari! ¡Para ti lo que cae del cielo no es agua, sino pepitas de oro!

La alegría del *rickshaw wallah* no iba a durar mucho. Al día siguiente, al llegar a la parada de Park Circus para hacerse cargo de su *rickshaw,* vio a sus compañeros reunidos en torno a un carrito. Era el suyo, pero aunque buscó a Ramatullah en el grupo, no acertó a verle. Entonces, el más viejo de la parada le dijo:

—Tu amigo ha muerto, Hasari. Ha caído en una alcantarilla. Es el tercero que se ahoga desde ayer. Parece ser que han dado la orden de quitar todas las tapas de las alcantarillas para facilitar la evacuación del agua.

Sucedió casi enfrente de su antiguo cuarto del 19 Fakir Bhagan Lane: Lambert notó que la manita le rozaba. La cogió. Estaba inerte. Tiró del cuerpecito que flotaba sobre la superficie del agua y lo izó hasta la plataforma de la *tea shop* de Surya, el viejo hindú. Gritó, fue chapoteando hasta la puerta de Mehbub, su antiguo vecino, llamó a la puerta de la chabola de la madre de Sabia. No había nadie en ninguna parte. La calleja parecía un decorado de cine abandonado por sus comparsas. Sólo se oía el silbido del diluvio, el ruido del agua y los penetrantes chillidos de las ratas huyendo de sus refugios. De vez en cuando, una de ellas caía al agua, y se oía un «pluf». Tanteando el suelo antes de dar cada paso, para no caer en las profundas zanjas que cortaban la calleja, Lambert anduvo unas decenas de metros. De pronto, la voz se elevó de la cloaca, grave y potente, ascendiendo como un himno hacia las cataratas y la bóveda opaca del cielo surcado de relámpagos. «Más cerca de ti, Dios mío, más cerca de ti...», cantaba a voz en grito el sacerdote, como los náufragos del *Titanic* la noche en que su paquebote fue engullido por el mar.

Los indios del Comité de Ayuda Mutua esperaban en el cuarto de Max. Todo el mundo tenía agua hasta las rodillas. La atmósfera era lúgubre.

—Paul, gran hermano, es el pánico —anunció el viejo Kamruddin, habituado, no obstante, a las inundaciones del *slum*—. La gente huye de todas partes. Al menos quinientas personas se han refugiado ya en la gran mezquita.

La mezquita era el único edificio que tenía varios pisos.

—Y esto no ha hecho más que empezar —añadió Margareta, cuyo sari empapado se le pegaba a la piel—. Parece que el Ganges se está desbordando.

—¡Basta de malas noticias! —cortó entonces el anglo-indio Aristote John—. No estamos aquí para lloriquear, sino para decidir cómo podemos prestar alguna ayuda.

—¡Aristote tiene razón! —aprobó Lambert, cuyas zapatillas de deporte llenas de agua formaban burbujas.

Hubo un silencio. Todos eran conscientes de lo enorme de su tarea. Max fue el primero en hablar:

—Habría que vacunar rápidamente. El cólera, el tifus... Corremos el peligro de tener unas epidemias colosales...

—¿Cuántas dosis tienes? —preguntó Lambert, señalando la cantidad de medicamentos en la hamaca.

—Una miseria. Hay que ir urgentemente a buscar a los hospitales.

El candor del médico hizo sonreír a los demás. «Este americano es incorregible», pensó Lambert. «Después de todos esos meses en Calcuta, aún razona como si estuviera en Miami.»

—¿No habría que empezar por organizar el aprovisionamiento de los refugiados? —sugirió Kamruddin—. Miles de personas van a encontrarse sin agua y sin comida.

—¡Exactamente! —dijo vivamente Lambert.

Entonces se oyó la voz suave pero firme de Bandona:

—Paul, gran hermano, lo más urgente es socorrer a los viejos y a los enfermos que siguen en sus casas. Muchos morirán ahogados si no se les va a buscar.

Nadie conocía las prioridades de la angustia como la joven assamesa. Sin embargo, en aquella ocasión se equivocaba. Sus palabras evocaron súbitamente en la mente de Lambert una urgencia aún mayor.

—¡Los leprosos! —gritó—. ¡De prisa, los leprosos!

Señaló a Bandona, Max y Kamruddin:

—Vosotros tres, corred a salvar a enfermos y viejos. Yo voy con Aristote y Margareta a donde los leprosos. ¡El reencuentro en la Jama Masjid!

¡La Jama Masjid! ¡La gran Mezquita! El modesto edificio rectangular, con cuatro pequeños minaretes en los ángulos, aquella noche parecía un faro en la tormenta. Cientos de personas se aferraban a las celosías de las ventanas, atropellándose, gritando. Otros no cesaban de llegar. Padres a veces con tres o cuatro niños sobre los hombros, madres que llevaban un pobre hatillo sobre la cabeza y a menudo un bebé en los brazos, chapoteando en la infame marea para tratar de acercarse a la única puerta. En el interior, el espectáculo era dantesco. Niños aterrados por la oscuridad aullaban de miedo. Mujeres que gritaban, reñían, lloraban. Todo el mundo trataba de subir a las galerías del primer piso, porque el agua ya había invadido la planta baja y seguía ascendiendo con rapidez. Pero de pronto cayó un torrente del techo, sumergiendo las galerías. Unos jóvenes consiguieron arrancar la puerta de la terraza para formar un dique. La atmósfera se hizo cada vez más sofocante. Hubo sitiados que se desvanecieron. Debido a la disentería, empezaban a morir bebés. Evacuados de brazo en brazo, los primeros muertos pasaron por encima de las cabezas. Pronto circuló un rumor: cientos de chabolas, socavadas por las aguas, se estaban desmoronando en todo el *slum.*

La pequeña colonia de los leprosos, situada más abajo que las vías del tren, estaba completamente sumergida. Para recorrer los últimos metros, Margareta había tenido que subirse a la espalda de Lambert, acrobacia que la hechura de un sari hacía bastante difícil. Y no obstante, ningún habitante había huido. Los padres habían subido a sus hijos a los tejados, y los leprosos que podían valerse por sí mismos habían amontonado *charpoi* unos sobre otros para poner a salvo a los enfermos y lisiados. Lambert descubrió a Anonar encaramado en una de esas pirámides improvisadas medio sumergida. El tullido había sobrevivido a la amputación y apretaba contra su pecho una pequeña linterna.

—Anonar, viejo hermano, he venido a buscarte —murmuró el sacerdote sin resuello.

—¿A buscarme? Pero ¿por qué? ¡No es la primera vez que el monzón nos remoja los pies!

El aire estoico, casi jovial del leproso, en medio de todo aquel desastre, maravilló una vez más a Lambert. «Estas luces del mundo merecen verdaderamente el primer lugar al lado del Padre», pensó. «Han llegado hasta el final del sufrimiento.»

—Sigue lloviendo. Corréis el riesgo de ahogaros.

Al pronunciar estas palabras, el sacerdote comprendió de pronto la inutilidad de sus intenciones. ¿Cómo iba a evacuar a todos aquellos desdichados cuando él mismo y sus compañeros habían estado varias veces a punto de desaparecer en los torbellinos de agua negra que anegaban el barrio? Había que ir a buscar refuerzos. ¿Refuerzos? La idea parecía más bien cómica en aquella noche de pánico. Entonces Lambert volvió a ver ante él la imagen de un hombrecillo de ojos crueles y orejas peludas, con mofletes de libertino. Llamó a Margareta y a Aristote.

—Voy corriendo a buscar al padrino —le gritó—. Es el único que puede ayudarnos a sacar de aquí a toda esa gente.

Con sus dos plantas de sólida mampostería, sus escaleras de ladrillo, sus balcones de piedra, la casa del padrino emergía de las aguas como una fortaleza. Sus diferentes estancias, iluminadas a *giorno* por un potente generador eléctrico, alumbraban con una insólita claridad los torbellinos que batían sus paredes. «¡Es como ir al palacio de los Dogos!», se dijo Lambert, lleno de admiración. Nada, ni siquiera el diluvio podía modificar el comportamiento del dogo de la Ciudad de la Alegría. Insensible a la urgencia, a los gritos, a las llamadas de los habitantes que huían de sus chabolas desmoronadas, seguía instalado sobre su alfombra oriental, en su sillón incrustado de piedras preciosas. Ni siquiera la irrupción de la silueta chorreante de fango y de excrementos, precedida por su hijo, provocó ni la sombra de una sorpresa en su máscara de sapo.

—*Good night,* Father —dijo con su voz silbante, mirando fijamente a su antiguo adversario—. ¿Qué le trae por aquí con semejante tiempo?

Dio una palmada. Un criado con turbante trajo té y limonadas en una bandeja de cobre cincelado.

—Los leprosos —dijo Lambert.

—¿Otra vez? —se asombró el padrino, frunciendo el entrecejo—. Está visto que son siempre los leprosos los que me proporcionan el honor de verle. ¿De qué se trata ahora?

—Si no se les evacua urgentemente, se ahogarán. Necesito inmediatamente hombres y una barca.

Lambert no supo nunca si fue el temor de perder una fuente de ingresos apreciable o un inesperado sentimiento de solidaridad humana. Pero el jefe de la mafia de la Ciudad de la Alegría reaccionó de un modo espectacular. Se puso en pie y empezó a dar frenéticas palmadas. Ashoka, el golfillo de la motocicleta, acudió corriendo. Hubo un primer conciliábulo. Luego entraron otros miembros del clan. Aún no habían transcurrido diez minutos, cuando salía una barca llevando a bordo a Lambert y a una tripulación de mafiosos. Cuando los primeros golpes de remo empujaban la embarcación hacia las tinieblas resonantes de gritos y ruidos, Lambert oyó de nuevo la voz silbante del padrino. Volvió la cabeza y vio al hombrecillo barrigudo en el marco de una ventana iluminada. Nunca iba a olvidar las palabras que lanzó hacia el diluvio.

—¡Ashoka! —gritaba a pleno pulmón—. Trae a todos los leprosos aquí. Esta noche nuestra casa es lo bastante grande como para acoger a los desgraciados.

El enorme cuerpo chorreante se dejó caer de golpe sobre la pila de los cartones de leche. Extenuado por la noche más dura de su existencia, Max Loeb acababa de volver a su cuarto con las primeras luces del alba. Al diluvio había sucedido ahora una llovizna caliente y compacta. La subida del agua también parecía haberse hecho más lenta. Durante toda la noche, con el brazo levantado por encima del agua para mantener seco el botiquín, había acompañado a Bandona en sus operaciones de salvamento. La cabeza y el corazón de la frágil assamesa contenían el fichero completo de las más clamorosas desgracias del *slum.* Ayudados por un grupo de golfos que se pusieron espontáneamente a su disposición, fueron de una chabola a otra salvando de morir ahogados a ciegos, paralíticos, tuberculosos que no podían levantarse de la cama, mendigos e incluso una sordomuda loca con su recién nacido. Sólo una vez llegaron demasiado tarde. Cuando entraron en el chamizo de una vieja leprosa ciega a quien Lambert llevaba todas las semanas la comunión, encontraron su cuerpo descarnado flotando en sus ropas de viuda. Llevaba el rosario arrollado a la muñeca y su rostro mutilado tenía una extraña serenidad. «Esta vez su suplicio ha terminado», murmuró Bandona, ayudando a Max a poner el cuerpo en un lugar más alto. «El Dios al que suplicaba por fin la ha escuchado: se la ha llevado con Él.»

Esta sencilla explicación, en medio de aquel ambiente de horror, impresionó profundamente al norteamericano. «Aquella noche comprendí que nunca más volvería a ser el mismo», escribió unos días después a Sylvia, su prometida de Miami.

La llegada de la primera barca de leprosos a la casa del padrino provocó gestos que ni siquiera el corazón tan lleno de amor de Lambert hubiera podido imaginar. Vio a su hijo Ashoka coger en brazos a Anonar y transportarlo delicadamente hasta el *charpoi* de su habitación.

Vio a las mujeres de la casa quitarse los hermosos velos de muselina para friccionar a los niños desnudos que tiritaban de frío, porque la temperatura bajó súbitamente una decena de grados. Vio a la esposa del padrino, una opulenta matrona con los brazos cubiertos de tintineantes brazaletes, que traía una olla llena de arroz y de pedazos de humeante carne. Sobre todo vio un espectáculo que borraría para siempre las visiones de horror de los cócteles Molotov al estallar ante su pequeña leprosería: el propio padrino tendía sus manos, llenas de sortijas de oro, hacia los náufragos, les ayudaba a desembarcar, secaba sus miembros mutilados, les servía el té, les ofrecía platos de golosinas y de dulces. «En la catástrofe de las inundaciones», contará Lambert, «todos los hombres de la Ciudad de la Alegría se habían hecho hermanos. Familias musulmanas acogían a hindúes bajo sus techos, jóvenes estaban a punto de ahogarse llevando a viejos sobre sus hombros, había quien transportaba gratuitamente enfermos en su *rickshaw* que avanzaba con tres cuartas partes del carrito bajo el agua, dueños de tabernas no vacilaban en arriesgar su vida para llevar víveres a los refugiados encerrados en la mezquita». Tampoco olvidaban a Dios en medio de todo aquel desastre. Al pasar por su cuarto invadido por más de un metro de agua, Lambert vio estupefacto dos velas que ardían ante su imagen del Santo Sudario. Antes de huir con los demás habitantes del corralillo, el eunuco Kalima las había encendido «para honrar a la divinidad del gran hermano Paul y pedirle que hiciera cesar la lluvia».

Pero el Dios de los cristianos, el Bhâgavan de los hindúes y Alá el misericordioso parecían haberse vuelto sordos. El suplicio de los náufragos de Calcuta iba a prolongarse días enteros. Como Max había temido, el cólera y el tifus empezaron a hacer estragos. No había medicamentos ni posibilidades de evacuación. Murió gente. Los cadáveres que no era posible ni incinerar ni enterrar quedaban abandonados en las callejas inundadas. En pocas horas Max tropezó con tres cuerpos flotando a la deriva sobre las aguas. Paradójicamente, en todo aquel líquido no había una gota de agua potable. Los habitantes tendían trapos y paraguas para tratar de recuperar un poco de lluvia. Pero algunos tenían que abastecerse directamente de aquella capa infecta que lo había engullido todo. La situación alimentaria era también trágica. Miles de personas refugiadas en los tejados y en la gran mezquita permanecieron tres días sin comer nada. No obstante, los voluntarios que constituían equipos de socorro hacían milagros. Kamruddin encontró una barca y dos grandes ollas. Remando hasta agotar sus fuerzas, el anciano recorrió todos los figones para llenar las ollas de arroz y de avena, y llevar ese tesoro a los náufragos de la mezquita. Lo más extraño en aquel cataclismo era que la vida seguía como antes. En la esquina de una calleja anegada, Max se quedó atónito ante una visión que no iba a olvidar jamás, la de «una pandilla de niños con agua hasta los hombros, riendo y chapaleando ante una minúscula plataforma sobre la cual un viejo, insensible al diluvio, vendía cochecitos y muñecas de plástico».

La cólera del cielo sólo cesó al cabo de ocho días y ocho noches. Entonces se inició un tímido descenso del agua, pero se necesitaría más de un mes para que la riada se retirase por completo del terreno conquistado. Lentamente, Calcuta recobró la esperanza. Algunos autobuses se atrevieron a circular por las destrozadas avenidas. Más de setecientos kilómetros de calzada habían sido destruidos o deteriorados. Medio millón de habitantes lo habían perdido todo. Miles de casas o de edificios vetustos o en construcción se habían hundido. Barrios enteros carecían ya de electricidad y de teléfono. Cientos de cañerías de agua habían reventado.

Pero fue en los *slums* donde se manifestó realmente todo el horror del desastre. Al descender las aguas, la Ciudad de la Alegría no era ya más que un fétido pantano. Un lodo viscoso, maloliente, mezclado con carroñas de perros, de gatos, de ratas, de lagartos e incluso de restos humanos, lo recubría todo. Pronto millones de moscas surgieron de esta putrefacción y se arrojaron sobre los supervivientes. Se declararon epidemias en varios barrios. Para tratar de dominarlas, Bandona y Aristote hicieron derramar toneladas de desinfectantes proporcionados por el ayuntamiento. Pero la operación causó graves pérdidas entre los voluntarios. Max tuvo que trinchar muchos pies y manos quemados hasta los huesos por los productos corrosivos.

Cuando Lambert, con barba de quince días, cubierto de mugre y de piojos, volvió por fin a su corralillo, todos los habitantes estaban ya de vuelta. Todos se afanaban por borrar las huellas de la inundación. En el suelo, en la entrada de su cuarto, el sacerdote vio un encaje de *rangoli,* esos lindos motivos decorativos que se dibujan con tiza para las fiestas. Kalima y los demás eunucos del cuarto vecino se acercaron a él.

—Bienvenido, gran hermano Paul —dijo Kalima—, todos esperábamos tu regreso.

Emocionado, con un nudo en la garganta, Lambert les dio las gracias. Durante su ausencia los eunucos habían lavado, frotado y repintado su vivienda.

Entonces una silueta hirsuta y barbuda irrumpió gritando en el corralillo. A Lambert le costó reconocer a Hasari Pal, hasta tal punto el hombrecillo aún había adelgazado más.

—Ahora ya puedo morir —aullaba el *rickshaw wallah,* agitando triunfalmente un fajo de billetes de banco—. ¡Mira todo lo que he ganado! ¡Voy a encontrar un marido para mi hija!

70

Toda su fortuna estaba reunida en una pequeña bandeja de cobre: una caracola, una campanilla, una cántara llena de agua del Ganges, un bote de *ghee* y el *panchaprodit,* el candelero de cinco brazos que servía para la ofrenda del fuego. Hari Giri, de cuarenta y tres años, hombrecillo canijo de piel clara, con una enorme verruga en la frente, era el *pujari* del barrio, es decir, el sacerdote hindú. Vivía en una pobre casa cerca de las chozas de los madrasis, los habitantes más miserables del *slum.* Delante de su casa se elevaba un templecito dedicado a Sitola, la diosa de las viruelas. Con su cabeza escarlata y sus ojos negros, su diadema de plata y su collar de cobras y de leones, la diosa parecía aún más temible que la terrible Kali la patrona de Calcuta. Pero el brahmán era conocido de los habitantes del barrio sobre todo por su devoción a otra divinidad. Hija del dios Ganesh, el de cabeza de elefante, Santoshi Mata era, en efecto, la diosa que tenía poder para dar un marido a cada joven india. Su culto constituía una fuente de ingresos no desdeñable. De todas las ceremonias del hinduismo, la del matrimonio es, en efecto, la más ventajosa para un brahmán. Hasta el punto de que Hari Giri se dedicó a estudiar la astrología para erigirse en casamentero profesional. La angustia de Hasari no podía dejarle indiferente. Cierto día, a la caída de la tarde, visitó al *rickshaw wallah* para preguntarle la hora y la fecha del nacimiento de su hija. «Pronto volveré con una buena noticia», aseguró.

En efecto, unos días después estaba de regreso.

—El horóscopo de tu hija y su casta concuerdan perfectamente con los de un muchacho que conozco —anunció triunfalmente a Hasari y a su esposa—. Se trata de una familia de *kumhars.*[1] Poseen dos tiendas en un *slum* vecino. Son gente realmente respetable. —Luego, dirigiéndose solamente a Hasari, añadió—: Al padre del muchacho le gustaría hablar contigo lo antes posible.

Mudo de emoción, Hasari se prosternó hasta el suelo para limpiar los pies desnudos del brahmán y luego llevarse las manos a la frente. Pero un *pujari* no iba a contentarse con ese tipo de agradecimientos. Tendiendo la mano, reclamó un anticipo sobre sus honorarios. Con aquella visita empezó una tragicomedia de múltiples peripecias en las que Lambert intervendría forzosamente como uno de los protagonistas

1. Casta de alfareros.

principales. Porque aunque las largas y minuciosas negociaciones que preceden a una boda suelen desarrollarse en público, en medio del corralillo, ambas partes prefieren un lugar más discreto para sus discusiones económicas. «Mi cuarto está siempre a disposición de todo el mundo», dirá el sacerdote. Y fue allí, ante la imagen del Santo Sudario, donde se reunieron ambas partes. ¿Las partes? Desde luego, no se trataba ni de Amrita ni del muchacho en cuestión, que no iban a conocerse hasta la noche de su boda, sino del padre del novio, un hombrecillo adusto, con los cabellos pegados con aceite de mostaza, el desdentado brahmán, Lambert y Hasari.

Después de un largo intercambio de saludos y cortesías, acabaron abordando las cuestiones principales.

—Mi hijo es un muchacho excepcional —afirmó sin titubeo el padre—, y quiero para él una esposa que no lo sea menos.

Naturalmente, nadie se llamó a engaño acerca de lo que significa aquel modo de entrar en materia. No se refería a cualidades morales, ni siquiera físicas, sino al precio que había que pagar para comprar «aquel muchacho excepcional». «Demonios», se dijo Hasari, «ese tipo va a exigir la luna». Se volvió hacia «el gran hermano Paul» en busca de un indicio tranquilizador. Había insistido muchísimo en que Lambert aceptara asistir al debate. «Delante del *sahib* no se atreverán a exagerar», se había dicho, pero por una vez, el antiguo campesino había cometido un error de psicología. Por el contrario, la presencia de un *sahib* daba argumentos al bando contrario. «Si el padre de la chica no puede pagar, el *sahib* tendrá que pagar en lugar suyo.»

—Mi hija es tan excepcional como tu hijo —contestó Hasari, que no quería ser menos.

—Si, tal como dices, es una perla, sin duda querrás dotarla generosamente —dijo el padre.

—Lo que quiero es cumplir con mi deber —aseguró Hasari.

—Entonces, veamos —dijo el padre encendiendo un *bidi.*

La dote de una india se compone de dos partes. Por una parte, está su ajuar y sus joyas personales, que en principio siguen siendo de su propiedad. Y de otra parte los regalos que aporta a su nueva familia. Las dos figuraron en la enumeración de Hasari. Ésta no duró mucho. Pero cada objeto representaba tantas carreras en el agua del monzón, tantas privaciones y sacrificios, que el hombre-caballo tenía la sensación de ofrecer cada vez un poco de su carne y de su sangre. La lista comprendía dos saris de algodón, dos blusas, un chal, varios utensilios domésticos y diversas joyas y adornos de pacotilla. En cuanto a los regalos para la familia del novio, se componían de dos *dhoti,* otras tantas camisas y un *panjabi,* esa larga túnica abotonada hasta el cuello y que llega hasta las rodillas. Una dote de pobre, desde luego, pero que no obstante representaba alrededor de dos mil rupias, suma fabulosa para quien tenía que ganarse la vida con un *rickshaw*.

El padre del muchacho frunció el entrecejo. Después de un silencio, preguntó, glacial:

—¿Es todo?

Hasari asintió tristemente con la cabeza. Pero era demasiado orgulloso para intentar que su interlocutor se compadeciera de él.

—Las cualidades de mi hija completarán lo que falta.

—No lo dudo, pero a mi juicio una o dos sortijas para los pies no estarán de más —gruñó el padre del muchacho—. Y también un broche de nariz y una *matthika*.[1] En cuanto a los regalos para mi familia...

En aquel momento, el brahmán intervino en la discusión.

—Antes de continuar vuestros regateos, me gustaría que os pusierais de acuerdo acerca del precio de mis servicios —afirmó con autoridad.

—Yo había pensado en dos *dhoti* para ti y en un sari para tu mujer —respondió Hasari.

—¡Dos *dhoti* y un sari! —se carcajeó el *pujari*, ofendido—. ¡Estás bromeando!

Lambert vio que gruesas gotas de sudor perlaban la frente de su amigo. «Dios mío», pensó, «le van a desplumar del todo».

Kalima y otros vecinos se habían arracimado en el quicio del cuarto para no perderse ni una palabra y tener al corriente al resto del corralillo. La discusión se prolongó durante más de dos horas, pero nadie renunció a sus pretensiones. Una negociación de boda era ritualmente un asunto que llevaba mucho tiempo. La segunda reunión se celebró tres días después, en el mismo lugar. Siguiendo la costumbre, Hasari preparó dos regalitos para el padre del muchacho y para el *pujari*. ¡Oh, no gran cosa! Una *gamcha* para cada uno. Aquellos tres días de espera parecían haber minado al *rickshaw wallah*. Cada vez le costaba más respirar. Volvía a tener accesos de tos, sólo provisionalmente cortados por el enérgico tratamiento de Max. Obsesionado por el miedo a morirse antes de haber podido cumplir con su deber, estaba dispuesto a ceder a todas las exigencias. Aunque luego no pudiese hacer honor a sus compromisos. Esta vez fue el *pujari* quien abrió el fuego. Pero sus pretensiones eran tan excesivas que por una vez los dos padres estuvieron de acuerdo en rechazarlas.

—En este caso, me retiro —amenazó el brahmán.

—Allá tú, buscaremos otro *pujari* —respondió Hasari.

El brahmán se echó a reír.

—¡Soy yo quien tiene los horóscopos! ¡Nadie aceptará ocupar mi lugar!

1. Joya que se lleva en la frente.

La respuesta provocó una hilaridad general en el corralillo. Hubo mujeres que le increparon. Lambert oyó que una de ellas gritaba: «¡Ese *pujari* es un verdadero hijo de puta!» Y otro respondía: «¡Es muy listo! ¡Te apuesto a que está de acuerdo con el padre del chico!» En el cuarto, la situación parecía no tener salida. Víctima de un acceso de fiebre, Hasari había empezado a temblar. Con los ojos inyectados en sangre y mirando fijamente al brahmán, fulminaba para sí: «Si esta basura me estropea la boda de la niña, le mato.» Entonces el *pujari* hizo como que se levantaba para irse, pero Hasari le retuvo por la muñeca.

—Quédate —suplicó.

—Sólo si me pagáis ahora mismo un adelanto de cien rupias.

Las miradas impotentes de los dos padres se cruzaron. Después de unos segundos, cada cual hurgó en el cinto de su *longhi.*

—¡Aquí están! —dijo secamente Hasari, arrojando un fajo de billetes en la mano del hombrecillo desdentado.

Éste se volvió instantáneamente todo sonrisas y miel. La negociación podía reanudarse. Ninguna boda de rey o de multimillonario sería objeto jamás de discusiones tan enconadas como aquel proyecto de unión entre dos desharrapados de barrio de chabolas. Necesitaron nada menos que ocho sesiones sólo para resolver la cuestión de la dote. Las crisis de lágrimas alternaron con las amenazas, las rupturas con las reconciliaciones. Sin cesar aparecía alguna nueva exigencia. Un día, el padre del muchacho reclamaba, además de todo lo convenido, una bicicleta; al día siguiente, quería un transistor, unos gramos de oro, un par de *dhoti* suplementarios. Seis días antes de la boda, un equívoco estuvo a punto de estropearlo todo. La familia del novio juraba que debía recibir doce saris, y no seis, como pretendía Hasari. Después de mucho discutir, uno de los tíos del joven se precipitó hacia Lambert.

—*Sahib,* no tienes más que ofrecer los seis que faltan. ¡Tú eres rico! ¡Hasta dicen que eres el hombre más rico de tu país!

Aquel maratón agotó completamente al desdichado Hasari. Una mañana, cuando acababa de coger su *rickshaw,* sintió que el suelo se hundía súbitamente bajo sus pies. «Tenía la impresión de hundirse a cada paso en una cloaca», dirá Lambert. Entonces vio que los coches, los camiones y las casas giraban en torno a él como si se colgaran de una especie de tiovivo de feria. Oyó aullidos de sirena. Luego, brutalmente, cayó en el vacío. Un gran vacío negro. Hasari soltó las varas. Se había desvanecido. Cuando volvió a abrir los ojos reconoció muy cerca de su cara el flaco rostro de Musaphir, el factótum del propietario de su carricoche. Estaba haciendo su recorrido de cobros cuando vio el *rickshaw* abandonado.

—Qué tal, hermano, ¿has bebido un trago de más? —preguntó amistosamente, dándole unas palmadas en las mejillas.

Hasari se señaló el pecho.

—No, me parece que es el motor, que ya no funciona.

—¿Tu motor? —se alarmó el factótum, repentinamente alerta—. Hasari, si de verdad es tu «motor» lo que no funciona, tendrás que devolvernos tu cacharro. Ya sabes lo feroz que es el viejo para esas cosas. Siempre dice: «En mis varas quiero búfalos, no cabritas.»

Hasari asintió con la cabeza varias veces. En su expresión no había ni tristeza ni rebeldía. Sólo una inmensa resignación. Conocía demasiado bien las leyes de aquella ciudad. Un hombre cuyo motor falla es un hombre muerto. Dejaba de existir. Pensó en el pobre *coolie* al que llevó al hospital en los primeros días de su destierro. Pensó en Ram Chander y en todos aquellos a quienes había visto morir entre los brazos de sus varas, minados, consumidos, aniquilados por el clima, el hambre, el esfuerzo inhumano. Pensó en el pobre Ramatullah, que desapareció en el hueco de una cloaca. Contempló con ternura las dos grandes ruedas y la caja negra de su viejo *rickshaw,* el asiento de tela encerada con agujeros, los cubos y la tela de la capota bajo cuya protección tantos jóvenes se habían amado, tantos habitantes habían desafiado las locuras del monzón. Miró sobre todo aquellos dos timones de tortura entre los que había sufrido tanto. ¿Cuántos miles de kilómetros habían recorrido sus pies cubiertos de úlceras sobre el asfalto en fusión de la ciudad espejismo? No lo sabía. Sólo sabía que cada paso suyo había sido un acto de voluntad para que diera una vuelta más la *châkrâ* de su destino, un gesto instintivo de supervivencia para escapar a la maldición de su condición. Y ahora la *châkrâ* se detenía para siempre.

Alzó sus ojos hacia el menudo factótum que cabalgaba su bicicleta.

—Llévate el *rickshaw* —dijo—. Hará feliz a alguien.

Se levantó y arrastró por última vez el número 1.999 hasta la parada de Park Circus. Mientras se despedía de sus camaradas, vio que el factótum llamaba a uno de los jóvenes que esperaban en cuclillas al borde de la acera. Eran todos refugiados del último éxodo que había vaciado los campos de Bengala y del Bihar asolados por una nueva sequía. Todos acechaban la oportunidad de poder tirar de su *rickshaw.* Hasari fue hacia el que había elegido el factótum y le sonrió. Luego sacó del cinto su cascabel de cobre.

—Toma esto, muchacho —dijo haciendo sonar el cascabel, golpeándolo sobre una de las varas—. Te protegerá del peligro y será tu talismán.

Aquella mañana, antes de volver a su casa, Hasari dio un rodeo para ir a ver al comerciante de esqueletos y pedirle un segundo anticipo por la venta de sus huesos. El cajero examinó cuidadosamente al visitante.

Juzgando que el deterioro de su estado llevaba un buen rumbo, accedió a un nuevo pago.

—Aquí tienes ciento cincuenta rupias más —dijo, después de haber contado varias veces los billetes.

Aún se necesitaron tres días más de encarnizado parloteo para que todo el mundo se pusiera de acuerdo sobre la cifra de la dote. Como quería la tradición, este acuerdo fue sellado con una ceremonia especial en el corralillo de los Pal, con todos los habitantes por testigos. En el suelo se dispusieron cáscaras de coco, incienso y toda una capa de hojas de banano para permitir al *pujari* que cumpliera los diferentes ritos y pronunciase las *mantras* de la circunstancia. Hasari fue invitado a proclamar que daba su hija en matrimonio y a enumerar la lista de los bienes que componían la dote. Ante la furia de Lambert, esta formalidad provocó en seguida una nueva cascada de incidentes. La familia del novio exigió ver los bienes en cuestión. Y a eso siguió una serie de pintorescas disputas. «Yo me hubiera creído en pleno Barra Bazar», contará Lambert. «Reclamaron la prueba del precio de tal alhaja, protestaban porque el sari de boda no era suficientemente bonito, el transistor les parecía de poca calidad. Cada recriminación quitaba un poco más del escaso resuello que quedaba en el pecho de Hasari.» La víspera de la boda, nuevo drama. El padre, los tíos y un grupo de amigos del novio irrumpieron para vigilar los preparativos de la fiesta.

—Al menos seremos cien —declaró el padre—, y queremos estar seguros de que habrá comida bastante para todos.

Lambert vio el sobresalto de Hasari.

—¿Cien? —protestó—. ¡Pero si habíamos acordado que no pasaríais de cincuenta!

Nueva disputa ante la hilaridad de todo el corralillo. Los visitantes repasaron atentamente el menú, exigieron que se añadiera aquí una verdura, allí una fruta o una golosina. Acorralado, Hasari trataba de hacerles frente.

—Estoy de acuerdo si disminuís en veinte personas el número de invitados —terminó por conceder.

—¿Veinte? ¡Nunca! ¡Diez como mucho!

—Quince.

—Doce, ni uno menos.

—De acuerdo, doce —suspiró Hasari, para zanjar el asunto.

Pero su suplicio no había terminado.

—¿Y los músicos? —se inquietó uno de los tíos del novio—. ¿Cuántos músicos habrá?

—Seis.

—¿Sólo seis? ¡Eso es una miseria! ¡Un muchacho como mi sobrino merece al menos diez músicos!

—Es la mejor orquesta del *slum* —protestó Hasari—. ¡Incluso ha tocado en casa del padrino!

—Me da igual que sea la mejor o que no lo sea, tienes que añadir al menos dos músicos más —repitió intransigente el tío.

Entonces una nueva exigencia cayó sobre Hasari como un golpe mortal. Por una razón misteriosa, que al parecer tenía algo que ver con sutiles cálculos astrológicos, las bodas indias casi siempre se celebraban en plena noche. El lisiado Anonar y Meeta se habían casado a medianoche. Los horóscopos de Amrita y de su futuro marido dictaban el mismo horario. Así lo había decidido el *pujari* después de estudiar sus mapas celestes.

—¿Dónde está el generador? —preguntó el padre del novio—. A medianoche es muy oscuro, y una boda sin mucha luz no es una verdadera boda.

Hasari quedó sin habla. Con la espalda pegada a la pared por el sudor, la boca entreabierta y con ganas de vomitar, la respiración dolorosa y silbante, sintió una vez más que el suelo se hundía bajo sus pies. Las caras, las paredes, los ruidos se mezclaron en un halo. Estrechó el pilar de la galería. «No lo conseguiré», gimió. «Estoy seguro que no lo conseguiré. Van a estropearme la boda de Amrita.» Sin embargo, la exigencia era justificada. Para los millones de habitantes de los *slums,* condenados a vivir en una oscuridad perpetua por falta de electricidad, no podía haber una fiesta sin iluminaciones. Una orgía de luz, como la noche de la boda de Anonar, era una manera de desafiar a la desgracia. Hasari sacudió tristemente la cabeza mostrando sus palmas vacías. Aquel hombre que sentía su fin muy próximo no había dudado en endeudarse por generaciones a fin de cumplir dignamente su último deber. Había llevado al usurero las dos sortijas y el pequeño colgante de la dote de su mujer, así como el reloj que su hijo Shambu encontró entre la basura. Se había matado trabajando. Había vendido sus huesos. Había ido más allá de lo posible. Y ahora tenía que aceptar una suprema humillación.

—Si mantienes esta exigencia —dijo, interrumpiéndose a cada palabra para recobrar aliento—, no hay más que una solución: hay que suspender la boda. No me queda más dinero.

Faltaban menos de catorce horas para la fiesta, y el problema parecía irresoluble. Tal vez significaba la ruptura. Por primera vez, Hasari parecía resignado. «Él, que había bregado tanto, ahora ponía la cara de alguien que ya no es de este mundo», dirá el francés. Tal vez para intimidar, los interlocutores adoptaban la misma actitud. «Dios mío», se dijo Lambert, «¡no serán capaces de echarlo todo a rodar por una historia de iluminación!» Por primera vez, intervino en la discusión:

—Sé de un corralillo que no está lejos de aquí y que tienen corriente eléctrica —dijo—. Seguramente se podría empalmar un cable. Con cuatro o cinco bombillas, todo quedaría muy bien iluminado.

Lambert iba a conservar durante toda su vida en la retina la imagen de la cara embargada de gratitud de su amigo. Cuando faltaban menos de siete horas para la fiesta estalló una nueva crisis. Pero esta vez el responsable fue el *rickshaw wallah.* Recordando súbitamente que la fastuosidad de una boda dependía tanto del aspecto del cortejo nupcial como de la celebración, preguntó al padre del novio cómo iba a trasladarse su hijo al domicilio de su futura esposa. Habitualmente ese trayecto se hace en un caballo con gualdrapas de oro y de terciopelo.

—En *rickshaw* —le informó aquél.

Lambert tuvo la sensación de que Hasari iba a sufrir un colapso.

—¿En *rickshaw*? —repitió silabeando—. ¿Has dicho en *rickshaw*?

El padre del novio asintió con la cabeza. Hasari le fulminó con la mirada.

—Mi hija no se casará nunca con un hombre que vaya a su boda en un *rickshaw*, como si se tratara de un vulgar pobre —clamó—. Exijo un taxi. Un taxi y un cortejo. Si no, no hay boda.

La Providencia se llamaría una vez más Hijo del milagro. Informado de la última diferencia entre las dos familias, el taxista se apresuró a ofrecer su coche para encabezar el cortejo. Esta generosidad conmovió de un modo muy especial al antiguo campesino. En efecto, en aquel mismo coche había tenido un día la mayor revelación de su existencia al ver cómo las rupias del taxímetro «caían como una lluvia de monzón». Este taxi traerá suerte a mi hija y a su hogar, se dijo, alegre y esperanzado.

Unas horas después, ante Hasari se producía por fin la visión maravillosa que era la culminación de tantos afanes. «¡Gran hermano Paul, mira!», murmuró con éxtasis. Envuelta en su sari escarlata sembrado de estrellas de oro, con la cabeza inclinada, el rostro oculto por un velo de muselina, los pies descalzos pintados de rojo, los dedos de los pies, los tobillos y las muñecas resplandecientes de las joyas de su dote, Amrita, conducida por su madre y por las mujeres del corralillo, iba a ocupar su lugar sobre la estera de paja de arroz situada en el centro del patio, ante el braserillo donde ardía el fuego sagrado y eterno. Con los ojos desorbitados de dicha, los labios abiertos en una sonrisa que ascendía desde el fondo de su alma, Hasari gozaba del espectáculo más hermoso de toda su existencia. Espectáculo mágico que borraba de golpe tantas imágenes de pesadilla... Amrita llorando de hambre y de frío en las noches de invierno, en su pedazo de acera, hurgando con sus manitas en los montones de basura del Grand Hotel, mendigando bajo las arcadas de Chowringhee... Instante de triunfo, de apoteosis, desquite final sobre un *karma* maldito.

Estalló una fanfarria acompañada de cantos y de gritos. Precedido de una compañía de bailarines travestis, exageradamente maquillados de rojo y de *khol*, el cortejo hacía una entrada grandiosa en el miserable patio ahumado por las *chulas*. «Parecía como si un príncipe de las *Mil y una noches* nos cayera de golpe del cielo», dirá Lambert. Con su diadema de cartón brillante de lentejuelas, su túnica de brocado y sus babuchas doradas con inscrustaciones de abalorios, el novio parecía un maharajá rodeado de su corte, tal como se ven en los grabados. Como Anonar, antes de ocupar su sitio, el muchacho tuvo que someterse al rito del *pardah*, es decir, ponerse el velo, para que los ojos de su prometida no pudieran ver su rostro antes del instante previsto para la liturgia. Luego el *pujari* le indicó por señas que fuera a sentarse al lado de Amrita. Empezó el interminable y pintoresco ritual de una boda hindú, jalonada de *mantras* en sánscrito, la lengua de los letrados y de los sabios que nadie comprendía en aquel barrio, ni siquiera el brahmán que las recitaba.

El público había advertido que el lugar del acompañante de honor permanecía vacío a la derecha de la novia. Este lugar, el primero en la jerarquía del protocolo, Hasari lo había ofrecido a su hermano de miseria, el gran hermano de la chabola vecina, el hombre de Dios que junto con Hijo del milagro había sido su Providencia, su amigo, su confidente. Pero Lambert no pudo ocuparlo. En el momento en que hacían su entrada el novio y su cortejo, una serie de convulsiones había sacudido brutalmente el pecho de Hasari. Se había apresurado a llevar al desventurado al interior de su cuarto. Los ojos y la boca que muy poco antes exultaban de júbilo, ahora se cerraban con una expresión de intenso dolor. Cuando cesaron los espasmos, el cuerpo permaneció rígido e inmóvil durante un rato. Luego, como si le hubieran aplicado un impulso eléctrico, el pecho y todos los músculos se contrajeron de nuevo. Los labios se entreabrieron. Eran de color completamente azul, signo evidente de insuficiencia respiratoria. Lambert pasó una pierna por encima de su cuerpo y apoyándose con todo su peso sobre el tórax, empezó a darle un vigoroso masaje de arriba abajo. La piel pegada a los huesos era tan delgada que tuvo la impresión de abrazar un esqueleto. El esternón y las costillas crujieron bajo sus dedos. Empapando de sudor su hermoso *panjabi* blanco de acompañante de honor, continuó hasta agotar sus fuerzas. ¡Milagro! Una respiración muy débil, casi imperceptible, pronto hizo estremecer el descarnado cuerpo. Lambert comprendió que había conseguido que el motor volviera a ponerse en marcha. Entonces, para consolidar esta victoria, ofreció a su hermano la mejor prueba de amistad que podía darle. Inclinándose hacia él, pegó sus labios a su boca y se puso a insuflar rítmicamente bocanadas de aire en sus pulmones roídos por la fiebre roja.

Lambert contó más tarde lo que pasó luego en una carta al superior de su hermandad. «Hasari abrió los ojos. Estaban llenos de lágrimas y comprendí que debía de estar sufriendo. Traté de hacer que bebiera, pero el agua le resbalaba por los labios sin que pudiese tragarla. Respiraba muy débilmente. En cierto momento pareció oír un ruido del exterior. Tendió el oído hacia la puerta. De fuera venía un estruendo ensordecedor, con música y mucho ruido de voces. Sonrió imperceptiblemente al oír todo aquel ruido. Oír que la fiesta se desarrollaba normalmente tuvo un efecto tan beneficioso que quiso hablar. Me acerqué a su boca y oí: "Gran hermano, gran hermano", y luego palabras incomprensibles.

»Unos instantes después, me cogió la mano y la apretó. Me sorprendió la fuerza con que estrujaba mis dedos. Aquella mano que había sostenido una vara de *rickshaw* durante tantos años era como una tenaza. Entonces me miró con ojos suplicantes. Repitió: "Gran hermano, gran hermano", y luego unas palabras en bengalí. Esta vez comprendí que hablaba de su mujer y de sus hijos, que me pedía que me ocupara de ellos. Traté de tranquilizarle. Entonces me dije que el fin estaba cerca. También él debía de pensarlo, porque hizo unos movimientos con la mano como para indicarme que quería salir del corralillo sin que nadie se diera cuenta. Sin duda temía que su muerte interrumpiera la fiesta. Yo ya había previsto aquella eventualidad y había pedido a Hijo del milagro que acogiese a Hasari en su corralillo lo antes posible. Hacia las tres de la madrugada, con ayuda de Kalima y de su hijo Shambu, el pequeño trapero, pudimos trasladar discretamente al *rickshaw wallah*. Los participantes de la fiesta no se dieron cuenta de nada. El padrino había hecho traer una provisión suplementaria de *bangla*, y muchos estaban ya borrachos. Hasari debió de notar que salía de su domicilio, porque juntó las manos sobre el pecho en un gesto de Namasté, como para despedirse de todo el mundo.

»Entonces las cosas fueron muy aprisa. Hacia las cinco de la madrugada, Hasari fue sacudido por una violenta crisis. Sus labios se entreabrieron. De ellos brotó un chorro de sangre lleno de burbujas. Poco después el pecho se hundió en medio de un estertor. Era el fin. Cerré sus párpados y recité la oración de los muertos.»

Aún no había transcurrido una hora desde su muerte cuando unos golpes violentos sacudieron la puerta del cuarto donde Hijo del milagro y Lambert velaban los restos de su amigo, envueltos en una mortaja de *khadi* blanco ornado de una guirnalda de claveles amarillos. El taxista se apresuró a abrir. En la oscuridad distinguió dos caras de piel muy oscura.

—Somos los *doms* —dijo el más viejo de los sepultureros—. El muerto tenía un contrato. Venimos a buscar su cuerpo.

71

«¡Hermanos, hermanas, escuchad!» Paul Lambert levantó un dedo en dirección a las campanadas, y cerró los ojos para dejarse impregnar por las notas cristalinas que cruzaban el cielo cargado de nubes y de humaredas. «El Divino Niño ha nacido», anunciaba el carillón de la iluminada iglesia de Nuestra Señora del Buen Recibimiento, detrás de la gran estación de Howrah. Eran exactamente las doce de la noche, de la Nochebuena. En aquel mismo momento, de un extremo a otro de la inmensa metrópoli, otros carillones repercutían la misma noticia. Aunque los cristianos fuesen una pequeña minoría en Calcuta, el nacimiento de Jesús era allí celebrado con tanta devoción y fasto como el de Krishna, de Mahoma, de Buda, del *gurú* Nanak de los sijs o de Mahavira, el santo de los jainitas. Navidad era una de las quince o veinte fiestas religiosas de esa ciudad loca de Dios que era una macedonia de creencias.

Chorreante de guirnaldas y de estrellas luminosas, la iglesia de Nuestra Señora del Buen Recibimiento parecía en las tinieblas un palacio de maharajá una noche de coronación. En el patio, a pocos metros de las aceras donde miles de personas sin hogar dormían acurrucadas en el frío cortante, un belén monumental con figuras de tamaño natural reconstruía el nacimiento del Mesías. Una muchedumbre rumorosa y abigarrada, las mujeres con soberbios saris, la cabeza cubierta por velos bordados, los hombres y los niños vestidos como príncipes, llenaba la amplia nave adornada con banderolas y guirnaldas. Los espléndidos ramos de nardos, de rosas y de claveles que adornaban el altar y el coro los había traído una cristiana de Anand Nagar como acción de gracias por la curación milagrosa de su marido salvado del cólera. Alrededor de los pilares, entre las innumerables placas que mencionaban los nombres de los ingleses e inglesas enterrados en aquella iglesia desde su construcción, dos siglos atrás, coronas de hojas y de flores formaban un arco triunfal.

De pronto, una salva de petardos estremeció la noche. Acompañados por los órganos, todos los fieles entonaron el cántico que celebraba el advenimiento del Hijo de Dios. El párroco Alberto Cordeiro, más opulento que nunca en su alba inmaculada y sus ornamentos de seda roja, hizo entonces su entrada en el templo. Escoltado por sus diáconos y por una doble hilera de monaguillos, atravesó la nave y se dirigió ceremoniosamente hacia el altar. «Tanta pompa en medio de tanta pobreza», pensó Loeb, que había acudido como vecino y que asistía por vez primera en su vida a una misa de Navidad. Ignoraba que años atrás el buen párroco había intentado disuadir a Lambert de ir a vivir en medio de los pobres de la Ciudad de la Alegría, por miedo a que «se convirtiera en su esclavo y le perdieran el respeto». La misma ceremonia empezaba en las demás iglesias. En torno a Saint-Thomas, la parroquia elegante del barrio de Park Street, decenas de automóviles particulares, de taxis y de *rickshaws* derramaban un mar de fieles. Park Street y las calles de los contornos relucían de guirnaldas y de estrellas luminosas. En las aceras había niños vendiendo pequeños Papá Noel que habían confeccionado y decorado en los talleres de sus *slums*. Otros ofrecían abetos de cartón brillantes de nieve, o belenes. Todas las tiendas estaban abiertas, con los escaparates llenos de regalos, de botellas de vino, de alcohol y de cerveza, cestas desbordantes de frutas, de confites, de conservas. Ricas matronas escoltadas por sus criados hacían sus últimas compras para el *réveillon*. Familias enteras asediaban Flury's, la célebre heladería y pastelería. Otros entraban en Peter Kat, en Tandoor, o en los restaurantes del Moulin Rouge, del Park Hotel, del Grand Hotel. Este último anunciaba una cena espectáculo con cotillones por trescientas rupias por pareja, casi el precio por el que Hasari Pal había vendido sus huesos.

Pero la Navidad no era algo menos vivo en las callejas de la Ciudad de la Alegría. Guirnaldas de luz y banderolas colgaban por todas partes donde vivían los cristianos. Los altavoces difundían canciones y cánticos. Todas las familias habían blanqueado y adornado su vivienda. Aprovechando una ausencia de Lambert, Margareta había dado una nueva mano de pintura en las paredes de su cuarto, dibujando *rangolis* en el suelo, dispuesto un pequeño belén bajo la imagen del Santo Sudario, abierto los Evangelios por la página de la Natividad y encendido velas y bastoncillos de incienso. También colgó del techo guirnaldas de claveles y de rosas que formaban una especie de dosel en torno a lo que parecía un altar. Pero el símbolo más hermoso de aquella noche mágica era para los cristianos de Anand Nagar la enorme estrella luminosa que se balanceaba en el extremo de un bambú encima de la chabola de Lambert. El hindú Kasi Nath y el musulmán Kamruddin tuvieron la idea de izar aquel emblema en el cielo de la Ciudad de la Alegría, como para decir a los desesperados del *slum*: «No volváis a tener miedo. No estáis solos. Esta noche en que ha nacido el Dios de los cristianos, por fin hay entre nosotros un salvador.»

El «salvador» en cuestión se había puesto de acuerdo con el párroco de Howrah para pasar aquella noche en medio de sus hermanos. Con la cabeza y los hombros envueltos en un chal a causa del intenso frío, celebraba el misterio de la eucaristía ante una cincuentena de fieles reunidos en el corralillo de Margareta. ¿Cuántos años habían transcurrido desde su primera misa sobre aquella misma tabla apoyada sobre dos sillas? ¿Cinco, seis, siete? ¿Cómo contar el tiempo en este universo sin pasado ni futuro? En ese mundo en el que la vida de tantos hombres se reduce al segundo de supervivencia presente. Al escuchar las canciones y los cánticos que llenaban la noche como una tormenta del monzón, pensó: «Este campo de concentración es un convento.» Muy a menudo se había hecho esta reflexión. Aquella Nochebuena, se le imponía una convicción con más fuerza que nunca: en ninguna parte el mensaje de Dios haciéndose hombre para salvar a la humanidad era algo más vivo que en aquel barrio de chabolas. La Ciudad de la Alegría y Belén eran un único, un mismo lugar. Antes de elevar hacia el cielo el pedazo de torta de trigo que utilizaba como hostia, sintió deseos de pronunciar unas palabras. «A cualquier hombre le resulta fácil reconocer y glorificar las riquezas del mundo», dijo buscando con la mirada los rostros inundados de sombra, «pero solamente un pobre puede reconocer la riqueza que es la pobreza. Sólo un pobre puede conocer la riqueza que es el sufrimiento...».

Apenas acababa de decir estas palabras cuando se produjo un extraño fenómeno atmosférico. Primero, una súbita borrasca. Luego una masa de aire caliente que se metió en el corralillo arrancando guirnaldas y banderolas, apagando las estrellas luminosas, haciendo volar las tejas. Casi inmediatamente un formidable trueno sacudió la noche. Lambert se preguntó si el monzón no iba a repetirse. Pero todo se calmó al cabo de unos segundos. «Y porque los pobres son los únicos que pueden conocer esa riqueza, son capaces de rebelarse contra la miseria del mundo, contra la injusticia, contra el sufrimiento del inocente», continuó. «Y si Cristo eligió nacer entre los pobres, fue porque quiso que fueran los pobres los que enseñaran al mundo la buena noticia de su mensaje, la buena noticia de su amor por los hombres.

»Hermanos y hermanas de la Ciudad de la Alegría, vosotros sois los que hoy lleváis esa llama de esperanza. Vuestro gran hermano os lo jura: llegará el día en que el tigre se sentará junto al niño, en que la cobra dormirá junto a la paloma, en el que todos los habitantes de todos los países se sentirán hermanos y hermanas.»

Lambert contará que al pronunciar estas palabras recordaba la fotografía del pastor norteamericano Martin Luther King meditando ante un belén navideño. En el pie de esta imagen publicada por un periódico, Luther King contaba que ante aquel belén había tenido la visión «de un inmenso banquete en las colinas de Virginia, donde los esclavos y los hijos de esclavos se sentaban con sus amos para compartir una comida de paz y de amor». Aquella noche Lambert se sentía impulsado por el mismo sueño. Algún día, estaba seguro de ello, los ricos y los pobres, los esclavos y los amos, los verdugos y sus víctimas, todos podrían sentarse a la misma mesa.

El sacerdote cogió el trozo de torta que había sobre la tabla y lo elevó lentamente hacia el cielo. Lo que vio entonces por encima de los tejados le pareció tan insólito que se quedó mirándolo fijamente. Haces de relámpagos surcaban la bóveda celeste con una cascada de trazos luminosos, iluminando una enorme masa de nubes negras que cruzaban rápidamente el cielo. En seguida, volvió a retumbar en la noche el fragor de un trueno, como un cañonazo, esta vez seguido de una borrasca de tal violencia que en su corralillo Lambert y los fieles tuvieron la impresión de ser literalmente aspirados. Unos instantes más tarde las nubes daban paso a un diluvio de agua tibia. Lambert oyó entonces la voz de Aristote John que gritaba por encima del estruendo:

—¡Un ciclón, es un ciclón!

En la otra punta de la ciudad, en una vieja mansión colonial con balaustrada del barrio residencial de Alipore, un hombre escuchaba los crecientes aullidos del tornado. Su observación era profesional: T. S. Ranjit Singh, un sij de treinta y ocho años, natural de Amritsar, en el Punjab, estaba de guardia en aquella Nochebuena en el centro meteorológico regional de Calcuta. Irguiéndose en medio de los banianos centenarios bajo los cuales Rabindranath Tagore compuso antaño algunos de sus poemas, las antenas de aquel centro recibían y comparaban los boletines meteorológicos de todas las estaciones instaladas a lo largo de las costas del mar de Bengala, en las islas Andamán y hasta en Rangún, en Birmania. Dos veces al día, el laboratorio de la estación captaba igualmente fotografías del subcontinente indio y de los mares que lo rodean tomadas desde la alta estratosfera por el satélite americano NOAA7 y por su equivalente soviético Meteor. El mar de Arabia al oeste y el golfo de Bengala al este, siempre habían sido espacios de predilección para el nacimiento de esos huracanes salvajes que los meteorólogos llaman ciclones. Producidos por variaciones brutales de temperaturas y de presiones atmosféricas entre la superficie del mar y las mayores alturas, esos torbellinos de viento liberaban fuerzas comparables a bombas de hidrógeno de varios megatones. Asolaban periódicamente las costas de la India causando millares y a veces decenas de millares de muertos, destruyendo y sumergiendo de golpe regiones tan vastas como Bélgica o Suiza. Toda la memoria de la India estaba traumatizada por la pesadilla de esos ciclones.

Pero aquella noche Ranjit Singh no tenía razones especiales para alarmarse. Todas las depresiones tropicales no se convierten en huracanes ciclónicos, sobre todo en una época tan tardía de la estación. La fotografía transmitida por el satélite americano a las 19 horas incluso era más bien tranquilizadora. El sij la examinó atentamente. La zona difusa de estratocúmulos que mostraba tenía pocas posibilidades de llegar a ser peligrosa. Situada a más de mil quinientos kilómetros al sur de Calcuta, tenía una orientación sur-noreste, es decir, en dirección a Tailandia. Los últimos informes de las estaciones meteorológicas transmitidos por teletipo apenas databan de una hora. Desde luego, señalaban zonas de bajas presiones en toda la región, pero en todas partes la fuerza del viento seguía siendo inferior a cincuenta kilómetros por hora. Tranquilizado, el sij decidió pasar una agradable Nochebuena. Abrió su maletita y sacó las dos fiambreras de hojalata que le había preparado su mujer. Un verdadero *réveillon*: curry de pescado con dados de queso blanco en salsa, albóndigas de verdura y *nans* asados. Sacó también la botellita de ron que había traído de una inspección por el Sikkim y llenó un vaso. Olvidando las ráfagas que hacían entrechocar los postigos, bebió golosamente un primer trago. Luego se dedicó a su cena. Cuando hubo terminado se sirvió un nuevo vaso, se levantó y para tranquilizar su conciencia fue a echar un ojeada al rodillo del teletipo en la habitación contigua. Comprobó con satisfacción la ausencia de todo mensaje y volvió a sentarse. «Bueno», se dijo degustando aquel brebaje delicioso, «otra noche sin historia».

A las dos de la madrugada, el tableteo del teletipo le despertó con sobresalto. La estación de Vishakhapatnan, al norte de Madrás, anunciaba puntas de viento a ciento veinte nudos, cerca de doscientos kilómetros por hora. La estación de las islas Nicobar poco después lo confirmaba. La tímida depresión de la víspera se había metamorfoseado en un huracán ciclónico mayor. La cólera del dios se desataba sobre el mar de Bengala. Una hora más tarde, el SOS de un carguero indonesio sorprendido por la tempestad confirmaba la inminencia del peligro. Su posición, 21° 2′ de latitud norte y 89° 5′ de longitud este, indicaba que el ciclón se encontraba a unos quinientos kilómetros de la costa de Bengala. Había cambiado bruscamente de dirección y se dirigía hacia Calcuta.

El sij no perdió ni un segundo. Inmediatamente avisó a su jefe, el ingeniero principal H. P. Gupta, que dormía con su familia en el piso que le correspondía por su función, situado en un ala del edificio. Luego llamó a la estación local de All India Radio, la cadena de radiodifusión nacional, y al servicio de guardia del ministerio del Interior, para que un aviso de «huracán ciclónico de fortísima intensidad» se lanzara inmediatamente a las poblaciones que habitaran la zona del delta. Luego se dirigió hacia el radioteléfono que descansaba sobre una consola que había detrás de la mesa. El aparato tenía línea directa con una instalación ultramoderna situada en la cumbre de los dieciséis pisos del edificio más alto de Calcuta. Bajo su cúpula de fibra de vidrio, la antena parabólica del radar de la meteorología india podía descubrir un ciclón a más de quinientos kilómetros de distancia, seguir su camino, determinar la dimensión de su «ojo» y calcular la masa de agua torrencial que era susceptible de soltar sobre un punto determinado. Pero aquella noche el radar no funcionaba, y la gran sala azul celeste, adornada con fotografías de los ciclones que habían devastado Bengala durante los últimos diez años, se encontraba desierta. El siguiente turno de vigilancia no comenzaba hasta las siete de la mañana del día de Navidad.

72

Ashish Ghosh, el joven campesino que había tomado la audaz decisión de regresar a su aldea después de seis años de destierro en la Ciudad de la Alegría, aquella noche no se había acostado. Con su mujer y sus tres hijos, no había dejado de luchar contra los asaltos del diluvio y del viento que, poco a poco, demolían su cabaña de bálago y de tierra apisonada. Su aldea, Harbangha, era una trabazón de cabañas en medio de los pobres arrozales que habitaban sobre todo refugiados del antiguo Pakistán Oriental, convertido ahora en Bangladesh. Era una de las regiones más pobres del mundo, una zona de pantanos sin carreteras, atravesada por ríos, caletas, canales, estuarios; una tierra inhóspita azotada incesantemente por alguna calamidad, inundaciones, tornados, trombas tropicales, sequías, hundimientos de orillas, rotura de diques, invasión de agua salina; un suelo ingrato que ni siquiera daba una cosecha anual de mil quinientos kilos de arroz por hectárea a sus dos millones de campesinos. La vida era aún más dura para el millón de habitantes que ni siquiera poseían un arrozal. Arriesgando su vida, los pescadores trataban de alimentar a su familia, en una región inmensamente rica en peces, pero en la que la pobreza de los medios hacía que el rendimiento de la pesca fuese incierto. Medio millón de jornaleros se contrataba para trabajar, pero sólo la época de la cosecha y de las labores del campo les proporcionaba un empleo. El resto del año cortaban leña o recogían miel silvestre en la inmensa selva virgen de los Sunderbans, una región tan grande como Suiza pero más impenetrable aún que la Amazonia, infestada de serpientes, de cocodrilos y sobre todo de tigres que atacaban al hombre y que todos los años devoraban de trescientas a cuatrocientas personas.

Ashish Ghosh se había traído de Anand Nagar uno de los primeros símbolos del ascenso económico de un pobre refugiado, un aparato de radio. Hacia las seis de la mañana, lo encendió. Los parásitos provocados por las perturbaciones atmosféricas dificultaban la escucha. Sin embargo, en medio de las crepitaciones pudo oír una voz que repetía incansablemente el mismo mensaje. Pegó el oído al aparato y en seguida comprendió. Unos minutos más tarde, los Ghosh huían en medio del diluvio abandonando el fruto de sus seis años de destierro, de privaciones, de ahorros, de sufrimiento en el infierno de un barrio de chabolas: su cabaña con la provisión de semillas y de abonos, su campo, el gran estanque excavado a costa de tantos esfuerzos y en el que acababan de nacer las primeras carpas, los dos bueyes que mugían en su cercado de alambre espinoso, las tres cabritas y *Mina,* su hermosa vaca de hinchadas ubres y curvos cuernos como los de los carneros salvajes del Himalaya. Badel volvió la cabeza para contemplar todo aquello a través del tornado. Apretando el brazo de su mujer, que sollozaba, prometió: «Volveremos.» Entonces sus ojos azotados por la lluvia vieron cómo su choza alzaba el vuelo «como el nido de un alción del paraíso arrebatado por una ráfaga de monzón».

La imagen de un gran caracol blancuzco que tenía en su centro un agujero negro apareció bruscamente en la pantalla verdosa. En la parte superior, a la izquierda, un reloj digital anunció la hora en cifras de color naranja. Eran las 7.36 horas. El radar de Calcuta acababa de descubrir al monstruo. Su posición —21° 4′ de latitud norte, 70° 5′ de longitud este—, su envergadura —450 kilómetros— y la dimensión de su ojo —35 kilómetros— confirmaban los mensajes alarmantes de todas las estaciones meteorológicas de la región: se trataba sin lugar a dudas de un huracán mayor, lo que los meteorólogos indios llamaban en su jerga *severest cyclonic storm.* Media hora más tarde, un detalle aumentó aún más la inquietud. Aunque el ojo del ciclón —aquel agujero negro que había en su centro— fuese perfectamente visible, una serie de espirales lechosas habían empezado a formarse en torno a la cavidad, obturándola poco a poco con un velo blanquecino. Era la prueba de que el huracán estaba hinchándose con millones de toneladas de agua.

Haresh Khanna, el hombrecillo calvo que acababa de entrar de servicio aquella mañana de Navidad ante su puesto del radar, descolgó su radioteléfono para prevenir al centro meteorológico. Natural de Bombay, la otra gran metrópoli de la India frecuentemente visitada por los ciclones, Khanna había seguido docenas de veces el avance de los ciclones en sus pantallas. Pero todavía nunca había visto su ojo cubrirse de aquel velo lechoso. Después de haber transmitido sus observaciones, subió a la terraza. Desde allí se veía el panorama más hermoso de la ciudad. Sosteniendo firmemente su viejo paraguas encima de su cráneo, Khanna distinguió a través de las ráfagas de lluvia el encaje de mecano del puente de Howrah, inmediatamente detrás, la imponente masa rosada de la estación, luego las aguas parduscas del río, con cientos de barcas que parecían grandes patos, la extensión verdeante del parque Maidan, la larga fachada de ladrillo del Writers' Building y, por fin, los miles de terrazas y de tejados cabalgando unos sobre otros, de aquella gigantesca metrópoli que los mensajes de la All India Radio sacaban poco a poco del embotamiento de aquella mañana de fiesta. Pero el monstruo aún estaba lejos, muy lejos encima del mar. El viento y la lluvia que azotaban Calcuta desde la noche no eran más que signos precursores, los pródromos del cataclismo.

El pescador Subash Naskar, de veintiséis años, salvó la vida gracias a un prodigioso reflejo. En lugar de buscar un refugio para protegerse de la muralla de agua que iba a engullir su aldea, dio media vuelta, se zambulló en la ola gigantesca y se dejó llevar hacia el interior de las tierras. Siempre ignorará lo que pasó. Pero se encontró a nueve kilómetros de allí, agarrado a la ventana de un templo. A su alrededor, el desastre: era el único superviviente. Eran poco más de las diez de la mañana. La monstruosa peonza acababa de caer sobre la tierra.

El infierno. Un infierno de viento, de agua y de fuego. Todo empezó con un resplandor deslumbrante, como una inmensa bola de fuego que cerraba el horizonte e iluminaba el paisaje. Provocado por la acumulación de electricidad a nivel de las nubes rasantes, este fenómeno extremadamente raro quemó instantáneamente la copa de todos los árboles en doscientos kilómetros de amplitud y cincuenta de profundidad. Luego, aspirando el mar que es poco profundo en aquellas costas, el torbellino en forma de columna lanzó hacia adelante la fantástica muralla de agua. Bajo el efecto conjugado del viento y de la marejada, casas, cabañas, árboles quedaron machacados, triturados, despedazados, barcos de pesca fueron levantados por los aires y arrojados a kilómetros de distancia, autocares y vagones de tren volaban como briznas de paja, decenas de millares de personas y de animales fueron arrastrados y murieron ahogados, miles de kilómetros cuadrados quedaron sumergidos por un magma de agua salada, de arena, de fango, de escombros, de cadáveres. En pocos segundos, una zona tan grande como Bélgica y poblada por tres millones de habitantes, quedó borrada del mapa.

Alcanzados en su huida por el torrente furioso, como otros miles de fugitivos, Ashish Ghosh y su familia sólo pudieron salvarse gracias a la proximidad de una pequeña mezquita encaramada sobre un cerro. «Mi mujer y mis hijos se agarraron a mí», contará, «y logré arrastrarles a todos hasta el edificio. Pero ya estaba lleno de supervivientes. A pesar de todo, conseguí trepar hasta el reborde de una ventana, y aferrarme a los barrotes mientras sujetaba a los míos. Allí permanecimos colgados encima de las aguas durante todo el día y toda la noche. A la mañana siguiente solamente éramos una veintena los que aún seguíamos con vida en aquel refugio». Entonces Ashish vio pasar por entre los torbellinos a una familia de seis personas que se había atado con sus camisas al tronco de un árbol. Y de súbito, un remolino engulló el frágil esquife con todos los náufragos.

El terror duró diez horas antes de que el huracán diese bruscamente media vuelta dirigiéndose hacia el mar. Badel y su familia, así como los primeros fugitivos, al día siguiente llegaron a la entrada de la pequeña ciudad de Canning, a cincuenta kilómetros en el interior de las tierras. Cogidos unos a otros, tambaleándose de agotamiento, demacrados, hambrientos, andaban como fantasmas. Habían atravesado kilómetros de un paisaje alucinante de devastación y de ruinas, tropezando por todas partes con cadáveres. La enfermera que dirigía el pequeño dispensario local no olvidaría nunca la visión de «aquella columna de supervivientes recortándose contra la línea negra del cielo. Incluso de lejos, podía advertirse su terrible drama. Llevaban hatillos, unos pocos enseres, sostenían a los heridos, se arrastraban apretando a sus hijos en sus brazos. De pronto percibí el olor de la muerte. Aquellas gentes habían visto ahogarse ante sus propios ojos a padres, mujeres y maridos. Habían visto cómo las aguas arrastraban a sus hijos, cómo se hundían sus casas, cómo desaparecía su tierra».

Durante tres días Calcuta ignoró la magnitud de la catástrofe. El huracán había destruido las líneas telefónicas, las emisoras de radio, las carreteras, los transportes marítimos. Deseosas de que no se les acusara de imprevisión o de negligencia, las autoridades fomentaron deliberadamente esta ignorancia. Los primeros comunicados minimizaban la gravedad de la tragedia. Un tornado más, se decía, como tantos había todos los años casi en todos los puntos de las costas de la India. Y para que nadie tuviera la tentación de ir a verlo, la policía y la guardia fronteriza acordonó la zona.

¡Qué impresión cuando empezaron a filtrarse los primeros relatos de los supervivientes! La prensa se desencadenó. Habló de diez mil o veinte mil muertos, de cincuenta mil cabezas de ganado ahogadas, de doscientas mil viviendas desaparecidas, de medio millón de hectáreas a las que el agua del mar había vuelto estériles, de dos mil kilómetros de diques demolidos o deteriorados, de tres mil a cuatro mil pozos que nunca más podrían volver a utilizarse. Y reveló que al menos dos millones de personas corrían el peligro de morir de hambre, de sed, de frío, por falta de socorros inmediatos.

¡Los socorros! ¡La palabra más repetida y discutida en todas las catástrofes del mundo! Pero aquí la pobreza hacía que la fatalidad fuese más cruel y los socorros más urgentes que en cualquier otro lugar. No obstante, tuvieron que pasar tres días más para que las autoridades de Calcuta y de Nueva Delhi se pusieran de acuerdo acerca de las primeras operaciones de socorro. Tres días que se apresuraron a aprovechar un grupito de hombres. Llevaban la túnica color ocre de los monjes de la misión Ramakrishna, el santo bengalí que en el siglo pasado predicó la ayuda recíproca y el amor entre los hindúes y las demás comunidades. Apenas anunciarse el cataclismo, acudieron desde Madrás, desde Delhi e incluso desde Bombay. Los policías que tenían cerrado el sector les dejaron pasar: no se corta el paso a unos ángeles de caridad descalzos. En grupos de dos, se mezclaron con los supervivientes y se ofrecieron a recoger el mayor número posible de huérfanos. Tanta generosidad conmovió. Se apresuraron a hacer un censo de los niños a quienes el desastre había privado bruscamente de sus padres. A las madres que habían perdido a su marido, los compasivos monjes propusieron una suma de cien rupias por cada niño que les fuera confiado. Una viudad de treinta y cinco años contará: «Aquellos hombres eran la generosidad en persona. Uno de ellos me dijo: "Sobre todo, no tema por su hijita. Estará segura. Le encontraremos trabajo. Y dentro de dos meses volveremos a verla con ella y le entregaremos las cuatrocientas o quinientas rupias de su salario." Me arrodillé para besar los pies de aquel bienhechor y le di a mi hija.» Como tantas otras víctimas de la tragedia, aquella pobre mujer no volvería a ver a su hija. Ignoraba que los supuestos monjes eran proxenetas.

Pero la verdadera caridad de los habitantes de Calcuta redimiría mil veces semejantes imposturas. Max Loeb nunca podría olvidar «la explosión de generosidad» que suscitó la catástrofe en toda la ciudad, sobre todo entre los pobres de los *slums*. Viendo a miles de personas que se precipitaban a las sedes de las distintas organizaciones de socorro, a los clubs, las mezquitas, e incluso a la puerta de su dispensario, para aportar un jirón de manta, un viejo chándal, un saquito de arroz, una botella de petróleo, unas tortas de boñiga, pensó: «Un país capaz de tanta solidaridad es un ejemplo para el mundo.» Decenas de organizaciones, en su mayor parte desconocidas, empezaron a actuar en todas partes y fletaron camiones, triciclos a motor, tongas e incluso carritos de mano para encaminar los primeros socorros a los supervivientes. Prodigioso mosaico indio: estas organizaciones representaban a iglesias, cofradías, sindicatos, castas, equipos deportivos, escuelas, fábricas. Lambert, Max, Bandona, Kamruddin, Aristote, Margareta y todo el equipo indio del Comité de Ayuda Mutua de la Ciudad de la Alegría se encontraban naturalmente en primera línea en esta misión humanitaria. Hasta el sordomudo Goonga estaba presente. Llenaron todo un camión de medicamentos, de leche en polvo, de arroz y de tiendas que dieron los habitantes del *slum*. Su cargamento incluso comprendía dos balsas neumáticas y dos motores fuera borda, regalos personales y conjuntos del padrino y de Arthur Loeb, el padre de Max. Para partir sólo esperaban un pedazo de papel: el permiso de las autoridades. Durante toda la semana, Lambert y Max corrieron de oficina en oficina para conseguir el precioso sésamo. Contrariamente a lo que pensaban, su condición de *sahibs,* en vez de facilitar sus gestiones, provocaba el recelo de numerosos responsables. Lambert lo sabía bien: el espantajo de la CIA se ocultaba siempre un poco detrás de un extranjero. Ya desesperado, el francés decidió recurrir a la mentira.

—Estamos al servicio de la Madre Teresa —anunció al responsable de las autorizaciones.

—¿La Madre Teresa? —repitió con respeto el hombrecillo, irguiéndose tras de su océano de papelorios—. ¿La santa de Calcuta?

Lambert asintió con la cabeza.

—En este caso, pueden salir inmediatamente con su camión —declaró el *babú*, rubricando con su estilográfica el permiso—. Yo soy hindú, pero nosotros, los indios, respetamos a los santos.

La carretera del delta. Un viaje al final del infierno. Sólo a diez kilómetros de la ciudad, la calzada estaba ya anegada en un mar de lodo. Por todas partes, restos de camiones volcados. «Una visión de cementerio marino», recordará Lambert. Tocado con un turbante, cuyo rojo escarlata contrastaba con la lividez de su rostro, el chófer maniobraba como en un *slalom* de competición náutica. Juraba, frenaba, sudaba. Con agua hasta la capota, el pesado vehículo patinaba. Pronto aparecieron las primeras columnas de supervivientes. «Eran millares, decenas de millares», escribirá Max a su novia. «Con agua hasta el pecho, huían llevando a sus hijos sobre la cabeza. Algunos se habían refugiado en terraplenes donde esperaban ayuda desde hacía seis días. Hambrientos, sedientos, profiriendo gritos, se arrojaron al agua y fueron chapoteando hasta nuestro camión. Una veintena de ellos consiguieron agarrarse a la carga y trepar por ella, dispuestos a saquearlo todo. Lambert y Kamruddin también se echaron al agua y parlamentaron. Gritaron que éramos médicos y que sólo llevábamos medicamentos. Milagro, nos dejaron pasar. Un poco más lejos, nuevo milagro. Entre la horda que nos asediaba, Lambert reconoció a un cliente habitual del pequeño restaurante que frecuentaba en Anand Nagar. Era un militante comunista enviado por el partido para atraerse y organizar a los supervivientes. Nos permitió continuar. Aristote y Kamruddin iban delante para guiar al camión. Pero pronto el motor dio muestras de agotamiento, tosió y se detuvo definitivamente. Inundado. Echamos las balsas al agua y amontonamos en ellas todo lo que llevábamos. Cayó una nueva noche. No se veía ni una luz en cientos de kilómetros a la redonda, pero miríadas de luciérnagas alumbraban un paisaje fantástico de árboles destrozados, barracas destripadas, matorrales en los que se iban acumulando los detritos que arrastraba el huracán. Por todas partes, hilos eléctricos arrancados ya habían electrocutado a varios barqueros. De pronto, hacia las once oímos gritos y redobles de tambor. Cientos de fugitivos que se habían refugiado en los restos de una aldea, en un pequeño cerro, nos habían visto. Nunca olvidaré su acogida triunfal en las tinieblas. Incluso antes de descargar nuestros socorros, unos *mullahs* musulmanes nos empujaron hacia la pequeña mezquita que había escapado al desastre. En el corazón del drama, lo primero que había que hacer era dar gracias a Alá.»

Aquella noche, un detalle impresionó al joven médico al bajar del camión: el vientre de todos los niños que corrían hacia él dando palmadas, cantando, bailando. Un vientre enorme, prominente, hinchado, un vientre vacío lleno de lombrices. A Lambert habría de impresionarle la visión de una «mujer que estaba de pie en medio de los escombros, con su bebé en los brazos, inmóvil como estatua, el aire ausente, sin mendigar, sin gemir, con toda la pobreza del mundo pintada en su mirada, fuera del tiempo, o, mejor dicho, en el corazón del tiempo, un tiempo que es eternidad para el que vive en la desgracia. Una madre con su hijo, Madre Bengala, símbolo de aquella Navidad de desdicha».

¡Pobre Lambert! Él, que creía haberlo visto todo, compartido todo, que creía haberlo comprendido todo del sufrimiento del Inocente, he aquí que estaba condenado a dar un nuevo paso hacia el interior de su misterio. ¿Por qué el Dios-Amor, el Dios-Justicia, había permitido que aquellos hombres, quizá los más desheredados del mundo, sufriesen una prueba tan cruel? Se preguntaba cómo los hipócritas inciensos de nuestros templos iban a poder borrar algún día el olor de muerte de todos aquellos inocentes.

¡El olor de muerte! Por una vez, unos muertos indios estorbaban mucho más que los vivos. A pesar de las primas asombrosas que ofrecían por la destrucción de cada cadáver, los sepultureros profesionales enviados por las autoridades huyeron al cabo de dos días. ¿Cómo distinguir a los hindúes de los musulmanes en medio de semejante mortandad? ¿Cómo quemar a unos y enterrar a otros sin equivocarse? Los equipos de reclusos de una penitenciaría que fueron a ocupar su lugar no mostraron más entusiasmo por la tarea. Sólo quedaban los soldados. Se les entregaron lanzallamas. Súbitamente, todo el delta se convirtió en una gigantesca barbacoa cuyo olor llegó hasta Calcuta.

Quedaban los vivos. Durante cuatro semanas, Lambert, Max y sus compañeros indios recorrieron incansablemente varios kilómetros de un sector aislado. Yendo de un grupo de supervivientes a otro, vacunaron sin tregua con sus *dermo jets* de aire comprimido, atendieron a más de quince mil enfermos, mataron las lombrices de veinte mil niños, distribuyeron alrededor de veinticinco mil raciones alimenticias. Una gota de agua en el océano de las necesidades, admitió el francés. Pero una gota de agua que hubiese faltado al océano de no estar allí, añadió citando la célebre frase de la Madre Teresa. La mañana en que el grupo se dispuso a volver a Anand Nagar, los supervivientes del sector ofrecieron una pequeña fiesta a sus bienhechores. Gentes que no tenían nada, miserables a quienes les estaba prohibida incluso la esperanza, porque el mar había hecho estériles sus campos, encontraron el medio de bailar, de cantar, de expresar su júbilo y su gratitud. Lambert, emocionado, recordó la frase de Tagore: «La desdicha es grande, pero el hombre es aún más grande que la desdicha.» Al final de la fiesta, una niña andrajosa, con una flor de nenúfar en los cabellos, avanzó hacia Lambert para ofrecerle un regalo en nombre de todos los aldeanos. Los supervivientes de aquel sector eran musulmanes. Habían confeccionado un pequeño Cristo crucificado con conchas. Acompañando el objeto, había un trozo de papel en el que una mano insegura había escrito un mensaje con letras mayúsculas. Al leerlo en voz alta, Lambert creyó oír la voz del Evangelio.

«¡Benditos seáis, hermanos! Hermanos, vinisteis en nuestra ayuda cuando lo habíamos perdido todo, cuando la luz de la esperanza ya se había apagado en nuestros corazones. Disteis de comer a los hambrientos, vestisteis a los desnudos, consolasteis a los que sufrían. Gracias a vosotros, volvemos a tener ganas de vivir.

»Hermanos, desde ahora sois para nosotros los parientes más próximos. Vuestra marcha nos sume en la melancolía. Os guardaremos gratitud eterna y rezamos a Dios para que os dé una vida larga.

»Los supervivientes del ciclón.»

Unas semanas después de esta catástrofe, una mañana, la Ciudad de la Alegría y todos los barrios de Calcuta conocieron una efervescencia poco frecuente. Max Loeb se despertó con sobresalto entre explosiones de petardos y gritos, y salió precipitadamente de su cuarto. Vio que todos sus vecinos cantaban, se felicitaban, bailaban dando palmadas. Los niños se perseguían profiriendo jubilosos aullidos. Exultante de felicidad, la gente se ofrecía golosinas y vasos de té. Unos jóvenes lanzaban fuegos de Bengala. No había ninguna fiesta prevista para aquel día, y el norteamericano se preguntó la razón de aquel súbito desbordamiento de regocijo matinal. Entonces vio llegar corriendo a Bandona, con una guirnalda de flores en las manos. Nunca había visto a la joven assamesa en semejante estado de alegría. Sus ojillos oblicuos chispeaban de júbilo. «Este pueblo de flagelados, de humillados, de hambrientos, de oprimidos es realmente indestructible», pensó, maravillado. «Su gusto por la vida, su capacidad de esperanza, su voluntad de mantenerse erguido le harán triunfar sobre todas las maldiciones de su *karma*.»

—Max, gran hermano, ¿no sabes la gran noticia? —gritaba con toda la fuerza de sus pulmones el Ángel de la Ciudad de la Alegría—. ¡Hemos ganado! Ahora somos tan fuertes como los de tu país, como los rusos, como los chinos, como los ingleses... Podremos regar nuestros campos, conseguir varias cosechas de arroz al año, alumbrar nuestras aldeas y nuestros *slums*. Nadie volverá a pasar hambre. No habrá más pobres. ¡Nuestra gran Durga Indira Gandhi acaba de prometerlo! ¡Esta mañana hemos hecho estallar nuestra primera bomba atómica!

AGRADECIMIENTOS

En primer lugar, deseo expresar mi profunda gratitud a Dominique, mi esposa. Ella ha compartido cada momento de mi extensa labor de documentación sobre la Ciudad de la Alegría y ha sido mi colaboradora insustituible en la preparación de este libro.

También quiero agradecer a Colette Modiano, Paul y Manuela Andreota y Gérard Beckers las muchas horas que pasaron corrigiendo mi manuscrito y ayudándome con su aliento y su gran conocimiento de la India.

Asimismo, deseo dar las gracias a mis amigos de la India que con tanta generosidad facilitaron mi trabajo de documentación y que tan gratas y fecundas hicieron mis numerosas estancias en la India. Ocuparía varias páginas nombrándolos uno a uno, pero no quiero dejar de mencionar en particular a Amit, Ajit y Meeta Banerjee ni a Mehboub Ali; a Pierre Ceyrac, Tapan Chatterjee, Ravi Dubey, Behram Dumasia, Pierre Fallon, Christine Fernandès, Georges y Anette Frémont, Gaston Grandjean, Adi Katgara, Ashwini y Renu Kumar, Françoise Laborde, Anouar Malik, Harish Malik, Sunil Mukherjee, Aman Nath, Jean Neveu, Camellia Panjabi, Nalini Purohit, Emmanuel y Marie-Dominique Romatet, James y Lallita Stevens, Baby Thadani, Amrita y Malti Varma y Francis Wacziarg.

El libro *Calcutta,* de Geoffrey Moorhause, fue para mí especialmente ilustrativo sobre el pasado de la ciudad.

Mi reconocimiento, también, a las personas que me apoyaron con su ánimo y su afecto en la larga y difícil tarea de documentar y escribir este libro, en particular a mi hija Alexandra, a Jacques Acher, Gilbert y Annette Étienne Lafont, Adélaïde Oréfice, Marie-Jeanne Montant y Tania Sciama.

Sin el entusiasmo y fe de mi amigo y agente literario, Morton Janklow, y de mis editores, nunca hubiera podido escribir este libro. Mi más cordial gratitud a Robert Laffont y sus colaboradores de París; a Tom Guinzburg, Henry Reath, Sam Vaughan, Kate Medina, Larry Kirshbaum y sus asociados de Nueva York; a Mario Lacruz de Barcelona; a

Giancarlo Bonacina y Carlo Sartori, de Milán; a Peter Gutmann, de Munich; a Antoine Akveld, de Amsterdam; a Anthony Cheetham, Mark Booth, Susan Lamb y Louise Weir, de Londres; a Harkin Chatlani y Melroy Dickson, de Bombay; y finalmente a mi amiga, colaboradora y traductora Kathryn Spink, autora también de muchos libros notables, uno de ellos sobre la Madre Teresa, titulado *The Miracle of Love*.

Finalmente, me gustaría expresar mi gratitud a todos los amigos de la India que tanto tiempo me dedicaron mientras yo reunía material para este libro y que desean quedar en el anonimato.

EPÍLOGO A LA EDICIÓN DE 1992

MI IDILIO CON LA CIUDAD DE LA ALEGRÍA

Aquella primera mañana de monzón, cuando entré en el barrio mísero e inhumano de Calcuta llamado la Ciudad de la Alegría, comprendí que era uno de los lugares más extraordinarios de nuestro planeta. Y cuando, dos años después, me marché, con una veintena de blocs de notas y cientos de horas de cinta, yo sabía que tenía material para escribir el libro más importante de mi carrera, una epopeya sobre el heroísmo, el amor y la fe, un tributo glorioso a la capacidad humana para triunfar sobre la adversidad y sobrevivir a cualquier tragedia. Durante aquella etapa, larga, difícil y a veces dolorosa, de documentación, tuve que compartir toda clase de situaciones. Descubrí cómo la gente puede convivir con ratas, escorpiones e insectos, subsistir con unas cuantas cucharadas de arroz y uno o dos plátanos al día, hacer horas de cola en las letrinas, lavarse con menos de medio litro de agua, encender un fósforo bajo la lluvia torrencial o compartir la vivienda con un grupo de eunucos. Antes de ser aceptado por los habitantes del barrio, tuve que aprender sus costumbres, experimentar sus miedos y sus penalidades y compartir sus luchas y sus esperanzas. Ésta es, sin duda, una de las experiencias más extraordinarias que pueda vivir un escritor. Cambió mi vida. La convivencia con los heroicos habitantes de la Ciudad de la Alegría cambió por completo mis prioridades y mi concepto de los verdaderos valores de la vida. Después de aquel enfrentamiento con los auténticos problemas de la existencia —hambre, enfermedad, falta de asistencia médica, paro, etc.—, cuando vuelvo a Europa o voy a América, ya no me peleo por cosas tales como un sitio para aparcar. El compartir durante meses la vida de personas que tienen que subsistir con el equivalente de veinticinco pesetas al día, me reveló el verdadero valor de las cosas. Ahora, instintivamente apago la luz al salir de una habitación, gasto la pastilla de jabón hasta el final y no tiro a la basura lo que pueda aprovecharse. Aquella experiencia única me enseñó también la belleza de compartir las cosas con los demás. La generosidad de mis amigos de la Ciudad de la Alegría me reveló el verdadero significado del hermoso proverbio indio que dice que «todo lo que no es dado, es perdido».

Me llevó un año entero escribir la epopeya de la Ciudad de la Alegría. Escribí el libro en mi casa del sur de Francia, en la privilegiada quietud de los pinares y viñedos de la Provenza. Para recordar constantemente el hormiguero de Calcuta, sus ruidos, sus olores y sus colores, todos los días, antes de ponerme a escribir, miraba algunas de las dos mil fotos que tomé y ponía alguna de las cintas de la vida local que grabé.

La versión definitiva de LA CIUDAD DE LA ALEGRÍA fue publicada, primero en Francia y, después, en España, Italia, Holanda, Alemania, Inglaterra y Estados Unidos. En todas partes, el éxito fue inmediato, enorme, de una dimensión totalmente inesperada para mí. Del libro se han vendido más de seis millones de ejemplares en treinta y una lenguas y ediciones, incluidas cinco, en Braille, para ciegos.

Aunque yo estaba convencido de haber escrito una epopeya muy conmovedora, me sorprendió que este relato de un mísero barrio de Calcuta fuera proyectado de modo tan fulgurante al primer lugar de todas las listas de éxitos. Pero más sorprendente aún fue el correo que empezó a llegar a mi apartamento de París. Me escribían miles de lectores de todo el mundo. Cada una de aquellas cartas era un testimonio de gratitud por haber escrito LA CIUDAD DE LA ALEGRÍA. Muchas de ellas (véanse extractos más adelante) me conmovieron hasta lo más hondo y nos hicieron llorar a mi esposa y a mí. En casi todos los sobres había un cheque o un paquetito con una joya, un lingote de oro o unas acciones. Uno contenía un pequeño mensaje anónimo que decía: «El libro LA CIUDAD DE LA ALEGRÍA nos ha parecido tan bello que nos place enviarle estas cosas. Véndalas. Serán más útiles en la Ciudad de la Alegría que en nuestros dedos.» Unidos al papel con cinta adhesiva había dos anillos de boda.

Un día, al salir de mi apartamento de París camino del aeropuerto Charles de Gaulle, para tomar el avión hacia Nueva York, llamaron a la puerta. Era una anciana con un bolso de viaje en la mano. «Acabo de llegar de Toulouse en tren —dijo—. Vengo a hacer testamento en favor de sus héroes de la Ciudad de la Alegría.» La historia de estos héroes ha conmovido corazones, y los niños hacen colectas en las clases y organizan funciones y festivales en su beneficio. Cientos de lectores se han ofrecido a adoptar un niño de la Ciudad de la Alegría o a ir allí en sus próximas vacaciones para ayudar.

Por mi parte, yo he cedido la mitad de mis derechos a los héroes de mi libro y a las instituciones humanitarias que luchan en Calcuta y sus alrededores para mejorar las condiciones de vida de los más pobres de los pobres. Desde la publicación del libro, en 1985, se han enviado casi dos millones de dólares de mis derechos y de donativos de los lectores, para crear, mantener y desarrollar una serie de proyectos de máxima urgencia, tales como centros de acogida para niños leprosos y poliomielíticos, dispensarios, escuelas, talleres de rehabilitación, programas educativos, planes sanitarios, etcétera (véase lista de Anexo I). Para canalizar los fondos, he fundado una asociación llamada ACTION POUR LES ENFANTS DES LÉPREUX DE CALCUTTA que actualmente cuenta con varios miles de miembros.

Yo cuido, con un rigor fanático, de que hasta el último centavo que entrego de mis derechos o que recibo de los lectores vaya directamente a los desheredados que tanto necesitan ayuda. Todas las personas que nos ayudan a mi esposa (que también se llama Dominique) y a mí son voluntarios. Entre ellos están sus cinco hermanas, un par de señoras de nuestra parroquia y un empresario retirado. Utilizamos como oficina de la asociación una habitación de nuestro apartamento de París, y pagamos la electricidad y el teléfono de nuestro bolsillo. No tenemos gastos generales.

Hemos organizado las remesas de fondos a la India de manera que tengamos la seguridad de que cada dólar que enviamos va a parar a la persona adecuada para cada fin. Esto es muy importante y, en ocasiones, difícil. Pero, siendo como somos —y deseamos seguir siendo, por evidentes razones— una organización pequeña, podemos controlar la aplicación de cada remesa a un fin determinado. El éxito conseguido en este objetivo se debe, en gran medida, a las excepcionales personas que trabajan en las instituciones indias que nosotros ayudamos. Todas son auténticas «Madres Teresas» desconocidas. Son los más humildes, abnegados y eficaces apóstoles de la fe y de la solidaridad que he conocido en mi vida. Deseo rendir tributo a Agnès, Ali, François, Gaston James, Kamruddin, Sabitri, Sunil, Wohab y todos sus colaboradores. Ellos son los brazos, las piernas y el espíritu de nuestra modesta acción en la lucha contra la pobreza.

Entre los otros muchos proyectos que espero poder financiar en el futuro con los derechos de LA CIUDAD DE LA ALEGRÍA y los donativos de los nuevos lectores, hay uno que me produce especial ilusión. Se trata de un programa de irrigación que afecta a diecinueve pueblos de Bengala en los que viven más de cien mil personas que, gracias a este esfuerzo, se convertirán en personas de dos comidas al día. Sus tierras, que ahora dan una cosecha o, en tiempos de sequía, ninguna, darán dos y hasta tres cosechas al año. Esto es atacar la pobreza en su raíz. La gente ya no tendrá que abandonar sus tierras secas para hacinarse en barrios como la Ciudad de la Alegría, y quizás un día, si proyectos como éste se multiplican, los habitantes de la Ciudad de la Alegría puedan salir de su infierno y regresar a sus hermosos campos. Yo prometo aplicar con perseverancia los donativos que reciba, al igual que mis derechos, a alcanzar este maravilloso objetivo.

Una tarde de diciembre de 1987, Mr. K. K. Basu, alcalde de la ciudad de Calcuta, acompañado de su consejo municipal en pleno, nos ofrecieron a mi esposa y a mí una espléndida recepción en el Ayuntamiento para expresar la gratitud de Calcuta por «la manera en que yo había hablado al mundo de las virtudes de valentía, vitalidad y esperanza de su población». En aquella ocasión nos hicieron ciudadanos de honor de la villa y nos impusieron su medalla de oro.

Pero el premio más sorprendente y significativo que yo había de recibir aquel día memorable fue un impresionante documento que mostraba el impacto que mi libro había hecho en los administradores de la ciudad. El proyecto de desarrollo de la Corporación Municipal se llamaba «Calcuta —"Ciudad de la Alegría"— proyecta para mañana». Entre las primeras acciones esbozadas en este documento para cambiar las condiciones de vida en la ciudad y convertirla en una auténtica «Ciudad de la Alegría», figuraba la distribución diaria de diez litros de agua potable a cada uno de los tres millones de residentes de los barrios pobres.

La Ciudad de la Alegría se convierte en película

A finales de 1985, Roland Joffé, el gran director de cine británico, y Jake Eberts, productor canadiense, fueron a verme a París para exponerme su interés en llevar mi libro a la pantalla. Joffé había dirigido dos de mis películas favoritas, *Los gritos del silencio* y *La Misión*, y Eberts había intervenido en la producción de *Ghandi,* magnífico tributo cinematográfico al padre de la India moderna, para el que, entre otras fuentes, sirvió de inspiración *Esta noche, la libertad,* el libro que yo había escrito en colaboración con Larry Collins acerca de la lucha de la India por su independencia. Joffé era exactamente el hombre indicado para dar toda su dimensión épica al relato que yo había hilvanado con palabras. Encargó el guión a Mark Medoff, el brillante y sensible autor de *Hijos de un dios menor*.

Una tarde de octubre de 1989, mientras yo estaba en la cama de un hospital de París, recuperándome de una operación que había de curarme de un cáncer, recibí una llamada telefónica de Calcuta. Joffé me preguntaba si tenía inconveniente en que convirtieran a Paul Lambert, el sacerdote francés del libro, en mujer, para que el reparto no fuera exclusivamente masculino. Yo accedí inmediatamente. Para mí lo que contaba era que la película llevara a la pantalla el espíritu del libro, no el sexo de los personajes.

El rodaje de *La Ciudad de la Alegría* empezó el 9 de febrero de 1991, exactamente en el lugar en que se desarrolla la acción, es decir, en el corazón del hormiguero de Calcuta. El actor norteamericano Patrick Swayze, estrella de las películas *Dirty Dancing* y *Ghost*, es el doctor Max Loeb del libro. Om Puri y Shabana Azmi, dos de los más grandes actores de la India, dan vida a Hasari Pal, el conductor de *rickshaw*, y a su esposa. Cerca del puerto de Calcuta se construyó, con un coste de dos millones de dólares, un escenario que era la réplica exacta del barrio.

Pero muchas escenas se rodaron en las calles, con ciertas molestias para la población, molestias que no tardaron en explotar un puñado de políticos y agitadores profesionales, más ansiosos de ver su nombre en letra impresa que de mejorar las condiciones de vida de sus conciudadanos. Ejemplares del guión llegaron a revistas de la prensa amarilla que se apresuraron a publicar las escenas de leprosos y de actividades de la mafia, para alimentar una controversia a la que rápidamente se sumó cierto director de cine bengalí, artistas e intelectuales.

La filmación fue interrumpida en varias ocasiones y se arrojaron al plató bombas de fabricación casera. Los rollos de película revelada fueron retenidos durante días en los tórridos y húmedos almacenes de las aduanas indias. Ian Smith, coproductor de la película, tenía que comparecer ante el juez un día sí y otro no por una u otra razón. Pero Joffé, sus actores y su equipo se mostraron más fuertes que todas las adversidades. Inspirándose en el valor y la moral de sus personajes, consiguieron vencer todos los obstáculos. Su película es un homenaje triunfal e inolvidable al espíritu humano. Para mí, es una soberbia y estremecedora traslación a la pantalla de la epopeya de esperanza y de fe que un día me impuse la tarea de poner sobre el papel.

MÁS GRANDES QUE EL AMOR

Nueva epopeya de los héroes anónimos de este mundo

Las experiencias vividas en la Ciudad de la Alegría cambiaron, sin duda, mi perspectiva de escritor. Allí aprendí que los héroes de mis libros futuros no serían Saddam Hussein, Noriega, ni los jerifaltes del hampa. Mis futuros héroes serían los que, al igual que Paul Lambert, Hasari Pal, Max Loeb o la Madre Teresa, demuestran todos los días que, si la «adversidad es grande —como escribió el poeta indio Tagore—, el hombre puede ser más grande que la adversidad»,

Un día de finales de 1985, estando en Nueva York, leí en un periódico que la Madre Teresa había llegado al corazón de Manhattan acompañada de varias de sus monjas indias, con el propósito de abrir un hogar para enfermos sin recursos de una nueva epidemia que, al parecer, el mundo occidental no estaba preparado para afrontar. Era la epidemia del SIDA. Para mí, que había visto a la Madre Teresa y a sus hermanas en las casas de moribundos y en las colinas de leprosos de Calcuta, luchando para mitigar los sufrimientos de los desheredados, aquella noticia fue una verdadera sorpresa. Era como si el depauperado Tercer Mundo acudiera en ayuda del opulento Occidente. Rápidamente, tomé un taxi y fui a la dirección de aquel centro de Greenwich Village. La Madre Teresa lo había bautizado con el nombre de «Ofrenda de Amor».

Lo primero que vi, colgado de una pared del vestíbulo, fue un cartel en el que la Madre Teresa había escrito unas líneas que son el compendio de su filosofía de la vida. Decía así:

La vida es una oportunidad, aprovéchala.
La vida es belleza, admírala.
La vida es beatitud, saboréala.
La vida es un sueño, hazlo realidad.
La vida es un reto, afróntalo.
La vida es un deber, cúmplelo.
La vida es un juego, juégalo.
La vida es preciosa, cuídala.
La vida es riqueza, consérvala.
La vida es amor, gózala.
La vida es un misterio, desvélalo.
La vida es promesa, cúmplela.
La vida es tristeza, supérala.
La vida es un himno, cántalo.
La vida es un combate, acéptalo.
La vida es una tragedia, doméñala.
La vida es una aventura, arróstrala.
La vida es felicidad, merécela.
La vida es la vida, defiéndela.

MADRE TERESA

En «Ofrenda de Amor» conocí a personas extraordinarias. Una era sor Ananda, una joven india que había sido leprosa en Benarés, donde su padre quemaba cadáveres a orillas del Ganges. Otro era un joven médico norteamericano que se enfrentaba con los trágicos efectos de una enfermedad que era incapaz de curar. Otro era un joven paciente que había sido arqueólogo en Israel. La dramática situación de aquellas tres personas me impulsó a dedicar tres años a recorrer los laboratorios de investigación y hospitales de América y Europa, para documentarme a fin de reconstruir con todo detalle la aventura del portentoso desafío que la ciencia y la medicina tienen planteado a finales de este milenio.

Mi libro *Más grandes que el amor* es una historia de médicos y científicos, monjas y pacientes, héroes y visionarios que luchan contra la mayor plaga de nuestro tiempo. Es la historia de personas cuyo valor, abnegación y heroísmo están más allá del simple amor humano.

Más grandes que el amor se publicó, primero, en Francia, Italia y España, donde se vendieron más de un millón de ejemplares y se situó inmediatamente en el primer puesto de la lista de éxitos. Pero, lo que es más importante, desencadenó una nueva avalancha de cartas en mi piso de París. (Extractos de las cartas, en el Apéndice I.) Porque este libro habla de una nueva epopeya de valor, una nueva epopeya de la capacidad del hombre para ser más grande que la adversidad. Al igual que LA CIUDAD DE LA ALEGRÍA, *Más grandes que el amor* se ha publicado en una treintena de idiomas y ediciones y pronto será llevada a la pantalla con todos los honores, dirigida por Arthur Penn, el prestigioso director norteamericano de clásicos del cine de la categoría de *Bonnie y Clyde* y *Pequeño gran hombre*.

Como consecuencia de este libro, colegios, escuelas, instituciones benéficas y organizaciones sociales me invitan con frecuencia a dar conferencias vividas mientras recogía documentación para *Más grandes que el amor,* y del mensaje de esta nueva obra. La única condición que exijo es la de que todos los beneficios que se deriven de la venta de entradas y donativos sean divididos a partes iguales entre una organización local de ayuda a los enfermos del SIDA y mis niños leprosos de Calcuta. Durante 1990 y 1991 he dado más de treinta conferencias en Europa, la India y Norteamérica.

En marzo de 1991, mientras Roland Joffé rodaba *La Ciudad de la Alegría* en Calcuta, mi esposa y yo fuimos invitados a una pequeña ceremonia que se celebró en el barrio donde todo empezó, organizada por un grupo de residentes. Cuando entramos en la zona, vi con sorpresa una enorme pancarta colgada de una de sus principales avenidas: «DOMINIQUE LAPIERRE —BIENVENIDO A CASA— LA CIUDAD DE LA ALEGRÍA.» De la multitud que esperaba se adelantó una niña con un ramo de flores. Era Padmini, mi vieja amiga bengalí que se levantaba todos los días a las cuatro de la mañana para ir al terraplén del ferrocarril a recoger las brasas de carbón que caían de las locomotoras. La venta de su mísero tesoro ayudaba a su familia a sobrevivir día tras día. Padmini estaba radiante. «Toma estas flores, Dominique *dada* (hermano mayor) —me dijo—, porque, gracias a ti, ya no estamos solos en nuestra Ciudad de la Alegría.»

DOMINIQUE LAPIERRE

ANEXO I

LABOR REALIZADA EN FAVOR DE LOS DESHEREDADOS DE CALCUTA CON LOS DERECHOS DE *LA CIUDAD DE LA ALEGRÍA* Y LOS DONATIVOS DE LOS LECTORES

1. Manutención completa y continuada de doscientos niños leprosos acogidos en el hogar *Udayan* «Resurrección»; construcción de una cuarta unidad para otros cincuenta niños; compra de una parcela de tierra para ampliar la granja destinada a hacer que el hogar sea cada vez más autosuficiente en alimentación.
2. Manutención completa y continuada de ciento veinticinco jóvenes disminuidos físicos de los hogares de Mohitnagar y Maria Basti.
3. Construcción y equipamiento del hogar de Backwabari para niños con incapacidad grave por enfermedad de las neuronas motrices.
4. Ampliación y equipamiento del hogar de Ekprantanagar, en un barrio pobre de Calcuta, que acoge a ciento cuarenta niños hijos de trabajadores temporeros de los hornos de ladrillos. El suministro de agua potable corriente ha transformado extraordinariamente las condiciones de vida de este hogar.
5. Dotación de una escuela próxima a este hogar para educar, además de los ciento cuarenta acogidos, a trescientos cincuenta niños muy pobres del barrio vecino.
6. Reconstrucción de cien barracas para familias que lo perdieron todo en noviembre de 1988, cuando un ciclón asoló el delta del Ganges.
7. Creación de dos centros médicos en pueblos del delta del Ganges que permiten no sólo la atención médica y el tratamiento de la tuberculosis, sino también la adopción de medidas preventivas de de-

tención y educación (equipo de oftalmología para operaciones de cataratas, vacunación en gran escala y campañas de planificación familiar).

8. Total mantenimiento del dispensario de Bhangar (casi cien mil consultas al año). Instalación de un equipo de radiología en el dispensario principal y creación de una unidad móvil de radiología, vacunaciones, asistencia y ayuda alimentaria.

9. Dotación de agua potable y letrinas en varios pueblos del delta del Ganges.

10. Creación y total mantenimiento de una escuela y dos centros médicos en dos barrios especialmente deprimidos de la gran zona suburbana de Calcuta.

11. Construcción y total mantenimiento de un hogar en Palsunda, para niños abandonados de 6 a 9 años.

12. Donación de diez bombas de agua accionadas por energía solar a diez pueblos muy pobres de los Estados de Bihar, Haryana, Rajasthan y Orissa, para permitir a su población producir su propio alimento incluso durante la estación seca.

13. Subvención de un taller para rehabilitación de leprosos en Orissa.

14. Envío de medicinas y envío de setenta mil comidas con alto contenido de proteínas a los niños leprosos del hogar de *Udayan* («Resurrección»).

15. Trabajos varios realizados en favor de los desheredados y leprosos del Estado de Mysore y de los niños abandonados de Bombay, así como de los residentes de un pueblo de Guinea (África) y niños abandonados enfermos graves en un hospital de Lublin (Polonia).

Todas ellas son obras de carácter permanente que hay que mantener a toda costa. De nosotros depende. Yo agradeceré a los lectores de este libro que corran la voz, a fin de que, juntos, podamos mantener viva la llama de la vida, el amor y la solidaridad que arde en estas islas de luz y de esperanza y que no debemos consentir que se extinga.

CÓMO AYUDARNOS

— Enviando un donativo a nuestra asociación «Action pour les Enfants des Lépreux de Calcutta», 26, avenue Kléber, 75116 *PARÍS, FRANCE.*

Rogamos que, a ser posible, no envíen cheques de menos de 20 dólares, porque los gastos bancarios para cheques de importes inferiores son desproporcionados.

Libramos un recibo por cada donativo. Pueden tardar de cuatro a cinco semanas en recibirlo.

— Actualmente tenemos también una representante en los EE.UU.: Marie ALLIZON — 7419 Lisle Avenue, FALLS CHURCH, VA 22043.

También pueden ayudarnos enormemente fotocopiando este mensaje y enviándolo a sus amigos y familiares. Los pequeños arroyos hacen grandes ríos y cada gota es vital. Y, por favor, compartan con los que les rodean este hermoso proverbio indio que es el lema de nuestra acción:

«Todo lo que no es dado, es perdido.»

A LOS VOLUNTARIOS QUE QUIEREN IR A CALCUTA PARA AYUDAR Y A QUIENES SE INTERESAN POR LAS ADOPCIONES

Muchos lectores de La Ciudad de la Alegría se han brindado a ir a Calcuta para ayudar. Esto es muy generoso, aunque, por desgracia, no muy realista. En primer lugar, porque las autoridades indias sólo conceden a los extranjeros un visado turístico para tres meses. Y es un período muy corto para que una persona pueda hacer algo realmente útil. En segundo lugar, porque sólo puede ser útil una ayuda muy especializada. A menos que sea usted médico, técnico sanitario especializado en lepra, enfermedades tropicales, desnutrición, tuberculosis ósea, polio, etc., o fisioterapeuta, creo que su generoso afán de ayudar supondría, más que cualquier otra cosa, una carga para el personal local. Además, deben comprender que las condiciones de vida y de trabajo en nuestras obras situadas fuera de Calcuta son extraordinariamente duras para los extranjeros no habituados. Por lo que se refiere a adopciones, en general, éstas son muy difíciles. Sugiero que escriban directamente a la Madre Teresa.

Muchos lectores desean conocer la dirección de la Madre Teresa y de James Stevens. Son éstas:

— Madre Teresa: MISIONERAS DE LA CARIDAD
— 45/A, A. J. C. Road, Calcutta - 700 016
— India.

— Rev. James Stevens: UDAYAN
— Post Box No. 10264 - Calcutta - 700 019
— India.

LO QUE HA DICHO LA PRENSA DE *LA CIUDAD DE LA ALEGRÍA*

«*La Ciudad de la Alegría* hará un poco más rico a todo el que lo lea.»

The Washington Post

«Este libro quedará grabado en mi mente para siempre.»

The New York Times

«No vacilemos en proclamarlo: este libro es una obra maestra.»

Le Monde (París)

«Más que un libro, una historia de amor.»

La Stampa (Roma)

«Una fantástica lección de esperanza.»

ABC (Madrid)

«Una epopeya de fraternidad y de valor.»

The Times (Londres)

«Cuando cierras este libro, ya no eres totalmente el mismo: el corazón te arde de amor.»

Die Welt (Hamburgo)

LO QUE HAN ESCRITO AL AUTOR LOS LECTORES DE *LA CIUDAD DE LA ALEGRÍA*

«*La Ciudad de la Alegría* es una inspiración para el mundo.»

Papa Juan Pablo II

«Me regalaron *La Ciudad de la Alegría* en Navidad. Es uno de los libros más grandes que he leído. No podía dejarlo. Me conmovió de tal modo que me decía: "¡Tengo que hacer algo...!" Pienso que le gustará saber que la maestría con que cuenta la historia de *La Ciudad de la Alegría* generará una corriente que llevará provecho a la vida de otras personas.»

Karen Eberhardt, Sebastopol, California

«Gracias por el libro más importante que he leído en mi vida.»
Eleanor Northrop, St. Paul, MN, USA

«Este libro maravilloso ha cambiado mi vida. He decidido dejar de fumar y dedicar a causas más útiles el dinero que ahorre.»
Rina Anoussi, agente de viajes, Nueva York

«Soy un inválido joven, en una silla de ruedas. Quiero dar las gracias a Dominique Lapierre por este libro de valentía y esperanza, que ha cambiado mi vida.»
Bernard Kieken, Grenoble, Francia

«*La Ciudad de la Alegría* ha sido una especie de detonante que me ha revelado a plena luz la victoria del amor sobre el mal y el sufrimiento.»
Corinne Simonetta, abogada, París, Francia

«*La Ciudad de la Alegría* es un libro profundamente conmovedor; un monumento extraordinario al espíritu humano. Estoy tan agradecida por el regalo del libro en sí como por el regalo del espíritu del autor.»
Bettie Noyce, Berkeley, California

«Gracias por haber escrito *La Ciudad de la Alegría* y por permitirle a una compartir modestamente una experiencia inolvidable.»
Sarah Vanderburch, Seattle, Washington

«*La Ciudad de la Alegría* es una inspiración auténtica y edificante.»
Jenny Popatia, Houston, Texas

«Su libro *La Ciudad de la Alegría* me emocionó profundamente y fue para mí una revelación.»
Edward Stermer, Iowa City

«Gracias por su más maravilloso regalo al mundo: *La Ciudad de la Alegría*.»
Marilyn Zinner, San Francisco, California

EL PREMIO CHRISTOPHER

Entre otras distinciones, LA CIUDAD DE LA ALEGRÍA recibió en 1986 el premio Christopher. Este prestigioso galardón norteamericano distingue cada año un libro que ilustra la filosofía de Christopher según la cual:

«Es mejor encender una vela que maldecir de la oscuridad.»

ANEXO II

LO QUE HA DICHO LA PRENSA DE *MÁS GRANDES QUE EL AMOR*

«Un relato vibrante que cautiva por el hábil manejo de la trama, la intriga y los personajes.»

The International Herald Tribune

«Un notable testimonio de solidaridad humana.»

The Independent on Sunday (Londres)

«Un libro grandioso con un justificado acento apocalíptico.»

The New York Times

«Trágico, conmovedor y valiente, lo es; deprimente, no, a pesar del tema. Es la historia de unas personas que se niegan a dejar que la enfermedad las derrote, que se niegan a juzgar y a condenar. Es el único libro que hay que leer sobre el SIDA.»

The Times (Londres)

«El relato electrizante de la fantástica batalla contra el SIDA.»

The New York Daily News

«Un libro estremecedor escrito a redoble de tambor.»

Le Figaro (París)

«Un libro de proporciones épicas.»

Gay Times (Londres)

«Un poema épico. Un viaje alucinante lleno de esperanza y de fe.»

Corriere della Sera (Milán)

«Una narración brillante.»

The Mail on Sunday (Londres)

«Una fantástica galería de retratos de los caballeros de la investigación médica de hoy.»

El País (Madrid)

«Un libro extraordinario.»

Paris Match (París)

LO QUE LOS LECTORES DE *MÁS GRANDES QUE EL AMOR* ESCRIBIERON AL AUTOR

«*Más grandes que el amor* es un notable testimonio de solidaridad humana.»

Papa Juan Pablo II

«Este libro es un raro compendio de disciplina científica y sensibilidad.»

André Lwoff, premio Nobel de Medicina

«*Más grandes que el amor* cautiva por su belleza el alma del científico.»

Dr. Samuel Broder,
director del Instituto Nacional del Cáncer, USA

«No hay superlativos suficientes para expresar todo el interés que me ha inspirado este libro.»

Eloïse Thérèse, Mount St-Mary's College, Los Ángeles

«Es posible que *Más grandes que el amor* haya cambiado mi vida. Tengo veinte años y quería estudiar informática. Este libro me ha ayudado a descubrir un universo que me era extraño: el de los investigadores médicos. Ahora mi objetivo es la investigación médica. Gracias.»

Sandra Chanderlot, Facultad de Ciencias, París

«*Más grandes que el amor* es un himno magnífico a la fraternidad, una moderna epopeya alegórica en la que galopan juntos los caballeros de la ciencia y los parias descalzos, un fresco estremecedor, una cruzada de amor y de fe, una novela de intriga policíaca cuyo crimen es una epidemia. Acepte mi agradecimiento por este gran libro.»

Jean Neveux, Kampala, Uganda

«*Más grandes que el amor* es una magnífica lección de fe en el hombre, la prueba de que el amor puede vencer al absurdo.»

Bernardette Moro, Madrid

ÍNDICE